Der fremde Gast

An einem sonnigen Julimorgen beschließt Rebecca Brandt, ihrem Leben ein Ende zu setzen. Doch als ein unerwarteter Besucher die Stille ihres Hauses in Südfrankreich stört, ist dieser dramatische Schritt erst einmal aufgeschoben. Maximilian Kemper, der beste Freund von Rebeccas verstorbenem Mann Felix, ist entsetzt, als er sieht, was der Tod ihrer großen Liebe aus Rebecca gemacht hat: Die einst so vitale Frau und engagierte Leiterin einer Kinderschutz-Initiative hat sich von ihrem Beruf, ihrer Münchener Heimat und ihren Freunden verabschiedet, um sich in ein einsames, von Depressionen und Todessehnsucht geprägtes Leben in ihrem Ferienhaus am Cap Sicié zurückzuziehen. Maximilian kommt jedoch nicht allein, denn unterwegs hat er ein junges Ehepaar mitgenommen, Marius und Inga Hagenau, Studenten aus München, die per Anhalter in den Urlaub unterwegs sind. Doch während zwischen Rebecca und Inga eine spontane Sympathie entsteht, zeigt Marius zunehmend eine undurchsichtige und erschreckende Seite seiner Persönlichkeit: aggressiv und beherrscht von seltsamen Obsessionen, in denen sich eine diffuse Wut auf seine Umwelt und ominöse Rachegelüste spiegeln.
Während eines Segeltörns geraten Marius und Inga in eine heftige Auseinandersetzung. Inga stürzt und bleibt bewusstlos liegen. Als sie wieder zu sich kommt, ist Marius verschwunden. In schwerem Sturm manövriert die junge Frau das Schiff allein in den Hafen zurück. Nach Tagen vergeblicher Suche muss davon ausgegangen werden, dass Marius in dem Unwetter über Bord gegangen und ertrunken ist.
Zur selben Zeit macht eine Frau in München eine grausige Entdeckung. Sie findet ihre Nachbarn, ein älteres Ehepaar, tot in deren Haus auf. Offenbar haben die beiden tagelang unfreiwillig einen fremden – und psychopathischen – Gast bei sich beherbergt, der sie gefangen gehalten, gequält und schließlich ermordet hat. Noch während die Polizei fieberhaft nach Hinweisen auf den Täter und nach möglichen Angehörigen des alten Ehepaares fahndet, geraten Inga und Rebecca am Cap Sicié in höchste Gefahr …

Autorin

Charlotte Link, Jahrgang 1963, gehört zu den erfolgreichsten deutschen Autorinnen der Gegenwart. Ihre hohe Popularität verdankt sie insbesondere ihrer Vielseitigkeit: Sie machte sich mit großen Gesellschaftsromanen (darunter die Bestseller-Trilogie »Sturmzeit«) ebenso einen Namen wie mit psychologischen Spannungsromanen in bester englischer Erzähltradition. Zuletzt wurde die TV-Verfilmung ihres Guernsey-Krimis »Die Rosenzüchterin« mit überwältigendem Erfolg ausgestrahlt. Jedes ihrer neuen Bücher steht monatelang ganz oben auf den Bestsellerlisten, und ihr Erfolg macht deutlich, dass Charlotte Link den Sprung vom hoch gelobten jungen Talent zur großen Schriftstellerin längst souverän bewältigt hat.

Von Charlotte Link im Goldmann Taschenbuch:

Das Haus der Schwestern (44436) · Der Verehrer (44254) · Die Sterne von Marmalon (9776) · Die Stunde der Erben (43395) · Die Sünde der Engel (43256) · Schattenspiel (42016) · Sturmzeit (41066) · Verbotene Wege (9286) · Wilde Lupinen (42603) · Die Rosenzüchterin (45283) · Die Täuschung (45142) · Am Ende des Schweigens (Blanvalet, geb. Ausgabe, 0178)

Charlotte Link

Der
fremde Gast

Roman

GOLDMANN

*Alle Charaktere, Ereignisse und Gespräche in diesem Roman
entspringen der Fantasie der Autorin
und sind reine Fiktion.
Jede Ähnlichkeit mit tatsächlichen Ereignissen
oder Institutionen oder Personen,
ob lebend oder tot, wäre rein zufällig.*

FSC

Mix
Produktgruppe aus vorbildlich
bewirtschafteten Wäldern und
anderen kontrollierten Herkünften

Zert.-Nr. SGS-COC-1940
www.fsc.org
© 1996 Forest Stewardship Council

Verlagsgruppe Random House FSC-DEU-0100
Das FSC-zertifizierte Papier *München Super* für Taschenbücher aus dem
Goldmann-Verlag liefert Mochenwangen Papier.

6. Auflage
Originalausgabe April 2005
Copyright © 2005 by Wilhelm Goldmann Verlag,
München, in der Verlagsgruppe Random House GmbH
Umschlaggestaltung: Design Team München
Umschlagfoto: H. Wohner
Satz: deutsch-türkischer fotosatz, Berlin
Druck und Bindung: GGP Media GmbH, Pößneck
Lektorat: Silvia Kuttny
Herstellung: Sebastian Strohmaier
Made in Germany
ISBN 3 442 45769 6

www.goldmann-verlag.de

Für Kenzo

in Liebe

Prolog

Anonymer Brief an Sabrina Baldini

»Der Mai ist gekommen ... Wie schön dein Garten doch blüht und grünt, Sabrina! Ich habe dich gestern Abend gesehen, als du noch draußen gesessen hast. Wo war dein Mann? Er ist wenig daheim bei dir, stimmt's? Weiß er eigentlich, dass du keineswegs die treue Gattin bist, die er in dir sieht? Hast du ihm all die Untiefen deines Lebens gebeichtet? Oder behältst du die entscheidenden Dinge für dich? Es würde mich interessieren, ob du es schaffst, neben ihm alt zu werden und ihm dabei deinen Ehebruch zu verschweigen.

Wie auch immer, du bist viel allein. Es wurde dunkel, und du warst immer noch draußen. Später bist du ins Haus gegangen, aber du hast die Terrassentür offen gelassen. Wie unvorsichtig von dir, Sabrina! Hast du nie gehört, dass das gefährlich sein kann? Die Welt ist voller böser Menschen ... voller rachsüchtiger Menschen. Rachsucht ist böse, aber manchmal ist sie nur allzu verständlich, findest du nicht? Jeder bekommt das, was er verdient. Die Welt kann man nur dann ertragen, wenn man an eine ausgleichende Gerechtigkeit glaubt. Manchmal lässt die Gerechtigkeit zu lange auf sich warten, dann muss man ihr auf die Sprünge helfen.

Du verstehst, dass du den Tod verdient hast, Sabrina, nicht wahr? Es hätte dir klar sein müssen seit jenen lang vergangenen Tagen, da du so furchtbar versagt hast. Man nennt das unterlassene Hilfeleistung, was du da getan hast. Oder

7

besser: nicht getan hast. Was war der Grund, Sabrina? Faulheit? Gleichgültigkeit? Du wolltest dich mit niemandem anlegen? Dir nicht die Finger verbrennen? Nicht anecken? Ach, es sind doch immer die gleichen Geschichten! Du warst so engagiert in deinem Einsatz für andere. Aber nur, solange du dir keinen Ärger einhandeln musstest. Viel Gerede, nichts dahinter. Es ist so bequem, wegzuschauen! Und es bringt nichts als Verdruss, wenn man sich einmischt!

Aber man muss bezahlen. Irgendwann. Immer. Sicher hast du gehofft, dieser Kelch geht an dir vorüber, nicht wahr, Sabrina? So viele Jahre ... Da verblassen die Erinnerungen, und vielleicht hast du jene Tage längst verdrängt, beschönigt in deinem Gedächtnis, und langsam hast du dir gedacht, dass du noch einmal Glück gehabt hast. Dass du davongekommen bist, ohne die Rechnung bezahlen zu müssen.

Hast du das wirklich geglaubt? Eigentlich scheinst du mir dafür zu intelligent. Und zu erfahren.

Der Zeitpunkt ist jetzt gekommen. Irgendwann musste er kommen, und ich finde, länger sollte man nun nicht mehr warten. Von meiner Seite aus ist alles klar. Das Urteil über dich ist gefällt, und sehr bald werde ich es vollstrecken. An dir und an Rebecca. Sie trägt genauso viel Schuld wie du, und es wäre nicht in Ordnung, wenn du allein den Kopf hinhalten müsstest.

Ich werde mir Zeit nehmen für jede von euch beiden. Es wird nicht einfach, schnell und ohne großes Aufheben über die Bühne gehen. Ihr werdet leiden. Euer Sterben wird schwer sein. Es wird sich lange genug hinziehen, dass ihr Gelegenheit habt, intensiv über euch und euer Leben nachzudenken.

Bist du schon gespannt auf die Begegnung mit mir, Sabrina? So gespannt, dass du abends nicht mehr lange in deinem schönen Garten sitzen wirst? Dass du darauf achten wirst, die Terrassentür stets geschlossen zu halten? Dass du dich vorsichtig nach rechts und links umschauen wirst, wenn du dein Haus verlässt? Dass du zusammenzuckst, wenn es an der Tür klingelt? Dass du nachts wach im Bett liegst, wenn dein Mann wieder einmal nicht daheim ist, und angstvoll in die Dunkelheit lauschst und dich immer wieder fragst, ob du wirklich alle Türen gut verschlossen hast? Oder wirst du das Licht ständig brennen lassen, weil du die Schwärze um dich herum gar nicht mehr erträgst? Aber du weißt, dass auch dies dich nicht in Sicherheit bringt, nicht wahr? Ich komme genau dann, wenn ich es mir vorgenommen habe. Du wirst dich nicht schützen können.

Und im Grunde weißt du das auch.

Ich melde mich bald wieder bei dir, Sabrina. Es ist schön zu wissen, dass du bis dahin Tag und Nacht an mich denken wirst. Und dass du immer elender und grauer aussehen wirst. Es macht mir Freude, das zu beobachten.

Ich bin bei dir!«

Sonntag, 18. Juli

Sie träumte, ein kleiner Junge habe an ihrer Haustür geklingelt. Sie wimmelte ihn ab, so wie sie jeden abwimmelte, der ungebeten vor ihr stand und irgendetwas von ihr haben wollte. Dieses überfallartige Betteln war ihr schon immer ein Dorn im Auge gewesen, sie fühlte sich bedrängt und genötigt, wenn plötzlich jemand auf ihrem Grundstück aufkreuzte und die Hand aufhielt. Meist ging es um einen guten Zweck, natürlich, aber wer wusste schon, ob diese Leute immer ehrlich waren? Und auch wenn sie mit irgendwelchen Ausweisen herumfuchtelten, die sie als sammelberechtigt für karitative Vereinigungen auswiesen, so war es doch einfach unmöglich, so schnell zu erkennen, ob es sich nicht um eine mehr oder weniger gut gemachte Fälschung handelte. Vor allem, wenn man siebenundsechzig Jahre alt war und zunehmend Probleme mit den Augen hatte.

Kaum dass sie die Tür geschlossen hatte, klingelte es erneut.

Sie setzte sich ruckartig im Bett auf, verwirrt, weil das Klingeln aus dem Traum sie diesmal tatsächlich aus dem Schlaf gerissen hatte. Das Bild des Jungen hatte sie noch immer vor Augen: ein spitzes, blasses, fast durchsichtiges Gesicht mit riesigen Augen. Er bat nicht um Geld, er bat um Essen.

»Ich habe solchen Hunger«, hatte er gesagt, leise und doch fast anklagend. Sie hatte die Tür zugeworfen, entsetzt, erschrocken, konfrontiert mit einem Aspekt der Welt, den sie nicht sehen wollte. Hatte sich umgedreht und versucht, das Bild loszuwerden, und in dem Moment hatte es geklingelt, und sie dachte: Nun ist er das schon wieder!

Warum war sie jetzt aufgewacht? Hatte es *tatsächlich* geklingelt? Man baute solche Geräusche gern in seine Träume ein. Aber es hätte dann ja nur ein Wecker sein können, und sie hatten gar keinen. Schließlich arbeiteten sie nicht mehr, und morgens wurden sie beide ohnehin ganz von selbst ziemlich früh wach.

Es war sehr dunkel, aber durch die Ritzen des Rolladens drang ein wenig Licht von den Straßenlaternen herein. Sie konnte ihren schlafenden Mann neben sich sehen. Wie immer lag er völlig bewegungslos, und sein Atem ging so flach und leise, dass man sehr genau hinhören musste, um zu wissen, ob da überhaupt noch Atem war. Sie hatte schon gelesen, dass ältere Paare abends gemeinsam einschliefen, und dann wachte morgens einer von ihnen auf und der andere war tot. Dann hatte sie gedacht, wenn Fred auf diese Art sterben würde, würde es ganz schön lange dauern, bis ihr das auffiel.

Ihr Herz klopfte hart und schnell. Ein Blick zur elektronischen Uhr, deren Zahlen hellgrün leuchteten, sagte ihr, dass es fast zwei Uhr in der Nacht war. Keine gute Zeit, um aufzuwachen. Man war so schutzlos. Sie jedenfalls. Sie hatte schon oft das Gefühl gehabt, sollte ihr jemals etwas Schlimmes zustoßen – sollte sie sterben zum Beispiel –, dann würde das nachts zwischen ein und vier Uhr passieren.

Ein bedrückender Traum, sagte sie sich, nichts weiter. Du kannst ruhig wieder einschlafen.

Sie legte sich in ihr Kissen zurück, und in diesem Moment klingelte es erneut, und sie begriff, dass es kein Traum gewesen war.

Jemand klingelte um zwei Uhr nachts an ihrer Haustür.

Sie setzte sich erneut auf und hörte ihren eigenen hektischen Atem in der beklemmenden Stille, die auf das schrille Klingeln folgte.

Das ist ganz ungefährlich, dachte sie, ich muss ja nicht aufmachen.

Es konnte nichts Gutes bedeuten. Nicht einmal Hausierer klingelten um diese Zeit. Wer um diese Zeit Menschen aus dem Schlaf schreckte, der führte entweder Böses im Schilde oder war in eine Notlage geraten. Und war Letzteres nicht viel wahrscheinlicher? Ein Einbrecher oder Raubmörder würde doch nicht klingeln?

Sie knipste das Licht an und beugte sich über ihren tief schlafenden Mann. Der konnte überhaupt nichts hören, da er die Ohren mit Ohropax zugestöpselt hatte. Fred war so empfindlich mit Geräuschen, ihn störte schon das Wispern des Windes in den Bäumen vor dem Schlafzimmerfenster. Oder das Knarren einer Holzdiele oder das welke Blatt einer Zimmerpflanze, das sich löste und zu Boden glitt. Er erwachte davon, und das war das Schlimmste für ihn. Aufwachen zu müssen, wenn er eigentlich beschlossen hatte zu schlafen. Es stürzte ihn in namenlose Wut. Seine Laune war für Tage verdorben. Irgendwann hatte er deshalb mit dem Ohropax begonnen. Und seine Frau hatte aufgeatmet.

Sie zögerte daher, ihn zu wecken. Er konnte ihr das so übel nehmen, dass er eine Woche lang kaum noch mit ihr sprechen würde. Jedenfalls dann, wenn er später befand, dass es unnötig gewesen war, ihn aus dem Schlaf zu reißen. Sollte sich herausstellen, dass man ihn doch besser geweckt hätte, und sie tat es nicht, konnte ihr das Gleiche passieren. Sie war jetzt seit dreiundvierzig Jahren mit diesem Mann verheiratet, und ihr Leben mit ihm hatte überwiegend aus Momenten dieser Art bestanden: zerrissen zwischen zwei Möglichkeiten, nervös abwägend, welches der richtige Weg sein mochte, oberstes Anliegen dabei stets, seine Wut nicht herauszufordern. Es war, weiß Gott, kein einfaches Leben mit ihm.

Es klingelte ein drittes Mal, länger anhaltend diesmal, fordernder, drängender. Sie entschied, dass Freds Nachtschlaf einem so ungewöhnlichen Vorkommnis geopfert werden durfte. Sie rüttelte an seiner Schulter.

»Fred«, wisperte sie, obwohl er sie nicht hören konnte, »wach auf! Bitte, wach auf! Es ist jemand an der Haustür!«

Fred wälzte sich unwillig knurrend zur Seite, dann war er urplötzlich mit einem Schlag hellwach und saß nun auch aufrecht im Bett. Er starrte seine Frau an.

»Was, zum Teufel ….«, begann er.

»Es ist jemand an der Tür!«

Er konnte nur ihre Mundbewegungen sehen und zog sich widerwillig seine Stöpsel aus den Ohren. »Was ist los? Wie kommst du dazu, mich zu wecken?«

»Es klingelt an der Tür. Jetzt schon dreimal.«

Er starrte sie immer noch an, als sei sie nicht ganz normal. »Wie? Es klingelt an der Tür? Um diese Zeit?«

»Ich finde das ja auch sehr beunruhigend.« Sie hoffte, es werde wieder klingeln, denn sie konnte erkennen, dass Fred ihr nicht glaubte, aber für den Moment blieb alles ruhig.

»Du hast geträumt. Und wegen eines dämlichen Traumes meinst du mich wecken zu müssen?« Seine Augen blitzten sie böse an. Seine weißen Haare standen in alle Richtungen vom Kopf ab.

Ein schlecht gelaunter, mürrischer, alter Mann, dachte sie, und inzwischen auch nicht einmal mehr attraktiv. Vielleicht lebe ich noch zwanzig Jahre. Wenn er nicht vor mir stirbt, dann habe ich am Ende dreiundsechzig Jahre mit ihm gelebt. Dreiundsechzig Jahre!

Der Gedanke stimmte sie mit einem Mal so traurig, dass sie hätte weinen mögen.

»Greta, wenn du noch einmal …«, begann Fred voller Zorn, aber genau in diesem Moment klingelte es erneut an der Tür, noch etwas länger und anhaltender als zuvor.

»Siehst du!« Es klang fast triumphierend. »Es *ist* jemand an der Tür!«

»Tatsache«, sagte Fred perplex. »Es ist … es ist zwei Uhr in der Nacht!«

»Ich weiß. Aber ein Einbrecher …«

»… würde kaum klingeln. Obwohl es theoretisch seine einzige Chance wäre, bei uns ins Haus zu gelangen!«

Das stimmte. Fred hatte viel Mühe und Zeit darauf verwandt, das Haus in eine Festung zu verwandeln, damals, vier Jahre zuvor, als sie es gekauft hatten und eingezogen waren. Ihren Altersruhesitz, wie er es nannte. Ruhiges Münchener Randgebiet, ein eher wohlhabendes Viertel. Sie hatten zuvor auch in München gelebt, in einer ganz anderen Ecke zwar, aber es hatte sich ebenfalls um eine so genannte bessere Gegend gehandelt. Doch sie waren jünger gewesen. Mit dem Alter hatte sich bei Fred eine ausgeprägte Paranoia entwickelt, was Einbrecher anging, und so waren inzwischen alle Fenster im Erdgeschoss vergittert, die Rollläden im ganzen Haus mit Sicherheitsschlössern versehen, und natürlich gab es eine Alarmanlage auf dem Dach.

»Vielleicht sollten wir das Läuten einfach ignorieren.«

»Jemanden ignorieren, der uns mutwillig aus dem Schlaf reißt?« Fred schwang beide Beine über den Bettrand. Er bewegte sich für sein Alter noch ziemlich elastisch. Aber er wurde sehr mager in der letzten Zeit. Der blauschwarz gestreifte Schlafanzug aus Seide schlabberte wie ein leerer Sack um ihn herum. »Ich werde die Polizei anrufen!«

»Aber das kannst du doch nicht machen! Vielleicht ist es ein Nachbar, der Hilfe braucht! Oder es ist …« Sie sprach nicht weiter.

Fred wusste, wen sie meinte. »Warum sollte er zu uns kommen, wenn etwas ist? Er hat sich seit Ewigkeiten nicht blicken lassen.«

»Trotzdem. Er könnte es sein. Wir sollten ...« Sie war im Grunde völlig ratlos und überfordert. »Wir müssen irgendetwas tun!«

»Sag ich ja! Die Polizei rufen!«

»Und wenn es dann aber wirklich nur ... *er* ist?« Warum, dachte sie, habe ich immer diese Angst, in Freds Gegenwart auch nur seinen Namen zu nennen?

Fred war das Hin und Her nun leid.

»Ich werde jetzt einmal nachsehen«, sagte er entschlossen und verließ das Zimmer.

Sie hörte seine Schritte auf der Treppe. Dann vernahm sie seine Stimme unten im Hausflur. »Hallo? Wer ist denn da?«

Später – als sie schon gar nicht mehr die Möglichkeit hatte, sich mit Fred darüber auszutauschen, und als sie bereits begriff, dass es keine zwanzig Jahre mehr sein würden, die sie zu leben hatte, sondern nur noch Stunden oder bestenfalls Tage – fragte sie sich, welche Antwort ihr Mann von der anderen Seite der Tür bekommen hatte, dass er sie so schnell und bereitwillig geöffnet hatte. Sie hörte, dass die verschiedenen Sicherheitsriegel gelöst wurden. Dann vernahm sie einen dumpfen Schlag, den sie sich nicht erklären konnte, der jedoch ihren ganzen Körper in Alarmbereitschaft versetzte. Die feinen Härchen an ihren Unterarmen standen aufrecht. Ihr Herz wollte nicht aufhören zu rasen.

»Fred?«, rief sie angstvoll.

Irgendetwas unten im Haus fiel polternd zu Boden. Dann hörte sie Freds Stimme. »Ruf die Polizei! Ruf sofort die Polizei! Schnell! Beeil dich!«

Es war der falsche Rat. Es gab im ersten Stock des Hauses kein Telefon. Sie hätte es schaffen können, ihre Zimmertür zu erreichen, sie zuzuschlagen und zu verriegeln, und dann hätte sie das Fenster öffnen, sich in die Nacht hinauslehnen und um Hilfe schreien können. Hätte er sie nur angewiesen, dies zu tun ... Oder wenn sie von selber darauf gekommen wäre ... So aber sprang sie kopflos aus dem Bett, schlüpfte, am ganzen Körper wie Espenlaub zitternd, in ihren Morgenmantel und eilte ins Treppenhaus. Gehorsame Ehefrau bis zuletzt. Polizei rufen, hatte er gesagt. Das Telefon befand sich im Wohnzimmer. Fred besaß zwar zudem ein Handy, aber wo das herumlag, das wusste sie erst recht nicht.

Erst auf der Treppe ging ihr auf, dass sie einen verhängnisvollen Fehler begangen hatte.

Aber da war es bereits zu spät.

Dienstag, 20. Juli

Um halb fünf am Morgen gab es Karen auf, noch etwas Schlaf finden zu wollen, und sie entschied, dass es besser sei, aufzustehen und etwas Sinnvolles zu tun, als sich noch länger im Bett herumzuwälzen und schließlich vollends gerädert zu sein.

Aber was ist schon sinnvoll, dachte sie, was, *in meinem Leben*, ist schon sinnvoll?

Wolf, ihr Mann schlief noch, er hatte nichts von der Schlaflosigkeit seiner Frau mitbekommen. Das war auch gut so, denn er hätte entweder mit Spott oder mit Vorhaltungen darauf reagiert, und beides hätte Karen – wieder einmal – in Tränen ausbrechen lassen. Sicherlich hätte er sie darauf hingewiesen, dass sie abends zu früh ins Bett ging, daher zwangsläufig auch am nächsten Morgen zu früh aufwachte und schließlich alle mit dem Lamento über ihr nächtliches Wachliegen verrückt machte.

Vielleicht hatte er Recht. Schließlich klang es logisch, was er sagte. Und es hatte leider immer sehr wenig Sinn, ihn anderen Argumenten und Erklärungen zugänglich machen zu wollen. Für Wolf gab es eine Sicht der Dinge, und das war seine, und damit Schluss. Karen wusste selber, dass sie abends zu früh schlafen ging, aber sie war so erschöpft, so kraftlos, dass ihr einfach die Augen zufielen, ganz gleich, was sie tat. Sie kroch in ihr Bett wie eine Kranke, deren Körper am Ende ist, und fiel geradezu übergangslos in einen narkoseähnlichen Schlaf. Aus dem sie gegen halb vier am Morgen ebenso übergangslos aufschreckte und fortan hellwach war, gepeinigt von angstvollen Gedanken, ihre Zukunft und die ihrer Familie betreffend.

Sie schlüpfte in Jeans und T-Shirt, zog ihre Turnschuhe an und schlich aus dem Schlafzimmer. In einem Buch hatte sie gelesen, dass Bewegung an der frischen Luft bei Depressionen hilfreich sein sollte. Sie wusste nicht genau, ob sie depressiv war, aber manche der in dem Buch beschriebenen Symptome fand sie durchaus bei sich wieder.

Aus den Kinderzimmern klang kein Laut. Offensichtlich war es ihr geglückt, niemanden von der Familie aufzuwecken.

Als sie die Treppe hinunterkam, stand Kenzo, der Boxer, schon unten in der Diele und wedelte heftig mit seinem kurzen Schwanz. Obwohl er im Wohnzimmer geschlafen hatte – zur Zeit war das Sofa sein Lieblingsbett –, war es ihm natürlich nicht entgangen, dass Frauchen aufgestanden war und sich angezogen hatte. Auch interpretierte er ihre Turnschuhe sofort richtig: Das sah ganz nach einem frühmorgendlichen Spaziergang aus. Begeistert vollführte er ein paar Luftsprünge, lief zur Haustür und schaute Karen erwartungsvoll an.

»Ich komme ja schon«, wisperte sie ihm zu und griff nach Halsband und Leine, »aber sei schön leise!«

Der Hochsommermorgen war schon recht hell, die Luft noch kühl, aber auf eine angenehme, erfrischende Weise. Der Tag würde sonnig und heiß werden. Tau glitzerte auf dem Gras. Karen atmete tief die reine Luft.

Wie friedlich es ist, dachte sie. Wie still. Alles schläft noch. Es ist, als seien Kenzo und ich die einzigen Lebewesen auf der Welt.

Sie beschloss, zum Wald hinüberzulaufen und dann dort eine große Runde zu drehen. Noch durch ein paar Straßen der Siedlung hindurch, schon wäre sie da. Die Nähe zum

Wald war – in Hinblick auf den Hund – einer der Gründe gewesen, weshalb sie und Wolf sich für das Haus in der Münchener Stadtrandsiedlung entschieden hatten.

Seitdem sie in das neue Haus eingezogen waren, ging es Karen schlechter. Sie hatte schon vorher unter allen möglichen Problemen und Sorgen gelitten, wobei sie nie genau hatte definieren können, welcher Art ihre Schwierigkeiten waren. Eine Freundin hatte gemeint, sie sei in ihrer Ehe nicht glücklich, aber das hatte Karen abgestritten. Sehr energisch abgestritten. Sie und Wolf kannten einander seit fünfzehn Jahren, waren seit elf Jahren verheiratet und hatten zwei gesunde, hübsche Kinder. Bis auf die normalen Querelen, die sich zwangsläufig zwischen zwei erwachsenen Menschen, die unter einem Dach leben, ergeben, war zwischen ihnen weitgehend alles in Ordnung. Vielleicht hatten sie ein bisschen wenig voneinander, denn Wolf machte Karriere bei der Bank, für die er seit Abschluss seines Studiums arbeitete, und war selten zu Hause. Karen hatte ihren Beruf als Zahnarzthelferin aufgegeben, als das zweite Kind kam, und es war ihnen beiden als vernünftige Lösung erschienen.

»Ich verdiene genug Geld«, hatte Wolf gesagt, »und du kannst dich dann ganz um die Kinder kümmern und musst dich nicht dauernd so abhetzen.«

Manchmal argwöhnte Karen, dass Wolf nicht die geringste Ahnung hatte, in welchem Ausmaß allein das Betreuen zweier Kinder zum Abhetzen zwang, zumal es natürlich darüber hinaus auch darum ging, das Haus in Ordnung zu halten, den Garten zu pflegen, Kenzo auszuführen, sämtliche Einkäufe zu erledigen, die Wäsche zu waschen und Wolfs Hemden zu bügeln. Und es war – und damit, so meinte sie manchmal in einer Art untergründiger Ahnung zu erkennen, näherte sie sich vielleicht dem Kern ihrer Frustration und

Melancholie – ein Leben im Stress, für den ihr kein Mensch auch nur einen Funken Anerkennung zollte. Andererseits ging das kaum einer Hausfrau anders, wenn Karen den Leserbriefen in Frauenzeitschriften Glauben schenken durfte. Warum also krallte sie sich an diesem abgegriffenen Klischee fest, stimmte in das kollektive Jammern ihrer Geschlechtsgenossinnen ein, anstatt das Gute in ihrem Leben zu sehen? Die gesunden Kinder, den liebenswerten Hund, die glatte Karriere ihres Mannes, das schöne Haus?

Ja, denn das schöne, neue Haus hatten sie seit drei Monaten, und bei ihrem Rätselraten um die Ursache ihrer wachsenden Schwermut kam ihr dann und wann der Gedanke, dass sie den Umzug vielleicht nicht verkraftete, die neue Umgebung, die neuen Nachbarn. Eindeutig waren ihre Symptome deutlicher geworden. Die Schlaflosigkeit war quälender geworden, aber auch paradoxerweise ihre Müdigkeit. Die Stunden des Tages dehnten sich in unendliche Leere, und oft war sie nicht in der Lage, die dahintickenden Minuten mit Sinnvollem zu füllen, obwohl es genug zu tun gegeben hätte. Manchmal saß sie mit dem ellenlangen Einkaufszettel in der einen, dem Geldbeutel in der anderen Hand auf dem Sofa, starrte in den blühenden Garten und fand nicht die Kraft, aufzustehen und zum Supermarkt zu gehen.

War sie einsam? War sie inmitten der vierköpfigen Familie so einsam, dass ihr der Lebensmut langsam, aber unaufhörlich aus der Seele rann und irgendwo versickerte, wo sie ihn nie mehr finden würde?

Eine Woche nach dem Einzug hatte sie sich aufgerafft und die Nachbarn besucht, in der Hoffnung, hier vielleicht ein paar nette Kontakte herstellen zu können. Die Besuche hatten sie deprimiert: Die alte Dame auf der einen Seite war ziemlich senil und verbittert, sie hatte Karen unwirsch und unfreundlich behandelt, so als sei diese persönlich an irgendeiner Misere in ihrem Leben schuld. Auf der anderen Seite lebte ein ebenfalls schon recht altes Ehepaar. Karen mochte die beiden nicht, zumindest konnte sie sich nicht vorstellen, in ein freundschaftliches Verhältnis zu ihnen zu treten. *Er* hörte sich gerne reden und prahlte unablässig mit seinen beruflichen Erfolgen aus der Zeit, da er als höchst gefragter Rechtsanwalt – wollte man ihm Glauben schenken – sensationelle Erfolge hatte feiern können. Seine Frau sprach fast gar nichts, fixierte jedoch Karen ständig aus den Augenwinkeln, und Karen hatte das ungute Gefühl, sie werde gnadenlos über sie herziehen, kaum dass sie das Haus wieder verlassen hätte. Sie saß, ziemlich erschlagen und wie meist auch recht depressiv, auf dem geschmacklosen Brokatsofa, nippte an einem Cognak und versuchte, an den richtigen Stellen bewundernd zu lächeln oder ein staunendes »Oh!« hervorzubringen.

Und wünschte sich inbrünstig in die Sicherheit der eigenen vier Wände zurück.

»Ich finde sie unsympathisch«, hatte sie abends ihrem Mann erklärt, »er ist total von sich überzeugt, und sie kriegt den Mund nicht auf und steckt voller Aggressionen. Ich habe mich richtig unwohl gefühlt.«

Wolf lachte, und wie so oft fand Karen, dass seinem Lachen etwas Überhebliches anhaftete. »Du bist aber wirklich schnell in deinen Analysen, Karen. Ich dachte, du warst eine knappe halbe Stunde dort drüben? Und kannst diese wildfremden Menschen bereits so genau einordnen? Hut ab, kann ich da nur sagen!«

Natürlich verspottete er sie, aber warum verletzte sie dies so sehr? Das war doch früher nicht so gewesen. Was hatte sie so empfindlich werden lassen? Oder war sein Spott schärfer geworden? Oder kam beides zusammen und bedingte einander? Wolf war beißender geworden, und das machte sie sensibler, und ihre Sensibilität wiederum forderte ihn heraus, härter mit ihr umzuspringen. Was vielleicht nicht das war, was ein liebevoller Ehemann tun sollte, aber die menschliche Natur folgte ihren eigenen Gesetzen.

Und die neuen Nachbarn waren es zumindest ganz sicher nicht wert, ihretwegen zu streiten.

Die neuen Nachbarn …

Kenzo hatte eine interessante Spur auf dem Asphalt entdeckt und erhöhte merklich sein Tempo. Karen musste schon beinahe traben, um mit ihm Schritt halten zu können. Sie stellte fest, dass so ein Dauerlauf durch den frühen Morgen tatsächlich viel besser war, als sich im Bett herumzuwälzen, aber leider gelang es ihr trotzdem nicht, alle unliebsamen Gedanken aus ihrem Kopf zu verbannen. Zum Beispiel wollte sie eigentlich keinesfalls über die Nachbarn nachdenken, und nun hatten gerade diese sich wieder eingeschlichen. Weil sie seit Tagen Probleme wegen ihnen hatte, und *Probleme haben* hieß bei ihr: unentwegt nach Lösungen suchen, keine finden, sich immer elender fühlen, ihrer Umgebung mit ihrem Gejammere auf die Nerven fallen. Jedenfalls hatte Wolf das neulich in einem längeren Vortrag, den er ihr hielt, so beschrieben.

Das Problem mit den Nachbarn bestand darin, dass sie sie seit zwei Tagen nicht mehr erreichte. Und dringend erreichen musste, weil sie sie bitten wollte, sich ein wenig um den Garten und vor allem um die Post zu kümmern, während sie mit Wolf und den Kindern für zwei Wochen in die Türkei fliegen würde. Es waren jetzt noch etwa eineinhalb Wochen bis zum Beginn der Schulferien, eine weitere Woche später sollte es losgehen. Karen hatte bereits organisiert, dass Kenzo bei ihrer Mutter untergebracht würde, und sie fand, es sei wichtig, auch alles andere möglichst frühzeitig festzulegen. Sie hatte am gestrigen und vorgestrigen Tag bei den Nachbarn geklingelt, morgens, mittags und abends, aber nichts hatte sich gerührt. Was ihr seltsam vorkam, war, dass am Sonntag noch gelegentlich die Rollläden vor den Fenstern unten, dann wieder vor einigen Fenstern nach oben gezogen waren und trotzdem niemand zu Hause zu sein schien.

»Ich könnte schwören, sie sind daheim«, sagte sie zu Wolf, »aber ich habe sie nicht mehr im Garten gesehen, und niemand öffnet mir!«

Wolf hatte ein wenig gequält dreingeblickt, wie immer, wenn Karen ihn mit Dingen behelligte, von denen er fand, sie solle sie bitte allein lösen. »Dann werden sie eben verreist sein! Das kommt doch vor!«

»Aber die Rollläden ...«

»Vermutlich haben sie so ein automatisches Sicherheitssystem. Das steuert die Rollläden von selber. Damit eben niemand merkt, dass das Haus leer steht.«

»Aber gestern Nacht ...« Sie hatte in der Nacht von Sonntag auf Montag eine eigenartige Beobachtung gemacht. Sie hatte wieder einmal nicht schlafen können und war ins Bad gegangen, um ein Glas Wasser zu trinken. Dabei hatte sie aus dem Fenster gesehen und festgestellt, dass nebenan in einigen Räumen Licht brannte. Erleichtert hatte sie gedacht, dass die Nachbarn, wo immer sie gewesen sein mochten, nun offensichtlich zurückgekehrt waren, aber am nächsten Tag hatte sich dasselbe Spiel wiederholt: Niemand reagierte auf ihr Klingeln.

»Dann gehören eben auch an- und ausgehende Lichter zu dem Sicherungssystem«, sagte Wolf genervt, als sie mit ihm darüber sprach. »Lieber Gott, Karen, mach doch nicht so einen Zirkus! Es sind noch über zwei Wochen, bis wir abreisen. Bis dahin tauchen sie schon wieder auf! Außerdem – hat *er* nicht noch am Samstag mit dir telefoniert?«

Das stimmte. Der Nachbar hatte angerufen und sich beschwert, weil Karen ihren Wagen so ungeschickt vor ihrer

Garage geparkt hatte, dass angeblich auch die benachbarte Garage teilweise blockiert war. Karen hatte ihr Auto dann weggefahren und sich hinterher weinend in ihr Schlafzimmer zurückgezogen, weil sie das Gefühl hatte, unfreundlich und böse behandelt worden zu sein.

»Warum hast du da denn nicht gleich wegen der Ferien gefragt?«, wollte Wolf wissen.

»Weil er so unfreundlich war und ich …«

»Weil er so unfreundlich war! Fällt dir eigentlich auf, dass du das inzwischen über fast alle Menschen sagst, mit denen du in irgendeiner Weise verkehrst? Alle behandeln sie dich unfreundlich! Alle sind sie gemein zu dir! Keiner liebt dich! Warum, beispielsweise, fragst du jetzt nicht einfach die Alte auf unserer anderen Seite, ob sie sich um unsere Post kümmern könnte? Ich kann es dir sagen: Weil sie bei deinem Antrittsbesuch *so unfreundlich* zu dir war!« Die letzten Worte hatte er auf affektierte Weise betont. »Du läufst herum mit der Miene eines ständig verheulten Opferlammes, Karen, und vielleicht ist es ganz einfach das, was die Menschen herausfordert, schlecht mit dir umzugehen!«

Konnte es sein, dass er Recht hatte?

Sie und Kenzo waren in eine Straße eingebogen, an deren Ende man über ein kurzes Stück Wiese in den Wald gelangen konnte. Kenzo blieb an einem Gartenzaun stehen und schnüffelte interessiert; Gelegenheit für Karen, kurz zu verschnaufen. Obwohl das Laufen ihr gut tat, war sie schon wieder bei ihren quälenden Grübeleien angelangt, die fast alle dazu angetan waren, sie in ihrer eigenen Meinung über sich abzuwerten. War *Opfer sein* kein Zufall? Forderte man es selber heraus? Verhielt sie sich auf eine Weise, die andere einlud, sie schlecht zu behandeln?

Unterwürfig, ängstlich, abhängig von fremden Meinungen, ohne Selbstbewusstsein.

Wolf würde jetzt sagen: Ändere es, dachte sie. Aber hat er eine Ahnung, wie schwer es ist, sich selber an den Haaren aus dem Sumpf zu ziehen?

Nein, ein Mann wie Wolf konnte sich die Sorgen und Nöte, in denen Karen praktisch ständig schwebte, nicht im Entferntesten vorstellen. Er ging einfach seinen Weg, unbeirrt und gradlinig und ohne sich ständig in Frage zu stellen. Er kannte den Zustand nicht, permanent mit sich selber unzufrieden zu sein. Und es war wohl leider wirklich eine unheilvolle Spirale: Sie kritisierte sich selbst, deswegen taten es auch die Menschen um sie herum, was sie wiederum in ihrer schlechten Ansicht über sich bestärkte. Wo sollte ein solcher Weg enden?

Ganz sicher nicht in einer starken, unabhängigen, selbstsicheren Frau, dachte sie kleinlaut, eher in einer, die immer ängstlicher und neurotischer wird und sich vor allem und jedem fürchtet.

Kenzo konnte bereits den Waldweg vor sich sehen und zerrte heftig an der Leine. Karen ließ ihn los, und er trabte fröhlich davon. Wenige Meter bevor er den kleinen Feldweg erreichte, blieb er jedoch stehen und hob sein Bein am hinteren Reifen eines parkenden Autos.

Oh, verflixt, dachte Karen, hoffentlich hat das keiner gesehen! Meine Güte, hätte er nicht die zehn Meter noch warten können?

Sie sah sich schuldbewusst um, dankbar dafür, dass zu dieser frühen Stunde noch niemand wach war. Kenzo hatte sich natürlich das repräsentativste aller hier abgestellten Autos ausgesucht: einen dunkelblauen, sehr gepflegten BMW. Und zu Karens Entsetzen öffnete sich plötzlich die Fahrertür und ein Mann stieg aus. Ein sehr gediegen aussehender Mann in Anzug und Krawatte. Er wirkte ausgesprochen wütend.

»Was, zum Teufel, fällt denn Ihrem Hund ein?«, blaffte er Karen an.

Sie rief Kenzo sofort zu sich, damit er den Fremden nicht auch noch freudig begrüßen und seinen Anzug dabei ansabbern konnte, und nahm ihn wieder an die Leine. Hätte sie ihn bloß erst am Waldrand losgelassen! Aber wer konnte ahnen, dass er plötzlich ein Auto mit einem Baumstamm verwechseln würde? Und dass dort drinnen auch noch vor Tau und Tag jemand sitzen würde?

Was macht dieser Mann da nur zu dieser Uhrzeit?, dachte sie unglücklich. Aber im Grunde war das unerheblich. Er war jedenfalls richtig sauer auf sie, und sie fing schon wieder an zu zittern, weil jemand – sie konnte Wolfs süffisante Stimme förmlich hören – *unfreundlich* zu ihr war.

»Es … es tut mir Leid«, stotterte sie. Sie wusste, dass sie wie ein abwechselnd rot und blass werdendes Schulmädchen wirkte und nicht wie eine erwachsene Frau von fünfunddreißig Jahren. »Er … er hat so etwas noch nie gemacht … ich verstehe auch nicht, wie …«

Der Mann funkelte sie drohend an. »Nein, ich verstehe das auch nicht! Wenn man seinen Hund nicht in den Griff kriegen kann, sollte man sich Meerschweinchen halten!«

»Wie gesagt, er hat noch nie …«

»Noch nie! Noch nie! Davon kann ich mir nichts kaufen. Was interessiert mich, was Ihr Hund angeblich *noch nie* getan hat? *Mein* Auto jedenfalls hat er auf widerliche Art beschmutzt!«

Karen musste daran denken, dass sie einmal gelesen hatte, Männer würden ihre Autos als einen Teil von sich selbst empfinden, gewissermaßen als Verlängerung ihres wichtigsten Teils, und so gesehen hätte Kenzo die Erektion des Fremden angepinkelt … Kein Wunder, dass der durchdrehte.

»Wenn er irgendetwas beschädigt hat … wir haben eine

Haftpflichtversicherung, und ich würde gerne für die Kosten …« Wenn sie nur nicht so stammeln würde! Wenn ihr nur nicht die Tränen schon wieder so locker säßen!

Der Mann trat wütend gegen den misshandelten Reifen, knurrte etwas Unverständliches – es klang ein wenig wie: »Blöde Kuh!« –, stieg wieder in seinen Wagen und knallte die Tür hinter sich zu. Karen fühlte sich von seinen bösen Blicken förmlich durchbohrt, als sie die Straße weiter entlangging, um endlich den Feldweg zu erreichen und hundert Meter weiter im Schutz des Waldes unterzutauchen. Ihre Augen brannten.

Kein Grund zum Heulen, ermahnte sie sich, aber sie wusste, dass sie in wenigen Momenten schluchzen würde wie ein Schlosshund. Ihre Hände zitterten, und sie hatte weiche Knie. Was war nur los mit ihr? Warum heulte sie bei jeder Kleinigkeit? Aber warum passierten ihr auch immer wieder derlei Dinge? Der Nachbar, der sie anraunzte, weil sie ihr Auto ungeschickt geparkt hatte? Der fremde Mann, der sie *blöde Kuh* nannte, weil ihr Hund sein Auto entweiht hatte? Oder war es ganz anders? Passierten solche Dinge anderen Menschen auch, aber sie wussten sich besser dagegen zu wappnen?

Andere haben ein stärkeres Selbstwertgefühl, dachte sie, während die ersten Tränen über ihre Wangen rollten, und deshalb erschüttert es sie nicht bis ins Mark, wenn sie abfällig behandelt werden. Es perlt an ihnen ab.

Aber sie würde das nie in den Griff bekommen. Nie, es war hoffnungslos.

Sie kauerte sich nieder, schlang beide Arme um Kenzo, drückte ihre Nase in sein etwas stacheliges, dunkelbraunes Fell mit dem vertrauten Geruch und weinte. Vergoss wieder einmal Ströme von Tränen und war nur dankbar für den warmen, festen Körper des Hundes, der ihr ein wenig Trost und Halt gab.

Denn Wolf würde wieder bloß die Augen verdrehen, wenn sie nachher verheult beim Frühstück saß. Die Kinder würden betreten zur Seite schauen.

Als Ehefrau und Mutter war sie zweifellos dabei, sich zur Katastrophe zu entwickeln.

Mittwoch, 21. Juli

I

Inga trottete hinter Marius über die brütend heiße Dorfstraße, und nicht zum ersten Mal, seitdem sie mit ihm zusammen – und seit zwei Jahren sogar verheiratet – war, fand sie, dass er rücksichtslos mit ihr umging. Und ebenfalls nicht zum ersten Mal drängte sich ihr die Erkenntnis auf, dass sie dennoch bei ihm bleiben würde, weil sie mit irgendeiner Ader ihres vernünftigen, bodenständigen Wesens die chaotische Verrücktheit liebte, die typisch für ihn war und der sie es zu verdanken hatte, dass sie immer wieder in Situationen wie der augenblicklichen landete. Er war eben nicht einfach nur rücksichtslos gegen sie, er war im gleichen Maß rücksichtslos gegen sich selbst, und diese Rücksichtslosigkeit entsprang seiner völligen Unfähigkeit, irgendwelche Dinge zu planen, zu durchdenken, Risiken abzuwägen und unter Umständen von einem *tollen Plan* Abstand zu nehmen, weil seine Nachteile die Vorteile überwogen.

Und am Ende, dachte sie, schwankend zwischen Wut und Resignation, landet man dann bei fast vierzig Grad im Schatten auf einer staubigen Dorfstraße – ohne Schatten – irgendwo in Südfrankreich und weiß nicht, ob leben oder sterben besser wäre! Es ist so verdammt typisch für diesen Mann!

Sie blieb stehen und wischte sich den Schweiß von der Stirn. Sie trug ein ärmelloses T-Shirt, das wie ein nasser Lappen an ihr klebte, und zerknitterte Shorts, die sie sich am liebsten vom Leib gerissen hätte, weil ihr darin zu warm war. Am liebsten wäre sie in ihrer Unterhose weitermarschiert, aber obwohl sie sich dicht am Verenden glaubte, siegte in dieser Frage noch ihr Schamgefühl. Noch! Sie konnte sich durchaus vorstellen, in absehbarer Zeit völlig nackt dazustehen und sich einen Dreck darum zu scheren, was die Leute von ihr dachten.

»Kann ich noch einen Schluck Wasser haben?«, fragte sie. Es mochten erst an die zehn Minuten vergangen sein, seitdem sie zuletzt etwas getrunken hatte, aber schon wieder klebte ihre Zunge am ausgedörrten Gaumen, und vor ihren Augen flimmerte es.

Es sind wahrscheinlich nicht vierzig, sondern um die fünfzig Grad hier auf dieser Straße, dachte sie.

Marius drehte sich um. Er schleppte, genau wie Inga, seine Campingausrüstung auf dem Rücken, hatte sich aber erboten, zusätzlich den Proviant zu übernehmen. Wobei dieser nicht mehr viel hermachte; auch in dieser Hinsicht waren sie äußerst leer gebrannt.

»Wir haben kaum noch etwas zu trinken«, sagte er, »vielleicht sollten wir noch etwas warten mit dem nächsten Schluck.«

»Ich muss aber etwas trinken. Ich glaube, ich kann sonst nicht einen Schritt mehr weitergehen!«

Marius ließ den riesigen Rucksack zu Boden gleiten, öffnete eine Seitentasche und holte eine Plastikflasche mit Wasser hervor. Sie war knapp zu einem Viertel voll. Trotzdem griff Inga gierig danach, setzte sie an und hätte ein Vermögen gegeben, sie austrinken zu können. Anständigerweise musste sie natürlich die Hälfte für Marius übrig lassen. Es kostete sie körperliche Überwindung, ihm die Flasche mit dem lauwarmen Inhalt zurückzureichen.

»Hier. Für dich.«

Marius trank den Rest und pfefferte die leere Flasche auf ein verwildertes Grundstück zu ihrer Rechten. Normalerweise hätte Inga, die Umweltschützerin, protestiert, aber dazu fehlte ihr in diesem Moment die Kraft.

»So«, sagte Marius, »das war's. Jetzt haben wir kein Wasser mehr!«

»Aber irgendwo muss es hier doch einen Laden geben. Die Leute in diesem Scheißkaff kaufen doch auch Lebensmittel ein!« Inga sah sich um. Eine menschenleere Dorfstraße. Häuser rechts und links mit verschlossenen Fensterläden. Totenstille. Natürlich ließ sich bei dieser Hitze um die Mittagszeit niemand draußen blicken. Nur zwei verrückte Touristen mit Campingzelt konnten es fertig bringen, hier entlangzuschleichen und einen Hitzschlag zu riskieren.

»Bestimmt gibt es einen Laden«, meinte Marius, »aber wahrscheinlich irgendwo mehr im Inneren des Dorfes. Offensichtlich nicht hier an der Dorfstraße.«

»Ich habe nicht die Kraft, jetzt das Dorf abzulaufen.« Inga ließ ihren Rucksack von den Schultern gleiten und setzte sich dann darauf. Ihre Beine zitterten leicht. »Vielleicht sollten wir irgendwo klingeln und um etwas Wasser bitten.«

»Hm«, machte Marius und sah sich nun ebenfalls um, so als könne in der Zwischenzeit von irgendwoher ein menschliches Wesen aufgetaucht sein. Aber noch immer rührte sich nichts, und nicht einmal der leiseste Anflug eines Windhauchs wehte über die Straße.

Inga war den Tränen nahe. Sie hätte nicht stehen bleiben sollen. Nicht trinken. Und schon überhaupt nicht sich hinsetzen. Denn nun hatte sie den Eindruck, um nichts in der Welt jemals wieder aufstehen und weitergehen zu können.

»Ach, Marius, warum … ich meine, wie konnten wir überhaupt im Juli per Anhalter ans Mittelmeer aufbrechen?«

Im Grunde konnte sie sich ihre Frage ganz einfach selbst

beantworten: Weil Marius wieder einmal eine umwerfende Idee gehabt hatte, und weil sich – wie meist – am Ende herausgestellt hatte, dass doch nicht alles so einfach lief, wie er geglaubt hatte. Was ihn aber – und auch das war typisch – keineswegs von seinem Plan hatte Abstand nehmen lassen.

»Inga, tolle Neuigkeiten!«, hatte er am Telefon herausgesprudelt. Inga hatte in den Semesterferien im Rahmen ihres Geschichtsstudiums an einem zweiwöchigen Arbeitskreis in Berlin teilgenommen, während Marius allein daheim in München zurückgeblieben war. Natürlich hatten sie jeden Abend telefoniert.

»Ich kann an ein Auto kommen! Ein Bekannter leiht mir seinen Wagen. Ich hab mir gedacht, wir fahren damit ans Mittelmeer, wenn du wieder da bist, und lassen es uns richtig gut gehen!«

»Wer verleiht denn seinen Wagen? Wer ist der Bekannte?«

»Kennst du nicht. Ich hab ihm bei seinem Schein geholfen, und da will er sich revanchieren! Ist das nicht eine tolle Aussicht?«

Sie hatte die Skepsis verflucht, die sie jedes Mal befiel, wenn Marius mit Ideen, Vorschlägen, Plänen ankam. Warum musste sie stets sofort die Gouvernante herauskehren, die auf Probleme hinwies und Marius' überschäumende Begeisterung abkühlte?

»Wir haben doch dort gar kein Quartier. Und wir bekommen auch ganz sicher keines mehr.«

»Wir campen.«

»Wir haben doch aber gar keine ...«

»Kriegen wir auch. Ein Zelt, Schlafsäcke, Kocher, Campinggeschirr. Kein Problem.«

»Dieser Bekannte muss dir ja ganz schön dankbar sein ...«

»Na, krieg du mal so eine Hausarbeit fast vollständig geschrieben! Der kann mir noch jahrelang die Füße küssen!«

»Weißt du, Marius, ich fürchte, im Juli am Mittelmeer ist es einfach nur heiß und voll und …«

»Aber wir sind doch beweglich. Wir können uns an ganz ruhige Orte zurückziehen. Wenn es uns irgendwo nicht gefällt, fahren wir weiter. Inga, komm, benimm dich nicht wie deine eigene Großmutter! Sag einfach ja und freu dich auf unsere Reise!«

Was war ihr anderes übrig geblieben? Sie hatte zugestimmt, hatte sich zumindest an *seiner* Freude gefreut und versucht, die Beunruhigung in sich nicht überhand nehmen zu lassen. Es hatte ihr kein Gefühl des Triumphs vermittelt, sie nur mit einer leise seufzenden Resignation erfüllt, als sich herausstellte, dass Marius' Bekannter sein Auto nun doch nicht herausrücken wollte, und dass es lediglich bei der versprochenen Campingausrüstung blieb, die bereits den kleinen Wohnungsflur verstellte, als Inga nach Hause zurückkam.

»Das ist ihm zu heikel mit dem Auto«, hatte Marius erklärt, »wegen der Versicherung und so …«

Eben. Genau so etwas hatte ihr von Anfang an geschwant. Aber wenigstens hatten sie ein funkelnagelneues Zelt und fantastische Schlafsäcke, tolle Rucksäcke, und auch das Geschirr wurde höchsten Ansprüchen gerecht. Die Campingausrüstung schien noch nie benutzt worden zu sein und war eindeutig vom Allerfeinsten.

»Der Typ hat aber eine Menge Kohle«, meinte Inga.

Marius zuckte mit den Schultern. »Reiche Eltern. Man hat eben Glück oder nicht.«

An diesen Ausspruch musste Inga denken, an diesem Mittag auf der heißen Dorfstraße, als sie meinte, vor Durst verrückt zu werden und den Schmerz, den die Blasen an ihren Füßen verursachten, nicht länger auszuhalten. Glück hatten sie beide jedenfalls auf dieser Reise nicht, wenn auch Marius das wohl ganz anders sehen würde. Sie waren rasch vorangekommen, das musste sie zugeben. Am späten Nachmittag des Vortages waren sie aufgebrochen, denn Marius, der während der Ferien bei einer Spedition jobbte, hatte noch gearbeitet. Ein junges Paar hatte sie bis Lyon mitgenommen, aber sie waren dort um drei Uhr in der Nacht angekommen, hatten in völliger Dunkelheit ihr Zelt auf einem verdreckten Campingplatz am Stadtrand aufbauen müssen, und Inga war so müde gewesen, dass sie hätte heulen können. Sie hatten knapp drei Stunden geschlafen und sich dann an der Autobahnauffahrt die Füße in den Bauch gestanden. Wer nahm schon gerne zwei Leute mit, die solche Mengen an sperrigem Gepäck mit sich führten? Zuletzt hatte eine junge Französin mit einem Kleinkind auf dem Rücksitz sich ihrer erbarmt, aber sie hatte sie nicht wirklich weit mitnehmen können, weil sie ihre Mutter in einem Einsiedlerhof besuchen und dort einige Tage bleiben wollte. Sie hatte sie an einer Weggabelung aussteigen lassen und gemeint, bis zum nächsten Dorf würden sie eine knappe halbe Stunde brauchen, aber tatsächlich waren sie dann über eine Stunde unterwegs gewesen. Und befanden sich nun völlig abseits der Autobahn, aber es hatte dort gerade weit und breit keinen Rastplatz gegeben, und es war klar gewesen, dass sie unbedingt frisches Wasser kaufen mussten.

»Wir hätten uns doch am letzten Parkplatz absetzen lassen sollen«, sagte Inga.

»Ja, aber so sind wir gut zwanzig Kilometer weitergekommen.«

»Na und? Was nützt uns das denn? Hier kommt wahrscheinlich überhaupt niemand mehr vorbei, der weiter fährt als bis zum nächsten Dorf. Was bedeutet, wir müssen zur Autobahn zurücklaufen, und das sind mindestens fünf Kilometer. Bei dieser Hitze …«

Ihre Stimme schwankte, und sie sprach vorsichtshalber nicht weiter. Sie konnte an Marius' Gesicht sehen, dass er

Angst davor hatte, sie könnte wirklich zu weinen beginnen, denn ihre Tränen machten ihn stets hilflos und unglücklich. Wobei sie nicht oft weinte, sogar nur äußerst selten. Im Augenblick jedoch …

Die Erschöpfung, dachte sie, wenn ich jetzt losheule, dann vor allem aus Erschöpfung. Ich kann nicht mehr. Ich kann einfach nicht mehr.

Sie löste die Schnürsenkel ihrer dicken Turnschuhe. Als sie die Schuhe langsam von den Füßen zog, wimmerte sie vor Schmerzen. Vorsichtig rollte sie die Socken herunter. Dicke, feuerrote Blasen kamen zum Vorschein.

»Ich brauche eine Apotheke«, sagte sie, dabei war ihr klar, dass es noch schwieriger sein dürfte, in diesem Dorf eine Apotheke aufzutreiben als einen Lebensmittelladen. Wenn es überhaupt eine gab.

Eher nicht. Die erste Träne löste sich und rollte über ihre heiße, gerötete Wange.

»Nicht!« Marius war sofort neben ihr, fing mit dem Finger die Träne auf. »Nicht weinen. Hör mal, es war nicht klug, die Schuhe auszuziehen. Jetzt kommst du garantiert nicht mehr hinein.«

»Ich brauche eine Salbe. Und Pflaster. Das entzündet sich sonst.«

»Das sieht ja wirklich schlimm aus«, sagte Marius, fast ehrfürchtig. »Aber so weit sind wir doch gar nicht gelaufen, oder?«

Er verdrängte alles. Wirklich und immer alles.

»Die Frau, die uns mitgenommen hat, ist diese Strecke noch nie zu Fuß gegangen, oder höchstens bei kaltem Wetter, wenn man schneller vorankommt. Eine halbe Stunde! Das war ja wohl völlig daneben!«

»Trotzdem finde ich, dass deine Füße …«

Sie sah ihn an, gereizt, weil sie wusste, sie hatte einen großen Fehler gemacht. »Ja, okay, es sind neue Schuhe. Und ich weiß, die darf man nie auf einer größeren Strecke anziehen. Allerdings war mir, als du mir diesen Traumurlaub angekündigt hast, auch nicht klar, dass wir in einer Einöde landen und viele Kilometer weit marschieren würden. Irgendwie hast du völlig vergessen, dies zu erwähnen!«

Er kauerte vor ihr, betrachtete ihre Füße und sah dann zu ihr hoch. Wie immer fiel es ihr schwer, angesichts seiner sanften Miene und der fast kindlich wirkenden blauen Augen, Aggression und Ärger aufrechtzuerhalten.

»Nicht streiten«, bat er, »das verbraucht nur Kräfte!«

Sie strich ihm mit der Hand über die schweißnassen blonden Haare, die über der Stirn einen eigenwilligen Wirbel bildeten – der für immer verhindern würde, dass er wirklich seriös aussah.

»Okay. Aber …« Sie sprach nicht weiter. Es hatte keinen Sinn, ihm zu erklären, dass es wieder einmal seine Leichtfertigkeit und Unüberlegtheit gewesen waren, die sie beide in diese Situation gebracht hatten, und dass es notwendig wäre, er würde versuchen, etwas mehr Reife und erwachsenes Benehmen zu entwickeln, aber natürlich würde er sich so wenig ändern, wie sich andere Menschen ebenfalls in ihren Grundstrukturen nicht änderten – jedenfalls nicht auf Bitten oder Anraten anderer hin. Irgendeine erschütternde Erfahrung, ein aufwühlendes Erlebnis könnten bei Marius eine Neuorientierung bewirken, aber dies herbeizuführen lag nicht in ihrer Macht.

»Pass auf«, sagte Marius, »du bleibst jetzt hier sitzen und ruhst dich aus. Ich lasse das ganze Gepäck bei dir und mache mich auf die Suche nach einer Apotheke. Und nach einem Supermarkt. Ich werde dir eiskalte Limonade bringen und eine schöne, kühle Salbe für deine Füße. Wie findest du das?«

Das Angebot klang äußerst verlockend, aber Freude oder

Erleichterung würde Inga erst empfinden, wenn Marius mit den versprochenen Dingen wieder vor ihr stünde. Vorläufig war die Gefahr zu groß, dass er sich entweder verlief und erst nach Stunden zurückkam, oder unterwegs vergaß, weshalb er losgezogen war. Inga hielt es durchaus für möglich, dass er irgendwann mit einer CD in der Hand aufkreuzte, auf der sich die Musik einer Gruppe befand, nach der er lange gesucht und die er nun in einem Drogeriemarkt entdeckt hatte. Worüber er vor Aufregung sein eigentliches Vorhaben vergessen haben würde.

Aber da sie keine Wahl hatte, nickte sie. »In Ordnung. Das ist lieb von dir. Bist du denn sicher, dass du das schaffst?«

»Mir geht's ganz gut. Vor allem sind meine Füße noch heil. Also«, federnd sprang er hoch, »warte hier auf mich, ja?«

Sie lächelte müde und sah ihm nach, wie er ein Stück die Dorfstraße zurückging und dann nach links in eine Nebenstraße abbog. Er hatte eindeutig die bessere Kondition. Allerdings machte er auch viel Sport, im Unterschied zu ihr, die sie sich immer nur verbissen und ohne nach rechts oder links zu schauen auf ihr Studium konzentrierte.

Ich sollte wenigstens einen Gymnastikkurs bei der Volkshochschule belegen, dachte sie.

Ein Stück weiter die Straße hinunter entdeckte sie eine Mauer, die ein wenig Schatten spendete, und sie beschloss, sich dorthin zu verziehen, da sie unweigerlich sonst demnächst einen Sonnenstich bekommen würde. Es kostete sie eine ungeheure Anstrengung, aufzustehen, ihre Sachen zusammenzuraffen und zwanzig Schritte weiterzugehen, wobei sie so schnell wie möglich trippeln musste, da der heiße Asphalt unerträglich an ihren nackten Fußsohlen schmerzte. Sie musste dreimal hin- und herlaufen, bis sie das ganze Gepäck zu der Mauer geschafft hatte, und dann sank sie auf ihren zusammengerollten Schlafsack nieder und schnaufte wie eine Lokomotive. Ihr war ein wenig übel. Womöglich hatte sie bereits zu viel Sonne abbekommen, und ihr körperlicher Zusammenbruch hatte nicht nur etwas mit ihrer Unsportlichkeit zu tun.

Der Schatten tat gut. Das Sitzen tat gut. Wenn sie jetzt noch etwas Wasser bekäme, würde sie sich schon fast wieder richtig wohl fühlen.

Sie schloss die Augen, versuchte dabei jedoch, keinesfalls einzuschlafen. Schließlich lag ihr gesamtes Hab und Gut um sie herum verteilt. Der Gedanke ließ sie sich aufrichten.

Das gesamte Hab und Gut ... Hatte Marius überhaupt daran gedacht, Geld mitzunehmen?

Sie stöhnte leise, weil sie nicht gleich daran gedacht hatte, langte hinüber zu seinem Rucksack und öffnete das Außenfach. Die Geldbörse fehlte, und sie atmete erleichtert auf. Auch sein Handy hatte er offenbar mitgenommen, blieb somit für sie erreichbar. Vielleicht stempelte sie ihn immer viel zu leicht zum Trottel, vielleicht war sie in der Beurteilung seiner Person schon lange nicht mehr gerecht. Immerhin bewältigte er sein Studium mit ausgezeichneten Noten, schrieb sogar Hausarbeiten für andere Studenten. Er war partiell ein Chaot, aber nicht durch und durch. Es war notwendig – für ihre Ehe –, dass sie sich das von Zeit zu Zeit klar machte.

Sie schloss erneut die Augen.

Sie musste eingeschlafen sein, denn sie hatte das Auto nicht kommen hören. Sie schrak erst hoch, als sich jemand über sie beugte. Es mochte sogar sein, dass eine Hand sie berührt hatte, aber das hätte sie nicht beschwören können.

»Ja bitte?«, fragte sie völlig verwirrt, so als habe sie einen Telefonhörer abgenommen und erwarte einen Teilnehmer am anderen Ende der Leitung.

Stattdessen blickte sie in das Gesicht eines fremden Mannes. In ihren Augen war er bereits älter, Mitte vierzig vielleicht, er wirkte sympathisch und besorgt.

Ja, vor allem besorgt. Dies war womöglich das Attribut, das sie in diesem Moment am ehesten mit ihm in Verbindung gebracht hätte.

»Ach, Sie sind Deutsche!«, sagte er. Seine Sprache war völlig akzentfrei, also war er wohl selber Deutscher, wie Inga vermutete. Jetzt entdeckte sie auch das Auto, das hinter ihm parkte. Münchener Nummer.

»Ich bin eingeschlafen«, sagte sie. »Wieviel Uhr ist es?«

Der Mann schaute auf seine Armbanduhr. »Es ist Viertel nach eins.«

Als Marius losgezogen war, war es zwanzig nach zwölf gewesen. Sie hatte fast eine Stunde lang geschlafen.

Sie richtete sich auf, blickte nach rechts und links über die sonnenglühende, leere Straße.

»Ich warte hier auf meinen Mann. Er versucht, etwas zu trinken zu organisieren.« Während sie dies sagte, merkte sie, wie trocken und aufgesprungen sich ihre Lippen anfühlten. Das Verlangen nach einem Schluck Wasser begann übermächtig zu werden.

»Mein Gott, das ist doch kein Problem. Warten Sie!« Er stand auf, ging zum Auto zurück und erschien mit einer Kühltasche. Er öffnete sie und zog eine von Kälte beschlagene Dose Cola heraus.

»Hier. Ich trinke auf langen Autofahrten wie ein Verrückter Cola, deshalb habe ich leider nichts anderes, aber …«

Sie nahm ihm die Dose aus der Hand, öffnete sie mit zitternden Fingern, setzte sie an und trank. Trank wie eine Verdurstende und spürte, wie ihre Lebensgeister langsam zurückkehrten und neue Kräfte in ihr wuchsen.

»Danke«, sagte sie, als die Dose leer war. »Sie haben mich gerettet.«

»Ich kam die Straße entlang, sah Sie hier liegen und fragte mich, ob wohl alles in Ordnung ist mit Ihnen. Deshalb habe ich angehalten.« Sein Blick glitt an ihren nackten Beinen hinunter und heftete sich erschrocken an ihre Füße. »Lieber Himmel! Ihre Füße sehen ja furchtbar aus!«

»Wir sind ziemlich weit gelaufen. Und ich hatte blöderweise funkelnagelneue Schuhe an.« Sie zuckte mit den Schultern. »Das mit dem Trampen haben wir uns irgendwie einfacher vorgestellt.«

Der Mann sah sich um. »Ich glaube, ich bin der einzige Autofahrer seit langem. Dieses Dorf liegt nicht unbedingt günstig, um eine Mitfahrgelegenheit zu finden. Jedenfalls … ich weiß ja nicht, wohin Sie wollen, aber …«

»Ans Mittelmeer.«

»Da sind Sie aber ein bisschen vom Weg abgekommen.«

»Ich weiß. Wir wollen ja auch zur Autobahn zurück, aber bei dieser Hitze müssen wir wohl bis zum Abend warten.«

Er sah sie nachdenklich an; es schien, als wäge er irgendetwas ab und versuche, eine Entscheidung zu treffen. »Ich fahre ans Mittelmeer. Cap Sicié. Côte de Provence.«

»Oh … dann sind Sie aber auch ein bisschen vom Weg abgekommen, oder?«

Er strich sich die Haare aus der Stirn. Sie waren dunkel, kaum angegraut. »Die haben im Radio einen Unfall gemeldet. Mit größerem Stau. Den versuche ich gerade zu umfahren.«

Sie sah ihn an. Sie wusste, dass sie Vertrauen erweckend wirkte. Aber sie verstand Menschen nur zu gut, die prinzipiell keine Anhalter mitnahmen. Sie selber gehörte dazu. Eine Freundin von ihr hatte bei eisiger Winterkälte ein Pärchen mitfahren lassen, vom Mitleid ergriffen, weil die beiden schon fast festgefroren schienen. Irgendwann hatte ihr der Typ plötzlich ein Messer an die Kehle gehalten und sie zum

Abbiegen auf einen Waldweg genötigt. Dort hatten die beiden sie zum Aussteigen gezwungen und waren mit ihrem Auto sowie ihrer Handtasche, in der sich Geld, Scheckkarten und alle Papiere befanden, abgehauen. Und vermutlich konnte sie dabei noch von Glück sagen, dass ihr nichts Schlimmeres passiert war.

Der Mann seufzte. »Ich nehme eigentlich nie Fremde mit«, sagte er, so als habe er ihre Gedanken gelesen, »aber ich habe den Eindruck, ich kann Sie hier nicht sitzen lassen. Also, wenn Sie mögen …«

»Das Problem ist …«

Er nickte. »Ihr Mann. Den müssen wir natürlich auch noch aufsammeln.«

»Ich kann ihn nicht einfach hier zurücklassen.«

»Selbstverständlich nicht. Haben Sie eine Ahnung, wohin er gegangen ist?«

»In diese Richtung.« Sie wies die Straße entlang. »Und dann die Erste links rein. Mehr weiß ich nicht. Er hoffte, irgendwo ein Lebensmittelgeschäft zu finden. Ich kann versuchen, ihn über sein Handy zu erreichen.«

»Warten Sie mal. Das Dorf ist nicht groß, wir finden ihn bestimmt sofort.« Der Mann verschloss seine Kühltasche wieder, richtete sich auf. »Kommen Sie, wir verstauen Ihr Gepäck und dann fahren wir los.«

»Jetzt haben Sie auch noch Umstände durch mich«, meinte Inga. Sie rappelte sich auf und unterdrückte einen leisen Schmerzensschrei, als sie die Füße auf den Asphalt setzte. »Gott, ist das heiß, wie eine Herdplatte!«

»Setzen Sie sich schnell ins Auto. Ich mache das mit dem Gepäck. Sie können hier nicht barfuß herumlaufen.«

Erleichtert sank sie auf den Beifahrersitz. Im Wagen musste die ganze Zeit über die Klimaanlage gelaufen sein, denn es herrschte eine angenehme Temperatur. Der Mann tauchte neben Inga auf und drückte ihr einen Erste-Hilfe-Kasten in die Hand.

»Hier. Verbinden Sie mal Ihre Füße. Da sollte jetzt kein Dreck drankommen.«

Während Inga Verbände zurechtschnitt, räumte ihr Retter die Campingausrüstung in den Kofferraum und in Teilen auf den Rücksitz. Dann setzte er sich auf den Fahrersitz und startete den Motor. Auf seiner Stirn glänzte Schweiß. »Lieber Himmel«, sagte er, »fünf Minuten da draußen, und man ist wie weich gekocht. Übrigens«, er sah sie an, »ich heiße Maximilian. Maximilian Kemper.«

»Inga Hagenau.«

»Okay, Inga – ich darf Sie Inga nennen, ja? –, dann suchen wir jetzt mal Ihren Mann. Und wenn alles glatt geht, sind Sie heute abend schon am Mittelmeer.«

Zu schön, um wahr zu sein, dachte sie, und während sie sich in die kühlen, glatten Polster zurücklehnte, überlegte sie, dass sie, zumindest in den Augen ihrer Mutter und einer Reihe wohlmeinender Freundinnen, sehr leichtfertig handelte. Sie hatte sich Gedanken gemacht, ob sie wohl Vertrauen erweckend genug aussah, um mitgenommen zu werden, aber sie hatte sich keinen Moment lang gefragt, ob *er* Vertrauen erweckend war. Seriös. Zuverlässig, was auch immer.

Unter halb gesenkten Wimpern musterte sie ihn von der Seite. Er schaute auf die Straße hinaus. Immerhin nicht auf ihre nackten Beine. Das hätte sie nervös gemacht. Vorhin waren ihr die Shorts zu viel gewesen, jetzt fand sie, dass sie aus beunruhigend wenig Stoff bestanden. Sie hätte gerne etwas gehabt, was sie über ihre nackten Oberschenkel hätte ziehen können, aber an ihr Gepäck kam sie nicht heran, und sie wäre sich auch albern vorgekommen, wenn sie bei dieser Hitze plötzlich einen Pullover über ihre Beine gebreitet hätte.

Sie blinzelte noch einmal zu ihm hinüber. Sein Blick war noch immer auf die Straße gerichtet.

Inga seufzte tief. Sie würde drei Kreuze machen, wenn erst Marius im Auto saß.

2

An diesem ganz gewöhnlichen Mittwochmorgen im Juli beschloss Rebecca Brandt, dass es Zeit war, ihrem Leben, das sie als ein solches im Sinne eines lebenswerten Daseins nicht mehr empfand, ein Ende zu setzen.

Es war nicht so, dass der Gedanke an Selbstmord unerwartet über sie gekommen wäre. Sie hatte ihn manchmal im Kopf bewegt, er war ein Strohhalm gewesen, an den sie sich in den dunkelsten Momenten geklammert hatte, wenn Hoffnungslosigkeit und Trauer ohne Ende schienen und kein Weg mehr sichtbar war für sie. Dann hatte sie gedacht: Wenn ich es nicht mehr aushalten kann, dann gehe ich. Das bleibt mir. Die Entscheidung, es nicht mehr ertragen zu wollen.

Sie hatte vorgesorgt. Morphium. Ihr Mann war Arzt gewesen, über befreundete Kollegen war es damals nicht schwer gewesen, an die Tabletten zu kommen. Sie hatte eine Menge gehortet. Die extreme Überdosis würde ausreichen, sie einschlafen und niemals wieder aufwachen zu lassen. Die Packungen lagen im Badezimmerschrank, ganz hinten, aber kaum verdeckt von einer Schachtel mit Aspirin, einem Fläschchen mit Schnupfenspray und den verschiedenen Schlafmitteln. Manchmal in den letzten Monaten hatte sie sich minutenlang an die offene Schranktür gestellt und einfach nur diese Packungen angestarrt. Manchmal hatte ihr dies noch eine Spur Kraft verliehen.

An diesem Tag nun wusste sie, dass es nicht funktionieren würde. Der bloße Anblick ihrer Tabletten würde sie nicht mehr aufrichten. Ihre Kräfte hatten sich erschöpft. Der Kampf gegen die Depression war nicht zu gewinnen. Der Gedanke, ihn endgültig aufzugeben, nahm einen immer wärmeren, verführerischen Glanz an.

Ein Leben lang, dachte sie an diesem Morgen, lernen wir, dass man nie aufgeben darf. Deshalb fällt es so schwer. Deshalb sind so viele Widerstände in uns. Und Schuldgefühle. Die vor allem.

Sie lauschte in sich hinein. Sie konnte ihre Schuldgefühle nicht finden an diesem Morgen. Falls sie überhaupt noch da waren, so gelangte sie jedenfalls nicht in Kontakt mit ihnen, und dies war ein Umstand, den sie unbedingt nutzen musste. Schuldgefühle stellten die stärksten Hindernisse bei der Planung und Durchführung eines Selbsttötungsprojektes dar. Ihr Verstummen bedeutete, dass das Schicksal ihr eine Chance gab.

Eigentlich war an diesem Tag alles wie immer gewesen. Sie war früh aufgestanden, hatte ihren Jogginganzug angezogen und war in den Garten gegangen. In einen schon sehr hellen Morgen hinein, dessen klare Luft noch angenehm auf der Haut prickelte und auf den Lippen nach Meersalz schmeckte. Später würde es heiß werden, sehr heiß und sehr sonnig.

Der Garten war Felix' große Liebe gewesen. In den Garten hatte er sich verliebt, als sie beide beschlossen hatten – acht Jahre lag das nun zurück –, ein Haus in der Provence zu kaufen, irgendwo am Meer, ein kleines Häuschen mit viel Land drumherum. Eigentlich waren sie gar nicht ganz sicher gewesen, ob sie das wirklich wollten; Rebecca hatte zunächst den Eindruck, es ginge eher darum, herumzufahren, zu träumen, Objekte anzusehen. Sie waren beide damals besonders stark beruflich eingespannt gewesen, hatten daheim in München ein zwar glückliches, aber sehr stressgeplagtes Leben geführt. Der Gedanke allein an ein Refugium weit weg, an einen Ort zum Abschalten, Vergessen, Entspannen hatte oft schon ausgereicht, sie das Gehetze des Alltags leichter ertragen zu lassen. Aber dann hatte ein Foto im Schaukasten eines Maklerbüros sie nach Le Brusc geführt, dicht am Cap Sicié gelegen, jenem inmitten der heiteren Mittelmeerlandschaft stets etwas düster anmutenden Felsen aus schwarzem Gestein, dessen Umschiffung unter den Seeleuten als gefährlich und stets unberechenbar galt. Plötzlich schienen sich der schöne Gedanke, der gern geträumte Traum in greifbare Wirklichkeit verwandeln zu wollen.

»Ich weiß nicht, ob es mir hier so gut gefällt«, hatte Rebecca gesagt, als sie sich mit dem Auto über steile, enge Straßen nach oben schraubten. Die Gegend war dicht bewaldet, und es war, als bewege man sich aus der Sonne des Tages in eine Welt der Schatten hinein.

»Lass uns einfach mal schauen«, hatte Felix gesagt.

Sie waren an verwilderten Wiesen vorbeigekommen und an alten, baufälligen Häusern, die in völlig zugewucherten Gärten kauerten. Ein Zigeunercamp mit bunt bemalten Wagen am Wegesrand … Obstbäume, überraschend gepflegt angelegt wie in einer Plantage … dann wieder Wald. Es gab keine asphaltierte Straße mehr, sondern nur noch einen Feldweg voller Schlaglöcher, in denen die Pfützen eines wenige Tage zurückliegenden Regengusses standen.

»Das ist ja am Ende der Welt«, sagte Rebecca, und sie konnte hören, dass ein Schaudern in ihrer Stimme klang.

Eines der letzten Häuser schien dem Bild aus dem Schaukasten am ehesten zu entsprechen. Jedenfalls war das Grundstück von einem reichlich baufälligen weißen Lattenzaun umgrenzt, und an diesen Zaun meinte sich Felix zu erinnern.

Das Haus selber schimmerte weiß durch eine Wand aus Gestrüpp hindurch. Rebecca fröstelte unwillkürlich, als sie ausstieg, und ihr erster Gedanke war: Nie. Nie könnte ich es hier auch nur eine einzige Woche aushalten.

Felix öffnete bereits das Gartentor, das dabei fast aus seinen verrosteten Angeln fiel, und betrat das Grundstück.

»Nicht«, sagte Rebecca, »du weißt doch gar nicht, ob die Leute daheim sind.«

»Ich glaube, hier wohnt überhaupt niemand mehr«, meinte Felix, »das sieht alles völlig verlassen aus. Schau mal, wie hoch das Gras steht! Hier hat seit Ewigkeiten niemand mehr gemäht oder Büsche und Bäume zurückgeschnitten.«

Zweige stießen ihnen ins Gesicht oder verfingen sich in ihren Haaren, als sie den nur noch schwach als Weg erkennbaren Pfad zum Haus entlangstolperten. Rebecca musste zugeben, dass es tatsächlich unwahrscheinlich war, dass hier noch jemand wohnte. Das Haus sah so ungepflegt aus wie der Garten, von den Wänden bröckelte der Putz, die Fenster im ersten Stock hatten teilweise keine Scheiben mehr. Die Haustür hing so schief in ihrem Rahmen wie das Gartentor.

»Da wäre eine Menge zu investieren«, murmelte Felix, und Rebecca sah ihn entsetzt an. »Du denkst doch nicht ernsthaft, dass wir …?«

»Nein, nein«, sagte er, und dann waren sie um das Haus herumgegangen, und alles hatte sich verändert. Das Licht, der Himmel, der ganze Tag. Weit tat sich der Garten vor ihnen auf, eine große, scheinbar unbegrenzte Wiese, die am Ende in Felsen überging, und hinter den Felsen schimmerte das Meer, blau und endlos, und es spiegelte die Strahlen der Sonne wider, die von einem wolkenlosen Himmel schien und den Eindruck der Düsternis, der zuvor in so beklemmender Weise vorgeherrscht hatte, mit einem Schlag verscheuchte.

Sie standen beide überwältigt vor diesem Anblick und vor den Empfindungen, die er in ihnen auslöste.

»Das ist ...«, sagte Felix hingerissen, und Rebecca vollendete den Satz: »Unglaublich. Es ist unglaublich schön.«

Sie liefen über die ganze Wiese bis nach vorn zu den Felsen. Wild und schroff stürzte der Steilhang hier ins Meer. Unten toste die Brandung und schleuderte weiße Gischt hoch hinauf auf die Steine. Hell schimmerte der Sand einer kleinen Bucht zwischen Wasser und Felsen.

»Da könnte man baden«, sagte Felix.

»Man kommt nicht da runter«, wandte Rebecca ein.

»Aber sicher doch. Man kann einen Pfad anlegen.«

»Die Brandung ist hier sowieso viel zu wild.«

»Nicht immer. Nicht jeden Tag.«

Sie blickten zum Haus zurück. Es hatte eine kleine, überdachte Veranda zu dieser Seite hin. Ein klappriger Liegestuhl stand dort, und eine etwas verdorrte Bougainvillea rankte sich entlang eines Pfostens nach oben und überwucherte das Vordach.

»Dort zu sitzen und über das Meer zu blicken ...«

»Abends bei Sonnenuntergang ...«

»Oder morgens im ersten Licht des Tages ...«

»Der Brandung lauschen ...«

»In den Himmel schauen ...«

»Wie die Möwen schreien ...«

Sie hatten einander an den Händen genommen und waren langsam durch den Garten zum Haus gegangen. Zu ihrem Haus.

Sie kauften es zwei Wochen später.

Im Garten hatte Rebecca an diesem Morgen eine kurze Runde gedreht und dabei eine Zigarette geraucht, dann war sie in die Küche gegangen und hatte sich einen Tee gemacht. Sie trank ihn, sehr heiß und mit etwas Honig gesüßt, aus einem Keramikbecher, auf den zwei dicke schwarze Katzen gemalt waren, deren Schwänze sich zu einer Herzform ineinander verschlangen. Der Untergrund des Bechers war gelb. Rebecca hatte den gleichen Becher in Rot, der gelbe hatte Felix gehört, und sie benutzte nur noch diesen. Freunde hatten ihnen die Becher zum zehnten Hochzeitstag geschenkt. Sie hatten sie in das Haus am Kap mitgenommen, weil sie hier besonders gut hinzupassen schienen.

Felix hatte im Urlaub immer gern und ausgiebig gefrühstückt, und so hatte Rebecca um sieben Uhr den Tisch im Wohnzimmer gedeckt, mit aufgebackenem Baguette aus der Tiefkühltruhe, Butter, verschiedenen Marmeladensorten. Sie stellte jeweils einen Teller an seinen und an ihren Platz, setzte sich, starrte das Brot, die Butter, die Marmelade an und wusste, dass sie schon wieder nichts würde essen können. Morgens war es am schlimmsten. Der Tag dehnte sich in seiner ganzen Länge vor ihr aus, versprach eine endlose Aneinanderreihung leerer, einsamer Stunden. Der Abend war so fern. Und damit der Moment, da sie ihr Schlafmittel nehmen, ins Bett gehen und für einige Stunden Vergessen finden konnte.

Und in diesem Moment, diesem alltäglich wiederkehrenden Moment trostlosester Einsamkeit und einer Übelkeit erregenden Angst vor dem Tag, hatte sie gedacht: Ich will es nicht mehr. Ich will nicht mehr leben. Es wird nicht besser, und ich kann diese Morgen nicht mehr ertragen.

Sie dachte dies voller Ruhe, und sie spürte, wie die Angst wich und das Gefühl der Einsamkeit an Schrecken verlor, weil es absehbar geworden war.

Sie räumte den Tisch wieder ab, machte Ordnung in der Küche, ging ins Schlafzimmer, breitete die bunte Tagesdecke über das Bett. Das Schlafzimmer befand sich im ersten Stock des Hauses, und aus dem Fenster hatte man einen herrlichen

Blick über das Meer. Weiße Gardinen bauschten sich im Morgenwind. Auf der Kommode stand ein silbergerahmtes Foto, das sie und Felix am Tag ihrer Hochzeit zeigte, beide strahlend, verliebt, überglücklich. Um sie herum war alles verschneit, sie hatten im Januar geheiratet, und in der Nacht vor der Hochzeit war Neuschnee gefallen. Viele der geladenen Gäste, die in anderen Städten lebten, waren nicht erschienen, weil sie sich eine Fahrt bei dieser Witterung nicht zutrauten. So war es letztlich ein ziemlich intimes Fest geworden, und beide hatten sie es zutiefst genossen.

Sie hängte ein paar T-Shirts, die über einem Stuhl lagen, in ihren Kleiderschrank. Gerade weil Felix dieses Haus so sehr geliebt hatte, wollte sie es ordentlich und gepflegt hinterlassen. Sie würde jetzt mit viel heißem Wasser putzen, bis alles duftete und glänzte: die Fenster, die Böden, alle Regale und Schränke, die Fliesen und Armaturen im Bad. Es sollte strahlen und blinken, wenn sie sich für immer von ihm verabschiedete.

Sie schuftete den ganzen Vormittag, achtete nicht darauf, dass ihr der Schweiß in Strömen über den Körper lief. Es war schon nach halb zwei, als sie den letzten Eimer mit dreckigem Wasser wegkippte, sich aufrichtete und leise stöhnend ihren schmerzenden Rücken straffte.

Die weißen Fußbodendielen glänzten in der Sonne. Eine lange nicht gekannte, fast vergessene innere Ruhe breitete sich in Rebecca aus, beinahe eine Art Zufriedenheit. Sie hatte ein Ziel, endlich, und um sie herum war alles in Ordnung.

Sie ging ins Bad, holte die Tabletten aus dem Schrank. Sie nahm sie mit hinunter und legte die Päckchen auf den Küchentisch. Sie würde noch einmal durch Haus und Garten gehen und nach dem Rechten sehen, dann das Zeug schlucken, vielleicht noch ein paar Schlaftabletten und zwei oder drei Gläser Whisky dazu, und dann lag alles hinter ihr.

Gerade als sie im Wohnzimmer einen vollen Aschenbecher entdeckte, den sie unbedingt noch ausleeren musste, klingelte das Telefon.

Sie erschrak vor diesem unerwarteten Laut in der Stille, und einen Moment lang wusste sie nicht einzuordnen, woher das Geräusch rührte. Sie stand wie erstarrt, dann begriff sie, dass es sich um das Telefon handelte und dass sie entscheiden musste, ob sie den Hörer abnehmen wollte.

Seit ihrem völligen Rückzug von allem und jedem in ihrem früheren Leben, seit ihrem radikalen Bruch mit allen Menschen, die einst zu ihr gehört hatten, bekam sie tatsächlich so selten Anrufe, dass sie fast das Vorhandensein des schwarzen Apparats in ihrem Wohnzimmer vergessen hatte. Das letzte Mal hatte er vier Wochen zuvor geläutet, und da hatte sich jemand verwählt.

Vielleicht diesmal wieder, dachte sie, also brauche ich nicht zu reagieren.

Das Telefon verstummte. Sie atmete tief durch, griff nach dem Aschenbecher. Das Telefon begann erneut zu klingeln.

Am Ende war es etwas Wichtiges. Obwohl sie sich nicht vorstellen konnte, dass es noch etwas von Bedeutung geben konnte. Sie hatte alle Verbindungen gekappt. Die Menschen hatten sie vergessen. Die Forderungen des Finanzamts hatte sie stets pünktlich beglichen, ebenso Strom- und Wasserrechnungen.

Oder nicht? Handelte es sich bei dem Anruf um ein Problem aus dieser Richtung? Irgendetwas, das zu erledigen sie vergessen hatte?

Zögernd nahm sie den Hörer ab. »Rebecca Brandt«, meldete sie sich mit leiser Stimme.

Im nächsten Moment wünschte sie inbrünstig, dies nicht getan zu haben.

Er hatte ihr den ganzen Plan vermasselt. Natürlich hätte sie noch immer jede Menge Zeit gehabt. Vor Ablauf von zweieinhalb Stunden mindestens konnte er nicht da sein, und er hätte dann das Vergnügen gehabt, ihre Leiche zu entdecken. Schließlich konnte es ihr gleich sein, wer sie letztlich fand und wann, und ästhetischer wäre es allemal nach so kurzer Zeit. Andernfalls würde sie für den ganzen Rest des heißen Sommers hier liegen und verfaulen, und die Frage war, wann überhaupt jemand über sie stolpern würde.

Sie stand neben dem Küchentisch und starrte die Tabletten an und fragte sich, was sich geändert hatte. Weshalb war sie nicht mehr in der Lage, das zu tun, was sie noch vor wenigen Minuten mit innerem Frieden und einer so lange nicht mehr gekannten Gelassenheit erfüllt hatte? Das Klingeln eines Telefons. Eine Stimme, die sie lange nicht mehr gehört hatte, die ihr aber noch immer vertraut war. Ein fröhliches Lachen.

Oh, verdammt! Sie ballte die rechte Hand zur Faust und schlug mit aller Kraft auf die Tischplatte. Ein stechender Schmerz fuhr durch ihr Gelenk, aber es kam ihr vor, als gehöre er nicht zu ihr, als spiele er sich irgendwo anders, ganz weit weg von ihr ab. Der Typ hatte ihre Einsamkeit gestört, das war es, er hatte mit seinem Anruf den Kokon zerrissen, in den sie sich eingesponnen hatte, und dieses völligen Alleinseins mit sich selbst, dieser absoluten Ausgrenzung der Welt hatte es bedurft, damit sie den Punkt erreichte, an dem sie heute Morgen kurz nach dem Aufstehen angelangt gewesen war: den Punkt, sich zu erlauben, mit dem Leben aufzuhören.

Der Prozess war so lang, so schwierig und so schmerzhaft gewesen, dass sie vor Wut und Enttäuschung hätte weinen mögen. Was ebenfalls ein völlig neues, längst vergessenes Gefühl war: Tränen, die hinter den Augen brannten und jeden Moment hervorstürzen wollten. Die Letzten hatte sie kurz nach Felix' Tod geweint. Dann nicht mehr. Ihre Trauer war von einer Art gewesen, die Tränen erstarren ließ.

Jetzt konnte sie von vorne beginnen. Die Welt hatte den Arm nach ihr ausgestreckt, hatte sie berührt, hatte ihre Tränen gelöst. Man konnte auch sagen, irgendjemand hatte sie gepackt und vom Rand der Klippe weggerissen, von der sie gerade hatte springen wollen. Was einen Aufschub bedeutete, weil sie nun den weiten, steilen Weg zur Klippe hinauf von neuem beginnen und unter Aufbietung all ihrer Kräfte Schritt um Schritt erwandern musste. Doch irgendwann stünde sie wieder dort oben. Und dann würde sie den Stecker des Telefons herausziehen.

Sie nahm die Packungen mit den Tabletten, trug sie ins Badezimmer hinauf, schob sie ganz nach hinten in den Schrank. Sie prägte sich ihren Anblick ein, ihren tröstlichen, verheißungsvollen Anblick. *Sie waren da.* Sie konnte jederzeit auf sie zurückgreifen. Sie musste sich das nur immer wieder klar machen.

Im Spiegel über dem Waschbecken konnte sie ihr gespenstisch bleiches Gesicht sehen. Wie konnte man im Hochsommer in Südfrankreich so blass sein? Als hätte sie seit wenigstens einem Jahr nicht einen Strahl Sonne mehr abbekommen. Aber eigentlich war es auch so. Wann hatte sie schon das Haus je verlassen? Ganz frühmorgens immer, um ihre Runde im Garten zu drehen, aber da war die Sonne stets gerade erst am Aufgehen gewesen. Manchmal war sie abends auf die Terrasse gegangen. Aber selten. Die langen Abende, halbe Nächte, auf der Terrasse hatte Felix so sehr geliebt. Sie hatten Rotwein getrunken und Sternschnuppen gezählt. Wie sollte sie die laue Luft, den warmen Wind, den Mondschein ertragen ohne ihn?

Sie bürstete noch einmal über ihre Haare. Nachdem sie nun – leider – Besuch bekommen würde, musste sie zum Einkaufen ins Dorf fahren. Ihre Tiefkühltruhe war zwar noch gefüllt, aber sie hatte nicht vor, etwas zu kochen. Die emotionale Strapaze dieses Morgens war zu groß gewesen, es würde ihr an Kraft fehlen, sich heute Abend an den Herd zu stellen, das spürte sie. Sie kannte einen kleinen Laden, dort konnte man fertige Salate kaufen, und es gab auch besonders guten Käse. Dazu würde sie ein Baguette aufbacken. Das musste reichen. Schließlich hatte sie nicht darum gebeten, besucht zu werden.

Der Laden, in den sie gehen wollte, lag gleich am Hafen von Le Brusc. Heerscharen von Touristen drängelten sich auf der Promenade, hässliche, vom Sonnenöl glänzende halb nackte Männer mit dicken Bäuchen, Frauen in knappen Bikinis, die nicht eine einzige Delle ihrer ausgeprägten Orangenhaut verbargen, plärrende Kinder und missmutige Teenager, die zwar schöne Körper hatten, dafür aber eher dümmliche Gesichter trugen. Aus den zahlreichen Buden entlang der Straße stank es nach heißem Fett. Pommes frites und Würstchen wurden angeboten, gegrillte Hühner, fetttriefende Pizza und weithin nach Räucherspeck riechende Quiches, auf deren Teigboden die Budenbesitzer offenbar alles packten, was sie in der vergangenen Woche nicht losgeworden waren; jedenfalls konnte man beim Anblick der Gebäckstücke diesen Eindruck gewinnen. Rebecca fragte sich, wie Menschen dieses Zeug essen konnten, noch dazu bei der Hitze. Sie fragte sich, weshalb ihnen nicht von dem Gestank allein schon übel wurde. Sie fragte sich, wie man überhaupt das Gewühl und diese Nähe nackter, schweißriechender Körper aushalten konnte.

Und weshalb sah sie *nur* hässliche Menschen?

Sie wusste natürlich, dass nicht nur Männer mit dicken Bäuchen hier herumliefen, ebenso wenig wie Le Brusc ein

Treffpunkt für Frauen war, die Bikini trugen, ohne die Figur dafür zu haben. Mit Sicherheit tummelten sich hier auch vergnügte Teenager und reizende kleine Kinder. Aber es mochte wesenstypisch für alles Hässliche und Vulgäre sein, dass es das Schöne und Feine bis zu dessen Unsichtbarkeit hin dominierte. Darüber hinaus hing es sicher auch mit ihrer, Rebeccas, Gemütsverfassung zusammen. Sie war dabei, sich von der Welt und dem Leben zu verabschieden, und es war Teil des Prozesses, die abstoßenden Seiten des Erdendaseins zu fokussieren und die guten auszublenden.

Wobei dies allerdings an diesem Tag, an dieser Hafenpromenade tatsächlich nicht schwer fiel. Als sie das Geschäft erreichte, in dem sie einkaufen wollte, war sie unzählige Male angerempelt, gestoßen und geschubst worden, hatte einen braunen Sonnenölfleck am Ärmel ihres weißen T-Shirts und war nur mit knapper Not einem, ungeachtet des Gewühls mit rasantem Tempo, auf seinem Skateboard dahinschießenden Halbwüchsigen ausgewichen. Ihr war heiß, und sie merkte, dass sie Kopfschmerzen bekommen würde. Dennoch, obwohl sie eigentlich nur genervt und erschöpft war – oder gerade deshalb? –, kam ihr, als sie die Tür zu dem kleinen Lädchen aufstieß, der Gedanke, wie merkwürdig es doch war, dass sie nun hier stand und ihren Körper als so beschwerlich empfand, so schmerzend und schwitzend, während sie eigentlich, hätte der Tagesverlauf nicht diese überraschende Wende genommen, zu diesem Zeitpunkt schon tot gewesen wäre. Ihren Körper somit überhaupt nicht mehr gefühlt hätte.

Sie fröstelte plötzlich, schauderte, und das lag nicht nur an der deutlich kühleren Luft im Inneren des klimatisierten Ladens.

Zum Glück stand nicht der Inhaber hinter der Theke, sondern ein junges Mädchen, das vermutlich den Sommer über hier jobbte und das Rebecca nicht kannte. Sie und Felix hatten früher oft hier eingekauft, aber seit Felix' Tod war sie nicht mehr da gewesen, und sie hätte ungern Fragen beantwortet und Erklärungen abgegeben. Und noch weniger gern Beileidsbezeugungen entgegengenommen. Obwohl die Menschen es natürlich nur gut meinten, waren Rebecca vom ersten Moment an alle Kommentare zu Felix' Tod verlogen erschienen. Weil sie nicht im Entferntesten den tatsächlichen Schmerz erreichen konnten, den sie empfand, weil alles Mitgefühl und Verständnis nicht dem gerecht wurde, was der Verlust ihres Mannes für sie bedeutete. Sein Ende war ihr Ende, aber wer hätte das schon verstanden? Am höhnischsten war ihr stets der Ausspruch *Das Leben geht weiter* vorgekommen. *Bullshit*, hätte Felix dazu gesagt. Das Leben ging überhaupt nicht weiter. Man konnte noch atmen, essen, trinken und den eigenen Herzschlag fühlen und trotzdem tot sein. Aber sie hatte es immer für überflüssig gehalten, dies irgendjemandem erklären zu wollen.

Sie kaufte verschiedene Käsesorten, Salate und Oliven, und als sie wieder draußen stand, ging ihr auf, dass sie unwillkürlich genauso eingekauft hatte wie früher, als Felix noch lebte: Sie hatte ausgewählt, was er besonders gern mochte. So wie sie bis heute seine Lieblingsgerichte kochte, auch wenn sie selber gar nicht gern davon aß oder sowieso keinen Hunger hatte und schließlich alles wegkippte. Es war wie ein Gesetz, dem sie ewig folgen würde. Sie konnte nicht so tun, als sei er tot.

So tun, als sei er tot!

Fast hätte sie gelacht, dabei war ihr nach allem anderen als Gelächter zumute. Welch eine verrückte Formulierung. Sie konnte nicht so tun, als sei er tot. Er war tot, verdammt noch mal. Sie hatte an seinem Grab gestanden und Erde auf seinen Sarg geschaufelt, und wie durch einen Schleier, oder eine Wand, hatte sie die Menschen ringsum wahrgenommen, die alle traurige, betroffene Gesichter machten, einige weinten auch, und man sprach von einem unersetzlichen Verlust und davon, dass Felix viel zu früh aus ihrer aller Mitte gerissen worden war.

»Sehen Sie nicht das willkürliche, ungerechte Schicksal in seinem Tod«, hatte der Pfarrer zu ihr gesagt, und auch seine Stimme hatte weit weg geklungen, »es war ihm bestimmt, zu dieser Zeit und auf diese Weise zu sterben, und irgendwann wird es eine Antwort auf Ihr verzweifeltes *Warum?* geben.«

Scheiß drauf, hatte sie gedacht und sich abgewendet.

Die Papiertüte mit den Einkäufen fest an sich gedrückt, drängte sie durch die Menge, entschlossen, so bald wie möglich von hier fort und in den Frieden ihres Hauses zu gelangen. Als jemand ihren Arm ergriff, versuchte sie sich im ersten Moment ohne hinzusehen loszureißen, aber dann sagte eine vertraute Stimme: »Madame!«, und sie hob den Blick und schaute in das tief gebräunte Gesicht von Albert, dem Hafenmeister.

Er und Felix waren so etwas wie Freunde gewesen, getrennt durch Bildung und Erziehung, vereint jedoch auf der Ebene ihrer beider leidenschaftlichen Liebe zum Segeln und zu allem, was mit Wasser und Schiffen zu tun hatte. Sie hatten stundenlang zusammensitzen und über vergangene Segelabenteuer reden können, und dazu hatten sie Pastis getrunken, den Rebecca nicht mochte. Sie hatte an solchen Treffen selten teilgenommen. Sie selber konnte nicht segeln und daher nichts zu der Unterhaltung beitragen, und sie hatte den Eindruck, dass ihre Anwesenheit die beiden Männer in ihrem wilden Aufschneiden lähmte. Also zog sie sich zurück. Felix sollte seinen Spaß haben.

»Madame, wie schön, Sie wieder einmal zu sehen!«, sagte Albert und strahlte. Er sprach ein von starkem provenzalischem Dialekt gefärbtes Französisch, und Rebecca hatte wie immer Mühe, ihn zu verstehen.

»Wie geht es Ihnen, Madame? Ich wusste gar nicht, dass Sie den Sommer hier verbringen!«

Rebecca hatte nicht vor, ihm zu erklären, dass sie seit einem dreiviertel Jahr nur noch hier lebte, dass das Haus in Deutschland verkauft war und sie keine Absicht hatte, dorthin zurückzukehren. Sie wollte nicht, dass er anfing, sie zu besuchen und die Freundschaft zu Felix auf sie zu übertragen.

»Ich muss nach dem Rechten sehen«, sagte sie ausweichend, »sonst verwildert das Grundstück, und auch im Haus ... muss einiges gemacht werden.«

»Wenn Sie Hilfe brauchen ...«

»Ich komme zurecht, danke.« Sie merkte, wie abweisend sie klang, und fügte hinzu: »Das ist wirklich lieb von Ihnen, Albert. Ich wende mich an Sie, wenn ein Problem auftritt.«

Albert seufzte. »Ich hab ihn so gern gehabt, den Monsieur Brandt. War ein feiner Kerl. Und vom Segeln hat er wirklich eine Menge verstanden. War schon großartig.«

»Ja«, sagte Rebecca steif, und dann breitete sich ein verlegenes Schweigen zwischen ihnen aus, während ringsum das Strandleben unvermindert laut und lebhaft tobte.

»Was wird denn nun mit der *Libelle*?«, fragte Albert nach einer Weile. »Ich meine, ich versorge sie natürlich weiter, aber es ist schon ein bisschen schade, dass keiner mehr mit ihr segelt. So ein hübsches Schiff! Und Sie zahlen ja auch ganz ordentlich Gebühren für den Liegeplatz, und ...«

»Ist da irgendetwas nicht korrekt gelaufen?«, fragte Rebecca.

Albert hob abwehrend beide Hände. »Gott bewahre, nein! Ich meine nur ... es geht mir um das Schiff. Monsieur Brandt hat es so sehr geliebt. Manchmal denke ich ...« Er sprach nicht weiter.

»Ja?«

»Manchmal denke ich, es wäre ihm vielleicht nicht recht,

dass die *Libelle* jetzt nur im Hafen herumdümpelt. Ein Schiff wie sie muss unter vollen Segeln über die Wellen gleiten, den Wind fühlen, die Gischt, das Salz … So wie jetzt verkümmert sie.«

Felix hatte von der *Libelle* ebenfalls immer wie von einem lebendigen Geschöpf gesprochen, daher war auch Alberts Diktion Rebecca nicht fremd. Sie lächelte ein wenig hilflos. »Ich kann nicht segeln. Ich habe nie einen Schein gemacht.«

»Aber das könnten Sie doch nachholen.«

Es war wirklich ein Witz. Dieser ganze Tag war einfach absurd. Jetzt wurde ihr auch noch vorgeschlagen, einen Segelschein zu machen.

Sie wäre jetzt eigentlich tot!

Als ob das Leben plötzlich noch einmal alle Geschütze auffahren wollte. Sie von ihrem Plan abbringen wollte. Sich wichtig und interessant und viel versprechend zu machen versuchte. Es würde allerdings bei ihr nicht funktionieren. Was das Leben betraf, war sie nicht mehr zu korrumpieren.

»Ich werde sehen«, meinte sie ausweichend.

»Ich könnte Ihnen auch helfen, falls Sie die *Libelle* verkaufen wollen«, bot Albert an. »Ich würde dafür sorgen, dass sie einen guten Platz bekommt. Bei jemandem, der sie zu schätzen weiß.«

»Ich muss über all das nachdenken, Albert. Ich melde mich bei Ihnen. Es ist nett, dass Sie sich so engagieren. Vielen Dank.«

Im Weitergehen überlegte sie, ob sie sich wirklich jemals wieder bei ihm melden würde. Im ersten Moment war es nur eine höfliche Floskel gewesen, um ihn auf eine möglichst freundliche Art abzuwimmeln. Aber während sie in ihrer Jeanstasche nach dem Autoschlüssel kramte, fragte sie sich, ob sie den Verlauf dieses Tages – den Anruf, ihren daraufhin erfolgten Gang zum Hafen, die Begegnung mit Albert – nicht vielleicht zu Unrecht als eine zufällige und absurde Verkettung von Ereignissen sah, die ihr die Flucht von dieser Welt vermasselt hatten. Am Ende lag durchaus ein Stück Schicksal dahinter. Sie hatte gehen wollen, ohne sich noch einmal um das Liebste zu kümmern, das Felix gehabt hatte.

»Gleich nach dir«, hatte er manchmal gesagt, »die *Libelle* kommt gleich nach dir!«

Am Ende sollte sie Alberts Angebot annehmen. Einen guten Platz für das Schiff suchen. Und sich dann erst aus dem Staub machen.

Sie stöhnte, als sie sich in das glühend heiße Auto setzte. Sie ließ alle Fensterscheiben herunter, stellte die Einkaufstüte neben sich auf den Beifahrersitz und schaute hinaus über das Meer. Obwohl es fast windstill war, konnte sie Segelboote draußen erkennen. Sie sah Felix vor sich, diesen besonderen Gesichtsausdruck, den er gehabt hatte, wenn er vom Segeln kam. So gelöst. Glücklich. Er sah aus, als sei er im völligen Einklang mit sich selbst, als sei für einige Stunden alles von ihm abgefallen, was ihn belastete oder ihm das Leben schwer machte.

Sie startete den Motor.

Offensichtlich hatte sie noch eine Aufgabe zu erledigen.

4

Kenzo rannte zum Zaun und bellte das Nachbarhaus an, sobald Karen die Gartentür geöffnet hatte. Es war ein merkwürdiger Tag, Gewitterstimmung lag in der Luft, es war schon am Morgen sehr heiß gewesen, aber die Sonne schien nicht, der Himmel war bleiern, und es wehte ein trockener, böiger Wind.

»Das gibt noch ein ganz schönes Unwetter heute«, hatte Wolf beim Frühstück gemeint, ehe er, mit dem letzten Bissen noch im Mund, losgestürmt war, um an irgendeiner wichtigen Beratung teilzunehmen, in deren Vorbereitung er schon am Vortag Überstunden gemacht hatte und erst kurz vor Mitternacht nach Hause gekommen war. Er floh vor dem Zusammensein mit seiner Frau. Karen wusste nicht, weshalb er das tat, und natürlich blockte er jeden ihrer Versuche, ihn danach zu befragen, schon im Ansatz ab.

Tat er ihr damit weh? Karen hätte darauf keine Antwort gewusst. Da ihr Leben zunehmend unter einer Glocke von Einsamkeit und Frustration stattfand, vermochte sie einzelne Kränkungen kaum mehr herauszufiltern. Wolfs Verhalten ging in ihrer umfassenden Lebenskrise unter, wurde ein Teil davon und verschmolz mit all dem Kummer, in dem sie sich Tag für Tag bewegte.

Kenzo hörte nicht auf zu bellen, und Karen, die sich gerade auf das Sofa im Wohnzimmer gesetzt und den Kopf in die Hände gestützt hatte, weil sie sich wieder einmal von den Anforderungen des vor ihr liegenden Tages überwältigt fühlte, raffte sich mühsam auf. Der vor ihr liegende Tag … Es war schon halb drei am Nachmittag, und was hatte sie eigentlich bisher getan? Im Wesentlichen gegrübelt. Ein Mittagessen für die Kinder gekocht, Tiefkühlkost, weil sie es nicht geschafft hatte, einkaufen zu gehen. Die Kinder waren dann mit Freunden zum Schwimmen losgezogen. Wie üblich wunderte sich Karen über die Energie anderer Menschen.

Kenzo bellte. Seit drei Tagen bellte er das Nachbarhaus an, wann immer er in den Garten konnte.

Warum wurde Kenzo, der sanfte, stille Kenzo, nur auf einmal zum notorischen Kläffer? Sie trat auf die Veranda hinaus. »Kenzo! Kenzo, komm sofort ins Haus!«

Er wandte den Kopf zu ihr, wedelte mit seinem kurzen Stummelschwanz, drehte sich dann wieder um, sprang unvermittelt am Zaun hoch und stieß einen heulenden Laut aus.

»Kenzo, es reicht jetzt. Sei still und komm her zu mir!«

Er beachtete sie gar nicht – warum sollte auch ausgerechnet er sich um meine Wünsche scheren, dachte Karen. Wolf und die Kinder tun es ja auch nicht.

Aus dem zur anderen Seite angrenzenden Grundstück erklang die erboste Stimme einer alten Frau. »Jeden Tag das gleiche Theater! Das höre ich mir jetzt aber nicht länger an! Können Sie nicht Ihren Hund so erziehen, dass er still ist?«

Karen war versucht, die keifende Alte zu ignorieren, im Haus zu verschwinden und die Tür hinter sich zuzuknallen, aber sie erinnerte sich, wie wichtig es ihr von Anfang an gewesen war, im guten Einvernehmen mit ihrer Nachbarschaft zu leben. Es kostete sie eine Menge Kraft, an den Zaun zu treten und in das böse Gesicht ihres Gegenübers zu lächeln.

»Guten Tag. Es tut mir Leid, dass mein Hund Sie stört, aber ...«

»Im Sommer halte ich meinen Mittagsschlaf auf der Terrasse«, knurrte die Alte, »und es ist nicht besonders idyllisch, wenn nebenan ständig ein Hund kläfft.«

»Ich weiß einfach nicht, was er hat. Er bellt sonst fast nie. Irgendetwas stört ihn seit ein paar Tagen am Haus nebenan. Er kommt mir richtig wütend vor.«

Es war klar, dass es die Alte kaum interessierte, warum der Hund bellte, sondern dass ihr lediglich daran lag, dass er damit aufhörte.

»Die hatten bis vor zwei Jahren auch einen Hund«, sagte sie und warf Karen dabei einen so giftigen Blick zu, als mache sie sie persönlich für diesen Umstand verantwortlich. »Die da drüben aus dem anderen Haus. Der hat pariert, sage ich Ihnen! Den hat man nie bellen hören.«

»Nun ...«, begann Karen, aber die Alte fuhr schon fort: »Die haben mir das so erklärt, dass sich ein Hund total unterordnen muss. Er muss wissen, dass er der Letzte in der Familie ist, verstehen Sie? Den niedrigsten Rang hat, oder wie immer Sie das nennen wollen. Der musste bei denen immer als Letzter durch die Tür gehen, und er hat auch immer als Letzter zu fressen gekriegt. Wenn einer von denen spät nach Hause kam, musste der Hund notfalls die halbe Nacht warten. So haben sie ihn kleingekriegt.«

Karen schnappte nach Luft. »Das ist doch abartig«, entfuhr es ihr.

Die Alte zuckte mit den Schultern. »Jedenfalls waren sie immer ganz stolz darauf, dass er nichts getan hat, was sie nicht wollten. Absolut nichts. So ein undiszipliniertes Gekläffe wie bei Ihrem hätte es da nicht gegeben.«

Irgendetwas regte sich in Karen, ganz tief unter den dicken Schichten von Traurigkeit und Resignation. Es mochte Wut sein, ein ganz kleines, züngelndes Flämmchen Wut, dem der Sauerstoff fehlte, um zur großen Flamme, zum lodernden Feuer zu werden, das aber zumindest – zu Karens großem Erstaunen – noch nicht völlig erloschen war. Mit ihrer Wut war sie schon seit ewigen Zeiten nicht mehr in Berührung gekommen. Erst in diesem Augenblick nahm sie sie plötzlich wahr – angesichts dieser verknöcherten, missmutigen Person vor sich und in Gedanken an einen armen, längst verstorbenen Hund, dessen Familie einzig daran lag, ihn wieder und wieder seiner untergeordneten, rechtlosen Position zu versichern.

»Ich jedenfalls habe nicht die Absicht, den Willen meines Hundes zu brechen«, sagte sie kühl, und zu ihrer Verwunderung veränderte die Härte, mit der sie dies sagte, plötzlich etwas im Verhalten der Alten: Sie lenkte ein.

»Na ja, sind schon komische Leute«, meinte sie, »irgendwie … selbstherrlich. Er jedenfalls. Sie … na ja. Kommt mir immer ein bisschen schwermütig vor. Und arrogant. Die haben nicht viele Freunde, jedenfalls kommt nie jemand zu Besuch. Es gibt auch keine Kinder und Enkel, ich hab sie mal danach gefragt. Scheinen ganz allein in der Welt zu stehen. Aber das geht mich nichts an. Hatte nie viel mit ihnen zu tun. Wollte auch nie etwas mit ihnen zu tun haben.«

»Haben Sie eine Ahnung, ob sie verreist sind? Die Rollläden sind dauernd geschlossen.«

»Ich kümmere mich nicht um das, was andere tun. Damit bin ich immer gut gefahren. Ich habe meine Nase ausschließlich in meine eigenen Angelegenheiten gesteckt. Misch dich nicht ein, dann bekommst du auch keine Schwierigkeiten, das war immer mein Motto. Ich meine, das eigene Leben ist problematisch genug, finden Sie nicht? Da brauche ich mir nicht noch die Schwierigkeiten anderer ans Bein zu binden.«

»So einfach ist das aber manchmal nicht.«

»Bei mir schon«, behauptete die Alte, und Karen dachte, dass sie damit schrecklicherweise vielleicht sogar Recht hatte. Ihr erschien die alte Frau vollkommen mitleidlos, völlig ungerührt von allem, was sich um sie herum abspielen mochte.

Man könnte zu ihren Füßen verenden, und es würde sie nicht interessieren, dachte Karen, und ein Schauer lief durch ihren Körper. Gleichzeitig fuhr eine heftigere, heiße Windbö heran. Der Himmel war jetzt schwefelgelb, und in der Ferne war ein leises Grollen zu hören.

»In der Nacht von Sonntag auf Montag«, sagte Karen, »war drüben Licht, und einer der Rollladen war hochgezogen. Aber am nächsten Morgen rührte sich wieder nichts. Es ist seltsam, nicht? Ich habe ein paarmal geklingelt, aber es gab keine Reaktion.«

»Was woll'n Sie denn unbedingt von denen?«

Karen erklärte kurz das Problem mit der geplanten Reise und der Post, die sich dann im Briefkasten stapeln würde.

Die Alte schien mit sich zu ringen, sagte aber schließlich: »Das kann ich auch für Sie tun. Bringen Sie mir vorher Ihren Briefkastenschlüssel, dann erledige ich das.«

»Ach, Sie würden mir einen riesigen Gefallen erweisen«, sagte Karen, aufrichtig dankbar, »das ist wirklich nett von Ihnen.«

Die Alte knurrte etwas und wandte sich zum Gehen. Karen nahm an, dass das Gespräch damit beendet war. Sie rief noch einmal nach Kenzo, der diesmal ihrer Aufforderung zu kommen tatsächlich Folge leistete. Angstvoll winselnd schaute er zum Himmel. Es war eindeutig eher der Respekt vor dem drohenden Gewitter als der vor seinem Frauchen, der ihn veranlasste, sich in sein Körbchen im Haus zurückzuziehen.

»Bleib du hier«, sagte Karen zu ihm, »ich bin gleich wieder da.«

Sie war auf eine Idee gekommen.

Ich sehe einfach mal nach, dachte sie.

Obwohl bereits die ersten Regentropfen fielen, lief sie aus dem Haus und rasch hinüber zu den Nachbarn. Sie musste gar nicht bis an das Gartentor herantreten, um zu sehen, was sie hatte sehen wollen: einen Briefkasten, aus dem die Ecke eines Briefumschlags ragte. Und vor allem eine Zeitungsröhre, in der sich zwei Zeitungen knäulten. Eine weitere lag auf der Mauer und würde nun im Regen aufweichen.

Sie waren nicht da. Und sie hatten offenbar niemanden beauftragt, sich um ihren Briefkasten zu kümmern. Sie hatten auch nicht daran gedacht, die Zeitung abzubestellen.

Und das passte einfach nicht zu ihnen. So wenig Karen die beiden kannte, so sicher hätte sie dennoch behauptet, dass sie nicht verreisen und ein Chaos hinterlassen würden. Diese Leute mochten unsympathisch sein und selbstherrlich, und ganz offenbar hatten sie auch einen tief sitzenden Autoritätskomplex, aber sie waren ordentlich, hatten ihr Leben gut im Griff und waren ganz sicher nicht im Mindesten chaotisch.

Sie starrte das stille Haus mit seinen herabgelassenen Rollläden an. Der Regen wurde stärker, und sie hob fröstelnd die Schultern. Ohne zu wissen, ob ihr Frieren mit dem Regen zusammenhing.

Wie hatte die Alte vor ein paar Minuten gesagt? *Ich brauche mir nicht noch die Schwierigkeiten anderer ans Bein zu binden!*

Langsam wandte sich Karen zum Gehen.

5

Er war entsetzt, Rebecca in dieser Verfassung vorzufinden. Er hatte sie zuletzt bei Felix' Beerdigung gesehen, als sie geschockt, verzweifelt und durcheinander gewesen war, aber sie war bei aller sichtbaren Erschütterung immer noch die Frau gewesen, als die er sie gekannt hatte. Jetzt, neun Monate später, meinte er, einem völlig veränderten Geschöpf gegenüberzustehen.

Sie hatte stark abgenommen, aber das war zu erwarten gewesen, und er hatte damit gerechnet. Da sie sich trotz des Verlustes von mindestens zwölf Kilo offensichtlich keine neuen Kleider gekauft hatte, hingen Hose und T-Shirt wie Säcke an ihr und verstärkten den Eindruck erbarmungswürdiger Magerkeit. Sie war gespenstisch blass, durchsichtig fast, und hatte eine völlig veränderte Physiognomie: Ihre Wangen waren so eingefallen, dass die Knochen darüber höher und breiter wirkten als früher. Sie wirkte härter als vorher, und um einiges älter als die dreiundvierzig Jahre, die sie zählte.

Wovor er aber wirklich erschrak, war der stumpfe – beinahe hätte er gedacht: tote – Ausdruck in ihren Augen. Es waren trübe Augen, ohne jeden Glanz, ohne jedes Funkeln, aber auch ohne jede Emotion. Er hätte nicht einmal sagen können, dass es *traurige* Augen waren. Einfach Augen ohne Gefühlsausdruck. Leere Augen. Als sei sie mit ihm gestorben, dachte er voller Bestürzung.

Sie saßen auf der rückwärtigen Terrasse, vor sich die fantastische Kulisse der Felsen, des Meeres und des leuchtend blauen Sommerhimmels. Rebecca hatte Salate, Käse, Baguette und einen leichten Weißwein auf den Tisch gestellt. Sie selber nippte nur am Wein, und das Essen rührte sie überhaupt nicht an.

Nachdem sie beide längere Zeit geschwiegen hatten – ein Schweigen, das für Maximilian von dem unangenehmen Gefühl begleitet war, dass Rebecca auf nichts so sehr wartete wie darauf, dass er endlich ginge –, sagte er unvermittelt: »Es stimmt nicht, was ich heute Mittag am Telefon sagte. Dass ich ohnehin in der Gegend bin. Ich bin im Grunde nur deinetwegen gekommen.«

»Das habe ich mir schon gedacht.« Selbst ihre Stimme war anders als früher. Es fehlte die Wärme, und auch die weiche Klangmelodie war völlig verschwunden. Eigentlich war die Stimme so emotionslos wie ihre Augen. »Weshalb hättest du auch hier in der Gegend sein sollen?«

»Eben«, stimmte er zu, »ich bin früher wegen euch gekommen. Und jetzt wegen dir.«

Sie sah ihn an. »Du musst dir keine Sorgen um mich machen, Maximilian. Ich habe alles, was ich brauche. Felix hat mir genug Geld hinterlassen, um …«

Er unterbrach sie. »Entschuldige, Rebecca, aber es geht

doch hier nicht um die Frage, ob du alles hast, was du brauchst! Oder ob dein Geld reicht! Ich mache mir natürlich Sorgen um dich! Du hast dein ganzes Leben in Deutschland fast von einem Tag auf den anderen abgebrochen und bist hier in Südfrankreich untergetaucht, wo du keinen Menschen kennst, keine Arbeit hast und völlig allein in einer Einöde lebst. Du hast dich nicht ein einziges Mal mehr gemeldet! Ich habe es jetzt einfach nicht mehr ausgehalten. Ich musste herausfinden, ob du überhaupt noch lebst!«

Sie lächelte ein wenig. Eigentlich war es eher ein leichtes Verziehen des Mundes, das man mit einer Menge gutem Willen als Lächeln interpretieren konnte. »Woher wusstest du überhaupt, dass ich hier bin?«

»Das habe ich geraten. Es konnte im Grunde nur dieser Ort sein: der Platz, den Felix am meisten geliebt hat. Ich dachte mir, dass du dich hierher zurückziehen würdest.«

»Eben«, sagte sie, »du siehst es ja selbst. Der Platz, den Felix am meisten geliebt hat. Deshalb geht es mir hier gut.«

Er merkte, dass er fast zornig wurde, musste sich beherrschen, um sie dies nicht spüren zu lassen. »Also, nimm es mir nicht übel, Rebecca, aber wie eine Frau, der es gut geht, siehst du wirklich nicht aus! Du bist kreidebleich im Gesicht, dünn wie ein Zaunpfahl, und du bewegst dich wie in Trance. Du müsstest dich einmal erleben. Und es ist ja auch kein Wunder. Du lebst hier in der Gesellschaft eines Toten, und das ist …«

Er sah, dass sie heftig zusammenzuckte.

»Entschuldige«, sagte er, sanfter nun, »aber es kommt mir so vor. Hier sind so viele Erinnerungen an Felix, aber er selbst ist eben nicht da.«

»Ach ja?«, fragte sie zynisch. Sie zündete sich eine Zigarette an. Ihre Finger zitterten leicht.

»Du sollst ihn ja nicht vergessen«, sagte Maximilian. »Das

wird sowieso keinem von uns jemals gelingen. Aber wir müssen doch trotzdem leben.«

»Wer sagt, dass wir das müssen?«

Er seufzte. »Du brauchst Menschen um dich. Freunde. Bekannte. Eine Arbeit, die dich ausfüllt. Deswegen verrätst du ihn doch nicht. Und du verlierst auch nicht die Erinnerung. Auch das Haus hier bleibt dir. Du kannst ja jederzeit ... «

»Maximilian«, sagte sie, und nun lag etwas sehr Bestimmtes in ihrer zuvor so tonlosen Stimme, »ich habe dich nicht gebeten, dich in mein Leben einzumischen. Du wolltest mich besuchen, und ich habe zugestimmt. Aber ich möchte mich jetzt nicht für irgendetwas vor dir rechtfertigen. Wie ich lebe, das ist meine Sache.«

Er nahm sich ebenfalls eine Zigarette. Er hatte eigentlich mit dem Rauchen aufgehört, aber in diesem Moment meinte er, es ohne Zigarette nicht auszuhalten.

»Er war mein bester Freund«, sagte er heftig, »und du warst seine Frau. Ich bin es Felix schuldig, dass ich dich nicht einfach vor die Hunde gehen lasse, und deshalb wirst du mich nicht so leicht abschütteln können, wie du dein übriges Leben abgeschüttelt hast. Herrgott noch mal«, er stand auf und fuchtelte mit seiner Zigarette herum, »ich wünschte, er hätte dich wenigstens nicht so umfassend finanziell abgesichert! Dann müsstest du arbeiten! Dann könntest du nicht hier herumsitzen und die Wände anstarren.«

Sie erhob sich ebenfalls. Ihr Gesicht glich wieder einer Maske. Ohne dass sie etwas sagte, wusste er ihre Bewegung zu deuten: Sie wollte, dass er ging. Was sie betraf, war ihre kurze Begegnung schon zu Ende.

»Rebecca«, bat er hilflos.

Sie antwortete nicht. In dem Schweigen, das zwischen ihnen lag, hörten sie leise das Gartentor quietschen.

Sie runzelte die Stirn.

Es kommt nie ein Mensch zu ihr, dachte er, und wenn das Tor quietscht, macht sie ein Gesicht wie andere, wenn die Erde bebt.

»Das gilt mir«, sagte er, »meine Reisebekanntschaft vermutlich.«

Es schien sie nicht zu interessieren. Aber immerhin öffnete sie den Mund, und zum ersten Mal, seitdem er sie wiedergesehen hatte, blickten ihre Augen zumindest konzentriert drein.

»Könntest du dir vorstellen, die *Libelle* zu übernehmen?«, fragte sie.

6

Inga hatte allmählich Angst um ihre Füße bekommen. Sie hatte pochende Schmerzen, die von den Blasen bis zu den Knöcheln hinaufstrahlten. Während Marius das Zelt aufbaute, hatte sie die Verbände abgewickelt und war vor den blutigen Kratern erschrocken, die schlimmer statt besser geworden zu sein schienen.

»Ich glaube«, sagte sie, »ich brauche einen Arzt.«

Marius kämpfte gerade mit Stangen und Planen. Maximilian Kemper hatte sie vor einem leeren, völlig verwilderten Grundstück abgesetzt, das sich neben dem Anwesen einer Bekannten befand, die er besuchen wollte. Hohes Gras und ineinander verschlungene Rosenranken bildeten ein fast undurchdringliches Gewirr, aber irgendwie hatten sie sich zu einem schattigen Platz unter hohen Bäumen vorangekämpft und ein vermoostes Stück Wiese entdeckt, das sich zum Aufbau des Zeltes eignete. Marius war weitergelaufen und hatte begeistert berichtet, dass weiter hinten die Klippen begannen und zum Meer abfielen.

»Das musst du sehen, das musst du sehen!«, hatte er gerufen, aber Inga hatte nur erwidert: »Jetzt nicht, Marius. Ich kann fast nicht mehr laufen. Ich kann dir nicht mal mit dem Zelt helfen. Meine Füße tun höllisch weh.«

»Kein Problem. Ich mach das allein! Bleib einfach sitzen und ruh dich aus!«

Jetzt, nach ihrer Bemerkung über einen Arzt, den sie möglicherweise würde konsultieren müssen, sah er von seiner Arbeit auf. »Echt?«, fragte er. »Ist es so schlimm?«

»Sieht so aus.«

Er trat näher heran, betrachtete ihre Füße. »Lieber Himmel. Das ist wirklich schlimm. Das muss ja wahnsinnig weh tun!«

»Es ist nicht gerade ein Vergnügen. Ich müsste irgendeine Salbe gegen die Entzündung haben.«

Er überlegte. »Weißt du, ich werde nach nebenan gehen. Vielleicht hat Maximilians Bekannte etwas da, was dir helfen könnte. Oder Maximilian fährt dich zum Arzt.«

»Mir ist das ein bisschen peinlich«, sagte Inga, aber sie wusste doch, dass sie keine Wahl hatte, als den netten Mann, der sie beide hierher gebracht hatte, noch einmal um einen Gefallen zu bitten.

Sie sah hinter Marius her, wie er leichtfüßig zwischen den hohen Gräsern verschwand. Sie hatten ihn in dem kleinen Dorf im Norden der Provence rasch gefunden, nachdem sie um ein paar Straßenecken gekurvt waren. Er saß im Schatten eines Olivenbaums und döste vor sich hin. Inga hatte nach Luft geschnappt.

»Auf diese Weise kann er natürlich keinen Supermarkt finden«, hatte sie gesagt, und Maximilian hatte gelacht. »Einen Supermarkt gibt es hier auch mit Sicherheit nicht.«

Marius war hochgeschreckt, als das Auto vor ihm hielt, und er hatte Inga ziemlich ungläubig angesehen. »He! Was ist los? Woher ...?«

»Steig ein«, sagte Inga kühl. »Während du hier friedlich gedöst hast, habe ich eine Mitfahrgelegenheit ans Meer organisiert.«

Er war sichtlich peinlich berührt. »Mir war schwindlig. Wahrscheinlich von der Hitze. Ich wollte mich eigentlich nur ganz kurz hinsetzen, aber ... ich bin wohl eingeschlafen ...« Er rieb sich die Augen. Inga hatte ihre giftigen Gedanken bedauert. Sie selbst war nicht mehr in der Lage, auch nur einen Schritt zu tun, aber Marius hatte gefälligst zu funktionieren.

Sie hatte Marius und Maximilian einander vorgestellt, und Maximilian hatte noch einmal wiederholt, dass er zum Cap Sicié wollte.

»Ich besuche dort eine alte Freundin. Wenn Sie mitmöchten ...«

Marius hatte natürlich sofort wieder Oberwasser gehabt, so als habe er immer prophezeit, es käme jemand vorbei, der sie direkt ans Mittelmeer bringen würde. Er bekam ebenfalls etwas zu trinken und hielt Inga triumphierend seinen emporgereckten Daumen entgegen. Sie hatte ihre schmerzenden Füße betrachtet und gedacht, wie schnell doch bei ihm immer alles ging, wie rasch er knapp überstandene Schwierigkeiten verdrängte. Aber das mochte auch daran liegen, dass ihn Probleme nie derart bedrängten und berührten, wie das bei ihr der Fall war. *Sie* war in Panik gewesen, nicht er. *Sie* hatte von Anfang an nur Schwierigkeiten bei der geplanten Reise gesehen. *Sie* hatte gemeint, niemand werde erscheinen, um sie aus der misslichen Lage zu erlösen. *Sie* war beinahe zusammengebrochen. Er nicht. Er brach nie zusammen. Weil er mutiger, zuversichtlicher, selbstsicherer war? Seltsamerweise waren sowohl Mut als auch Zuversicht und Selbstsicherheit keine Attribute, die sie ihm so einfach zuschreiben würde.

Das dachte sie auch jetzt wieder, im angenehmen Baumschatten auf der Wiese sitzend und ihm nachblickend. Nein, es war eher so, dass sie den Eindruck hatte, ihn berührten Ereignisse und Situationen nicht wirklich. Trotz seiner fröhlichen Unbekümmertheit, die man auf den ersten Blick als eine unkomplizierte Lebensfreude gedeutet hätte, schien er ihr immer ein gutes Stück abgerückt von der Welt, eingeschlossen in eine Art von Kokon, der ihm alles Unangenehme, Schwierige, Problematische vom Leib hielt. Aber womöglich auch alles Schöne. Trotz seines ständig lachenden Gesichts hatte Inga manchmal den Eindruck, dass es nicht wirkliches Glück war, was ihn erfüllte. Es war lediglich die Abwesenheit von Unglück, die ihn so sonnig wirken ließ.

Es ist nicht echt.

Entschlossen unterdrückte sie diese Gedanken. Es war schon immer eine Schwäche von ihr gewesen, Menschen und Situationen zu Tode zu analysieren. Ihre letzte Beziehung war darüber zerbrochen. Sie wollte nicht noch einmal die gleichen Fehler begehen. Es war nur logisch, dass es zwischen Marius und ihr zu Problemen kommen musste. Ein Mann, der das Leben nahm, wie es kam, und sich wenig Gedanken um den nächsten Tag machte, und eine Frau, die sich in grübelnder Sorge um die Zukunft verzehrte – natürlich prallten hier gelegentlich zwei Welten aufeinander.

Aber vielleicht tun wir einander gut, dachte sie schläfrig und ließ sich in das Gras zurücksinken, betrachtete den unwirklich blauen Himmel über sich, vielleicht läßt er mich ein bisschen leichtfüßiger werden, und ich sorge dafür, dass er nicht ganz und gar blauäugig irgendwann einmal in eine dumme Geschichte gerät.

Sie schloss die Augen.

Als sie sie wieder öffnete, wusste sie nicht, ob sie einen Moment lang eingeschlafen gewesen war. Sie sah in Marius' lächelndes Gesicht. Neben ihm Maximilian, der sie besorgt betrachtete. Und sie sah eine Frau. Eine sehr schöne Frau, mit langen, dunklen Haaren, einem blassen Gesicht und unendlich traurigen Augen. Sie hatte eine Cremetube und Verbandszeug in der Hand, aber sie schüttelte gerade den Kopf.

»Da kann ich nichts ausrichten. Die Wunden haben sich entzündet. Es wäre besser, ein Arzt schaut sich das an.«

»Okay«, sagte Maximilian. Er streckte Inga die Hand hin. »Können Sie bis zum Auto laufen?«

Sie nickte.

»Dann bringe ich Sie jetzt zum Arzt«, sagte er.

Donnerstag, 22. Juli

I

Das Telefon klingelte mitten in der Nacht. Karen hatte nur oberflächlich und unruhig geschlafen und war sofort wach, richtete sich auf und lauschte in die Dunkelheit. Ihr Herz raste. Die Anzeige auf dem Radiowecker neben ihrem Bett sagte ihr, dass es halb drei war. Ein Anruf zu dieser Zeit konnte nichts Gutes bedeuten.

Das Telefon schrillte erneut, es klang viel lauter als am Tag.

»Wolf«, wisperte sie, »das Telefon!«

Wolf knurrte etwas Unverständliches, knäulte sich sein Kissen um den Kopf und rollte sich auf den Bauch. Es war klar, dass er nicht aufstehen würde, und so schwang Karen ihre Beine aus dem Bett und tappte zu dem Apparat, der im Flur stand.

Sie nahm den Hörer ab.

»Ja?«, fragte sie. »Hallo?«

Zuerst konnte sie überhaupt nichts hören. Dann nahm sie etwas wahr am anderen Ende der Leitung, das wie Atmen klang. Ein gepresstes, angestrengtes Atmen.

»Hallo?«, fragte sie noch einmal. »Wer ist denn da?«

Wieder bekam sie keine Antwort, aber das Atmen klang ein wenig lauter. Es war gespenstisch, und ihr fielen Geschichten ein, die sie gehört und gelesen hatte: von Männern, die zu den unmöglichsten Uhrzeiten bei Frauen anriefen, sich an ihrer Verwirrung oder Furcht weideten und darüber eine perverse sexuelle Befriedigung fanden. Allerdings stießen diese Männer meist Obszönitäten oder Drohungen aus, während dieser Anrufer überhaupt nichts sagte. Zudem – und sie hätte gar nicht genau sagen können, weshalb sie diesen Eindruck hatte – klang das befremdliche Atmen nicht wie das erregte Keuchen eines Triebtäters. Eher schienen es Atemzüge der Angst zu sein – und der Anstrengung. Als ringe jemand um Atem und schaffe es nicht, gleichzeitig noch etwas zu sagen.

Es mochte an diesem Eindruck liegen, weshalb Karen dem Impuls widerstand, einfach den Hörer aufzulegen und so schnell wie möglich in ihr warmes Bett zurückzukriechen.

»Bitte sagen Sie doch etwas«, sagte sie.

Der unbekannte Anrufer schien ein Wort formen zu wollen, aber es kam nur ein gepresster Laut heraus. Der Atem war noch leiser geworden, klang röchelnd jetzt.

»Sagen Sie mir Ihren Namen«, bat Karen, »ich werde sonst auflegen.«

Nur der Atem, schwach und unregelmäßig.

»Hören Sie, wer auch immer Sie sind, ich kann nichts für Sie tun«, sagte Karen. »Sie müssten mir Ihren Namen oder Ihre Adresse oder Telefonnummer nennen. Ich kann sonst wirklich nichts machen.«

Sie wartete. Sie hatte keine Ahnung, wie viel Zeit verstrichen war, ob eine oder zwei Minuten oder länger. Sie merkte nur, dass trotz der warmen Sommernacht Kälte an ihren nackten Beinen emporkroch, dass sie fröstelnd von einem Fuß auf den anderen trat. Und dass etwas Bedrohliches nach ihr griff, dass irgendetwas soeben in ihr Leben eindrang, das nichts mit ihrer bisherigen Wirklichkeit zu tun hatte.

»Ich muss jetzt auflegen«, sagte sie hastig, tat es und starrte dann den Telefonapparat an, als erwarte sie von ihm eine Erklärung oder sonst eine Reaktion, und sei es nur ein erneutes Klingeln. Aber nichts tat sich. Die Nacht war wieder so still und so ruhig, als sei nichts geschehen.

Karen huschte ins Bett zurück. Sie wusste, dass es ihr nun überhaupt nicht mehr möglich sein würde, einzuschlafen.

»Wolf«, flüsterte sie.

Er brummte: »Was ist denn?«

»Das war ganz komisch eben. Jemand war am Telefon, aber er hat nichts gesagt. Nur geatmet.«

»Irgendein Scherzkeks. Es gibt so Leute.«

»Ich weiß nicht ... er ... oder sie ... atmete ganz seltsam.«

Wolf gähnte. »Dann wird's so ein Perverser gewesen sein. Der hat sich an deiner Stimme aufgegeilt.«

»Es war nicht diese Art von Atmen. Es war ...« Wenn sie es nur in Worte fassen könnte. »Als ob jemand wirklich in Not sei. Hilfe bräuchte. Jemand, der schlecht Luft bekommt, und der sich bemüht, etwas zu sagen ...«

Wolf gähnte erneut. »Karen, du hast eine blühende Fantasie. Du bildest dir höchst eigenartige Dinge ein. Aber weißt du, was nett wäre? Wenn du das nicht mitten in der Nacht tun würdest. Es gibt Menschen, die haben hart zu arbeiten tagsüber, und die brauchen ihren Schlaf.«

»Ich habe diesen Anrufer ja nicht bestellt!« Plötzlich kam ihr ein Gedanke, sie richtete sich auf. »Und wenn es meine Mutter war?«

»Deine Mutter ruft doch nicht um diese Zeit bei dir an!«

»Wenn sie Hilfe braucht, schon.« Karen machte sich häufig Sorgen um ihre Mutter. Sie lebte ganz allein in der großen Wohnung, die ihr verstorbener Mann ihr hinterlassen hatte, und widersetzte sich hartnäckig den Bestrebungen ihrer Tochter, sie zum Umzug in eine kleinere Wohnung in der Nähe der Familie zu überreden. Am liebsten hätte Karen sie zu sich geholt, doch wann immer sie dieses Thema angeschnitten hatte, war Wolf in heftigen Protest ausgebrochen.

»O Gott, nein. Bloß das nicht! Deine Mutter ist eine nette Frau, Karen, aber mit meiner Schwiegermutter unter einem Dach – das brauche ich nun wirklich nicht! Schlag dir das lieber schnell aus dem Kopf!«

»Ich werde bei Mama anrufen«, entschied Karen und stieg erneut aus dem Bett. »Ich finde sonst keine Ruhe.«

Wolf stöhnte. »Also wirklich, Karen, du bist manchmal einfach unmöglich! Lass die arme Frau doch schlafen. Ich meine, wie kann man so hysterisch sein? Was glaubst du, wie viele Menschen nachts von irgendwelchen Witzbolden angerufen werden, ohne dass sie nachher solch einen Wirbel veranstalten?«

Aber sie war schon draußen, stand erneut am Telefon und wählte die Nummer ihrer Mutter. Es dauerte eine ganze Weile, bis die alte Dame sich meldete. Sie klang verschlafen und war äußerst erstaunt, als sie begriff, dass es ihre Tochter war, die sie anrief. »Liebe Güte, Karen! Ist etwas passiert? Ist etwas mit den Kindern? Oder mit Wolf?«

Wie sich herausstellte, hatte sie mit dem geheimnisvollen Anruf nichts zu tun, und sie war auch sehr verwundert über Karens Vermutung, sie könnte nachts bei ihr um Hilfe bitten.

»Also, da würde ich doch gleich den Notarzt anrufen«, sagte sie, und dann fügte sie vorwurfsvoll hinzu: »Ich muss sagen, du hast mich jetzt ganz schön erschreckt. Ich habe richtig Herzklopfen. Mach so etwas nicht mehr, Karen. Was ist los mit dir? Du bist ein bisschen überspannt in der letzten Zeit, habe ich den Eindruck.«

Der Vorwurf traf, schließlich behauptete Wolf das Gleiche. Karen merkte, dass sie wieder einmal am liebsten zu weinen begonnen hätte.

»Wie kommst du denn darauf?«, fragte sie, mit einer Stimme, die sogar in ihren eigenen Ohren piepsig und unsicher wie die eines Schulmädchens klang.

»Na ja, neulich erzähltest du mir, du könntest niemanden finden, der eure Post versorgt, wenn ihr im Urlaub seid, und mir kamst du dabei so aufgeregt vor. Als sei das ein weltbewegendes Problem!«

Das hätte mit Wolf abgesprochen sein können. *Wir müssen wirklich einmal mit Karen reden! Sie wird immer komischer. Regt sich über Dinge auf, die gar nicht zum Aufregen sind. Es ist nicht leicht mit ihr. Sie war doch mal eine ganz vernünftige Person!*

»Das hat sich geklärt«, sagte sie und fand, dass es geradezu unerträglich so klang, als rechtfertige sie sich, »ich meine, das mit der Post. Ich habe jetzt jemanden.«

»Na bitte. Nur nicht immer gleich die Pferde scheu machen! Ich koche mir jetzt einen Kamillentee. Gott, so ein Anruf mitten in der Nacht kann einen wirklich erschrecken!«

Ja, und umso mehr, wenn am anderen Ende jemand nur atmet, dachte Karen, aber dass ich mich aufgeregt und erschrocken habe, finden alle seltsam. Ich werde überspannt und hysterisch genannt. Mama hingegen macht sich einen Beruhigungstee und meint, *sie* sei völlig in Ordnung.

Karen zog die Bettdecke bis unters Kinn. Sie hatte das Bedürfnis, sich tief in eine Höhle zu verkriechen, Wärme und Geborgenheit zu finden und allein zu sein. Einfach nur allein. Am besten wäre es, wenn außer ihr überhaupt niemand sonst auf der Welt wäre.

»Und«, kam es natürlich von Wolf, »war deine Mutter der Mensch mit dem Furcht erregenden Atmen?«

»Nein«, sagte Karen kurz.

»Sieh an«, meinte Wolf, »dafür ist sie jetzt wach, hat sich vermutlich ziemlich aufgeregt und muss mal wieder einen Kamillentee trinken, um sich zu beruhigen. Das hast du gut gemacht, Karen, wirklich! Kompliment!«

Warum trifft er immer, *immer* ins Schwarze?, fragte sie

sich voller Trostlosigkeit. Sie starrte mit weit offenen Augen in die Dunkelheit. An Wolfs Atemzügen konnte sie hören, dass er rasch wieder einschlief.

Wenn ich die Kraft hätte, dachte sie plötzlich, wenn ich die Kraft hätte, würde ich ihn verlassen.

Dieser Gedanke, mit all seinen Konsequenzen, erschreckte sie so sehr, dass sie sich für den Rest der Nacht mit ihm auseinander setzte und darüber zeitweilig sogar den seltsamen Anruf vergaß.

2

Im Hafen von Le Brusc schabten die Fender an den Seiten der Schiffe leise gegeneinander, hörbar trotz des Geschreis und Gelächters der vielen Menschen ringsherum, der lauten Rufe der Möwen und des Bellens einiger Hunde, die mitten im Gewühl der Hafenpromenade auf- und abschossen und miteinander spielten. Leise klirrten die Fallen an den Masten. Ein leichter Wind strich vom Meer heran, ohne die geringste Abkühlung zu bringen. Es war, als trage er den heißen Sand Afrikas in sich. Nicht eine einzige Wolke zeigte sich am Himmel.

»Das Schiff sieht gut aus«, sagte Maximilian anerkennend. »Sie haben es wirklich sehr zuverlässig gewartet, Albert!«

Albert war von dem Lob sichtlich erfreut, schob seine Fischermütze verlegen auf dem Kopf hin und her und strahlte über sein braun gebranntes Gesicht.

»Es macht mir Spaß. Es ist so ein schönes Schiff. Ich sorge gern dafür.«

»Eine Vindö!«, rief Marius begeistert. Er stand neben den

beiden Männern und betrachtete die *Libelle* mit Kennermiene. »Es muss toll sein, mit ihr zu segeln!«

Maximilian sah ihn erstaunt an. »Verstehen Sie etwas davon?«

»Klar. Ich hab meinen Segelschein, und ich bin schon an ziemlich vielen Orten gesegelt. Auch Nordsee. Mein Alter hat mich immer mitgenommen, der war ganz verrückt mit diesem Sport.«

»Hm«, machte Maximilian. Er hatte Marius und Inga im Auto mit nach Le Brusc genommen, damit Inga noch einmal den Arzt aufsuchen und Marius Lebensmittel einkaufen konnte, und zwischendurch hatte er sich kurz die *Libelle* ansehen wollen. Er kannte das Schiff, er war oft mit Felix darauf gesegelt. Rebeccas Frage, ob er es haben wolle, hatte ihn überrascht; er hätte nicht gedacht, dass sie in der Lage wäre, Felix' Kleinod wegzugeben.

»Ich werde mal mit Rebecca sprechen«, sagte er, »vielleicht erlaubt sie, dass Sie und Inga einmal damit segeln. Dann könnten Sie draußen vom Schiff aus baden gehen. An den offiziellen Stränden wird man zu dieser Jahreszeit ja verrückt.«

»Das wäre wirklich nett«, sagte Marius und strahlte über das ganze Gesicht. »Wir haben wenig Geld, wir könnten uns kein Schiff mieten. Also, ich glaube, das fände auch Inga ganz toll!«

Sie verabschiedeten sich von Albert und gingen zum Auto zurück. Dort wartete Inga, deren Arztbesuch bereits beendet war. Zu ihrer Erleichterung heilten die Wunden schnell und gut, sie würde schon bald wieder problemlos laufen können.

Als die Männer eingestiegen waren und Maximilian den Motor anließ, fragte Inga unvermittelt: »Was ist eigentlich mit ihr?«

Maximilian sah sie an. »Mit wem?«

»Mit Rebecca. Frau Brandt, meine ich. Sie ist unheimlich

traurig. Sie lächelt nie, und sie sieht furchtbar unglücklich aus.«

»Sie hat vor einem Dreivierteljahr ihren Mann verloren. Ein Autounfall, er stieß frontal mit einem Geisterfahrer zusammen. Es war ein furchtbarer Schock. Und ich fürchte, sie hat sich immer noch nicht davon erholt.«

»Lebt sie ständig hier?«

»Früher war es nur ein Ferienhaus, aber jetzt hat sie sich ganz dorthin zurückgezogen, und das ist natürlich überhaupt nicht gut für sie. Im Prinzip kennt sie hier keinen Menschen, außer dem Hafenmeister, und mit ihm verbindet sie auch nur eine oberflächliche Bekanntschaft. Sie ist sehr allein.«

Sie hatten den Ort hinter sich gelassen. Eine schmale Straße führte durch den Wald. Es war dämmrig hier und trotz des sonnigen Hochsommertages überraschend düster.

»Verdammt einsam da oben, wo sie wohnt«, meinte Marius. »Es ist eine tolle Landschaft, aber sie ist nicht typisch für die Gegend, finde ich.«

»Warten Sie, bis Sie erst das dunkle Felsgestein des Kaps sehen. Das ist absolut einmalig«, sagte Maximilian. »Es gibt dem Kap eine fast bedrohliche Ausstrahlung. Für Segler ist es übrigens wirklich eine riskante Ecke. Im Meer vor dem Kap gibt es unberechenbare Strömungen, und die See kann dort wirklich sehr wild sein.«

»Wovon lebt Rebecca?«, fragte Marius.

Maximilian warf ihm einen kurzen Seitenblick zu. Er blickte in ein unbefangenes, offenes Gesicht.

»Felix – ihr Mann – hat sie gut versorgt. Er war ein sehr bekannter und wohlhabender Arzt. Sie muss nicht arbeiten und kann sich ganz ihrem Schmerz hingeben.« Die letzten Worte sagte er voller Verbitterung.

Marius sah ihn an. »Sie war sehr glücklich mit ihrem Mann, oder?«

Maximilian lachte traurig. »Glücklich? Das klingt im Zusammenhang mit Felix und Rebecca fast banal. Sie waren ein Traumpaar. Wer hätte gedacht, dass sie so früh auseinander gerissen würden? Als Felix starb, war er gerade vierundvierzig geworden. Rebecca war zweiundvierzig. Das ist ... das war nicht gerecht.«

Alle drei schwiegen, während sich das Auto über steile, enge, holprige Straßen hinaufschraubte. Zwischen Bäumen und Felsen tauchten immer wieder kleine Fetzen Meer auf, blau leuchtend, glitzernd in der Sonne. Knorrige, uralte Olivenbäume mit bizarr verbogenen Stämmen und Ästen standen an den Wiesenrändern, und ihre Blätter waren wie helles Silber unter dem strahlenden Licht.

»Hier ist auch nicht immer Sommer«, sagte Maximilian unvermittelt, »auch hier gibt es lange, dunkle Winternächte, neblige Herbstmorgen und Tage, an denen es von morgens bis abends nicht aufhört zu regnen und die Wolken mit dem Meer zu einer grauen Masse verschmelzen. Wie muss es dann sein, so allein da oben? Wie kann sie das aushalten?«

Obwohl er mehr zu sich selbst gesprochen hatte, wandte sich Inga ihm zu. »Sie machen sich große Sorgen um sie, nicht wahr?«

»Ja. Er – ich meine Felix – war mein bester Freund. Ich empfinde Verantwortung für seine Witwe. Aber ich weiß nicht, was ich tun kann.«

»Sie hatten keine Kinder?«

»Nein. Das hat irgendwie nicht geklappt. Aber Rebecca hat sich unheimlich für Kinder engagiert. Sie hatte angefangen, Medizin zu studieren, schwenkte dann aber um und wurde Diplompsychologin. Vor fünfzehn Jahren gründete sie einen Verein, der sich um Problemfamilien, um misshandelte Kinder, aber auch um gewalttätige Eltern kümmerte. Mit Sorgentelefon und Einzelgesprächen und Gruppentherapien und alles Mögliche mehr. Rebecca ging darin auf. Ihr Verein – *Kinderruf* hieß er – hatte einen sehr guten Ruf, arbeitete eng mit den verschiedenen Jugendämtern zusammen. Diese Frau«, er schlug mit der flachen Hand auf das Lenkrad, eine Geste, die weniger aggressiv als hilflos wirkte, »diese Frau, die da wie ein lebloser Schatten in der Einsamkeit vor sich hin vegetiert, war bis vor einem knappen Jahr eine lebhafte, engagierte Person, von morgens bis abends von Menschen umgeben, ständig im Einsatz für andere, voller Ideen, voller Energie. Dabei lebensfroh und optimistisch. Sie war ein sehr positiver Mensch mit einem guten Einfluss auf andere. Es ist unbegreiflich, dass sie nun …« Er sprach den Satz nicht zu Ende. Er fragte sich, ob es tatsächlich nicht zu begreifen war. Wenn man sie und Felix gekannt und gemeinsam erlebt hatte, dann war klar, dass sein Tod ihr Herz und Seele aus dem Leib gerissen haben musste. Dennoch, davon war er überzeugt, steckte irgendwo in ihr die alte Rebecca, tief vergraben unter dicken Schichten von Verzweiflung und Melancholie und unbewältigter Trauer. Das Problem war, dass sie niemandem die Möglichkeit einräumen würde, zu der alten Rebecca vorzudringen und sie wieder zum Leben zu erwecken. Sie hatte ihr früheres Leben so radikal abgebrochen, dass es außer ihm wohl kaum noch jemand wagen würde, die Grenzen, die sie mehr als deutlich gesetzt hatte, zu überschreiten.

Für den Rest der Fahrt sprach niemand mehr. Maximilian überlegte, wie seine nächsten Schritte aussehen sollten. Gleich am Abend seiner Ankunft hatte er drüben in Sanary ein Hotelzimmer genommen; er hatte nicht gewagt, Rebecca zu fragen, ob er ihr Gästezimmer benutzen durfte, und sie hatte es auch nicht angeboten. Seitdem hatte er sie zweimal gesehen, und jedes Mal hatte sie alles andere als erfreut gewirkt. Seine Besuche bei ihr konnte er überhaupt nur noch mit seinem Interesse an dem Schiff rechtfertigen, und auch damit würde er sie nicht ewig hinhalten können. Im Grunde hatte er sich ohnehin längst gegen die *Libelle* entschieden. Sie erinnerte ihn zu stark an Felix. Vielleicht würde er sich irgendwann ein neues, ein ganz anderes Boot kaufen.

Er ließ Marius und Inga vor dem unbebauten Grundstück aussteigen und sah ihnen einen Moment lang nach. Beide trugen Shorts und hatten schon leicht gebräunte Beine. Inga humpelte noch ein wenig. Marius schwenkte die weiße Plastiktüte, in der sich seine Einkäufe befanden, lässig hin und her.

Wie sorglos man in diesem Alter noch sein kann, dachte Maximilian, Sonne, Meer, ein Zelt, Zweisamkeit – das reicht völlig aus, um glücklich zu sein.

Er rollte die paar Meter weiter bis zu Rebeccas Gartentor, stieg aus, wappnete sich innerlich gegen Kummer und Ablehnung, die ihn empfangen würden. Das Tor quietschte, als er es öffnete.

Sie hört das Quietschen und seufzt bestimmt genervt, dachte er deprimiert.

Er traf sie auf der rückwärtigen Veranda. Sie hängte Wäsche auf ein Gestell, ein paar T-Shirts, Unterwäsche, Socken. Sie sah Maximilian nicht an.

»Ich habe für die jungen Leute gewaschen«, sagte sie, so als müsse sie eine Erklärung für ihre Tätigkeit abgeben. »Die junge Frau – wie heißt sie noch? Inga? Sie kam heute früh zu mir und fragte, ob es unten im Dorf einen Waschsalon gibt. Da habe ich angeboten ...« Sie sprach den Satz nicht zu Ende.

»Ich hoffe, ich habe dir da nichts eingebrockt«, meinte Maximilian unbehaglich, »indem ich die beiden mitgebracht habe.«

Sie zuckte mit den Schultern. »Ewig werden sie ja nicht bleiben.«

»Sicher nicht.« Er sah ihr zu. Sie hatte noch immer die raschen Bewegungen einer Frau, die Dinge schnell erledigt, weil ihre Zeit knapp ist.

Ach, Rebecca, dachte er traurig.

»Ich wollte schon heute früh zu dir«, sagte er, »aber dann habe ich erst noch die jungen Leute ins Dorf gefahren. Inga war noch mal beim Arzt, und Marius wollte einkaufen. Bei der Gelegenheit habe ich auch ein paar Dinge für dich besorgt.« Er hob eine Einkaufstüte hoch, die er neben sich auf die Steinfliesen gestellt hatte. »Obst, Käse und einen sehr guten Rotwein. Ich dachte ... vielleicht essen wir heute Abend zusammen?«

Sie antwortete nicht.

»Ich war auch am Hafen«, fuhr er fort, »und habe mir noch mal die *Libelle* angesehen. Und mit Albert gesprochen. Er hat sie gut in Schuss gehalten.«

»Und – möchtest du sie nun haben?«

»Ich bin mir nicht sicher. Sie erinnert mich sehr an Felix.«

»Du musst nur Ja oder Nein sagen. Wenn du sie nicht willst, ist es auch kein Problem.«

»So einfach ist das nicht.«

»Ich kann dieses Problem für dich nicht lösen.«

»Wenigstens siehst du, dass eines da ist.«

Wieder entgegnete sie nichts, und in seiner Hilflosigkeit plötzlich wütend, fuhr er sie an: »Verdammt, Rebecca, du bist doch nicht die Einzige, die trauert! Du hast deinen Mann verloren. Ich habe meinen besten Freund verloren. Felix' Eltern haben ihren Sohn verloren. Es ist ... wir müssen doch alle irgendwie weitermachen! Es hilft nichts. *Sein* Leben ist zu Ende. Nicht unseres. Dagegen können wir nichts machen.«

Sie hängte das letzte Handtuch auf, nahm den leeren Wäschekorb hoch. Zum ersten Mal sah sie ihn an, und wieder erschrak er vor der Leere in ihren Augen.

»Rebecca«, sagte er leise.

Ihr Mund verzog sich in einem Ausdruck von Ärger und Resignation. »Lass es mich auf meine Weise bewältigen«, sagte sie, »und bewältige du es auf deine.«

»Aber du bewältigst es doch überhaupt nicht!«, sagte er heftig, um im nächsten Moment zu begreifen, dass er sie mit seinen Worten und Ausbrüchen nicht erreichte. Es war so sinnlos. Wie er sich das eigentlich auch schon vorher gedacht hatte. Felix' Tod hatte sie für ihn und für jeden anderen Menschen unerreichbar gemacht, und alles, was bei seinem Besuch in Le Brusc vermutlich herauskommen würde, war, dass ihrer beider Freundschaft – jedenfalls die kläglichen Reste davon – auch noch kaputtging.

»Essen wir nun heute Abend zusammen?«, fragte er. Sie zögerte, nickte aber schließlich. Sie wollte höflich sein, zeigte aber nicht das mindeste Anzeichen von Freude.

Er wandte sich zum Gehen, aber dann fiel ihm noch etwas ein. »Der junge Mann«, sagte er, »scheint ein erfahrener Segler zu sein. Er war begeistert von der *Libelle*. Er würde gern einmal mit seiner Frau zusammen segeln. Könntest du dir vorstellen, das zu erlauben?«

Ohne zu wissen, warum, hätte er eher mit einer Absage gerechnet. Aber zu seiner Überraschung zuckte sie nur mit den Schultern.

»Warum nicht«, sagte sie.

3

Noch immer, wenn sie mittags zum Briefkasten ging, wurde sie von der Angst ergriffen, *er* könnte sich wieder gemeldet haben. Genau genommen, wusste sie natürlich nicht, ob es sich überhaupt um einen *Er* handelte, aber sie hatte von Anfang an und ohne zu zögern die Möglichkeit ausgeschlossen, eine Frau könnte ihr die hässlichen Briefe schreiben. Es war nicht so, dass es in den Briefen von Schilderungen exzessiver Gewalt gewimmelt hätte. Aber sie waren von einer perfiden Bedrohlichkeit, die grauenhafte Angst erzeugte. Im Übrigen war schon mehrfach der Begriff *Todesstrafe* gefallen. Vielleicht war es dieses sadistische Spielen mit der Furcht, was sie einer Frau nicht zutraute, obwohl sie sich manchmal fragte, ob sie damit an einem Rollenbild festhielt, das längst überholt war und vielleicht ohnehin nie existiert hatte.

Egal eigentlich, dachte Clara, während sie den Gartenweg entlanglief und das Herzklopfen verfluchte, das sich unweigerlich wieder eingestellt hatte; egal, wer diese Gemeinheiten fabriziert hatte. Sie waren widerlich und furchtbar, aber seit zwei Wochen gab es keine Briefe mehr, und ich sollte mich deshalb jetzt nicht aufregen.

Trotzdem zitterte ihre Hand, als sie den Briefkasten aufschloss. Es waren eine Zeitschrift und einige Briefe angekommen, und früher hätte sie sich gefreut und überlegt, wer wohl geschrieben haben mochte. Jetzt war sie so voller Nervosität, dass sie außer Furcht und Beklemmung nichts empfinden konnte. Sie hätte es vorgezogen, wenn der Briefkasten leer gewesen wäre.

Das ist doch wirklich absurd, dachte sie.

Beim Durchblättern erkannte sie, dass kein Brief von *ihm* dabei war. Die Drucktypen seines Computers kannte sie inzwischen, sie hätte ihn sofort herausgefiltert. Kein wohlbekannter Aufkleber auf einem Umschlag mit ihrem Namen. *Frau Clara Weyler*. Und dann die Adresse.

Die Telefonrechnung war gekommen, ein Brief ihrer Schwester aus dem Mallorca-Urlaub, eine Aufforderung zur

Teilnahme an einem Preisausschreiben und eine Ansichtskarte von den Malediven.

Wer ist denn gerade auf den Malediven?, fragte sie sich, während sie erleichtert registrierte, dass ihr Herzschlag in den normalen Rhythmus zurückfand und ihre weichen Beine an Stabilität gewannen.

Sie ging zum Haus zurück, überflog dabei die Karte.

Agneta. Sie erinnerte sich an Agneta. Ihre einstige Kollegin, vor vielen Jahren. Eine nette, blonde, sehr natürliche Schwedin. Agneta hatte einen ziemlich wohlhabenden Mann geheiratet – er war im Vorstand einer großen Warenhauskette, wenn Clara das richtig im Gedächtnis hatte –, und daher waren Fernreisen wahrscheinlich keine Seltenheit für sie. Sie lebte natürlich im Münchener Nobelviertel Grünwald und jettete vermutlich ständig in der Welt herum.

»Es ist herrlich«, schrieb sie, »Sonne ohne Ende, tiefblaues Meer, tiefblauer Himmel, heller, warmer Sand. Ich lerne tauchen! Habe dabei das Gefühl, allem entfliehen zu können. Ich war ziemlich mit den Nerven fertig, hatte unschöne Erlebnisse in der letzten Zeit. Erzähle ich dir alles, wenn ich zurück bin – würde gerne mal wissen, was du davon hältst. Bis dahin alles Liebe, Agneta.«

Das Herzklopfen wurde wieder stärker. Clara blieb stehen.

Was meinte Agneta?

Sie hatten sich seit ungefähr drei Jahren nicht mehr gesehen. Ohnehin waren sie nie dicke Freundinnen gewesen. Kolleginnen, die sich gut verstanden, die einander sympathisch waren, aber mehr nicht. Außer in beruflichen Fragen hatte nie eine den Rat der anderen gesucht, selten hatten sie über Privates gesprochen. Clara war bei Agnetas Hochzeit mit dem reichen Typen gewesen, und pflichtschuldig hatte sie ein halbes Jahr später Agneta zu ihrer eigenen Hochzeit mit Bert eingeladen. Ja, und sie hatte ihr eine Anzeige geschickt, als im vergangenen Jahr Marie geboren wurde. Daher hatte Agneta die Adresse. Aber sie hatte ihr noch nie eine Ansichtskarte geschickt, geschweige denn ihr gegenüber von Problemen gesprochen, zu denen sie ihre Ansicht hören wollte.

Das passte nicht. Agneta hatte eigene Freundinnen, Clara auch. Warum also ...?

Es sei denn ...

Clara schaute wieder auf die Karte, die ganz leise in ihrer Hand zitterte. Agneta schrieb nicht einfach von einem Problem. Sondern von *unschönen Erlebnissen in der letzten Zeit.* Und davon, dass sie *ziemlich mit den Nerven fertig* gewesen sei.

Es war genau das, was sie, Clara, auch von sich gesagt hätte. Unschöne Erlebnisse, die hatte sie, weiß Gott, gehabt, und eine Frau, die mit weichen Knien zum Briefkasten ging, deren Hände zitterten, wenn sie ihn öffnete, die abends nicht einschlafen konnte und nachts bei jedem Geräusch hochschreckte, war wohl eindeutig *mit den Nerven fertig.*

Agneta hatte die gleichen Briefe erhalten, und sie wandte sich an die ehemalige Kollegin, weil die Briefe etwas mit ihrer einstigen gemeinsamen Arbeit zu tun hatten. Es machte für sie keinen Sinn, irgendeine Freundin oder Bekannte anzusprechen. Es musste jemand von damals sein. Aus der Zeit, da sie beide beim Jugendamt gearbeitet hatten.

Clara ging ins Haus zurück, schloss sehr sorgfältig die Haustür hinter sich. Es war ein heißer Tag, und für gewöhnlich hätten alle Türen offen gestanden, um die Wärme und den Duft des Hochsommers in die Räume fluten zu lassen. Seitdem sie die Briefe bekommen hatte, wagte es Clara jedoch kaum noch, auch nur ein Fenster schräg zu stellen. Die Angst hatte sich in ihr Leben geschlichen, hatte sich dick und breit darin eingenistet und schien nicht gewillt, es wieder zu verlassen. Alles hatte sich verändert. Und das gerade jetzt. Ausgerechnet. Seit der Geburt Maries im September des letzten Jahres hatte Clara Tag für Tag immer wieder gedacht, wie schön, wie glücklich und wie vollkommen sich doch alles in ihrem Leben gefügt hatte. Nicht, dass sie früher ein Trauerkloß gewesen wäre. Sie hatte auch ihren Beruf gemocht. Am Anfang zumindest. Später ... hatte er an den Nerven gezerrt, und sie hatte genau gespürt, dass sie im Grunde zu zart besaitet war, um sich dauerhaft mit der harten, oft allzu brutalen Welt derer zu konfrontieren, die auf der Schattenseite der Gesellschaft lebten und mit Wut und Gewalt die Frustration über ihr Dasein kompensierten. Es war lange Jahre in Ordnung gewesen, aber dann hatte sie sich verabschiedet, und sie war froh darüber. Sie liebte Bert und war sicher, dass sie mit ihm für immer zusammen bleiben würde. Er war nicht reich, und wahrscheinlich würden sie nie auf die Malediven fliegen wie Agneta, aber sie hatten ihr Auskommen, wie man so sagte, und noch dazu hatte Bert von seinen Eltern das kleine Häuschen geerbt, vor den Toren Münchens, fast schon ländlich gelegen. Marie würde mit einem Garten aufwachsen, in dem sie spielen konnte, und mit Wiesen und Wäldern, die gleich jenseits des Gartenzauns begannen. Ebenso wie ihre Geschwister. Clara wollte noch mehr Kinder, aber sie war schon einundvierzig, und wer wusste, ob ihr das Glück noch einmal vergönnt sein würde. Wenigstens hatte sie Marie. Sie ging auf in ihrer Mutterrolle. Sie hätte nichts, aber auch gar nichts in ihrem Leben verändern mögen.

Sie wollte nur, dass dieser Mensch ihr nicht mehr schrieb. Obwohl sie ahnte, dass die Angst sie selbst dann, wenn nie wieder ein Brief käme, nicht verlassen würde. Jedenfalls nicht für lange Zeit. Der Typ war irgendwo da draußen. Sie würde nie mehr so tun können, als habe es ihn nicht gegeben.

Sie stellte die Karte von den Malediven vor das Schlüsselbrett im Eingang. Ein warmes, sonniges Bild. Agneta hatte es gut, sie war so weit weg. Aber sie musste natürlich zurückkommen. Dauerhaft konnte sie ihren Ängsten auch nicht entfliehen.

Clara nahm sich vor, am Abend noch einmal mit Bert über das alles zu sprechen. Natürlich kannte er die Briefe, aber er hatte sie als Spinnerei abgetan.

»Irgendjemand macht sich einen Spaß daraus, solchen Blödsinn zu verschicken«, hatte er gemeint, »und du solltest das nicht ernst nehmen, Schatz. Hunde, die bellen, beißen nicht.«

Ob er die Dinge anders einschätzen würde, wenn er erfuhr, dass auch Agneta …?

Sie konnte sich vorstellen, was er sagen würde. *Das wissen wir doch noch gar nicht! Deine Fantasie geht wieder einmal mit dir durch. Lass Agneta erst einmal zurückkommen, dann erfahren wir mehr.*

Sie seufzte. Eine innere Stimme sagte ihr, dass sie keineswegs ein Opfer ihrer Fantasie war, sondern sehr genau und richtig kombiniert hatte. Aber es würde gut tun, Berts ruhige Stimme zu hören, und sich von ihm – wenigstens für eine kurze Dauer – in das Gefühl hineinwiegen zu lassen, das alles sei harmlos und unwichtig.

Und jetzt würde sie nach Marie sehen. Und sich um den Haushalt kümmern. Und dann einkaufen, irgendetwas richtig Schönes für sich und Bert am Abend.

Wer immer das da draußen war, sie mochte sich nicht ihre kleine, heile Welt zerstören lassen.

Freitag, 23. Juli

I

Ingas Füße schmerzten noch immer, aber seit sie die Salbe benutzte, die ihr der Arzt verschrieben hatte, und regelmäßig die Verbände erneuerte, war es wirklich besser geworden. Sie konnte nur offene Sandalen tragen, genau genommen hatte sie den ganzen Tag über nur ihre Badelatschen an, aber bei dem heißen Wetter machte dies ohnehin am meisten Sinn. Es fiel ihr noch etwas schwer, zu laufen, sie humpelte, und was sie daran vor allem störte, war der Umstand, in dieser paradiesischen Gegend zu sitzen und nichts von dem tun zu können, was ihr Spaß machte. Sie durfte nicht schwimmen, konnte keine Spaziergänge unternehmen oder in den frühen Morgenstunden durch den Wald joggen. Sie saß fest, und das erfüllte sie zunehmend mit Ungeduld und Gereiztheit. Sie hatte daher mit Begeisterung reagiert, als Marius ihr sagte, Rebecca habe ihnen erlaubt, ihr Boot für einen Segeltörn zu benutzen.

Im Grunde gestaltete sich der Urlaub viel besser, als Inga befürchtet hatte. Anstatt auf einem überfüllten Campingplatz zu sitzen, hatten sie einen zauberhaften Platz weitab von den Menschenhorden gefunden, und sie genossen dabei einen Ausblick über die Felsen und das Meer, der auf einer romantischen Postkarte nicht schöner hätte abgebildet sein können. Sie war überzeugt, dass sie über die Klippen sogar in die Bucht hinunterklettern und dort hätten baden können, wäre sie nicht durch die wunden Füße gehandikapt gewesen. Ein fast unwirklicher Traum – im Juli am Mittelmeer einen solchen Ort zu finden.

Noch zwei, drei Tage, dachte sie optimistisch, und alles ist verheilt, und ich springe hier herum wie ein junges Reh und mache es mir richtig schön!

Sie stand auf dem hölzernen Bootssteg inmitten des flirrenden Sonnenscheins und sah Marius und Maximilian zu, die die *Libelle* startklar machten. Maximilian hatte sie beide zum Hafen gefahren und half nun sogar noch mit.

In der vergangenen Nacht hatte der Mistral getobt, jener wilde, sagenumwobene Sturm, der das Rhônetal heruntergedonnert kommt und sich mit wütender Kraft ins Meer zu stürzen scheint. Inga hatte um das Zelt gebangt, das der Wind immer wieder von seinen Befestigungen zu reißen drohte, aber sie befanden sich im Schutz der Bäume und hatten ihr Dach über dem Kopf behalten. Jetzt am Morgen herrschte völlige Stille, der Himmel war hoch und blau und gläsern, die Luft ein wenig kühler und von prickelnder Klarheit. Die ganze Welt schien gereinigt worden zu sein.

Rührend, wie Maximilian sich kümmert, dachte Inga, aber aus einem Instinkt heraus vermutete sie, dass er über die Fürsorge an dem fremden, jungen Pärchen auch versuchte, immer wieder Rebeccas Nähe zu finden. Marius und Inga boten ihm die Gelegenheit, täglich hinauf in die Einsamkeit zu fahren und dabei auch den Kopf in Rebeccas Tür hineinzustrecken.

Er würde scheitern, das meinte sie klar zu spüren. Rebecca hatte sich vollständig zurückgezogen. Vielleicht würde nie mehr ein Mensch sie berühren können.

Die Haare fielen Inga immer wieder ins Gesicht, sie kramte schließlich eine Spange aus der Hosentasche und band sie zurück. Marius war gerade mit der Genua beschäftigt, die er am Vorstag, dem dünnen Draht, der sich zwischen Bugspitze und Mast spannte, anschlug.

»Sie wissen wirklich gut Bescheid«, sagte Maximilian anerkennend, »bei Ihnen sitzt jeder Handgriff. Obwohl Ihnen das Schiff ja völlig fremd ist.«

»Ich hab Ihnen doch gesagt, dass ich seit meiner Kindheit in allen Ferien mit Segelschiffen zu tun hatte«, erwiderte Marius, ohne seine Arbeit zu unterbrechen.

Maximilian faltete das Großsegel auf dem Baum zusammen und zurrte es fest. »So«, sagte er, »und jetzt müssen wir mal sehen, was der Motor macht. Das Schiff lag lange still. Ich hoffe, dass die Batterie nicht am Ende ist.« Er sah Inga an.

»Und Sie? Sind Sie auch so ein Segelprofi?«

Sie schüttelte lachend den Kopf. »Ich bin viel mit Marius gesegelt, deswegen habe ich ein bisschen Ahnung. Aber ich bin nicht im Mindesten als Profi zu bezeichnen.«

»Sie ist wirklich gut«, sagte Marius, »sie ist viel besser, als sie sich jetzt darstellt.«

»Wenn das stimmt, dann nur deshalb, weil du ein guter Lehrer bist«, entgegnete Inga mit Wärme in der Stimme, und sie und Marius tauschten einen Blick voller Nähe und Zärtlichkeit.

»Sie wollen heute segeln?«, fragte jemand hinter Inga auf Französisch, und sie wandte sich erstaunt um. Sie kannte den tief gebräunten Mann nicht, der unbemerkt herangetreten war, aber Maximilian mischte sich sofort ein.

»Bonjour, Albert. Inga, das ist Albert, der Hafenmeister. Albert, Inga ist die Frau von Marius, den Sie ja gestern kennen gelernt haben. Die beiden wollen es heute mal probieren.«

Albert legte das Gesicht in Falten und betrachtete eingehend den Himmel. »Der Mistral kommt noch einmal zurück«, bemerkte er.

»Heute noch?«, fragte Inga. »Es scheint doch alles ganz ruhig zu sein.«

»Er kommt zurück«, beharrte Albert, »irgendwann heute Nachmittag.«

»Gibt es Probleme?«, fragte Maximilian. Er hatte gerade versucht, den Anlasser des Motors zu betätigen, aber ohne Erfolg.

Albert deutete in Richtung Berge. Inga konnte dort nichts sehen, außer dass der Himmel geradezu überirdisch blau und leuchtend war, aber den Männern schienen sich geheimnisvolle Zeichen aufzutun, denn Maximilian nickte. »Der Mistral. Wir haben ihn noch nicht hinter uns.«

Marius war mit der Genua fertig und strich sich kurz über den Rücken. »Das kann aber sicher noch dauern«, meinte er.

Albert wiegte den Kopf hin und her. »Ich sagte ja, voraussichtlich heute Nachmittag.«

»Vorher nicht?«, wollte Inga ängstlich wissen.

»Unwahrscheinlich, Madame.«

»Albert ist ziemlich gut in seinen Prognosen«, sagte Maximilian, »er hat sein ganzes Leben hier verbracht. Ich habe noch nie erlebt, dass er sich geirrt hätte. Felix und ich haben uns beim Segeln stets nach ihm gerichtet, und es gab nie Schwierigkeiten.«

»Es ist jetzt zehn Uhr am Morgen«, sagte Marius. »Ich schlage vor, dass Inga und ich um vier Uhr heute Nachmittag wieder hier sind. So haben wir genug Zeit und sind trotzdem auf der sicheren Seite.«

»Aber wirklich spätestens um vier!«, beharrte Albert noch einmal.

»Dafür wird Inga schon sorgen«, sagte Marius, und sie nickte sofort. »Darauf können Sie sich verlassen.«

Maximilian war in der Kajüte verschwunden und tauchte

nun mit zwei Schwimmwesten wieder auf. »So. Die legen Sie bitte an. Das ist Pflicht auf der *Libelle*.«

Er streckte die Hand aus, um Inga auf das Schiff hinüberzuhelfen. Sie fühlte sich nicht sehr trittsicher in ihren Badeschuhen, aber sie gelangte ohne Schwierigkeiten auf die schaukelnden Planken. Sie zog ihre Schwimmweste an und bemerkte, wie ihre Vorfreude immer mehr stieg.

»Was für ein herrlicher Tag«, sagte sie, »und wie nett von Rebecca, uns ihr Schiff zu überlassen. Sie müssen ihr das auch noch einmal sagen, Maximilian.«

»Mache ich.« Er sah Marius an. »Ich versuche jetzt, den Motor mit der Handkurbel in Gang zu setzen. Die Batterie ist ziemlich am Ende, aber wenn der Motor läuft, wird sie sich aufladen. Sie sollten das im Auge behalten.«

»Ist klar. Wo ist die Kurbel?«

Sie fanden sie schließlich, und es dauerte noch einige Minuten, bis sie die Treppe, die in die Kajüte führte, ausgehängt hatten, um an den dahinterliegenden Motor zu gelangen. Inga hielt den Atem an, aber plötzlich erklang das ersehnte Tuckern, und der Geruch des Dieselöls waberte durch die klare Luft.

Maximilian schwang sich auf den Bootssteg zurück. »Ich hole Sie beide um vier Uhr wieder ab«, sagte er.

Wie schön es hier ist, dachte Inga. Sie saß vorne im Bug und löste auf Marius' Geheiß die Festmacher, während Marius sich im Heck am Ruder platziert hatte.

Langsam schob sich die *Libelle* aus ihrem Liegeplatz. Eine Möwe, die bis zu diesem Moment auf der Spitze des Mastes ausgeharrt hatte, hob sich mit empörtem Geschrei in die Luft.

»Es geht wirklich los!«, rief Inga.

Sie sah, dass Maximilian die Hand zum Abschiedsgruß hob. Albert, der neben ihm stand, trug noch immer seine skeptische Miene zur Schau. Inga wusste nicht recht, worauf sich diese gründete. Auf das Wetter? Oder war die *Libelle* inzwischen sein Kind, sein Kleinod, das er mit einiger Eifersucht hütete? Er mochte nicht einverstanden sein, dass Rebecca ihr Schiff den beiden Fremden anvertraute, aber natürlich konnte er nichts dagegen tun, und vielleicht war dies der Grund für den Ausdruck von Missmut in seinem Gesicht.

Egal. Es konnte ihr gleich sein. Es war ein schöner Tag, und sie würde ihn ganz allein mit Marius, dem Mann, den sie liebte, auf einem Schiff verbringen.

Sie blinzelte, als sich ein Schatten zwischen sie und die Sonne schob. Es war Marius, der das Steuer für einen Augenblick verlassen hatte, um sich seine Baseballmütze zu schnappen und zum Schutz gegen die Sonne auf den Kopf zu setzen.

»Inzwischen müsstest du doch mal zugeben, dass die Idee, in den Süden zu fahren, doch nicht so schlecht war«, meinte er.

Sie musste lachen. Er sah aus wie ein kleiner Junge, der auf ein besonderes Lob wartet.

»Es war eine grandiose Idee«, sagte sie, »und ich bin froh, dass ich mich mit meinem Geunke und meiner Schwarzseherei nicht durchgesetzt habe. Zufrieden?«

Er grinste. »Das wollte ich nur hören«, sagte er und kehrte dann mit einem schnellen Sprung an das Ruder zurück.

Denn nun verließen sie den Hafen, und vor ihnen breitete sich blau und endlos das Meer aus, und gleich würden sie unter vollen Segeln dahingleiten.

Das Gartentor von Rebeccas Grundstück quietschte wie üblich, als Maximilian es öffnete, und wie jedes Mal, wenn er hindurchging, musste er sofort wieder an den Ausdruck von Genervtheit in Rebeccas Gesicht denken und an ihr Seufzen, und dieser Gedanke lähmte unwillkürlich seine Schritte, ließ ihn sich unsicher und zögernd bewegen.

Diesmal traf er sie in der Küche an. Die Verandatür stand offen, daher ging er ohne anzuklopfen ins Haus. Rebecca wischte gerade wie eine Verrückte mit einem Lappen die ohnehin blitzsaubere Arbeitsplatte noch sauberer. Es war so untypisch. Ihr Haushalt früher war eher verschlampt gewesen, weil sie weder die Zeit gehabt hatte, sich selbst darum zu kümmern, noch die Lust, ihre ziemlich faule Putzfrau zu kontrollieren. Wenn er sie und Felix besuchte, hatte ihn das leichte Chaos stets amüsiert und ihm ein heimeliges Gefühl gegeben. Er hatte manchen Abend in ihrer großen unordentlichen Küche am Tisch gesessen, ein Glas Wein getrunken und ihr zugesehen, wie sie Spaghetti kochte und hektisch in einer Fertigsoße rührte.

Die vollkommen veränderte Frau, die er jetzt vor sich hatte, machte ihm immer mehr Angst.

»Hallo, Rebecca«, sagte er.

Sie hatte natürlich das Tor gehört, vermutlich auch zuvor schon den Motor seines Autos, und so erschrak sie nicht, sondern wischte ungerührt weiter den nicht vorhandenen Dreck hin und her.

»Die beiden sind losgesegelt«, berichtete er. »Dieser Marius ist wirklich ein Profi, das konnte man beim Auftakeln des Schiffes sofort merken. Sorgen musst du dir also keine machen.«

»Ich mache mir keine«, entgegnete Rebecca.

»Ich habe ihnen versprochen, sie um vier Uhr im Hafen abzuholen. Albert sagt, wir bekommen Mistral, und deshalb müssen die beiden früher zurück sein.«

»Das ist sicher vernünftig.«

»Ja ...« Unschlüssig sah er sie an, und dann, plötzlich von einer ganz unerwartet heftig aufwallenden Wut ergriffen, schoss sein Arm vor, er packte ihr Handgelenk und zwang sie, mit ihrer idiotischen Tätigkeit aufzuhören.

»Verdammt, Rebecca, ich kann das nicht sehen! Ich kann das einfach nicht länger mit ansehen! Wie du dich hier in dieses Haus einsperrst und dein Leben verplemperst und deine Zeit damit zubringst, eine total saubere Küche zum wahrscheinlich hundertsten Mal in den letzten beiden Tagen zu putzen! Das ist krank! Das bist nicht du! Das ist die schlimmste und furchtbarste Verschwendung von Leben und Energie und Fähigkeiten, die ich je habe mit anschauen müssen!«

Sie versuchte sich aus seinem Griff zu winden. »Lass mich sofort los, Maximilian! Sofort!«

»Nein. Weil du dann wieder anfängst, diese arme Holzplatte zu bearbeiten, bis du irgendwann ein Loch in sie hineingescheuert hast! Ich werde morgen nach Deutschland zurückfahren, und ich werde mich dann nie wieder in deinem Leben blicken lassen, aber vorher will ich dir wenigstens noch sagen, dass ich kein Verständnis mehr für dich habe. Nicht was die Larmoyanz und die Feigheit angeht, mit denen du alles wegwirfst, was dir trotz Felix' Tod geblieben ist. Deine Trauer ist verständlich, dein Schmerz. Tränen, Anklagen, was auch immer. Aber es ist nicht verständlich, dass du offenbar vorhast, die verbleibenden fünfzig Jahre deines Lebens in dieser gottverdammten Einöde völlig allein damit zu verbringen, von morgens bis abends ein ohnehin keimfreies

Haus zu putzen und beim Quietschen deines Gartentors förmlich zu erstarren, weil tatsächlich irgendein menschliches Wesen zu dir vordringen könnte, und sei es bloß der Briefträger!«

Es gelang ihr endlich, ihr Handgelenk aus seiner Umklammerung zu winden. Sie knallte den Wischlappen, den sie noch immer festgehalten hatte, mit aller Kraft auf den Fußboden. Zum ersten Mal seit seiner Ankunft gewahrte Maximilian Leben in ihren Augen. Sie funkelten vor Wut.

»Wer«, schrie sie, »sagt dir, verdammt noch mal, dass ich vorhabe, noch fünfzig Jahre zu leben?«

Er trat einen Schritt zurück. Es war mit einem Schlag sehr still in der Küche. Nur das leise Brummen des Kühlschranks war noch zu hören.

»So ist das also«, sagte Maximilian nach einer Weile, »so ist das. Seltsam. Als ich in München saß und beschloss, mich auf den Weg zu dir zu machen, war der Gedanke, der mich trieb: Ich habe ein dummes Gefühl. Rebecca wird sich doch am Ende nichts antun? Ich sagte mir, das sei Unsinn. Ich kannte dich ja. Eine starke Frau voller Willenskraft. Keine, die sich unterkriegen lässt, sondern die die Zähne immer wieder von neuem zusammenbeißt. Und trotzdem konnte ich mich irgendeiner dummen Ahnung nicht erwehren, und sie wurde so stark, dass ich schließlich losfahren musste. Und ganz offenbar hat mich mein Instinkt nicht getrogen.«

Sie hatte sich wieder unter Kontrolle, bückte sich, hob den Lappen auf und legte ihn hinter sich in die Spüle. Als sie sich Maximilian wieder zuwandte, sah sie nicht länger wütend, sondern zynisch aus.

»Erzähl mir doch nichts, Maximilian. Wir wissen doch beide, warum du gekommen bist.«

Er holte tief Luft. »Rebecca …«

»Seit deiner Scheidung – nein, ich glaube, sogar vorher

schon – warst du hinter mir her, und das Fatale war nur, dass ich die Frau deines besten Freundes war, und dass du wusstest, ich musste ein absolutes Tabu für dich bleiben. Aber jetzt ist Felix tot, und nach einer dir angemessen erscheinenden Zeit hast du dir gedacht …«

»Rebecca!«, sagte er scharf. »Sprich nicht weiter! Tu uns beiden das nicht an. Es stimmt nicht, was du sagst. Ich bin gekommen, weil ich Angst um dich hatte, aus keinem anderen Grund.«

»Du wolltest den Tod deines Freundes ausnutzen, um dir endlich zu nehmen, worauf du schon lange aus warst«, fuhr sie unbeirrt fort, »und ich muss sagen, eine schäbigere Gesinnung habe ich selten erlebt.«

Ihm wurde schwindlig. Er sah in ein Gesicht voller Hass und Verachtung und dachte: Nein! Nein, wie kann sie so reden, wie kann sie …

Seit deiner Scheidung warst du hinter mir her …

Sie drückte es auf eine gewöhnliche, zynische Weise aus, und damit wurde sie der Situation nicht gerecht, aber im Kern hatte sie Recht. Er hatte sie verehrt und bewundert vom ersten Moment ihres Kennenlernens an, und möglicherweise hatte er das nach seiner Scheidung, als er anfing, viele Abende bei ihr und Felix zu verbringen, nur noch schwer verbergen können.

Nach dem ersten Gefühl der Betroffenheit stieg nun Ärger in ihm auf über ihre Ungerechtigkeit und über die Härte, mit der sie ihm ihre Unterstellung ins Gesicht geschleudert hatte.

»Du bist unglücklich und verbittert«, sagte er, »und deshalb stößt du Menschen vor den Kopf, die es gut mit dir meinen. Ich habe dich immer bewundert. Vielleicht habe ich dich mehr bewundert, mehr verehrt, als es mir einer verheirateten Frau gegenüber zugestanden hätte, das mag sein, aber ich habe nie mit Gefühlen an dich gedacht, die ich nicht jederzeit Felix gegenüber hätte offenlegen können. Ich fand es so großartig, was du aus deinem Leben machtest. Felix hatte so viel Geld, du hättest dich mit Leichtigkeit in eine mehr oder weniger hirnlose Gattin verwandeln können, deren Tagesablauf im Golf- und Tennisspielen, in ausgedehnten Einkaufstouren und im gelegentlichen Veranstalten irgendwelcher Wohltätigkeitsfeste besteht, und die man entweder beim Friseur oder bei der Kosmetikerin oder bei irgendeiner bescheuerten Anprobe von Cocktailkleidern antrifft. So wie meine Frau, mit der ich es ja auch letztlich nicht mehr ausgehalten habe. Aber du warst so anders. Ich fand es großartig, wie intensiv du gearbeitet hast, wie du erzählt hast von den hunderttausend Problemen, die jeden Tag an dich herangetragen wurden, die dir manchmal so nahe gingen, dass du nachts nicht schlafen konntest, denen du dich aber immer wieder voller Mut und Energie gestellt hast. Ich sehe mich noch mit Felix abends bei euch vor dem Kamin sitzen und einen Whisky trinken, und irgendwann ziemlich spät kamst du nach Hause, von irgendeiner Problemeltern-Sprechstunde oder einem Gewaltpräventionsseminar oder was auch immer, du warst müde, aber erfüllt, und du wirktest so jung, so energiegeladen und so völlig anders als die Frauen, mit denen ich sonst umging. In deinen Jeans und Pullis und mit deinen langen Haaren, die immer störrisch aussahen und nie nach tollem Friseur, und dann diesem billigen Glasperlenschmuck, für den du eine unerklärliche Vorliebe hast … Das alles zusammen …« Er suchte nach Worten, blickte dabei in ihr wieder kühles, so unerreichbar distanziertes Gesicht und spürte, dass er gegen eine Wand redete.

»Ach, Rebecca«, sagte er, »ich will nicht begreifen, weshalb wir beide einander nicht einmal mehr *sehen* dürfen. Ich verstehe das alles nicht. Deine ganze Entwicklung. Wohin ist denn diese unerschütterlich starke Frau verschwunden, die du einmal warst?«

»Das hat dich nicht zu interessieren«, erwiderte sie kühl.

Er hätte sie schütteln mögen. »Du gehst hier unter, Rebecca. Du stirbst. Du stirbst entweder, weil du irgendwann selber dafür sorgst, oder aber es wird ein innerlicher Tod sein. Dann bist du nur noch eine Hülle, die atmet und deren Herz schlägt, aber an der nichts sonst mehr lebt. Und wenn du mich fragst, diese zweite Variante des Sterbens hast du schon verdammt weit umgesetzt.«

»Das ist meine Sache.«

»Du willst also so weitermachen? Dich hier vergraben, das Haus putzen, an Felix denken und deine Zukunft wegwerfen mit allem, was sie dir noch zu bieten hätte?«

Sie sah ihn spöttisch an. »Was hätte sie mir denn zu bieten? Dich?«

Sein Ärger flammte auf, als habe jemand Öl in eine schwelende Glut gekippt, und er dachte: Ich muss es nicht tun. Ich muss nicht hier stehen und mich von ihr beleidigen lassen. Soll sie doch zum Teufel gehen!

So ruhig er konnte, sagte er: »Ich werde jetzt gehen. Ich habe alles versucht. Ich werde auch nicht wiederkommen, das verspreche ich dir. Du bist eine erwachsene Frau, und du musst selbst wissen, was du willst.«

Verdammt, dachte er, ich rede wie ein beleidigter alter Mann, dessen gute Ratschläge von der uneinsichtigen Jugend ignoriert werden. Ich wollte etwas anderes sagen. Etwas ganz anderes.

»Auf Wiedersehen, Rebecca«, sagte er, wusste dabei, dass er auf den obligatorischen Wangenkuss zum Abschied verzichten würde, »und trotz allem, wenn du Hilfe brauchst, dann wende dich bitte an mich. Es könnte ja sein ...« Er machte eine hilflose Handbewegung. Rebecca stand unbeweglich wie eine Salzsäule.

Als er hinaus in die Sonne trat, war ihm klar, dass er wegmusste. So schnell wie möglich. Je länger er in ihrer Nähe blieb, umso größer war die Gefahr, wieder schwach zu werden, sich um sie zu bemühen und von ihr gekränkt zu werden. Er würde jetzt sofort zu seinem Hotel fahren.

Ihm fiel noch etwas ein, und er steckte noch einmal den Kopf zur Küchentür hinein. Rebecca stand noch immer unbeweglich genau dort, wo er sie verlassen hatte.

»Das junge Paar«, sagte er, »läuft um vier Uhr unten im Hafen ein. Vielleicht holst du sie ab? Andernfalls müssen sie eben selber sehen, wie sie hierher kommen. Ich checke jetzt im Hotel aus und mache mich noch heute auf den Heimweg nach München. Auf mich kann jedenfalls keiner von euch mehr zählen.«

Sie gab durch nichts zu erkennen, ob sie ihm überhaupt zugehört hatte.

3

Um die Mittagszeit beschloss Karen, in die Stadt zu fahren und sich irgendetwas zum Anziehen zu kaufen. Es war sehr warm, aber es ballten sich immer mehr Wolken am Himmel, und so würde sie nicht unter stechender Sonne von Geschäft zu Geschäft laufen müssen. Es war Viertel nach zwölf, und für gewöhnlich würde sie jetzt anfangen, das Mittagessen für die Kinder vorzubereiten, aber diese nahmen an einer Sportveranstaltung ihrer Schule teil, die bis in den späten Nachmittag dauern würde. Ein unerwarteter Freiraum also, der sich Karen bot, und da sie sich an diesem Tag besser fühlte als sonst, war ihr plötzlich diese aberwitzige Idee gekommen. Sie hatte seit ewigen Zeiten nichts mehr für sich gekauft, hatte das auch immer für überflüssig gehalten. Für das Leben ausschließlich in ihren vier Wänden brauchte sie keine schicken Klamotten, schon gar nicht für die Haus- und Gartenarbeit und die Spaziergänge mit Kenzo. Die Frauenzeitschriften rieten zwar immer zu einer neuen Garderobe, wenn man sich besser fühlen wollte, oder gleich zu einer Generalüberholung bei Friseur, Kosmetikerin und Wellness-Farm, aber Karen hatte darauf nie etwas gegeben. Aber heute Morgen hatte sie sich zum ersten Mal seit langem wieder einmal aufmerksam in dem hohen Schlafzimmerspiegel gemustert, und dabei war ihr aufgefallen, dass sie stark abgenommen hatte. Die Rippenbögen stachen deutlich hervor, die Hüftknochen zeichneten sich spitz ab, der Bauch war eingesunken, die Oberschenkel ziemlich schlaff. Sie stieg auf die Waage und stieß einen Laut des Erstaunens aus: Sie wog acht Kilo weniger als im Januar oder Februar, als sie sich zuletzt gewogen hatte.

Sie hatte von dem starken Gewichtsverlust nichts bemerkt, aber sie erinnerte sich, dass sie an vielen Tagen, an denen es ihr schlecht ging, Traurigkeit und Niedergeschlagenheit sie fest im Griff hatten, nichts hatte essen können. In der letzten Zeit hatte sie sich zudem häufig übergeben, vor Unruhe und Anspannung, und weil sie sich immer so viele Sorgen machte. Sorgen vor allem um ihre Ehe.

Und so hatte sie plötzlich gedacht: Ich könnte einfach einmal etwas *für* meine Ehe tun, anstatt mich ständig *um* sie zu sorgen. Ich habe wirklich eine schöne Figur, aber in den Säcken, die ich immer an mich hänge, sieht man sie überhaupt nicht. Wolf sieht sie nicht. Wenn er heute Abend nach Hause kommt, könnte er mich einmal ganz neu erleben.

Der Gedanke hatte sie beflügelt, und mit sehr viel mehr

Schwung und Energie als sonst erledigte sie ihre Hausarbeit, so dass sie tatsächlich mittags mit allem fertig war. Bevor sie losging, ließ sie Kenzo noch einmal in den Garten. Wie üblich schoss er sofort zum Zaun und bellte das Nachbarhaus an, drehte dann aber um, hob sein Bein an einem Rosenstrauch und trabte ins Haus zurück.

»Braver Hund«, sagte Karen, »du wirst jetzt schön allein bleiben, ja? Ich komme bald wieder.«

Er sah sie aus freundlichen Augen aufmerksam an. Sie konnte nicht umhin, hinaus und zu dem von ihm erneut angebellten Haus zu blicken. Verschlossene Rollläden nach wie vor. Kein Lebenszeichen.

Ich hatte beschlossen, darüber nicht mehr nachzudenken!

Dennoch wurde sie diesem Vorsatz sofort wieder untreu, als sie zu ihrer Garage ging und ihr dabei fast zwangsläufig der Briefkasten der Nachbarn ins Auge fiel. Sie hatte alle Post, die aus der schmalen Messingklappe herausragte, an sich genommen und vorläufig ganz oben auf einem Schrank in ihrer Küche gestapelt. Sie hatte Wolf nichts davon erzählt, denn sie mochte ihm nicht schon wieder einen Anlass für ein paar wohlformulierte zynische Kommentare geben, aber sie fand, dass sich eine solche, wenn auch nicht abgesprochene, Hilfsbereitschaft unter Nachbarn gehörte.

Auch jetzt schauten wieder zwei Briefe, eine Zeitung und ein Modekatalog aus dem Briefkasten heraus, und Karen nahm sie ohne zu zögern an sich. Sie klingelte noch einmal, obwohl sie genau wusste, dass sich die Tür des stummen, verdunkelten Hauses nicht öffnen würde.

Wolf hat wirklich Recht, ich mache mich viel zu verrückt deswegen, dachte sie.

In der Stadt verlief zunächst alles perfekt. Sie fand sofort einen Parkplatz, und als sie die Boutique betrat, in der sie früher öfter eingekauft hatte – damals, als alles anders war, als sie noch in dem alten Haus wohnten und Wolf ihr manchmal sagte, dass er sie liebte –, wurde sie von der Verkäuferin sogleich erkannt und freudig begrüßt.

»Sie sind aber schlank geworden! Sie müssen mir unbedingt Ihre Diät verraten!«

Permanenter Liebesentzug, dachte Karen, das kann wahre Wunder wirken!

Aber sie sagte das natürlich nicht, sondern murmelte etwas vom Umzugsstress, und die Verkäuferin nickte mitfühlend. »Umziehen ist grässlich. Aber wenn man dafür die Figur eines jungen Mädchens bekommt … Ganz klar, dass Sie eine neue Garderobe brauchen, das sieht man sofort. Alles zwei Nummern kleiner als das, was Sie jetzt tragen!«

Innerhalb der nächsten Stunde kaufte Karen viel mehr, als sie vorgehabt hatte, beschwingt durch die Komplimente der Verkäuferin und leichtsinnig gestimmt durch ein Glas Champagner, das ihr angeboten wurde und das in der Wärme des Tages eine rasche und heftige Wirkung zeigte. Zumal sie wieder einmal nichts gegessen hatte.

Sie kaufte sich zwei sehr enge Jeans und einige ebenfalls äußerst knapp geschnittene T-Shirts, einen kurzen und einen langen Rock und – und das musste wirklich am Champagner liegen – einen Bikini. Sie hatte noch nie einen Bikini getragen, nicht einmal, als sie ganz jung gewesen war, und heute, nach der Geburt zweier Kinder, wäre sie eigentlich nicht einmal in ihren kühnsten Träumen auf diesen Einfall gekommen.

»Aber wer, wenn nicht Sie!«, hatte die Verkäuferin enthusiastisch gerufen und dann die ausschlaggebenden Worte hinzugefügt: »Gönnen Sie doch Ihrem Mann auch einmal etwas!«

Mit zwei großen Tüten bepackt, verließ Karen den Laden. Ihr war etwas schwindlig, und untergründig regte sich in ihr die Frage, was Wolf wohl zu seinen nächsten Kontoauszügen sagen würde, aber der Alkohol verhinderte, dass sie sich darüber ernsthaft Sorgen machte. Sie blieb kurz stehen und überlegte. Eigentlich könnte sie den Luxus auf die Spitze treiben, ihren ganzen Mut zusammennehmen und in ein Restaurant gehen, was sie allein nicht gern tat, was ihr aber aus irgendeinem Grund plötzlich angemessen erschien. Sie hatte schon lange nichts mehr gegessen, was sie nicht selbst gekocht hatte, und vielleicht würde es ihr Spaß bereiten, sich verwöhnen zu lassen. Vielleicht würde es ihr sogar helfen, ein paar Bissen mehr als sonst hinunterzubekommen.

Sie brachte ihre Tüten ins Auto, verstaute sie im Kofferraum und machte sich dann auf den Weg zu einem kleinen italienischen Restaurant, das nicht weit von Wolfs Bank lag. Ganz früher, noch bevor die Kinder kamen, hatten sie und Wolf sich manchmal mittags dort getroffen. Sie hatten Pasta gegessen und sich hinterher eine Portion Tiramisu geteilt, die sie sich gegenseitig mit einem Löffel fütterten. Zwischen den Gängen hatten sie einander an den Händen gehalten und von ihrem Vormittag erzählt. Karen hatte damals noch gearbeitet, und manchmal waren beide so erfüllt gewesen von Erlebnissen, dass sie gleichzeitig redeten und einander schließlich lachend ansahen. Dann wurde ausgehandelt, wer zuerst an der Reihe war, und dabei hatten sie sich schon wieder küssen müssen, und …

Sie seufzte in der Erinnerung an all das. Mit dem ersten Baby hatten ihre gemeinsamen Mittage jäh geendet, weil Karen nicht mehr wegkonnte von daheim. Ein paarmal hatte sie versucht, den Kleinen mitzunehmen, aber er war anstrengend gewesen, hatte ständig geplärrt, und schließlich hatte Wolf gemeint, diese Art von Mittagspause zerrütte ihm völlig die Nerven, und es sei besser, wenn sie ihr Ritual vorläufig ruhen ließen.

Vorläufig ... Dann war das zweite Kind gekommen, auch ein Schreihals (»Irgendetwas machst du doch völlig falsch mit den Kindern!«, hatte Wolf mindestens fünfmal in der Woche gesagt), und irgendwann war unausgesprochen klar gewesen, dass es die Mittage beim Italiener nicht mehr gab und nie mehr geben würde.

Sie konnte bloß nicht verstehen, weshalb dies alles in solch eine Kälte gemündet war. Auch andere Liebespaare wurden Eltern und hatten zwangsläufig nicht mehr so viel Zeit füreinander, auch andere Männer wurden in ihrem Beruf gefordert und lebten unter Stress und Anstrengung, und trotzdem gelang es ihnen, die Liebe für den Partner zu bewahren.

Oder nicht?

Gehen sie alle diesen Weg, fragte sich Karen, während sie die immer noch vertrauten Straßen entlanglief, ist es ganz normal, was bei uns passiert ist? Und bin es nur ich, die damit nicht zurechtkommt? Die gleich depressiv wird und langsam, aber sicher in eine Art Magersucht verfällt? Dann hätte Wolf Recht. Dann liegt es an meiner hysterischen Veranlagung und an meinem Hang zum Dramatisieren und ...

Sie merkte, wie sich ihre gute Stimmung verflüchtigte und der üblichen Schwermut Platz machte. Jener Schwermut, die zunehmend etwas mit Wolf zu tun hatte oder vielleicht auch nur mit den Dingen, die er ihr so oft sagte. Kränkungen. Jedenfalls empfand sie sie als kränkend. Womöglich waren sie es gar nicht.

Das Rad im Kopf war wieder angesprungen. Ihr Grübeln war in Gang gesetzt. Sie wusste, sie würde nun über Stunden nicht mehr abspringen können. Das Gedankenkarussell war so langsam und unauffällig angelaufen, dass sie es nicht rechtzeitig bemerkt hatte. Manchmal gab es ganz zu Beginn noch für einen kurzen Moment die Chance, ihm zu entkommen, abzuspringen, wenn es sich noch ganz sacht, fast unmerklich drehte. Allerdings erwischte sie diesen Augenblick selten. Heute war er ihr völlig entgangen.

Sie stand dem Restaurant gegenüber, nur noch durch eine Straße getrennt, und wusste, dass sie nicht hineingehen konnte. Sowieso würde sie keinen Bissen herunterbringen, aber zudem fand sie den Mut nicht mehr, den vertrauten Raum wiederzusehen und all die Bilder vor Augen zu haben, die sie mit einer nie wiederkehrenden Zeit verband. Am Ende gab es noch einen Kellner von früher, der sie erkannte und fragte, weshalb sie so lange nicht mehr gekommen war, und sie war nicht ganz sicher, ob ihr dann nicht sogar die Tränen kommen würden. Was natürlich keinesfalls geschehen durfte.

Sie wollte gerade auf dem Absatz umkehren, da sah sie Wolf.

Er kam von der anderen Seite her die Straße entlanggeschlendert, unverkennbar mit seiner Kopfhaltung, die immer etwas Hochnäsiges hatte, und mit seinem hellgrauen Anzug, der ihn als seriösen Banker auswies. Das Sonnenlicht ließ erste vereinzelte graue Strähnen in seinen dunkelbraunen Haaren aufblitzen, was sehr interessant und attraktiv aussah. Überhaupt umgab ihn eine Ausstrahlung, die bewirkte, dass sich Karen sofort unscheinbar und unansehnlich fühlte, klein und unbedeutend und gänzlich ungeeignet, an der Seite eines solchen Mannes erscheinen zu können. Es lag nicht nur an Wolfs gutem Aussehen. Es lag vor allem an seiner Gelassenheit, mit der er sich bewegte, an seinem Selbstvertrauen, das er wie einen Schutzschild vor sich hertrug. An der ganzen Selbstverständlichkeit, mit der er die Straße entlangkam, ohne Sorgen, ohne Ängste, ohne sich mit anderen zu vergleichen und sich zu fragen, ob sie besser waren als er, schöner, klüger, gebildeter, interessanter.

Genau genommen tat, dachte und fühlte er einfach all das nicht, was Karen ständig tat, dachte, fühlte. Welten trennten sie. Den erfolgreichen Geschäftsmann und die verhuschte, graue Maus.

Und eine verhuschte graue Maus blieb auch mit neuen Klamotten eine verhuschte graue Maus, das begriff Karen in diesem Moment. Nichts hatte sich geändert. Sie hatte bloß zu viel Geld ausgegeben und sich damit neuen Ärger eingehandelt.

Neben Wolf ging eine junge Frau, sie lachte gerade laut auf, warf ihre langen Haare zurück und schob sich mit einer sehr sinnlichen Bewegung ihre Sonnenbrille auf den Kopf.

Die Wirkung des Champagners verflog mit einem Schlag. Nüchtern und fast emotionslos – betäubt?, fragte sie sich – betrachtete Karen die Szene.

Die Frau trug einen hellbeigen Hosenanzug, darunter ein weißes T-Shirt, sie war keineswegs aufreizend angezogen, eher fast zu konservativ für ihr noch sehr jugendliches Alter, so dass der Gedanke nahe lag, dass sie ebenfalls in einer Bank arbeitete. Wahrscheinlich in derselben Bank wie Wolf. Eine Kollegin. Wolf ging in seiner Mittagspause mit einer Kollegin zum Essen. Und zwar zu dem Italiener, bei dem er sich früher mit seiner Frau getroffen hatte. Es war ganz normal. Nichts daran musste sie beunruhigen.

Sollte Wolf mutterseelenallein zu Mittag essen? Sollte er das einzig gute Restaurant in erreichbarer Nähe der Bank meiden, nur weil er vor endlosen Zeiten dort mit seiner Frau Händchen gehalten und geknutscht hatte?

Die beiden hatten den Eingang erreicht, Wolf hielt seiner Begleiterin die Tür auf und folgte ihr dann in den Innenraum. Soweit Karen dies verschwommen durch die Fenster erkennen konnte, wurden die beiden eilfertig und freundlich von dem Ober begrüßt.

Man kennt sie, sie haben *ihren* Tisch, so wie wir damals, dachte Karen, man weiß schon, was sie trinken, und wenn sie am Ende nur ein Dessert bestellen, bringt man gleich zwei Löffel, damit sie gemeinsam …

Sie atmete tief durch und verbot diesem Gedanken, Raum in ihr zu gewinnen. Wolf und seine Kollegin löffelten nicht von einem gemeinsamen Tellerchen. Sie wirkten nicht wie ein Liebespaar. Sie wirkten wie gute Freunde, sehr gute Freunde, die ihre knapp bemessene Freizeit miteinander verbrachten. Überdies zeigte sich Wolf gern mit dieser Frau. Sicher wesentlich lieber als mit seiner eigenen.

Die Betäubung wich. Karen wurde es plötzlich fast schlecht bei der Vorstellung, sie wäre vielleicht früher beim Einkaufen fertig gewesen und hätte außerdem mehr Sekt getrunken und tatsächlich den Mut gehabt, allein in das Restaurant zu gehen. Dann hätte sie jetzt dort drinnen gesessen, und Wolf wäre wahrscheinlich erstarrt bei ihrem Anblick, und dann hätte er sie und seine Begleiterin einander vorstellen müssen und sie hätten alle an einem Tisch gesessen, und … Sie fand die Bilder, die sie vor sich sah, so peinlich und schrecklich, dass sie nicht länger stehen bleiben konnte; sie drehte sich um und lief wie gehetzt all die Straßen entlang zu ihrem Auto zurück. Sie keuchte, als sie es erreichte, kramte mit zitternden Händen ihren Schlüssel hervor, öffnete, stieg ein und sank in ihrem Sitz zurück. Ein kurzer Blick in den Rückspiegel zeigte ihr, dass sie wieder einmal furchtbar aussah, das blasse Gesicht gerötet von der Hitze und der Aufregung, die Haare wirr, der Lippenstift verblichen. Großartig. Kein Wunder, dass Wolf nicht mehr mit ihr ausging. Dass er keinen Wert auf ihre Gegenwart legte. Er wusste auch, dass die Kinder heute beim Sportfest waren, er hätte sie fragen können, ob sie zum Essen in die Stadt kommen wollte. Aber so blöd war er natürlich nicht. Er hatte ein besseres Angebot gehabt. Und Wolf war schon immer der Meinung gewesen, dass ihm das Beste zustand.

Ich glaube nicht, dass er mit ihr ins Bett geht, dachte Karen, was also macht mich so fertig? Dass er mich ausgrenzt aus seinem Leben? Längst ausgegrenzt hat? Dass ich gar nicht mehr vorkomme, dass ich nur noch die Frau bin, die sein Haus in Ordnung hält und seine Kinder großzieht? Das tut weh. Das tut entsetzlich weh.

Sie war froh, als sie heil daheim ankam. Sie war einige Male angehupt worden, weil sie an grünen Ampeln nicht losgefahren war, tief in Gedanken versunken, und einmal hatte sie einem offenen Sportwagen die Vorfahrt genommen, und der Typ, der eine sehr attraktive Blondine neben sich hatte, hatte wie wild hinter ihr hergeschimpft.

Egal, hatte sie gedacht, alles egal, aber in Wahrheit war ihr gar nichts egal.

Als sie aus der Garage trat, nahm sie einen Mann wahr, der vor dem Gartentor ihrer Nachbarn stand und gerade die Klingel drückte, wahrscheinlich schon zum wiederholten Mal, denn er schaute dabei ratlos die Straße auf und ab. Er sah Karen und kam sofort auf sie zu.

»Verzeihen Sie, wissen Sie, ob die Familie Lenowsky verreist ist?«, fragte er. »Ich hatte für heute einen Termin ...«

Sie starrte ihn an, versuchte aus ihren Gedanken aufzutauchen und sich auf die Gegenwart zu konzentrieren. »Einen Termin?« Ihre Stimme hörte sich brüchig an, sie räusperte sich. »Einen Termin?«, wiederholte sie und dachte, dass der Fremde sie ziemlich stupide finden musste.

»Ich bin Gärtner. Ich soll mich von jetzt an regelmäßig um das Grundstück der Lenowskys kümmern. Der heutige Termin wurde vor zwei Wochen vereinbart, und man legte mir nahe, ihn unbedingt pünktlich einzuhalten.«

»Und die Lenowskys wollten da sein, wenn Sie arbeiten?

Denn Sie könnten eigentlich auch so in den Garten gehen und ...«

»Auf keinen Fall«, sagte er mit Bestimmtheit. »Herr Lenowsky hat sehr genaue Vorstellungen, wie alles angelegt werden soll. Wir haben es zwar besprochen, aber er sagte ausdrücklich, er wolle wegen eventueller Änderungen in seinen Wünschen unbedingt anwesend sein.«

»Ich verstehe«, sagte Karen. Langsam konnte sie wieder einigermaßen normal sprechen. »Wissen Sie, ich wundere mich auch schon seit einiger Zeit. Die Rollläden sind unten und niemand öffnet, aber gleichzeitig quillt der Briefkasten über ... ich nehme regelmäßig an mich, was herausschaut, sonst würde die Post hier schon auf dem Gartenweg liegen. Aber niemand hat mich darum gebeten, wissen Sie, es scheint aber auch sonst niemand beauftragt zu sein, und das erscheint mir seltsam.«

»Das ist es in der Tat«, sagte der Gärtner, »äußerst seltsam.«

»Wir wohnen noch nicht lange hier«, fuhr Karen fort. Es tat gut, mit jemandem zu sprechen. »Ich kenne daher die Nachbarn nicht näher, aber sie schienen mir ... nun, es sind keine Leute, die einfach wegfahren und Haus und Garten sich selbst überlassen. Sie wirkten auf mich so, als regelten sie alles in ihrem Leben mit größter Sorgfalt.«

»So kamen sie mir auch vor. Es scheint mir nicht zu ihnen zu passen, dass sie niemanden wegen ihrer Post um Hilfe bitten. Und es passt auch nicht, dass sie den Termin mit mir verstreichen lassen. Sie hätten mir abgesagt, wenn etwas dazwischengekommen wäre. Man kann über sie denken, was man will, aber mit Sicherheit sind sie im höchsten Maß zuverlässig.«

»Hm«, machte Karen. Sie und der Gärtner starrten das Haus an. Wie feindselig es wirkte, mit seinen hinuntergelassenen Rollläden, wie still und ausgestorben. Nur ein paar Bienen brummten durch den Garten, Schmetterlinge schaukelten im leichten Wind.

»Mein Hund bellt das Haus immer an«, sagte Karen, »die ganze Woche schon. Das hat er vorher nicht getan.«

»Vielleicht sollten wir in den Garten gehen, was meinen Sie? Am Ende ist irgendwo ein Fenster nicht verdunkelt und wir können hineinschauen.«

Karen merkte, wie ihr kalt wurde. Eine Gänsehaut lief über ihren Rücken. »Was erwarten Sie denn zu sehen?«, fragte sie beklommen.

Er zuckte mit den Schultern. »Keine Ahnung. Die beiden sind nicht mehr die Jüngsten. Vielleicht sind sie krank geworden, unglücklich gestürzt ...«

»Alle beide?«

»Ich gehe hinein«, sagte der Gärtner und stieß das Tor auf. Karen folgte ihm.

Das Gras im Garten stand recht hoch – verwunderlich zumindest, wenn man wusste, dass Fred Lenowsky es für gewöhnlich stets äußerst kurz geschoren hielt. Der Gewitterregen zwei Tage zuvor hatte die steinerne Vogeltränke mit Wasser gefüllt, aber schon machte sich die anhaltende Trockenheit dennoch überall bemerkbar. Die Geranien, die in Terrakottatöpfen den Gartenweg säumten, ließen die Köpfe hängen. Ein großer Margeritenstrauch neben der Haustür begann zu vertrocknen, die weißen Blüten hatten bräunliche Ränder bekommen. Aus den Ritzen zwischen den Steinplatten auf der Treppe zur Haustür wuchs Löwenzahn; er war noch nicht hoch geworden, wurde aber auch offenbar nicht mehr akribisch entfernt. Man hätte nicht sagen können, dass der Garten verwahrlost war, viele Gärten sahen nie anders aus. Gemessen an der Pedanterie der Lenowskys jedoch stand er im Begriff, seinen überaus gepflegten Zustand einzubüßen.

Die Haustür bestand aus einem hölzernen Rahmen, in dessen Mitte dicke, dunkelgrün gefärbte Glasquadrate zu seltsamen geometrischen Formen angeordnet waren; man konnte jedoch nicht hindurchsehen. Links von der Tür führte ein Plattenweg um das Haus herum. An den Fenstern entlang des Weges waren überall die Rollläden hinuntergelassen.

»Es kann natürlich sein«, sagte Karen, »dass die Lenowskys wirklich verreist sind und tatsächlich jemanden beauftragt haben, sich um Haus und Garten zu kümmern. Diese Person ist vielleicht krank oder vergesslich oder einfach durch irgendetwas verhindert ...«

»Möglich«, meinte der Gärtner, klang dabei jedoch nicht überzeugt, »man müsste vielleicht einmal in der Nachbarschaft herumfragen.«

Sie hatten das Haus umrundet und langten auf der Terrasse an. Hier standen ein runder, weißer Gartentisch und vier Gartenstühle; auf den Stühlen lagen, sorgfältig festgebunden, blauweiße Sitzkissen. Eine geblümte Tischdecke hatte der Wind in die Ecke neben der Verandatür geweht, sie hatte sich dort um den steinernen Fuß eines leeren Schirmständers geknäult.

»Die fahren doch nicht in Urlaub und lassen ihre Stuhlkissen draußen!«, rief der Gärtner. »Ich finde, hier stimmt etwas überhaupt nicht!«

Fenster und Tür zur Terrasse waren verdunkelt. Über die ganze Breite der Terrasse erstreckte sich im ersten Stock ein Balkon. Der Gärtner lief bis zum Ende des Rasens, um hinaufzuspähen. »Ich kann da oben nicht viel sehen, aber ich meine, dort wäre ein Fenster ohne Rollladen. Man könnte auf den Balkon klettern ...«

»Es ist doch gar nicht erlaubt, was wir hier tun«, meinte Karen unbehaglich, »immerhin ist das ein fremdes Grundstück ...«

Der Gärtner schnaubte verächtlich. »Das sollte uns jetzt nicht unbedingt kümmern. Ich meine, dass hier etwas oberfaul ist. Eigentlich sollte man ...« Er sprach den Satz nicht zu Ende.

»Was?«, fragte Karen. Irgendwie war sie immer noch nicht ganz da. Vor ihrem inneren Auge sah sie Wolf neben der jungen langhaarigen Frau die Straße entlangkommen.

»Eigentlich sollte man die Polizei verständigen.«

Sie erschrak, weil sie sich vorstellen konnte, wie Wolf auf diesen Vorschlag reagieren würde. »Ich weiß nicht ... nachher ist gar nichts, und wir machen uns nur völlig lächerlich.«

»Hm«, machte er. Vermutlich hielt er sie für eine spießige Vorstadtpflanze, die sich tunlichst aus allem heraushielt, was ihr in irgendeiner Weise Schwierigkeiten bringen konnte. »Wir warten noch zwei oder drei Tage«, fuhr er fort, »aber dann sollten wir etwas unternehmen. Sie haben ja das Haus ständig im Auge. Würden Sie mich anrufen, wenn sich irgendetwas tut?«

»Klar«, sagte Karen. Insgeheim sandte sie ein Stoßgebet zum Himmel, es möge sich jetzt schnell *etwas tun*. Die Lenowskys sollten braun gebrannt und quicklebendig von einem Urlaub zurückkehren, und alles sollte sich als ein Missverständnis zwischen ihnen und der Person, die für das Haus hatte sorgen sollen, herausstellen. Sie dachte an die Lichter in der Nacht. Im tiefsten Innern glaubte sie nicht an eine harmlose Lösung.

Der Gärtner gab ihr seine Visitenkarte und notierte Karens Namen und ihre Telefonnummer auf einer anderen Karte.

»Man weiß ja nie«, meinte er, »vielleicht fällt mir noch etwas ein, das ich Ihnen sagen möchte.«

Er hieß Pit Becker, und auf seine Karte waren Blumen und Bäume gedruckt.

»Falls Sie auch mal einen guten Gärtner brauchen ...«,

meinte er noch und lachte. Unwillkürlich musste Karen denken, wie hübsch es in ihrer Lage wäre, ein Verhältnis mit einem Gärtner zu beginnen. Morgens, wenn die Kinder in der Schule waren. Pit sah sehr gut aus, er war groß und breitschultrig und tiefbraun gebrannt. Ebenso klar war aber auch, dass er sie als Frau völlig uninteressant fand. In seinen Augen war sie die typische Mutti aus einer gutbürgerlichen Siedlung am Stadtrand. Eine potenzielle Kundin, mehr nicht.

Sie verließen das fremde Grundstück und das stumme, dunkle Haus. Pit stieg in seinen Kleinbus, der ebenfalls mit Blumen und Bäumen bemalt war, hob noch einmal die Hand zum Gruß und fuhr davon. Karen sah ihm lange nach, dann betrat sie mit schweren Schritten ihr eigenes Grundstück und schloss die Haustür auf. Kenzo sprang auf sie zu und warf sie fast um in seiner Begeisterung.

»Wenigstens du freust dich, wenn du mich siehst«, sagte sie.

Er blickte sie aus seinen großen, schwarzen Augen liebevoll an. Dann schoss er an ihr vorbei in den Garten. Er rannte zum Zaun und bellte das Nachbarhaus an, minutenlang, bis Karen ihn zurückrief, weil sie fürchtete, es könne sich wieder jemand beschweren.

4

Die *Libelle* dümpelte in einer vom Mistral unruhig zurückgelassenen See hin und her, mit angeschlagenen Segeln, ringsherum von tief türkisfarbenem Wasser umgeben, über sich den blauen Himmel mit ein paar Wolken, und vor sich steil ins Wasser abfallende Felsen, die weiter oben in einen dicht bewaldeten Berg übergingen.

Ein fast perfekter Tag.

Ein fast perfekter Urlaub, dachte Inga schläfrig.

Sie lag ausgestreckt auf einer der Bänke im Cockpit, bekleidet mit einem winzigen Bikini, und genoss die Wärme der Sonne auf ihrem Bauch. Sie hatte sich ihren Strohhut über das Gesicht gelegt, denn sie verbrannte leicht, und außerdem blendete sie die senkrecht stehende Mittagssonne. Sie vermutete, dass sie eine Weile geschlafen hatte, und überlegte, weshalb sie wach geworden war. Das Wasser war aufgewühlt, aber bislang waren die Wellen groß und lang gestreckt gewesen, das Schiff hatte sich in regelmäßigen Abständen gehoben und gesenkt. Aber nun waren seine Bewegungen unruhiger geworden, und vielleicht hatte dieser veränderte Rhythmus Inga erwachen lassen. Sie schob ihren Hut zur Seite und richtete sich auf. Ein leichter Wind war aufgekommen, und die Wolken am Himmel rollten sich zu der Form stark gebogener Kommas zusammen. Albert hatte Recht gehabt: Der Mistral kehrte zurück.

Sie sah sich um, konnte aber Marius nirgends auf dem Schiff entdecken. Schließlich entdeckte sie ihn zwischen den Wellen; zu seiner Sicherheit mit dem Schiff durch eine Sorgleine verbunden, schwamm er dort in seinem eigenwilligen, immer etwas aggressiv anmutenden Schwimmstil. Gerade wandte er den Kopf und sah zum Schiff herüber. Vielleicht war auch ihm das Zunehmen des Windes bewusst geworden.

Sie winkte ihm zu, er winkte zurück, und dann kraulte er mit kraftvollen Bewegungen auf das Schiff zu.

Es ist unglaublich, dachte Inga, wir sind ganz allein hier. Hoffentlich können wir das Schiff öfter benutzen in den nächsten zwei Wochen.

Marius hatte die *Libelle* erreicht und kam die Badeleiter heraufgeklettert. Inga stellte wieder einmal fest, wie attraktiv sie ihn fand. Sie waren seit zwei Jahren verheiratet, und ihre Beziehung hatte den Punkt erreicht, an dem man den Partner eigentlich nicht mehr mit staunenden Augen, sondern mit einer gewissen Selbstverständlichkeit betrachtet, aber doch dachte sie in diesem Moment: Wie gut er aussieht! Wie jung. Und stark.

Auf einmal, so heiß und schwer von der Sonne, konnte sie sich gut vorstellen, ihn jetzt gleich, in diesem Moment, auf diesem Schiff, zu lieben, und die Frage war nur, ob der Mistral ihnen die Zeit ließe. Wahrscheinlich nicht. Besser, sie machte den Vorschlag gar nicht erst.

Sie beobachtete, wie Marius mit sicheren und geübten Griffen das Großsegel am Mast hinaufzog. Er bewegte sich auf dem Schiff, als habe er seit Jahren ständig dort zu tun, und gerade wollte sie ihm deswegen ihre Bewunderung aussprechen, da sagte er plötzlich beiläufig: »Wir sollten mit dem Kahn abhauen. Was meinst du?«

Sie lachte. Er sagte manchmal seltsame Dinge. Er liebte es, ernsthafte Dialoge über völlig abwegige Dinge zu führen, und Inga hatte dieses Spiel schon oft mitgespielt und sich dabei amüsiert.

»Das sollten wir unbedingt tun«, meinte sie träge, »wir könnten endlich die Welt umsegeln. Es würde mir mehr Spaß machen, als zur Uni zurückzukehren.«

Marius rubbelte sich mit dem Handtuch die Haare. »Auf diesem Boot kann man nicht die Welt umsegeln. Aber wenn wir es verkaufen, bringt es uns eine schöne Stange Geld, und wir könnten irgendwo eine neue Existenz beginnen.«

»Aber dann im Süden. Ich möchte, dass es immer so warm ist wie heute. Ich habe keine Lust mehr auf einen kalten, regnerischen Winter im Norden. Könnten wir unsere neue Existenz nicht in Kalifornien oder so aufbauen?«

Marius war fertig mit dem Segel. Er zog Shorts und T-Shirt an und schlüpfte in seine Schwimmweste.

»Du solltest dich auch anziehen und die Schwimmweste anlegen«, meinte er, »der Wind nimmt ganz schön zu.«

Inga sprang auf und griff nach ihren Sachen. Im Wind war jetzt eine kühle Strömung, die sie frösteln ließ. »Wir sollten schleunigst zum Hafen zurück. Ich möchte ungern wie eine Nussschale hier auf den Wellen herumtanzen.«

»Quatsch«, sagte Marius schroff, »doch nicht in den Hafen zurück. Wer weiß, ob uns die Alte noch mal auf das Boot lässt. Das hier ist unsere Chance, und die verspielen wir nicht.«

Sie zog langsam ihr T-Shirt über den Bauch. Wie frisch es auf einmal ist, dachte sie. Sie schaute Marius an. Es war nicht der Moment für ein Spiel, das musste er begreifen. Der Wind nahm mit jeder Minute zu. Sie hatten schon zu lange gewartet.

»Marius, ich bin jetzt wirklich ein bisschen nervös. Ich bin nicht so ein Seefahrer wie du. Ich will festen Boden unter den Füßen haben, wenn der Mistral richtig loslegt, kannst du das verstehen?«

»Ich bin schon unter ganz anderen Bedingungen gesegelt«, sagte Marius, »ich lasse mich bestimmt nicht von einem lächerlichen Mistral bezwingen.«

»Wir haben versprochen, dass wir um vier Uhr zurück sind. Maximilian will uns abholen. Ich möchte nicht, dass er wartet.«

»Der holde Maximilian kann warten, bis er schwarz wird. Der stinkt mir sowieso schon die ganze Zeit. Oder glaubst du, ich habe nicht bemerkt, dass er ein Auge auf dich geworfen hat? Der ist scharf auf dich, das sieht doch ein Blinder!«

Sie lachte wieder, aber diesmal klang es sogar für sie selbst unecht. »Marius, jetzt spinnst du. Der ist an Rebecca interessiert, und zu uns ist er einfach nur nett. Steigere dich da jetzt nicht in etwas hinein!«

»Klar, dass du das sagst. Dir gefällt es natürlich, wie er dich anglibbert. Hast du dir mal überlegt, dass das für mich vielleicht nicht ganz so witzig ist wie für dich?«

In seiner Stimme war ein Ton, den sie nicht kannte. Unsicher blickte sie ihn an. »Ist das jetzt ein Spiel oder nicht?«, fragte sie. »Wenn es ein Spiel ist, möchte ich es beenden. Ich habe Angst vor dem Meer. Ich will in den Hafen zurück.«

»Und ich habe gesagt, wir verpissen uns und machen den Kahn zu Geld!«

»Spinnst du? Das meinst du doch nicht im Ernst?«

Es war nicht nur ein unbekannter Ton in seiner Stimme. Es war auch ein fremder Ausdruck in seinen Augen.

»Wenn ich etwas sage, meine ich es immer ernst. Das solltest du irgendwann einmal begreifen.«

»Aber das ist ... das ist doch verrückt! Wir können doch nicht etwas tun, das ... das einfach kriminell ist! Warum auch? Ich meine, so schlecht geht es uns doch wirklich nicht. Du willst ein Schiff stehlen und für den Rest deines Lebens auf der Flucht vor der Polizei leben?« Das ist Irrsinn, dachte sie, das ist eine völlig abwegige, durchgeknallte Situation. Er spielt, aber warum hört er nicht endlich damit auf?

»Wird die Schlampe ganz schön schmerzen«, sagte Marius, »wenn der Kahn auf Nimmerwiedersehen verschwindet!«

»Die Schlampe? Du meinst Rebecca?«

»Wen sonst? Ihr gehört das Ding hier ja wohl.«

Inga war jetzt fertig angezogen und legte ihre Schwimmweste um. Immer noch vermochte sie nicht recht zu begreifen, was geschah, und sie hoffte, Marius werde ihr jeden Moment sein lachendes Gesicht zuwenden, und alles wäre in Ordnung. Aber irgendetwas sagte ihr, dass er das nicht tun würde. Dieser fremde Ausdruck in seinen Augen – sie hatte ihn noch nie so erlebt, und sie fürchtete sich vor ihm.

Marius machte sich im Fußraum des Cockpits an der Zündung des Motors zu schaffen. Das vertraute Tuckern wollte nicht ertönen. Obwohl er lange im erfrischenden Wasser gewesen war und keine Schwerstarbeit leistete, lief ihm in Sekundenschnelle der Schweiß in Strömen über Gesicht und Arme. Er war aufgeregt und aggressiv. Er war ein anderer.

»Du willst unter Motor fahren?«, fragte Inga. »Zusätzlich zum Segel?«

»Du sagst doch die ganze Zeit, dass wir es eilig haben wegen des Mistrals. Mit Motor sind wir schneller.«

»Das stimmt.« Vielleicht will er doch zurück, dachte sie hoffnungsvoll.

Der Motor sprang endlich an. Marius richtete sich keuchend auf, strich ungeduldig eine nasse Haarsträhne aus seinen Augen. »Endlich«, sagte er, »verdammtes Ding!«

Er glitt hinter das Ruder. »Setz dich«, sagte er, »wir starten.«

Er hatte ihr gegenüber noch nie einen so ruppigen Ton angeschlagen.

Eingeschüchtert kauerte sich Inga auf die Bank, auf der sie bis vor einer Viertelstunde noch friedlich gedöst und den Tag als traumhaft und paradiesisch empfunden hatte. Gleich würde sich entscheiden, ob Marius Kurs auf Le Brusc nehmen oder die große Bucht am Cap Sicié vorbei verlassen würde. Was sie in diesem Fall tun sollte, wusste Inga nicht. Wie ging man um mit einem Wirklichkeit gewordenen Albtraum?

Marius sah sehr konzentriert aus, dabei verschlossen und nicht so, als könne man ihn erreichen.

Ich bin nicht sicher, ob wir nach alldem noch werden zusammenbleiben können, dachte Inga und erschrak, weil eine so plötzliche und unwirkliche Situation so dramatische und weit reichende Gedanken in ihr freisetzte.

Wie sie gefürchtet hatte, schlug Marius die südöstliche Richtung ein. Linker Hand erhoben sich bedrohlich die schwarzen Felsen des Cap Sicié in den Himmel. Von der Höhe einiger Wellenkämme aus konnte man in der Ferne schon die Insel Porquerolles erkennen. Die See war jetzt sehr hoch, die Wellen steil und schwarz, und der Wind fegte dicke, weiße Fetzen Gischt vor sich her. Das Großsegel schlug wieder und wieder völlig unkontrolliert von einer Schiffsseite zur anderen.

»Zieh deinen Kopf ein!«, rief Marius. »Du kriegst sonst noch den Baum ab.«

Sie duckte sich. »Marius, das ist verrückt, was du da vorhast! Das Cap ist gefährlich, und der Mistral wird immer stärker! Ich habe Angst. Bitte lass uns in den Hafen zurückfahren!«

»Keinen Bock. Ich hab einfach keine Lust, die Alte noch mal zu sehen. Du wirst es erleben, wir kriegen ganz schön Kohle für das Schiff, und dann lassen wir es uns auch mal richtig gut gehen!«

»Und wenn wir kentern? Oder gegen die Felsen geschmettert werden?«

»Du vergisst, dass du es mit einem Profi zu tun hast!« Er lachte. Es klang unheimlich.

Krank, dachte Inga, sein Lachen wirkt total krank.

»Bitte, Marius«, sie weinte jetzt fast. Sie wusste nicht, wovor sie mehr Angst hatte: vor den hohen Wellen und dem Sturm oder vor Marius, der ihr auf einmal wie ein unheimlicher Fremder erschien. »Bitte, Marius, sag mir doch, was los ist! Du bist völlig verändert. Warum willst du Rebecca das Schiff wegnehmen? Was hat sie dir denn getan?«

»Das verstehst du nicht. Zieh deinen Kopf ein, verdammt!«

Sie duckte sich im letzten Moment. Der Baum des Großsegels schrammte haarscharf an ihrem Kopf vorüber. Das Schiff tanzte wie wild. Inga konnte sehen, dass Marius es kaum noch zu steuern vermochte.

»Das wird ja immer schlimmer!«, schrie sie.

»Strömungen!«, schrie er zurück. »Hier vor dem Cap verlaufen verschiedene Strömungen, zum Teil quer zu den Wellen, die der Wind erzeugt. Deshalb werden wir so hin und her geworfen!«

»Bitte kehr doch um! Bitte!«

Er antwortete nicht. Inga erhob sich und taumelte zu ihm hinüber. Das Schiff schwankte so, dass sie ständig das Gleichgewicht verlor und schließlich tatsächlich umfiel; fast wäre sie auf Marius' Schoß gelandet. Sie rutschte seitlich an der Ruderbank ab. Etwas schrammte schmerzhaft an ihrem nackten Oberschenkel, ein Splitter vom Holz vielleicht, aber sie war zu aufgeregt, um zu bemerken, dass ihr Blut am Bein hinablief.

»Marius, ich mache das nicht mit!« Inzwischen war der Wind so laut geworden, dass sie selbst in nächster Nähe zu Marius laut rufen musste, um verstanden zu werden. »Ich weiß nicht, was los ist, aber es geht hier nicht nur um dich. Ich will zurück in den Hafen, und was du dann tust, ist deine Sache!«

Sie packte das Ruder, versuchte, die Richtung zu ändern. Sie merkte schnell, dass sie nicht die geringste Chance hatte. Marius war viel stärker als sie, befand sich außerdem in der besseren Position, nämlich auf der Ruderbank sitzend und nicht halb unter ihr liegend. Dazu kam die Strömung, die ihm schon genug zu schaffen machte. Inga hatte den Eindruck, nicht das Mindeste gegen sie ausrichten zu können. Sie und Marius lieferten sich eine Art kurzen, erbitterten Ringkampf, dann erlahmten ihre Kräfte, und mit einem Schluchzen ließ sie das Ruder los.

»Du mischst dich besser nicht ein!«, rief Marius. »Sonst schaffst du es wirklich noch, dass wir kentern!«

»Was hast du gegen Rebecca?«

»Ich hasse sie.«

»Aber warum? Kennst du sie? Gab es irgendetwas …?« Vielleicht, wenn er redet, dachte sie verzweifelt, vielleicht kann ich etwas bewirken, wenn ich nur endlich weiß, was los ist!

»Nein. Ich hasse sie trotzdem.«

»Aber für Hass muss es doch einen Grund geben!«

»Ich bin jemand«, sagte er überraschenderweise. Er hatte in normaler Tonlage gesprochen, und der Wind nahm ihm die Worte von den Lippen und zerfetzte sie, aber mit großer Anstrengung hatte Inga noch verstehen können, was er meinte. Zumindest akustisch. Über den Sinn seiner Worte tappte sie vollständig im Dunkeln.

»Du bist jemand? Natürlich bist du jemand!«

»Ach ja?« Er starrte sie feindselig an. Was war das nur in seinen Augen?, rätselte sie. Dieser fremde Ausdruck … er hatte fast etwas Gestörtes. Etwas Krankes? Verrücktes?

Wer ist dieser Mann? Wer ist der Mann, den ich geheiratet habe?

»Schön, dass du das so siehst. Leider erkennt das nicht jeder. Eigentlich niemand. Und du redest auch nur so, um mich zu beschwichtigen.«

»Marius, hat Rebecca dir irgendwann einmal wehgetan? Ist es doch so, dass sie schon irgendwann einmal etwas mit dir zu tun gehabt hat?«

»Quatsch. Woher sollte ich sie kennen? Ich meine …« Er unterbrach sich, focht mit dem Ruder, das ihm die stürmische See aus der Hand schlagen wollte. Er keuchte, als er das Schiff endlich wieder auf Kurs hatte. »Ich muss sie nicht kennen, um sie zu kennen, verstehst du?«

»Nein.«

»Ich weiß, wer sie ist und was sie ist, und das reicht. Aber ich weiß auch, wer ich bin. Ich bin nicht der Letzte. Irgendwann bin ich auch einmal der Erste!«

Inga begriff, dass es keinen Sinn hatte, mit ihm zu reden. Etwas war mit ihm geschehen, sie wusste nicht, was, aber es war wohl auch nicht der Moment, es herauszufinden. Sie torkelten bei hohem Wellengang über das Meer, getrieben vom immer heftiger werdenden Sturm und von den berüchtigten Strömungen des Caps, und Marius machte nicht die geringsten Anstalten, umzukehren. Wohin immer er wollte, er würde die *Libelle* nicht in den Hafen von Le Brusc zurückbringen.

Sie kroch von ihm weg. Der Großbaum schlug jetzt immer wieder hin und her. Sie wusste, wie gefährlich das war. Ein Schlag gegen den Kopf konnte einen Menschen töten.

»Wohin willst du?«, brüllte Marius.

Sie antwortete nicht. Die *Libelle* segelte ein gefährliches Tempo, und Inga war eingefallen, welche einzige Möglichkeit es vielleicht gab, sie wenigstens zu verlangsamen: Sie musste den Generalschalter unten in der Kajüte ausstellen. Ohne die Hilfe des Motors konnte Marius sein Vorhaben am Ende gar nicht durchführen. Eine andere Chance vermochte sie für sich nicht zu erkennen, und sie hoffte nur, dass Marius ihr Vorhaben nicht durchschaute, sondern glauben würde, sie suche in der Kajüte lediglich Schutz vor dem Wind. Der Schalter befand sich unten gleich neben der Treppe. Wenn sie ihn erreichte, würde Marius kaum noch die Möglichkeit haben, sie am Abschalten zu hindern.

»Wohin willst du?«, rief er erneut, und wieder antwortete sie nicht.

Sie hatte den Niedergang fast erreicht, da fühlte sie, wie sie von hinten am Arm gepackt und herumgerissen wurde. Dies geschah mit solcher Gewalt, dass ein reißender Schmerz durch ihre Schulter fuhr; die Tränen schossen ihr in die Augen, und sie schnappte für einen Moment entsetzt und geschockt nach Luft. Marius stand drohend über ihr, das Gesicht verzerrt, in den Augen einen fast irren Ausdruck von Hass und Wut.

»Du dumme Schlampe«, sagte er leise. Inga ahnte die Worte mehr, als dass sie sie tatsächlich hörte. »Du wolltest den Motor abstellen, stimmt's?«

Das Schiff, das nun völlig führerlos war, sprang als willenloser Spielball der Wellen auf und ab. Wasser schlug über die Reling. Marius war nass von oben bis unten, und es grenzte an ein Wunder, dass er sich bei diesem Seegang überhaupt noch auf den Beinen halten konnte. Zweimal wich er im letzten Moment dem schlagenden Baum aus; er musste sein Herannahen gefühlt haben, denn sein Blick war starr nur auf Inga gerichtet, die auf der obersten Stufe zur Kajüte kauerte und wie gelähmt war vor Schmerz.

Er hat mir das Schultergelenk ausgekugelt, dachte sie entsetzt.

»Ich will zurück«, brachte sie mühsam hervor, »bitte, Marius, lass uns umkehren.«

»Ich gehe zu diesen Menschen nicht zurück!«, schrie er. »Nie, hörst du? *Niemals*!«

Es gelang Inga, ihr Gewicht so zu verlagern, dass sie sich langsam eine Stufe weiter nach unten schieben konnte. An eine rasche Bewegung war nicht zu denken, dafür waren ihre Schmerzen zu stark, aber vielleicht konnte sie fast unmerklich …

Obwohl Marius wirkte, als sei er nicht ganz bei sich, funktionierten seine Instinkte, und er spürte, was sie vorhatte. Seine Hand schoss vor und prallte mit grausamer Härte gegen Ingas misshandelte Schulter.

»Damit du schneller unten bist!« Sie hörte ihn diese Worte noch schreien, ehe der Schmerz ihr fast die Besinnung raubte, dann verlor sie das Gleichgewicht und stürzte in die Kabine hinunter. Ihr Kopf schlug hart gegen irgendeinen Gegenstand, und in der nächsten Sekunde wurde das Tosen des Sturms ganz leise, und Marius' dunkle Umrisse vor dem hellen Rechteck des Kajütenausgangs flossen auseinander. Inga dachte noch kurz, dass sie unbedingt die Kontrolle bewahren musste, dass sie ausgerechnet jetzt nicht einschlafen durfte, doch da wurde es bereits Nacht um sie, und sie konnte nichts mehr denken oder fühlen.

5

Sie versuchte, nicht über die Worte nachzudenken, die Maximilian ihr so wütend und erbost – und dabei irgendwie auch traurig? – an den Kopf geworfen hatte; sie versuchte, an Maximilian möglichst *überhaupt nicht zu denken*, aber es wollte ihr nicht recht gelingen. Sie war fassungslos darüber, dass es ihm so leicht und so schnell gelungen war, ihren Kokon zu durchbrechen und an all das zu rühren, was sie sich so mühsam vom Leib hielt, was sie mit solch vehementer Willenskraft an den äußersten Rand ihres Bewusstseins getrieben hatte. Gedanken an früher, an das Zuhause in München, an ihre Arbeit, an ihr Engagement, an ihre Mitarbeiter, an ihre Freunde. An das Leben mit Felix und Maximilian.

Maximilian war nach seiner Scheidung ein wesentlicher Teil dieses Lebens geworden. Felix hatte manchmal scherzhaft gesagt: »Wir haben Maximilian adoptiert.« Er war wie ein weiteres Familienmitglied gewesen, jemand, der in ihrem

Haus immer willkommen war, der sich nicht anmelden musste, ehe er hereinschneite, der mit ihnen oft zu Abend aß, fernsah, plauderte, manchmal einen Wein zu viel trank und dann im Gästezimmer übernachtete, morgens in die Küche geschlurft kam und Rebecca zusah, die im Nachthemd und barfuß Kaffee kochte und noch zerwühlte Haare und ein blasses, ungeschminktes Gesicht hatte. Sie waren alle drei so vertraut miteinander gewesen, dass sich Grenzen und Distanzen immer mehr auflösten und sie sich einander ohne Masken präsentierten. Rebecca hatte nie das Gefühl gehabt, Maximilian dürfe sie nur vollständig bekleidet und geschminkt sehen, so wie sie sich auch nicht das Geringste dabei dachte, wenn er ihr nur mit einer Unterhose bekleidet auf dem Weg ins Badezimmer begegnete oder noch im Bett lag, wenn sie hereinkam, um sich zu verabschieden. War Felix beruflich verreist, wohnte Maximilian oft auch allein mit Rebecca zusammen. Niemand hatte etwas daran gefunden, aber ungefähr ein halbes Jahr vor seinem Tod hatte Felix einmal gesagt: »Ich glaube, er ist verliebt in dich.«

Es war ein kalter Aprilabend gewesen, ausnahmsweise saßen Rebecca und Felix allein in ihrem Wohnzimmer. Draußen herrschte letztes, dämmriges Tageslicht, der Garten war ein weißes Meer aus blühenden Kirschbäumen, und dazwischen tanzten, ganz der launischen Jahreszeit entsprechend, plötzlich Schneeflocken vom Himmel. Felix hatte noch einmal Feuer im Kamin gemacht. Sie erinnerte sich, dass er gesagt hatte: »Das tu ich sicher zum letzten Mal bis zum Winter!«

Er hatte es zum letzten Mal in seinem Leben getan.

»Wer ist verliebt in mich?«, hatte Rebecca gefragt, und Felix sagte: »Maximilian. Ich erkenne es an der Art, wie er dich anschaut.«

Sie war völlig perplex gewesen, und als sie sich von ihrer

ersten Verblüffung erholt hatte, war sie in die nächste Verwunderung darüber gefallen, dass Felix diese Feststellung so ruhig und ohne sichtbare Gefühlsregung getroffen hatte.

»Ich glaube, du irrst dich«, sagte sie.

Er lächelte. »Ich kenne ihn schon ganz schön lange. Seit unserem ersten Schuljahr. Es gibt nicht viel, was er vor mir verbergen könnte. Und seit seiner Scheidung sind seine Gefühle stärker geworden.«

Um ihre Verwirrung zu verbergen, hatte sie hastig von ihrem Wein getrunken. »Es scheint dich nicht besonders zu stören«, hatte sie dann gesagt.

Er hatte überlegt. »Nein. Seltsamerweise wirklich nicht. Vielleicht, weil wir so gute Freunde sind. Ich weiß absolut sicher, dass er es sich niemals erlauben wird, seinen Gefühlen nachzugeben. Das ist für ihn ausgeschlossen. Er wird dich einfach verehren und anbeten, aber als Frau bleibst du für ihn tabu.«

»Aber wir hatten doch gehofft, dass er eine neue Liebe findet. Das ist schwierig, wenn er blockiert ist.«

Felix hatte mit den Schultern gezuckt. »Wir können es nicht ändern. Aber irgendwo ist Maximilian auch ein sehr realistischer, bodenständiger Mensch. Er wird wissen, wann es Zeit ist, sich von einem unerfüllbaren Traum zu verabschieden und dem wirklichen Leben wieder eine Chance einzuräumen.«

Wenn sie es sich richtig überlegte, war sie spätestens von jenem Abend an Maximilian gegenüber ein wenig befangen gewesen. Mit geschärftem Blick hatte sie nun selber erkannt, dass er förmlich an ihren Lippen klebte, wenn sie sprach, dass er jede ihrer Bewegungen sehr genau verfolgte, dass er häufig ihre Nähe suchte. Darüber hinaus verriet er sich jedoch mit keinem Wort, mit keiner Geste. Sein Verhalten flößte ihr Achtung ein, verunsicherte sie aber auch. Die letzten sechs Monate bis zu Felix' Tod waren nicht mehr ganz so gewesen wie all die Zeit vorher.

Es hatte sie tief entrüstet, dass er nun hier aufgetaucht war, und sie glaubte ihm beim besten Willen nicht, dass dies nur aus uneigennütziger Fürsorge ihr gegenüber geschehen war. Wie konnte er Felix ein Dreivierteljahr nach dessen Tod so verraten? Maximilian hatte an Felix' Grab geweint, und doch hatte er sich nicht allzu lange danach offenbar überlegt, dass man aus jeder Situation das Beste machen sollte. Und genau das wollte sie ihm nicht gestatten. Niemand, niemand, niemand sollte in auch nur der geringsten Weise vom Tod ihres Mannes profitieren.

Wenn sie jedoch ehrlich zu sich war, dann wusste sie, dass sie in jedem Fall abweisend und aggressiv auf Maximilian reagiert hätte. Jeder Mensch aus ihrem früheren Leben, der hier unvermutet aufgetaucht wäre, hätte Risse und Löcher in ihren Selbstschutz getrieben, und niemandem hätte sie das verziehen. Drei Tage zuvor war sie bereit gewesen, Felix in den Tod zu folgen. Nun stand sie da, und etwas hatte sich verändert. Sie wusste nicht genau, was es war, aber es musste von großer Kraft sein, denn sie konnte nicht nach oben gehen, die Tabletten aus dem Schrank nehmen, sie schlucken und sich dem Ende hingeben. Es ging nicht, sosehr ihr Kopf das wollte.

Das Leben, dachte sie plötzlich fast ernüchtert, das Leben ist wieder zu mir vorgedrungen. Es hat sich zwischen mich und den Tod geschoben. Es wird mich verdammt viel Kraft kosten, es wieder loszuwerden.

Es hatte ihr in der letzten Zeit gut getan – zumindest meinte sie dies so zu empfinden –, sich völlig von der Welt und all ihren Bewohnern zurückzuziehen und sich einzig auf den Schritt vorzubereiten, den sie als richtig und zwingend für sich sah, und sie war entschlossen, diesen Zustand wieder herbeizuführen. Aber sie begriff an diesem Nachmittag, dass dies nicht einfach sein und einige Zeit dauern würde. Es gab Menschen, die behaupteten, eine einmal veränderte Situation sei nie wieder genau so herzustellen, wie sie gewesen war, aber Rebecca hatte nicht vor, diese Möglichkeit in Erwägung zu ziehen. Sie hatte es einmal geschafft, sie würde es wieder schaffen. Nur nicht sofort. Leider nicht sofort.

Um halb fünf gestand sie sich ein, dass die beiden Fremden aus Deutschland ihr im Kopf herumgingen, Inga und Marius, die vermutlich bereits von ihrem Ausflug mit der *Libelle* zurückgekehrt waren und nun im Hafen von Le Brusc darauf warteten, abgeholt zu werden.

Was, zum Teufel, gehen sie mich an?, dachte sie aggressiv. Maximilian hat sie angeschleppt, und er hat sie nun sitzen lassen, und das alles ist nicht mein Problem. Sollen sie alleine sehen, wie sie hierher kommen!

Sie fand diese Inga sympathisch. Eigentlich hatte sie derartige Gefühle – Zuneigung, Sympathie – in ihrem Leben nicht mehr zulassen wollen, aber manchmal argwöhnte sie, dass sich Dinge, die man ausschließen wollte, mit besonderer Beharrlichkeit einzuschleichen pflegten. Inga hatte ihr gefallen, das war leider so. Eine intelligente, sehr offene, anderen Menschen zugewandte junge Frau. Dieser Marius mochte ein Luftikus sein – obwohl sie auch eine abgründige Seite in ihm witterte, ohne die Lust zu verspüren, sie auszuloten –, Inga jedenfalls war ganz sicher eine ernsthafte und nachdenkliche Person. Rebecca hatte solche Menschen immer gemocht. Ernsthaftigkeit und die Fähigkeit zu anhaltendem Engagement waren die Grundvoraussetzungen, nach denen sie früher Mitarbeiter in ihrem Verein eingestellt hatte.

Sie stand im Wohnzimmer und schaute über den Garten zum Meer hinüber und schlug sich schmerzhaft die Fingernägel in die Innenseite ihrer Hand. Wenn sie nicht aufpasste, würde sich Maximilians unerwünschter Besuch noch wie eine Art Dammbruch auswirken. Auch den Verein, die Tätigkeit, die Mitarbeiter, die Klienten, sie alle hatte sie rigoros und erfolgreich seit Monaten aus ihren Gedanken verbannt. Jetzt spukten auch sie wieder herum.

»Geht doch alle zum Teufel!«, rief sie laut.

Ihre Stimme hallte in der Stille des Hauses. Das einzige Geräusch, das hinterher blieb, war das Ticken der Uhr auf dem Kaminsims. Zwanzig vor fünf inzwischen.

Sie ging in die Diele hinüber, nahm zögernd den Autoschlüssel vom Schlüsselbrett. Machte sie alles schlimmer, wenn sie jetzt zum Hafen hinunterfuhr und die jungen Leute auflas? Oder war es letztlich nur vernünftig, etwas zu tun, wozu es sie drängte, und was sie offenbar für diesen Tag ohnehin nicht aus ihrem Bewusstsein verbannen konnte?

Ich fahre jetzt und hole sie ab, dachte sie, und dann mache ich ihnen klar, dass ich keinen weiteren Kontakt wünsche. Sie sind eine Episode, wie Maximilian eine ist. Das alles wird vorübergehen.

Sie hatte das Brausen des Windes zwar gehört, aber nicht wirklich realisiert, und so traf sie die Wucht des Sturms unvorbereitet, als sie vor die Haustür trat. Der Himmel war tiefblau, ein paar zerfetzte Wolken jagten über ihn dahin, die Bäume bogen sich, laut scheppernd flog eine Gießkanne über den Gartenweg. Rebecca musste sich mit gesenktem Kopf durch den Wind zur Garage hinüberkämpfen. Der Mistral war noch einmal mit ganzer Kraft und stärker als in der vergangenen Nacht zurückgekehrt.

Die haben Glück, wenn ihr Zelt nachher noch steht, dachte sie und schauderte bei dem Gedanken, dass sie die beiden bei sich aufnehmen müsste, wenn sie kein Dach über dem Kopf mehr hätten.

Auf dem Weg hinunter zum Dorf musste sie immer wieder

bremsen und Ästen ausweichen, die über die Straße geflogen kamen. Der Mistral konnte Gartenmöbel in alle Himmelsrichtungen davonblasen, und man konnte sich in seine Böen hineinfallen lassen und wurde von ihnen getragen. Felix hatte den Mistral geliebt, er war von ihm fasziniert gewesen.

Ich denke jetzt nicht an Felix!

Die meisten Touristen hatten den Strand und die Uferpromenade verlassen und sich in ihre Quartiere zurückgezogen, und so war es kein Problem für Rebecca, sofort einen Parkplatz zu finden. Es gelang ihr kaum, die Autotür von innen aufzudrücken. Als sie ausstieg, wäre sie fast mit einem Papierkorb aus Metall kollidiert, den der Wind aus seiner Verankerung gerissen hatte und nun wie eine Feder vor sich her trieb.

Es war um etliche Grade kühler geworden, was aber nach den tagelangen Temperaturen an die vierzig Grad durchaus angenehm war. Rebecca schätzte, dass das Thermometer knapp unter die Dreißiger-Marke gefallen war. Zum ersten Mal seit langem würde man nachts wieder besser schlafen können. Es sei denn, es gab andere Gründe, die den Schlaf verhinderten. Sie hielt es für möglich, dass dies in ihrem Fall passieren konnte.

Schon am Anfang des Bootsstegs konnte sie sehen, dass *Libelles* Platz leer war. Die übrigen Schiffe schaukelten wild hin und her, da und dort waren Bootseigentümer damit beschäftigt, noch einmal neu zu vertäuen oder die Haltbarkeit der Festmacher zu überprüfen. Rebecca sah auf ihre Uhr. Es war nach fünf. Entweder hatten Marius und Inga die Vereinbarung vergessen, oder sie hatten getrödelt und kämpften nun mit den Schwierigkeiten, gegen den Sturm und bei extremem Wellengang in den Hafen zurückzufinden. Vielleicht war Marius gar nicht der Segelprofi, als der er sich gegenüber Maximilian ausgegeben hatte.

Ich hätte mich nicht auf diese Geschichte einlassen sollen, dachte sie verärgert, es ist wirklich so, dass Maximilian in jeder Hinsicht nur Probleme verursacht hat.

»Madame! Madame, gut, dass Sie da sind!« Von ihr unbemerkt, war Albert aufgetaucht. Sein braun gebranntes, wettergegerbtes Gesicht sah höchst sorgenvoll aus. »Sie sind immer noch nicht zurück. Die jungen Leute, meine ich. Ich habe ihnen mehrmals vier Uhr als äußerste Grenze genannt, aber ...« Er zuckte mit den Schultern. »Ich habe meine Zweifel, dass sie es bei dem Seegang in den Hafen schaffen!«

»Der junge Mann soll ein erfahrener Segler sein.«

»Möglich. Aber sie sind nicht da.«

Rebecca kämpfte mit ihren wild fliegenden Haaren, die ihr immer wieder ins Gesicht schlugen. »Sie sind jung. Junge Leute halten sich oft nicht an die Ratschläge der Älteren!«

»Das Schiff gehört ihnen nicht! Es wäre ein unmögliches Benehmen, diese Vereinbarung absichtlich nicht einzuhalten.«

Sie seufzte. Sie wollte hier nicht stehen. Nicht mit Albert sprechen. Nicht verantwortlich sein. Sie sehnte sich nach der Ruhe und Einsamkeit ihres Hauses.

»Ich hoffe nur, dass nichts passiert ist«, sagte sie.

Albert starrte über das Meer. Weit und breit war kein Schiff zu sehen. Niemand ging nach draußen bei dem Wetter.

»Wie lange kennen Sie die beiden?«, fragte er.

Sie zögerte. Gleich würde er denken, dass sie unglaublich naiv und leichtfertig war. Andererseits konnte es ihr egal sein, was er dachte. »Ich kenne sie überhaupt nicht. Maximilian hat sie angeschleppt. Es sind Tramper. Er hat sie aufgelesen und mitgenommen.«

Albert sah sie ungläubig an. »Und solchen Leuten leihen Sie Ihr Schiff?«

»Maximilian hat dafür plädiert. Und wie Halunken sehen die beiden wirklich nicht aus. Außerdem scheint dieser Marius wirklich ein sehr guter Segler zu sein.«

»Ahnung von Schiffen hat er«, gab Albert widerwillig zu. »Aber trotzdem könnte es schließlich sein, dass ...« Er sprach nicht weiter.

»Was?«, fragte Rebecca.

»Die *Libelle* ist einiges wert. Was, wenn die beiden nie vorhatten, zurückzukommen?«

Rebecca hob fröstelnd die Schultern. Was sollte sie darauf sagen? Ein Verbrecherpärchen, das mit Felix' geliebtem Segelboot abhaute.

Auch das noch, dachte sie müde, das hat Maximilian wirklich gut hinbekommen.

Albert schien zu bemerken, dass sie deprimiert und erschöpft war, denn er meinte einlenkend: »Aber man sollte vielleicht nicht gleich den Teufel an die Wand malen, nicht wahr? Die beiden sind jung, und sie wirkten recht verliebt. Sie haben irgendwo geankert und die Welt ringsum vergessen. Wie ist es, mögen Sie bei mir im Büro einen Tee trinken? Dann können Sie hier warten und müssen nicht sofort den ganzen Weg zurückfahren.«

Das klang vernünftig, aber natürlich konnte Albert nicht ahnen, was er ihr zumutete. Stundenlang mit einem Menschen zusammensitzen und Tee trinken ... Das gehörte zu den Dingen, die sie abgeschafft hatte, aus gutem Grund, und sie hatte keineswegs vorgehabt, sich auf derlei Geschichten je wieder einzulassen. Es war wirklich erstaunlich, welch einen Rattenschwanz an Veränderungen Maximilians Auftauchen nach sich zog. Er war wieder abgereist, und sie schien aus den Verkettungen, die sein Besuch bewirkt hatte, nicht mehr herauszukommen.

»Na schön«, sagte sie, »es wird mir kaum etwas anderes

übrig bleiben.« Sie sah Albert an, dass er gekränkt war, und setzte hinzu: »Ich meine natürlich, das ist ein nettes Angebot, Albert. Ich bin nur … etwas nervös.«

Das verstand er natürlich. Ein Schiff wie die *Libelle*, und dann verschwand es mit einem dubiosen Pärchen … Er selbst wäre in Rebeccas Lage einem Infarkt nahe. Aber er hätte eben sein Schiff auch nicht hergegeben. Ein Schiff verlieh man nicht, so wenig wie die eigene Ehefrau.

Aber dieses Verständnis fand man nur bei Männern.

6

Sie wachte auf und hatte im ersten Moment nicht die geringste Ahnung, wo sie sich befand. Der Gedanke, der ihr sofort durch den Kopf schoss, war: Ich liege im Bett, und es ist Montagfrüh. Sie hatte einen schlechten Geschmack im Mund, und sie fand immer, dass es die Montagmorgen waren, die diesen Geschmack hervorriefen. Jedenfalls bei ihr. Nicht, weil am Montag die Arbeit wieder losging. Sondern weil die Woche lang und groß und dadurch in ihrer Vorstellung bedrohlich vor ihr lag.

Jedoch begriff sie ganz schnell, dass sie sich nicht in ihrem Bett befand. Ihr Bett schaukelte nicht wie wild, und es war auch nicht so hart. Sie setzte sich mühsam auf. Ihre rechte Schulter tat so weh, dass sie vor Schmerzen stöhnte, und unwillkürlich traten ihr die Tränen in die Augen. Auch mit ihrem Kopf war etwas nicht in Ordnung, auch in ihm hämmerten Schmerzen, und über ihrem rechten Ohr fühlte sie etwas Klebriges. Vorsichtig tastete sie mit der Hand in ihren Haaren und betrachtete dann ungläubig ihre blutverschmierten Finger. Die Erinnerung an ihren Sturz in die Kajüte tauchte unvermittelt in ihrem umnebelten Gehirn auf. Sie war schwer aufgeschlagen und hatte sich dabei offenbar erheblich am Kopf verletzt. Danach war alles in Dunkelheit untergegangen.

Ich war bewusstlos. Wer weiß, wie lange?

Während sie über diese Frage nachgrübelte, kam ihr die Idee, auf ihre Armbanduhr zu schauen. Es war fast halb sechs. Das bedeutete, dass sie mehr als zwei Stunden hier gelegen hatte. Das bedeutete … Entsetzt rappelte sie sich, ungeachtet der dröhnenden Schmerzen in ihrem Kopf und in ihrem Arm, auf die Füße. Auf einmal wusste sie wieder, was geschehen war, erinnerte sich an Marius' seltsames Verhalten, an die bestürzende Veränderung, die plötzlich mit ihm vorgegangen war, an sein Vorhaben, mit dem Schiff durchzubrennen und es in irgendeinem Mittelmeerhafen zu verkaufen. Das Ganze war so absurd, so verrückt, dass es ihr wie ein böser Traum erschien, und doch arbeitete ihr Verstand nun wieder klar genug, dass sie genau wusste: Es war kein Albtraum, der ihr unwirkliche Schreckensbilder vorgaukelte. Das alles war wirklich geschehen und hatte innerhalb kürzester Zeit ihr Leben verändert.

Das Schiff schaukelte so wild, dass sie sich wunderte, weshalb ihr nicht schlecht wurde. Mehrfach stieß sie schmerzhaft gegen die Wände der Kajüte, denn bei dem Seegang war es kaum möglich, das Gleichgewicht zu halten. Als es ihr endlich gelang, die Treppe nach oben zu erklimmen und den Kopf aus der Kajüte zu strecken, stellte sie fest, dass das Schiff leer war.

Niemand saß am Ruder. Das Großsegel schlug unkontrolliert hin und her. Ganz vorsichtig schob sie sich noch weiter nach oben, immer auf der Hut vor dem Segel, und ließ ihren Blick auch die Vorderseite des Schiffes absuchen. Auch hier war niemand. Und um sie herum Wellen und Sturm und in bedrohlicher Weite die Felswände am Ufer.

Marius hatte das Schiff verlassen.

Da dies angesichts des Unwetters praktisch unmöglich war, kroch sie wieder nach unten und sah sich in der Kabine um, die jedoch so klein und überschaubar war, dass es kaum jemandem gelingen konnte, sich dort zu verstecken. Eine offene Koje, in der zwei Menschen Platz hatten, davor ein Holztisch, rechts und links davon Holzbänke. Darüber in die Wand eingelassene Regale, in denen Schiffskarten, Sonnenbrillen, eine Baseballkappe und eine Flasche Sonnenöl hin und her rutschten. Und das Handy von Marius. Das Inga aber nichts nutzte, weil sie keine einzige Nummer weit und breit kannte, die sie um Hilfe hätte anwählen können. Auch nicht die des Seenotrettungsdienstes, oder was immer es in dieser Art geben mochte.

Nirgends eine Spur von Marius.

Die *Libelle* hatte gerade wieder den Kamm einer bedrohlich steilen und kurzen Welle überwunden und krachte mit dem Bug in das darauf folgende Tal, so dass Inga das Gleichgewicht verlor. Sie konnte sich gerade noch mit den Armen am Tisch festhalten, sonst wäre sie quer durch den kleinen Raum geschleudert worden. Sie landete hart auf den Knien.

Er war abgehauen. Sie wusste nicht, wie ihm das gelungen war, noch weniger, weshalb er das getan hatte, aber er war weg und hatte sie bei Sturm und hohem Wellengang ganz allein auf einem Segelboot zurückgelassen, sie, die nie einen Segelkurs besucht hatte, die ihre Kenntnisse und praktischen Erfahrungen nur daher hatte, dass sie auf etlichen seiner Törns dabei gewesen war. Das Mittelmeer war nicht mehr blau und heiter und sonnenglitzernd, sondern tiefschwarz und wild, feindselig und lebensbedrohlich.

Sie kauerte sich auf den Boden der Kajüte, die Knie eng an den Körper gezogen, die Arme um das Tischbein geklammert, und versuchte zu überlegen, was sie nun tun sollte.

Trotz ihrer prekären Lage schaffte sie es kaum, sich auf die Gedanken um ihre Rettung zu konzentrieren; immer wieder schweifte sie ab und schlug sich mit der Frage herum, was in Marius gefahren war, woher seine Veränderung rührte, weshalb sie nicht früher bemerkt hatte, dass es befremdliche, hoch aggressive und möglicherweise gefährliche Seiten in ihm gab. Oder hatte sie es bemerkt? Hatte es Anzeichen gegeben, die sie nicht hatte sehen wollen, die sie erfolgreich von sich weggeschoben und schließlich völlig verdrängt hatte? Wenn sie ehrlich mit sich war, wusste sie, dass es Situationen gegeben hatte, in denen er ihr undurchsichtig erschienen war. Natürlich auch Momente der Wut und Aggression. Aber bei welchem Menschen gab es die nicht?

Und wie hing das alles mit Rebecca zusammen? Eine fremde Frau, deren Bekanntschaft sie rein zufällig gemacht hatten, die sich zugleich aber derart distanziert verhielt, dass man von *Bekanntschaft* eigentlich nicht einmal sprechen konnte. Rebecca hatte früher in München gelebt. Sie, Inga, und Marius stammten ebenfalls von dort. Es mochte einen Punkt gegeben haben, an dem sich Marius' und Rebeccas Lebensläufe irgendwann in der Vergangenheit gekreuzt hatten.

Marius hatte Rebeccas Namen mehrfach genannt, vorhin, in dieser absurden Situation, die sie anfangs für ein Spiel gehalten hatte, ehe ihr klar wurde, dass er es ernst meinte. Und er hatte Hass verströmt; sie hätte nicht einmal diesen fremden und bedrohlichen Ausdruck in seinen Augen sehen müssen, um das zu spüren. Nicht nur Hass: eine maßlose Wut, Gekränktheit, alle möglichen verletzten Gefühle waren darunter gewesen.

Marius. Der immer fröhliche, immer unkomplizierte Marius. Für ihren Geschmack häufig zu fröhlich, zu unkompliziert. Wie oft hatte sie gemeint, dass sie ihn gern ein wenig ernsthafter und achtsamer hätte, vorausschauender, weniger bedenkenlos in den Tag hinein lebend. Aber, hatte sie dann oft gedacht, ihm ist vielleicht nie irgendetwas zugestoßen im Leben. Alles ist immer problemlos für ihn gelaufen. Woher sollte er Ängste und Sorgen und Schwierigkeiten kennen?

Offenbar hatte sie sich gründlich getäuscht. In seinem Leben gab es Untiefen, die er absichtlich verschwieg, die jedoch lange schon in ihm arbeiteten, und die nun …

Sie fuhr sich mit der Hand über das Gesicht, als könne sie damit ihre Gedanken zum Schweigen bringen. Sie hatte jetzt Wichtigeres zu tun, als sich in den vergeblichen Versuch zu stürzen, Marius' Charakter zu analysieren. Dafür blieb später Zeit. Sie musste dieses verdammte Schiff an Land bringen. Sie musste ihr Leben retten.

Den Schmerz in ihrer Schulter mit zusammengebissenen Zähnen ignorierend, kroch sie erneut zur Treppe, spähte nach oben. Sie beschloss, als Erstes das wild schlagende Segel einzuholen und dann mit reiner Motorkraft zu versuchen, den Hafen zu erreichen. Zum Glück war sie noch immer so nah an der Küste, dass sie sich orientieren konnte; sie hatte auch immer noch Sicht auf das Cap Sicié, und dies bot ihr einen Anhaltspunkt dafür, wo ungefähr der Hafen von Le Brusc liegen musste. Das Problem war, das Segel abzufieren, ohne dass ihr dabei der Baum den Kopf einschlug. Kurz kam ihr der Gedanke, ob dies vielleicht Marius' Verschwinden erklärte. Vielleicht hatte er sie gar nicht verlassen, wozu auch, schließlich hatte er vorgehabt, das Schiff irgendwo zu verhökern und sich dann mit dem Geld abzusetzen. Vielleicht hatte ihn das Segel über Bord gefegt. Sie erinnerte sich an das letzte Bild, das ihr vor Augen gestanden hatte, ehe sie das Bewusstsein verlor: Marius oben in der Tür zum Niedergang, schwankend im Sturm, aber aufrecht. Möglicherweise hatte er nicht mehr auf die Gefahr durch den Baum geachtet.

Dann könnte er tot sein.

Er hatte seine Schwimmweste angehabt, daran erinnerte sie sich genau. Aber wenn er besinnungslos war und mit dem Gesicht nach unten im Wasser trieb ... Abgesehen davon konnte ein solcher Schlag einen Menschen auch umgehend töten. Oder eine Gehirnblutung auslösen.

Sie erklomm die Treppe, kroch an die Reling. Eine Welle schwappte über das Boot; Inga konnte sich gerade noch an einem Tau festhalten und verhindern, auf die andere Seite geschleudert zu werden. Sie schluckte Salzwasser, rang nach Luft, verschluckte sich, hustete. Der Schmerz in ihrem Kopf hämmerte im Stakkato – wie war das mit der Gehirnblutung?, fragte sie sich, oder könnte ich dann gar nicht mehr hier herumkriechen? –, und aus ihrer Schulter schossen glühende Pfeile den Arm hinab. Sie schaute sich um, konnte aber zwischen den Wellenbergen nirgendwo einen im Wasser treibenden Körper entdecken. Was natürlich nicht viel aussagte: Marius konnte längst ganz woanders herumschwimmen, außerdem waren die Wellen so hoch, dass es ohnehin nicht leicht war, jemanden dazwischen zu entdecken.

Großsegel.

Sie musste jetzt unbedingt diesen Gedanken im Kopf behalten. Das Segel musste herunter, und dann musste sie versuchen, den Motor wieder anzuwerfen. Als sie unter Deck saß, hatte sie festgestellt, dass er verstummt war, aber sie hoffte, dass dies nicht auf einen leeren Tank hindeutete oder auf einen Defekt hinwies. Vielleicht wäre es schlauer, zuerst den Motor zu starten und das Segel erst einzuholen, wenn sie sicher sein konnte, dass der Motor ansprang. Denn im Ernstfall würde sie das Segel nie wieder setzen können, wenn sie es erst abgefiert hatte, aber abgesehen davon hatte sie ohnehin keine Ahnung, wie sie unter Segel zum Hafen zurückkehren sollte. Sie beschloss, über diese Möglichkeit vorläufig nicht weiter nachzudenken.

Schmerzgepeinigt schob sie ihren nassen Körper in Richtung Anlasser; inzwischen fror sie heftig, mutmaßte aber, dass dies nicht von den tatsächlichen Temperaturen herrührte, sondern von ihren Schmerzen und der langen Bewusstlosigkeit. Außerdem glaubte sie, etwas Fieber zu haben. War es nicht erst wenige Stunden her, dass sie gedacht hatte, dies sei einfach ein fast perfekter Tag?

Der Schlüssel steckte, aber nichts rührte sich, als sie ihn umdrehte. Sie versuchte es ein zweites und ein drittes Mal. Nichts geschah. Jetzt liefen ihr die Tränen über die Wangen.

»Komm schon«, murmelte sie, »los doch, du verdammtes Ding!«

Sie vermutete, dass sie und Marius den Motor nicht lange genug hatten laufen lassen, um die Batterie ausreichend aufzuladen, und dass sie daher nun vor demselben Problem stand, das sich auch unmittelbar vor dem Aufbruch am Morgen gezeigt hatte. Wie war das gewesen mit der Kurbel, die auf die Kurbelwelle des Motors hatte gesetzt werden müssen? Sie hatte leider nicht genau aufgepasst und hielt es für mehr als fraglich, ob es ihr gelingen würde, diese Aktion nun allein zu wiederholen.

Der Hauptschalter in der Kajüte. Das war immerhin noch eine Möglichkeit.

Sie machte sich wieder auf den Weg nach unten, im wilden Seegang schwankend wie eine Betrunkene. Es mochte an der aufkeimenden Panik liegen – *ich kann nicht segeln, wenn das Ding nicht anspringt, bin ich verloren* –, dass ihr das heftige Auf und Ab der Wellen plötzlich Übelkeit verursachte. Sie kam unter Deck an, wollte noch die Toilette erreichen, schaffte es aber nicht mehr und erbrach sich quer über den Fußboden. Blieb dann erschöpft minutenlang liegen, wartete, dass sich ihr Magen beruhigte. Sie hatte einen widerlichen Geschmack im Mund, aber zum Glück fiel ihr ein, dass im

Inneren der Bank die Wasserflaschen verstaut lagen, die sie und Marius als Proviant mitgenommen hatten. Sie klappte den Deckel hoch, wozu sie zwei Anläufe und ihre ganze Kraft brauchte.

Na toll. Sie war schlaff wie ein Weißbrot. Wie sie in diesem Zustand mit dem Segel fertig werden sollte, war ihr völlig schleierhaft.

Sie trank ein paar Schlucke Wasser und merkte, wie ein wenig Lebenskraft zurückkehrte. Sie schraubte den Deckel wieder zu, schob sich an den Hauptschalter heran, betätigte ihn. Robbte wieder nach oben, keuchend, spuckend, ständig Gischtfetzen schluckend. Duckte sich unter dem Baum durch, der immer wieder wie ein gewaltiges Schwert über sie hinwegfegte. Sie drehte den Zündschlüssel um und hielt dabei den Atem an. Der Motor sprang an, als sei nichts gewesen. Sie betrachtete ihn wie ein Wunder und hätte vor Erleichterung fast wieder zu weinen begonnen. Es gab einen funktionierenden Motor. Und ein Steuer.

Sie konnte es schaffen.

Und jetzt musste sie nur noch das verflixte Segel einholen.

7

Wolf erschien schon um sechs Uhr zu Hause, was äußerst ungewöhnlich und seit Jahren nicht mehr vorgekommen war. Zuletzt war er zu so früher Stunde daheim aufgekreuzt, als er einen Magen-Darm-Infekt mit Übelkeit und hohem Fieber ausbrütete und sich kaum noch auf den Beinen halten konnte, und so fragte Karen auch sofort: »Bist du krank?«

Er sah sie gereizt an, was bedeutete, er sah sie so an wie nahezu ständig in der letzten Zeit. »Wieso sollte ich krank sein?

Ich will mich nur umziehen wegen der Veranstaltung nachher.«

»Welche Veranstaltung?«

Er ging an ihr vorbei ins Schlafzimmer, band sich dabei die Krawatte ab. »Das hatte ich dir doch erzählt. Sechzigster Geburtstag vom Vorstandsvorsitzenden. Er gibt ein Abendessen im *Vier Jahreszeiten*.«

Karen war sicher, dass Wolf ihr nichts davon erzählt hatte, sagte aber nichts. Er würde das Gegenteil behaupten und sich nur in seiner Ansicht bestärkt sehen, dass sie eine Tagträumerin war, die von der Wirklichkeit nur noch wenig mitbekam.

»Offenbar hat er die Ehepartner nicht mit eingeladen«, sagte sie leichthin. Sie war Wolf ins Schlafzimmer gefolgt. Er warf gerade sein Jackett aufs Bett und begann sein Hemd auszuziehen.

»Doch«, entgegnete er auf ihre Bemerkung. Er sah sie nicht an, sein Tonfall war so leicht wie ihrer. »Aber mir war klar, dass du nicht mitmöchtest.«

»Wieso war dir das klar? Du hast mich ja gar nicht gefragt.«

»Du willst doch nie irgendwohin mit!«

»Das stimmt nicht. Es hieß nur jahrelang immer, dass ich bei den Kindern bleiben muss. Aber inzwischen könnte man sie durchaus mal allein lassen.«

»Okay, wie du meinst.« Er stand jetzt in seiner Unterhose vor ihr. Sie fand, dass er einen schönen Körper hatte, schlank und muskulös, nur zu blass. Nach den Ferien würde er umwerfend aussehen. »Ich werde in Zukunft daran denken.«

Er nahm ein frisches Hemd aus dem Schrank, hängte es aber gleich darauf zurück. »Ich wollte ja erst duschen«, meinte er. »Hör mal, Karen, irgendwie machst du mich nervös, wie du da herumstehst. Du schaust wie ein waidwundes

Reh. Heute Abend können wir leider nichts mehr an der Situation ändern. Ich kann dich jetzt nicht unangesagt mitbringen.«

Seine Tagesklamotten lagen zerknüllt auf dem Bett. Es war klar, dass Karen sie wegräumen würde. So klar, dass er dazu gar nichts mehr sagen musste.

Wenn er mich doch wenigstens einmal bitten würde, etwas für ihn zu tun, dachte sie, anstatt es stillschweigend vorauszusetzen!

»Wer ist deine Tischdame?«, fragte sie.

Er hatte ins Bad gehen wollen, blieb jedoch abrupt stehen. »Wie bitte?«

»Na ja, bei so einem festlichen Essen hat doch jeder Herr eine Tischdame. Da du ohne mich gehst, wird es ja jemand anderen geben.«

»*Jemand anderen geben* … also, die Art, wie du manchmal Dinge formulierst, Karen, ist schon eigenwillig. Das klingt, als ob … Ich habe keine Ahnung, wer meine Tischdame ist. Vielleicht sitze ich neben der Frau eines Kollegen. Oder neben einer meiner Mitarbeiterinnen. Was weiß ich!«

Sie fand, dass er ungewöhnlich gereizt auf eine im Grunde harmlose Frage reagierte, und das machte ihr plötzlich Angst. Obwohl sie sich fest vorgenommen hatte, sein heutiges Mittagessen beim Italiener nicht anzusprechen, konnte sie sich auf einmal nicht mehr zurückhalten. »Wer ist die Frau, mit der du heute essen warst? Die junge mit den langen Haaren.«

Er war wie vom Donner gerührt. »Wie, zum Teufel … Ich meine, woher weißt du, mit wem ich mittags essen gehe?«

Sie zuckte mit den Schultern. Sie bedauerte nun, diese Frage ausgesprochen zu haben, weil ihr jetzt schon klar war, dass die Situation im Streit eskalieren würde, aber natürlich war es dafür zu spät. »Die Kinder hatten heute ein Sportfest in der Schule und sind erst vor einer Stunde heimgekommen. Deshalb bin ich mittags in die Stadt gefahren. Ich habe mir zwei neue Jeans gekauft, und dann dachte ich …«

Er runzelte die Stirn. »Ja?«

»Ich hatte vor, bei unserem alten Italiener etwas zu essen. Aber als ich dort hinkam, sah ich dich. Mit einer anderen Frau.«

Wolf hatte sich von seiner Überraschung erholt und war, wie üblich, in Sekundenschnelle gewappnet und zum Gegenangriff bereit. »Schon wieder, mein Gott! *Ich sah dich mit einer anderen Frau …* Langsam erscheinst du mir paranoid, Karen. Was willst du mir eigentlich sagen? Oder besser, was willst du mich fragen? Ob ich ein Verhältnis mit einer anderen Frau habe?«

»Nein, ich …«

»Du stehst hier und verhörst mich regelrecht. Ich komme nach einem verdammt harten Tag nach Hause, habe wenig Zeit, muss mich umziehen, um mich dann in einen anstrengenden Abend zu stürzen, der mir, wie du mir glauben darfst, nur sehr begrenzt Spaß macht, und du musst ausgerechnet diesen Moment nutzen, mich mit deinen haltlosen Verdächtigungen und Vorwürfen zu überziehen! Das ist typisch für dich, Karen! Du hast nicht genug zu tun, und deshalb kannst du dir nicht vorstellen, dass andere Menschen viel zu sehr im Stress stehen, als dass sie sich mit solch hirnrissigen Themen beschäftigen können wie du!«

Die Tränen brannten hinter ihren Lidern, sie brauchte viel Kraft, sie zurückzuhalten. Das Gespräch hatte den gleichen Verlauf genommen wie immer: Der Spieß wurde umgedreht. Anstatt dass Wolf zu ihren Fragen – in denen Vorwürfe mitgeklungen haben mochten – Stellung nahm, attackierte er sie in der gewohnten Weise, zwang sie in die Defensive und gab ihr das Gefühl, hysterisch und überspannt zu sein und sich wie üblich falsch verhalten zu haben. Schon stand sie wieder mit dem Rücken zur Wand und betete nur, die Situation möge beendet sein, ehe Wolf irgendetwas sagte, womit sie dann wiederum wochenlang nicht fertig wurde.

»Ich war eigentlich nur enttäuscht«, sagte sie schließlich mit zittriger Stimme. Sie war ihm nicht gewachsen. Es war immer das Gleiche. Sie war ihm einfach nicht gewachsen.

Er seufzte. Tief und theatralisch. Sah dann demonstrativ auf seine Armbanduhr. »Wahrhaftig ein gelungener Moment für eine Aussprache. Es wird sich mit Sicherheit äußerst positiv auf meine weitere Karriere auswirken, wenn ich zur Geburtstagsfeier des Vorstandsvorsitzenden zu spät komme. Warum habe ich nicht einfach meinen Abendanzug mit ins Büro genommen und mich dort umgezogen? Warum habe ich es riskiert, hierher zu kommen? Bin ich nicht ein Trottel?« Er schlug sich mit einer übertriebenen Geste an die Stirn.

»Es ist schon in Ordnung«, murmelte Karen. Sie konnte nicht weitermachen, weil sie jeden Moment losheulen würde.

»Aha. Und weil es in Ordnung ist, musst du mir hier diese Szene machen?«

»Ich dachte ... ich«, jetzt löste sich eine Träne, »ich dachte, du hättest auch mich fragen können, ob ich mit dir zu Mittag esse. So, wie du mich auch heute Abend hättest mitnehmen können.«

»Ich halte es nicht aus!«, sagte Wolf. »Man merkt, dass du von meinem Leben keine Ahnung hast. *Keine Ahnung!* Glaubst du, ich weiß morgens schon, ob ich in der Mittagspause Zeit habe, essen zu gehen? Glaubst du, das ist der Regelfall bei mir? Weißt du eigentlich, wie hart ich das Geld verdiene, mit dem ich dir und den Kindern das sorglose Leben in einem schönen Haus mit großem Garten finanziere?

Normalerweise arbeite ich mittags durch oder hole mir bestenfalls einen Joghurt aus der Kantine, weil ich überhaupt nicht *die Zeit* habe, mein Büro zu verlassen! Es war eine Ausnahme heute. Eine, wie ich betone, *unvorhersehbare* Ausnahme. *Kurzfristig* habe ich beschlossen, einen Terminausfall für ein Mittagessen außer Haus zu nutzen, und eine Kollegin, mit der ich«, er knallte ihr jetzt die Worte wie mit einem Maschinengewehr an den Kopf, »*kein Verhältnis* habe, hat sich ebenso kurzfristig entschieden, mich zu begleiten. Okay? Ist das in Ordnung für dich? Könntest du mich jetzt vielleicht ins Bad gehen und mich duschen lassen, damit mir eine geringe Chance bleibt, rechtzeitig zu einer für mich nicht gänzlich unwichtigen Abendveranstaltung zu kommen?«

Er war sehr laut geworden.

»Bitte, Wolf. Die Kinder ...«

»Den Kindern kannst du gerne nachher erklären, dass du ihren Vater verdächtigt hast, dich mit einer anderen Frau zu betrügen, und dass er daraufhin ein wenig ärgerlich geworden ist. Möglicherweise sind sie bereits alt genug, die Beleidigung zu verstehen, die mit einer solchen Unterstellung einhergeht!«

Es machte die Sache nicht besser, dass ihr immer mehr Tränen über das Gesicht liefen. »Du hast das ganz falsch verstanden, Wolf. Ich dachte gar nicht, dass du mich betrügst. Nicht so, jedenfalls, wie man betrügen versteht. Ich dachte einfach nur, du hättest auch mal wieder mit mir ... ich habe einfach das Gefühl, dass ich überhaupt keine Rolle mehr spiele in deinem Leben, und ...« Ihre Stimme versagte, sie konnte nicht weitersprechen.

Er brachte sein Gesicht ganz nah an ihres heran. Sie spürte seinen Atem und konnte die Kälte sehen, mit der er sie betrachtete. »Können wir dieses Gespräch jetzt beenden?«, fragte er sehr leise und sehr akzentuiert. »Ich meine, *wärest du bereit, mich jetzt ins Bad gehen zu lassen? Andernfalls* müsste ich nämlich in irgendeiner Weise meine Teilnahme an dem heutigen Abend noch absagen, und es wäre ganz reizend von dir, mich dies wissen zu lassen, ehe ich mich vollkommen unmöglich mache.«

Zum ersten Mal, seit sie ihn kannte, hatte sie plötzlich Angst vor ihm. Angst vor seiner Wut und seiner tiefen Abneigung gegen sie.

Ja, dachte sie entsetzt, das ist es. Abneigung. Er mag mich nicht mehr. Ich gehe ihm nur noch entsetzlich auf die Nerven. Da ist sonst nichts mehr. Keine Liebe, keine Sympathie, kein Vertrauen. Nichts. Abneigung, die in Momenten wie diesem bis in den Hass hineinreicht.

»Du kannst natürlich ins Bad gehen«, flüsterte sie mit letzter Kraft, drehte sich dann um, damit er ihre nun haltlos strömenden Tränen nicht bemerkte.

Wenn er mich jetzt nur für einen Moment in den Arm nähme, dachte sie, wissend, dass er dies nicht tun würde. Und natürlich tat er es nicht.

Einen Moment später hörte sie, wie im Bad die Dusche zu rauschen begann.

Im Garten lachten die Kinder.

Kenzo bellte das Nachbarhaus an.

Karen weinte.

Es war ein Sommerabend wie viele andere auch.

8

Albert kochte einen Tee nach dem anderen, und Rebecca trank in durstigen Zügen Tasse um Tasse leer. Zweimal ging sie auf die Toilette und betrachtete danach voller Verwunderung ihr Gesicht im Spiegel: Erstaunlich, wie lange sie sich hier aufhielt. Erstaunlich, dass sie sich bewirten ließ. Erstaunlich, dass sie Alberts Geplauder aushielt.

Er redete hauptsächlich über Felix. Darüber, wie sehr Felix die *Libelle* geliebt hatte. Welch ein guter Segler er gewesen war. Wie viel Spaß es gemacht habe, mit ihm über Schiffe zu sprechen. Wie oft sie zusammen gesessen und getrunken und über ihre gemeinsame Leidenschaft gesprochen hatten.

»Immer die Besten«, murmelte er zwischendurch, »immer die Besten muss es erwischen.«

Rebecca wusste, sie trank in erster Linie so viel Tee, um sich an der Tasse festzuhalten, und außerdem, um auf irgendeine Weise mit ihrer Nervosität fertig zu werden. Es ging nicht so sehr um das Schiff. Auch, wenn sie ehrlich war, nicht um das Schicksal der beiden jungen Leute. Sondern darum, dass sie dies hier durchstand. Die Nähe eines anderen Menschen. Diesen stundenlangen Aufenthalt außerhalb der vertrauten Mauern ihres Hauses.

Stundenlang?

Als sie zum zweiten Mal von der Toilette zurückkehrte, kam sie auf die Idee, auf ihre Uhr zu schauen. Es war Viertel nach sieben. Vor zwei Stunden war sie von zu Hause weggefahren, saß seitdem mit Albert in dessen Büro zusammen. So lange hatte sie ihr Haus noch nie verlassen.

Nicht nach Felix' Tod.

Als sie das Büro betreten hatte, stand Albert am Fenster und suchte den Horizont mit seinem Fernglas ab.

»Niemand zu sehen«, sagte er.

»Ich weiß nicht, ob es sich für mich lohnt, noch länger zu warten«, meinte Rebecca. Sie trat neben ihn, blickte hinaus in den sturmdurchtosten Abend. Es schien ihr dunkler zu sein als sonst um diese Zeit.

»Also, ich kann nur hoffen, dass sie wenigstens in einer Bucht liegen und es jetzt nicht mehr riskieren, loszusegeln«, sagte Albert. »Ich meine, der Junge ist zweifellos ein begabter Segler, aber …« Er hatte sein Fernglas für einen Moment sinken lassen, hob es nun jedoch wieder. Rebecca hörte, dass er plötzlich scharf Luft holte. »Das gibt's doch nicht …«, murmelte er.

Sie sah das Schiff im selben Moment. Es war hinter der Landzunge verborgen gewesen, daher hatten sie es vorher nicht erkennen können, aber nun hüpfte es wie ein kleines Stück Treibholz auf die Einfahrt zwischen den zwei Leuchttürmen zu. Es war offensichtlich ohne Segel und ohne jede Steuerung unterwegs, ein Spielball der Elemente.

Aber jemand muss es steuern, korrigierte Rebecca ihre Gedanken sofort, durch Zufall taucht es nicht in der Bucht auf.

»Ist das die *Libelle*?«, fragte sie aufgeregt.

»Ich bin nicht ganz sicher«, antwortete Albert, »aber zumindest könnte sie es sein.«

»Sie ist ohne Segel.«

»Die schafft es nie in den Hafen. Ich versteh das nicht … der Typ wirkte doch ganz geübt …«

»Aber vielleicht ist sie es gar nicht.«

»Ich glaube doch.« Albert legte sein Fernglas auf den Tisch, trat an einen Schrank, zog seine orangefarbene Schwimmweste heraus und begann sie anzulegen. »Ich muss raus. Ich weiß nicht, was die da machen, aber sie erwischen die Einfahrt nicht. Ich muss das Schiff reinholen.«

»Ist das nicht viel zu gefährlich?«

»Ich krieg das schon hin. Ich habe schon ganz andere Sachen gemeistert.« Er ging zur Tür. »Warten Sie hier?«

Sie nickte.

»Passen Sie auf sich auf«, bat sie.

In der nächsten halben Stunde verfolgte sie angespannt durch das Fenster, wie Albert in seinem kleinen Motorboot durch das Hafenbecken tuckerte und Kurs auf das Schiff nahm, das sich bereits wieder ein Stück von der Einfahrt entfernt hatte und in das tobende Meer zurückzutreiben drohte. Inzwischen glaubte Rebecca nicht mehr, dass es sich um die *Libelle* handelte; sie konnte sich nicht vorstellen, dass ein professioneller Segler wie Marius tatsächlich unfähig sein sollte, das Schiff in den Hafen zu steuern. Aber in jedem Fall musste Albert helfen, und die unerschrockene, mutige Art, wie er an das Unternehmen heranging, nötigte ihr großen Respekt ab.

Kein Wunder, dass Felix ihn so mochte, dachte sie, und gleich darauf überschwemmte sie schon wieder eine Welle des Schmerzes, weil auch diese Rettungsaktion, wie so vieles andere, etwas war, das sie nun nicht mehr mit Felix teilen konnte. Sie konnte nicht nach Hause gehen und ihm aufgeregt erzählen: »Stell dir vor, Albert ist bei *diesem Sturm* mit dem Schlauchboot vor den Hafen gefahren, um ein Schiff hereinzuholen!«

Und nie wieder würde sie das interessierte Blitzen in seinen Augen sehen, mit dem er auf alles reagierte, womit sie ankam; niemals war er gleichgültig oder gelangweilt gewesen, stets hatte er sofort gesagt: »Wirklich? Das musst du mir ganz genau erzählen!«

Er hatte ihr damit das Gefühl gegeben, völlig von ihm angenommen zu sein, ein Teil von ihm zu sein, wie er ein Teil von ihr war. Nichts, was sie beschäftigte, ließ ihn kalt, so wie sie umgekehrt Anteil an allem nahm, was ihn interessierte.

Aber das war das Schreckliche jetzt: Indem sie so verwoben gewesen waren, bedeutete sein Tod, dass ein wesentlicher Teil ihrer selbst gestorben war. Die Hälfte ihres Herzens, ihrer Seele, ihres Gehirns. Ihrer Atmung, ihres Sehens und Hörens, Schmeckens, Riechens, Fühlens. Deswegen konnte sie Speisen nicht mehr auf der Zunge fühlen, deswegen klang das Rauschen der Brandung so fern, hatte die Sonne ihren goldenen Schein verloren und das Blau des Himmels seine Leuchtkraft. Alles hatte sich entfernt, war blass, unwirklich, spielte sich hinter einer Nebelwand am Horizont ab. Nur nicht der Schmerz. Der stand immer direkt neben ihr, bereit, jederzeit wieder über sie herzufallen. Im selben Maß, in dem alles andere an Kraft verloren hatte, war seine Kraft gewachsen. Er war die einzig echte Realität in ihrem Leben.

Sie schlug mit der Faust auf Alberts alten Schreibtisch, der vor dem Fenster stand. »Verdammt«, murmelte sie. Sie wollte nicht, dass der Schmerz wieder Macht über sie gewann. Sie wollte in das Stadium der Gefühllosigkeit zurück, das sie sich so mühsam aufgebaut hatte. Sie hatte es einmal geschafft, sie würde es wieder schaffen.

Kein Gedanke jetzt mehr an Felix. Kein einziger Gedanke mehr. Nicht überlegen, wie es sein müsste, ihm von diesem Nachmittag zu erzählen. Unweigerlich stürzte sie dies in eine Verzweiflung, die ihr den Atem nahm und sie mit der Schwärze und Leere umgab, die sie aus der ersten Zeit nach dem Unfall kannte. Die sie nicht aushalten konnte.

Um sich abzulenken, griff sie nach dem Fernglas. Albert hatte fast die Ausfahrt erreicht. Sein Boot schaukelte schon im Hafenbecken bedenklich, aber gleich musste er in die offene See hinaus, und es würde noch schlimmer werden. Inzwischen hatten sich, trotz des brüllenden Sturms, Schaulustige an der Pier eingefunden, Männer hauptsächlich, die im Wind schwankten wie Gräser, die aber begriffen hatten, dass eine Rettungsaktion vor sich ging und dass womöglich noch spannende Ereignisse mitzuerleben waren.

Alberts Boot verschwand um die Mauer, Rebecca konnte es nicht mehr sehen. Er musste das Schiff fast erreicht haben, aber zweifellos begann damit der gefährlichste Teil: Es musste ihm gelingen, an Bord zu klettern, und das stellte bei diesem Seegang ein waghalsiges Unterfangen dar.

Um sich abzulenken, steckte sie den Tauchsieder ins Wasser, spülte die Teekanne aus, hängte frische Teebeutel hinein. Sowohl Albert als auch die Menschen, die er dort draußen gerade rettete, würden vielleicht das Bedürfnis nach einem heißen Getränk haben, wenn sie zurückkehrten, durchnässt und abgekämpft wie sie sein mussten. In einem Regal entdeckte sie eine Flasche mit Rum. Ein Schuss davon konnte wahrscheinlich auch nichts schaden.

Sie ging auf und ab, vermied es, nach draußen zu sehen, betrachtete eine Seekarte, die an der Wand hing, wischte mit einem Taschentuch den Staub von einem Messinganker, der an der Wand befestigt war.

Dann warf sie das Taschentuch eilig in den Papierkorb; sie musste wirklich die Angewohnheit ablegen, an allem herumzuwischen. Maximilian hatte Recht, das Putzen war zu einer Manie bei ihr geworden. Keine Fläche, kein Gegenstand, nichts blieb von ihr verschont. Es war eine Überlebensstrategie gewesen, aber die brauchte sie ja nicht mehr. Schließlich würde sie nicht mehr lange leben.

Als sie es endlich wieder wagte, hinauszusehen, fuhr das Schiff in den Hafen ein, immer noch wild schwankend, aber doch offenkundig von einer sicheren Hand gesteuert. Das bedeutete, Albert hatte es geschafft. Rebecca atmete tief durch, hielt sich erneut das Fernglas vor die Augen. Jetzt konnte sie deutlich erkennen, dass es sich um die *Libelle* handelte. Sie fragte sich, was passiert sein mochte.

Es kostete Albert einige Mühe, das Schiff zwischen den anderen Schiffen hindurch zu seinem Platz zu steuern und dort anzulegen. Eine Gruppe von Männern – Rebecca vermutete, dass es sich um andere Segler handelte – standen bereit und halfen ihm, die *Libelle* zu vertäuen. Selbst auf ihren Liegeplätzen hüpften die Boote noch wild auf und ab, schlugen die Masten gegeneinander. Rebecca sah, dass Albert auf den An-

legesteg sprang, dann seine Hand ausstreckte und einer offensichtlich total entkräfteten Person an Land half. Es schien sich
um Inga zu handeln. Sie konnte sich kaum auf den Füßen halten, schaffte es erst beim dritten Anlauf, das Schiff zu verlassen. Von Albert mehr getragen als gestützt, humpelte sie zur
Pier hinüber. Erstaunlicherweise folgte den beiden niemand.
Eine dritte Person schien nicht auf dem Schiff gewesen zu sein.

Wo war Marius?

Rebecca füllte zwei Becher mit heißem Tee, fügte Rum und
Zucker hinzu, lief dann zur Tür des Büros und öffnete sie.
Ein klatschnasser, keuchender Albert wankte herein. An ihm
hing wie ein nasser Sack eine zu Tode erschöpfte Inga. Sie
sah entsetzlich aus: Sie hatte Blut an den nackten Beinen und
an der Schläfe, auf ihrem T-Shirt waren die Reste von Erbro-
chenem zu sehen. Sie zitterte am ganzen Körper, wollte dauernd etwas sagen und brachte doch kein verständliches Wort
heraus. Als sie die Hand hob, um sich eine nasse Haarsträhne aus der Stirn zu wischen, sah Rebecca, dass auch ihre
Hände aufgeschrammt waren und bluteten.

»Lieber Himmel, Inga, was ist denn passiert?« Sie nahm
Albert, der sich kaum noch auf den Beinen halten konnte,
die taumelnde Inga ab und geleitete sie zu einem Stuhl,
drückte sie sanft hinunter. »Sie sehen ja furchtbar aus. Wo ist
Marius?«

Inga brachte noch immer kein Wort hervor, schaffte es
aber wenigstens, den angebotenen Becher mit Tee zu ergrei-
fen und an ihre Lippen zu führen. Sie trank in kleinen Schlucken und konnte nicht aufhören zu zittern.

»Ganz ruhig«, tröstete Rebecca, »es kommt alles wieder
in Ordnung.«

Sie war keineswegs so ruhig, wie sie sich gab. Irgendetwas
Schreckliches war geschehen, und womöglich war Marius in
Lebensgefahr – oder sogar schon tot. Ertrunken.

Der sportliche, junge Mann ... Sie konnte sich das kaum vorstellen.

Sie wandte sich zu Albert um, der an der Wand lehnte und schwer atmete.

»Albert, hat sie zu Ihnen irgendetwas gesagt? Haben Sie Marius gesehen?«

Er schüttelte den Kopf. »An Bord war niemand außer ihr. Keine Spur von dem jungen Mann. Und sie konnte mit mir auch nicht sprechen. Sie hat offensichtlich allein das Segel eingeholt und die *Libelle* unter Motor hierher zurückgebracht. Bei diesem Sturm ... kein Wunder, dass sie halb tot ist!«

»Nehmen Sie sich doch auch einen Tee, Albert«, sagte Rebecca, »Sie sind ja völlig erledigt.«

Er trank in gierigen Zügen.

»Wir müssen den Seenotdienst verständigen«, sagte er, »wir müssen nach diesem ... wie heißt er? ... Marius suchen lassen.«

»Aber dazu müssen wir erst mal wissen, was passiert ist«, meinte Rebecca. Sie strich Inga über die nassen Haare, beugte sich zu ihr hinunter. »Inga, wir müssen etwas wegen Marius unternehmen«, sagte sie vorsichtig, »können Sie sprechen? Können Sie mir erzählen, was geschehen ist?«

Ingas Zähne schlugen leicht aufeinander, aber sie bemühte sich, Worte zu formen.

»Ich weiß nicht«, brachte sie hervor, »er war weg, als ich wach wurde.«

»Als Sie wach wurden?«

»Ich ... bin gestürzt. Mein Kopf ...« Sie hob die Hand, befühlte ihre Wunde an der Schläfe, zuckte dabei schmerzerfüllt zusammen. »Ich war bewusstlos. Dann war er weg.«

»Wo waren Sie? Ich meine, wo ungefähr befand sich das Schiff zu diesem Zeitpunkt?«

»Vor dem Cap Sicié. Es war ein furchtbarer Sturm.« Ingas Sprache wurde deutlicher. »Riesige Wellen. Ich glaube, der Baum hat ihn getroffen. Von dem … Großsegel. Der schlug hin und her. Ich glaube, der hat ihn vom Boot runtergefegt.«

Rebecca biss sich auf die Lippen. Dies klang außerordentlich bedrohlich. Sie drehte sich um und übersetzte das Gespräch für Albert.

»Sie war bewusstlos und hat nichts so richtig mitbekommen«, fügte sie hinzu. »Aber da Marius ja offenbar tatsächlich verschwunden ist, könnte es so gewesen sein, wie sie sagt. Mein Gott, Albert, glauben Sie, dass er noch lebt?«

»Fragen Sie sie, ob er seine Schwimmweste anhatte«, bat Albert.

Rebecca wiederholte die Frage auf Deutsch und Inga nickte. »Ja. Da bin ich ganz sicher.«

Albert stellte seine Tasse ab. Er hatte sich wieder erholt. »Ich informiere den Seenotrettungsdienst. Kümmern Sie sich um das Mädchen?«

Rebecca nickte. »Ich fahre jetzt erst einmal mit ihr zum Arzt. Der soll sich vor allem ihre Kopfverletzung ansehen. Und dann nehme ich sie mit zu mir. Wenn sie mir noch Informationen gibt, rufe ich Sie an, Albert.«

Albert ging zum Schreibtisch, kritzelte etwas auf einen Block, riss den Zettel ab und reichte ihn Inga. »Meine Handy-Nummer. Da bin ich jederzeit zu erreichen.«

»Alles klar«, sagte Rebecca. Sie schaute hinaus in den Sturm.

Weltuntergang, dachte sie. Und dann: Jetzt habe ich diese Inga am Hals.

Sie begann sich in eine Geschichte zu verstricken. Und sie hatte das beunruhigende Gefühl, dass sie die Kontrolle darüber bereits verloren hatte.

Montag, 26. Juli

I

Agneta sieht einfach toll aus, dachte Clara neidisch.

Agneta war die typische Skandinavierin. Sie hatte auffallend lange Beine, fast hüftlange hellblonde Haare und große, leuchtend blaue Augen. Frisch von den Malediven zurückgekehrt, war sie überdies tief gebräunt, was in einem besonders schönen Kontrast zu ihren hellen Haaren stand. Früher – als sie und Clara noch Kolleginnen gewesen waren – hatte sie fast ausschließlich Jeans getragen, oder im Sommer billige Baumwollröcke, dazu T-Shirts oder ausgeleierte Sweat-Shirts. Jetzt hingegen verriet ihre Kleidung, dass ihr Mann viel Geld verdiente. Das hellblaue Leinenkostüm mit dem knielangen Rock war erstklassig geschnitten, die beigefarbenen Sandalen mit sehr hohem Absatz stammten mit Sicherheit aus einem der teuersten Schuhgeschäfte der Stadt. Sie trug eine Perlenkette um den Hals, Perlen an den Ohren, ein passendes Armband am Handgelenk. Auf ihrer Handtasche stand zwar diskret, aber dennoch unübersehbar, ein Designerlabel.

Sie hat es zu etwas gebracht, fuhr Clara in ihren Gedanken fort, aber sie versuchte jetzt, ihren Neid zu unterdrücken. Neid war kein gutes Gefühl, und außerdem machte Geld nicht glücklich. Nicht allein jedenfalls.

Dennoch kam sie sich neben Agneta ziemlich unattraktiv vor. Sie war auf den Besuch vorbereitet gewesen und hatte sich ebenfalls in Schale geworfen, aber natürlich fiel ihre Garderobe hoffnungslos gegenüber der ihrer einstigen Kollegin ab. Der geblümte wadenlange Rock war einfach spießig, und auf ihrem weißen T-Shirt leuchtete ein grünlicher Fleck, den sie aber erst bemerkt hatte, als Agneta bereits klingelte, so dass sie sich nicht mehr hatte umziehen können. Marie hatte letzte Woche ihren Spinat ausgespuckt, und offenbar war die Waschmaschine damit nicht fertig geworden.

Kann ich eben nicht ändern, dachte sie gereizt.

Agneta war herzlich und charmant, nicht mehr so natürlich wie früher, aber keinesfalls unsympathisch. Sie hatte sich in ihrer Rolle als Vorzeige-Gattin perfekt eingelebt. Clara konnte sich gut vorstellen, dass sie auf Partys geschickt mit den Gästen plauderte, fremde Menschen einander vorstellte, elegant an ihrem Champagner nippte und stets im richtigen Moment das Richtige zu sagen wusste. Auch wenn sie vielleicht insgeheim die Nase rümpfte über Claras Leben, das kleine Haus, den winzigen Garten, so verriet sie davon nichts, sondern gab sich begeistert und überschwänglich. Sie bewunderte Marie, fand alles, was sie sah, »entzückend«, und meinte, Clara sehe richtig gut aus.

»Dir bekommt deine Ehe, mein Liebes!«

»Dir deine aber auch«, meinte Clara, »du führst sicher ein richtig aufregendes Leben.«

»Na ja, was heißt schon aufregend? Aber die Malediven waren schön. Es ist dort wirklich wie auf der Postkarte. Schneeweißer Sand, leuchtend türkisfarbenes Wasser ... du solltest auch einmal dorthin!«

»Mit einem kleinen Kind ist der Flug zu lang«, sagte Clara, und nur in Gedanken fügte sie hinzu: Und für drei Personen ist das alles auch viel zu teuer.

»Da hast du Recht«, stimmte Agneta sofort zu, »und ich

finde ja immer, man kann sich auch daheim im eigenen Garten ganz wunderbar erholen.«

»Man kann nur von dort nicht so schöne Karten verschicken wie deine. Ich habe sie erst vor ein paar Tagen bekommen. Und nun stehst du schon hier in meinem Wohnzimmer!«

»Der Postweg ist immer der längste«, sagte Agneta, »aber ist es nicht schön, dass wir einander endlich einmal wieder treffen?«

Clara lächelte matt. »Eigentlich ja. Nur der Anlass ...«

Agneta zog ihre zu perfekten Bögen gezupften Augenbrauen hoch. »Du weißt schon, worum es geht?«

»Ich vermute es. Ich fürchte, du könntest das gleiche Problem haben wie ich.«

Die beiden Frauen traten auf die Terrasse, wo Clara einen Kaffeetisch gedeckt hatte. Während sie einschenkte und den selbst gebackenen Apfelkuchen anschnitt, fischte Agneta einen Stapel Briefe aus ihrer Handtasche. Clara warf einen Blick aus den Augenwinkeln darauf, erkannte sofort die Druckschrift auf den Umschlägen, zuckte zusammen wie unter einer Ohrfeige und schüttete Kaffee über den Rock von Agnetas schickem, teurem Kostüm.

»O Gott«, flüsterte sie und konnte geradezu spüren, wie sie erblasste.

»Das macht nichts«, sagte Agneta und betupfte ihren Rock mit einer Serviette, »der kommt in die Reinigung.«

»Das meine ich nicht ...« Sie stellte die Kanne mit zitternden Händen ab. »Die Briefe ... es ist tatsächlich so, wie ich dachte.«

»Es waren keine neuen da, als ich von den Malediven zurückkam«, sagte Agneta, »und das hat mich dann doch etwas erleichtert.«

»Ich habe auch seit über zwei Wochen keine mehr bekommen«, sagte Clara, »aber ich kann noch immer nicht zum

Briefkasten gehen, ohne weiche Knie zu bekommen. Es ist so … schrecklich Furcht einflößend, was er schreibt.«

»Glaubst du, es ist ein Mann?«

»Ich weiß nicht … ich denke schon. Aber ich kann eigentlich nicht sagen, warum ich davon ausgehe.«

Beide Frauen sahen einander an. »Es hat mit unserer Arbeit beim Jugendamt damals zu tun«, sagte Agneta schließlich, »jedenfalls nimmt er – oder sie – in den Briefen an mich ständig darauf Bezug.«

»Bei mir auch.«

»Ich habe mir den Kopf zerbrochen, was damals passiert sein könnte. Es muss sich um jemanden handeln, der überzeugt ist, ihm sei durch uns bitteres Unrecht geschehen. Mir fällt nur nichts ein, was irgendwie … herausragend gewesen wäre. Ich meine, im Grunde könnten ganz viele Menschen auf uns sauer sein, aber es gab keinen speziellen Fall, von dem ich heute sagen würde, dass ich gleich ein ungutes Gefühl hatte oder so.«

»Weißt du, ob noch andere betroffen sind?«, fragte Clara.

»Ich habe mit den anderen noch keinen Kontakt aufgenommen. Aber wir sollten das tun. Ich meine, wenn wir wissen, wer genau alles diese Briefe bekommt, dann könnten sich vielleicht die Fälle eingrenzen lassen, mit denen die Betroffenen zu tun hatten.«

»Wenn es um Kindesentziehung ging, waren sicher eine Menge Menschen auf uns wütend«, sagte Clara.

»Und wir haben Familien betreut, die waren einfach sauer, weil sie die Betreuung hassten – auch wenn sie ohne uns nicht über die Runden gekommen wären«, ergänzte Agneta.

»Und denke mal an die Pflegefamilien, denen Kinder weggenommen wurden, weil die leiblichen Eltern dann doch wieder geeignet erschienen. Da sind eine Menge Tränen geflossen. Und Aggressionen geweckt worden.«

»Aber ich kann mir keine Pflegefamilie vorstellen, die so bösartig wie dieser Briefeschreiber gewesen wäre«, sagte Agneta, »ich meine, dahinter steckt doch ein krankes Hirn! Dieser Mensch glaubt offensichtlich, irgendeiner höheren Gerechtigkeit zu dienen, wenn er uns tötet. So sehr ich grüble, ich kenne einfach niemanden, dem ich derart perverse Gedanken zutrauen würde.«

»Meinst du, wir sollten zur Polizei gehen?«, fragte Clara.

Agneta zögerte. »Ich habe mit meinem Mann darüber gesprochen. Der rät ab, weil er meint, die könnten sowieso nichts machen, und am Ende hätte ich nur noch die Presse am Hals.« Sie grinste. »Was er natürlich in Wahrheit fürchtet, ist, dass *er* die Presse am Hals hat, und in seiner Position möchte er sicher nicht mit derartigen Scheußlichkeiten in Verbindung gebracht werden. Außerdem hat er nicht das geringste Interesse daran, dass die Vergangenheit seiner Frau allzu bekannt wird.«

»Was hat er denn gegen deine Vergangenheit?«

»Na ja, sie ist ihm einfach nicht repräsentativ genug. Was war ich schon? Eine Sozialpädagogin, die für das Jugendamt arbeitete und Problemfamilien betreute.«

»Das ist aber nichts, wofür man sich schämen muss!«

»Nein. Aber für jemanden, der im Vorstand einer großen Warenhauskette sitzt, ist das Umfeld, in dem wir uns damals bewegten, irgendwie … schmuddelig. Er hat es einfach nicht gern, wenn ich davon spreche.«

»Bert findet auch nicht, dass wir zur Polizei gehen müssten«, sagte Clara. »Allerdings bin ich mir nicht ganz sicher, ob er nicht einfach nur Angst hat, ich könnte völlig durchdrehen, wenn er von der Polizei spricht. Ich glaube, für ihn ist die Sache sowieso abgehakt, nachdem sich der Schreiber länger nicht gemeldet hat.«

Agneta sagte nichts.

Welch ein vollkommener Sommertag, dachte Clara.

Irgendwo in der Ferne zog ein Sportflugzeug durch den lichtblauen Himmel, ganz leise konnte man seinen Motor brummen hören. Vögel zwitscherten, Bienen summten. Aus einem der oberen Zimmer klang das leise Geplapper Maries, die gerade aus ihrem Mittagsschlaf erwachte.

In Clara war wieder die Angst. Diese dunkle, bedrohliche Wolke, die sie seit Wochen immerzu sah, gerade in Momenten wie diesem, die schön und klar und sonnig waren. Für sie war *die Sache* nicht abgehakt. Vielleicht würde sie es nach Jahren sein, wenn sich der Schreiber bis dahin immer noch nicht wieder gemeldet hatte. Aber es würde lange dauern, sehr lange, und manchmal fragte sie sich, ob ein kleiner Schatten der Wolke nicht sogar bleiben würde – für immer.

»Er ist da draußen«, sagte Agneta, »er ist da draußen mitsamt seinem Hass und seinen Fantasien darüber, was er mit uns anstellen möchte. Warum weigere ich mich zu glauben, dass es mit den Briefen abgetan ist? Dass er fertig ist, sich abreagiert hat und nun Ruhe geben wird? Warum, verdammt noch mal, fürchte ich mich so?«

Sie sieht ganz verändert aus, dachte Clara. Für den Augenblick hatte sie völlig die Ausstrahlung der selbstbewussten, eleganten, sorglosen Frau verloren, die sich hinter ihrem Reichtum, ihrer gesellschaftlichen Stellung und der Liebe ihres Mannes sicher fühlt. Sie sah plötzlich aus wie ein verängstigtes kleines Mädchen, das nachts von bösen Träumen geplagt wird und sich auch am Tag nicht wirklich davon erholt.

»Ich fürchte mich auch«, sagte Clara leise, »und ich denke auch immer, dass er uns nicht in Ruhe lassen wird.«

Maries Krähen klang lauter. Clara stand auf. »Ich muss nach ihr sehen.«

Als sie mit Marie auf dem Arm wieder nach unten kam,

hatte sich Agneta gefangen, die Maske der vollkommenen Selbstsicherheit wieder aufgesetzt und sich eine Zigarette angezündet. Sie sah zu, wie Clara ihre Tochter auf den Rasen setzte, wo diese fröhlich quietschend Grashalme auszurupfen begann, in die Luft warf und auf sich niederregnen ließ.

»Weißt du«, sagte sie, »wir haben uns beide ein wirklich schönes Leben aufgebaut. Du hast ein entzückendes Kind und einen netten Mann, und ich bin ebenfalls glücklich verheiratet und mache jeden Tag tausend Dinge, die ich angenehm und interessant und aufregend finde. Wir lassen uns das nicht kaputtmachen, nicht wahr?«

»Nein«, sagte Clara, aber es klang eher, als wiederhole eine folgsame Schülerin einen Satz, den die Lehrerin ihr zu sagen aufgetragen hatte.

»Ich werde«, sagte Agneta, »Kontakt aufnehmen mit ein paar anderen. Von damals. Vielleicht ergeben sich Schnittpunkte, die auf die Identität dieses Irren hinweisen. Und bis dahin sollten wir uns nicht allzu sehr die Laune verderben lassen, meinst du nicht auch?«

»Ja«, sagte Clara.

Agneta seufzte.

»Weißt du, dein Kaffee ist wirklich in Ordnung«, meinte sie, »aber … ich könnte jetzt einen Schnaps brauchen. Du nicht auch?«

»Ich auch«, stimmte Clara zu, und diesmal klang sie inbrünstig und nicht wie ein braves Mädchen. Sie ging ins Haus, um etwas zu holen, das geeignet war, wenigstens für ein paar Stunden die Schärfe der Wirklichkeit in ihrem und Agnetas Kopf ein wenig weichzuspülen.

»Ich werde mir ein Hotel suchen«, sagte Inga. Sie war unvermittelt auf der Veranda aufgetaucht, hob sich als dünner, dunkler Schatten gegen das Sonnenlicht ab. Sie wirkte erschreckend mager.

Kann man so schnell Gewicht verlieren, in so wenigen Tagen?, fragte sich Rebecca erstaunt. Doch dann fiel ihr ein, was die Menschen um sie herum gesagt hatten, in der ersten Woche nach Felix' Tod.

»Du bist ja wahnsinnig dünn geworden! Du isst wohl gar nichts mehr, oder?«

Hatte sie gegessen? Sie wusste es nicht mehr. Aß Inga? Sie lebte seit drei Tagen bei ihr, aber Rebecca hätte kaum zu sagen gewusst, ob sie während der Mahlzeiten wirklich aß oder nur da saß und Brotstücke zwischen ihren Fingern zerkrümelte. So wie sie aussah, traf wohl eher Letzteres zu.

Ich muss mich mehr um sie kümmern, dachte Rebecca schuldbewusst, aber sie wusste gleichzeitig, dass dieser Gedanke alles konterkarierte, was sie sich vorgenommen hatte: sich abzuschotten und sich von der Welt innerlich zu verabschieden, ehe sie den letzten Schritt tun und sie auch körperlich verlassen würde.

Sie stellte ihre Kaffeetasse ab. »Kommen Sie, Inga, setzen Sie sich. Trinken Sie einen Kaffee mit mir!«

Wie immer hatte sie zwei Gedecke aufgelegt. Zögernd ließ sich Inga in einem der weiß lackierten Korbstühle nieder. Rebecca schenkte ihr Kaffee ein, schob Zucker und Milch zu ihr hin. »Sie müssen nicht in ein Hotel gehen«, sagte sie und fand, dass das irgendwie pflichtschuldig klang. »Ich habe ja hier genug Platz.«

Inga schob sich eine Haarsträhne aus dem Gesicht. An ihrer Stirn klebte noch ein Pflaster, wo sie sich die Platzwunde zugezogen hatte. Der Arzt hatte eine leichte Gehirnerschütterung festgestellt und Ruhe verordnet. Dann würde sie schnell wieder hergestellt sein, hatte er gemeint. Der Zerrung an ihrer Schulter war er mit einer starken Schmerzspritze zu Leibe gerückt. Sie tat inzwischen kaum noch weh. Die Wunden an ihren Füßen waren verheilt.

»Ihnen muss das doch alles ganz schrecklich vorkommen«, meinte Inga. »Ihr Bekannter liest zwei Tramper auf und schleppt sie an, und dann verunglücken die noch um ein Haar mit Ihrem Boot, einer verschwindet, und die andere haben Sie als Gast im Haus. Als einen Ihnen völlig fremden Gast.«

»Sie kommen mir gar nicht so fremd vor, Inga. Marius schon eher. Wäre er jetzt hier eingezogen ... ihn würde ich durchaus als einen sehr fremden Gast empfinden.«

»Auf jeden Fall haben Sie sich Ihren Sommer so bestimmt nicht vorgestellt.«

»Nein«, räumte Rebecca ein, »in der Tat nicht.«

Ich wollte zu diesem Zeitpunkt bereits seit fast einer Woche tot sein, dachte sie.

»Albert hat mich vorhin angerufen«, sagte sie, um das Thema zu wechseln, »und er sagt, dass die Küstenwache morgen leider zum letzten Mal nach Ihrem Mann suchen wird. Wenn sie dann nichts finden ...« Sie ließ den Satz unbeendet.

»... dann stellen sie die Suche ein«, sagte Inga stattdessen. »Damit habe ich natürlich gerechnet. Genau genommen ... hätte ich nicht einmal gedacht, dass sie ganze vier Tage lang suchen.«

Unter ihrer Sonnenbräune sah sie fahl aus. Ihre Lippen waren völlig blutleer.

»Er war ... ist ein erstklassiger Schwimmer. Und er hatte die Rettungsweste an.«

»Sie müssen ja auch noch nicht das Schlimmste annehmen«, meinte Rebecca, »vielleicht hat ihn irgendjemand aufgefischt.«

»Aber dann würde er sich doch melden.«

»Nun ... Sie haben mir ja erzählt, dass es auf der *Libelle* zu diesem seltsamen Verhalten seinerseits kam. Das wird es ihm schwer machen, jetzt so einfach den Kontakt zu Ihnen aufzunehmen und hier hereinzuspazieren, als sei nichts gewesen.«

Inga nippte an ihrem Kaffee. Sie sah angestrengt aus und so unglücklich, dass es Rebecca ans Herz ging.

»Ich kann es immer noch nicht verstehen«, sagte sie, »mir kommt diese Szene auf dem Schiff wie ein böser Traum vor. Völlig unwirklich. Marius, der auf einmal ... ich dachte eine ganze Weile, er macht Witze. Wir haben das oft getan, wissen Sie. Total ernsthaft über völlig abwegige Sachen gesprochen. Wir konnten das stundenlang. Aber diesmal ...«

»Und wenn es doch ein Missverständnis war?«, fragte Rebecca. »Ein Scherz, den er noch weiterspann, als Sie bereits keine Lust mehr hatten? Sie waren nicht in der Stimmung, haben Sie erzählt, weil Sie Angst wegen des Wetters hatten. Er begriff vielleicht einfach nicht, dass Sie wirklich nicht mitmachen wollten. Oder wollte Sie zwingen, wieder einzusteigen.«

Inga rieb sich die Stirn. »Tag und Nacht«, sagte sie, »gehe ich diese Szene in Gedanken durch. Sie glauben nicht, wie sehr ich mir wünsche, dass mir plötzlich eine Erleuchtung käme, die mir sagt: Es war ein Scherz, und ich habe in meiner Entnervtheit einfach nicht kapiert, dass ... Aber ich glaube es nicht, Rebecca. Er war ... ja, er war völlig verändert. Er hat mich in die Kajüte hinuntergestoßen. Ich hätte mir alles Mögliche dabei brechen können. Er hatte einen ganz seltsamen Ausdruck in den Augen. Ich habe das noch nie an ihm erlebt. Er war nicht mehr der Marius, den ich kannte. Er war fremd und bedrohlich.«

»Irgendetwas«, sagte Rebecca, »muss eine Seite in ihm geweckt haben, die zuvor nicht in Erscheinung getreten ist. War es das Segeln? Hat ihn das an etwas erinnert? Oder war es etwas, das Maximilian vorher im Hafen gesagt hat? Oder Albert?«

Inga rieb sich wieder die Stirn. Sie hatte ständig leichte Kopfschmerzen, aber sie schob das auf die Gehirnerschütterung. Und natürlich auf den Albtraum, in den sie unversehens hineingeraten war und aus dem sie offensichtlich keinen Ausweg fand.

»Ich glaube, es hatte etwas mit Ihnen zu tun«, sagte sie schließlich.

Rebecca sah sie voll aufrichtigem Erstaunen an. »Mit mir? Wie denn das?«

»Ich weiß es nicht. Es schien so zu sein, dass er das Schiff nicht in erster Linie stehlen wollte, um an Geld zu kommen, sondern ... um Sie zu treffen. Um Ihnen Kummer zuzufügen. Es war, als habe er einen richtigen Hass auf Sie. Er sagte das sogar. Dass er Sie hasse. Er wisse genau, wer Sie sind. Ich habe ihn mehrfach gefragt, ob er Sie kennt, aber er meinte, er müsse Sie nicht kennen, um alles über Sie zu wissen. Es war ... völlig verrückt!«

»Das scheint mir auch so«, sagte Rebecca. »Ich für meinen Teil bin jedenfalls absolut sicher, dass ich Marius *nicht* kenne. Ich habe ihn noch nie vorher im Leben gesehen. Sie beide studieren noch. Ich hatte meine Kinderschutzinitiative und lebe seit bald einem Jahr nicht mehr in Deutschland. Wo sollten wir Berührungspunkte haben?«

»Ich weiß es nicht«, sagte Inga, »und so sehr ich auch grüble, ich komme nicht dahinter.«

Rebecca schenkte Kaffee nach. »Was wissen Sie über Marius? Ich meine, über die Zeit vor Ihrer Beziehung? Wie lange kennen Sie ihn?« Sie hielt inne. »Wenn ich Ihnen zu indiskret ...«

Inga wehrte sofort ab. »Nein. Nein, überhaupt nicht. Es tut mir so gut, dass Sie mit mir darüber reden. Ich werde verrückt, wenn ich das alles nur in meinem eigenen Kopf hin und her bewege. Ich finde es sehr nett, dass Sie Anteil nehmen.« Sie wies auf die Tasse und den Teller vor sich auf dem Tisch. »Dass Sie für mich mitgedeckt haben. Ich dachte, diese Kaffeestunde am Nachmittag gehört nur Ihnen.«

Rebeccas Augen verdunkelten sich. Inga fand, dass es so aussah, als lege sich tatsächlich ein Schatten über ihr Gesicht. »Offen gestanden, ich hatte nicht für Sie gedeckt. Das ist das Gedeck für meinen Mann. Wir ... wir tranken immer gegen vier Uhr einen Kaffee zusammen. Im Urlaub, meine ich. Felix aß noch ein Croissant dazu. Ich nicht. Ich ... achtete mehr auf meine Figur.« Sie biss sich auf die Lippen. Inga stellte ihre Tasse ab.

»Wenn es Ihnen unangenehm ist, dass ich hier einfach so ...«

»Nein, nein«, sagte Rebecca steif, »ich hätte Sie sonst nicht aufgefordert, sich zu mir zu setzen.«

Ein paar Minuten lang sagten beide kein Wort.

Schließlich brach Rebecca das Schweigen. »Ich hatte Sie nach Marius gefragt. Vielleicht gibt es ein Ereignis in seiner Vergangenheit, das uns weiterbringen könnte?«

»Wissen Sie«, sagte Inga, »das Seltsame ist, dass ich eigentlich ganz wenig über Marius weiß. Fast so, als wäre er aus dem Nichts aufgetaucht, als gebe es gar kein Vorher. Mich hat das immer gestört, aber irgendwie habe ich wohl gelernt, es zu verdrängen. Wir kennen uns seit zweieinhalb Jahren, seit zwei Jahren sind wir verheiratet. Wir jobben beide, und ich bekomme noch Geld von daheim, damit können wir gerade so leben. Marius wird überhaupt nicht unterstützt, sagt aber nichts dazu, außer dass er ein schlechtes Verhältnis zu seinen Eltern hat. Wir sind uns in der Uni über den Weg gelaufen. In der Mensa. Er stand hinter mir, ich suchte mir ein Gericht aus, und plötzlich sprach er mich an. Das solle ich nicht nehmen, das habe er in der letzten Woche gegessen, und es schmecke ganz furchtbar. Mir war das so peinlich vor der Frau, die dort an der Ausgabe saß. Hinter uns eine endlose Schlange, und wir diskutierten, was ich wählen sollte …«

Sie erinnerte sich, als wie störend sie es empfunden hatte, dass der fremde Student überhaupt nicht zu bemerken schien, dass sie beide den ganzen Betrieb aufhielten und dass alle um sie herum ungeduldig wurden. Der Vorfall war später noch manchmal zwischen ihnen zur Sprache gekommen, allerdings meist auf eine scherzhafte Art. Wenn sie mit Kommilitonen zusammensaßen und über ihr Kennenlernen berichteten. Inga hatte dann oft lachend gesagt: »Ich bin fast gestorben vor Peinlichkeit! Und Marius gab mir in aller Gemütsruhe Empfehlungen, welches Essen das beste sei, welches nicht und warum. Wie in einem Feinschmeckerlokal. Um uns herum waren alle genervt, aber ihn interessierte das gar nicht!«

Marius pflegte dann zu sagen: »Wir bezahlen schließlich dort für das Essen. Also können wir auch in Ruhe wählen, was wir haben wollen.«

Gelächter ringsum. Typisch Marius! Der Sonnyboy, der sich das Leben so zurechtbastelte, wie es schön für ihn war. Und der sich einen Dreck darum scherte, ob ihn eine griesgrämige Frau an der Essensausgabe anblaffte …

Ein einziges Mal, das fiel Inga plötzlich ein, hatten sie ganz ernst über dieses Vorkommnis gesprochen.

»Komisch«, sagte sie, »das hatte ich ganz verdrängt.«

»Was denn?«, fragte Rebecca.

»Vor ungefähr eineinhalb Jahren hatten wir einen riesigen Streit. Es ging um eine Situation in einem Supermarkt. Es war Samstag, der Laden war gerappelt voll. Sie hatten nur eine Kasse geöffnet, und die Schlange staute sich durch sämtliche Gänge. Es war nervig, zumal wir nur eine Flasche Milch zu bezahlen hatten, aber man hätte das Ganze auch komisch sehen können. Manche taten das. Es ... es war so eine Stimmung, bei der Menschen, die einander ganz fremd sind, Witze über den Schlamassel reißen, in dem sie stecken. Weil es ja eben nicht wirklich ein ernster Schlamassel war.« Inga hielt kurz inne, sie suchte nach Worten. »Ich meine, es war ärgerlich, aber nicht richtig schlimm. Solche Dinge passieren eben. Und eigentlich alberten alle herum ...«

»Außer Marius?«, fragte Rebecca.

Inga nickte. »Außer Marius. Ich merkte zuerst gar nicht, dass seine Laune offenbar auf eine Explosion zusteuerte. Vor uns stand ein Typ, der auch nur ganz wenig kaufen wollte, ein Päckchen Butter oder eine Tüte Mehl, und der witzelte herum, dass wir ja wohl die totalen Verlierer bei der Nummer hier seien ... man habe nur rasch eine Kleinigkeit holen wollen, und nun dürfe man den Samstagnachmittag im Supermarkt verbringen ... solche Dinge eben. Ich beteiligte mich, ich fand das alles ja auch nicht so schlimm ...« Sie überlegte. »Und dann sagte der andere plötzlich: ›Wir sind die geborenen *Looser*‹, oder so ähnlich, jedenfalls fiel das Wort *Looser*. Und plötzlich rastete Marius aus. Es war ... furchtbar. Er brüllte los. Dass er kein *Looser* sei, und was der andere sich einbilde, so etwas zu sagen. ›Ich bin nicht der Letzte!‹, schrie er. ›Ich bin jemand, und ich lasse mir das hier nicht gefallen!‹«

Inga schüttelte den Kopf. »Seltsam«, sagte sie, »jetzt fällt

mir das wieder ein. Genau dieselben Worte benutzte er nämlich auf dem Schiff. *Ich bin nicht der Letzte! Ich bin jemand!*
Genau das!«

Rebecca sah sie aufmerksam an. »Das ist aber sehr merkwürdig, Inga. Zumindest in jenem Supermarkt kann es aber
kaum in einem Zusammenhang mit mir gestanden haben.«

»Nein. Bestimmt nicht. Aber es war so, als … als empfinde er die Situation, nämlich dort so unmäßig lange warten zu
müssen, als auf sich gerichtet. Oder besser: *gegen* sich gerichtet. Als passiere das alles einzig, um ihn zu quälen und zu
schikanieren. Es war … er wirkte richtig krank auf mich!«

»Wie endete die Geschichte?«

»Ach, ganz furchtbar. Er lief nach vorn und schrie die Kas-
siererin an. Was sie sich einbilde, und so ließe er sich nicht
behandeln. Die Ärmste war fix und fertig, sie war ohnehin
völlig überfordert, und das Letzte, was sie brauchen konnte,
war ein Kunde, der nun auch noch durchdrehte. Von der Be-
legschaft in dem Supermarkt hatten fast alle die Grippe, deshalb hockte sie dort allein, sie konnte für das alles nichts …
Ich habe mich in Grund und Boden geschämt. Alle Leute waren verstummt und starrten Marius entsetzt an. Zum Schluss
knallte er die Milchflasche in irgendein Regal, nahm mich an
der Hand, schnauzte mich an, dass wir nun gehen würden,
und dann rauschten wir hinaus.« Inga seufzte. »Ich habe
mich nie wieder getraut, dort einzukaufen. Und daheim strit-
ten wir dann stundenlang. Er wollte nicht einsehen, dass sein
Benehmen unmöglich gewesen war.«

»Er scheint sich ungewöhnlich schnell schlecht behandelt
oder zurückgesetzt zu fühlen«, sagte Rebecca, »und seine
Reaktion auf dieses Gefühl ist … ist …« Sie stockte.

»Es ist fast paranoid«, sagte Inga, »das können Sie ruhig
aussprechen.« Sie rieb sich wieder den schmerzenden Kopf.
»Damals sprach ich auch die Sache in der Mensa noch mal

an. Da hatte er zwar nicht getobt, aber sich so unangenehm … großkotzig aufgeführt. Jedenfalls hatte ich mich da ja auch blamiert gefühlt. Aber ich konnte ihm dieses Gefühl nicht vermitteln. Er verstand nicht, was ich meinte. Er beharrte darauf, dass man versucht habe, ihn schlecht zu behandeln – entweder, indem man ihm minderwertiges Essen anzudrehen versuchte wie in der Mensa, oder ihn über Gebühr lange warten ließ wie im Supermarkt –, und er war eher tief erstaunt über mich, dass ich mir das alles bieten ließ, ohne aufzumucken. Wir hörten irgendwann auf zu streiten, aber wir waren nicht zu einem Ergebnis gelangt. Keiner von uns hatte eingelenkt.«

Rebecca sagte vorsichtig: »Sie müssen sich doch immer ein bisschen wie auf einem Pulverfass gefühlt haben, oder? Es konnte jederzeit wieder passieren. Das war Ihnen bewusst, nicht wahr?«

Inga konnte nicht aufhören, ihre Schläfen zu massieren. Der Kopfschmerz schien stärker zu werden.

»Ja«, sagte sie leise, »wobei ich glaube, ich habe das mit größter Anstrengung verdrängt. Immer wieder. Ich habe mir eingeredet, das seien Ausrutscher gewesen … er hatte eben einen schlechten Tag … jeder steht mal neben sich … so in dieser Art. Dabei …«

»Ja?«

»Irgendwie war diese Attitüde immer da. Manchmal nur ganz schwach ausgeprägt, dann wieder stärker. Es war spürbar in der Art, wie er Kellner im Restaurant behandelte. Wie er mit Handwerkern umsprang. Oder mit Lieferanten … Immer ein Stück von oben herab, manchmal fast unhöflich. Und immer … nun, ich hielt immer den Atem an. Irgendwie spürte ich, dass es zum Eklat kommen könnte, wenn sich solche Leute plötzlich arrogant verhalten würden, wenn sie nicht springen würden, wie er es wollte. Er schien darauf zu lauern. Ich … ich atmete jedes Mal tief durch, wenn eine solche Situation vorüber war, und es war nichts passiert.«

Sie schwieg, starrte in den blauen Himmel hinauf. Auch Rebecca sagte eine Weile nichts. Schließlich meinte sie: »Wie anstrengend. Es waren … nicht nur gute Jahre mit ihm, oder?«

»Nein«, sagte Inga, »wirklich nicht. Aber dann wieder …« Sie musste lächeln in der Erinnerung. »Es konnte so lustig sein mit ihm. So spontan und unkompliziert. Er hatte dauernd neue Einfälle, was man machen könnte. Mit ihm landete ich in völlig verrückten Kneipen, in obskuren Hinterhoftheatern, in Jazzkellern oder Transvestitenshows. Wir fuhren in Sommernächten an die Isar und badeten, oder wir schwänzten beide unser Seminar und machten eine Langlauftour im Chiemgau, weil wunderschöner hoher Schnee lag und Marius fast ausflippte vor Begeisterung darüber. Wissen Sie, das war das Schöne an ihm, diese Begeisterungsfähigkeit. Ich profitierte davon. Ich bin viel ernster, und ich habe immer Skrupel, wenn ich nicht genau das tue, was von mir erwartet wird. Ich bin übrigens auch die Ältere von uns beiden. Ich bin sechsundzwanzig, Marius ist vierundzwanzig. Aber manchmal kommt es mir vor, als lägen viel mehr Jahre als nur zwei zwischen uns. Mindestens zehn.«

»Was studieren Sie?«, fragte Rebecca.

»Germanistik und Geschichte. Ich bin bald fertig. Marius schien es egal zu sein, wie lange sein Studium dauert. Er will Rechtsanwalt werden, aber er hat noch keinen Schein je im ersten Anlauf geschafft. Nicht, weil er zu dumm wäre. Im Gegenteil, er schreibt hervorragende Noten. Aber er bricht oft zwischendurch ab. Fängt eine Hausarbeit an, hat plötzlich keine Lust mehr. Steht mitten in einer Klausur auf und verlässt den Hörsaal, weil draußen die Sonne scheint und er findet, man solle an einem solchen Tag lieber ins Schwimmbad gehen. Mir hat das imponiert. Neben ihm kam ich mir immer ganz langweilig und pflichtbewusst vor. Und ich dachte, wie gut, dass ich jemanden habe, der mich mitreißt. Der mich dazu bringt, auch mal etwas Verrücktes zu tun. Nicht nur vernünftige Dinge.« Sie schaute Rebecca ängstlich an. »Können Sie das verstehen? Oder finden Sie … finden Sie, dass Marius verrückt ist, und dass ich das hätte merken müssen?«

Ein paar Möwen schrien laut und enthoben Rebecca einige Sekunden lang einer Antwort. Dann sagte sie: »Ich verstehe Sie sehr gut, Inga. Wirklich. Ich kann mir den Charme Ihres Mannes – Sie haben übrigens ganz schön schnell geheiratet, nicht? – gut vorstellen. Nur – irgendwo in seinem Leben gibt es ein massives Problem, das Sie offensichtlich nicht kennen, dessen Wirkung Sie aber zu spüren bekommen haben. Wenn er zurückkehrt – und ich finde, wir sollten wirklich noch nicht das Schlimmste annehmen –, dann müssen Sie das mit ihm klären. Sie können nicht damit leben und es ignorieren. Das wird auf die Dauer nicht funktionieren.«

»Nein«, sagte Inga, »da haben Sie Recht.«

»Ich denke«, sagte Rebecca, »wir wären der Lösung des Rätsels schon ein Stück näher, wenn wir herausfinden könnten, weshalb er offenbar auch mich als einen Menschen empfindet, der ihm Unrecht getan hat. Der ihm das Gefühl gegeben hat, minderwertig zu sein. Wo könnte es zwischen seinem und meinem Leben einen Schnittpunkt geben?«

Die Möwen schrien wieder, und in der Stimmung von Ratlosigkeit und Beunruhigung, die plötzlich zwischen den beiden Frauen herrschte, schienen die Schreie einen bedrohlichen Unterton in sich zu tragen.

»Wo könnte es einen Schnittpunkt geben«, wiederholte Inga.

Sie tappte vollständig im Dunkeln.

Dienstag, 27. Juli

I

An diesem Dienstag beschloss Karen, aus dem gemeinsamen Schlafzimmer mit Wolf auszuziehen. Die Situation war für sie unerträglich geworden – gerade nach dem Wochenende, an dem er viel zu Hause gewesen war und es dennoch fertig gebracht hatte, fast kein Wort mit ihr zu sprechen. Seit dem Zusammenstoß an jenem Abend hatte sich die eisige Kälte, die er ihr entgegenbrachte, noch verstärkt, auch wenn Karen zuerst geglaubt hatte, dies sei eigentlich gar nicht mehr möglich.

Sie hatte am Samstagabend den Anlauf unternommen, eine Aussprache herbeizuführen. Die Kinder hatten Übernachtungsbesuch und vergnügten sich mit ihren Freunden im Keller, wo sie ein Tischtennisturnier organisierten. Karen hatte im Kamin auf der Terrasse ein Feuer angezündet. Wolf kam erst nach neun Uhr aus seinem Arbeitszimmer, als die Dunkelheit der Julinacht bereits hereingebrochen und der Garten voll dunkler Schatten, Blätterrauschen und einem geheimnisvollen Wispern war. Karen trug ihre neuen Jeans, in denen sie, wie sie im Spiegel noch einmal festgestellt hatte, wirklich eine tolle Figur hatte, und ein tief ausgeschnittenes T-Shirt. Sie hatte sich geschminkt und zum ersten Mal seit langer Zeit wieder Parfüm benutzt.

Vielleicht, hatte sie gedacht, war ich wirklich zu nachlässig geworden.

Dann jedoch gewann sie den Eindruck, dass Wolf ihr veränderte Aussehen überhaupt nicht zur Kenntnis nahm. Er kam auf die Terrasse, sah sie dort sitzen und wollte wieder im Haus verschwinden, aber sie sprach ihn an.

»Wolf! Du bist fertig? Setz dich doch noch ein bisschen zu mir. Es ist ein wunderschöner Abend!«

Stirnrunzelnd betrachtete er das flackernde Feuer im Kamin. »Wieso hast du denn ein Feuer angemacht? Willst du grillen?«

Mut und Hoffnung sanken unter seinem unwirschen Ton. »Nein ... ich fand nur ... es sieht doch ganz romantisch aus, oder? Ich ... ich denke, wir haben die Romantik in unserem Leben sehr vernachlässigt.«

Er seufzte. »Und jetzt willst du sie wieder einführen, oder was?«

Sie stand auf – er sollte ihre tolle, schlanke Figur sehen –, trat an den Gartentisch, nahm ein unbenutztes Glas und zog die Champagnerflasche, an der sie selbst sich schon reichlich bedient hatte, aus dem Kühler. Sie schenkte ihm ein, reichte ihm das Glas. »Für dich.«

Er nahm es, wartete aber nicht ab, um mit ihr anzustoßen, sondern trank ein paar Schlucke. Er trat an den Rand der Terrasse, betrachtete das dunkle, stumme Nachbarhaus.

»Die sind offenbar länger weg«, sagte er.

Sie stellte sich zu ihm. Kenzo, der sich neben dem Kamin zum Schlafen zusammengerollt hatte, hob den Kopf und knurrte.

»Sei still, Kenzo«, sagte Karen, »lass endlich das Haus in Ruhe!«

»Kläfft er das Haus immer noch an?«, fragte Wolf.

»Ständig. Irgendwann werden sich die Leute ringsum sicher beschweren. Keine Ahnung, was in ihn gefahren ist.«

Wolf zuckte mit den Schultern.

»Niemand kümmert sich um den Garten drüben«, sagte Karen, »die Pflanzen vertrocknen immer mehr.«

Wolf seufzte wieder. »Das geht uns doch gar nichts an. Musst du dich unbedingt in Angelegenheiten mischen, die mit dir nichts zu tun haben?«

»Ich mische mich gar nicht ein. Der Gärtner ... also der Gärtner dieser Leute sprach mich an und ...« Sie verstummte. Sie hatte nicht den Eindruck, dass Wolf ihr zuhörte, und sie merkte, dass sie schon wieder den Boden unter den Füßen verloren hatte. Ihre Inszenierung mit Kaminfeuer, Champagner und Parfüm war ihr bereits entglitten. Sie stand schon wieder da wie ein in die Enge getriebenes Tier und hörte sich Rechtfertigungen stammeln, die niemanden interessierten. Sie verstand einfach nicht, wie es jedes Mal passieren konnte: *Er* hatte das Haus zuerst angesprochen mit der Bemerkung, die Nachbarn seien länger verreist. *Sie* war lediglich darauf eingegangen, und in Sekundenschnelle hatte er es so gedreht, als hechele sie ständig die Angelegenheiten anderer Leute durch. Gelangweilte Hausfrau mit dem nervtötenden Hang, sich in Dinge zu mischen, die sie nichts angingen.

Es stimmte nicht, aber es gelang ihr auch nicht, ihm das klar zu machen. Es gelang ihr insgesamt nicht, das schlechte Bild, das er von ihr hatte, zu verändern.

Ich bin ihm nicht gewachsen, dachte sie und kämpfte verzweifelt gegen die aufsteigenden Tränen, ich bin nicht klug genug für ihn, nicht schlagfertig genug, nicht selbstsicher genug. Ich bin eine graue, unscheinbare Maus, und vermutlich bedauert er es zutiefst, mich geheiratet zu haben. In seinem Leben habe ich nur noch die Funktion, seine Kinder großzuziehen. Wenn sie erwachsen sind, wird er gehen.

»Wolf«, sagte sie bittend. In ihrer Stimme klangen die unterdrückten Tränen, was ihn, wie sie wusste, sicher schon wieder wütend machte. »Wolf, es war doch mal anders zwischen uns. Was … ich meine, was ist passiert? Warum hat sich alles verändert?«

Er wandte sich ihr zu. Im Schein der Gartenlaterne konnte sie sein Gesicht klar erkennen. Es war ohne die geringste Wärme oder Sympathie.

»Worüber beschwerst du dich jetzt schon wieder? Glaubst du nicht, es könnte mal einen *Tag* geben, an dem du nicht jammerst und klagst?«

»Vielleicht, wenn ich verstehen könnte …« Sie biss sich auf die Lippen. Die verdammten Tränen. Sie ruinierten jeden ihrer Versuche, ein sachliches Gespräch mit ihm zu führen.

»Was verstehen? Uns? Mich? Dich selbst? Ach, ich erinnere mich, dein Problem ist ja, dass ich ein Verhältnis mit einer Kollegin habe, nicht wahr? Ist es das, was du zu verstehen versuchst?«

»Ich hatte nicht gesagt, dass du …«

»Nein? Komisch! Wie unterschiedlich man doch Aussagen interpretieren kann. Hast du mir nicht eine filmreife Szene deswegen hingelegt? Passenderweise an einem Abend, an dem ich besonders müde und abgekämpft war und dann noch zu einem für mich wichtigen Termin wegmusste. Aber was interessieren dich schon meine wichtigen Termine! Oder meine Abgespanntheit! Schließlich gibt es Wichtigeres, worum du kreisen kannst. Dich selbst. *Deine* Bedürfnisse. *Deine* Probleme. *Deine* Sorgen und Nöte! Wie solltest du dich da noch mit meinen beschäftigen?« Er zog zynisch die Augenbrauen hoch und kippte seinen Champagner hinunter.

Sie schluckte ein paarmal, biss sich auf die Lippen. Sie durfte nicht heulen. Ein einziges Mal musste es ihr gelingen, mit ihm zu reden, ohne zu heulen!

»Ende der übernächsten Woche«, sagte sie, »wollen wir in den Urlaub fahren. Wie stellst du dir das vor? Zwei Wochen in einem Hotel, wir beide, in dieser Verfassung?«

»O nein!«, rief er und fuhr sich theatralisch mit der Hand durch die Haare. »Jetzt stelle bitte nicht auch noch den Urlaub in Frage! Wenn ich mich richtig erinnere, warst du es, die darum gekämpft hat, dass wir fahren! Ich fand das in diesem Jahr ein bisschen zu teuer, nachdem wir gerade das Haus gekauft haben. Aber Madame flennte wieder einmal herum, dass wir doch schließlich eine Familie seien, und so ein Urlaub sei wichtig, und nur dann finde man Zeit füreinander, und die Kinder, und ich, und bla bla bla … Bis ich mich habe erweichen lassen und wieder ein paar Tausender hingeblättert habe, um …«

Sie merkte, dass er sich in Wut zu reden begann. »Ich will doch den Urlaub nicht absagen«, sagte sie schnell und mit zittriger Stimme, »ich weiß nur nicht, ob …«, ihre Stimme schwankte bedenklich, »ob ich es zwei Wochen mit dir in einem Hotelzimmer aushalte, so wie du …«

»Wie ich was?«

»Wie du mit mir umgehst.«

»Wie gehe ich denn mit dir um?«, fragte er kalt.

Die Tränen liefen ihr über das Gesicht. Es war hoffnungslos, antworten zu wollen.

»Scheiße«, sagte er und stellte klirrend sein Glas ab, »es ist Samstagabend. Es ist auch mein Wochenende. Bitte versuche nie wieder, mich zu einem verdammten Kaminfeuer-und-Champagner-Event im Garten zu überreden, wenn du mir in Wahrheit nur wieder etwas vorheulen willst!«

Er verließ die Terrasse. Drinnen knallte die Wohnzimmertür. Kenzo jaulte auf.

So war der Samstag verlaufen.

Am Sonntag verschwand Wolf schon am frühen Morgen mit den Kindern ins Schwimmbad. Karen wusste, dass er öffentliche Bäder hasste, noch dazu an einem Sonntag, der heiß und wolkenlos war und an dem sich die Menschen dort wahrscheinlich gegenseitig fast tottrampeln würden. Aber er wollte weg. Egal wohin, nur weg von seiner Frau. Niemand fragte Karen, ob sie mitwollte, auch die Kinder nicht.

Er färbt schon ab, dachte sie, als sie allein an dem hastig verlassenen, chaotischen Frühstückstisch saß und Kenzo zuhörte, der draußen das Nachbarhaus anbellte. Die Kinder merken, dass er mich wie Dreck behandelt, und so übernehmen sie es. Sie sehen, dass ich mich nicht wehre. Wahrscheinlich verachten sie mich.

Sie sammelte ihre ganze Kraft, um schließlich den Tisch abzuräumen, die mit Honig und Eigelb verklebten Teller in die Spülmaschine zu sortieren, die Brotkrumen aus dem Tischtuch zu schütteln und Kenzos Futterschüssel auszuwaschen. Dann schlich sie durch die Kinderzimmer, klaubte Unterhosen und verschwitzte T-Shirts zusammen und fragte sich, weshalb die Kinder mit solch eiserner Konsequenz ihre wiederholt vorgetragene Bitte, die Wäsche in den Korb im Bad zu werfen, ignorierten. Vielleicht hörten sie ihr gar nicht zu. Zumindest nahmen sie das, was sie sagte, offenbar keinen Moment lang ernst.

Der Sonntag war in quälender Einsamkeit vergangen. Es war so heiß draußen, dass es Karen selbst unter der Markise auf der Terrasse nicht aushielt und sich schließlich in das kühlere Wohnzimmer zurückzog. Zuvor hatte sie Kenzo mindestens dreimal vom Zaun weggezogen und ihm klar zu machen versucht, dass sein andauerndes Bellen sie alle irgendwann in Schwierigkeiten bringen würde. Er hörte ihr aufmerksam zu, scherte sich aber nicht um das, was sie sagte.

Wahrscheinlich färbt Wolf selbst auf ihn schon ab, dachte sie.

Sie hatte mittags ein trockenes Stück Brot gegessen, weil sie sich weder aufraffen konnte, etwas zu kochen, noch sich auch nur eine Scheibe Käse oder etwas Butter aus dem Kühlschrank zu holen. Sie hatte versucht, ein Buch zu lesen, musste jedoch bald einsehen, dass es ihr nicht gelang, sich nur einen einzigen Satz, den sie las, zu merken. Um irgendetwas Sinnvolles zu tun, stellte sie schließlich die Waschmaschine an, nur halb voll, weil sie nicht genug Wäsche zusammenbekam. Sie hatte erst am Vortag gewaschen. Wolf würde schimpfen über diese Energieverschwendung. Wenn er sie denn bemerkte, was nicht gerade wahrscheinlich war.

Am späteren Nachmittag fühlte sie sich so verzweifelt allein, dass sie ihre Mutter anrief, obwohl sie schon vorher wusste, dass ihr das Gespräch mit ihr nicht gut tun würde. Aber ihr Verlangen, eine menschliche Stimme zu hören, war so groß geworden, dass sie sogar bereit war, ihre Mutter zu ertragen.

Natürlich jammerte ihre Mutter über die Hitze und darüber, dass sie nur einen kleinen Balkon hatte, zwischen dessen Steinmauern sich die Wärme noch mehr staute und den Aufenthalt dort wie überhaupt das ganze Dasein völlig unerträglich sein ließ.

»Ein Garten, das wäre es jetzt«, sagte sie, »ein schöner, grüner Garten, wo man im Schatten eines Baumes im Gras liegen kann, und der Wind fächelt einem Luft zu. Das müsste schön sein!«

Karen wusste genau, dass ihre Mutter auch dann noch jammern würde, entweder über die Ameisen oder die piekenden Grashalme oder über ein Flugzeug, das im Laufe eines Nachmittags einmal über sie hinwegfliegen mochte. Trotzdem hatte sie sofort Schuldgefühle. Sie hätte Mama über das Wochenende einladen sollen. Sie ließ ihre Mutter viel zu selten kommen, mit Rücksicht auf Wolf, der Schwiegermutterbesuch am Sonntag als Zumutung empfand, aber das war natürlich dumm von ihr, denn Wolf ging ohnehin seiner eigenen Wege und kümmerte sich nicht um ihre Einsamkeit.

Ich sollte endlich tun, was ich möchte, dachte sie, aber das Schlimme war, dass sie manchmal das Gefühl hatte, genau das nicht zu wissen: was sie eigentlich wollte. Mama am Sonntag bei sich haben? Eigentlich nicht. Es hätte nur ihr Gewissen erleichtert, ihr jedoch nicht wirklich Freude bereitet.

»Vielleicht hätten wir das mit unseren Ferien doch anders regeln sollen«, meinte sie. »Anstatt dir Kenzo zu bringen, sollten wir dich hierher holen. Dann hättest du zwei Wochen in einem Garten ...«

»Das kommt nicht in Frage«, unterbrach ihre Mutter sofort, »bei euch ganz allein in dem großen Haus ... Da langweile ich mich ja zu Tode! Besser, Kenzo kommt zu mir.«

»Klar. Es bleibt alles wie geplant.« Nur dass ich eigentlich gar nicht mehr verreisen will. Warum schicke ich nicht Wolf mit den Kindern allein in die Ferien? Vermissen würden sie mich bestimmt nicht.

»Und?«, fragte ihre Mutter. »Bist du wieder in Ordnung?«

»Was meinst du? War ich *nicht* in Ordnung?«

»Na ja, ich denke da an neulich nachts. Als du mich aus heiterem Himmel angerufen hast, weil du glaubtest, mir sei etwas passiert. Da hatte ich schon den Eindruck, dass du ... dass deine Nerven ein wenig bloßliegen.«

»Ich habe nicht aus heiterem Himmel angerufen, Mama. Das habe ich dir doch erklärt. Ich hatte einen äußerst mysteriösen Anruf erhalten, und ...« Noch während sie weitersprach, dachte Karen, wie sinnlos es war, diese Episode noch einmal zu erzählen. Sie warb um Verständnis und würde es doch mit absoluter Sicherheit nicht bekommen. Es interessierte Mama gar nicht, wie sich die Dinge verhielten. Sie hatte sich längst ihre Meinung gebildet und würde nicht davon abrücken.

»Nun, jedenfalls ist so weit alles in Ordnung«, sagte sie

abschließend und fragte sich, wie ihre Mutter wohl reagieren würde, wenn sie ihr jetzt sagte, dass ihre Ehe vermutlich am Ende war. Dass sie und Wolf nicht mehr miteinander zurechtkamen, und dass sie sich vorstellen konnte, dass es letztlich bei ihnen auf eine Trennung hinauslaufen würde.

Aber sie erwähnte nichts dergleichen, und nachdem sie noch über ein paar Nichtigkeiten geplaudert hatten, beendeten sie das Gespräch.

Karen ging in den Garten, der Abend nahte, die Hitze war nicht mehr ganz so unerträglich. Die Rosen jenseits des Zauns dauerten sie; sie ließen die Blätter hängen, und ihre Blüten waren verdorrt. Kurz entschlossen zog sie den Gartenschlauch heran und ließ einen erfrischenden Regen über die Dürstenden niedergehen. Egal, was Wolf sagte, sie konnte sich ja ein bisschen um das verwaiste Grundstück kümmern.

Sie dachte, wie schön es wäre, eine Freundin zu haben. An einem Tag wie diesem nicht allein zu sein, sondern mit einer anderen Frau auf der Terrasse zu sitzen, Tee zu trinken und zu späterer Stunde einen Prosecco, und über alles reden zu können. Auch über Eheprobleme. Das war vielleicht das wirklich Fatale an ihrer Situation: dass sie niemanden hatte, mit dem sie über ihren Kummer, ihre Sorgen sprechen konnte. Niemanden, der sie zwischendurch auf andere Gedanken brachte. Niemanden, mit dem es sich auch einmal aus tiefstem Herzen lachen ließ. Vielleicht war sie auch deshalb so unattraktiv für Wolf geworden. Weil sie so eigenbrötlerisch war, so in sich gefangen, so grüblerisch.

Ich lache zu wenig. Aber ich sehe auch nichts in meinem Leben, worüber ich lachen könnte.

Gegen sechs Uhr tauchten die Kinder auf, mit nassen, verstrubbelten Haaren, aufgedreht und fröhlich. Sie ließen ihre Badetaschen im Hauseingang fallen und stürmten zum Fernseher, wo es irgendeine Serie gab, von der sie begeistert waren.

»Wo ist denn euer Vater?«, fragte Karen, während sie die nassen Badeanzüge und Frotteetücher aus den Taschen klaubte, dabei auf ausgekaute Kaugummis und zerschmolzene Schokolade stieß und feststellte, dass ihre Tochter offenbar einen ihrer Badeschlappen verloren hatte.

Die Kinder wandten keinen Blick vom Bildschirm. »Papa hat uns nur abgesetzt. Er ist noch mal ins Büro gefahren. Wir sollen nicht mit dem Essen warten. Er kommt spät.«

Erst lange danach wurde Karen klar, dass dieser Augenblick einen Wendepunkt markierte. Sie begriff erst im Nachhinein, dass in dieser Minute, am Ende des langen, einsamen, trostlosen Sonntags, etwas in ihr starb: die Hoffnung, sie und Wolf könnten zueinander zurückfinden, sie könnten auf irgendeine geheimnisvolle Weise die letzten Jahre auslöschen und die Fäden ihres Lebens dort wieder aufnehmen, wo ihre Beziehung noch schön und heiter und liebevoll gewesen war. Irgendwo tief in ihr war noch ein Glaube lebendig gewesen, die Kälte und die Feindseligkeit in ihrer Ehe werde sich als eine vorübergegangene Krankheit entpuppen, an die man sich mit leisem Schaudern erinnert, eine Weile noch, deren Umrisse aber immer mehr verblassen, bis sie nur noch einen nebulösen Flecken in der Vergangenheit darstellen.

Dieser Glaube erlosch, unwiderruflich und für immer. Wolf setzte die Kinder ab, am Ende eines Sonntags, an dem er seine Frau von morgens bis abends allein gelassen hatte, und er hielt es nicht einmal für notwendig, auszusteigen und ihr persönlich zu erklären, weshalb er nun auch den Abend über nicht daheim sein würde. Er überließ es den Kindern, dies auszurichten.

Ich bin ihm gleichgültig. Meine Empfindungen sind ihm gleichgültig. Es gibt nichts mehr, gar nichts mehr, was ihn an mich bindet.

Sie hatte für die Kinder ein Abendessen zubereitet, selbst

aber daran nicht teilgenommen. Alles, was sie tat, geschah wie in einer Art Trance. Sie hängte die nassen Sachen zum Trocknen auf, goss die Blumen auf dem Balkon, lief die gewohnte Abendrunde mit Kenzo und plauderte dabei kurz mit einer anderen Hundebesitzerin, ohne hinterher zu wissen, was sie beide gesagt hatten. Sie schickte die Kinder ins Bett, saß noch eine Weile auf der Terrasse und rauchte zum ersten Mal seit vielen Jahren wieder ein paar Zigaretten; sie hatte sich das Päckchen aus dem Automaten geholt, als sie mit Kenzo spazieren ging. Um elf Uhr ließ sich Wolf noch immer nicht blicken. Karen ging ins Bett, konnte aber nicht einschlafen. Sie lag hellwach, starrte aus weit offenen Augen in die Dunkelheit. Es war vorbei. Zwischen ihr und Wolf war es vorbei, und für sie ging es nun darum, Schritte zu finden, die es ihr ermöglichten, ihre Selbstachtung zu behalten. Oder wiederzubekommen. Viel schien davon nämlich nicht mehr da zu sein.

Als sie ihn an der Haustür hörte, richtete sie sich auf und blickte auf die Leuchtanzeige des Radioweckers. Es war fast halb drei. Mit ziemlicher Sicherheit hatte er nicht so lange im Büro gesessen. Ihr war kalt, aber sie hatte – und das war neu – nicht das Bedürfnis, mit ihm zu reden. Ihn zu fragen, wo er gewesen war, ihn zu fragen, weshalb er ihr kein Wort über seinen verplanten Abend gesagt hatte. Sie hatte kein Bedürfnis, noch irgendetwas mit ihm zu klären. Sie stellte sich schlafend, als er ins Zimmer kam und sich neben sie legte. Er bewegte sich außerordentlich leise und vorsichtig. Offensichtlich hoffte er, ohne Gespräch davonzukommen.

Auch am nächsten Morgen beim Frühstück erwähnte sie mit keinem Wort den vergangenen Abend und hatte den Eindruck, dass dies eine leise Irritation in ihm auslöste, aber das war ihr egal. Sie verfolgte mit ihrem Verhalten keinerlei Strategie mehr.

Am Montagabend erschien Wolf wiederum erst, als Karen schon schlief. Aber auch am Dienstagmorgen sprach sie diesen Umstand nicht an. Wolf schien ein wenig beunruhigt.

Als er gefahren war und die Kinder in die Schule verschwunden waren, ging Karen daran, das Gästezimmer für sich herzurichten.

Es war ein sehr kleines, aber gemütliches Zimmer unter dem Dach, mit schrägen Wänden, einer geblümten Tapete und einem Gaubenfenster, aus dem man über die Nachbargärten bis zum nahen Waldrand sah. Direkt nebenan lag ein grün gekacheltes, winziges Bad. Karens Mutter hatte einmal hier oben gewohnt, und dieses Logieren unter dem Dach hatte zu den wenigen Dingen in ihrem Leben gehört, über die sie nicht nörgelte.

Karen verbrachte den Vormittag damit, ihre Kleider nach oben zu tragen und in den Schrank zu räumen, ihre Kosmetikartikel im Bad zu verstauen, das Bett zu beziehen und die Bücher, an denen sie besonders hing, darum herum zu stapeln. Zwei Blumenaquarelle, die sie vor einigen Monaten gemalt hatte – als ich glaubte, Kreativität würde mir aus meinen Depressionen heraushelfen, dachte sie bitter –, hängte sie im Schlafzimmer ab und oben in ihrem neuen Reich auf. Sie wischte noch ein wenig Staub, stellte einen Strauß Rosen auf den Tisch und ließ die heiße Sommerluft durch das weit geöffnete Fenster hereinfluten. Sie sah sich um und fand, dass das Zimmer zu ihr passte. Es war ein erster Schritt, hier oben einzuziehen. Ein erster Schritt auf einem Weg, der, wie ihr schwante, noch lang und steinig und von zahlreichen Rückschlägen begleitet sein würde.

Es geht um nichts weniger als um deine Selbstachtung, rief sie sich ins Gedächtnis.

Sie überlegte, was sie als Nächstes tun sollte; es war wichtig, jetzt zu agieren, nicht in einen Leerlauf zu fallen.

Ich könnte im Reisebüro anrufen und mich erkundigen, ob wir ein wenig Geld zurückbekommen, wenn ich kurzfristig von unserem Urlaub zurücktrete, überlegte sie. Seltsamerweise hatte sich das Problem, mit dem sie sich so lange herumgeschlagen hatte, mit dem Umzug in das neue Zimmer schlagartig gelöst: Sie wusste jetzt, dass sie nicht mitfahren würde. Sie wunderte sich nur noch, weshalb sie so lange unsicher gewesen war.

In diesem Augenblick klingelte das Telefon.

Sie rannte hinunter und meldete sich mit atemloser Stimme. »Ja? Hallo?«

»Ist etwas passiert?«, fragte eine männliche Stimme, die ihr vage bekannt vorkam, die sie jedoch nicht einzuordnen wusste.

»Wer ist denn da?«

»Becker. Pit Becker. Ich bin der Gärtner von den Lenowskys ...«

»Oh, ja ... ich erinnere mich! Hallo! Weshalb meinen Sie, dass etwas passiert ist?« Ich rede wie ein aufgeregtes Huhn, dachte sie.

»Sie klangen eben so komisch, als Sie sich meldeten.«

»Tatsächlich? Nein, es ist nichts.« Außer, dass meine Ehe gerade in die Brüche geht und ich soeben aus dem gemeinsamen Schlafzimmer ausgezogen bin, fügte sie in Gedanken hinzu.

»Ich wollte eigentlich nur wissen, ob die Lenowskys zurückgekehrt sind«, sagte Pit Becker, »oder ob Sie irgendetwas von ihnen gehört haben?«

Sie schüttelte den Kopf, obwohl Pit das nicht sehen konnte. »Nein. Weder das eine noch das andere. Es ist alles unverändert.«

»Ich finde, wir sollten jetzt eingreifen«, sagte Pit. »Wir können doch nicht so tun, als ginge uns das alles nichts an.«

Es war eigenartig, fand sie. Pit, den sie als einen ausgesprochen realistischen und modernen jungen Mann kennen gelernt hatte, empfand und sagte das Gleiche, was auch ihr immer wieder durch den Kopf ging, wenn sie das verlassene Nachbarhaus betrachtete. Ließ sie jedoch darüber etwas verlauten, tat Wolf so, als sei sie überspannt, hysterisch oder im besten Fall zumindest gelangweilt und daher auf der Suche nach abstrusen Ereignissen, die ihren Alltag auffrischen könnten.

Der nächste, überaus wichtige Schritt würde sein, ihn nicht länger zum Maßstab in allen Belangen ihres Lebens zu machen.

»Ja, denken Sie, wir sollten die Polizei verständigen? Ich weiß nicht ... bekommt man nicht Ärger, wenn man die herbestellt, und am Ende war dann alles umsonst? Ich meine, außer einem ganz dummen Gefühl haben wir nicht allzu viel, worauf wir verweisen können!« Eine innere Stimme sagte ihr, dass sie in Wahrheit nicht Angst vor der Polizei hatte, sondern vor Wolf. Seine zynischen und vernichtenden Kommentare, wenn sie eine möglicherweise sinnlose Polizeiaktion initiierte, konnte sie sich nur zu gut vorstellen.

Pit schien einen Moment zu überlegen.

»Nach wie vor denke ich, dass man über den Balkon einsteigen könnte«, sagte er dann. »Ich könnte jetzt gleich kommen. Eine Leiter habe ich ... nichts leichter, als hinaufzuklettern und zu versuchen, ein Fenster zu öffnen.«

»Jetzt gleich?«

»Warum nicht? Könnten Sie dabei sein? Ich möchte schon, dass jemand bezeugt, dass es mir nicht um einen Einbruch ging.«

Sie dachte nach. Das kam so plötzlich und war so verrückt, und doch ...

Mit dem Telefon am Ohr trat sie ans Fenster, schaute zu

dem Haus hinüber. Ein Kälteschauer floss über ihren Körper, und der hatte mit den tatsächlichen Temperaturen dieses Tages nichts zu tun.

Sie schaute auf die Uhr. Es war kurz nach elf. »Meine Kinder kommen um ein Uhr aus der Schule«, meinte sie, »bis dahin hätte ich Zeit.«

»Okay«, sagte Pit, »ich bin in fünfzehn Minuten bei Ihnen.«

Schon hatte er aufgelegt. Er gab ihr keine Gelegenheit, sich alles anders zu überlegen.

Sie ging ins Bad – in ihr neues, eigenes unter dem Dach – und bürstete sich die Haare. Sie lief ins Wohnzimmer, schenkte sich einen Schnaps ein und trank ihn in einem Zug.

Sie wartete.

2

Inga hatte es sich nicht so schwer vorgestellt, Rebecca zu einem Ausflug zu überreden. Zwar hatte sie inzwischen begriffen, dass das ganze Leben ihrer Gastgeberin einer einzigen Rückzugsstrategie untergeordnet war, aber das Ausmaß, in dem sich Rebecca abschottete, war ihr noch nicht völlig aufgegangen.

»Gehen Sie allein, Inga«, hatte Rebecca am Morgen gesagt, als Inga mit dem Vorschlag ankam, eine Wanderung am Meer zu unternehmen und anschließend irgendwo zu Mittag zu essen, »das ist nichts für mich. Aber Sie sollten Ihren Aufenthalt hier trotz allem ein bisschen genießen. Denken Sie denn, dass Ihre Füße eine Wanderung schon wieder durchhalten?«

»Die sind fast verheilt. Ich glaube trotzdem nicht, dass ich im Moment irgendetwas genießen kann, aber hier zu sitzen und zu warten … Ich meine, heute suchen sie zum letzten Mal nach Marius, und im Grunde denke ich immer, vielleicht passiert ein Wunder, und er spaziert zur Tür herein, und alles, was auf dem Schiff geschehen ist, stellt sich als böser Traum heraus … Aber ich merke, wie verrückt mich diese Situation macht …« Sie fand, dass sie unzusammenhängend redete, und schloss: »Ich glaube, es würde uns beiden gut tun, einmal hinauszukommen.«

»Ich bin in einer völlig anderen Situation als Sie«, hatte Rebecca sofort erwidert.

Inga hatte zum Fenster hinausgeblickt. Der Tag war kühler als seine Vorgänger, obwohl jetzt bald der August und damit der heißeste Monat des Jahres beginnen würde. Blauer Himmel und Sonne, aber ein frischer Wind von Norden. Man würde heute laufen können, ohne in der Hitze zu schmoren.

»Bitte! Ich habe für morgen meinen Rückflug gebucht. Vorher würde ich Sie gern zum Essen einladen. Sie haben so viel für mich getan … bitte sagen Sie nicht Nein!«

Es war Rebecca anzusehen gewesen, dass sie nicht glücklich war, aber sie hatte sich schließlich einverstanden erklärt. »Nun gut. Aber ich möchte nicht in Le Brusc oder der näheren Umgebung essen. Es wäre nicht auszuschließen, dass wir jemanden treffen, der Felix gekannt hat, und …«

»Wäre das schlimm?«

»Ich möchte niemanden treffen«, hatte Rebecca mit Schärfe in der Stimme erklärt, und Inga hatte begriffen, dass sie den mühsam errungenen Ausflug aufs Spiel setzte, wenn sie jetzt nachhakte.

Sie waren ein Stück mit dem Auto in Richtung Marseille gefahren. Irgendwo hatte Rebecca die Autobahn verlassen, war durch ein paar kleinere Orte gekurvt und schließlich auf dem Parkplatz einer Calonge, einer Bucht, gelandet.

»So. Von hier aus können wir den Klippenpfad entlanglaufen. Man hat von dort immer wieder sehr schöne Blicke über das Meer und in kleine Buchten hinein.«

Der Pfad war steil und eng, oft konnten sie nur hintereinander gehen, und häufig waren sie so in die Anstrengung des Kletterns vertieft und mussten auf das Geröll zu ihren Füßen achten, dass sie sich nicht miteinander unterhalten konnten. Rebecca hatte kaum Augen für die Landschaft ringsum, aber Inga musste immer wieder stehen bleiben und über das leuchtend blaue Wasser blicken. In der Ferne sah es trügerisch glatt und unbewegt aus, aber die Wellen, die sich an der Steilküste brachen, waren kräftig und trugen weiße Schaumkronen. Sie fragte sich, ob dieses Meer zu ihren Füßen wirklich Marius' Grab geworden war. Ein Gedanke, der ihr fremd schien, so als gehöre er nicht zu ihrem Leben. Marius konnte nicht tot sein; irgendwie meinte sie stets, dass sie dies spüren müsste, dass sein Tod etwas wäre, das sich ihr, ganz gleich auf welche Weise, mitteilen würde. Das Schlimme war nur, dass ihre gemeinsame Zeit so oder so zu Ende war. Sollte er wieder auftauchen, würde dennoch nichts wieder so sein, wie es gewesen war.

»Sie denken an Marius, nicht wahr?«, unterbrach Rebecca die Stille. Sie war schon ein gutes Stück weitergelaufen, hatte dann bemerkt, dass die völlig in Gedanken versunkene Inga nicht mitkam, und war umgekehrt.

Inga nickte. »Ich nehme Abschied.«

»Sie wissen doch noch nicht, ob …«

»Ich nehme trotzdem Abschied. Es ist vorbei zwischen uns. Die Zeit, die wir gemeinsam hatten, ist vorüber.«

»Wegen der Szene auf dem Schiff?«

Inga überlegte. »Nicht nur. Vielleicht nicht einmal in erster Linie. Ich meine, so furchtbar es war, diesem Fremden gegenüberzustehen, ihn all diese verrückten Dinge sagen zu hören, von ihm in die Kajüte gestoßen und bewusstlos liegen gelassen zu werden, so war es doch im Nachhinein ...« Sie suchte nach Worten, fand, dass es verrückt klang, was sie sagen wollte, dass es aber doch das war, was sie empfand. »Es war im Nachhinein für mich nicht einmal wirklich überraschend. Ohne dass ich je damit gerechnet hätte, dass so etwas geschieht. Ich wusste nicht, was passieren würde, aber ich habe in den letzten Tagen erkannt, dass ich im tiefsten Inneren immer ahnte, *dass* etwas passieren würde. Etwas in unserer Beziehung war schief, etwas passte ganz und gar nicht. Ich wollte mir das nur nicht eingestehen, weil ...«

»Weil?«, fragte Rebecca.

Inga zuckte mit den Schultern. »Warum machen sich so viele Menschen etwas vor, wenn sie in den falschen Beziehungen stecken und im Grunde genau wissen, dass sie und der Mensch, den sie sich ausgesucht haben, nicht zusammenpassen? Aus Angst vor dem Alleinsein. Man will die Zugehörigkeit zu einem anderen nicht verlieren. Nicht das Gefühl von Geborgenheit, selbst wenn es aufgesetzt ist. Es ist so schön, wenn daheim jemand auf einen wartet, nicht?«

Rebecca sah sie nicht an. »Ich weiß«, sagte sie leise.

»Ich habe immer gewusst, dass mit Marius irgendetwas nicht stimmt«, fuhr Inga fort, »es war nicht greifbar, nicht formulierbar. Das ist es ja immer noch nicht. Ich stehe immer noch vor einem Rätsel, was mit ihm los ist. Aber ich weiß jetzt, dass das immer so war. Buchstäblich von unserer ersten Minute an. Ich habe Ihnen diese Episode ja erzählt. Und auch, dass sie sich – zur einen oder anderen Variante abgewandelt – als roter Faden durch unsere Zeit zog. Ich war immer nervös, wenn wir unter Menschen waren. Immer angespannt. Das falsche Wort von irgendjemandem im falschen Moment konnte die nächste Katastrophe auslösen. Marius, der nette, fröhliche, unkomplizierte Marius, war in Wahrheit ein Pulverfass, das jeden Moment explodieren konnte. Es ist ziemlich unerträglich, mit einem Pulverfass zu leben.«

»Und Sie wissen wirklich praktisch gar nichts über ihn von früher? Aus der Zeit, bevor Sie einander kennen lernten? Seine Familie, sein Umfeld ... woher er kommt?«

Inga schüttelte den Kopf. »Ich weiß im Grunde fast nichts. Er hat Fragen abgeblockt. Ich kenne niemanden aus seiner Familie. Natürlich wollte ich gern seine Eltern kennen lernen, aber nachdem er anfangs immer wieder ziemlich durchsichtige Ausflüchte gefunden hatte, weshalb es schon wieder nicht zu einer Begegnung kommen konnte, sagte er irgendwann klipp und klar, dass das Verhältnis zu seinen Eltern nicht das beste sei. Einmal wurde er ziemlich drastisch: Sein Vater sei ein autoritärer Scheißer, sagte er. Ich wollte ihn nicht drängen, mich dennoch seinen Eltern vorzustellen. Im Übrigen fand ich den Umstand, dass er offenbar praktisch keinen Kontakt zu ihnen hatte, nicht so seltsam. An der Uni laufen viele herum, die die große Freiheit genießen, ihre Familie als spießig und engstirnig empfinden und sich ziemlich radikal abnabeln. Später nähert man sich dann wieder an ... und ich glaube, etwas in der Art habe ich auch bei Marius erwartet. Ich dachte, er braucht jetzt erst einmal den totalen Freiraum, und irgendwann sieht man einander dann wieder mit anderen Augen.«

»Haben Sie ihn Ihrer Familie vorgestellt?«, fragte Rebecca.

Inga nickte. »Ich habe ihn an unserem ersten gemeinsamen Weihnachten mit zu uns nach Hause genommen. Wir waren noch nicht verheiratet, lebten auch noch nicht zusammen. Er hatte irgendeinen Adventssonntag bei seinen Eltern verbracht. Danach war er am Telefon richtig mürrisch und patzig und erklärte, er werde keinesfalls den Heiligabend mit ihnen verbringen. Ich wollte nicht, dass er allein ist, und lud ihn ein, mich zu begleiten. Ich komme aus einem Dorf in Norddeutschland, wir sind eine große Familie, und vom dreiundzwanzigsten Dezember bis zum ersten Januar treffen wir uns alle bei meinen Eltern. Es ist wirklich immer wunderschön und familiär, und ich wollte gern, dass Marius das erlebt. Aber ...«

»Es funktionierte nicht?«

»Doch. Jedenfalls gab es keinen Eklat oder so. Aber ich war fürchterlich nervös ...« Inga sah zu Rebecca hin. »Seltsam, nicht? Das hatte ich alles verdrängt. Ich hatte in jener Woche ständig Kopfschmerzen. Einmal fast migräneartig ... mein Vater fuhr nachts in die Notapotheke, um mir ein Schmerzmittel zu holen. Niemand konnte sich das erklären, weil ich nie vorher zu Kopfweh geneigt hatte. Ich spürte, dass es mit Marius zusammenhing. Wir waren jeden Tag vierzehn Personen, die um einen Tisch saßen, es ging lustig zu, und ich lebte in größter Angst, jemand könnte eine falsche Bemerkung machen. Oder genauer: eine ganz normale Bemerkung, die aber wieder bei Marius einen kritischen Nerv treffen könnte. Es war, als hielte ich eine Woche lang den Atem an.«

»Kein Wunder, dass Sie Kopfweh bekamen«, sagte Rebecca.

»Ja, nicht wahr? Aber ich wollte die Zusammenhänge einfach nicht wahrhaben. Kurz bevor wir abreisten ...« Sie stockte. Rebecca sah sie fragend an.

Inga atmete tief. »Kurz bevor wir abreisten, fragte ich meine Mutter, was sie von ihm hielte. Es war der Silvestertag, Marius begleitete meinen Vater und meine Brüder am Spätnachmittag in die Dorfkneipe. Eine Tradition für alle Männer dort am einunddreißigsten Dezember ... Ich fühlte mich total elend. Marius allein mit mindestens vierzig fremden Männern, Bauern. Die können ganz schön derb werden, besonders wenn sie trinken, und es war nicht auszuschließen, dass sie sich den feinen Stadtmenschen Marius vornehmen würden. Ich hatte wieder Kopfschmerzen, und man sah mir das wohl auch an. Jedenfalls sagte meine Mutter, ich würde so blass aussehen, was denn los wäre.«

Sie sah die Szene vor sich: Mama und sie in der gemütlichen Küche des reetgedeckten Hauses, ganz allein, was während der vergangenen zehn Tage nicht ein einziges Mal vorgekommen war. Sie tranken eine Tasse Kaffee zusammen, draußen war es schon fast dunkel, und es begann ganz sacht zu schneien. Vom Küchenfenster aus konnte man über die endlos scheinenden Wiesen hinter dem Garten schauen. Die Weidenbäume ganz hinten am Horizont lösten sich gerade in der Dämmerung auf.

»Du gefällst mir nicht, Inga«, sagte ihre Mutter, »du bist so verändert. So angespannt und ruhelos. Wie ein Tier, das zu jeder Sekunde wach und auf der Hut sein muss.«

Sie hatte gelacht und dabei selbst gefunden, dass es mühsam klang. »Vielleicht ist es das Studium. Oder das Leben in der Stadt. Da weht schon ein anderer Wind als hier!«

»Vielleicht«, meinte ihre Mutter ohne Überzeugung. »Aber du lebst jetzt schon so lange in München, so weit weg von uns – und bislang schien dir das nur gut zu bekommen!«

Inga nahm einen Schluck Kaffee, schaute aus dem Fenster. Die Flocken wurden dichter.

»Wie gefällt dir eigentlich Marius?«, fragte sie in beiläufigem Ton.

Sie fand, dass ihre Mutter ziemlich lange überlegte – zu lang.

»Es ist nicht leicht, ihn einzuschätzen«, sagte sie schließlich.

»Nein?«, fragte Inga überrascht. Ihre Mutter war der optimistischste Mensch, den sie kannte. Sie hatte eine spontane, positive Antwort erwartet. *Oder erhofft, weil sie so dringend in ihrer eigenen Zuversicht bestärkt werden wollte?*

»Ich habe das Gefühl«, sagte ihre Mutter vorsichtig, »dass er sehr kompliziert ist.«

Es gab sicher wenige Menschen, dachte Inga, die Marius mit dem Attribut *kompliziert* in Verbindung bringen würden. Marius, der Typ mit den lockeren Sprüchen und den originellen Einfällen, die Frohnatur, die sich selten lange Gedanken um irgendetwas machte; Marius, von dem man sich manchmal ein wenig mehr Tiefgang, ein wenig mehr Reflexion gewünscht hätte ... Offenbar hatte ihre Mutter da ein ganz anderes Bild.

»Er kommt mir vor wie eine Fassade«, fuhr sie fort, »und dahinter ist etwas ... ich kann es schwer in Worte fassen ... dahinter sind vielleicht Wesenszüge, die ich gar nicht so gern kennen lernen möchte.«

Es war sehr still in der Küche. Inga erinnerte sich, dass ein bleischweres Gewicht auf ihre Brust zu sinken schien.

»So schlecht hast du dich noch nie über einen Menschen geäußert«, sagte sie.

Ihre Mutter sah sie betroffen an. »Tut mir Leid, wenn das so bei dir angekommen ist. Ich wollte mich nicht schlecht über ihn äußern. Ich wollte nur sagen, dass da etwas schwer Fassbares ist ...«

»Was du nicht gern kennen lernen möchtest.«

Mama hatte genickt. »Weil es mich nervös macht. Aber das kann auch an mir liegen.«

Aber mich macht es auch nervös, hatte Inga gedacht.

An diesem sonnigen Julitag auf dem Klippenpfad hoch über dem Mittelmeer schien die winterliche Szene in der warmen Küche sehr fern – und zugleich nah. Nah deshalb, weil sie an Eindringlichkeit und Aktualität nichts verloren hatte.

Inga sah Rebecca an. »Es war nicht so, dass meine Mutter ihn nicht mochte. Es war eher so, dass sie etwas spürte, was ihr Angst machte. Das ist etwas anderes. Und es ist sehr bedrohlich.«

»Aber Sie schoben es beiseite?«

»Natürlich. Darin hatte ich ja mittlerweile Übung. Ich bin das jüngste Kind in meiner Familie, und ich redete mir ein, dass Mama mir gegenüber einen besonders ausgeprägten Beschützerinstinkt hatte. Dass sie in jedem Mann Unheil wittern würde, der mir zu nahe kam. Aber ich war heilfroh, als Marius und ich am zweiten Januar abreisten.«

Sie gingen langsam weiter. Der Weg war nun breit und eben und sandig. Rebecca sah auf die Uhr. »Gleich halb zwölf. In einer halben Stunde dürften wir La Madrague erreichen. Es gibt dort eine sehr gute Pizzeria. *Chez Henri.* Wir könnten dort etwas essen.«

»Gern. Vor allem trinken. Ich bin ziemlich durstig.«

»Wessen Idee war es eigentlich?«, fragte Rebecca nach einigen schweigsamen Minuten unvermittelt. »Ich meine, hierher zu kommen? Nach Südfrankreich?«

»Seine. Und zwar auch mal wieder völlig spontan, von jetzt auf gleich. Er konnte sich die Campingausrüstung von einem Freund leihen und überfiel mich förmlich mit seinem Plan. Ich hatte keine besondere Lust, ich dachte an die Hitze und an die überfüllten Strände jetzt in der Hochsaison ..., aber seine Begeisterung ließ mir überhaupt keinen Ausweg. Ich hatte das Gefühl, ihn zu kränken, wenn ich allzu intensiv an seinem tollen Einfall herumnörgelte.«

»Und Kränkung war ja das rote Tuch für ihn.«

»Genau. Also willigte ich ein und ...«, sie zuckte mit den Schultern, »und nun stehe ich hier irgendwo an der provenzalischen Küste vor den Scherben meiner Ehe.«

»Aber das wäre daheim in Deutschland wahrscheinlich auch über kurz oder lang passiert.«

»Sicher. Wir trieben schon lange auf das Ende zu, nur wollte ich das nicht erkennen.«

Rebecca blieb erneut stehen. »Worüber ich ständig nachdenke«, sagte sie, »ist, weshalb Marius mit meiner Person ganz offenbar unendlich negative Gefühle, ja, fast Hass verbindet. Ich zerbreche mir den Kopf, aber mir fällt nichts ein. Ich kenne ihn nicht, ganz bestimmt nicht.«

»Vielleicht kennt er Sie?«

»Oder er kannte meinen ... verstorbenen Mann. Hatte mit ihm irgendein Problem und überträgt das nun auf mich.«

Inga runzelte die Stirn. »Ihr Mann war Arzt, nicht?«

»Herzchirurg, ja. Könnte es einen Vorfall in Marius' Familie gegeben haben? Jemand, der mit den ärztlichen Leistungen meines Mannes nicht zufrieden war? Irgendetwas ...«

»Das klingt nicht unplausibel«, meinte Inga, »aber das Schlimme ist, dass ich ja fast nichts weiß über Marius. Er hat nie über etwas Familiäres gesprochen.«

»Es kommt mir alles sehr zufällig vor. Zu zufällig. Marius trägt einen möglicherweise jahrealten Hass auf meinen verstorbenen Mann oder auf mich mit sich herum. Weder ist er aber jemals in Deutschland noch später hier in Le Brusc an ihn oder an mich herangetreten. Nun trampt er nach Südfrankreich, wird unterwegs vom einstigen besten Freund meines Mannes aufgesammelt und direkt in mein Haus gebracht. Hier stellt er fest, dass ich die Person bin, auf die er schon lange so zornig ist – oder dass ich zumindest die Witwe des Mannes bin, gegen den er eine tiefe Aversion hegt. Er beschließt, das Schiff zu stehlen ...« Sie hielt inne. »Das gibt es nicht, oder? So viele Zufälle?«

»Es gibt schon manchmal eigenartige Zufälle«, sagte Inga, »aber dies hier klingt wirklich sehr weit hergeholt.«

»Es kann nicht sein, dass er es darauf abgesehen hatte, von Maximilian mitgenommen zu werden?«, fragte Rebecca vorsichtig. »Dass er das Zusammentreffen mit ihm irgendwie hat einfädeln können?«

»Ich wüsste nicht, wie er das geschafft haben sollte«, sagte Inga ratlos. »Er konnte nicht voraussehen, dass wir durch dieses abgelegene Dorf wandern würden. Eine Frau hatte uns dort abgesetzt. Maximilian kam nur dort entlang, weil er einen Stau auf der Autobahn umfahren wollte. Dieser Stau war aber keinesfalls planbar oder voraussehbar.«

Rebecca überlegte.

»Mir geht da ein Satz nicht aus dem Kopf. Als Sie mir von der Szene auf dem Schiff erzählten, sagten Sie, Marius habe etwas in der Art geäußert, er ›müsse mich nicht kennen, um alles über mich zu wissen‹. Das könnte bedeuten ...«

»Was?«

»Das könnte bedeuten, dass er mich tatsächlich nicht kennt. Auch nicht meinen verstorbenen Mann. Aber dass ich für etwas stehe, das er hasst. Zutiefst hasst. In diesem Fall wäre der Zufall schon nicht mehr so zufällig.«

»Und was könnte das sein?«

»Ich weiß nicht ... vielleicht ist es Geld? Das Ferienhaus am Mittelmeer, das Segelschiff, der Umstand, dass mich mein Mann so gut abgesichert hat, dass ich nicht arbeiten muss und trotzdem gut leben kann ... Vielleicht hasst er wohlhabende Menschen?«

Inga schüttelte den Kopf. »Das wäre mir doch dann zu irgendeiner anderen Zeit schon aufgefallen. Ganz sicher hätte er auch in einem anderen Zusammenhang darüber schon einmal eine Bemerkung gemacht. Aber ich hatte nie den Eindruck, dass er ein ... ein neidischer Mensch ist.«

»Kann er etwas gegen Ärzte haben? Gegen Psychologen?«

»Nicht, dass ich wüsste.«

»*Kinderruf*. Mein Verein. Eine Initiative, die sich dem Schutz misshandelter Kinder verschrieben hat. Könnte da etwas bei ihm angesprungen sein?«

Inga strich sich die Haare aus der Stirn. Sie fröstelte, obwohl der Tag so warm und ihr Gesicht feucht von Schweiß war. *Ich weiß ja einfach gar nichts über ihn!*

»Ich weiß es nicht«, sagte sie, »keine Ahnung, ob er je etwas mit Ihrem Verein oder mit einer ähnlichen Institution zu tun gehabt hat. Ich weiß es ganz einfach nicht!«

Zu ihrem Entsetzen merkte sie plötzlich, dass sie dicht daran war, in Tränen auszubrechen.

»Und vielleicht werde ich es auch nie wissen«, sagte sie mit schwankender Stimme, »die ganze Zeit über meine ich zu spüren, dass er noch lebt, aber Tatsache ist doch, dass das sehr unwahrscheinlich ist. Hätten sie ihn nicht längst finden müssen? Hätte er sich nicht längst melden müssen? Und wenn er tot ist ...«

Sie konnte nicht weitersprechen, wischte stattdessen mit beiden Fäusten über die Augen, um die Tränen zum Versiegen zu bringen. Sie fühlte, wie Rebecca ihr sehr sanft über den Arm strich.

»Was wollten Sie sagen? Wenn er tot ist ...?«

Inga nahm die Hände von den Augen. Ihre Lider brannten, aber es war ihr gelungen, nicht zu weinen.

»Wenn er tot ist, dann habe ich nicht nur meinen Mann verloren. Sondern ich stehe auch noch mit so vielen offenen Fragen da. Es ist dann so, als sei ein Faden meines Lebens einfach abgerissen und hänge nun ausgefranst und ohne Anschluss herum. Ich habe nichts gewusst und werde nie etwas wissen.« Sie sah Rebecca voller Trostlosigkeit an und gewahrte Mitgefühl und Anteilnahme in den Augen der anderen.

»Ich verspreche Ihnen etwas«, sagte Rebecca. »Wenn es wirklich so kommt, dann helfe ich Ihnen, alles über Marius' Vergangenheit herauszufinden. Kein Mensch steht in der Welt ohne die geringste Verbindung zu seiner Vergangenheit. Wir werden Spuren finden und ihnen folgen, und Sie werden die Puzzleteile zusammensetzen, bis ein Bild entsteht.«

Inga nickte.

Bis ein Bild entsteht ...

Sie schauderte bei dem Gedanken, dass es ein Bild sein könnte, von dem sie später wünschen würde, es nie gesehen zu haben.

3

Es dauerte zwanzig Minuten, bis Pit Becker klingelte. Karen hatte inzwischen drei Schnäpse getrunken und fühlte sich für das bevorstehende Abenteuer halbwegs gewappnet.

»Hi«, sagte Pit, »wie geht's?«

Sie lächelte, angestrengt, wie ihr schien. »Es geht. Ich bin ziemlich nervös, wenn ich an die nächste Stunde denke.«

»Ich auch«, gab Pit zu.

Sie sahen einander an, beide in dem Bewusstsein, dass der Augenblick noch alles offen ließ, dass sie ohne Schwierigkeiten von ihrem Plan Abstand nehmen konnten.

»Warum tun Sie das?«, fragte Karen.

Er zögerte. »Ich weiß es nicht. Ich denke, so etwas gehört sich, oder?« Er trat von einem Fuß auf den anderen, fuhr sich mit den Fingern durch seine Stirnhaare und schien sich dann plötzlich einen Ruck zu geben.

»Nein, Scheiße, was rede ich für einen Mist«, sagte er. »Um ehrlich zu sein, ich bin überhaupt kein guter Mensch. Ich habe riesige Probleme. Wer heuert heute noch einen Gärtner an? Alle Welt spart, und wenn sich in meinem Leben nicht bald etwas Entscheidendes ändert, kann ich irgendwann in den nächsten Monaten Sozialhilfe beantragen.«

»Oh«, sagte Karen und fand gleichzeitig, dass sich das dumm anhörte.

»Ja – oh!«, wiederholte Pit. »Das ist die Welt jenseits der

komfortablen Eigenheime mit den hübschen Gärten, den schönen Autos und den gepflegten Gattinnen. In diesem Land finden verdammt harte Existenzkämpfe statt, das können Sie mir glauben.«

»Ich lebe nicht auf dem Mond«, entgegnete Karen, »und in der Welt der komfortablen Eigenheime gibt es auch Sorgen und Nöte, das können *Sie* mir glauben.«

»Okay«, sagte Pit. Der Moment von Schärfe und Gereiztheit war vorüber. Er war wieder der nette, braun gebrannte junge Mann, der den Charme der Sorglosigkeit ausstrahlte.

»Es sollte eine Art feste Anstellung sein, die Lenowsky mir angeboten hat«, erklärte Pit. »Neben meinen Arbeiten im Garten sollte ich auch für Reparaturen am und im Haus zur Verfügung stehen. Ich sollte außerdem bei Bedarf Kaminholz hacken und aufschichten, im Herbst das Laub zusammenfegen, im Winter Schnee schippen. Lauter solche Dinge eben, die alte Menschen nicht mehr so gut hinbekommen. Dafür wollte er mir monatlich einen festen Betrag zahlen. Kein Vermögen, weiß Gott nicht, aber eine Grundlage, die mir helfen würde, zu überleben. Ohne Sozialamt. Seit Wochen kann ich nur an diese eine, einzige Chance denken. Verstehen Sie? Es macht mich fertig, dass die beiden Alten offenbar verschwunden sind. Ich muss einfach wissen, was mit ihnen los ist. Sie können mich gern für gierig und berechnend halten, aber es geht um meine Existenz!«

Karen zog die Haustür hinter sich zu. »Ich halte Sie nicht für gierig und berechnend. Ich verstehe Sie, und ich sehe jetzt viel mehr Sinn in dem, was wir tun. Gehen wir.«

Sie hatte ihn überrascht, das konnte sie spüren.

Pits Auto parkte vor dem Nachbargrundstück. Er schwang sich auf die Ladefläche des grün lackierten Lieferwagens und hob die Leiter herunter. Karen öffnete das Gartentor. Über den Weg, auf dem der Löwenzahn schon wieder deutlich höher stand, gelangten sie in den rückwärtigen Garten, wo sie unterhalb des steinernen Balkons stehen blieben. Die Veranda mit den verstaubten Sitzkissen auf den Stühlen und der zerknäulten Tischdecke in der Ecke bot den gleichen trostlosen Anblick wie einige Tage zuvor.

»Ich habe ein ganz dummes Gefühl«, sagte Karen.

»Ich auch«, meinte Pit. Er richtete die Leiter auf. Sie reichte problemlos bis an die obere Balustrade.

»Also, ich klettere jetzt hinauf und verschaffe mir einen Überblick. Warten Sie hier unten. Am Ende haben wir da oben ja gar keine Chance, ins Haus zu kommen.«

Er verschwand nach oben, schwang sich über das Balkongeländer. Karen starrte hinauf. Jenseits des Gartenzauns stand Kenzo und bellte aufgeregt herüber.

»Können Sie etwas sehen?«, rief sie mit gedämpfter Stimme.

Pit erschien neben der Leiter. »Hier ist wirklich ein Fenster, dessen Rollladen offen steht. Das ist unsere einzige Chance.«

»Aber wie wollen Sie es öffnen?«

»Ich habe einen Glasschneider dabei.«

Er ist wirklich gut vorbereitet, dachte Karen. Sie fühlte sich äußerst unwohl in ihrer Haut.

»Ich versuche, ein Stück aus der Scheibe zu schneiden«, fuhr Pit fort, »und dann hindurchzugreifen und das Fenster von innen zu öffnen.«

»Und wenn die Alarmanlage eingeschaltet ist?«

Pit zuckte mit den Schultern. »Das müssen wir riskieren.«

»Soll ich raufkommen?«

»Ja. Hoffentlich sind Sie schwindelfrei!«

Das werde ich gleich feststellen, dachte Karen und machte sich an den Aufstieg. Kenzo fand diesen Anblick offenbar so verblüffend, dass er zu bellen aufhörte und die Bewegungen seines Frauchens mit großen Augen verfolgte.

Oben angekommen, half ihr Pit bei dem letzten Stück über das Geländer. Karen stand auf dem kleinen Balkon und klopfte sich den Staub von den Jeans. Um sie herum standen Terrakotta-Töpfe mit Geranien, Begonien und Margeriten, aber die Blumen boten den gleichen traurigen Anblick wie ihre Leidensgenossen unten im Garten: Ziemlich verwelkt steckten sie in der trockenen Erde und ließen ihre Köpfe hängen.

»Sehen Sie«, sagte Pit, »dieses Fenster will ich öffnen.«

Das Fenster ohne Rollladen wirkte wie das einzige lebendige Auge in dem wie tot wirkenden Haus. Neben all den Anzeichen von beginnender Verwahrlosung und Bedrohung schien es harmlos und normal. Schneeweiße Spitzengardinen bauschten sich jenseits der Scheibe.

»Und Sie meinen, Sie können ein Loch in die Scheibe schneiden?«, fragte Karen. Ihr wurde immer mulmiger zumute. Zudem konnte sie sich des Gefühls nicht erwehren, dass sie von allen Seiten beobachtet wurden. Sie kam sich entsetzlich exponiert vor auf diesem Balkon. Sicher hatte man in sämtlichen Nachbarhäusern bemerkt, dass hier zwei Menschen über eine Leiter in ein leer stehendes Haus einzudringen versuchten, und man nahm sie nun voller Argwohn ins Visier. Vielleicht verständigte sogar schon jemand die Polizei.

»Ich bin froh, wenn wir hier fertig sind und verschwinden können«, murmelte sie.

Pit hielt bereits den Glasschneider in der Hand und setzte ihn gleich neben dem Fenstergriff von außen auf die Scheibe.

»Das wird gar nicht so schwierig«, meinte er, ohne auf Karens Worte einzugehen.

Das Geräusch, das der Schneider verursachte, war erstaunlich leise. Ein seltsames Knirschen, ein Knacken, und dann zog Pit mit einem Saugnapf ohne größeren Aufwand ein fast rundes Stück Glas aus der Scheibe. Er legte es vorsichtig auf den Boden, griff durch das Loch in das Innere des Zimmers und öffnete den Fenstergriff. Die Alarmanlage war nicht angesprungen. Das Fenster schwang auf.

Sie wichen beide in derselben Sekunde zurück. Der Gestank, der ihnen aus dem stickigen Haus entgegenschlug, traf sie unvorbereitet und war mörderisch. Süßlich, schneidend, alles nur denkbar Widerwärtige in sich vereinend. Es war so furchtbar, dass Pit schlagartig grau bis in die Lippen wurde und Karen sich zur Seite wenden und eine Hand gegen ihren Mund pressen musste; sie hatte einen Moment lang mit schier unüberwindbarem Brechreiz zu kämpfen.

»Verdammt«, japste sie, als sie wieder sprechen konnte, »was ist das?«

Pit schob die Gardinen beiseite. Auch ihm war deutlich anzusehen, dass er gegen einen Brechreiz ankämpfen musste. »Wir müssen da jetzt rein.«

»Ich kann nicht ...« Wieder würgte sie.

»Ich gehe.« Pit schwang sich durch das Fenster. Nach einem Moment des Zögerns folgte ihm Karen, die Hand fest vor ihr Gesicht gedrückt.

Es ist ein Albtraum, dachte sie.

Sie wusste jetzt, dass sie etwas Entsetzliches finden würden.

Sie fanden Fred Lenowsky im Bad, das gleich neben dem Zimmer lag, in das sie eingestiegen waren. Er saß nackt auf der Toilette; seine Füße waren mit einem Strick an den emaillenen Sockel gefesselt, die Hände waren auf den Rücken gebunden, und sein Kopf wurde durch eine Wäscheleine aufrecht gehalten, die unter seinem Kinn entlanglief und dann nach oben führte, wo sie an einem Nagel, der aus der Decke ragte, befestigt war. Lenowsky sah auf groteske Weise gedemütigt aus; auch deshalb, weil er eindeutig tot war, aber dennoch gezwungen wurde, in dieser Haltung der Erniedrigung zu verharren. Zudem war er bereits im Zustand der Verwesung begriffen, was seine Gesichtszüge auf eine grausame Weise entstellte.

»Wie … ist er gestorben?«, flüsterte Karen und fragte sich gleichzeitig, ob dies zu klären der im Augenblick wichtigste Umstand war. Sie stand in der Tür, erstarrt vor Schreck, blickte auf den toten Mann und vernahm ein immer lauter werdendes Dröhnen in ihren Ohren – oder war es eher ein Rauschen? Sie vermochte nicht zu glauben, was sie sah, und hoffte inständig, sie werde nicht in Ohnmacht fallen. Der widerwärtige Gestank von Verwesung drang von allen Seiten auf sie ein und erfüllte das Haus vollkommen. Karen versuchte, ausschließlich durch den Mund zu atmen. Einen Moment lang dachte sie voller Panik, sie würde den Geruch am Ende nie wieder loswerden.

Pit, der ebenfalls für einen Moment bewegungsunfähig gewesen war, trat einen Schritt auf die Leiche zu.

»Na, jedenfalls war es wohl kein natürlicher Tod«, sagte er rau. Seine Stimme gehorchte ihm nicht richtig, er räusperte sich. »Denn normalerweise setzt man sich zum Sterben kaum gefesselt auf eine Toilette, oder?«

Er stand jetzt direkt vor dem Toten.

»Keine Ahnung, wie er gestorben ist«, sagte er.

»Ist er schon lange, ich meine … kann man sehen, wann …?«

»Bin ich ein Gerichtsmediziner?«, fuhr er sie an.

Sie verstummte. Lieber Gott, lass es nicht wahr sein, betete sie stumm, ohne in diesem Moment zu realisieren, welchen Triumph über ihren Mann sie am Ende dieses Tages würde feiern können: Denn nun stand fest, dass sie Recht gehabt hatte. Sie war nicht hysterisch, nicht überspannt, nicht verrückt. Sie hatte einfach nur hundertprozentig Recht gehabt.

»Wir sollten nichts anfassen«, flüsterte sie.

»Klar«, sagte Pit. Er drehte sich zu ihr um. Sie sah, dass er trotz seiner gebräunten Haut kalkweiß im Gesicht geworden war.

»Wir müssen nach Frau Lenowsky sehen«, sagte er.

»Ich glaube nicht, dass ich das kann«, entgegnete Karen mit dieser fremden, leisen Stimme, von der sie erst akzeptieren musste, dass sie zu ihr gehörte. Aber trotz dieser Worte bewegte sie sich rückwärts von der Tür weg und stand nun mitten im Treppenhaus. Es war dämmrig. Helligkeit kam nur aus dem Zimmer, dessen Fenster sie geöffnet hatten, und von unten durch die gefärbten Glasscheiben der Haustür. Dennoch erkannte sie, dass es wie auf einem Schlachtfeld aussah. Die Perserbrücken, die überall verteilt lagen, waren verrutscht, dazwischen lagen allerlei Gegenstände verstreut: Rollen mit Toilettenpapier, Kugelschreiber, Bürsten und Kämme, Akten, Papiere, Notizbücher, der gesamte Inhalt eines Nähkorbs, Unterwäsche, Zeitschriften, eine fleckige Bettdecke. An der Wand wies ein quadratischer, gelblicher Fleck darauf hin, dass dort lange etwas gehangen haben musste; ein Spiegel wahrscheinlich, denn auf dem Fußboden darunter lagen Scherben und Glasperlen verstreut, die zum Rahmen gehört haben konnten.

»Vandalismus«, sagte Pit, der nun ebenfalls aus dem Bad kam, »irgendwelche Typen, die hier eingedrungen sind, das alte Ehepaar ermordet und dann das Haus verwüstet haben.«

»Aber wie ... ich kann nicht verstehen, wie das passieren kann, ohne dass irgendjemand etwas merkt.«

»Jemand hat ja etwas bemerkt«, sagte Pit. »Erzählten Sie nicht, dass Ihr Hund ständig das Haus anbellte? Er wusste genau, dass dort etwas Schreckliches passiert war.«

Sie starrten einander an.

»Wir müssen jetzt nach seiner«, Pit machte eine Kopfbewegung in Richtung Bad, »nach seiner Frau suchen.«

»Oder gleich die Polizei rufen.«

»Ich gehe jetzt die Treppe hinunter«, sagte Pit. Vorsichtig balancierte er zwischen all den Gegenständen hindurch, die über die Stufen verstreut lagen. Karen folgte ihm nach einem Moment des Zögerns.

Unten sah es nicht besser aus als oben, es herrschte die gleiche willkürliche Zerstörung. Auf einem Tisch standen zwei Gläser, zur Hälfte mit eingedicktem gelbem Fruchtsaft gefüllt. Eine fast leere Weinflasche befand sich auf einem Wandbord und war zur Fliegenfalle geworden; die Leichen mehrerer Fliegen schwammen darin herum. Pit bückte sich und hob, entgegen ihrer beider Vorsatz, nichts anzufassen, einen flachen Karton auf. »Ich glaub das nicht«, sagte er entgeistert.

Karen erkannte, dass es sich um einen Pizzakarton handelte, und zwar von einem italienischen Service, der ins Haus lieferte. Sie, Wolf und die Kinder hatten selbst schon oft dort bestellt. Auf der Pappe lagen noch ein paar abgenagte Teigränder herum, die vermutlich inzwischen knochenhart waren.

»Die haben sich noch Pizza hierher bestellt!«, sagte Pit. »Haben die Alten umgebracht, sich hier eingenistet und sich sogar noch ihr Essen liefern lassen.«

Karen dachte an ihre Beobachtungen. Die Lichter in der Nacht, geöffnete und dann wieder geschlossene Rollläden, dabei keinerlei Reaktion auf ihr Klingeln. Das Haus war vielleicht längere Zeit bewohnt gewesen, aber nicht von den beiden Menschen, die hier tatsächlich lebten. Die hatte man längst ermordet. Längst?

Ihr kam ein furchtbarer Gedanke, aber sie schob ihn rasch von sich. Hatten die beiden alten Leute noch eine Zeit *lebend* mit ihren Mördern verbringen müssen?

Pit betätigte den Lichtschalter neben der Tür, und es wurde so plötzlich hell, dass Karen entsetzt zusammenzuckte. »Nicht«, sagte sie, »an den Lichtschaltern sind bestimmt Fingerabdrücke.«

»Ja, aber in diesem Dämmerlicht kann man kaum etwas richtig erkennen.« Pit betrachtete nachdenklich den Pizzakarton. »Eine Pizza. Spricht für einen Täter, oder?«

»Oder die anderen haben ihre leeren Kartons sonst irgendwo im Haus liegen gelassen«, meinte Karen, »sehr ordentlich waren sie ja wohl nicht.«

Pit machte einen raschen Schritt auf die Haustür zu und riss sie auf. Sie war nicht verschlossen gewesen. Vor ihnen lag der verwilderte Vorgarten, das helle Sonnenlicht des Hochsommertags und, als erstaunlich beruhigender Anblick, Pits grüner Lieferwagen vor dem Tor, bemalt mit Blumen und Früchten.

»Wieso …?«, begann Karen, aber Pit erklärte gleichzeitig. »Ich wollte uns nur einen Fluchtweg nach draußen sichern. Wer weiß …«

Sie begriff, was er meinte, und ihr wurde kalt vor Entsetzen. »Sie glauben … die sind noch hier?«

»Ich glaube es eigentlich nicht«, sagte Pit. Sie schwiegen beide ein paar Momente, lauschten in die absolute Stille des dunklen, kühlen Hauses hinein. Draußen zwitscherten Vögel und brummten Bienen. Drinnen herrschte tiefes Schweigen.

»Ich glaube es nicht«, wiederholte Pit, »aber sicher ist sicher.«

Rechter Hand von ihnen lag ein großes, gänzlich abgedunkeltes Zimmer, dessen Umrisse sowie die Schatten der Möbel nur vage erkennbar waren. Von ihrem Besuch her wusste Karen, dass es sich um das Wohnzimmer handelte. Zögernd trat sie ein.

»Wir brauchen Licht«, sagte Pit hinter ihr. Er berührte den Schalter nur mit seinem Fingernagel, als er ihn anknipste.

Das Licht enthüllte auf einen Schlag das ganze Drama.

Greta Lenowsky lag bäuchlings auf dem Teppich vor der verschlossenen Terrassentür. Ihre Beine waren grotesk verdreht. Sie trug eine hautfarbene, knielange Unterhose, darüber ein geblümtes Nachthemd, das bis zur Taille hinaufgerutscht war. Um ihren Hals lag ein grünes Hundehalsband, daran befestigt eine ebenfalls grüne Leine. Die Hände an ihren über den Kopf ausgestreckten Armen umklammerten einen Telefonapparat, der allem Anschein nach auf dem verschnörkelten Biedermeiertischchen neben der Tür gestanden hatte. Die eine Hand lag auf der Gabel, die andere hielt den Hörer fest. Greta Lenowsky war tot, aber sie hatte in den letzten Momenten ihres Lebens offenbar versucht, um Hilfe zu telefonieren. Vielleicht hatte ihre Kraft nicht mehr gereicht, eine Nummer zu wählen. Oder sie hatte aus irgendwelchen Gründen keine Verbindung bekommen. Vielleicht war sie gestorben, kaum dass sie den Hörer abgenommen hatte. Man hatte sie erniedrigt und gequält – die Hundeleine sprach eine deutliche Sprache –, aber sie hatte noch die Kraft gefunden, durch das Chaos ihres einstmals so gepflegten Hauses zu kriechen und den lebensrettenden Apparat zu erreichen. Zu spät. Ganz knapp zu spät.

»Wer tut so etwas?«, flüsterte Karen. »Um Gottes willen, wer tut so etwas?«

Sie stand inmitten eines grausamen Albtraums, der unvermittelt über sie hereingebrochen war, und sie merkte, dass sich ihr Gehirn weigerte, in letzter Konsequenz zu begreifen, was ihre Augen sahen. Überall auf dem Teppich waren große Flecken eingetrockneten Blutes, aber sie erinnerte sich später, dass sie in jenen Minuten ständig versucht hatte, diese Flecken als ein Muster zu deuten, das in den Teppich eingewebt worden war, nur um nicht weitere Spuren eines grauenhaften Verbrechens darin erkennen zu müssen.

»Ich rufe jetzt sofort die Polizei«, sagte Pit. Er war, wenn überhaupt möglich, noch bleicher geworden.

Karen sah, dass seine Hände heftig zitterten, als er sein Handy aus der Hosentasche zog. Mit bebenden Fingern schaffte er es erst beim zweiten Anlauf, die Nummer der Polizei einzutippen.

4

Eine Stunde später sah es in der stillen, beschaulichen Wohnstraße aus wie am Drehort eines Films. Es wimmelte von Polizisten und Polizeifahrzeugen, und vor dem Grundstück der Lenowskys war ein weiträumiges Areal mit rotweißen Bändern abgesperrt. Autos, die in die Straße einbogen, wurden angehalten, die Fahrer mussten ihre Papiere vorzeigen. Immer wieder verschwanden Leute im Haus, andere kamen heraus. Handys schrillten. Es ging zu wie im Taubenschlag, aber vermutlich, so dachte Karen, weiß jeder genau, was er zu tun hat und was nicht. Trotz des Gedränges wird niemand Spuren vernichten.

Sie hatte das Gefühl, unter Schock zu stehen. Eine junge, etwas forsche Beamtin hatte ihre Personalien aufgenommen und ihr ein paar Fragen gestellt. Sie war Karen wenig einfühlsam vorgekommen; sie tat so, als sei es ein ganz alltägliches Ereignis, seine Nachbarn ermordet in deren Haus vorzufinden.

»Der ermittelnde Kommissar wird Sie heute noch sprechen wollen«, sagte sie zum Schluss und klappte laut und energisch ihr Notizbuch zu. »Sie halten sich bitte zur Verfügung.«

»Ich wohne ja gleich nebenan«, erwiderte Karen.

Da sich niemand mehr um sie kümmerte, ging sie schließlich wieder in ihren Garten zurück. Sie hatte Pit nicht mehr gesehen und vermutete, dass auch er befragt wurde.

Er weiß ja, wo er mich findet, dachte sie.

Kenzo begrüßte sie stürmisch. Sie kauerte sich neben ihn ins Gras und streichelte ihn und merkte, dass sich dabei das Zittern ihrer Hände zu beruhigen begann. Ein großer Fliederbusch verdeckte an dieser Stelle den Blick auf das Nachbarhaus, und wenn sie das Erlebte auch nicht verdrängen konnte, so gelang es ihr doch für einige Augenblicke, sich davor zu verstecken.

Die Kinder würden sehr bald aus der Schule kommen und natürlich sofort sehen, dass etwas passiert war. Karen beschloss, ihnen von Anfang an die Wahrheit zu sagen, denn sie würden sowieso recht bald Bescheid wissen, und zwar sowohl über das Verbrechen als auch über den Umstand, dass es ihre Mutter gewesen war, die die Leichen gefunden hatte. Sie fragte sich, ob die beiden sich vorstellen konnten, wie sie, Karen, über eine Leiter auf einen fremden Balkon kletterte und im Schlepptau eines jungen Mannes in ein Haus eindrang, in dem ein grauenhaftes Verbrechen verübt worden war. Dies entsprach ganz sicher nicht dem Bild, das sie von ihrer Mutter hatten.

»Die werden sich alle ganz schön wundern«, sagte sie zu Kenzo, und sie meinte in erster Linie Wolf damit. Vielleicht ging ihm irgendwann auf, dass er seine Frau schon immer unterschätzt hatte.

Sie stand auf und wollte über die Terrasse das Haus betreten, da hörte sie, dass sie gerufen wurde, und drehte sich um. Am Zaun stand die alte Frau, die zur anderen Seite hin neben ihnen wohnte, und winkte ihr eifrig zu.

»Ist das wahr?«, fragte sie zischelnd, als Karen zu ihr hintrat. »Die sind beide *ermordet* worden, und Sie haben sie gefunden?«

Karen wunderte sich, wie rasch sich Neuigkeiten in einer kleinen Siedlung herumsprachen. Dass etwas Dramatisches geschehen war, ließ sich unschwer erkennen, aber dass man bereits wusste, dass beide Lenowskys tot waren und wer sie gefunden hatte, zeugte von einem außergewöhnlich schnellen und zuverlässigen Funktionieren des nachbarschaftlichen Informationsflusses.

»Ja, es stimmt«, sagte sie, »beide leben nicht mehr.«

»Ermordet?«, fragte die Alte noch einmal nach, und Karen nickte. »Wie es aussieht – ja.«

»Guter Gott! Man hätte nicht gedacht, dass so etwas in unserer Straße passiert, nicht wahr? Und keiner hat etwas gemerkt!«

»Einer schon«, widersprach Karen und wiederholte damit, was Pit vor mehr als einer Stunde zu ihr gesagt hatte. »Kenzo. Mein Hund. Er wusste, dass etwas passiert war, daher hat er ständig das Haus angebellt.«

Es bereitete ihr eine gewisse Genugtuung, dies noch einmal ausdrücklich klarzustellen, denn schließlich hatte sich gerade die alte, mürrische Frau des Öfteren über Kenzos Bellen beschwert.

Die Alte beäugte Kenzo misstrauisch, so als habe er womöglich selbst etwas mit der Tat zu schaffen. »So? Kleiner Hellseher, wie? Na ja, ich muss schon sagen …« Sie holte tief Luft, »es waren zwar reichlich seltsame Leute, aber das hatten sie nicht verdient!«

Karen fand es beruhigend, dass die Alte den Menschen, die sich nicht in ihr persönliches Weltbild einordnen ließen, doch das Recht auf ein friedliches Ende zubilligte.

»Ich bin noch völlig geschockt«, sagte sie, »zwar habe ich die ganze Zeit über gedacht, dass etwas nicht stimmt, aber … ich habe nicht geglaubt, dass … ein Verbrechen …«

Eine innere Stimme sagte ihr, dass sie sehr wohl an ein Verbrechen gedacht hatte. Ihr ungutes Gefühl, das Frösteln, wenn sie zu dem Haus hinüberblickte, ihr ständiges Bedürfnis, sich zu kümmern, herauszufinden, was geschehen war … Aber es war etwas völlig anderes, an ein Verbrechen zu denken, als ihm plötzlich gegenüberzustehen. Die unmittelbare Konfrontation mit barbarisch ausgeübter Gewalt blieb etwas, worauf man nicht vorbereitet war und sich auch nicht vorbereiten konnte. Karen hatte gelesen, dass es selbst manchen Polizisten so ging.

»Wie sind sie denn umgebracht worden?«, fragte die Alte, und Karen fühlte sich plötzlich zutiefst abgestoßen von ihrer sensationslüsternen Neugier.

»Das konnte ich nicht erkennen«, antwortete sie kühl. Sie wandte sich zum Gehen, aber die andere war noch nicht fertig.

»Es heißt, Sie sind zusammen mit einem jungen Mann dort eingestiegen«, sagte sie und machte eine Kopfbewegung zu dem Lenowskyschen Haus hinüber. Deutlich konnte man zwischen den Büschen im Garten die Leiter erkennen, die am Balkon lehnte.

»Der Gärtner«, sagte Karen, »er war fest mit ihnen verabredet und konnte sich nicht erklären, weshalb sie diese Verabredung vergessen haben sollten. Sie scheinen in diesen Dingen … eher pingelig gewesen zu sein.«

»Hm«, machte die Alte enttäuscht. In ihrer Fantasie hatte sie den ominösen jungen Mann bereits zu Karens geheimem Liebhaber erkoren, und es hätte ihr Freude bereitet, der Straße damit den zweiten sensationellen Leckerbissen zu servieren.

Karen sagte: »Entschuldigen Sie bitte, es geht mir nicht so gut!«, und wandte sich endgültig ab. Es ging ihr wirklich nicht gut. Allmählich wich die Betäubung, die über ihr gelegen hatte, und nun wurden ihre Knie weich, sie fühlte ein

Kribbeln in den Fingern, und ihr Mund schien wie mit Watte gefüllt und völlig ausgetrocknet.

Sie ging in die Küche und trank ein Glas Wasser, starrte dabei zum Fenster hinaus auf den weißen Margeritenbusch, den sie auf der kleinen Frühstücksveranda in einen Terrakottatopf gepflanzt hatte. Die weißen Blumen sahen fröhlich und unschuldig aus. Sie versuchte, ihren Blick an ihnen festzuhalten. An ihrer Ausstrahlung von Reinheit und Frieden. Ein Windhauch bewegte leise die Blütenköpfe. Karen schloss die Augen und sah Fred Lenowsky vor sich, wie er nackt und gefesselt auf der Toilette saß, von seinem Mörder im Tod der Lächerlichkeit preisgegeben.

Ihr wurde übel, sie schlug die Augen auf und betrachtete wieder die Margeriten.

Sie würde ihn von jetzt an immer vor sich sehen. Den toten Fred Lenowsky. Und seine Frau. Das verwüstete Haus. Sie würde es nie wieder loswerden. Ihre Albträume hatten eine neue Dimension erreicht.

Von draußen hörte sie die aufgeregten Stimmen ihrer Kinder. Rasch trank sie noch einen Schluck Wasser, stellte das Glas in die Spüle, straffte in einer unbewussten Geste ihre Schultern.

Sie würde ihnen jetzt erzählen, was geschehen war. Immerhin – dieser Gedanke kam ihr zum ersten Mal – ging im Trubel der Ereignisse dieses Tages für ihre Familie wohl zumindest die Tatsache unter, dass es ganz oben unter dem Dach ein Zimmer gab, das Karen von nun an allein gehören würde.

»Es war also vor ziemlich genau einer Woche, dass Sie zum ersten Mal dachten, dass nebenan etwas nicht stimmt?«, fragte Kommissar Kronborg. Er saß auf dem geblümten Sofa im Wohnzimmer, ein Zwei-Meter-Mann, der in der verspielten Sitzgarnitur erschlagend wirkte. Alles an ihm war größer als bei anderen Menschen: seine Körperlänge sowieso, aber auch seine Hände, seine Füße, seine Nase. Dies verlieh ihm eine Ausstrahlung von Unbeholfenheit, als wisse er nie so recht, wohin mit sich, mit seinem Körper. Wie ein *tapsiger Bär*.

Sicher, dachte Karen, passiert es ihm ziemlich oft, dass er unterschätzt wird.

Sie selbst würde diesen Fehler nicht begehen. Ihr waren sofort seine wachen, intelligenten Augen aufgefallen, aber auch der Zug von Härte und Entschlossenheit um seinen Mund. Kronborg war ein Mann, der sehr genau wusste, was er wollte. Einfach so wurde man schließlich auch nicht Kommissar im Morddezernat.

Sie hatte ihn zuerst auf die Terrasse bitten wollen, aber er hatte gesagt, er wolle lieber im Haus mit ihr sprechen. Natürlich war ihm klar, dass an diesem Nachmittag die Nachbarsgärten voller Menschen waren, die alles daran setzten, jede noch so kleine Information aufzuschnappen, und das Hauptaugenmerk richtete sich dabei auf Karen und jeden, der mit ihr sprach.

»Ja«, erwiderte sie nun auf seine Frage, »vor einer Woche. Es ging um unsere Ferienreise …« Sie berichtete, wie sie mehrfach erfolglos bei den Lenowskys geklingelt hatte, wie irritiert sie gewesen war, dass niemand öffnete, obwohl sie zwischendurch Licht sah und auch die Rollläden offenbar hinaufgezogen und herabgelassen wurden.

»Die Lenowskys hätten verreist sein können«, sagte Kronborg, »und sie hätten jemanden beauftragt haben können, sich um das Haus zu kümmern.«

»Aber hätte dieser *Jemand* nicht geöffnet, als ich klingelte?«

»Es hätte sich auch um ein installiertes Sicherheitssystem

handeln können«, sagte Kronborg, anstatt ihre Frage zu beantworten. »Rollläden gehen automatisch hoch und runter, verschiedene Lichter gehen zu verschiedenen Zeiten an und aus, und das alles dient keinem anderen Zweck als dem, ein leer stehendes Haus bewohnt erscheinen zu lassen.«

»Aber müsste man dann nicht nach ein paar Tagen wenigstens ein System erkennen? Einen bestimmten, sich letztlich dann doch immer wiederholenden Rhythmus, in dem beispielsweise die Lichter brennen und erlöschen?« Karen runzelte die Stirn. »Aber warum …«

Kronborg wusste, was sie fragen wollte, und hob beschwichtigend die Hand. »Warum ich darauf beharre, nachdem ja nun klar ist, dass Ihr Verdacht völlig zu Recht bestand? Nun, es ist für meine Ermittlung wichtig, genau zu wissen, was in Ihnen diese … Beunruhigung ausgelöst hat. Darin können sich winzige Bausteine finden, die sich am Ende als bedeutsam erweisen, um den Täter zu finden. Beobachtungen, deren Hintergrund Sie gar nicht erkennen, den vielleicht auch ich jetzt noch nicht erkenne, der aber durchaus brisant sein kann.« Er rutschte auf dem Sofa hin und her und versuchte, für seine zu langen Beine unter dem Couchtisch eine neue Position zu finden. »Verstehen Sie, was ich meine?«

»Ja«, sagte Karen, »natürlich.«

»Meine Kollegen haben mit den Nachbarn auf der anderen Seite der Lenowskys gesprochen. Denen ist nicht das Geringste aufgefallen.«

Karen überlegte. »Es hing bei mir sicher damit zusammen, dass ich so dringend versuchte, Kontakt mit ihnen aufzunehmen. Wir wohnen noch nicht lange hier, und sie waren die Einzigen, die ich wenigstens ein bisschen kannte – wobei kennen viel zu viel gesagt ist, aber ich hatte mich ihnen vorgestellt, und wir grüßten uns über den Zaun hinweg. Wir wollten am übernächsten Freitag für zwei Wochen in die Türkei fliegen. Ich musste jemanden finden, der den Garten gießt und die Post aus dem Briefkasten nimmt. Ich habe förmlich darauf gelauert, einen von den Lenowskys im Garten zu sehen. Ich hatte das Haus ständig im Visier ... vielleicht wäre mir sonst auch nichts aufgefallen.«

Er beobachtete sie sehr genau. »Es klingt, als hätten Sie ganz schön unter Stress gestanden wegen Ihrer Ferienreise.«

»Ja, das habe ich«, sagte Karen.

Er nickte. »Sie sagten gerade, Sie *wollten* in die Türkei fliegen? Heißt das, Sie wollen es jetzt nicht mehr?«

»Mein Mann wird mit den Kindern fliegen«, sagte Karen, obwohl sie gar nicht wusste, ob Wolf das tatsächlich tun würde, »und ich werde hier bleiben.«

Kronborg hob fragend die Augenbrauen.

Karen erwiderte seinen Blick schweigend.

»Äh ... hängt diese Veränderung in Ihren Absichten mit dem Verbrechen nebenan zusammen?«, fragte er schließlich.

»Nein«, sagte Karen, »das hat damit gar nichts zu tun.«

Er nickte wieder, und sie hatte das ungute Gefühl, dass er bereits eine Menge aus ihrem Leben und über sie wusste.

Er blätterte in seinem Notizbuch. »Dieser ... wie heißt er? ... Pit Becker – den kennen Sie noch nicht lange?«

»Nein. Ich habe ihn letzte Woche kennen gelernt. Er stand bei den Lenowskys vor dem Gartentor und fragte mich, ob ich wisse, wo sie sein könnten. Er sollte einen großen Auftrag bekommen, und deshalb war er außerordentlich daran interessiert, was mit ihnen los sein könnte.«

»Hm. Das erklärt vielleicht seinen ... Einsatz. Es war schon ein bisschen ungewöhnlich, dass Sie beide einfach über den Balkon einstiegen und auf eigene Faust Nachforschungen anstellten, oder? Warum haben Sie nicht einfach die Polizei angerufen?«

Weil man nicht einfach die Polizei anruft, dachte Karen, weil man sich unter Umständen höchst lächerlich dabei macht.

Laut sagte sie: »Wir waren beide unsicher, ob wir nicht irgendwelchen Hirngespinsten hinterherjagen. Weder er noch ich kannten die Lenowskys näher, insofern hätten wir auch nicht klipp und klar sagen können, dass ihr Verhalten so ungewöhnlich war. Einfach zu verschwinden, niemandem etwas zu sagen, den Briefkasten überquellen und den Garten vertrocknen zu lassen … es schien uns untypisch für sie, weil sie auf uns beide eher den Eindruck gemacht hatten, sehr penibel zu sein, aber wir hätten es nicht beschwören können.«

Karen bemühte sich, ihm das komplizierte nachbarschaftliche Verhältnis klarzumachen. »Verstehen Sie, wir wohnen hier seit April, aber in der ganzen Zeit war ich nur einmal drüben bei ihnen und habe mich etwa zwanzig Minuten lang unterhalten. Ansonsten gab es nur ein *Hallo* oder *Guten Tag* über den Zaun hinweg. Und Pit Becker war mit Fred Lenowsky nur durch den Garten gegangen und hatte sich im Wesentlichen über die Frage unterhalten, wie man das Moos aus dem Rasen entfernen könnte. Er kannte ihn auch nicht wirklich persönlich. Zudem war unser Verdacht sehr vage. Ein ungutes Gefühl, ein paar schwer erklärbare Vorkommnisse – reicht das, einen Polizeieinsatz zu fordern?«

»Das ist sicher eine schwierige Entscheidung«, räumte Kronborg ein. Er seufzte. »Ein komplizierter Fall. Abgesehen von dem Fenster, durch das Sie und Herr Becker eingedrungen sind, gibt es keinerlei Einbruchsspuren. Sieht so aus, als hätten die Lenowskys ihren Mörder – oder *ihre* Mörder – selbst ins Haus gelassen.«

»Sie meinen, jemand hat einfach geklingelt und …«

»Zum Beispiel. Oder sogar einen Schlüssel gehabt.«

»Einen Schlüssel? Aber dann müsste es ja ein Verwandter gewesen sein oder ein enger Bekannter!«

»Nicht unbedingt. Einen Schlüssel gibt man ja unter Umständen auch dem Nachbarn oder ...« Er hob beruhigend beide Hände, als er sah, dass Karen den Mund öffnete. »Sie hatten keinen, das wollte ich damit nicht unterstellen. Ich wollte nur sagen, dass es in solchen Fällen eine Reihe von Möglichkeiten gibt. Da wir gerade davon sprechen: Wissen Sie etwas über Verwandte der Lenowskys? Kinder vielleicht? Enkel?«

Sie schüttelte den Kopf. »Ich habe gehört, dass sie keine Kinder hatten. Und andere Verwandte ... keine Ahnung. Wie gesagt, ich kannte sie ja praktisch nicht.«

»Aber Sie haben miteinander telefoniert«, sagte Kronborg.

Karen sah ihn perplex an. »Wir haben telefoniert? Frau oder Herr Lenowsky und ich?«

»Vielleicht war Ihr Mann am Apparat? Wir haben ...«

Ihr fiel das kurze Gespräch mit Fred Lenowsky vor über einer Woche ein. Das war sozusagen sein letztes Lebenszeichen gewesen, und sie hatte sich später einige Male geärgert, dass sie damals nicht gleich wegen der Ferien gefragt hatte. Worum war es noch gegangen? Richtig, um das Auto.

»Ich habe mit Herrn Lenowsky gesprochen«, sagte sie, »unsere Garagen grenzen ja aneinander, und ich hatte meinen Wagen auf dem Vorplatz etwas ungeschickt geparkt. Er kam nicht raus und bat mich, das Auto anders zu stellen.« Sie erinnerte sich an die arrogante Art, mit der er diesen Wunsch geäußert hatte. Nicht direkt unfreundlich, aber sehr von oben herab. Sie war sich wie ein gemaßregeltes Schulmädchen vorgekommen.

»Nein«, sagte Kronborg, »dieses Gespräch meine ich nicht. Sie wissen, dass Greta Lenowsky in den letzten Minuten vor ihrem Tod versucht hat, um Hilfe zu telefonieren. Es war Ihre Nummer, die sie gewählt hat.«

Karen brauchte eine Sekunde, um zu begreifen, was er meinte. »Meine ... unsere Nummer?«

»Ja. Wir haben noch nicht herausgefunden, an welchem Tag das war, aber das wissen wir bald. Fest steht, dass die letzte Nummer, die von diesem Apparat aus angewählt wurde, die Ihre war.«

»Es könnte sich aber dann auch um das Gespräch handeln, das ich mit Fred Lenowsky geführt habe?«

»Möglich«, räumte Kronborg ein, »aber das wird sich feststellen lassen. Meine Hypothese ist im Moment die, dass es Greta Lenowsky tatsächlich noch gelungen ist, einen Anruf zu tätigen, und dass sie dabei Ihre Telefonnummer benutzt hat. Sie war vermutlich nicht einmal mehr in der Lage, die Polizei anzurufen, sie hat einfach die Wahlwiederholung gedrückt. Wegen des Gesprächs mit Fred Lenowsky einige Tage zuvor war Ihre Nummer gespeichert und wurde automatisch angewählt.« Er sah sie fragend an. »Aber offenbar – kam ein Gespräch nicht zustande?«

Karen hatte das Gefühl, alles in ihrem Kopf beginne sich zu drehen, als spreche Kronborg schneller, als sie denken konnte, und als hinke sie all dem, was er sagte, hoffnungslos hinterher. »Das würde doch bedeuten, dass ... Frau Lenowsky ziemlich bald nach meinem Gespräch mit ihrem Mann gestorben ist, oder? Denn sonst hätte sie doch sicher inzwischen mit jemand anderem gesprochen, und es wäre nicht unsere Nummer als Letzte auf dem Apparat gewesen.«

»Die gerichtsmedizinischen Gutachten liegen natürlich noch nicht im Detail vor«, sagte Kronborg, »aber nach der ersten Untersuchung der Toten schätzt der Arzt, dass Fred Lenowsky seit einer knappen Woche tot ist. Seine Frau ist etwas später gestorben, vielleicht erst vor vier oder fünf Tagen.«

»Aber ...«

»Kurz nach Ihrem Gespräch mit Fred Lenowsky ist vermutlich der Mörder in das Haus eingedrungen. Von dem Moment an gab es für die beiden alten Leute keine Möglichkeit mehr, nach draußen zu telefonieren.«

Karen schluckte. Ihre Stimme war nur ein Flüstern, als sie sagte: »Dann haben sie noch ein paar Tage gelebt. Als der ... der Täter schon im Haus war.«

»Ja.« Kronborg überlegte eine Sekunde und sagte dann: »Sie sind gefoltert worden. Alle beide. Stundenlang. Der oder die Täter haben sie in ihrem eigenen Haus festgehalten und gequält. Möglicherweise über zwei oder sogar drei Tage. Für die beiden alten Menschen ist der Tod schließlich eine Erlösung gewesen.«

Der Schwindel in Karens Kopf wurde stärker. »O Gott«, brachte sie leise hervor.

Über Kronborgs kühle, intelligente Augen glitt ein Schatten von Mitgefühl. Karen konnte spüren, dass sie weiß bis in die Lippen geworden war. Die beiden alten Leute. Die spießige Greta mit ihren Häkeldeckchen unter den Blumentöpfen im Wohnzimmer und ihren festgefügten, engen Ansichten, und der herrschsüchtige Fred, der stets darauf beharrte, Recht zu haben, und seine Meinung auf eine Art äußerte, die Widerspruch von vornherein im Keim erstickte ... Sie hatte sie unsympathisch gefunden. Aber doch auch normal, alltäglich. Keinesfalls prädestiniert für den Albtraum, durch den sie am Ende ihres Lebens hatten gehen müssen. Und keinesfalls hatten sie ihn verdient. Für nichts in der Welt.

»O Gott«, sagte sie noch einmal. Sie sah Kronborg verzweifelt an. »Ich habe viel zu spät gehandelt. Ich wusste, dass etwas nicht stimmt! Ich *wusste* es einfach. Mein Hund wusste es. Er bellte Tag für Tag ihr Haus an, wütend und heftig. Er tut so etwas sonst nie. Sie müssen noch gelebt haben, als er damit anfing. Als ich dieses Gefühl von Bedrohung spürte!« Sie stand auf und meinte gleich darauf, ihre Beine müssten unter ihr wegknicken. Sie hielt sich an der Sessellehne fest. »Ich hätte sie retten können. Und ich habe nichts getan. Ich habe mich feige verkrochen und mir von meinem Mann einreden lassen, dass ich spinne.«

Sie brach in Tränen aus.

5

»Also, vielleicht könntest du mir das alles mal erklären!«, sagte Wolf.

Eigentlich hatte Karen ihm schon alles erklärt. Seine Miene hatte jedoch mit jedem Satz, den sie sagte, größere Ungläubigkeit ausgedrückt, und eigentlich schien er sagen zu wollen: *Sag, dass das nicht wahr ist!*

»Die beiden sind wirklich ermordet worden ...«, setzte Karen an, aber er unterbrach sie unwirsch: »Das habe ich kapiert. Selbst mir sind die Absperrungen und die Polizeiautos vor dem Nachbarhaus aufgefallen. Was ich wissen möchte, ist, weshalb meine Frau in ein fremdes Haus eingestiegen ist und dort zwei Leichen gefunden hat!«

Karen hätte gerne schnippisch erwidert: Nun, weil dort eben zwei Leichen herumlagen! Aber es war klar, dass er mit seiner Frage den Umstand meinte, dass sie eingestiegen war.

Es muss sich für ihn ja auch seltsam anhören, dachte sie.

»Der Gärtner ...«

Wolf lockerte seine Krawatte. »Von welchem Gärtner redest du überhaupt dauernd?«

»Dem Gärtner der Lenowskys. Der machte sich nämlich auch Gedanken um die beiden. Genauso wie ich.«

»Abstrus!«

»Was?«

»Abstrus, solche Gedanken. Weil zwei Menschen mal nicht aufmachen. Wenn wir beide verreist wären, ohne jemandem Bescheid gesagt zu haben – möchtest du dann, dass wildfremde Leute in unser Haus eindringen und einfach nachsehen, was aus uns geworden ist?«

Karens Lippen begannen zu zittern. Lass dich nicht von ihm schon wieder aus dem Gleichgewicht bringen, redete sie sich gut zu.

»Die haben noch ein paar Tage gelebt, sagt der Kommissar. Hätte ich mich früher gekümmert ...«

Es war Wolf endlich gelungen, seine Krawatte vom Hals zu zerren. Wie üblich warf er sie aufs Bett. »Darum geht es nicht. Gut, du hattest Recht mit deinen ... schaurigen Geschichten. Aber das ist nicht der Punkt. Prinzipiell ist es nicht in Ordnung, in ein fremdes Haus einzudringen. Warum hast du nicht die Polizei angerufen, wenn du so überzeugt warst, dass etwas nicht stimmt?«

Es ist wie ein böser Traum, dachte sie. Hatte nicht gerade Wolf immer wieder erklärt, es sei völlig unmöglich, die Polizei wegen eines bloßen und noch dazu *an den Haaren herbeigezogenen* Verdachts anzurufen?

Aber etwas begriff sie in diesem Moment: In seinen Augen würde sie immer alles falsch machen. Ganz gleich, was sie tat, es war falsch, weil *sie* es tat. All ihre Bemühungen der letzten Jahre, die Frau zu sein, die er sich wünschte, waren von Anfang an zum Scheitern verurteilt gewesen. Er hatte ihr nie die geringste Chance eingeräumt. Irgendwann, irgendwo, aus irgendeinem Grund war ihm die Liebe zu ihr abhanden gekommen, und der Umstand, dass er glaubte, dennoch mit ihr zusammenbleiben zu müssen – der Kinder wegen vielleicht, oder weil er meinte, er sei es seiner Reputation schuldig –, ließ ihn aggressiv, unzufrieden und chronisch gereizt sein. Er wollte sie nicht mehr. Er zeigte es ihr seit langem sehr deutlich, bloß hatte sie sich geweigert, ihn zu verstehen.

»Ach, Wolf«, sagte sie müde, »dagegen warst du doch auch. Du warst gegen alles. Du bist gegen alles. Aber ich frage mich, weshalb dich die Dinge, die ich tue, überhaupt noch aufregen. Du lebst dein Leben, und ich lebe meins.«

Wolf zog die Augenbrauen hoch. »Du bist immer noch meine Frau. Alles, was du tust, wirft unweigerlich einen Schatten auch auf mich.«

»Was wirft denn bei dieser Sache einen Schatten?«

»Verstehst du das nicht? Wir sind mit hineingezogen worden in dieses Verbrechen. Wir werden befragt, wir werden womöglich die Presse am Hals haben, unser Name wird in der Zeitung erscheinen ... Und ich finde das alles einfach nur unangenehm. Abstoßend und unangenehm!« Er sah erschöpft aus.

Sie dachte, dass es ihm wirklich Probleme bereitete, und auf eine gewisse Weise verstand sie ihn auch. Sie hatte dafür gesorgt, dass sie und ihre Familie in eine unmittelbare Berührung mit dem schrecklichen Geschehen gerieten, und indem dies womöglich auch noch öffentlich wurde, würde es sich kaum mehr verdrängen lassen. Kein Mensch streifte gern das Grauen. Sie hatte eine Ahnung, dass der Mord im Nachbarhaus an ihnen allen kleben würde, für immer, und dass sie und Wolf und die Kinder, jeder für sich, ihn stets auf die eine oder andere Weise mit sich herumtragen würden. Sie, Karen, hatte dafür gesorgt, dass ihre Familie nicht die gleiche Distanz zu dem Geschehen gewinnen konnte wie die anderen Nachbarn. Wolf warf ihr das vor, und sie hätte ihm gern gesagt, dass sie verstand, was er meinte – wenn sie die geringste Hoffnung gehabt hätte, dass er auch ihre Empfindungen würde nachvollziehen können. Ihren Drang, handeln zu müssen, ihre Überzeugung, dass ihr der bequeme Weg in diesem Fall von Anfang an nicht vergönnt gewesen war. Wäre nur ein Funken Liebe und Verständnis für sie auf seiner Seite noch vorhanden gewesen, so hätte sie den Versuch unternommen, in gegenseitiger Offenheit für die Nöte des anderen diesen ganzen Albtraum gemeinsam mit ihrem Mann durchzustehen.

Aber da war nichts mehr. Nicht mehr die kleinste Chance.

»Kommissar Kronborg wollte heute Abend noch einmal vorbeikommen«, sagte sie nur.

»Auch das noch!«, erwiderte Wolf gereizt, und wie aufs Stichwort klingelte es in diesem Augenblick an der Haustür.

»Wäre ich nur heute überhaupt nicht nach Hause gekommen«, fügte Wolf hinzu, und Karen dachte verwundert, dass es sie plötzlich überhaupt nicht mehr interessierte, zu erfahren, wo er dann in diesem Fall genächtigt hätte.

»Wir sind ein paar wenige Schritte weiter«, sagte Kronborg. Er hatte diesmal gar nicht erst den Versuch unternommen, sich auf die Couch zu zwängen und seine Beine, zu Korkenziehern verdreht, unter dem davor stehenden Glastisch zu verstauen. Er hatte stattdessen in einem der Sessel Platz genommen und war mit dieser Sitzgelegenheit unauffällig ein paar Zentimeter nach hinten gerutscht, so dass er nun einigermaßen bequem saß. Karen hatte Gläser und zwei Flaschen Wasser gebracht. Der Abend war sehr warm, fast schwül. Die Hitzewelle schien in diesem Sommer nicht abreißen zu wollen.

Ich frage mich, weshalb man da noch in die Türkei reisen soll, dachte sie.

Wolf saß mit Duldermiene auf dem Sofa, aber er schien nicht nur zu simulieren: Er war tatsächlich grau vor Müdigkeit.

»Also, wir haben jetzt rekonstruieren können, wann genau dieser letzte Anruf stattgefunden hat«, fuhr Kronborg fort, »und zwar war das am vergangenen Donnerstag, morgens um halb drei.«

Er sah Wolf und Karen an. »Vergangenen Donnerstag, morgens um halb drei«, wiederholte er, »müsste bei Ihnen das Telefon geklingelt haben. Und Sie haben offensichtlich das Gespräch auch angenommen.«

Karen spürte, wie sie erblasste. Sie verstand nicht, weshalb ihr nicht bei dem Gespräch am Mittag schon alles klar gewesen war. Sie schaute zu Wolf hin und erkannte an seiner Miene, dass auch er schlagartig begriffen hatte, um welchen Anruf es ging.

»Ach, du Scheiße«, sagte er, und die Verwendung eines solchen Ausdrucks in Gegenwart eines Fremden war äußerst ungewöhnlich für ihn.

»Sie erinnern sich an den Anruf?«, hakte Kronborg nach.

»Ja«, krächzte Karen. Sie räusperte sich. »Ja«, wiederholte sie mit etwas festerer Stimme.

»Und ...?«

Sie stand auf, weil sie plötzlich meinte, keine Sekunde länger sitzen zu können. Jenseits des großen Fensters zur Veranda konnte sie das Haus der Lenowskys sehen. Weiß schimmerten seine Mauern zwischen dem dichten, dunkelgrünen Laub der Büsche und Bäume hindurch. Ein friedlicher, stiller, warmer Sommerabend. Kenzo lag draußen mitten auf dem Rasen und schnappte immer wieder nach einer lästigen Fliege, die seinen Kopf umkreiste. Er hatte aufgehört, das Nachbarhaus anzubellen. Die Menschen hatten endlich begriffen, was er die ganze Zeit über gewusst hatte. Er musste nicht mehr darum kämpfen, es ihnen klar zu machen.

»Es kam ein Anruf«, sagte sie, »nachts. Er riss mich ... uns aus dem Schlaf. Ich ... ich dachte sofort, das könnte nichts Gutes bedeuten und lief zum Telefon ...«

Sie stockte. Ich habe so schrecklich versagt, dachte sie.

Kronborg sah sie erwartungsvoll an. Wolf hatte sein Gesicht in den Händen vergraben.

»Ich meldete mich, aber vom anderen Ende der Leitung kam nur ein … Stöhnen. Nichts sonst. Nur ein Stöhnen. Es war, als wolle jemand etwas sagen, könnte aber kein Wort hervorbringen. Es war … furchtbar. Entsetzlich und beängstigend.«

»Sie erkannten niemandes Stimme?«

»Nein. Diese … diese Stöhnlaute waren so unmenschlich, ich glaube, selbst die Stimmen meiner eigenen Kinder hätte ich darin nicht erkannt. Ich dachte …«

»Ja?«

»Ich hatte Angst, es könnte meine Mutter sein. Sie ist alt und lebt allein, und ich dachte plötzlich, vielleicht hat sie einen Schlaganfall erlitten, oder es ist sonst etwas mit ihr passiert …«

»Offenbar dachten Sie aber nicht an einen perversen Liebhaber derartiger Spiele?«, fragte Kronborg. »Irgendjemand, der Gefallen daran findet, wildfremde Menschen anzurufen und mit seinem Stöhnen zu erschrecken?«

»Mein Mann dachte das«, sagte Karen. Sie sah wieder zu Wolf hin, der den Kopf gehoben hatte und sie unverwandt ansah. »Er meinte, das sei ein Verrückter gewesen, und ich sollte die Sache auf sich beruhen lassen.«

»Sie haben das Gespräch also dann abgebrochen?«

»Ja. Nachdem auf meine mehrmalige Bitte, sich doch mit Namen zu melden, nichts passierte, habe ich aufgelegt. Ich fand dann aber keine Ruhe und habe bei meiner Mutter angerufen. Bei ihr war natürlich alles in Ordnung, nur hatte sie sich dann so über *meinen* Anruf aufgeregt, dass sie Herzrasen bekam und meinte, sie könne nun für den Rest der Nacht nicht mehr schlafen. Irgendwie hatte ich wieder einmal alles falsch gemacht.« Sie gewahrte Mitleid in den Augen des Kommissars und hatte einmal mehr den beunruhigenden Eindruck, dass er vieles über sie wusste und recht tief in ihr Inneres zu schauen vermochte. »Ich kam mir hysterisch und überspannt vor. Ich versuchte, den Anruf zu verdrängen und mir einzureden, dass es wirklich so ein Perverser gewesen sei, der seine Befriedigung in derartigen Anrufen fand. Nur ...«

»Nur Sie glaubten es nicht wirklich.«

»Nein. Es war nicht ... nicht diese Art von Stöhnen. Ich kann es nicht genau beschreiben, aber es klang wirklich so, als sei jemand in größter Not. Als sei jemand schwer verletzt oder krank oder ...« Sie schüttelte den Kopf. »Und so war es ja auch. Es war Frau Lenowsky.«

»Sie lag im Sterben«, sagte Kronborg, »denn der oder die Täter hatten mehrfach mit einem Küchenmesser auf sie eingestochen. Wie durch ein Wunder waren keine lebenswichtigen Organe verletzt. Der Arzt meint, dass sie, nachdem ihr die Verletzungen zugefügt wurden, noch etwa achtundvierzig Stunden gelebt hat. Aber ihr Blutverlust war enorm, möglicherweise war sie auch über Stunden bewusstlos. Wir wissen nicht, wann der oder die Täter das Haus endgültig verlassen haben. Irgendwann danach hat sie sich wohl auf den Weg zum Telefon gemacht – den Spuren nach mehr oder weniger auf allen vieren kriechend oder auf dem Bauch robbend. Sie muss völlig am Ende ihrer Kräfte gewesen sein und war wohl nicht mehr in der Lage, eine Nummer zu wählen. Also hat sie die Wahlwiederholung gedrückt – und damit traf sie Ihre Nummer. Aber ...« Er zuckte bedauernd mit den Schultern.

Karen bezog sein Bedauern natürlich sofort auf sich. »Aber ich war nicht in der Lage zu begreifen, was los war!«

Er lächelte ihr zu. »Hören Sie auf, sich Vorwürfe zu machen. Das, was dort drüben passiert ist, liegt außerhalb unseres normalen Vorstellungsvermögens. Es ist ganz natürlich, dass Sie diesen Anruf nicht einordnen konnten. Nein, was ich meinte, ist: Es ist tragisch, dass Greta Lenowsky zwar ihr Telefon noch erreichte, aber dann zu schwach war, auch nur ihren Namen zu sagen. Sie konnte nicht den kleinsten Hinweis mehr auf ihre Identität geben, und damit war der Anruf sinnlos geworden. Ich befürchte jedoch, dass sie zu diesem Zeitpunkt wahrscheinlich auch durch einen Arzt nicht mehr zu retten gewesen wäre.«

Zum ersten Mal, seitdem Kronborg eingetroffen war, ergriff Wolf das Wort: »Gibt es denn irgendeinen Hinweis auf den Täter?«

Kronborg schüttelte bedauernd den Kopf. »Bislang nicht. Es scheint sich das Problem herauszustellen, dass die Lenowskys wohl überhaupt keine Verwandten hatten. Zumindest ist in der Nachbarschaft nichts dergleichen bekannt, und wir sind in unseren Nachforschungen noch nicht so weit gediehen, dass wir unsererseits jemanden hätten ermitteln können. Es ist ja auch niemandem aufgefallen, dass diese Leute über eine Woche nicht mehr gehört oder gesehen wurden. Enge Verwandte oder Freunde hätten sich doch gewundert und sich möglicherweise an die Polizei gewandt.«

»Wir kümmern uns nicht um die Angelegenheiten anderer Menschen«, sagte Wolf sofort, »wir können Ihnen daher in dieser Frage auch nicht weiterhelfen.«

»Nun, Ihrer Frau sind die Angelegenheiten anderer Menschen zum Glück nicht ganz gleichgültig«, meinte Kronborg, »sonst wüssten wir vielleicht noch monatelang nichts von diesem Verbrechen. Denn ob dieser Gärtner allein eingestiegen wäre ...«

»Diesen Gärtner würde ich mal genauer unter die Lupe nehmen«, sagte Wolf aggressiv. Es war klar, dass er in Pit Becker den Mann sah, der Karen zu ihrem unmöglichen Vorge-

234

hen verleitet und ihnen beiden nun eine zweifelhafte Publicity eingebrockt hatte. »Seltsam, sich derart für ein Ehepaar zu interessieren, das er doch kaum kennt, oder?«

»Dann müsste man auch mich *genauer unter die Lupe nehmen*«, meinte Karen.

Wolf sah sie wütend an. »Das ist ja wohl etwas ganz anderes!«, fuhr er auf.

Kronborg hob beschwichtigend die Hände. »Verbrechen wie dieses gehen uns alle an die Substanz. Man ist verstört, wenn grausame Gewalt das eigene Leben so unvermittelt streift. Aber was Ihre Frau und Herr Becker getan haben, war gut, Herr Steinhoff. Angenommen, die beiden Toten wären vielleicht erst in einem Jahr entdeckt worden – dann wären alle denkbaren Spuren wahrscheinlich längst verwischt.«

»Gibt es denn Fingerabdrücke im Haus?«, fragte Wolf.

»Nur von den Lenowskys selbst natürlich und dann noch von zwei Personen, bei denen es sich höchstwahrscheinlich um Ihre Frau und um Pit Becker handelt. Der oder die Täter haben mit einiger Sicherheit Handschuhe getragen.«

»Dann möchte ich mal wissen, wie Sie überhaupt einen Verdächtigen finden wollen!«

»Wir hoffen, durch die Befragung all derer, die Fred und Greta Lenowsky kannten – und sei es noch so entfernt.«

»Fred Lenowsky war früher als Anwalt tätig«, erinnerte sich Karen, »und er hat politisch einflussreiche Freunde gehabt. Jedenfalls hat er mir das erzählt.«

Kronborg nickte. »Das wissen wir. Aus dem aktiven Berufsleben hat er sich allerdings vor etwa fünf Jahren zurückgezogen. Einige der einflussreichen Freunde mag es noch geben – und vielleicht können die uns etwas über sein berufliches Umfeld verraten. Es ist natürlich möglich, dass er sich da irgendwann einmal Feinde gemacht hat.«

»Ich nehme an, das ist sogar ziemlich wahrscheinlich«, meinte Wolf. »Ein Anwalt tritt doch zwangsläufig immer wieder jemandem auf den Schlips!«

»Sicher«, stimmte Kronborg zu, »aber in diesem Fall müsste Lenowsky sich schon einen ganz besonderen Hass zugezogen haben. Denn die Reaktion seines Gegners – wenn es diesen gibt – war doch recht ... drastisch.«

»Ein Raubmotiv scheidet aus?«

»Mit sehr hoher Wahrscheinlichkeit, ja. Zum einen lässt man Menschen, die man einfach nur berauben möchte, nicht auf eine gezielt grausame Weise sterben, bei der sich ihr Todeskampf möglichst noch über Tage hinzieht. Zum anderen scheint dort drüben nichts zu fehlen. Jedenfalls nichts von den Dingen, die Einbrecher klassischerweise mitnehmen. Fred Lenowskys Computer ist da, die Fernseher sind da, Videogeräte und Stereoanlagen fehlen ebenfalls nicht. Im Schlafzimmer gibt es eine Kommodenschublade voll wertvollem Schmuck, und sie ist völlig unangetastet. Nein, hier hat jemand entweder eine persönliche, sehr tief gehende Aversion befriedigt, oder es handelt sich um eine bestimmte Art eines Triebtäters, der willkürlich Opfer sucht und Befriedigung an den Quälereien findet, die er ihnen zufügt.« Kronborg verzog das Gesicht. »Letzteres wäre für uns natürlich viel problematischer. Denn wenn es keine persönliche Verbindung zwischen den Lenowskys und ihrem Mörder gibt, haben wir verdammt schlechte Karten, ihn zu fassen.«

»Hm«, machte Wolf. Er stand auf, um anzudeuten, dass er das Gespräch nun gern beenden würde. »Wir wünschen Ihnen erfolgreiche Ermittlungen«, sagte er, »aber leider werden wir Ihnen nicht mehr lange für Auskünfte zur Verfügung stehen können. Meine Frau hat Ihnen vielleicht schon gesagt, dass wir am Freitag nächster Woche in unseren Urlaub in die Türkei aufbrechen.«

Auch Kronborg stand auf. Mit seinem Gardemaß überragte er den durchaus stattlichen Wolf um einen Kopf.

»Ich hoffe, wir müssen Sie nicht mehr allzu oft belästigen«, sagte er. Dankbar registrierte Karen, dass er nichts von ihren geänderten Plänen verraten würde.

Er wandte sich ihr zu. »Frau Steinhoff, was ich noch wissen wollte: Außer jenem Stöhnen haben Sie dem nächtlichen Anruf nichts entnehmen können? Irgendeinen Wortfetzen vielleicht, egal, wie unverständlich er geklungen haben mag? Einen Laut, der Anfang oder Ende eines Wortes gewesen sein könnte ...«

Karen schüttelte den Kopf. »Nein. Beim besten Willen, da war nichts. Ich hatte den Eindruck, dass der Anrufer – Frau Lenowsky – ständig versuchte, ein Wort zu formen, aber dass es bei aller Anstrengung nicht gelang. Nicht einmal im Ansatz. Es tut mir Leid. Außer Stöhnen war nichts zu hören.«

Kronborg wirkte ein wenig enttäuscht. »Meine Karte habe ich Ihnen ja schon heute Mittag dagelassen«, sagte er, »wenn Ihnen irgendetwas einfällt, egal, was es ist, ob es das Telefonat betrifft oder irgendeine Beobachtung um das Haus herum, dann rufen Sie mich bitte umgehend an.«

»Natürlich«, sagte Karen.

Sie blieb im Wohnzimmer stehen, während Wolf den Besucher zur Tür begleitete.

Als er zurückkam, sagte sie: »Ich wünschte, ich könnte ihm viel mehr helfen.«

»Du hast, weiß Gott, genug getan«, sagte Wolf, »der Rest ist jetzt sein Job.«

Sie sahen einander an. Karen bemerkte eine leise Unsicherheit in seinem Blick. Er wusste, dass er ihr Unrecht getan hatte in den letzten Wochen, dass er einen Fehler gemacht hatte, sie immer wieder als hysterisch und überspannt zu bezeichnen.

Wenn er sich jetzt entschuldigen würde, dachte sie, oder wenn er es wenigstens ansprechen würde … vielleicht hätten wir eine Chance …

Aber der Moment verflog, die Unsicherheit verschwand aus Wolfs Augen. Er hatte nichts dazu gesagt, er würde auch nichts mehr sagen.

»Ich gehe schlafen«, verkündete er. »Gott, war das ein harter Tag! Und zur Krönung dann auch noch dieser Typ hier!«

Er überließ es Karen, die Gläser und Flaschen in die Küche zu räumen. Sie hörte ihn, wie er sich im Bad mit der elektrischen Zahnbürste die Zähne putzte. Es war neun Uhr, weit vor der Zeit also, zu der er sonst ins Bett ging. Er hatte so müde ausgesehen.

Er ist auf dem Rückzug vor mir, dachte sie, während sie die Spülmaschine einräumte, und das strengt ihn an. Es kostet Kraft, mit einem Menschen zu leben, den man nicht mehr liebt.

Vielleicht fühle ich mich deshalb so schwer.

Vielleicht liebe ich ihn auch nicht mehr.

Der Gedanke überraschte sie. An ihren Gefühlen für Wolf hatte sie nie gezweifelt. Es war vielleicht an der Zeit, sich nicht länger nur als das Opfer seiner Launen zu sehen. Sondern herauszufinden, ob sich nicht auch bei ihr etwas geändert hatte.

Sie fragte sich, wann ihm auffallen würde, dass sie nicht mehr neben ihm schlief.

6

»Es wird mir schwer fallen, morgen abzureisen«, sagte Inga.
»Ich hoffe, ich tue das Richtige. Ohne Marius abzufliegen …
Ich kann mir immer noch nicht vorstellen, morgen Abend in
Marseille in das Flugzeug zu steigen – ohne ihn!«

Sie und Rebecca saßen auf der Veranda von Rebeccas
Haus, es war tiefdunkel, eine warme, rabenschwarze Sommernacht voller Sterne.

»Sternschnuppen«, hatte Rebecca gesagt, »wir müssen
auf Sternschnuppen achten. Wir haben fast August. In diesen Nächten sieht man hier besonders viele.«

Eine Frau, die an Sternschnuppen denkt, ist nicht mehr am
tiefsten Grund ihrer Depression, hatte Inga gedacht.

Sie war müde. Der Tag war lang gewesen und anstrengend.
Die Wanderung bis hinüber nach La Madrague, das Mittagessen dort, in dessen Verlauf Rebecca vorgeschlagen hatte,
man könne sich duzen. Der Rückweg, tausendmal anstrengender als der Hinweg, was am Essen liegen mochte, aber
auch an der nun doch rapide steigenden Wärme des Tages.
Verklebt und verschwitzt waren sie daheim angekommen,
und spontan hatte Inga gesagt: »Ich würde jetzt gern baden.
Kann man von deinem Garten aus hinunter ans Meer gelangen?«

Rebecca hatte sofort das Visier herabgelassen, hatte dann
aber widerstrebend geantwortet: »Felix hat damals eine
Holztreppe zwischen den Felsen anlegen lassen. Am Ende
des Gartens.«

»Kommst du mit?«

»Ich war nicht mehr dort unten seit …«

»Du lebst hier in dem Haus. Wo ist der Unterschied, wenn
du auch noch hinunter in die Bucht gehst?«

»Es zieht den Kreis zu weit«, hatte Rebecca gesagt.

Inga hatte überlegt, wie es sein konnte, dass ein Mensch auf diese Art lebte. Innerhalb eines Radius, der die fünf Zimmer eines einsam gelegenen Hauses und den schönen, aber völlig menschenleeren Garten umfasste. Hätte sie je ein Beispiel für eine westliche Form der Witwenverbrennung gesucht, so hätte sie es in Rebecca gefunden. Eine Frau, die mit dem Tod des Partners zu leben aufhört. Die noch atmet, isst und trinkt, aber dennoch nicht mehr am Leben ist.

Sie war dann allein zum Baden gegangen, und einmal mehr war ihr aufgefallen, welch ein Paradies sich der verstorbene Felix Brandt und seine Frau geschaffen hatten. Die Treppe zur Bucht hinunter war steil, aber dank eines stabilen Geländers gut zu bewältigen. Zum größten Teil bestand sie aus massiven Holzbrettern, aber stellenweise hatte man auch eine natürliche Stufenbildung im Felsen ausgenutzt. Während sie diese Treppe hinunterlief – unter sich das blaue Meer und das kleine Stück weiß leuchtenden Sandstrands, über sich den hoch gewölbten Himmel, an dem Möwen schreiend entlangschossen –, empfand Inga zum ersten Mal seit langer Zeit plötzlich wieder ein Gefühl von überwältigender Freiheit, ein Gefühl, im Einklang mit sich selbst zu sein, lebendig zu sein und eine Zukunft zu haben. Die Kraft dieser Empfindung erschreckte sie, denn sie hatte gerade ihren Mann verloren, und es schien ihr nicht an der Zeit, durchströmt zu sein von Freude auf das Leben, das vor ihr lag. Doch dann ging ihr auf, dass dieses Gefühl in ihr war, *weil* Marius nicht mehr bei ihr war. Noch immer glaubte sie nicht, dass er ertrunken war – sie hätte nicht zu erklären vermocht, was genau ihr diese Sicherheit gab, doch sie meinte zu wissen, dass er lebte –, aber es war völlig klar, dass sie und er nicht mehr zusammenkommen würden. Es war vorbei, und angesichts der Erleichterung, mit der sie dieser Umstand erfüllte, konnte es an der Richtigkeit ihrer Entscheidung keinen Zweifel geben. Es war nicht in erster Linie die herrliche Umgebung, die ihr ihren Frieden zurückgab, die Weite des Himmels und des Meeres und das Herumklettern auf der Felswand, sondern es war das Bewusstsein, sich aus einer Umklammerung befreit zu haben, von der sie sich jetzt erst eingestehen konnte, wie atemlos und ängstlich sie darin gefangen gewesen war. Sie hatte sich Rebecca geöffnet, hatte ihr von einigen Problemen mit Marius berichtet, hatte ihr die Situationen geschildert, in denen sie von dem Gedanken bedrängt worden war, etwas stimme nicht mit ihm … Es war das erste Mal, dass sie dies einem anderen Menschen anvertraut hatte, und es war wie ein Dammbruch gewesen. Immer mehr Episoden fielen ihr nun ein, Vorkommnisse, die sie so hartnäckig verdrängt hatte, dass sie wirklich vergessen schienen, erhoben sich aus den verborgensten Winkeln ihrer Erinnerung und standen plötzlich glasklar vor ihr.

Wie hatte sie es nur so lange mit ihm ausgehalten? Wie hatte sie derart eindeutige Signale so konsequent zur Seite schieben können?

Leichtfüßig – als wäre sie buchstäblich leichter geworden – langte sie unten an. Im etwa dreißig Meter breiten Halbrund schmiegte sich der Strand in den Felsen. In flachen, schaumgekrönten Wellen lief das Meer über den Sand. Inga hatte sich umgesehen, aber keinen anderen Menschen entdeckt. Es gab offenbar noch ein weiteres Grundstück, von dem aus man Zugang zu der Bucht hatte, denn am anderen Ende des Strandes führte eine zweite Treppe die Felsen hinauf. Inga konnte weit oben ein kleines Stück Mauer erkennen, das zu einem Haus oder zur Umfriedung des Grundstücks gehören mochte.

Sie hatte die Shorts abgestreift, die sie über dem Badeanzug trug, und war in die Wellen gelaufen. Das Wasser war kälter als erwartet, aber auch wunderbar erfrischend, und nach wenigen Minuten fühlte sich Inga völlig im Einklang mit dem Element. Mit kräftigen Stößen schwamm sie ein weites Stück hinaus, ließ sich dann auf dem Rücken treiben und betrachtete die dunklen Felsen, die hinter ihr lagen, und den blauen Himmel darüber. Forschte ein wenig zaghaft in sich, ob das wunderbare Gefühl des Befreitseins noch anhielt, denn wer wusste, ob es nicht so schnell vergehen würde, wie es gekommen war, aber sie fand es noch; es war stark und intensiv und trug sie mit der gleichen Sicherheit wie das Wasser.

Sie hatte dann noch eine Weile im Sand gelegen und immer ein wenig gehofft, Rebecca werde vielleicht doch noch erscheinen, aber sie ließ sich nicht blicken.

Schließlich hatte sich Inga an den Aufstieg gemacht.

Und nun saßen sie auf der Veranda, ein Windlicht flackerte leicht, sie hatten Gläser mit Rotwein vor sich stehen, und Inga fühlte die angenehme Mattigkeit in allen Knochen, die ein Tag voller Bewegung in Sonne, Wasser und Wind hinterlässt.

»Was wirst du als Erstes tun, wenn du in Deutschland bist?«, fragte Rebecca nun auf Ingas Bemerkung hin, wie schwer es ihr fallen würde, wieder abzureisen.

»Ich werde mir eine Wohnung suchen«, sagte Inga, »ja, das wird wohl das Erste sein. Unsere gemeinsame Wohnung kann Marius behalten.«

»Du bist also völlig sicher, dass er wieder auftaucht?«

»Eigentlich ja. Ich könnte nicht erklären, weshalb das so ist, aber irgendetwas sagt mir … Ich hoffe nur, dass er bald erscheint. Ich muss unsere Wohnung sonst kündigen. Länger als höchstens zwei Monate kann ich mir zwei Mieten keinesfalls leisten.«

»Und da bist du schon sehr großzügig«, meinte Rebecca,

»nach allem, was war, könntest du auch sofort kündigen, und er muss dann sehen, was er tut.«

»Ich habe mir das schon überlegt. Das Risiko ist jedoch, dass er, wenn er plötzlich nach Deutschland kommt und kein Dach über dem Kopf hat, versuchen wird, wenigstens vorübergehend bei mir unterzukriechen, und es könnte schwierig sein, ihn dann wieder loszuwerden.«

»Du müsstest ihn nicht aufnehmen.«

»Wenn er sonst nichts hat ...«

»Er kann zu seinen Eltern gehen.«

»Das wäre für ihn vermutlich die allerletzte Lösung.«

»Was nicht dein Problem sein muss.«

»Ich weiß«, sagte Inga, »aber ...« Sie ließ den angefangenen Satz in der Luft hängen.

Rebecca nickte. »So einfach ist das eben nicht«, meinte sie.

»Was ist mit dir?«, fragte Inga. »Wirst du Kontakt zu Maximilian aufnehmen?«

»Warum sollte ich das tun?«

»Nun – ich denke, er ist ein guter Freund. Er macht sich Sorgen um dich. Du solltest ihn vielleicht nicht so völlig abweisen.«

Rebeccas Gesicht verschloss sich. Sie trug einen harten, abweisenden Zug um den Mund. »Ich brauche keine Freunde mehr. Ich komme mit mir allein zurecht.«

Inga atmete tief. »Es geht mich ja nichts an ...«

»Richtig«, sagte Rebecca, »es geht dich nichts an.«

Inga nahm allen Mut zusammen. Hastig sagte sie: »Ich mag dich, Rebecca. Du bist eine tolle Frau. Du bist jung und attraktiv und du hast so viel geleistet im Leben. Ich weiß ja nicht viel davon, aber so eine Initiative zu gründen, die Kinder schützt – also, ich finde das einfach toll, und es ist so schrecklich schade, dass du ...«

Rebecca setzte klirrend ihr Glas ab. Ihre Hand hatte leicht gezittert, als sie es zum Mund geführt hatte. »Inga, das ist meine Sache. Ich bitte dich ernsthaft, halte dich da raus.«

»Aber du lebst hier wie lebendig begraben! Du bist allein und einsam, lässt deine Fähigkeiten verkümmern, stößt Menschen vor den Kopf, die dich mögen, und klammerst dich ausschließlich an die Erinnerung an einen ... einen Toten, der ... nie mehr wiederkommen wird.« Sie atmete tief. Rebecca saß wie erstarrt.

Leise wiederholte Inga: »Er kommt nicht mehr wieder, Rebecca. So schrecklich es ist, aber ... du musst dein Leben ohne ihn gestalten.«

Rebecca erwiderte noch immer nichts.

»Rebecca«, bat Inga leise.

Rebecca stand auf. »Ich gehe schlafen. Bitte lösche nachher die Kerze und verschließe die Tür.«

Sie verschwand im Haus.

»Das habe ich gründlich versiebt«, murmelte Inga. Sie stand ebenfalls auf, nahm ihr Glas und lief noch ein paar Schritte durch den dunklen Garten. Die Sterne schienen zum Greifen nah, und in den Bäumen rauschte ein leiser Wind. Sie roch das Meer. Ein Paradies auf Erden, doch für Rebecca eine Hölle aus Einsamkeit und traurigen Erinnerungen. Sie musste fort von hier, musste unter Menschen, musste am Leben wieder teilnehmen. Sie würde hier auf Dauer nicht leben können.

Aber morgen reise ich ab und überlasse sie sich selbst, dachte sie, und da sie sich mit Maximilian gründlich überworfen hat, kräht dann kein Hahn mehr nach ihr. Sie wird sich hier wieder vollständig eingraben und irgendwann an ihrer Schwermut zugrunde gehen. Und ich kann ihr nicht helfen. Ich kann sie nicht zwingen, mit nach Deutschland zu kommen.

Sie trank ihren Wein aus und beschloss, schlafen zu gehen. Der Tag hatte sie ermüdet, aber obwohl es sie danach verlangte, sich im Bett auszustrecken und die Augen zu schließen, fühlte sie zugleich eine seltsame Unruhe, ein Kribbeln unter der Haut, das sie sich nicht zu erklären vermochte. Vielleicht hing es mit den Sorgen zusammen, die sie sich um Rebecca machte. Mit der Hilflosigkeit, die sie empfand. Mit dem Gefühl, diese Frau nicht im Stich lassen zu dürfen, und dabei doch zu wissen, dass sie nichts für sie tun konnte.

Vielleicht kann ich morgen beim Frühstück noch einmal mit ihr reden, dachte sie, und dann mittags und nachmittags ... ein bisschen Zeit bleibt noch. Von jetzt an noch immerhin knapp achtzehn Stunden.

Sie löschte die Kerze im Windlicht und ging ins Haus, verschloss sorgfältig die Verandatür. Sie war dankbar, nicht im Zelt schlafen zu müssen, sondern Rebeccas gemütliches kleines Gästezimmer benutzen zu dürfen. Sie dachte an die Fürsorglichkeit, mit der sich Rebecca um sie gekümmert hatte, als sie völlig entkräftet und verzweifelt mit dem Schiff aus dem Sturm und dem furchtbaren Erlebnis mit Marius zurückgekehrt war. Wenn sie nur etwas davon würde zurückgeben dürfen.

Ihr Zimmer lag unter dem Dach, war über eine leiterähnliche, sehr steile Treppe zu erreichen. Man konnte an keiner Stelle aufrecht stehen, und wenn man nicht aufpasste, gab es reichlich Gelegenheit, sich an den dicken Holzbalken in der Decke gründlich den Kopf zu stoßen.

Wie eine Dienstbotenkammer unter dem Dach, dachte Inga jedes Mal wieder belustigt, wenn sie es betrat, so wie es das früher einmal gab.

Sie zog sich aus, schlüpfte in ihr Nachthemd, huschte hinunter ins Bad, putzte ihre Zähne und bürstete ihre Haare.

Aus Rebeccas Zimmer drang kein Laut. Wahrscheinlich schlief sie längst.

Das wäre mir jedenfalls lieber, als dass sie wach liegt und darüber nachdenkt, dass ich mich viel zu weit in ihr Leben gemischt habe, dachte Inga.

Oben in ihrem Zimmer ließ sie die Dachluke offen stehen, damit die etwas kühlere Nachtluft hereinwehen konnte. Es war ohnehin heiß genug. Sie legte ihre Decke auf einen Sessel und bedeckte sich nur mit einem dünnen Laken. Trotz ihrer Unruhe schlief sie innerhalb weniger Minuten ein.

Mittwoch, 28. Juli

I

Als sie aufwachte, war sie im ersten Moment überzeugt, höchstens ein paar Augenblicke geschlafen zu haben. War sie nicht gerade erst aus dem Bad zurückgekommen? Aber dann knipste sie das Licht an und schaute auf ihre Uhr. Es war Viertel vor vier in der Nacht.

Sie wusste nicht, was sie geweckt hatte, aber was auch immer es gewesen war, es hatte sie mit einem Schlag hellwach sein lassen. Das war ungewöhnlich, normalerweise brauchte sie ziemlich lange, um klar denken zu können und zu wissen, wer sie war und wo sie war. Diesmal jedoch war sie geradezu überwach und aufmerksam.

Ihre Unruhe vom Abend hatte sich verschärft.

Sie schwang die Beine aus dem Bett, trat an die geöffnete Luke und lehnte sich hinaus. Wie so oft in den letzten Nächten hier unten am Meer überwältigten sie auch diesmal wieder Klarheit und Nähe des Sternenhimmels. Der Wind hatte ein wenig an Stärke gewonnen, die Bäume rauschten lauter.

Das hat mich wahrscheinlich geweckt, dachte sie, der Wind in den Bäumen.

Vielleicht war das auch der Grund für ihre Unruhe. Der ständige Wind hier am Meer. Aus ihrer Münchener Stadtwohnung kannte sie das nicht.

Sie ging ins Bett zurück, schaltete das Licht aus, legte sich in die Kissen zurück. Schloss die Augen und versuchte wieder einzuschlafen. Sie vernahm ihren eigenen harten, schnellen Herzschlag. Sie öffnete die Augen wieder. Es war unmöglich. Sie war so wach, dass an Schlaf überhaupt nicht zu denken war.

Sie verließ wieder ihr Bett und überlegte, dass sie vielleicht ein Glas Wasser trinken sollte. Oder unten im Wohnzimmer ein wenig fernsehen. Das würde sie beruhigen – wenn sie auch keine Ahnung hatte, weshalb sie überhaupt so aufgeregt war –, und sie konnte sich nicht vorstellen, dass Rebecca etwas dagegen haben würde.

Sie zog einen Morgenmantel über, den ihr Rebecca geliehen hatte, und schlüpfte in orangefarbene Badeschuhe aus Plastik. Sie hatte sie noch kurz vor der Abreise gekauft, weil sie sich in die Duschen öffentlicher Campingplätze niemals barfuß gewagt hätte. Überhaupt hasste sie Camping.

Aber ich hatte ja immer Angst, dass Marius ausrastet, wenn ich einen seiner Vorschläge nicht toll finde.

Sie öffnete ihre Tür, lauschte ins Haus. Sie konnte kein Geräusch vernehmen. Es hätte sein können, dass Rebecca selbst schlaflos herumtappte, und dass sie, Inga, davon geweckt worden war, aber es herrschte völlige Stille, und nirgendwo war ein Lichtschein zu entdecken.

Leise huschte sie ihre Leiter hinunter und dann die Treppe, die ins Erdgeschoss des Hauses führte. In der Küche nahm sie ein Glas aus dem Schrank, ließ Wasser aus der Leitung hineinlaufen, trank in kleinen Schlucken. Sie fragte sich, weshalb sich ihr Herzschlag nicht beruhigen mochte. Sie versuchte sich zu erinnern, was ihr ihre Großmutter, die ständig unter Schlaflosigkeit gelitten hatte, über alle möglichen Teesorten erzählt hatte, mit denen man dem Übel beikommen konnte, aber ihr fiel nichts ein, ihr Gedächtnis war wie leer gefegt. Überdies hätte Rebecca den betreffenden Tee wahrscheinlich gar nicht im Haus gehabt.

Ich hätte auch gar nicht die Ruhe, jetzt einen Beruhigungstee zu trinken, dachte sie und lachte gleich darauf nervös über diesen paradoxen Gedanken.

Sie stellte das Glas ab und ging ins Wohnzimmer hinüber. Sie knipste die Stehlampe in der Ecke an und schaltete den Fernseher ein. Sie geriet in eine Talkshow, die offensichtlich aus dem Mittagsprogramm wiederholt wurde, und in der völlig zerrüttete und zerstrittene Ehepaare von einer madonnenhaft dreinblickenden Moderatorin, die im Nebenberuf Psychologin war, wieder zusammengeführt werden sollten. Das Pärchen, das gerade an der Reihe war, beschimpfte einander auf das Übelste, und Inga fand, dass es wenig Hoffnung für die beiden gab. Da ihr Französisch nur mäßig war, musste sie sich sehr konzentrieren, um dem Streit folgen zu können, und zuerst dachte sie, dies sei jetzt genau das Richtige, um sie wieder müde zu machen. Doch nach zehn Minuten war ihr klar, dass ihre Konzentration nur an der Oberfläche stattfand. Ihr Herz schlug wie rasend. Wacher und angespannter konnte sie nicht sein.

Das ist doch nicht normal, dachte sie.

Sie schaltete den Fernseher wieder ab und nahm sich aus einem Zeitungskorb neben dem Kamin ein paar Illustrierte. Deutsche Ausgaben, und alle mindestens ein Jahr alt. Rebecca musste sie in glücklicheren Zeiten gekauft und gelesen haben; mit dem Rückzug in die völlige Isolation war offenbar auch jegliches Interesse für Klatsch und Tratsch aus der Heimat in ihr erloschen.

Inga nahm sich vor, in ihr Bett zurückzukehren und zu lesen. Manchmal half ihr das. Obwohl sie sich nicht erinnern konnte, jemals so aufgewühlt und nervös gewesen zu sein.

Als sie an der kleinen Gästetoilette, die sich hier unten im Haus befand, vorbeikam, fiel ihr auf, dass die Tür offen stand. Das tat sie sonst nie, und Inga meinte auch, sich zu erinnern, dass sie geschlossen gewesen war, als sie am Abend zu Bett gegangen war. Obwohl sie es natürlich nicht hätte beschwören können.

Ihre Unruhe stieg. Sie wollte die Tür schließen, als ein deutlicher Luftstrom sie streifte. Zugluft mitten im Haus.

Sie spähte in das kleine Bad.

Sie konnte nicht gleich etwas erkennen, denn es gab nur das Licht der Sterne, aber es war sofort klar, dass das Fenster offen sein musste, denn der Wind wehte von draußen herein.

Wer lässt denn hier das Fenster offen?, fragte sie sich verwirrt, doch im nächsten Moment hatten sich ihre Augen schon an die Dunkelheit gewöhnt, und sie konnte erkennen, dass das Fenster nicht einfach nur offen stand. Die Scheibe war eingeschlagen, und die Scherben bedeckten den Fußboden des Bades.

Jemand war durch dieses Fenster eingestiegen.

Jemand war im Haus.

Vermutlich hatte sie das Klirren der Fensterscheibe geweckt. Aber das anschließende Gefühl der Bedrohung war von ihrem Instinkt getragen worden – von dem untrüglichen Instinkt, den wilde Tiere haben und der ihnen auf unerklärliche Weise das Nahen einer Gefahr signalisiert, noch ehe die Anzeichen greifbar geworden sind.

Sie zog sich, so leise sie konnte, zurück, stand jetzt mitten im Flur, atmete kaum und überlegte, was sie nun am besten tat. Wenn sich jemand im Haus befand, wo hielt er sich auf? Wieso zeigte er sich nicht? Er musste mitbekommen haben, dass jemand wach geworden war. Sie hatte sich bemüht, Rebecca nicht zu wecken, aber sie hatte immerhin Licht gemacht im Wohnzimmer, und der Fernseher war gelaufen. Es konnte dem Einbrecher nicht entgangen sein.

Oder war er schon wieder weg? Hatte er Geld gesucht, es gefunden und war dann abgehauen?

Aber nichts schien durchwühlt und durchsucht. Und auch ihr Gefühl der Beunruhigung war um nichts weniger geworden. Die feinen Härchen an ihren Armen standen hoch, ihr Herz raste, sie war hellwach und angespannt.

Verschwinde, sagte eine innere Stimme, verschwinde so schnell du kannst. Hol Hilfe! Tu es, solange du noch die Möglichkeit hast.

Sie hätte später nie zu sagen gewusst, weshalb sie diese Stimme, die so eindringlich für Flucht plädierte, nicht in ihrer ganzen Bedeutung erkannte. Stattdessen machte sich der Gedanke, dass sie Hilfe brauchten, am Telefon fest. Die Polizei. Sie würde die Polizei alarmieren.

Das Telefon befand sich im Wohnzimmer, und dort war niemand. Sie hatte die Chance, unentdeckt das Gespräch führen zu können. Wieder lauschte sie nach oben. Der Eindringling musste oben sein; einen Keller hatte das Haus nicht, und in den Räumen im Erdgeschoss – Wohnzimmer, Küche und Gästebad – hielt sich niemand auf. Es herrschte völlige Stille. Sie wünschte, sie hätte irgendein Geräusch gehört. Nichts war bedrohlicher als dieses absolute Schweigen.

Sie schlüpfte aus den Plastikschuhen und huschte barfuß und vollkommen lautlos ins Wohnzimmer. Diesmal verzichtete sie darauf, das Licht einzuschalten. Sie kannte sich einigermaßen aus, und überdies waren ihre Augen nun ausreichend an die Dunkelheit gewöhnt.

Das Telefon stand auf einem Bücherregal, und Inga wusste, dass im Fach darunter das Telefonbuch lag. Sie zog es heraus, trat näher ans Fenster, um das Licht der Sterne und des Mondes auszunutzen. Die Nummer der Polizei stand gleich auf der ersten Seite, zwischen den Nummern von Feuerwehr und Notarzt. Lautlos die Zahlenfolge vor sich hinmurmelnd, hob Inga den Telefonhörer ab.

Die Leitung war tot.

Sie drückte auf die Gabel, noch einmal, und dann wieder, nun schon hektischer, aber nichts war zu hören. Tot, tot, tot.

Okay. Konnte Zufall sein, eine Störung, aber das Telefon konnte auch manipuliert worden sein, und das bedeutete höchste Gefahr, weil es dann möglicherweise nicht einfach um einen Einbruch ging, bei dem der Täter nur schnell etwas stehlen und dann so rasch wie möglich verschwinden wollte. Wer sich die Zeit nahm, das Telefon lahm zu legen, hatte mehr vor.

Inga meinte, dass ihr Herzschlag längst das Haus hätte vibrieren lassen müssen. Sie musste hier weg. So schnell wie möglich. Sie konnte sich jetzt nicht um Rebecca kümmern. Sie musste sehen, dass sie Hilfe holte.

Ihre Schuhe. Ihre Schuhe standen im Flur. Egal. Es war zu riskant, sie zu holen. Sie musste jetzt und hier zur Verandatür hinaus, und sie musste eben barfuß bis in den Ort laufen, auch wenn ihre Füße wahrscheinlich blutig geschnitten waren, bis sie ankam.

Sie bewegte sich auf die Tür zu.

Der plötzlich aufflammende Lichtschein traf sie jäh und unerwartet und kam ihr vor wie ein Pistolenschuss, den jemand ohne Warnung auf sie abfeuerte.

Entsetzt schrie sie auf und fuhr herum.

In der Wohnzimmertür stand Marius.

Er sah verändert aus. Er war in der kurzen Zeit überraschend mager geworden, hatte struppiges Haar bekommen, und Kinn und Wangen waren von Bartstoppeln bedeckt. Seine Kleidung wirkte fleckig und abgerissen. Er war barfuß, und seine Füße waren dunkelbraun von Dreck. Er hätte ein Landstreicher sein können, der seit Jahren auf der Straße lebte. Als er näher kam, stellte Inga fest, dass ein unangenehmer, säuerlicher Geruch von ihm ausging.

»Hallo, Inga«, sagte er.

Sie sah sich hektisch um. Die Telefonschnur war durchschnitten, lag kaputt und unbrauchbar mitten auf dem Wohnzimmerteppich. Die Verandatür war verschlossen. Bis sie sie entriegelt hätte, wäre er neben ihr. Sie hatte keine Chance zur Flucht.

Es ist Marius, sagte sie sich, *entspann dich!*

Tatsächlich wurde sie ein wenig ruhiger. Es war Marius. Der Mann, mit dem sie seit zwei Jahren verheiratet war. Er mochte ein durchgeknallter Typ sein, und es war klar, dass sie mit ihm nicht zusammenbleiben würde, aber er hatte noch nie die Hand gegen sie erhoben, und …

Außer auf dem Schiff. Als er sie in die Kajüte stieß. Als er in Kauf nahm, dass sie sich den Hals brach.

Sie schluckte. Sie sah ihm in die Augen und erkannte, wie krank er war. Und begriff endlich, dass sie um ihr Leben hätte laufen müssen.

»Hallo, Marius«, stieß sie hervor, und es war nicht viel mehr als ein undeutliches Krächzen.

Er lächelte.

2

Wolf sprach die Tatsache, dass Karen aus dem gemeinsamen Schlafzimmer ausgezogen war, an diesem Morgen endlich an. Er war während des Frühstücks sehr schweigsam gewesen, hatte nicht einmal auf die eifrigen Fragen der Kinder reagiert, die sich natürlich alle um das Verbrechen im Nachbarhaus drehten. Da ihm dieses Thema sehr auf die Nerven gehen musste, hätte Karen erwartet, dass er irgendwann gereizt dazwischenfahren würde, aber er kaute nur sein Brötchen in sich hinein, trank in kleinen Schlucken seinen Kaffee und vermittelte den Anschein, ihn gehe das alles nicht das Geringste an. Entgegen seiner sonstigen Gewohnheit stand er nicht als Erster auf und verließ das Haus, sondern er blieb schweigend sitzen und wartete, bis Karen die Kinder verabschiedet hatte und in die Küche zurückkehrte.

Sie sah ihn an. Er erwiderte ihren Blick. »So«, sagte er, »du hast vor, von nun an immer im Gästezimmer zu schlafen?«

»Ich habe alle meine Sachen nach oben gebracht. Ja.«

»Gibt es dafür einen besonderen Grund?«

»Ich finde, es passt nicht mehr zu uns, gemeinsam in einem Bett zu schlafen«, sagte Karen.

Wolf hob die Augenbrauen. »Ach ja? Weshalb nicht?«

Sie schaute jetzt zum Fenster hinaus. Die Margeriten auf der kleinen Küchenterrasse wiegten ihre weißen Köpfe im leisen Morgenwind. Es würde wieder ein herrlicher Hochsommertag werden.

»Das weißt du doch«, sagte sie leise. Sie mochte nicht mit ihm sprechen. Sie hatte sich so oft gewünscht, mit ihm reden zu können, über ihre Ehe, über die Kälte und Distanz, die sich eingeschlichen hatten, aber es war nie möglich gewesen. Nun, da er Fragen stellte, fühlte sie sich bedrängt. Sie sah keinen Sinn mehr in einer Klärung.

»Ich weiß gar nichts«, sagte Wolf, »ich vermute nur, dass du noch immer dieser verrückten Theorie anhängst, ich hätte ein Verhältnis mit der Mitarbeiterin, die mich neulich zum Mittagessen begleitet hat, und ich kann dazu nur sagen, dass …«

»Das ist gar nicht mehr wichtig«, sagte Karen, »ob du ein Verhältnis hast oder nicht. Du hast mich verlassen. Innerlich. Schon vor langer Zeit. Dabei ist es unerheblich, ob du zu einer anderen Frau abgewandert bist oder ohne Beziehung lebst. Du hast für mich nur noch Kälte und Verachtung übrig. Und damit kann ich nicht leben.«

»Kälte und Verachtung? Könntest du mir mal erklären, woran du das festmachst?«

Sie seufzte. Er würde es ja doch nicht verstehen.

»Es ist ... dieser Eindruck setzt sich aus vielen Kleinigkeiten zusammen«, sagte sie, bereits im Vorfeld erschöpft, weil sie wusste, dass er ihre Worte zerpflücken würde und es daher im Grunde sinnlos war, sie überhaupt zu sagen. Er würde es nicht zulassen, dass aus dem, was sie *Kleinigkeiten* genannt hatte, ein Gesamtbild entstand, er würde vorher jeden einzelnen Punkt widerlegen und bagatellisieren, sie würden sich im Kreis drehen, und am Ende würde kein Ergebnis stehen.

»Am Sonntag, zum Beispiel. Du verbringst den ganzen Tag mit den Kindern im Schwimmbad, und ...«

»Ach! Das machst du mir jetzt zum Vorwurf? Das muss man sich wirklich mal anhören! Weißt du eigentlich, wie viele Frauen darum betteln, dass ihre Männer etwas mit den Kindern unternehmen, und weißt du, wieviele Männer dazu nicht die allergeringste Lust haben? Aber ich, der ich nach einer verdammt harten Woche meinen kompletten Sonntag opfere, damit die Kinder ein bisschen Spaß haben, werde dafür noch beschimpft!«

Sie hatte ihn nicht beschimpft, aber es würde nichts bringen, darauf hinzuweisen.

»Niemand hat mich gefragt, ob ich nicht vielleicht auch mitkommen möchte. Immerhin gehöre ich ja auch zur Familie.«

»Oh, Verzeihung! Dann habe ich dich bislang wirklich falsch eingeschätzt! Ich hätte nie gedacht, dass es dir Spaß bereitet, einen ganzen Tag bei glühender Hitze in der absolut drangvollen Enge eines öffentlichen Schwimmbads zu verbringen! Auf der Liegewiese konnten wir kaum unser Handtuch ausbreiten, so voll war es dort, und im Wasser war es schlechthin unmöglich, auch nur einen einzigen Schwimmzug zu tun. Aber bitte, ich werde es mir merken. Du liebst derartige Freizeitvergnügungen, und beim nächsten Mal trete ich dir meinen Part nur zu gern ab.«

Sie hätte ihn darauf hinweisen können, dass er von *abtreten* gesprochen hatte, nicht von Gemeinsamkeit, aber auch das kam ihr sinnlos vor, und sie ließ es sein.

»Am Abend«, sagte sie, »du hast die Kinder abgesetzt und bist verschwunden. Es gab keine Erklärung für mich, nichts. Kein Hinweis, wann du wiederkommen würdest, ob du vorhattest, mit uns zu essen … du warst einfach weg.«

Er verdrehte die Augen. »Großes Sakrileg, ich weiß. Ich vergesse immer, dass ich mich bei dir an- und abzumelden habe, und dass meine Schritte deiner Zustimmung bedürfen. Gelegentlich habe ich dennoch das Bedürfnis, mich als freier und erwachsener Mann zu fühlen, kannst du dir das vorstellen? So war es zum Beispiel am Sonntagabend. Ich war fix und fertig nach diesem Tag! Müde, geschlaucht, kaputt. Wie du weißt, gibt es für mich kaum etwas Schöneres, als mich in großen, lärmenden Menschenmengen aufzuhalten, vor allem, wenn sie so dicht sind, dass du in einer Woge von Schweiß stehst, ständig angerempelt wirst und alle zwei Minuten einen Federball an den Kopf bekommst. Ich konnte nicht mehr. Ich wollte allein sein. Ich konnte das Geplapper meiner eigenen Kinder nicht mehr ertragen. Und auch nicht …« Er sprach nicht weiter.

Karen erriet, was er hatte sagen wollen. »Und mich konntest du auch nicht ertragen«, ergänzte sie.

Wolf rührte in seiner Tasse. Der Kaffee darin musste längst kalt sein. »Sei ehrlich, Karen. Was hätte mich denn erwartet? Du hättest gequengelt, weil du den ganzen Tag allein warst, du hättest mich aus vorwurfsvollen Augen angesehen, und als Krönung hättest du schließlich wieder mit den verschwundenen Nachbarn angefangen und herumlamentiert, dass man etwas tun müsse ... Und wenn ich ganz großes Glück gehabt hätte, wärst du auch noch mit meinem angeblichen Verhältnis angekommen. Ich hätte das an jenem Abend einfach nicht mehr ertragen.«

Sie war zusammengezuckt. Trotz der Resignation, die sich immer weiter in ihr auszubreiten begann, tat es weh, seinen Überdruss zu hören, seine Abwendung von ihr.

Ich hätte das an jenem Abend einfach nicht mehr ertragen. Das hieß nichts anderes als: *Ich hätte gerade dich an jenem Abend einfach nicht mehr ertragen.*

Sie flüchtete vor ihrem Schmerz, indem sie ihre Trumpfkarte zog. »Was die Nachbarn betrifft«, erklärte sie, kühler als ihr zumute war, »so musst du zumindest jetzt zugeben, dass ich so falsch nicht lag. Auch wenn ich dich offenbar entsetzlich mit meinen bösen Ahnungen genervt habe.«

»Darum geht es doch gar nicht«, sagte Wolf. Es war klar, dass er ihr die Genugtuung, Recht gehabt zu haben, nicht einfach überlassen würde. »Es geht nicht darum, ob du Recht hattest oder nicht. Es geht um die Art, wie du damit umgegangen bist. In erster Linie ging es uns nichts an, was mit den Lenowskys passiert war. Wir hatten sie noch nicht lange als Nachbarn, und wir kannten sie kaum. Diese Distanz lag übrigens weit mehr an ihnen als an uns, wie du mir mehrfach erklärt hast. Sie wollten ganz eindeutig kein wirklich nachbarschaftliches Verhältnis aufbauen.«

»Aber ...«

»Nichts *aber*. Wer sich derart zurückhält, kann nicht erwarten, dass sich die Menschen der näheren Umgebung engagiert um ihn kümmern, wenn irgendwelche Unstimmigkeiten auftreten. Du meintest, es trotzdem tun zu müssen. Gut. Du bist ein freier Mensch und siehst derlei Dinge offenbar anders als ich. Was ich nicht verstehe, ist, weshalb du mich dauernd mit hineinzuziehen versucht hast. *Was könnte man tun? Muss man nicht etwas tun? Wolf, lass uns doch etwas tun!*« Er hatte sie, allerdings nur leicht übertrieben, nachgeäfft. »Kannst du nicht begreifen, dass mich das rasend macht? Du möchtest etwas Bestimmtes tun, aber aus irgendeinem Grund bist du zu unsicher oder traust dich nicht recht, und nun soll ich dazu gebracht werden, das Gleiche zu wollen wie du, um es dann mit dir zusammen durchzuziehen. Warum, verdammt noch mal, wenn du so überzeugt warst, im Fall Lenowsky handeln zu müssen, hast du es dann nicht einfach getan? Warum bist du nicht gleich da drüben eingestiegen oder hast die Polizei alarmiert oder sonst irgendetwas? Warum hast du nur ständig und unablässig an mir herumgezerrt und genörgelt?«

Sie starrte ihn an. Sie hatte alles erwartet, aber nicht diesen Vorwurf.

»Aber«, sagte sie, »du hast mir doch völlig den Mut genommen. Du hast mir ständig erklärt, wie unmöglich es ist, was ich vorhabe. Dass ich spinne, hysterisch bin. Dass ich mich langweile in meinem Leben und deshalb anfange, mir idiotische Geschichten auszudenken. Dass ich uns alle blamiere und unmöglich mache, wenn ich etwas unternehme, und es sich hinterher als überflüssig herausstellt. Ich dachte doch irgendwann, ich kann es gar nicht wagen, etwas zu tun, ohne dass ich hinterher für alle Zeiten von dir dafür angefeindet werde!«

Wolf probierte einen Schluck Kaffee, verzog aber angewidert das Gesicht und setzte seine Tasse rasch wieder ab. »Eiskalt«, sagte er. Er stand auf. Wie immer verströmte er ein unerschütterliches Selbstvertrauen. Er war mit sich und allem, was er sagte und tat, vollkommen im Reinen. »Genau«, sagte er, »genau das ist es, Karen. Ich fand es völlig falsch, was du vorhattest. Und du fandest es richtig. Und? Was wäre das normale Verhalten gewesen?«

Sie biss sich auf die Lippen. »Sag's mir«, flüsterte sie.

»Das normale Verhalten«, sagte Wolf, »wäre gewesen, dass du genau das tust, wozu es dich drängt, und was nach deiner Überzeugung richtig ist. Ganz gleich, was ich sage.«

Sie glaubte nicht recht zu hören. In ihren Ohren dröhnte es.

Das glaube ich jetzt nicht. Ich glaube nicht, was er da sagt.

»Es hätte bedeutet«, fuhr Wolf fort, »dass ich wieder Achtung vor dir hätte haben können. Verstehst du? Ich möchte nicht ein kleines Mädchen als Frau haben, das mich aus ängstlichen Augen ansieht und jeden seiner Schritte von mir abgesegnet haben will. Ich will eine erwachsene Frau. Eine, die ihren Weg geht. Die auch einmal das Risiko auf sich nimmt, dass ich wütend auf sie bin. Dass wir Streit haben. Dass ich es vollkommen unmöglich finde, was sie tut. Eine Frau, die zu sich steht und zu den Dingen, die sie für wichtig und richtig hält. Und wenn die ganze Welt anderer Meinung wäre.«

Karen sah ihn fassungslos an. »Wie könnte ich denn eine solche Frau sein? Wenn du mir immer nur deine Verachtung zeigst?«

»Umgekehrt«, sagte Wolf, »du musst es umgekehrt sehen. Wärst du eine solche Frau – hätte ich dann noch einen Grund, dir meine Verachtung zu zeigen?«

Er ging zur Tür. Er würde jetzt das Haus verlassen. Das Gespräch war beendet. Er hatte gesiegt.

Sie wollte ihn nur noch erschüttern. Diese glatte, gelassene Überlegenheit mit irgendetwas ins Wanken bringen.

»Ich fahre übrigens nicht mit in die Türkei!«, schleuderte sie ihm nach. »Und an diesem Plan ändert sich unter Garantie nichts!«

»In Ordnung«, sagte er gleichmütig, »dann lässt du es eben.«

Die Tür fiel hinter ihm zu. Es hatte nicht den Anschein, als habe Karen ihn mit ihrer Ankündigung treffen können.

Sie blieb allein in der stillen Küche zurück.

3

Es hatte sie fassungslos gemacht, von Marius gefesselt zu werden. So fassungslos, dass sie sich nicht einmal dagegen gewehrt hatte. Obwohl ihr das, wie sie dachte, wahrscheinlich kaum etwas genützt hätte. Er war stark, und seine unverkennbare Entschlossenheit machte ihn noch stärker. Inga hätte nicht zu sagen gewusst, auf welches Ziel sich seine Entschlossenheit richtete, aber es war, als werde er von irgendetwas angetrieben, die Schritte zu gehen, die er ging. Nichts und niemand würde ihn aufhalten können.

Irgendwoher hatte er eine Wäscheleine aufgetrieben, vermutlich aus dem kleinen Raum, der sich gleich neben der Küche befand und in dem Waschmaschine und Trockner standen. Er hatte die Leine in der Hand, als er Inga im Wohnzimmer überraschte, sie hatte das nur nicht gleich gesehen.

»Du bist nicht ertrunken«, hatte sie nach den ersten Schrecksekunden und ihrem gestammelten »*Hallo, Marius*« festgestellt.

»Nein«, sagte er, »ich bin nicht ertrunken.«

Ihr Zusammentreffen unter diesen Umständen – mitten in der Nacht in Rebeccas Haus, in das er offenbar gewaltsam eingedrungen war – war alles andere als normal, aber ein Instinkt hatte Inga das Gefühl gegeben, es könne lebensrettend für sie sein, wenn sie sich dennoch so verhielt, als finde sie seinen Auftritt nicht allzu befremdlich. Das würde ihr auch helfen, ihre eigene Angst im Zaum zu halten.

»Warum hast du dich nicht schon eher gemeldet? Ich war verrückt vor Sorge!« Übertreibe nicht, warnte die innere Stimme, er ist vielleicht irre, aber nicht dumm. Er weiß, dass du nach der Szene auf dem Schiff nicht mehr in Angst und Sorge um ihn vergangen bist.

»Ich meine«, setzte sie hinzu, »da bleibt ja auch noch viel zwischen uns zu klären.«

Er hatte sie mit einem hintergründigen Lächeln angesehen. »Bleibt es das?«

»Siehst du das anders?«

Er zuckte mit den Schultern. »Ich weiß nicht. Es spielt vielleicht alles keine Rolle mehr.«

»Die Küstenwache hat nach dir gesucht. Wie bist du über Bord gegangen? Ich habe ja überhaupt nichts mehr mitbekommen.«

»Der Baum mit dem Großsegel«, sagte er, »hat mich voll erwischt. Ich bin über Bord gefegt worden wie ein Stück Zeitungspapier.«

»Warst du bewusstlos?«

»Ich glaube nicht. Höchstens einen kurzen Moment. Aber ich konnte mich vor Schmerz nicht bewegen. Ich dachte, dass mindestens eine, wenn nicht mehrere Rippen gebrochen sind. Ich hing in meiner Schwimmweste, und das Schiff trieb ab, und ich konnte nichts tun ...« Wieder zuckte er mit den Schultern.

»Und dann?«, fragte Inga, während gleichzeitig die verschiedensten Gedanken durch ihren Kopf jagten. *Wo ist Rebecca? Warum ist er nicht einfach direkt zu mir gekommen? Warum nachts durchs Fenster? Was hat er vor?*

»Irgendwann fing ich mich«, sagte er. »Es gelang mir, mich wieder zu bewegen. Zu schwimmen. Ich ging in einer winzigen, einsamen Bucht an Land und schlug mich zu Fuß hierher durch.«

»Warst du bei … warst du bei Rebecca?«, fragte Inga. Sie versuchte, gleichmütig zu klingen. Sie hatte Angst, obwohl sie sich einzureden versuchte, dass es nur ihre übertriebene Fantasie war, die ihr schreckliche Bilder vorgaukelte. Es musste nichts passiert sein. Es musste auch weiterhin nichts passieren.

Aber er ist krank!

In seine Augen trat ein angestrengter Ausdruck. »Hör zu, Inga«, sagte er, »wir haben ein Problem.«

»Wegen Rebecca?«

Er nickte. »Ich kann nicht von hier abreisen, ohne sie zur Rechenschaft zu ziehen, das wirst du verstehen. Ich hatte nur gehofft … nun, ich wollte mich mit Rebecca erst befassen, wenn du abgereist bist. Seit zwei oder drei Tagen beobachte ich das Haus und warte … warte …, aber du scheinst dich hier dauerhaft einnisten zu wollen?« Den letzten Satz formulierte er als Frage.

Seit Tagen beobachtete er das Haus! Sie konnte sich kaum mehr einreden, dass er harmlos sein sollte.

»Morgen«, sagte sie, »morgen wollte ich …« Sie verbesserte sich: »Heute … es ist ja schon heute. Am Abend geht mein Flug von Marseille.«

Marius wirkte fast ein wenig bekümmert. »Dann bin ich um Haaresbreite zu früh gekommen. Aber das lässt sich nun nicht mehr ändern. Sowieso habe ich fast den Verdacht, zwischen euch hat sich ein … freundschaftliches Verhältnis entwickelt?«

Wie hätte sie das abstreiten sollen? Sie war tagelang bei Rebecca geblieben, und wenn Marius sie beobachtet hatte, wusste er, wie oft sie zusammengesessen und geredet hatten.

»Ich mag sie«, sagte sie leise, »aber du hast ja schon auf dem Schiff angedeutet, dass es irgendwelche Schwierigkeiten zwischen euch gibt.« Sie hob hilflos die Hände. »Marius, willst du mir nicht erklären, was es damit auf sich hat? Siehst du, ich tappe völlig im Dunkeln. Es scheint sich um ein Vorkommnis zu handeln, das vor unserer gemeinsamen Zeit liegt, zumindest habe ich offenbar nicht das Geringste davon mitbekommen. Ich habe auch mit Rebecca darüber gesprochen. Sie hat auch keine Ahnung, was du meinen könntest. Warum setzen wir drei uns nicht zusammen und sprechen über das alles? Vielleicht entpuppt es sich ja auch als ein Missverständnis, und wir könnten es klären, und ...«

Er unterbrach sie scharf. »Da gibt es nichts, was misszuverstehen wäre, kapiert? Gar nichts, absolut nichts. Darüber muss auch nicht mehr gesprochen werden. Was denkst du eigentlich?«, fuhr er sie an. »Denkst du, ich gebe dieser Person auch noch die Möglichkeit, sich zu rechtfertigen? Sich reinzuwaschen? Willst du das? Willst du, dass sie sich rauswindet und so tut, als wäre sie ein Unschuldslamm?«

Das Thema schien ihn fast durchdrehen zu lassen.

»Ich will es nur verstehen«, sagte Inga, »und Rebecca auch. Gib uns doch diese Möglichkeit!«

Es war deutlich, dass ihn dieser Disput in Rage brachte. Er machte ein paar Schritte auf und ab, wobei seine Bewegungen etwas Aggressives und Unbeherrschtes hatten.

»Uns«, sagte er, »merkst du, dass du von *uns* sprichst? Als ob ihr eine Einheit bildet! Du und diese ...« Er spuckte das Wort förmlich aus: »Diese *Sozialarbeiterschlampe*!«

Inga zuckte zusammen. Seine Wut stand beinahe greifbar im Raum.

»Marius«, sagte sie vorsichtig.

Er blickte sie finster an. »Ich kann dich nicht gehen lassen. Du würdest sofort zur Polizei rennen, um den Kopf deiner geliebten Rebecca aus der Schlinge zu ziehen!«

Es war ein naiver Versuch, dennoch unternahm sie ihn. »Nein, Marius. Was immer ihr zu klären habt, klärt es. Ich verspreche dir, dass ich nach Deutschland fliege und mich nicht um deine Angelegenheiten kümmere.«

Jetzt war sein Blick verächtlich. »Inga, Inga«, sagte er, »hältst du mich für so dumm? Du hast Angst vor mir und würdest mir jetzt alles zusagen. Und du hast Angst um Rebecca. Du vibrierst geradezu vor Angst. Und du denkst, dass der gute Marius ganz schön durchgeknallt ist, stimmt's?«

Sie wich seinen Augen aus. Er lachte leise. »Klar denkst du das. Seit ich mit dem Schiff abhauen wollte. Seit ich dich in die Kajüte gestoßen habe. Und nun tauche ich auch noch mitten in der Nacht hier auf. Zerschlage das Badezimmerfenster und tappe leise im Haus herum. Du würdest alles daransetzen, zu verhindern, dass ich Rebecca jetzt verhöre!«

»Nein, Marius, ich schwöre dir, dass …«

Mit zwei großen Schritten war er neben ihr, packte ihren Arm und drückte ihr dabei seine Finger, die sich anfühlten, als seien sie aus Stahl, so fest ins Fleisch, dass sie aufschrie – vor Schmerz und vor Schreck.

»Versuche nie wieder, mich zu verscheißern, hörst du? Nie wieder! Ich bin nicht dumm! Ich bin nicht der Letzte! Behandle mich nie wieder so!«

Sie starrte ihn an. Er schüttelte sie. Sie meinte, er breche ihr dabei den Arm.

»Sag *Ja*! Sag, *du bist nicht der Letzte, Marius*! Sag es!«

Sie schluckte trocken. »Du bist nicht der Letzte, Marius.«

Er ließ sie los. In ihrem Arm pochten die Nerven.

»Ich will dir etwas sagen, Inga: Deine teure Rebecca liegt oben auf dem Fußboden in ihrem Schlafzimmer. Gefesselt. Sie hat einen Knebel in ihrem Mund, und sie wird keine Hilfe herbeischreien können. Ich lasse mich von dir nicht daran hindern, zu tun, weshalb ich hergekommen bin. Und deshalb wirst du hierbleiben. So lange, bis ich mit Rebecca fertig bin!«

In diesem Moment erst hatte sie die Wäscheleine in seinen Händen gesehen. Und begriffen, dass er sie auch fesseln würde. Und sich nicht im Mindesten gewehrt, als er damit anfing. Wohl auch deshalb, weil sie genau wusste, dass es überaus gefährlich wäre, ihn zu reizen.

Er hatte sie auf einen Stuhl gedrückt, ihre Arme hinter die Lehne gezogen und sie dort zusammengebunden.

»Tut mir Leid«, sagte er etwas sanfter, während er vor ihr kniete und ihre Füße an die Stuhlbeine fesselte, »aber du hättest ja abreisen können. Niemand hat dir gesagt, dass du mit ihr Freundschaft schließen sollst!«

Als er das Zimmer verließ, hatte sie voller Panik gefragt: »Wohin gehst du?«

Aber er hatte sie ignoriert, und sie hatte seine Schritte auf der Treppe verklingen hören. Sie wollte hinter ihm herrufen, wollte ihn dazu bringen, dass er bei ihr blieb, dass er mit ihr redete, aber sie schluckte ihren Schrei im letzten Moment hinunter. Sie musste einen kühlen Kopf bewahren. Vielleicht war es besser, allein zurückzubleiben. Vielleicht fand sich eine Möglichkeit für sie, zu flüchten.

Schon recht bald allerdings hatte sie gemerkt, dass er sie auf eine Art gefesselt hatte, die es ihr unmöglich machte, sich rasch zu befreien. Er hatte die Wäscheleine so eng zusammengezogen und vielfach verknotet, dass ihr nicht der geringste Bewegungsspielraum blieb und sie daher keine Möglichkeit sah, ihre Glieder aus den Schlingen zu ziehen. Sie wusste, dass sich Wäscheleinen mit der Zeit lockerten, dass sie sich dehnten. Falls Marius nicht alle paar Stunden aufkreuzen und die Haltbarkeit seiner Fesselung überprüfen würde, müsste sich irgendwann eine Möglichkeit für sie finden, sich herauszuwinden. Aber das konnte zwölf Stunden oder mehr dauern. Und so lange würde er sie wahrscheinlich kaum allein lassen. Sie brauchte zumindest etwas zu trinken zwischendurch oder musste auf die Toilette. Oder wären ihm derlei Bedürfnisse seiner Opfer völlig gleichgültig?

Sie drängte die aufkeimende Panik zurück. Nur nicht die Nerven verlieren. Inmitten dieses unbegreiflichen Albtraums wäre dies das Schlimmste, was ihr passieren könnte.

Den Rest der Nacht hatte sie hellwach verbracht. Anspannung und Aufregung verhinderten, dass sie einschlief, aber auch die wachsenden Schmerzen in ihren Gelenken. Marius hatte dafür gesorgt, dass ihre Durchblutung nicht mehr richtig funktionierte. Ihre Füße wurden immer kälter, in den frühen Morgenstunden begannen die Zehen heftig zu kribbeln. Aus ihren nach hinten verdrehten Armen strahlten die Schmerzen in Hals und Schultern aus. Immer wieder musste sie gegen die Panik kämpfen, die ständig auf der Lauer lag und zahlreiche Versuche unternahm, sie anzufallen. Inga dachte an absterbende Glieder und an unerträgliche Schmerzen, und dann merkte sie, wie ihr sofort der Schweiß am ganzen Körper ausbrach und ihr Atem flach wurde. Sie musste sich mit aller Kraft dazu zwingen, wieder ruhig und tief durchzuatmen.

Er lässt dich nicht einfach verrecken. Er hat es auf Rebecca abgesehen, nicht auf dich. Gegen dich hat er im Grunde nichts. Er will nicht, dass du leidest. Und das ist deine Chance. Du musst ruhig bleiben, um keinesfalls den richtigen Moment zu verpassen. Den Moment, da du Hilfe holen kannst.

Draußen dämmerte der nächste heiße, wolkenlose, von Lavendel- und Pinienduft geschwängerte Hochsommertag in der langen Kette herrlicher Tage heran. Inga, die die wachsenden Schmerzen in ihrem verkrampften Körper immer schlechter verdrängen konnte, versuchte, sich Bilder und Eindrücke der vergangenen Woche ins Gedächtnis zu rufen und sich damit abzulenken. Sie sah sich und Rebecca am

Frühstückstisch auf der Veranda, sie roch den Kaffee und spürte den Geschmack des frisch aufgebackenen Baguettes, das mit Butter und Mirabellenmarmelade bestrichen war. Der Morgenwind umfächelte ihr Gesicht. Er spielte in Rebeccas langen, dunklen Haaren. Dieses traurige Gesicht, der abwesende Ausdruck, der verriet, dass Rebecca ständig in ihre Vergangenheit lauschte …

Nein, sie durfte jetzt nicht an Rebecca denken. Inga kehrte jäh in die Wirklichkeit zurück. Rebecca, die, vielleicht noch viel schlimmer und brutaler zusammengeschnürt als sie selbst, oben in ihrem Zimmer lag, ausgeliefert an einen Geisteskranken, der einen obskuren Racheplan verfolgte. Eine Rache, von der niemand, außer Marius selbst, wusste, worauf sie sich eigentlich gründete. Der niemand deswegen auch etwas entgegenhalten konnte. Die voller Willkür und von einem erschreckend tiefen Hass geprägt war.

Oder wusste Rebecca doch etwas? Inga war bislang einfach davon ausgegangen, dass Rebeccas Verwirrung und Ahnungslosigkeit wegen Marius' offenkundiger Abneigung gegen sie echt waren. Sie hatte den Eindruck gehabt, dass sich Rebecca deswegen angestrengt den Kopf zerbrochen hatte, jedoch zu keinem Ergebnis gekommen war. Aber wie sicher konnte sie sein? Vielleicht gab es Untiefen in Rebeccas Leben, die diese sehr geschickt und überzeugend verbarg. Vielleicht wusste Rebecca ganz genau, worum es ging. Vielleicht war Rebecca gar nicht wegen des Todes ihres Mannes aus Deutschland verschwunden, vielleicht lief sie vor ganz anderen Dingen davon. Vor schwarzen Flecken in ihrer Vergangenheit, die es ihr hatten geraten scheinen lassen, so tief sie nur konnte unterzutauchen. Aber hätte sie dann nicht Marius erkennen müssen? Oder – falls er ihr zuvor nicht persönlich begegnet war – doch bei der Nennung seines Namens erschrecken müssen? Wäre es nicht unter diesen angenommenen Umständen natürlich gewesen, wenn sie mit Erschrecken und Furcht auf Ingas Mitteilung, dass Marius Rachepläne gegen sie verfolgte, reagiert hätte? Ihre ratlose Verwunderung hatte sehr aufrichtig gewirkt. Auch hatte sie nichts unternommen, sich zu schützen. Sie hatte weder das Haus verbarrikadiert noch geplant, einen neuen, unbekannten Ort aufzusuchen. Sie hatte keinen Moment lang Angst gezeigt. Sie war melancholisch und gedankenversunken wie immer gewesen. Sie hatte Interesse gezeigt an der Beziehungsgeschichte zwischen Marius und ihr, Inga, und das war ungewöhnlich gewesen für eine derartig depressive Frau, aber trotz ihres Interesses hatte sie zu keinem Zeitpunkt nervös oder unsicher gewirkt. Zwischen den einzelnen Gesprächen war sie stets wieder in ihre eigene Welt abgeglitten. Wenn sie geschauspielert hatte, so hatte sie dies mit atemberaubender Geschicklichkeit getan.

Aber, so rief sich Inga wieder zur Ordnung, es hatte keinen Sinn, Rebecca zur Täterin zu machen, nur um die Angst vor Marius zu besiegen. Sie hätte sein Verhalten so gern verstanden, weil sie spürte, dass ihre Furcht sie nicht mehr so beherrschen würde, wenn sie erst begriff, was geschehen war. Aber ganz gleich, was Rebecca in der Vergangenheit verbrochen haben mochte, es machte nichts von Marius' Verhalten besser. Nicht sein Verhalten auf dem Schiff, nicht das, was er in der vergangenen Nacht gezeigt hatte. Er war eine tickende Zeitbombe.

Ich bin nicht der Letzte!

Irgendwann waren sein Selbstwertgefühl und seine Selbstachtung von jemandem zerstört worden. So schwer und so nachhaltig, dass er sich davon nicht erholen konnte, dass er in einer offenkundig schweren Psychose lebte. Es musste nicht Rebecca gewesen sein, die ihn gebrochen hatte. Sie konnte, unwissentlich und ungewollt, zu irgendeinem Zeitpunkt, an den sie sich nicht erinnerte, Salz in die Wunde gestreut haben. Inga war inzwischen überzeugt, dass etwas Derartiges ausreichen konnte, Marius fast um den Verstand zu bringen.

Es war nicht zu ergründen. Inga starrte aus dem Fenster. Die Sonne kletterte höher. Es mochte nach neun, vielleicht halb zehn am Vormittag sein. Von oben aus dem Haus war nicht ein einziger Laut zu hören. Seit Stunden schon nicht.

Was geschah dort im ersten Stock?

Es war heiß. Ingas Zunge klebte an ihrem ausgedörrten Gaumen. Die Füße kribbelten. Die Arme schmerzten.

Vielleicht war der Zug der Wäscheleine ein kleines bisschen lockerer geworden; Inga hoffte jedenfalls, dass sie sich dies nicht aus reinem Wunschdenken heraus einbildete. Wann immer sie die Kraft fand, trotz der höllischen Schmerzen ihre Armmuskeln anzuspannen, stemmte sie sich gegen ihre Fesseln. Noch war nicht daran zu denken, dass sie sich herauswinden konnte. Aber wenn ihr noch einige Stunden Zeit blieben …

Nicht aufgeben, redete sie sich gut zu, nicht aufgeben und bloß nicht durchdrehen!

Wenn sie nur einen Schluck Wasser bekäme!

In ein paar Stunden, das war ihr klar, würde es für sie nicht mehr in erster Linie darum gehen, ihre Fesseln loszuwerden. Bis dahin würde der Durst ihre schlimmste Bedrohung sein. Und selbst wenn sie sich befreien konnte, blieb es fraglich, ob ihre Füße sie noch trugen. Sie schienen langsam abzusterben. Wahrscheinlich konnte sie schon jetzt nicht mehr auf ihnen stehen.

Ihr schossen die Tränen in die Augen. Vor lauter Verzweiflung, und obwohl sie sich fest vorgenommen hatte, auf keinen Fall zu weinen.

Verdammt, hör auf!, sagte sie sich, aber die Tränen flossen nur noch heftiger.

Immerhin, dachte sie, würde sie in späteren Jahren – falls es spätere Jahre für sie gab und sie diesen Irrsinn überlebte – immer Verständnis für ihre Schwäche haben.

In einer Lage wie der ihren war es erlaubt, zu weinen.

4

Ein Stück Normalität war in Claras Leben zurückgekehrt. Sie war noch immer angespannt, wenn sie zum Briefkasten ging, um nach der Post zu sehen, aber mit jedem Tag, der verging, ohne dass wieder einer der schrecklichen Briefe auftauchte, wurde sie ein wenig ruhiger. Ihre Knie zitterten nicht mehr so sehr, wenn sie aus dem Küchenfenster blickte und den Postboten die Straße entlangkommen sah, und sie hatte nun sogar zum ersten Mal seit langer Zeit wieder eine ganze Nacht durchgeschlafen, ohne zwischendurch aufzuwachen und, von Herzrasen geplagt, eine Stunde lang in die Dunkelheit zu starren, deren Undurchdringlichkeit ihr grausame Bilder spiegelte.

Vielleicht war das Schlimmste überstanden. Vielleicht hatte sich der Irre ein neues Opfer gesucht, das er schikanieren konnte. Vielleicht hatte er sie zufällig ausgewählt und ebenso zufällig wieder fallen gelassen. Wogegen natürlich der Umstand sprach, dass auch Agneta betroffen gewesen war. Sie waren Kolleginnen gewesen. Das machte einen Zufall wiederum höchst unwahrscheinlich.

Bert war an diesem Mittwoch wieder frühmorgens zur Arbeit aufgebrochen, nicht ohne einen wehmütigen Blick auf seine kleine Familie zu werfen. Clara, die Marie auf dem Schoß hielt und fütterte, im Licht der einfallenden Morgensonne. Die Tür zum Garten stand offen, es roch nach taufeuchtem Gras, und man konnte die Vögel laut zwitschern hören.

»Wie gerne bliebe ich bei euch«, hatte er seufzend gesagt, »ich versäume so viel Zeit mit Marie! Macht euch einen schönen Tag. Geh viel in den Garten mit der Kleinen, Clara! Die Luft ist gesund für sie!«

Clara hatte Marie in ihren Laufstall auf der Terrasse gesetzt, dafür gesorgt, dass sie im Schatten war und ihren stoffbezogenen Zauberwürfel bei sich hatte, der beim Herumkullern Musik machte. Sie selbst räumte das Haus auf, putzte das Badezimmer und sortierte die trockene Wäsche vom Vortag. Sie hatte viel zum Bügeln heute. Sie würde sich das Bügelbrett auch auf die Veranda stellen.

Um kurz nach zehn Uhr klingelte das Telefon. Es war Agneta, und kaum dass Clara die Stimme ihrer einstigen Kollegin erkannte, merkte sie, wie ihr Gaumen trocken und ihre Beine weich wurden. Die Angst saß noch viel dichter unter der Oberfläche, als sie in ihrer Euphorie wegen der durchschlafenen Nacht vermutet hatte.

»Hallo, Agneta«, sagte sie betont munter, »wie geht's?«

»Ich habe gestern den ganzen Tag Nachforschungen angestellt.« Agneta kam ohne Umschweife zur Sache. »Ich habe mit so ziemlich allen Kolleginnen von damals telefoniert. Es war gar nicht so einfach, weil einige inzwischen auch anderswo arbeiten, oder sie haben geheiratet, sind weggezogen und haben andere Namen.«

»Und?«, fragte Clara. Sie hatte wieder das altvertraute Herzrasen.

»Keine. Keine hat solche Briefe erhalten. Und ich wüsste nicht, warum jemand in dieser Sache lügen sollte.«

Aus irgendeinem Grund empfand Clara diese Aussage als beruhigend. Sie wusste nicht genau, warum, aber es war ihr lieber, dass sie und Agneta die einzigen Betroffenen waren, als dass sie hätte erfahren müssen, dass das gesamte Jugendamt mit Drohbriefen überzogen wurde.

»Allerdings«, fuhr Agneta fort, »habe ich dann doch noch jemanden gefunden, dem das Gleiche passiert ist wie uns.«

Clara umklammerte den Telefonhörer so fest, als wolle sie ihn zerquetschen. Also doch. Die Kreise wurden größer.

»Erinnerst du dich an Sabrina?«, fragte Agneta. »Sabrina Baldini? Die mit diesem gut aussehenden Italiener verheiratet ist?«

Clara kam der Name nur vage bekannt vor. »Ich kann sie im Moment nicht einordnen«, sagte sie.

»Ich kannte sie vom Studium her. Sie war auch Sozialpädagogin, aber nach ihrer Heirat hörte sie auf zu arbeiten. Sie war dann nur noch zeitweise für eine Privatinitiative tätig, die sich der Gewaltprävention in Familien verschrieben hatte. *Kinderruf* hieß die Einrichtung.«

»*Kinderruf*«, wiederholte Clara, »ja. Ich kannte die Organisation. Ich hatte ein paarmal mit ihnen zu tun.«

»Sabrina betreute zwei- oder dreimal in der Woche das so genannte Sorgentelefon. Kinder und Jugendliche konnten dort ihre Probleme schildern, sie konnten anonym bleiben, aber auch unter Nennung ihres Namens gezielt um Hilfe bitten.«

»Und diese Sabrina hat auch …?«

»Ich weiß gar nicht, wie ich darauf kam, sie anzurufen. Sie gehörte ja nur ganz kurz zu uns. Aber ich stolperte plötzlich über ihren Namen und ihre Nummer in meinem Adressbuch, und da dachte ich, warum frage ich nicht auch sie.« Agneta machte eine kurze Pause.

»Und das war ein Volltreffer«, sagte sie.

Claras Herz schlug schnell und so hart und laut, dass sie meinte, man müsste es sogar durch das Telefon hören können. Auf der Terrasse krähte Marie, dudelte der Zauberwürfel seine Melodien. Nicht eine Wolke hatte sich vor die strahlende Sonne geschoben, und doch kam es Clara vor, als verdunkle sich der heiße Tag.

»Ich habe Sabrina in einem absolut desolaten Zustand angetroffen«, fuhr Agneta fort, »sie war ganz überwältigt, meine Stimme zu hören, und im nächsten Moment fing sie dann auch schon an zu weinen. Sie hat mir einiges erzählt ... Ihr Mann hat die Scheidung eingereicht und ist auch schon daheim ausgezogen, weil Sabrina offenbar ein längeres Verhältnis mit einem anderen Mann hatte. Der hat sie aber auch verlassen. Sie ist total allein und völlig am Boden zerstört.«

»Aber ...«

»Warte. Die Probleme mit den Männern sind nicht der einzige Grund für ihre angeschlagenen Nerven. Sabrina bekommt seit Anfang Mai Drohbriefe – und zwar genau in der Art und in dem Stil, wie auch unsere waren.«

»Oh«, sagte Clara. »War sie bei der Polizei?«

»Zweimal. Man hat sie wohl auch ernst genommen, aber ihr letztlich im Grunde nur sagen können, dass man nichts für sie tun könne. Es gibt keine Möglichkeit zu ermitteln, woher die Briefe stammen.«

»Und ... und für wie gefährlich hält man bei der Polizei den Verfasser?«, fragte Clara beklommen.

Agnetas Stimme klang gleich etwas fröhlicher. »Das ist die wirklich gute Nachricht. Man hält ihn eigentlich nicht für gefährlich. Man meint, es könnte sogar ein Jugendlicher sein, der sich einen Spaß daraus macht, jemanden richtig zu erschrecken, und der die Tragweite dessen, was er da tut, nicht überblickt. Denn es ist ja nichts von all dem, was in den Briefen angedroht wird, auch nur andeutungsweise passiert.«

»Wann hat sie den letzten Brief bekommen?«

»Vor etwas mehr als drei Wochen. Also ähnlich wie bei uns.«

Clara mühte sich ab, all die Informationen in ihrem Kopf in eine Ordnung zu bringen. Sie war so erschrocken, dass sie Schwierigkeiten hatte, klar und logisch zu denken.

»Aber«, sagte sie schließlich, »als die Polizei Sabrina und ihrem Mann versicherte – oder es zumindest für wahrscheinlich erklärte –, dass der Briefeschreiber harmlos sei, wusste sie natürlich nichts von unseren Briefen. Da sah es so aus, als sei Sabrina ein Einzelfall.«

»Ja. Aber ändert das etwas?«

»Ich weiß nicht«, sagte Clara, »aber es gibt doch der Angelegenheit eine andere Dimension, findest du nicht? Sabrina Baldini ist nicht irgendein zufällig ausgewähltes Opfer. So wenig wie du oder ich. Wir haben alle drei einen gemeinsamen Nenner: unsere Arbeit beim Jugendamt. Was doch eigentlich bedeutet, dass der oder die Täter in irgendeiner Weise auch aus diesem Umfeld stammen müssen.«

»Aber Sabrina hat dort nie gearbeitet«, meinte Agneta, »ihre Arbeit ging lediglich in die gleiche Richtung wie unsere.«

»Das reicht doch schon. Da ist doch ein klarer Zusammenhang. Mit *Kinderruf* hatten wir schließlich auch zu tun.«

»Ich werde noch einmal versuchen, alles, was damals war, zu rekonstruieren«, sagte Agneta. Sie klang verzagt. »Das wird nicht einfach sein. Sabrina bei *Kinderruf*. Ich in der Abteilung Sozialdienst. Du bei der Erziehungshilfe. Aber ...«

»Da ging vieles Hand in Hand«, sagte Clara. Sie lauschte nach draußen. Marie krähte noch immer vergnügt vor sich hin. Sie würde sie von jetzt an keine Minute mehr allein im Garten lassen. Die alte Angst war wieder da.

»Ich denke auch noch mal ganz genau nach«, sagte sie, »vielleicht fällt mir ein Fall ein, an dem jemand beteiligt war, dem ich derartige Briefe zutrauen würde. Aber meinst du nicht auch, dass jetzt doch der Zeitpunkt gekommen ist, zur Polizei zu gehen?«

»Lass mich das noch einmal überschlafen«, bat Agneta. Clara vermutete, dass sie in Wahrheit die Angelegenheit noch einmal mit ihrem Mann besprechen wollte. »Wir müssen auch bedenken, Clara, dass wir alle drei nun schon seit drei Wochen keine Briefe mehr erhalten haben. Vielleicht ist die Sache ohnehin zu Ende.«

»Vielleicht«, meinte Clara wenig überzeugt. Sie fröstelte trotz des heißen Tages. »Vielleicht ist es vorbei, Agneta, aber keine von uns kann im Moment schon wieder in ihr normales Leben zurückkehren. Vielleicht können wir es nie mehr, wenn die Sache ungeklärt bleibt. Ich fühle mich nicht sicher. Und du dich auch nicht, wenn du ehrlich bist.«

»Nein«, gab Agneta zu, »ich fühle mich auch nicht sicher.«

Beide schwiegen sie einen Moment. Clara lauschte die ganze Zeit über angespannt nach draußen. Sie würde jetzt Marie hereinholen. Sofort. Und dann die Gartentür sorgfältig verschließen.

»Ich rufe dich morgen an«, sagte Agneta schließlich, »und bis dahin ist uns entweder eingefallen, um welche Geschichte es sich handeln könnte. Oder wir gehen zur Polizei, ohne zu wissen, um was es geht. Ich verspreche dir, Clara, wir unternehmen etwas.«

Sie verabschiedeten sich. Clara lief sofort hinaus, räumte den Laufstall ins Wohnzimmer und setzte Marie hinein, die zu weinen begann, weil sie draußen bleiben wollte. Sie verschloss sorgfältig die Verandatür, überzeugte sich, dass auch sonst überall im Haus Türen und Fenster verschlossen waren.

Sie sperrte den herrlichen Tag aus, seine Sonne und seine Wärme, die brummenden Bienen und tanzenden Falter, den Duft der Blumen und den des warmen Grases.

Sie sperrte das Leben aus – aber nicht ihre Angst.

5

Kommissar Kronborg saß wieder einmal im Wohnzimmer, auf demselben Sessel wie am Abend zuvor. Trotz der Hitze war er wie stets korrekt gekleidet. Dankbar hatte er ein Glas Wasser akzeptiert und schon fast leer getrunken. Eine sehr blasse Karen saß ihm gegenüber.

»Dieses Ehepaar«, sagte Kronborg, »Fred und Greta Lenowsky, scheint tatsächlich nicht einen einzigen Angehörigen gehabt zu haben. Es gibt keine Kinder, keine Geschwister, keine Nichten und Neffen, offenbar nicht einmal Cousins oder Cousinen. Zwei völlig allein stehende Menschen, die nur noch einander hatten. Sie waren wohl sehr einsam.«

»Sie schienen aber auch keinen Kontakt zu wollen«, sagte Karen. »Als ich mich ihnen als neue Nachbarin vorstellte, waren sie nicht direkt unfreundlich, aber auch alles andere als herzlich. Sie erweckten nicht den Anschein, als ob sie eine nähere Bekanntschaft mit uns aufbauen wollten. Eher hatte ich den Eindruck, mein Besuch wäre ihnen etwas lästig.«

»Wir haben noch einmal mit den Nachbarn auf der anderen Seite gesprochen«, sagte Kronborg. »Demnach gab es wohl eine Putzfrau, die regelmäßig zweimal die Woche ins Haus kam. Anhand des Adressbuches von Frau Lenowsky haben wir ihre Nummer ermittelt und sie kontaktiert. Sie erklärte, sie sei zu Beginn der letzten Woche von Fred Lenowsky angerufen worden. Er habe ihr gesagt, er und seine Frau würden für drei Wochen verreisen, sie brauche also nicht zu kommen. Sie war sehr überrascht, zum einen, weil sie drei Tage zuvor dort gewesen war und niemand etwas von einer längeren Reise erwähnt hatte. Zum anderen, weil sie normalerweise dann, wenn die Lenowskys verreisten, gebeten wurde, mehrmals in der Woche in ihr Haus zu gehen und sich um die Post und die Blumen zu kümmern. Sie sprach das auch an, aber Fred Lenowsky hat ihr äußerst schroff erklärt, sie solle sich um nichts kümmern und keinesfalls herüberkommen. Woraufhin sie sehr gekränkt war, und, wie sie sagt, nun unter keinen Umständen mehr einen Finger rühren wollte. Also kümmerte auch sie sich nicht mehr um die beiden alten Menschen und um das Haus.«

»Aber Fred Lenowsky stand bereits unter Druck«, vermutete Karen.

Kronborg nickte. »Massiv vermutlich. Er musste dafür sorgen, dass die Putzfrau keinesfalls plötzlich aufkreuzte. Wahrscheinlich hatte er ein Messer an der Kehle. Er hat nicht einmal versucht, ihr versteckt irgendeinen Hinweis zu geben.«

»Oder ihm ist so schnell keine Möglichkeit eingefallen. Ich glaube nicht, dass ich in einer solchen Situation noch halbwegs klar denken könnte.«

»Was mich beschäftigt«, sagte Kronborg, »ist die Frage, woher der Täter von der Existenz der Putzfrau wusste. Natürlich muss das nicht von Bedeutung sein; die Lenowskys waren alt und bewohnten ein ziemlich großes Haus. Dass sie, um es sauber zu halten, Hilfe in Anspruch nahmen, musste auch einer Person, die nicht mit den Lebensgewohnheiten dort vertraut war, als ziemlich wahrscheinlich erscheinen. Verängstigt, wie sie ganz sicher waren, dürften sie das Vorhandensein einer Putzfrau sofort zugegeben haben, als sie gefragt wurden. Sehr zu Recht zitterten sie schließlich um ihr Leben. Es könnte aber auch sein, dass der Täter eben doch etwas besser Bescheid wusste über die Abläufe im Hause Lenowsky. Was wieder zu der Theorie führen würde, dass es sich um einen Bekannten handelte. Schließlich musste er ja auch nicht einmal einbrechen. Er wurde ohne Schwierigkeiten eingelassen oder verfügte sogar über einen Schlüssel.«

Karen war noch etwas anderes aufgefallen. »Die Putzfrau wurde angerufen? Aber dann hätte doch deren Nummer in der Wahlwiederholung sein müssen, nicht unsere!«

»Die Putzfrau wurde von Fred Lenowskys Handy angerufen. Ebenso wie der Pizzaservice einen Tag später. Der Täter hat sich das Handy wahrscheinlich gleich zu Anfang geschnappt. Wenn wir davon ausgehen, dass es sich um nur eine Person handelt – was wir nicht sicher wissen, aber es wurde jedenfalls nur eine Pizza bestellt –, so musste er die ganze Zeit über zwei Menschen bewachen. Das erzeugt Stress, und so war ein schnurloser Apparat, mit dem er sich frei bewegen konnte, für ihn sicher sinnvoller als das Festnetztelefon, für das es nur den einen Apparat im Wohnzimmer gab.«

Karen musste an den Pizzakarton denken, den Pit so entgeistert in den Händen gehalten hatte.

»Da wurde wirklich noch Pizza bestellt«, sagte sie, »ganz normal, als wäre nichts geschehen.«

»Sie haben beim Pizzaservice den Ausfahrer ermittelt, der die Pizza an jenem Tag – Dienstagmittag letzter Woche – zu den Lenowskys gebracht hat. Man kannte sie dort nicht als Kunden, es war das erste Mal, dass sie bestellten. Der junge Mann erinnert sich, dass ihm eine alte Frau öffnete, der Beschreibung nach Greta Lenowsky. Es hatte allerdings lange gedauert, er hatte mehrfach geklingelt und war schon fast so weit gewesen, unverrichteter Dinge wieder zu gehen. Er sagt, die alte Frau habe wie ein Gespenst ausgesehen. Er dachte, sie sei krank. Sie trug einen Morgenmantel, hatte ungekämmte, struppige Haare und ein kalkweißes Gesicht. Sie öffnete die Tür nur einen Spalt breit. Sie sprach kein Wort, und ihre Hand zitterte, als sie die Pizza entgegennahm. Sie gab ihm das genau abgezählte Geld und schloss sofort wieder die Tür.«

»Und das kam ihm nicht seltsam vor?«, fragte Karen.

Kronborg zuckte mit den Schultern. »In gewisser Weise schon, aber er meinte, alte Menschen seien oft seltsam, gerade wenn jemand Unbekanntes an der Haustür klingelt. Er hatte es eilig, er musste weiter – er hat einfach nicht länger über Greta Lenowsky nachgedacht. Er sagt, dass es natürlich möglich sei, dass jemand schräg hinter ihr gestanden habe. Der winzige Spalt der geöffneten Haustür habe es für ihn unmöglich gemacht, etwas zu sehen.«

Karen strich sich die Haare aus der Stirn. Sie merkte, dass sie schwitzte. »Sie hatten keine Chance«, sagte sie leise, »in ihrem eigenen Haus, umgeben von Nachbarschaft, hatten die Lenowskys keine Chance, mit dem Leben davonzukommen.«

»Und wir werden uns nicht gerade leicht tun, ihren Mörder zu fassen«, meinte Kronborg. Er sah müde und frustriert aus. »Ein altes Ehepaar, seit langem nicht mehr berufstätig, ohne Verwandte und ohne Freunde, in größtmöglicher Distanz auch zur Nachbarschaft lebend und überdies seit vier Jahren erst am Ort des Geschehens zu Hause – das ist wie eine glatte Felswand. Wenig Möglichkeiten, die Füße zu setzen und Halt für die Hände zu finden.«

»Am ehesten bieten sich wohl noch Gelegenheiten über Fred Lenowskys Beruf«, sagte Karen. »Ein so erfolgreicher Anwalt muss viele Menschen gekannt haben.«

»Er muss sie aber nicht an sich herangelassen haben«, sagte Kronborg. »Ein Mann kann höchst erfolgreich seinen Beruf ausüben und dennoch von niemandem gekannt werden. Aber Sie haben natürlich Recht. Seine berufliche Zeit ist unser einziger Einstiegspunkt.« Er erhob sich und baute sich dabei zu seiner überaus imposanten Größe auf. »Ich hoffe, ich muss Sie nicht mehr so oft belästigen«, sagte er. »Wissen Sie, ich komme so oft hierher, weil ich wohl immer noch hoffe, Ihnen fällt irgendetwas äußerst Wichtiges ein. Sie sind neben dem Gärtner der einzige Mensch, dem etwas dort drüben seltsam vorkam, und Sie haben zudem auch noch das Haus zehn Tage lang intensiv beobachtet. *Sie haben es beobachtet, während der Mörder darin sein Unwesen trieb.* Darin könnte für uns eine große Chance stecken.«

Auch Karen stand auf. »Ich fürchte, ich habe Ihnen alles gesagt. Dennoch zerbreche ich mir natürlich ständig den Kopf, und vielleicht fällt mir ja tatsächlich noch etwas ein.« Sie glaubte es nicht wirklich. Wer immer der Mörder der Lenowskys gewesen war, er hatte sich sehr geschickt verhalten. Niemand hatte ihn zu Gesicht bekommen. Außer der schrecklichen Tat selbst hatte er keinerlei Spuren hinterlassen.

Eine Frage brannte noch auf ihrer Zunge, die ganze Zeit schon, aber sie hatte bislang nicht gewagt, sie zu stellen, weil sie die Antwort fürchtete. Kronborg, der sie wie stets sehr genau und eindringlich musterte, begriff, dass sie etwas bedrückte.

»Ja?«, fragte er.

Sie schluckte. »Ich ... wollte nur wissen ... Sie sagten, der Täter habe Greta Lenowsky mit Messerstichen getötet. Wie ... nun, wie kam Fred Lenowsky ums Leben?«

Auch Kronborg zögerte einen Moment. »So, wie Sie ihn gefunden haben«, sagte er dann. »Sein Mörder hat es sich leicht gemacht – und Fred Lenowsky sehr schwer. Er hat ihn dort ins Bad gesetzt und gefesselt und den Kopf nach oben gebunden, einen Knebel in den Mund gesteckt, und ihn dann einfach sitzen lassen. Lenowsky ist verhungert und verdurstet, er hatte sicher mit Atemnot zu kämpfen wegen des Knebels, und der hochgebundene Kopf muss ihm nach einigen Stunden unerträgliche Schmerzen bereitet haben. Lenowsky ist sehr langsam und sehr qualvoll gestorben.«

»Aber ...« Sie konnte Kronborg nicht ansehen, sie starrte an die gegenüberliegende Wand ihres Wohnzimmers, betrachtete angelegentlich den kleinen gerahmten Druck eines

Sonnenblumenfeldes von van Gogh, der dort hing. Es war zu schlimm, was sie hörte; für den Moment konnte sie ihr Entsetzen, das in ihren Augen zu lesen sein musste, mit niemandem teilen. »Aber ... warum ... so ... so entsetzlich grausam?«

»Hass«, sagte Kronborg, »hinter dieser Tat steckt ein atemberaubender Hass. Und das bringt mich immer wieder an den Punkt, inzwischen mit ziemlich großer Sicherheit zu glauben, dass die Lenowskys nicht die zufälligen Opfer irgendeines Irren geworden sind. Da war jemand krank vor Hass auf Fred Lenowsky, und der Moment in Lenowskys Leben, da dieser Hass entstand, da die Voraussetzungen dafür geschaffen wurden – und daran muss Lenowsky wissentlich oder unwissentlich beteiligt gewesen sein –, dieser Moment muss zu finden sein. Dann kommen wir weiter.«

»Ich hoffe, Sie finden diesen Moment«, sagte Karen. Ihre Stimme klang brüchig.

»Das hoffe ich auch«, sagte Kronborg.

6

Als Inga Schritte auf der Treppe hörte, erstarrte sie und hielt sofort inne in ihren unaufhörlichen Versuchen, ihre Fesseln zu lockern. Die Wäscheleine war schon viel nachgiebiger geworden, aber es war noch nicht daran zu denken, sie abzustreifen. Wenn Marius nun jedoch feststellte, dass sie sich auf dem Weg zur Befreiung befand, würde er in Sekundenschnelle ihre Arbeit von Stunden zunichte machen. Und am Ende auch noch wütend werden. Sie hatte Angst vor ihm. In Wut mochte sie ihn nicht erleben.

Er beschäftigte sich eine Weile in der Küche. Geschirr

klapperte, Gläser klirrten. Dann zog Kaffeeduft durch das Haus. Inga spürte wieder brennend ihren Durst. Sie hatte auch Hunger, aber der war nicht so schwer zu ertragen. Der Durst quälte sie weit mehr.

Eine Viertelstunde später kam Marius ins Zimmer, einen großen Becher Kaffee in der Hand. Er trank jedoch selbst daraus, offenbar hatte er ihn nicht für Inga bestimmt. Lautlos und inbrünstig betete sie, er möge sich nicht ihre Fesseln ansehen.

»Marius«, sagte sie, »ich habe so schrecklichen Durst.«

Er trat an sie heran und hielt ihr seinen Kaffee unter die Nase, aber sie schüttelte den Kopf. Sie wusste, dass Kaffee dem Körper Wasser entzieht; es schien ihr nicht ratsam, davon zu trinken.

»Könnte ich ein Glas Wasser haben?«, fragte sie.

Er überlegte. »Warum nicht?«, meinte er schließlich. »Ich habe nichts gegen dich, Inga, wirklich nicht. Ich verstehe nur nicht, wieso du dich mit dem Stück Dreck da oben eingelassen hast.«

Sie versuchte es erneut. »Weil ich nichts über sie weiß. Im Unterschied zu dir. Du weißt etwas, aber wenn du mir nicht davon erzählst, werde ich nie begreifen, weshalb sie ein ... ein Stück Dreck ist.«

Wieder überlegte er. Endlich schien er so etwas wie Logik in ihren Worten zu erkennen. »Du hast Recht. Du kannst es eigentlich nicht wissen.«

»Ja, siehst du, und dabei würde ich es so gern wissen. Vielleicht hast du ja völlig Recht mit deiner Abneigung gegen Rebecca, und ...«

Er unterbrach sie grob. »Vielleicht! Vielleicht! Wieso zweifelst du? Ich habe natürlich Recht. *Natürlich*!«

Sie musste vorsichtiger sein. Er war völlig durchgedreht. Jedes falsche Wort von ihr konnte ihn in Rage bringen.

»Sicher hast du Recht«, sagte sie in besänftigendem Ton, »es tut mir Leid, wenn ich gerade den Eindruck erweckt habe, deine Worte anzuzweifeln.«

Er trank in hastigen Zügen seinen Kaffee. Dass er Inga ein Glas Wasser hatte bringen wollen, schien er schon wieder vergessen zu haben.

»Ich habe keine Lust, mit dir zu streiten«, sagte er, als sein Becher leer war. »Ich wünschte, du wärst überhaupt nicht hier. Du hast mit alldem nichts zu tun. Ich frage mich, weshalb ich nicht noch einen Tag warten konnte. Dann hättest du im Flugzeug gesessen!«

Inga überlegte, wie weit sie es riskieren konnte, sich bei ihm einzuschmeicheln. Es konnte für sie durchaus von Vorteil sein, mit ihm eine Solidarität herzustellen, aber sie durfte dabei nicht plump vorgehen. Er war zweifellos geisteskrank, aber er war nicht dumm. Sie dachte daran, mit welcher Leichtigkeit und Brillanz er daheim sein Studium absolvierte.

Unterschätze ihn nicht, warnte ihre innere Stimme.

»Vielleicht sollte es so kommen«, sagte sie, »vielleicht sollte ich noch hier sein.«

Er sah sie misstrauisch an. »Wieso?«

»Nun … ich meine … wir sind immer noch verheiratet. Bis vor wenigen Tagen war noch alles in Ordnung zwischen uns. Ich hätte mir nicht vorstellen können, dass so etwas geschieht – ich fliege allein nach Deutschland zurück, und du … beschäftigst dich hier mit Rebecca, ohne dass ich auch nur das Geringste davon weiß. Wir haben doch alles geteilt. Warum nicht auch das hier?«

»Was genau meinst du?« Er war immer noch misstrauisch. Inga wusste, dass sie sehr vorsichtig sein, jedes Wort abwägen musste.

»Ich meine das, was dich mit Rebecca verbindet. Ich meine den Vorwurf, den du ihr machst. Kannst du dir nicht vorstellen, dass es mich kränkt, davon überhaupt nichts zu wissen? Es scheint eine so große Rolle in deinem Leben zu spielen, aber du möchtest nicht, dass ich davon erfahre. Ich verstehe nicht, warum. Ich verstehe nicht, warum du mich von den Dingen, die in deinem Leben offenbar von besonderer Wichtigkeit sind, ausgeschlossen hast!«

Sie hielt inne. Sie wusste, dass sie überzeugend gewesen war, weil sie wirklich empfand, was sie gesagt hatte.

Marius mochte seine stachelige Abwehr noch nicht aufgeben. »Das ist alles meine Sache. Du hast dich doch früher für mein Leben auch nicht interessiert!«

»Das ist doch nicht wahr. Du hast mir nur nie gesagt, dass es in deinem Leben Episoden gab, die sehr … schmerzhaft oder kränkend für dich waren und dich bis heute verfolgen. Wenn ich dich nach deiner Vergangenheit fragte, nach deiner Familie, nach Freunden von früher, bist du immer ausgewichen. Du warst immer der fröhliche Marius, der das Leben leicht nimmt, der alle Probleme löst, der sein Studium wie nebenher absolviert und jede Menge Zeit findet für lustige und abenteuerliche Unternehmungen. Wie sollte ich darauf kommen, dass es … Untiefen gab in deinem Leben?«

Du hast es genau gespürt. Du wusstest, dass etwas nicht stimmt mit ihm. Aber du hast ja jede Menge Energie darauf verwandt, alles, was dich nachdenklich hätte stimmen können, sofort zu verdrängen.

Marius' Augen sahen für einen Moment genauso aus wie früher. Klar und freundlich. Der kranke Ausdruck war verschwunden. Aber Inga wusste, dass sie sich nichts vormachen durfte. Marius konnte von einem Moment zum anderen wieder ihr Feind werden. Er war gefährlich, das durfte sie keinesfalls vergessen.

»Du hast Recht«, sagte er sanft, »ich wollte nicht darüber

sprechen. Es geht mir besser, wenn ich nicht daran denke. Warum soll ich mir das Leben verderben? Ich habe ein gutes Leben vor mir, verstehst du? Ich werde mein Examen mit Auszeichnung machen. Ich werde ein Spitzenanwalt werden. Mir werden die renommiertesten Kanzleien offen stehen. Warum sollte ich mich mit Dingen beschäftigen, die lange vorbei sind?«

Er sah so normal aus, blickte sie so fragend und offen an, dass Inga die Absurdität der Situation besonders deutlich wurde: dass sie hier vor ihm saß und an Händen und Füßen gefesselt war, dass irgendwo oben im Haus Rebecca ebenfalls gefesselt lag oder saß und man nur beten konnte, dass sie überhaupt noch am Leben war.

Er ist gefährlich. Vergiss es keine Sekunde lang!

»Das Schlimme ist«, sagte sie, »dass wir unsere Vergangenheit nicht loswerden können. Wir können sie immer wieder über Phasen hinweg verdrängen, aber zwischendurch taucht sie auf und steht vor uns und macht uns das Leben schwer. Wir entkommen ihr nie wirklich, vor allem nie endgültig. Es ist besser ...« Sie sah ihn an, versuchte herauszufinden, ob ihre nächsten Worte ihn wieder von ihr wegtreiben konnten. Er sah entspannt aus.

»Es ist besser, wir stellen uns ihr irgendwann«, fuhr sie fort, »wir schauen in ihr Gesicht, versuchen sie zu akzeptieren und von nun an mit ihr zu leben. Nur dann können wir sie verarbeiten.«

Er begann auf seiner Unterlippe herumzukauen. »Verarbeiten«, wiederholte er, »denkst du, man kann alles verarbeiten? *Alles?*«

Sie vernahm eine leise Vibration in seiner Stimme. Sie musste auf der Hut sein.

»Manches ist sehr schwer zu verarbeiten«, sagte sie.

Ein Schatten glitt über sein Gesicht. Seine Augen blickten

nicht mehr so offen drein. Er war dabei, sich wieder in jene Welt zu verabschieden, in der ihn die Dämonen schrecklicher Erinnerungen beherrschten und peinigten.

»Schwer«, sagte er, »schwer! Was weißt du schon davon? Du hast es doch niemals schwer gehabt in deinem Leben! Bei dir war doch immer alles in Ordnung! Das Leben auf dem Land! Das reetgedeckte Häuschen! Deine fürsorgliche Mutter, dein liebevoller Vater, deine vielen reizenden Geschwister ... bei euch ging's doch zu wie bei der *Walton*-Familie! Woher willst du etwas davon verstehen, wie das Leben für manche anderen Menschen aussieht?«

Sie sah ihn beschwörend an, hoffend, sie könnte ihn zurückhalten, ihr wieder völlig zu entgleiten.

»Vielleicht hatte ich es viel einfacher als du. Vielleicht wird es mir schwer fallen, dein Leben und dein Schicksal wirklich zu verstehen. Aber gib mir doch eine Chance. Erzähle mir von dir. Es kann doch auch sein, ich verstehe dich besser, als du denkst. Ich kann dir helfen. Und womöglich siehst auch du selbst viel klarer, wenn du endlich darüber sprichst und nicht mehr alles in dir verschließt!«

Er kaute immer heftiger auf seiner Unterlippe herum. Ihre Worte bewegten ihn, wühlten ihn auf.

Wenn er redet, dachte sie, dann habe ich einen Fußbreit Boden gewonnen. Wenn er mir vertraut, kann ich Einfluss auf ihn nehmen.

Wenn es nur nicht zu spät war für Rebecca. Sie durfte nicht nach ihr fragen, das hätte in diesem heiklen Moment alles zerstört, aber innerlich vibrierte sie vor Nervosität.

Was hast du mit Rebecca gemacht?

»Ich weiß nicht«, sagte er schließlich. Er sah jetzt fast kindlich aus, unschlüssig, etwas verlegen. »Ich weiß nicht, ob es Sinn hat. Ob du das verstehen kannst!«

»Gib mir die Chance«, bat sie.

Er begann auf und ab zu gehen. Seine Bewegungen waren aggressiv, an der Grenze zum Unkontrollierten.

»Vielleicht willst du dann nichts mehr mit mir zu tun haben! Wenn du erst einmal weißt, woher ich komme!«

Es gelang ihr, eine Mischung aus Empörung und Gekränktsein in ihren Blick zu legen. »Wie schätzt du mich denn ein? Dass ich Menschen danach beurteile, woher sie kommen? Ich muss sagen, wenn das so ist, kennst du mich ganz schön schlecht!«

Für den Moment hatte sie ihn an der Angel. Er schaute sie reumütig an. »Entschuldige. Ich wollte dich nicht verletzen. Du hast mir nie etwas getan.«

»Ich habe dich geliebt«, sagte Inga.

»Liebst du mich jetzt nicht mehr?«, fragte Marius.

Sie zögerte. »Du hast mich ausgeschlossen. Vielleicht, wenn ich dich wieder verstehe ...«

»Ja.« Sie erreichte ihn mit ihren Worten. Überzeugte ihn. Er sah ein, dass er nicht offen genug gewesen war. Dass Offenheit die Grundlage einer Beziehung war. Inga konnte in seinen Zügen erkennen, wie all diese Gedanken abliefen. Sie wagte, einen ersten Funken Hoffnung zu schöpfen. Hoffnung, dass sie lebend aus diesem Drama herauskommen würde.

»In Ordnung. Ich werde dir alles erzählen«, sagte Marius in einer Art feierlichem Ernst. Er zog einen Stuhl heran, setzte sich Inga gegenüber. Dass sie noch immer gefesselt war, dass er noch immer kein ausgeglichenes Verhältnis zwischen ihr und sich hergestellt hatte, schien er nicht zu bemerken. Inga wagte nicht, davon anzufangen. Wenn er den Verdacht schöpfte, dass sie ihn austricksen wollte, war alles verloren.

»Also, wo fange ich an?« Marius strich sich mit der Hand über das Gesicht. Er sah müde aus und viel älter, als er war. Noch immer roch er so schrecklich ungewaschen.

»Ich fange bei meiner Familie an«, verkündete er schließlich. »Du sollst wissen, woher ich komme. Inga, mein Vater ist der schlimmste Bastard, den du dir denken kannst. Er säuft, er schläft bis in die Puppen, und wenn er zwischendurch einmal Arbeit findet, verliert er sie nach kürzester Zeit wieder, weil er an den meisten Tagen seines Lebens zu betrunken ist, um überhaupt sein Bett zu verlassen. Ich habe in der übelsten Gegend von München gelebt. Hochhäuser. Sozialwohnungen. Meine Mutter ist eine Schlampe. Sie säuft fast genauso viel wie mein Alter, und wenn sie beide richtig zugedröhnt sind, fangen sie an, aufeinander einzuschlagen. Sie sind so kaputt, wie du dir zwei Menschen überhaupt nur vorstellen kannst. Als ich fünf Jahre alt war, brach mir mein Vater den Arm. Nicht aus Versehen, nein. Er war wütend, weil er in der Wohnung kein Geld fand, um Schnaps zu kaufen, und er verdächtigte mich, an die Familienkasse gegangen zu sein. Die *Familienkasse* war ein leeres Gewürzgurkenglas, in dem sich gelegentlich etwas Geld befand – Sozialhilfe, die nicht sofort versoffen wurde. Das Glas stand ganz oben auf einem Regal, und ich konnte überhaupt nicht drankommen, nicht mal, wenn ich auf unsere schrottreife Trittleiter stieg. Aber das interessierte meinen Vater nicht. Er packte mich, legte meinen linken Arm über eine Stuhllehne und brach den Knochen. Einfach so, als zersplitterte er ein Streichholz. Er meinte, das würde mich davon abhalten, je wieder Geld zu nehmen, das mir nicht gehört.«

Marius hielt inne. Er sprach sehr gleichmütig, fast ohne Bewegung.

Inga schluckte. Ihr Mund fühlte sich an, als sei er mit Glaswolle gefüllt. »Mein Gott«, sagte sie leise.

»Ja, so war das«, sagte Marius. Er stand auf, machte wieder ein paar Schritte auf und ab. Dann blieb er direkt vor Inga stehen. »Und jetzt denkst du sicher: Wie schrecklich!

Wie asozial! Wie sehr muss Marius seine Eltern gehasst haben?«

Sie hörte den Unterton in seiner Stimme und reagierte mit Vorsicht. »Ich denke, es waren trotzdem deine Eltern.«

Er nickte. »Genau. Ganz genau. Sie konnten auch ganz anders sein, weißt du. Sie waren total solidarisch. Einmal haben mir andere Jungs beim Spielen meinen Ball abgenommen. Ich war fünf Jahre alt und kam heulend nach Hause. Mein Vater lag mit grausamen Kopfschmerzen im Bett, aber als ich ihm die Geschichte erzählt hatte, stand er auf, zog sich an und ging mit mir zu den sämtlichen Eltern der anderen Jungs und machte einen riesigen Zirkus. Und als wir den Jungen gefunden hatten, bei dem der Ball war, musste er ihn mir zurückgeben. Wir gingen zusammen nach Hause, mein Vater und ich, und ich hatte den Ball im Arm und dachte, ich platze fast vor Stolz. Und ich dachte, eigentlich kann mir gar nichts mehr passieren, weil mich ja mein Vater beschützt. Es war ein gutes Gefühl.« Er lächelte. Er setzte sich wieder. Inga, die den Atem angehalten hatte, atmete lautlos aus.

»Das war ein richtig gutes Gefühl«, wiederholte Marius. Er lächelte wieder. »Es gab oft gute Gefühle. Und oft schlechte. Das Schlimme war, dass man nichts berechnen konnte. Alles war Willkür. Aber inmitten dieser Willkür, dieser guten und schlechten Gefühle, der abscheulichen Augenblicke und der schönen Momente hatte ich meinen Platz. Er war mir vertraut. Er gehörte mir. Ich war ein Teil dieser beiden durchgeknallten Alkoholiker. Manchmal fühlte ich mich für sie verantwortlich. Manchmal hatte ich Angst vor ihnen. Manchmal liebte ich sie.« Er sah Inga an. »Kannst du das verstehen?«

»Ja.« Sie nickte. »Ja, ich denke, das kann ich verstehen.«
Er atmete tief durch.

»Und dann begann das Desaster«, sagte er.

Er saß bei Rebecca im Zimmer, einer gefesselten, mucksmäuschenstillen Rebecca, und überlegte, wann die fremde Frau zum ersten Mal erschienen war. Ganz sicher, bevor sein Vater ihm den Arm gebrochen hatte. Also war er selbst jünger als fünf Jahre gewesen. Vier vielleicht, oder erst drei? Nein, eher vier. Er erinnerte sich recht gut an sie, und von etwas, das er im Alter von drei Jahren erlebt hatte, würde er vielleicht nicht so klare Bilder haben.

Sie hatte eines Tages im Wohnzimmer gesessen und sich mit seinen Eltern unterhalten. Es kam so selten Besuch zu ihnen – eigentlich fast nie, nur manchmal die Nachbarin, von der Mama behauptete, sie habe es auf Papa abgesehen, und man sich fragte, was sie damit meinte –, dass er ganz aufgeregt gewesen war. Er hatte die Frau hier im Haus noch nie gesehen. Sie war klein und dünn, und er fand, dass sie einen schönen Pullover anhatte. Aus roter Wolle, die sehr flauschig wirkte. Er hätte den Pullover gern angefasst, um zu fühlen, ob er so weich war, wie er aussah, aber er traute sich nicht.

Er begriff nicht, worüber die Erwachsenen redeten. Genau genommen redete sein Vater gar nichts, sondern starrte mit schwimmenden Augen aus dem Fenster. Mama sprach ohne Punkt und Komma, und sie hatte einen hektischen, schrillen Unterton in der Stimme. Er mochte es nicht, wenn ihre Stimme so klang. Fast immer begann sie dann irgendwann zu schreien, und oft warf sie dann Gegenstände nach dem Vater. Einmal hatte sie einen Aschenbecher durch die Fensterscheibe geschmissen.

Die fremde Frau hatte eine angenehme Art zu sprechen. Leise und beruhigend. Sicher regte sie sich nicht ständig auf, so wie Mama. Er entsann sich, überlegt zu haben, wie es sein musste, das Kind einer Frau zu sein, die mit solch einer Stimme sprach. Es war eine recht schöne Vorstellung gewesen.

Als die Frau weg gewesen war, hatte Mama begonnen, herumzuschreien und eine Zigarette nach der anderen zu rauchen. Sie hatte Papa beschimpft, weil er in ihre Wut nicht einstimmen mochte. Papa hatte aber vielleicht gar nicht begriffen, dass die fremde Frau da gewesen war. Er hatte sie nicht einmal angeschaut und kein Wort zu ihr gesagt. Es war ungerecht von Mama, so über ihn herzufallen, wenn er doch gar nicht wusste, worum es ging.

Die fremde Frau war von nun an ziemlich oft gekommen. Sie hieß Frau Wiegand, und sie war wirklich recht nett. Sie unterhielt sich auch mit ihm oft, ließ sich seine Sammlung getrockneter Blätter zeigen und war beeindruckt von seinen Fußballerkarten. Eigentlich mochte er sie, aber es wäre ihm trotzdem lieber gewesen, sie wäre weggeblieben, weil Mama nach ihren Besuchen immer so furchtbar schlechte Laune hatte. Die ließ sie dann an Papa aus. Irgendwann wurde ihm klar, dass ihr Familienleben besser funktioniert hatte, als es Frau Wiegand noch nicht gab.

Das war der Moment, als seine Einstellung ihr gegenüber kippte. Jetzt stimmte er völlig mit seiner Mutter überein. Die sagte oft über Frau Wiegand: »Die Alte soll doch zum Teufel gehen!«

Und genau das fand er jetzt auch.

Er begann sie zu hassen. Nachts, wenn er im Bett lag, malte er sich Dinge aus, die man mit ihr tun könnte. Um sie zu bestrafen und um sie unschädlich zu machen. Er hatte tolle Sachen im Fernsehen gesehen. Eines hatte ihm besonders gefallen: Eingeborene auf einer Südseeinsel hatten einen bösen Piraten, der zuvor ihr Dorf hatte niederbrennen lassen, hingerichtet. Zu diesem Zweck hatten sie die Stämme zweier Palmen, die in einigem Abstand voneinander wuchsen, so

weit es nur ging zusammengebogen und mit Stricken festgebunden. Dann hatte man den Piraten in einiger Höhe dazwischen gefesselt, mit einem Arm und einem Bein an die eine
Palme, mit dem anderen Arm und dem anderen Bein an die
andere Palme. Dann waren die Stricke, die die Bäume zusam-
menhielten, mit einem Schwert durchtrennt worden, und die
Bäume waren in ihre alte Position zurückgeschnellt. Der Pi-
rat war zerrissen worden.

Es machte Spaß, sich Frau Wiegand zwischen zwei solchen
Palmen vorzustellen. Er fing an, sich richtig am Abend
darauf zu freuen, ins Bett zu gehen und sich seinen Fantasien
ungestört hinzugeben.

Einmal fragte er Mama, wer denn Frau Wiegand sei und
weshalb sie immer wieder zu Besuch käme.

Mama hatte gesagt: »Sozialarbeiterin!« Sie hatte das Wort
mit größter Verächtlichkeit ausgesprochen. »Weißt du, was
das ist?«

Er hatte es nicht gewusst.

»Das sind Leute, die mischen sich in die Angelegenheiten
von anderen. Das ist ihr Beruf. Sie kontrollieren andere und
stecken ihre Nasen in deren Angelegenheiten. Frau Wiegand
meint, dass wir ohne sie nicht zurechtkommen. Dass sie nach
uns sehen muss. Sie denkt, dass deine Mama und dein Papa
nicht in der Lage sind, allein mit dem Leben klarzukommen
und dich großzuziehen! Wie findest du das?«

Er hatte es empörend gefunden.

Aber als Papa ihm den Arm brach, da war die Alte natürlich nicht da gewesen! Einmal hätte er sie wirklich brauchen
können. Er hatte geschrien wie am Spieß, sein Leben lang
würde er diese mörderischen Schmerzen nicht vergessen.
Mama musste mit ihm ins Krankenhaus. Sie war schneeweiß
im Gesicht gewesen und hatte ihm eingebläut, er solle sagen,
dass er beim Fußballspielen ganz unglücklich gestürzt sei.

»Wenn du das nicht sagst, kommt Frau Wiegand und nimmt dich uns weg. Sie denkt dann, dass sie den Beweis hat, dass wir dich nicht großziehen können. Dabei weißt du, dass Papa dich liebt, nicht wahr? Du hast ihn nur so schrecklich wütend gemacht, weil du das Geld weggenommen hast!«

Er hatte geweint und gezittert und ihm war übel gewesen vor Schmerzen, zu übel, um ein Wort hervorzubringen, sonst hätte er noch einmal beteuert, dass er das Geld nicht genommen hatte.

»Wenn sie dich erst mal hat«, hatte Mama gesagt, »dann gibt sie dich nie wieder an uns zurück. Weißt du, was mit dir passiert? Du kommst in ein Heim. Mit ganz vielen anderen Kindern und ganz strengen Erziehern. Man darf dort nie ein Wort sagen, und nachts wird man am Bett festgebunden, damit man nicht wegläuft. Es gibt wenig zu essen, manchmal tagelang gar nichts, und wenn man etwas angestellt hat, wird man in einen dunklen Keller gesperrt, in dem es von Ratten wimmelt. Manche Kinder haben sie dann dort sogar vergessen. Die sind von den Ratten bis auf die Knochen abgenagt worden!«

Er hatte gekotzt, und dem Arzt hatte er gesagt, er sei beim Fußballspielen unglücklich gestürzt. Das hatte er auch Frau Wiegand erklärt, die ihn wieder und wieder über den Unfall auszufragen versuchte. Sie glaubte die Geschichte mit dem Fußballspielen nicht, das merkte er. Aber je mehr sie fragte, um so konsequenter beharrte er auf seiner Version. Er wusste ja jetzt, was sie wollte. Ihn fortbringen in dieses Heim. Zum Glück hatte ihn seine Mutter gewarnt.

Es gab keinen Menschen, dem gegenüber er so vorsichtig war wie Frau Wiegand. Von ihm würde sie nichts erfahren über das, was in der kleinen Familie geschah. Und was geschah auch schon? Bis auf den gebrochenen Arm war ihm noch nie etwas wirklich Schlimmes zugestoßen. Manchmal hungerte er, weil seine Eltern zu betrunken waren, um einkaufen zu gehen oder etwas zu kochen, aber irgendwie gelang es ihm immer, bei den anderen Kindern etwas zu schnorren, ein Stück Schokolade oder ein paar Brausebonbons. Und wenn Mama gut drauf war, gab es sowieso keinen Grund mehr zur Klage, dann briet sie ihm Fischstäbchen und machte ihm einen ganzen Berg Kartoffelbrei dazu, schön sahnig, wie er ihn mochte. Noch heute lief ihm das Wasser im Mund zusammen, wenn er an Mamas Kartoffelbrei dachte. Er hatte ihn später nirgendwo mehr so köstlich gefunden.

»Verstehst du?«, fragte er. »Es war alles in Ordnung. *Es war alles in Ordnung*!« Er trat mit dem Fuß gegen den Bettpfosten. Er hätte am liebsten irgendetwas zerschlagen, aber er wusste, dass er sich beherrschen musste. Er durfte nicht ausrasten. Er musste seinen Verstand zusammenhalten.

Er sah Rebecca an. Sie saß in dem Lehnsessel in der Ecke, ganz still und starr, aber er hatte sie auch so zusammengeschnürt, dass sie sich nicht bewegen konnte. Er hatte ihr ein zusammengeknäultes Taschentuch in den Mund geschoben und anschließend ihre gesamte untere Gesichtshälfte mit Paketklebeband zugepappt. An der Art, wie sie laut und angestrengt Luft durch die Nase einsog, konnte er erkennen, dass ihr das Atmen sehr schwer fiel. Ihre dunklen Augen waren weit aufgerissen. Er sah die Angst darin. Sie hatte Todesangst.

Gut so.

Und das Beste war: Sie musste ihm zuhören. Zum ersten Mal nach all den vielen, langen Jahren musste ihm jemand zuhören. Diesmal konnte sie ihn nicht abschütteln wie ein lästiges Insekt, diesmal konnte sie ihn nicht einfach ignorieren oder so tun, als rede er einfach nur Unsinn. Sie musste ihn ernst nehmen, ob sie wollte oder nicht. In ihrer Situation war jeder Versuch, Herrin der Lage zu werden, von Anfang an zum Scheitern verurteilt. Er bestimmte, was passierte. Er hoffte, dass sie das begriffen hatte.

»Meine Eltern liebten mich«, sagte er. Es tat gut, diesen Satz zu sagen, es löschte etwas von dem Schmerz in ihm. Er warf Rebecca dabei einen scharfen Blick zu, er wollte wissen, ob es in ihr den geringsten Zweifel an der Richtigkeit dieser Worte gab. Dann hätte er ihr seine Faust ins Gesicht geschmettert. Ohne mit der Wimper zu zucken.

Aber er konnte keinen Zweifel erkennen. Nur Angst. Nichts als nackte Angst. In ihm keimte der furchtbare Verdacht, dass sie ihm vielleicht doch nicht richtig zuhörte. Dass sie so mit ihrer Angst beschäftigt war, dass seine Worte an ihr vorüberrauschten. Ein bisschen hatte es den Anschein. Sie blickte gar so panisch drein.

Vielleicht war es auch nicht gut, sie derart um Atem ringen zu lassen. Es wirkte sich bestimmt nachteilig auf ihre Konzentration aus. Er musste sich darauf besinnen, dass sein Hauptanliegen darin bestand, sie zum Zuhören zu zwingen. Er durfte sich nicht ins eigene Fleisch schneiden. Er musste klug vorgehen. Er brauchte sie bei klarem Verstand.

»Ich werde dir den Knebel aus dem Mund nehmen«, sagte er, »aber solltest du einen Laut von dir geben oder gar schreien, kriegst du sofort wieder den Mund verschlossen. Ist das klar?«

Sie nickte.

Er riss grob das Klebeband von ihrem Gesicht. Sie tat keinen Mucks, aber vor Schmerz schossen ihr die Tränen in die Augen. Er zog das Taschentuch aus ihrem Mund. Sofort rang sie um Atem, hustete und keuchte. Sie tat so, als sei sie kurz vor dem Ersticken gewesen. Wenn sie meinte, sie könnte Mitleid in ihm erregen, dann hatte sie sich geirrt. Er konnte kalt sein wie eine Hundeschnauze. Genau wie sie.

»So«, sagte er. Er legte das Taschentuch auf den Frisiertisch und warf das benutzte Klebeband in den Abfalleimer. »Du weißt jetzt, wie sich das anfühlt, nicht? Wenn du nicht parierst, mach ich's beim nächsten Mal noch schlimmer für dich. Kapiert?«

Sie nickte wieder. Er hätte gewettet, dass sie gern nach Wasser gefragt hätte. Nach bald acht Stunden mit einem Taschentuch im Maul musste sie halb verrückt sein vor Durst. Aber sie wagte es nicht. Sie wagte es nicht, weil er ihr verboten hatte, einen Laut von sich zu geben.

Natürlich durfte sie nicht dehydrieren. Dann war ihre Konzentration erneut beim Teufel. Er würde ihr Wasser bringen. Aber nicht sofort. Sie sollte schon noch ein bisschen zappeln.

»Ich frage mich«, sagte er, »wie man so ein Mensch wird wie du. Ich meine, wir alle bilden uns aus entsprechend den Anlagen, die wir mitbekommen haben. Die genetischen Anlagen, aber auch die, die uns durch Erziehung und Umfeld sozusagen aufgenötigt werden. Und da würde ich immer gern wissen, was bei Menschen wie dir schief läuft. Woher nimmt jemand die Überheblichkeit zu glauben, er sei berufen, sich permanent in das Leben anderer Menschen einzumischen? Ihre Lebensweise zu beurteilen? Und einzugreifen, wenn er meint, mit dieser Lebensweise sei irgendetwas nicht in Ordnung? Und ebenso selbstherrlich *nicht* einzugreifen, auch wenn etwas tatsächlich ganz und gar nicht stimmt?«

Sie antwortete nicht. Ihm fiel ein, dass er ihr angedroht hatte, er werde sie wieder knebeln, wenn sie den Mund aufmachte.

»Du kannst reden«, sagte er, »aber nicht schreien oder etwas in der Art. Und bleib beim Thema, klar? Versuch nicht, mich abzulenken oder mich in irgendetwas zu verwickeln, worüber ich gar nicht sprechen möchte.«

Sie nickte.

»Ich ...« Ihre Stimme klang verändert. Vermutlich deshalb, weil ihr Mund so trocken war. »Ich weiß nicht genau, wovon Sie sprechen.«

Er lächelte. Das hatte er erwartet. Leute ihrer Art waren sehr groß darin, sich dumm zu stellen. Sie hatten nie eine Ahnung von irgendetwas und versuchten sich damit unschuldig zu machen. Wer nichts begreift, hat nichts zu verantworten. Leider kamen sie damit nur allzu oft durch.

»Okay«, sagte er, »okay. Ich helfe dir ein bisschen auf die Sprünge, ja? Sorgentelefon. Sagt dir das etwas?«

Er hatte das Thema gewechselt. Den Aufbau seiner Vorgehensweise verlassen. Er hatte mit ihrer Jugend beginnen wollen, hatte in langen Gesprächen – *Verhören!* – analysieren wollen, was in ihrer Kindheit sie zu dem verkorksten Menschen gemacht hatte, der sie heute war.

Er wischte sich über die Stirn. Das Sorgentelefon hätte noch gar nicht an der Reihe sein sollen. Aber es drängte. Es zerriss ihn fast.

Gut. Dann würde er sich später mit ihrer Kindheit beschäftigen, überlegte er. Mit ihrer zweifellos beschissenen Kindheit!

Ihre Augen blickten wachsam drein. Sie wollte keinen Fehler machen.

»Ja. Natürlich sagt mir das etwas. Aber ich weiß noch nicht, worauf Sie hinauswollen.«

Er lächelte wieder. Vielleicht kapierte sie es wirklich nicht. Leute wie sie waren auch ziemlich gut im Verdrängen. Sie schoben unangenehme Vorkommnisse und Begebenheiten ihres Lebens ganz weit weg, so weit, dass sie sie selbst irgendwann nicht mehr fanden. Und dann redeten sie sich ein, diese Dinge seien nie geschehen.

»Aha. Du weißt nicht, worauf ich hinauswill. Dann werde ich dir jetzt einmal etwas zeigen.«

Er hatte den Zettel immer aufbewahrt. Seit nunmehr drei-

zehn Jahren trug er ihn mit sich herum. Tief in seinem Geldbeutel vergraben, hinter den Führerschein geschoben. Inga
hatte ihn nie entdeckt. Aber Inga hatte auch noch nie in seinen Sachen geschnüffelt. Das gehörte zweifellos zu ihren guten Eigenschaften. Nicht herumzuwühlen, wo es sie nichts
anging. Die Kehrseite der Medaille war natürlich, dass sie
sich nicht interessierte. Jedenfalls nicht für ihn. Nicht für die
Lasten, die er mit sich herumtrug …

Eine leise, aber deutliche Stimme in seinem Hinterkopf
hob an und erklärte ihm, er sei jetzt nicht gerecht. Inga hatte nach seinem Leben gefragt. Wieder und wieder. Da war
sogar eine Szene gewesen am Morgen ihrer Hochzeit, bevor
sie zum Standesamt aufgebrochen waren. Inga im weißen
Sommerkleid, einen Strohhut auf den blonden Haaren, einen Strauß lachsfarbener Rosen mit weißen Bändern daran
in den Händen. Inga, mit Tränen in den Augen.

»Ich habe Angst. Ich weiß nichts über dich. In ungefähr einer Stunde bin ich deine Frau, und ich habe keine Ahnung
von dir und deinem Leben. Ich verstehe das nicht. Ich verstehe dein Schweigen nicht!«

*Sie hat gefragt. Aber du hast nicht antworten können.
Weil du nicht darüber sprechen kannst. Weil es zu wehtut!*

Er schob die Stimme weg, schob die Bilder weg. Das passte jetzt nicht, das lenkte ihn ab, verunsicherte ihn, machte
ihn nervös. Er würde jetzt reden. Er würde auch Inga alles
sagen. Aber in seinem Tempo. In seinem Rhythmus.

Er zog den Zettel hervor. Die Tinte darauf war verblasst in
all den Jahren. Ganz hell war sie, nur noch schwer erkennbar. Dennoch, wenn man sich anstrengte, konnte man die
Zahlen lesen. Die krakelige Kinderschrift. Kariertes Papier.
Aus einem Schulheft herausgerissen.

»Na!« Er hielt ihr den Zettel vor die Nase. »Sagt dir das
hier etwas?«

Sie kniff die Augen zusammen, bemühte sich, die blass gewordenen Zahlen zu entziffern. Ein Ausdruck tiefen Staunens glitt über ihr Gesicht. Er sah es mit Genugtuung.

»Das ist unsere Nummer. Früher. Die Nummer unseres Sorgentelefons!« Sie starrte ihn an.

Er hatte sich zu ihr gebeugt, nun richtete er sich auf.

»Ja«, sagte er, »die Nummer deines Sorgentelefons!« Er sprach das Wort voller Zynismus und Bitterkeit aus. »*Und erinnerst du dich vielleicht auch noch an den kleinen Jungen, der dort anrief und um Hilfe flehte? Und der diese Hilfe nicht bekam? Hörst du? Der diese Hilfe nicht bekam von dir, du verdammtes Drecksstück!*«

Die letzten Worte schrie er.

Da sah er erstes Begreifen in ihren Augen flackern. Und dann Entsetzen.

8

Agnetas Stimme klang anders als sonst. Hektischer, nervöser. Sie hatte sich kaum gemeldet, da wusste Clara schon, dass irgendetwas passiert sein musste.

»Hast du diese Geschichte in der Zeitung gelesen?«, fragte Agneta sofort und ohne jede Einleitung. »Die über das alte Ehepaar, das so bestialisch im eigenen Haus ermordet wurde?«

Clara hatte darüber gelesen. Aber nur flüchtig. Im Unterschied zu vielen anderen Menschen konsumierte sie derartige Geschichten ungern, verspürte nicht die geringste Sensationslust. Nur Grauen. Sie schaute sich nicht einmal Krimis im Fernsehen an, so wenig konnte sie Gewalt und Verbrechen ertragen.

Ihr wurde plötzlich schlecht. Der Bericht über das Ehepaar war an diesem Morgen auf der Titelseite der Zeitung gewesen, mit einer fetten, roten Schlagzeile überschrieben. *Grausamer Mord an hilflosem Rentnerehepaar!* Clara hatte nichts Genaues wissen wollen, hatte aber ein paar Brocken aus dem Text aufgeschnappt. Demnach handelte es sich um ein besonders scheußliches und brutales Verbrechen, das bei jedem, der damit in Berührung kam, Entsetzen und Erschütterung auslöste. Wenn Agneta deswegen anrief, konnte das nichts Gutes bedeuten.

»Sag nicht, die haben solche Briefe bekommen wie wir«, sagte sie und merkte, dass dabei ihre Stimme zitterte. Sie hätte den Bericht vielleicht doch sorgfältiger lesen sollen.

»Nein. Das heißt, ich weiß es nicht, aber ich würde es nicht für ausgeschlossen halten«, sagte Agneta. »Mich hat gerade Sabrina Baldini angerufen.«

»Und?«

»Sie kennt diese Leute. Nicht näher, aber … Sagt dir der Name etwas? Lenowsky?«

Eine Glocke schlug in Claras Gehirn an. *Lenowsky.*

Ich will es nicht wissen. Es ist so lange her. Ich will nie wieder etwas damit zu tun haben!

»Ich kenne den Namen«, sagte sie. Ihr Atem ging schwer.

»Also, pass auf«, sagte Agneta. »Sabrina wusste ziemlich schnell, um wen es geht. Der Name war ihr sofort bekannt, und nachdem sie in den letzten zwei Stunden noch ein paar Erkundigungen eingezogen hat, ist sie ganz sicher: Dieses Ehepaar, Greta und Fred Lenowsky, hat vor achtzehn Jahren ein Pflegekind zugewiesen bekommen. Vom Jugendamt. Von uns, sozusagen.«

Bitte nicht!

»Ein Pflegekind«, wiederholte Clara, um irgendetwas zu sagen.

»Sie hatten sich beworben«, fuhr Agneta fort, »sehr wohlhabende Leute, er ein angesehener Rechtsanwalt, der in Wirtschafts- und Politikerkreisen verkehrte. Sie konnten keine eigenen Kinder haben, und vor einer Adoption schreckten sie aus irgendwelchen Gründen zurück. Na ja, und du weißt selbst, wie händeringend wir Pflegestellen suchten. Die Leute schienen sehr geeignet.«

»Wird das … Pflegekind in der Zeitung erwähnt?«, fragte Clara. »Ich meine, gibt es zwischen dem Kind und dem … dem Mord einen Zusammenhang?«

Aus den Augenwinkeln schielte sie zu dem Strohkorb in der Ecke, in dem sie ausgelesene Zeitungen sammelte, ehe sie sie zum Altpapiercontainer brachte. Die Zeitung von heute lag zuoberst. Sie sollte sie noch einmal hervorholen. Sie hatte entsetzliche Angst vor dem, was sie lesen würde.

»Das Kind muss inzwischen über zwanzig sein, und es gibt möglicherweise keinen Kontakt mehr zu den Pflegeeltern«, erklärte Agneta. »Jedenfalls steht in der Zeitung, die Lenowskys hätten keine Kinder, und die Polizei suche überhaupt vergeblich nach irgendwelchen Verwandten. Ein Pflegekind wird nicht erwähnt; wie auch, seine Existenz geht ja aus dem Familienbuch oder anderen Familiendokumenten nicht hervor. Sabrina will jetzt die Polizei informieren.«

»Natürlich. Das muss sie tun. Glaubt Sabrina, dass …?«

»Was?«

»Dass die beiden von dem Kind … ich meine, von dem jetzigen jungen Mann oder der jungen Frau …?«

»Mann«, sagte Agneta, »es war ein kleiner Junge, der damals vermittelt wurde. Du meinst, ob er etwas mit dem Verbrechen zu tun hat?«

»Aber warum sollte er?«, fragte Clara.

Sie konnte nicht länger ausweichen.

»Sabrina erinnert sich, dass es Probleme gab wegen dieses

Kindes. Der Junge wandte sich nämlich an das Jugendamt, nachdem er etwa vier Jahre bei den Lenowskys gelebt hatte. Er bat um Hilfe. Er werde misshandelt und wolle unter allen Umständen fort von seinen Pflegeeltern.«

Etwas explodierte in Claras Kopf. Der Fall stand vor ihr, so klar und präsent, als sei kein Tag vergangen, seitdem man im Jugendamt über das Kind diskutiert hatte.

»Marius«, sagte sie, »Marius hieß er.«

Agneta sagte vorsichtig: »Du warst damals ...«

»Ich war zuständig. Aber ich ...«

»Du bekamst Anweisung von oben, dich nicht darum zu kümmern. Man werde das auf der Ebene des Sozialdezernenten regeln.«

»Stimmt. Ich ... mir waren die Hände gebunden ...« Ihr war schwindlig. Sie merkte, dass ihr Atem flach ging.

»Sabrina war damals bei *Kinderruf*. Sie betreute das Sorgentelefon. Der kleine Marius rief auch dort an. Allerdings erst ein Jahr später. Er war damals elf.«

Clara antwortete nicht. Sie zog sich einen Stuhl heran und setzte sich. Ihre Beine waren zu schwach, sie zu tragen.

»Sabrina wandte sich ebenfalls an das Jugendamt. Man erklärte ihr dort, der Fall sei überprüft worden, aber es habe sich herausgestellt, dass hinter den Anschuldigungen des Kindes gegen seine Pflegeeltern nichts stecke. Sabrina war beruhigt. Ich meine, wir wissen alle, dass es so etwas gibt. Kinder, die behaupten, misshandelt zu werden, aber in Wahrheit ist da nichts dran.«

»Aber ich habe nichts überprüft«, sagte Clara.

»Kam dir das nicht seltsam vor? Dass sich plötzlich die Kreise um den Oberbürgermeister herum um etwas kümmern wollten, was in deine Zuständigkeit fiel?«

Clara versuchte tief durchzuatmen. Ihr Herz raste.

Sie sah die Clara von damals vor sich. Sehr jung, sehr engagiert. Ihr war sofort klar gewesen, dass etwas nicht stimmte. Sie kannte Lenowsky. Sie mochte ihn nicht. Sie hätte ihm nie ein Pflegekind gegeben. Aber auch das war auf einer anderen Ebene entschieden worden.

»Ich habe Marius den Lenowskys nicht zugeteilt«, sagte sie, »ich hatte Anweisung von oben, es zu tun. Lenowsky und der OB waren enge Freunde. Er hat sich über ihn um ein Pflegekind beworben. Was hätte ich denn tun sollen?«

»Du hättest ...«, Agneta stockte. Es war zu einfach, so viele Jahre später über die damals noch so junge Clara zu richten.

»Ich hatte Angst«, sagte Clara leise, »ich wollte nicht in Schwierigkeiten geraten. Ich habe ... ich habe mir das dann auch alles zurechtgeredet. Ich dachte mir, der Oberbürgermeister geht dort bei den Lenowskys wahrscheinlich ein und aus. Er hat sich bestimmt überzeugt, ob etwas an den Behauptungen des Jungen dran ist. Wer lässt schon ein Kind im Stich, das misshandelt wird?«

Agneta schwieg einen Moment.

»Wir«, sagte sie schließlich, »wir haben den kleinen Marius womöglich im Stich gelassen.«

»Aber woher willst du das wissen? Agneta, *wir wissen es doch nicht*!«

»Er rief später noch einmal bei Sabrina an. Völlig verzweifelt. Er flehte sie an, ihm zu helfen. Sabrina sagt, sie hätte nicht den Eindruck gehabt, dass da ein Kind fantasiert oder sich wichtig machen will. Sie ging wieder zum Jugendamt, hakte noch einmal genauer nach. Erfuhr aber auch nur, der Fall sei sorgfältig geprüft worden, es gebe nicht den kleinsten Hinweis, der die Behauptungen des Kindes untermauere.«

»Und wenn das stimmte?«

»Und wenn es nicht stimmte?«

Beide Frauen schwiegen. Clara fragte sich, wer da so laut atmete, sie oder Agneta. Sie begriff schließlich, dass sie es war.

»Sabrina und ich finden es seltsam, dass Marius sich nicht bei der Polizei meldet«, sagte Agneta schließlich. »Ich meine, in allen Zeitungen wird von dem Verbrechen berichtet. Die Polizei bittet um Hinweise und fahndet sozusagen nach Bekannten oder Angehörigen. Wäre es da nicht normal, wenn ein Pflegesohn, der von seinem sechsten bis achtzehnten Lebensjahr bei dem Ehepaar gelebt hat, sich an die Polizei wenden würde?«

»Wir haben Juli«, sagte Clara, »Marius kann verreist sein. Die meisten Leute sind es jetzt. Er kann irgendwo im Ausland sein und nicht das Allergeringste von der ganzen Geschichte mitbekommen haben.«

»Möglich«, meinte Agneta, aber sie klang nicht überzeugt.

Clara holte tief Atem. »Was möchtest du mir eigentlich sagen, Agneta?«

»Begreifst du das nicht?«, fragte Agneta.

»Ich ...«, begann Clara, aber Agneta unterbrach sie: »Wir haben diese Geschichte von damals. Eine reichlich dubiose Geschichte, das musst du zugeben. Ein Kind wird an eine Pflegestelle vermittelt, und zwar in einem ziemlichen Hauruckverfahren über die Köpfe der zuständigen Jugendamtsmitarbeiter hinweg. Dann meldet sich der kleine Junge, und zwar sowohl beim Jugendamt als auch später bei einer privaten Initiative zum Schutz misshandelter Kinder. Er bittet um Hilfe, erklärt, dass er gequält wird und dass er unter allen Umständen diese Pflegestelle wieder verlassen möchte. Abermals wird gemauschelt und die Angelegenheit offenbar über den persönlichen Kontakt einiger einflussreicher Herren, die sich vom Golf- und Segelclub her kennen, geregelt. Jahre später werden die Pflegeeltern bestialisch ermordet, und die Sozialarbeiterinnen, die an dem Fall beteiligt waren, erhalten hasserfüllte Drohbriefe. Der einstige Pflegesohn ist scheinbar untergetaucht. Muss ich dir noch erklären, was ich denke?«

Clara presste eine Hand aufs Herz, als könne sie damit sein heftiges Jagen beruhigen.

»Du könntest dich trotzdem irren.«

»Ja«, sagte Agneta, »das könnte ich. Und du kannst mir glauben, ich wäre selten so erleichtert über einen Irrtum wie in diesem Fall.«

»Ich verstehe immer noch nicht ganz, was *du* eigentlich damit zu tun hast«, sagte Clara. »Warst du an dem Fall überhaupt beteiligt?«

»Ganz am Rande«, antwortete Agneta. »Die Mitarbeiterin vom Sozialdienst, die damals die Familie des kleinen Marius betreute, war Stella Wiegand. Du erinnerst dich? Sie fiel ein Dreivierteljahr aus wegen ihrer Krebserkrankung. In dieser Zeit habe ich die Familie übernommen. Stella kam dann aber zurück. Sie hat auch den Kindesentzug veranlasst. Insofern hatte ich mit dem eigentlichen Drama nichts zu tun. Aber da Stella später am Krebs starb und somit von niemandem mehr zur Rechenschaft gezogen werden kann, muss ich heute offenbar in meiner Funktion als die Zwischenlösung von damals herhalten.«

»Ach so«, flüsterte Clara. Sie hatte eigentlich ganz normal sprechen wollen, aber ihre Stimme mochte ihr nicht gehorchen. Sie hatte so sehr gehofft, dass sich zwischen Agneta und der Geschichte von damals keine Verbindung herstellen ließe, denn das hätte den Verdacht, dass hier ein durchgedrehtes ehemaliges Pflegekind Amok lief und Rache für seine leiderfüllte Kindheit nahm, ins Wanken gebracht. Aber nun schien auch Agneta zumindest einen kleinen Anteil an der Angelegenheit zu haben, und die Wahrscheinlichkeit, dass sie und Sabrina mit ihrer Theorie Recht hatten, wurde größer.

»Und was nun?«, fragte sie. Ihre Stimme klang immer noch komisch. Sie würde es nicht lesen! Sie würde nicht lesen, was der Typ dem älteren Ehepaar alles angetan hatte. Sie wollte es nicht wissen!

»Sabrina ruft heute noch die Polizei an«, sagte Agneta. »Sie wird berichten, was sie weiß. Sie wird auch von den Drohbriefen erzählen.«

»Auch von denen an uns?«

»Natürlich. Clara, hier ist ein Doppelmord passiert! Wir können jetzt nicht mehr schweigen. Glaub mir, ich finde das furchtbar genug, und ich werde mir eine Menge Ärger mit meinem Mann einhandeln deswegen. Denn natürlich wird uns die Polizei nun auch ausquetschen, und wenn wir Pech haben, geht das alles haarklein wochenlang durch die Presse!«

»Unser Versagen von damals.« Clara konnte schon wieder nur flüstern. »Das beleuchten sie dann auch.«

»Ja«, sagte Agneta, »das wird wohl so sein.«

Sie hatte nicht versagt. Clara konnte an Agnetas Stimme hören, wie erleichtert sie darüber war. Wenn auch der Täter wohl in ihr eine der Schuldigen sah – die Polizei, die Presse, die Gesellschaft konnte es nicht.

Aber sie, Clara, konnte sich durch nichts aus ihrer Verantwortung winden. Man würde gnadenlos über sie urteilen. Eine korrumpierbare Person, die ein Kind im Stich gelassen hatte, weil sie sich nicht mit ihren Vorgesetzten anlegen mochte. Wen würde es noch interessieren, wie hilflos sie sich damals gefühlt hatte? Wie unsicher? Wie schwierig es für sie gewesen war, ein klares Bild zu gewinnen und die Situation richtig zu beurteilen?

Es ist viel einfacher, Jahre später zu wissen, was richtig oder falsch war, dachte sie, aber es kann so schwer sein, wenn man sich mittendrin befindet.

»Man wird mich fertig machen«, sagte sie. »Sie werden kübelweise Dreck über mir ausgießen. Vielleicht können wir überhaupt nicht hier wohnen bleiben! Man wird mir alle Schuld zuweisen, und ...«

Sie war den Tränen nahe.

Agneta klang kühl. »Clara, dreh jetzt nicht durch. Verstehst du, es bleibt uns jetzt nichts übrig, als mit offenen Karten zu spielen. Auch dir nicht. Gerade dir nicht. Clara, da draußen läuft ein völlig durchgeknallter Typ herum, der bereits zwei Menschen abgeschlachtet hat. Und uns hat er bereits im Visier, da brauchen wir uns doch nichts mehr vorzumachen. Der schreibt uns die Briefe nicht bloß zum Spaß. Sie sind die Ankündigung dessen, was er vorhat. Wollen wir wetten, dass die Lenowskys ebenfalls solche netten Schreiben erhalten haben? Clara«, sie wurde sehr eindringlich, »du hast gar keine Wahl mehr. Die Polizei muss alles wissen. Wir brauchen ihren Schutz. Und zwar so schnell wie möglich.«

»Meinst du, dass ...«

»Verlass heute mit Marie besser nicht das Haus. Öffne niemandem die Tür. Sei vorsichtig.«

Mein Leben stürzt in sich zusammen. Wenn diese Geschichte in der Presse auftaucht, wird nichts mehr so sein wie vorher. Alles, was ich mir aufgebaut habe, bricht ein. Meine kleine Familie. Das Haus. Der Garten. Unsere beschauliche Welt.

Sie wollte nicht weinen. Jedenfalls nicht, solange Agneta ihr noch zuhörte. Agneta, die so souverän auftreten konnte. Weil sie nicht wirklich Dreck am Stecken hatte. Weil sie, schön und reich, wie sie war, auch aus dieser Tragödie unbeschadet hervorgehen würde. Abgesehen davon, dass sie vielleicht ermordet wurde, falls es der Polizei nicht gelang, den Killer zu schnappen.

Wir alle werden vielleicht ermordet.

Es war kaum der Moment, sich über ihren guten Ruf aufzuregen. Sie hatte weit größere Probleme, da hatte Agneta Recht.

»Ich werde aufpassen«, versprach sie, doch dann legte sie, abrupt und ohne sich zu verabschieden, den Hörer auf.

Sie konnte ihre Tränen nicht länger zurückhalten.

9

Gegen Mittag erschien Marius im Wohnzimmer und brachte Inga ein Glas Wasser. Er hielt es ihr wortlos an die Lippen, und sie trank in großen, gierigen Zügen. Sie hatte auch Hunger, obwohl sie sich wunderte, wie sie in ihrer Lage Hunger empfinden konnte: Gefesselt auf einem Stuhl zu sitzen und zu erleben, dass der eigene Mann offenbar den Verstand verloren hatte, sollte ausreichen, jedem den Appetit zu verderben. Stattdessen krampfte sich ihr Magen mit einem wütenden Knurren zusammen.

»Kann ich auch etwas zu essen haben?«, fragte sie, als das Glas leer war.

Der Fremde, mit dem sie verheiratet war und den sie nicht mehr erkannte, runzelte die Stirn. »Ich müsste nachsehen«, sagte er. »Ich kann nicht einkaufen gehen, verstehst du?«

»Natürlich nicht«, stimmte sie zu, »aber du musst schließlich irgendwann auch etwas essen.«

Er sah sehr erschöpft aus.

»Wie spät ist es?«, erkundigte er sich.

Inga blickte zu der Uhr auf dem Kaminsims hin. »Es ist

fast ein Uhr. Marius, ich müsste auch dringend endlich auf die Toilette.«

»So spät schon? Ein Uhr?« Er wirkte überrascht. »Ich merke kaum, wie die Zeit vergeht. Ich habe lange mit Rebecca gesprochen. Viele Stunden, glaube ich.«

»Marius, ich ...«

»Nein. Du kannst jetzt nicht zur Toilette.«

Resigniert wagte sie eine andere Frage. »Wie ... geht es Rebecca? Ist sie in Ordnung?«

»O ja«, sagte Marius, »sie ist in Ordnung. Sie ist sogar sehr in Ordnung. Menschen wie sie sind immer in Ordnung. In ihrem Leben ist doch alles nach Plan gelaufen!«

Hatte es Sinn, mit ihm über Rebeccas Depressionen zu sprechen? Über die Katastrophe, die der Tod ihres Mannes angerichtet hatte? Darüber, dass Rebecca die Letzte wäre, die von sich sagen würde, in ihrem Leben sei alles nach Plan gelaufen?

Sie entschied sich dagegen. Sie hatte nicht den Eindruck, dass sie mit derlei Überlegungen zu Marius vordringen würde. Vielleicht löste sie sogar einen erneuten Aggressionsschub aus. Er sollte das Gefühl bekommen, dass sie auf seiner Seite stand. Nicht auf der Rebeccas.

»Du hast ihr deine Lebensgeschichte erzählt?«, fragte sie stattdessen. Sie selbst tappte, was diese Geschichte anging, noch immer im Dunkeln. Sie wusste jetzt, dass Marius aus asozialen Verhältnissen stammte, dass seine Eltern Alkoholiker und offenbar kaum in der Lage gewesen waren, ein Kind großzuziehen. Gleichzeitig verrieten seine Bildung, seine Sprache, sein Benehmen, dass es von irgendeinem Zeitpunkt an einen anderen Einfluss in seinem Leben gegeben haben musste. In dem Milieu, das er ihr geschildert hatte, konnte Marius nicht zu dem Mann geworden sein, der er war.

»Vielleicht solltest du für uns alle etwas zu essen machen«, schlug sie vor, »auch für Rebecca. Was immer du ihr zu sagen hast, sie kann sich bestimmt viel besser konzentrieren, wenn sie nicht völlig entkräftet ist. Meinst du nicht auch?«

»Ich habe keine Lust zu kochen«, sagte Marius, »ich habe so viel zu tun ...« Er rieb sich die Schläfen, als plagten ihn Kopfschmerzen. »Es gibt so vieles zu sagen ...«

»Du siehst ganz kaputt aus. Als hättest du seit Tagen nicht geschlafen und nicht gegessen. Du brauchst Ruhe, Marius. Du bist mit den Kräften und den Nerven am Ende, und ich denke ...«

Er lächelte. »Das hättest du gern, nicht? Dass ich mich schlafen lege. Und dass du die Gelegenheit zur Flucht nutzen kannst!«

»Wie sollte ich denn fliehen?« Ihre Fesseln waren inzwischen sehr locker geworden. Sie hielt den Atem an, dass er nicht auf die Idee käme, die Verschnürung zu kontrollieren. Sie meinte, dass es keine ganze Stunde mehr dauern könnte, bis sie in der Lage wäre, sich zu befreien.

»Ja«, sagte Marius nachdenklich, »wie solltest du fliehen?«

Sie wagte nicht, ihn anzusehen. Er lächelte so seltsam.

Plötzlich war er mit einem einzigen Schritt hinter ihr und zerrte mit einem solch heftigen Ruck an den Nylonschnüren, dass Inga schmerzerfüllt aufschrie. Die Seile schnitten scharf wie Messer in ihr Fleisch.

»Du tust mir weh, Marius! Du tust mir weh!«

»Du hast ja ganz schön intensiv gearbeitet, während du hier so schwach und hungrig und durstig auf deinem Stuhl gesessen hast«, stellte er fest. »Alle Achtung, man muss dir ein Kompliment machen! Aber so warst du immer, nicht wahr? Still und zäh und beharrlich! Und dabei die Welt aus großen blauen Augen anschauen und in Sicherheit wiegen!«

Er kam hinter ihrem Rücken hervor und baute sich vor ihr

auf. Dann schlug er ihr zweimal ins Gesicht, ihr Kopf flog erst nach rechts, dann nach links. Sie sah Sterne vor den Augen und glaubte einen Moment lang, sie werde die Besinnung verlieren. Der Schmerz war atemberaubend.

»Nein!«, schrie sie.

Er starrte sie hasserfüllt an. »Die ganze Zeit habe ich schon den Verdacht«, sagte er, »ich spüre es. Ich habe es vom ersten Moment an gespürt. Du hast dich mit ihr zusammengetan. Du bist ihre Freundin geworden. Du bist auf ihrer Seite! Gib es zu!«

Sie wimmerte leise. Ihr Kopf dröhnte, ihre Wangen brannten wie Feuer. Sie merkte, dass ihr Tränen aus den Augen liefen.

»Du sollst es zugeben!«, schrie Marius.

Sie weinte. Sie konnte nicht sprechen.

Er trat wieder hinter sie, zerrte an den Fesseln, schnürte ihre Handgelenke so zusammen, als wolle er sie dabei zerbrechen. Er fesselte, knotete, vergewisserte sich immer wieder, dass die Seile so fest saßen, wie es nur ging. Inga hörte ihn dabei keuchen. Sie konnte seine Wut spüren, seinen heillosen Hass.

Endlich schien er mit seinem Werk zufrieden. »Da kommst du nicht mehr raus«, sagte er, »und im Übrigen werde ich dich jede Stunde kontrollieren. Du wirst keine Gelegenheit mehr finden, unbeobachtet irgendwelche Dinge zu treiben, die mich ins Unglück stürzen sollen.«

Er stand jetzt wieder vor ihr, und unwillkürlich wich Inga mit dem Kopf zur Seite. Doch der gefürchtete Schlag blieb aus.

»Ich hätte nie gedacht, dass es zwischen uns beiden so weit kommt«, sagte er, und sie meinte, aufrichtiges Bedauern in seiner Stimme zu hören. »Du bist meine Frau, Inga. Wir haben einander Treue versprochen. Und dass wir gemeinsam durch unser Leben gehen wollen. Seite an Seite. Was ist daraus geworden?«

Es fiel Inga schwer zu sprechen. Ihr Mund fühlte sich taub an. Dennoch versuchte sie, Worte zu formen.

»Du hast mich von deiner Seite gestoßen«, sagte sie. Ihre Stimme klang seltsam, fand sie. Aber vielleicht hörte sie auch nicht mehr richtig. Sie hatte den Eindruck, dass ihr rechtes Ohr etwas abbekommen hatte. »Du hast mir bis jetzt nicht erklärt, was eigentlich los ist. Du hast mir nie etwas über dein Leben erzählt. Ich habe keine Ahnung von dir. Ich weiß nicht, was Rebecca dir getan hat. Ich sehe nur, was du mir antust. Du hast mich gefesselt. Du hast mich stundenlang dürsten lassen. Du lässt mich hungern. Du schlägst mich. Du verbietest mir, auf die Toilette zu gehen. Wundert es dich denn, dass ich wegmöchte?« Sie sah ihn an, konnte spüren, dass sie ihn erreichte. Er wirkte ein wenig nachdenklich. Das Schlimme war nur, dass sie inzwischen erlebt hatte, wie rasch sein Wahnsinn jedes Verständnis, jedes Entgegenkommen in ihm innerhalb weniger Sekunden auslöschen konnte. Es blieben immer nur sehr kurze Spannen, in denen er bei klarem Verstand ansprechbar war.

»Du lässt mir ja keine Wahl«, erklärte er. »Ich habe euch in den letzten Tagen beobachtet, das sagte ich ja schon. Ihr seid Freundinnen geworden. Du und dieses ... dieses jämmerliche Stück Dreck da oben.«

»Was hat sie dir getan?«

Sein Gesicht nahm einen gequälten Ausdruck an. »Es ist so schwer, Inga. Es ist so sehr schwer, darüber zu sprechen. Ich bin doch der Letzte für dich. Der Allerletzte.«

»Nein.«

»Doch. Ich bin das immer gewesen. Du hast mich immer verachtet. Wegen meiner Herkunft, und weil ich mich nie habe durchsetzen können.«

»Ich habe doch von deiner Herkunft nie etwas gewusst. Und selbst wenn, hätte ich dich doch nicht verachtet! Wie kannst du ein so falsches Bild von mir haben?« Wenn ihr nur das Sprechen nicht so schwer fiele! Zudem hatte sie inzwischen den Eindruck, als schwelle ihr Ohr von innen zu. Er hatte irgendetwas an oder in ihrem Kopf verletzt. Die Schmerzen rasten durch ihre Stirn. »Niemals habe ich von dir gedacht, du seist der Letzte. Nie, nie, nie!«

Er nickte nachdenklich. »Ja, ich habe dir ja auch vertraut. Ich wusste, du meinst es ehrlich mit mir.«

Sie begann sich an die fehlende Logik in seinen Reden zu gewöhnen. Er warf ihr vor, sie verachte ihn, habe ihn immer verachtet, und im nächsten Moment versicherte er, ihr stets vertraut, ihre Ehrlichkeit gespürt zu haben.

Er ist total gefährlich, sagte ihre innere Stimme, denn er ist keine Sekunde lang berechenbar. Du kannst dich auf nichts einstellen. Du sagst etwas, und es kann gerade noch das Richtige gewesen sein, und im nächsten Moment löst es eine Katastrophe aus.

Sie hätte ihn gern gebeten, ihre Fesseln ein wenig zu lockern. Er hatte sie zu fest zusammengezurrt, ihre Hände würden bald absterben. Aber sie wagte nicht, etwas zu sagen. Wenn er es als einen Versuch wertete, ihn auszutricksen, wurde er womöglich wieder gewalttätig.

»Du kannst mir vertrauen«, sagte sie, »daran hat sich nichts geändert.«

Wieder legte sich die Feindseligkeit über sein Gesicht. »Das habe ich gemerkt. Du hast versucht zu fliehen.«

»Deine Fesseln schnüren mir das Blut ab. Ich habe versucht, ein wenig mehr Spielraum zu haben.«

»Erzähl mir nichts«, sagte er verächtlich, »du hältst dich für sehr schlau und mich für ziemlich dumm. Sowie du die kleinste Gelegenheit hättest, würdest du versuchen, dich aus dem Staub zu machen. Du hast keine Ahnung von mir. Ich wette, du denkst, dass ich ziemlich durchgeknallt bin, und dass man versuchen sollte, mir möglichst schnell zu entkommen. Aber dass es die Gesellschaft ist, in der es vorn und hinten nicht stimmt und in der furchtbare Dinge passieren, das will dir nicht in den Kopf!«

»Du gibst mir keine Möglichkeit, etwas von dem zu verstehen, was dich so sehr umtreibt.«

Er nickte nachdenklich. »Es ist schwer für mich, darüber zu sprechen. Sehr schwer. Manchmal kann man es kaum aushalten, über die Qualen zu reden, die einem das Leben zugefügt hat.«

Inga musste sich sehr anstrengen, um sich auf seine Worte zu konzentrieren. Der Schmerz in ihrem Ohr verstärkte sich, und ihre abgeschnürten Hände waren kalt und taub. Am liebsten wäre sie in Tränen ausgebrochen und hätte ihn angefleht, ihr zu helfen, sie loszubinden, ihr zu erlauben, sich hinzulegen, um Erleichterung zu finden. Sie war jedoch sicher, dass er sich nicht würde erweichen lassen, und dass er sich ihr gegenüber nur wieder verschließen würde.

Sie wagte einen Vorstoß. »Du hast erzählt, dass du dich in der Welt deiner Eltern und in dem Leben mit ihnen eingerichtet hattest. Dass du zurechtkamst. Dass dann jedoch das *Desaster*, wie du es nanntest, begann. Ist es ... hat man dich von deinen Eltern getrennt?«

Er nickte; er wirkte dabei ein wenig theatralisch, aber vielleicht waren es echte und aufwühlende Gefühle, die ihn in diesem Moment bedrängten. »Man hat mich ihnen weggenommen. Als ich sechs Jahre alt war. Kindesentzug nennt man so etwas. Kein Mensch hat mich gefragt, ob ich das eigentlich will. Oder wie ich mich dabei fühle.«

Das stimmte nicht; er entsann sich einer Frau, die ausgiebig mit ihm gesprochen hatte. Sie hatte sich sehr einfühlsam gegeben und immer wissen wollen, ob er sich dieses und jenes vorstellen konnte, und ob er nicht Lust hätte, für eine gewisse Zeit bei anderen Menschen zu wohnen, die es sehr gut mit ihm meinten. Damals hatte er das alles nicht wirklich begreifen können, aber im Nachhinein schien es ihm, dass er schon als der kleine Junge, der er gewesen war, das sichere Gefühl gehabt hatte, dass diese ganze Fragerei aufgesetzt war und dass er überhaupt nicht mitzureden hatte. Dass die Dinge bereits entschieden waren, und dass es nur noch um eine Show ging. Ja, eine Show. Mit dem Thema: Wir beziehen das Kind mit ein und müssen uns hinterher nicht vorwerfen lassen, seine Wünsche und Bedürfnisse ignoriert zu haben.

»Was ... was war der Auslöser?«, fragte Inga. »Für den Kindesentzug, meine ich.«

Marius sah sehr angestrengt aus. »Es ist so schwer, sich zu erinnern ... Es war nicht die Sache mit dem Arm ... oh, ich weiß, die Sozialtussi, die uns betreute, hat Alarm geschlagen. Und meine Lehrerin. Ich war einige Tage nicht in die Schule gekommen, und niemand hatte mich entschuldigt.«

»Du warst in der ersten Klasse?«

»Ja. Und gegen Ende des Schuljahrs fehlte ich, und sie erreichten auch niemanden bei mir daheim.«

»Warum gingst du nicht in die Schule?«

Er schüttelte den Kopf. »Weißt du, da fehlen Bilder in meinem Kopf. Ich erinnere mich einfach nicht richtig. Ich weiß nur, was man mir später erzählt hat. Und ich könnte mir gut vorstellen, dass sie mich belogen haben.«

»Wer ist *sie*?«

»Meine Pflegeeltern. Sie hatten es von Anfang an darauf abgesehen, einen Keil zwischen mich und meine richtigen Eltern zu treiben. Sie tischten mir Schauergeschichten auf.«

»Was erzählten sie?«

»Dass ich allein in der Wohnung war. Dass meine Eltern

tagelang verschwunden gewesen sein sollen. Irgendwie ... war angeblich zuerst meine Mutter abgehauen. Und mein Vater bildete sich dann ein, sie sei mit einem Liebhaber durchgebrannt. Er soll sich in den Kopf gesetzt haben, die beiden aufzustöbern und zur Rechenschaft zu ziehen. Dabei konnte er mich nicht brauchen, und ...«

»Und?«, fragte Inga leise.

Es war echter Schmerz in Marius' Augen. Er atmete schwer. Inga überlegte, wie weit sie gehen durfte. Sie hatte eine tickende Zeitbombe vor sich. Sie durfte sich nicht von der Vertrautheit seiner Züge, seiner Stimme in Sicherheit wiegen lassen. Er war ihr Mann. Sie hatten gute Zeiten miteinander gehabt. Sie durfte nicht vergessen, dass er jetzt ein anderer war.

»Und? Was tat dein Vater mit dir?«, fragte sie noch einmal.

Marius' Atem klang lauter. Plötzlich verzerrte sich sein Mund. Sein ganzes Gesicht sah aus wie eine groteske Fratze. »Er kettete mich an!«, schrie er. »Kannst du dir das vorstellen? Er kettete mich im Bad an! Das Bad hatte kein Fenster, und er ließ das Licht nicht brennen. Es war dunkel. Meine Hände waren gefesselt, und ich war mit einer Kette um den Fuß der Toilette festgebunden. Mein Vater sagte, das sei zu meinem Besten, und er wäre am nächsten Tag wieder da. Er verpisste sich und kam nicht wieder. Verstehst du? *Er kam tagelang nicht wieder, und ich dachte, ich müsste sterben. Ich hatte nichts zu essen und nichts zu trinken, und ich hatte Todesangst. Meine Mutter war nicht da, und ich schrie, und niemand hörte mich. Niemand. Ich war ganz allein!*«

Sein Gesicht glänzte von Schweiß. Seine Augen waren weit aufgerissen und sehr dunkel. Die Todesangst des kleinen, verlassenen Jungen stand in ihnen zu lesen, und unwillkürlich versuchte Inga an ihren Fesseln zu zerren; nicht weil sie fliehen wollte, sondern weil sie das überwältigende Bedürfnis spürte, ihn in ihre Arme zu ziehen, ihn zu streicheln, zu trösten. Ihm Wärme und Halt zu geben und die Qual aus seinen Augen zu vertreiben.

»Warum hast du mir das nie erzählt?«, fragte sie hilflos. »Warum hast du nie davon gesprochen?«

Sie bekam keine Antwort.

10

»Und?«, fragte Wolf. »Wie ist es? Gedenkst du, irgendwann wieder in unserem gemeinsamen Schlafzimmer einzuziehen, oder bleibt die Dachkammer der Dauerzustand?«

Er war spät nach Hause gekommen – es war nach neun Uhr –, und es war ihm anzumerken, wie sehr ihn der Umstand irritierte, dass ihm Karen nicht wie sonst entgegeneilte und sich rasch anschickte, für ihn noch einmal den Abendessenstisch zu decken und ein Glas Wein einzuschenken. Sie war ihm überhaupt nicht entgegengekommen, sondern auf der Veranda sitzen geblieben, wo sie im Schein der Gartenlaterne in einem Buch las.

Wolf war hinaufgegangen und hatte sich umgezogen; nun erschien er in Jeans und T-Shirt und leise verunsichert draußen bei ihr.

Karen sah von ihrem Buch auf. »Ich habe nicht alles dort hinaufgeschafft, um es gleich wieder nach unten zu bringen. Ich fühle mich wohl, so ganz für mich.«

»Aha.« Er ließ sich auf einen anderen Stuhl fallen. »Du hast also vor, dass wir von nun an getrennt leben. Unter einem Dach, aber dennoch getrennt.«

»So leben wir doch schon die ganze Zeit.«

»Ja? Ich habe das nicht so gesehen, aber wenn du

meinst …« Er verschränkte die Arme hinter dem Kopf. »Und mein Abendessen kann ich mir dann in Zukunft auch selber machen?«

»Es steht etwas für dich in der Küche. Du musst es dir nur aufwärmen.«

»Schön. Man fühlt sich wirklich umsorgt, wenn man nach Hause kommt.«

Karen erwiderte nichts. Ihr war klar, dass er ihr Verhalten für eine Strategie hielt, und vermutlich überlegte er sich bereits den Gegenzug. Er war überrascht worden, das hatte ihn ins Hintertreffen gebracht, aber Wolf war nicht der Mann, der eine solche Situation auf sich beruhen lassen würde.

Was ihr ein Gefühl der Gelassenheit gab, war der Umstand, dass sie in Wahrheit keine Strategie verfolgte. Er hatte noch nicht begriffen, dass er an jenem Sonntag zu weit gegangen war, als er abends die Kinder absetzte und wortlos weiterfuhr. Nicht, weil dieses Verhalten so besonders und außergewöhnlich schlimm gewesen wäre. Aber es war der berühmte Tropfen gewesen, der das Fass zum Überlaufen gebracht hatte. Seit jenem Abend war nichts mehr wie vorher. Sie hatte ihn losgelassen. Und es begann sich eine Leichtigkeit in ihr auszubreiten, die sich viel zu verführerisch anfühlte, als dass Karen sie aufs Spiel gesetzt hätte, indem sie erneut nach ihm griff.

Wolf machte eine Kopfbewegung zu dem Nachbarhaus hinüber. »Und? Irgendetwas Neues vom … vom *Schauplatz des Verbrechens*?«

Da er dieses Thema für gewöhnlich strikt mied, verriet seine Frage, welch intensive Verlegenheit er zu überspielen suchte.

Karen nickte. »Kronborg war heute Morgen da. Und am späten Nachmittag noch einmal.«

»Oh! Kronborg war gleich zweimal heute hier! Warum

überrascht mich das nicht wirklich? Er ist inzwischen täglicher Gast bei uns. Lade ihn doch mal zum Essen ein! Ich würde unser neues Familienmitglied gern näher kennen lernen!«

»Du hast mich gefragt. Und ich habe geantwortet. Ich verstehe deinen Zynismus nicht!«

Wolf schwieg. Nach einer Weile fragte er: »Was hat Kronborg gewollt?«

»Sie haben etwas sehr Entscheidendes herausgefunden: Die Lenowskys hatten einen Pflegesohn. Er ist inzwischen erwachsen und verheiratet, aber er hat von seinem sechsten Lebensjahr an bei ihnen gelebt.«

»Einen Pflegesohn? Ein Adoptivkind also?«

Karen schüttelte den Kopf. »Nein. Ein adoptiertes Kind wird ein vollständiges Mitglied der Adoptionsfamilie, hat den identischen Status wie ein leibliches Kind. Ein Pflegekind ist etwas ganz anderes. Kronborg hat mir das erklärt. Wenn das Jugendamt über einen Gerichtsbeschluss Eltern das Kind wegnimmt, weil die Eltern ihren Verpflichtungen nicht nachgekommen sind, das Kind vernachlässigt oder misshandelt haben, dann wird ein Platz in einer Pflegefamilie gesucht, weil das für ein Kind natürlich viel besser und gesünder ist, als in einem Heim zu landen. Solche Pflegeplätze sind wohl nicht einfach zu finden, denn die Menschen, die sie anbieten, lassen sich damit auf ein Kind ein, das ihnen jederzeit wieder weggenommen werden kann. Beispielsweise, wenn sich in der Herkunftsfamilie etwas ändert, die Eltern erfolgreich einen Alkoholentzug oder eine Psychotherapie absolvieren und wieder als erziehungstauglich eingestuft werden. Dann kann ihnen ihr Kind zurückgegeben werden, und die Pflegefamilie hat nicht die geringste Möglichkeit, etwas dagegen zu tun. Denn anders als bei einer Adoption gibt es keine rechtliche Bindung zwischen ihr und dem Kind. Vermutlich spielen sich da manchmal ziemliche Dramen ab. Ich denke, man muss sehr stark sein, um sich für ein solches Projekt zur Verfügung zu stellen.«

»Hm«, machte Wolf, »und die Lenowskys haben sich also in einem solchen Projekt engagiert? Seltsam. So wie du sie geschildert hast, hätte ich nicht an eine soziale Ader in ihnen geglaubt!«

Karen zuckte mit den Schultern. »Menschen, die andere zurückweisend behandeln, müssen nicht unbedingt ohne jedes soziale Engagement sein. Oder gewesen sein. Die Lenowskys waren alt. Vielleicht waren sie früher anders. Aufgeschlossener und spontaner. Wer weiß das!«

»Tja«, sagte Wolf.

»Jedenfalls«, fuhr Karen fort, »hatten sie wohl Glück mit ihrem Pflegesohn. Er blieb seine ganze Kindheit und Jugend über bei ihnen. Seine leiblichen Eltern drifteten völlig in den Alkohol ab. Die Mutter, sagt Kronborg, hat sich vor etlichen Jahren buchstäblich zu Tode gesoffen, und der Vater ist seit langem unauffindbar. Lebt womöglich auf der Straße. Der Sohn konnte jedenfalls nicht dorthin zurück.«

»Und wieso erzählt Kronborg dir das alles?«, fragte Wolf. »Ich meine, können die uns jetzt nicht irgendwann mal mit der Sache in Ruhe lassen? Du hast doch wirklich genug getan, indem du das Massaker dort überhaupt entdeckt hast! Muss Kronborg jetzt jeden Tag hier aufkreuzen und dir haarklein vom Stand der Dinge berichten?«

»Das Problem ist, dass der Pflegesohn nicht zu erreichen ist«, sagte Karen. »Er ist inzwischen verheiratet, und sie wissen auch, wo er wohnt, aber dort ist niemand. Kronborg wollte wissen, ob ich jemals einen jungen Mann bei den Lenowskys habe ein- und ausgehen sehen. Eventuell auch in der Zeit, in der … nun, in der die Lenowskys bereits gefangen gehalten wurden.«

Wolf runzelte die Stirn. »Was will er denn damit sagen? Dass dieser Pflegesohn eventuell …?«

»Ich weiß es nicht. Kronborg hielt sich sehr bedeckt. Zwischen den Zeilen habe ich aber herausgehört, dass … ja, irgendwie gibt es den Verdacht, dass das Verhältnis zwischen den Lenowskys und diesem jungen Mann nicht besonders gut war. Dass es wohl schon mit dem Kind Probleme gab, und dass die Pflegestelle Lenowsky im Nachhinein nicht mehr als glückliche Lösung angesehen wird.«

»Verdächtigt er den Pflegesohn?«

»So direkt hat er das nicht gesagt. Zumindest erscheint es ihm merkwürdig, dass er verschwunden ist.«

»Er wird verreist sein. Das ist im Sommer doch nichts Besonderes.«

»Natürlich. Aber der junge Mann ist bislang wohl der einzige Anhaltspunkt überhaupt.«

»Und da Kronborg am Schwimmen ist und endlich mal einen Fortschritt vorweisen muss, krallt er sich jetzt in diese neue Theorie.«

»Ich weiß gar nicht, ob er eine Theorie hat«, sagte Karen, »er wollte ja nur wissen, ob …«

»Und? Hast du diesen ominösen jungen Mann je gesehen?«

Karen schüttelte den Kopf. »Nein. Nie. Ich habe noch nie einen jungen Mann dort drüben gesehen. Was nicht so viel sagt, wir wohnen ja noch nicht lange hier. Aber die anderen Nachbarn haben auch nie jemanden gesehen. Das hat mir die Alte erzählt.« Sie machte eine Kopfbewegung zu dem Haus hin, in dem die alte, missmutige Frau lebte. »Und die Lenowskys haben die Existenz dieses Pflegesohns auch nirgends erwähnt. Keiner wusste etwas darüber.«

»Was die Vermutung erhärtet, dass sich die Lenowskys mit dem jungen Mann überworfen und vielleicht den Kontakt abgebrochen hatten. Aber deswegen muss er noch lange nicht ihr Mörder sein!«

»Nein. Aber völlig ausschließen kann man es auch nicht.«

Wolf erhob sich. Als großer, breitschultriger Schatten stand er vor dem Schein der Gartenlaterne. »Zum Glück sind nicht wir es, die das klären müssen«, sagte er. »Wir haben schließlich auch genug eigene Sorgen. Wie ist es? Du willst wirklich nicht mit uns in den Urlaub fahren?«

»Nein. Ganz sicher nicht.«

»Und weiterhin dort oben schlafen?«

»Ja.«

Er nickte langsam. »Ich denke nicht, dass ich mich dauerhaft auf diese Art, eine Ehe zu führen, einlassen kann.«

Er wollte ihr drohen. Er hatte noch nicht verstanden, dass er sie nicht mehr erreichte.

»Nach den Ferien«, sagte Karen, »müssen wir zusammen überlegen, wie es weitergeht.«

»Ich habe ja in der Türkei ausgiebig Zeit, darüber nachzudenken«, sagte Wolf.

Als er im Haus verschwunden war, ziemlich steifbeinig und beleidigt – er fühlte sich ungerecht und undankbar behandelt –, lehnte sich Karen in ihrem Stuhl zurück und atmete tief durch. Die Nacht war so warm und samtig, so voller Sterne. Voller leiser Stimmen. Die Kühle des Herbstes schien noch in weiter Ferne zu liegen. Den ganzen August hatte sie noch vor sich. Ihr Lieblingsmonat. Mit seiner Reife und Fülle und den satten Farben, mit seiner Wärme und mit seiner allerersten Melancholie des bevorstehenden Abschieds. Sie würde ihn hier in ihrem Garten verbringen, zusammen mit Kenzo. Ohne Wolf, ohne die Kinder.

Schon die ganze Zeit über fragte sie sich, wie wohl das Gefühl hieß, das sich langsam, jeden Tag etwas mehr, in ihr auszubreiten begann. Ein schönes Gefühl, ein beglückendes Gefühl, aber zugleich auch beängstigend. Sehr fremd. Es war voller Versprechungen, aber es schien auch Bedrohliches bereitzuhalten.

Zum ersten Mal an diesem Abend, in diesem Moment, dämmerte ihr die Antwort.

Das Gefühl hieß Freiheit.

Donnerstag, 29. Juli

I

Er hatte die deutliche Erinnerung an ein Gespräch seiner *Eltern*, das er belauscht hatte. Sie hatten immer darauf bestanden, dass er von ihnen als von seinen Eltern sprach, mehr noch, sie hatten ihm gesagt, sie erwarteten, dass er sie auch als Eltern empfand. Wenigstens hatte er nicht *Mama* und *Papa* sagen müssen. Er nannte sie Greta und Fred. Am liebsten hätte er ihn vielleicht noch *Arschloch*, und sie *dumme Pute* genannt. Oder *Weichei*. Weil sie sich kein bisschen gegen ihren Mann behaupten konnte.

Er war an jenem Abend die Treppe hinuntergeschlichen. Wie alt war er gewesen? Zwölf Jahre vielleicht. Ziemlich hoch aufgeschossen für sein Alter. Er war dünn und hatte immerzu Hunger. An jenem Abend besonders. Sie hatten ihm wieder einmal nichts zu essen gegeben. Wegen irgendeines Vergehens. Er wusste es nicht mehr, denn es gab so viele Möglichkeiten in diesem Haus, gegen Regeln und Gesetze zu verstoßen, dass er Einzelheiten nicht hatte behalten können. Vielleicht hatte er vergessen, die Post aus dem Briefkasten zu holen oder Gretas blöde Geranien zu gießen, oder er hatte zu viel Milch getrunken. Greta markierte den Flüssigkeitsstand der Milch mit Filzstiftstrichen auf der Packung. Sie konnte sich entsetzlich aufregen, wenn er sich mehr nahm, als ihm ihrer Ansicht nach zustand.

Greta und Fred hatten Gäste an jenem Abend. Irgendein

Ehepaar, er kannte es nicht. Er war allerdings auch nicht wie sonst zur Begrüßung herbeikommandiert worden, denn schließlich war er wieder einmal in Ungnade gefallen, und sie hatten ihm nicht erlaubt, sein Zimmer zu verlassen. Aber er hatte oben an der Galerie gestanden und hinuntergespäht, und er hatte nicht den Eindruck, dass er den älteren Herrn im dunklen Anzug und die Dame mit den frisch gelegten grauen Locken und dem etwas zu engen grünen Seidenkleid kannte. Aber es war auch egal. Er mochte keinen von Lenowskys Freunden. Irgendwie waren sie alle gleich. Wohlhabend und gediegen, und die meisten spielten Golf oder segelten. Sie redeten immer von ihrem Handicap oder von einer Regatta, an der sie teilgenommen hatten. Die Menschen in dem Wohnblock, in dem er mit seinen Eltern – mit seinen *richtigen* Eltern – gelebt hatte, hatten nie über solche Dinge gesprochen.

Greta hatte gekocht, und ein herrlicher Duft war durch das Haus gezogen. Er hatte Krämpfe bekommen vor Hunger, und er hatte irgendwann gemeint, wahnsinnig werden zu müssen, wenn er nichts zu essen bekam. Auf eine etwas fantasielose Weise kochte Greta recht gut.

Er ging ein hohes Risiko ein. Wenn sie ihn in der Küche ertappten, während er Lebensmittel stahl – sie nannten es *stehlen*, wenn er sich außerhalb der offiziellen Mahlzeiten etwas nahm –, würden sie ihn wieder schlagen. Und das bevorstehende Wochenende über einsperren und hungern lassen. Solche drakonischen Strafen wagten sie immer nur am Wochenende, wenn er nicht zur Schule musste, denn sonst wäre das Risiko zu hoch, dass jemand etwas merkte. Er war ein halbes Jahr zuvor mitten im Unterricht vor Hunger aus der Bank gekippt und für Sekunden ohnmächtig gewesen. Seine Lehrerin hatte mit Greta und Fred gesprochen, aber natürlich war es Fred wieder gelungen, die Angelegenheit als harmlos darzustellen. Er hatte sich tief besorgt darüber geäußert, dass sein Pflegesohn ein so schlechter Esser sei, der fast alles ablehne, was man ihm vorsetzte.

»Ginge es nach ihm, er würde sich ausschließlich von Pommes frites und Pizza ernähren«, hatte er erklärt, die Stirn in Dackelfalten gelegt. »Aber so kann man ein Kind nicht großziehen, oder? Meine Frau gibt sich alle erdenkliche Mühe, ihm Gemüse und Fleisch schmackhaft zu machen. Aber wie oft muss sie seinen unberührten Teller wieder abräumen!«

Die Lehrerin war auf Freds Getue hereingefallen.

»Das ist in vielen Familien ein Problem«, hatte sie gesagt, »die Kinder sind durch das große Angebot an Fast Food in eine bestimmte Richtung hin verwöhnt worden, und es fällt schwer, ihnen andere Dinge, die weit bekömmlicher sind, zuzuführen. Dennoch – Marius ist extrem dünn. Es könnte ja auch …«, sie hatte die Stimme gesenkt, dabei war er im Raum und hörte sowieso jedes Wort, »… nun, es könnte ja auch eine ernst zu nehmende Essstörung vorliegen. Schließlich … bei seiner Geschichte …«

Fred hatte so getan, als halte er sie für eine ausgezeichnete Pädagogin, die ihm einen wertvollen Denkanstoß vermittelt hatte. »Ich werde überlegen, professionelle Hilfe in Anspruch zu nehmen«, hatte er versichert. »Sie haben völlig Recht, man darf mit derlei Problemen nicht leichtfertig umgehen.«

Ihm war ganz schlecht geworden bei diesem Gerede. Er hatte es zu diesem Zeitpunkt schon aufgegeben, auf Hilfe zu hoffen oder um Hilfe zu bitten. Er war stets abgeblitzt, und in ihm hatte sich die Ansicht verfestigt, dass Fred Lenowsky mit dem Teufel im Bund stand und von Mächten beschützt wurde, an die niemand zu rühren vermochte. Zudem hatte er es immer bereuen müssen, wenn er einen Versuch gewagt hatte, sich aus seiner Situation zu befreien. In Freds Augen war das Hochverrat gewesen.

Trotzdem, er hatte es an jenem Tag noch einmal riskiert. Soweit er sich erinnerte, war es sein letzter Versuch gewesen. Die Lehrerin war schon aufgestanden, um sich zu verabschieden, und er sah mit ihr eine vielleicht nie wiederkehrende Chance durch die Tür entschwinden.

»Sie geben mir oft nichts zu essen«, hatte er hastig gesagt und es dabei nicht gewagt, Fred anzusehen, »sehr oft. Ich habe immer Hunger.«

Sie hatte eher irritiert als schockiert gewirkt. Er spürte, dass sie Probleme hatte, ihm seine Behauptung zu glauben. Wer war er denn in ihren Augen? Ein großer, dünner Junge, der aus asozialen Verhältnissen stammte, Sohn zweier Alkoholiker, vernachlässigt, verwahrlost. Man hatte ihn halb verhungert und verdurstet und angekettet in einem verdreckten Badezimmer gefunden, in seiner eigenen Scheiße liegend, weil seine Kette ihm nicht die Möglichkeit gelassen hatte, die Toilette zu benutzen, und fast wahnsinnig vor Angst und Verzweiflung. Kein Wunder, dass er durchgedreht war! Dass er Essstörungen hatte und aus heiterem Himmel ohnmächtig wurde und die Menschen, die es gut mit ihm meinten, mit übler Nachrede verfolgte. Mit seiner Vergangenheit konnte er überhaupt nicht normal sein! Und ihm gegenüber Fred Lenowsky, der angesehene Anwalt, der gut aussehende, tadellos gekleidete Mann mit den grauen Schläfen und dem teuren Rasierwasser und der Aura von Erfolg, Gelassenheit und Eleganz. Er hatte die besseren Karten. Würde sie immer haben.

»Nun«, sagte Fred, »du meinst, du bekommst nicht immer das, was du essen möchtest. Darüber haben wir doch schon so oft gesprochen. Und nachher werden wir es wieder tun.«

Er hatte den Kopf gehoben und Fred angesehen. Fred lächelte. Ein kaltes, schmallippiges Lächeln. Wer ihn kannte, sah die namenlose Wut hinter diesem Lächeln. Er würde es ihm heimzahlen. Wenn die Lehrerin fort war, würde er sich rächen.

Sie kapierte natürlich überhaupt nichts.

Freundlich meinte sie: »Du hast es nicht leicht gehabt in deinem Leben, Marius, das weiß ich. Aber du musst dich dennoch ein wenig bemühen. Man meint es hier gut mit dir. Versprichst du mir, in Zukunft vernünftiger zu sein?«

Er hatte wortlos genickt.

Er war im Zimmer geblieben, während Fred die Lehrerin zur Tür begleitete. Er hatte sie auf dem Gang reden hören.

»Es ist leider so, dass Marius uns gelegentlich nach außen hin schlecht macht«, hatte Fred gesagt. Es war wirklich erstaunlich, wie bekümmert er klingen konnte. »Ich habe den Eindruck, dass er nicht damit fertig wird, wie übel ihn seine leiblichen Eltern behandelt haben. Er versucht noch immer, ihnen gegenüber loyal zu sein und ihr Verhalten zu entschuldigen. Häufig stellt er meine Frau und mich als böse hin, damit seine leiblichen Eltern dagegen positiv wirken. Natürlich verstehen wir ihn und seine überaus schwere Situation, aber besonders meine Frau leidet auch oft unter seinem Verhalten.«

»Das kann ich gut nachempfinden«, sagte die Lehrerin, »und ich bewundere Sie für Ihren Einsatz. Kinder wie Marius brauchen Hilfe, aber es gibt sicher nicht viele Menschen, die bereit sind, ihre eigenen Interessen zurückzustellen, um ihnen diese Hilfe zu geben. Ich hoffe, es wird irgendwann leichter für Sie.«

»Das wird es bestimmt«, sagte Fred voller Überzeugung. »Letztlich bin ich überzeugt, dass Liebe wahre Wunder bewirkt. Und wir haben den kleinen Kerl wirklich von Herzen gern.«

Er hätte heulen können dort so allein im Wohnzimmer, und dann hatte er gehört, wie sich Fred Lenowskys Schritte wieder näherten, und ihm war übel geworden vor Angst.

Er war vom Thema abgekommen. Er war mit seinen Gedanken woanders gewesen, er hatte Rebecca etwas ganz anderes erzählen wollen. Was war es noch?

Er schwitzte. Als er sich mit den Fingern durch die Stirnhaare fuhr, merkte er, dass sie sich zu feuchten Strähnen verklebt hatten.

Er hatte die Geschichte von der Lehrerin erzählt. Aber angefangen hatte er ... mit der Geschichte von jenem Abend, als er hungrig in die Küche geschlichen war. Richtig. Er schweifte ab. Es gelang ihm nicht, logisch und geradlinig sein Leben zu erzählen. Ausgerechnet er! Er studierte Jura. Er schrieb tolle Noten! Er hatte nicht die geringsten Schwierigkeiten, seine Hausarbeiten und Klausuren in stimmiger Abfolge aufzubauen. Aber hier, bei der wichtigsten Aufgabe, die er sich je gestellt hatte, gelang es ihm nicht. Es war zum Heulen.

Rebecca war noch immer an Händen und Füßen gefesselt, aber sie hatte ihm keinen Anlass gegeben, ihr erneut das Taschentuch in den Mund zu stopfen. Wahrscheinlich fürchtete sie sich vor nichts so sehr wie davor. Jedenfalls schrie sie nicht herum oder versuchte auf irgendeine Weise, ihn auszutricksen, um fliehen zu können. Tatsächlich schien sie sogar ein wenig ruhiger zu werden. Zu Anfang hatte sie wie ein panisches Tier in einer todbringenden Falle ausgesehen, aber inzwischen war das Flackern aus ihren Augen verschwunden. Auch ihr Atem ging gleichmäßiger; eine ganze Zeit lang hatte er sich wie stoßweises Keuchen angehört. Zwar hatte es ihm gefallen, sie in Angst zu sehen, sie sollte leiden, sollte Furcht und Entsetzen kennen lernen, aber am allerwichtigsten war es ihm, dass sie ihm zuhörte. Sie sollte begreifen, was er sagte, sollte verinnerlichen, was sie ihm angetan hatte. Ihre Schuld sollte ihr in aller Deutlichkeit bewusst werden.

Er schrak zusammen, als sie plötzlich etwas sagte. Die ganze Zeit über hatte sie ihm schweigend zugehört.

»Das war sehr schlimm«, sagte sie, »wirklich, Marius, ich kann verstehen, wie verzweifelt Ihre Situation als Kind und als Heranwachsender gewesen sein muss.«

Er war schon dicht davor gewesen, aufzuspringen und sie anzubrüllen, wie sie es wagen könne, das Maul aufzumachen, aber er beherrschte sich in letzter Sekunde. Sie hatte leise gesprochen. Und das hatte er ihr gestattet. Sie hatte sich an seine Regeln gehalten. Und schließlich war sie endlich da, wo er sie hatte haben wollen. Im Dialog mit ihm. Das war wichtig. Sie sollte sich auf ihn einlassen.

Er entspannte sich ein wenig.

»Ach ja?«, fragte er aggressiv zurück. »Du kannst das verstehen?«

»Natürlich. Es muss ein Albtraum gewesen sein!«

Er sah sie eindringlich an. Meinte sie, was sie sagte? Am Ende laberte sie irgendetwas, wovon sie glaubte, dass er es hören wollte. Vielleicht war ihr an ihm überhaupt nicht gelegen, und sie hatte nur im Sinn, ihre Haut zu retten. Inga war genauso. Er hatte geglaubt, sie sei wirklich an seiner Geschichte interessiert, sei entschlossen, ihn verstehen zu wollen, und am Ende sogar bereit, sich gegen ihre geliebte Rebecca auf seine Seite zu stellen, und dann hatte sie ihr Alleinsein im Wohnzimmer nur dazu genutzt, ihre Fesseln zu lockern, um ihm davonlaufen zu können.

Ihre Fesseln! Er durfte nicht versäumen, sie in kurzen Abständen zu kontrollieren.

Ich muss das unbedingt im Kopf behalten!

Wieder strich er sich die Haare aus der Stirn. Es war so anstrengend. Seine Situation hatte sich durch Ingas Anwesenheit entschieden verkompliziert. Natürlich kamen Schlafmangel und Hunger dazu. Es war jetzt ein Uhr in der Nacht. Wann hatte er zuletzt geschlafen? Wann gegessen?

Egal. Das war jetzt unwichtig. Er würde durchhalten, weil er durchhalten musste.

»Ein Albtraum«, griff er ihre letzten Worte auf, »ja, das ist richtig. Es war ein einziger Albtraum. Ein jahrelanger Albtraum ohne die geringste Aussicht auf Hilfe.«

»Sie wollten vorhin noch etwas erzählen«, sagte sie. »Sie berichteten von einem Abend, an dem Ihre Pflegeeltern Gäste hatten. Sie schlichen in die Küche hinunter, um etwas zu essen. Sie waren sehr hungrig.«

Sie überraschte ihn. Sie hörte tatsächlich zu. Zeigte Interesse. Wenn sie schauspielerte, dann machte sie das geschickt.

Er stand auf. Es gelang ihm immer nur für wenige Minuten, still sitzen zu bleiben.

»Ja, richtig. Jener Abend. Die Erinnerungen fallen geradezu über mich her, verstehst du? Es fällt mir schwer, all die Bilder zu ordnen.«

»Es gibt keinen Grund, weshalb wir an eine bestimmte Reihenfolge gebunden sein sollten«, sagte sie.

Er nickte. »Du hast Recht. Ich setze mich unter Druck. Ich muss damit aufhören. Wir haben alle Zeit der Welt, nicht wahr?«

»Was war an jenem Abend?«

Es hatte ihn wirklich nicht interessiert, wer die Gäste waren; er wusste es im Übrigen bis zum heutigen Tag nicht. Es war ihm auch völlig gleichgültig, worüber sie mit Fred und Greta sprachen. Ihm ging es einzig und allein um etwas zu essen. Greta hat Steaks gebraten, und die befanden sich mit Sicherheit längst auf den Tellern der kleinen Gesellschaft, aber er hoffte auf Beilagen, von denen noch Reste auf dem Herd stehen mochten. Vielleicht hatte sie zum Aperitif Erdnüsse serviert und einige davon wieder in die Küche zurückgestellt, und es würde sicher nicht auffallen, wenn er sich ein paar davon nahm. Und dann meinte er, Tomatensuppe gerochen zu haben. Wenn nicht alles in die Teller gepasst hatte, war auch davon noch etwas zu finden. Wenn er hier ein bisschen stibitzte und dort, merkte sicher niemand etwas.

Das Unternehmen war hoch riskant, und das Herz schlug ihm bis zum Hals, aber sein Hunger war letztlich größer als seine Angst. Als er den unteren Treppenabsatz erreicht hatte – die gefährlichste Stelle, denn hier befand er sich gleich neben der Tür, die zum Esszimmer führte –, hörte er plötzlich seinen Namen. Unwillkürlich blieb er stehen. Sie redeten über ihn? Wollten die Gäste ihn sehen? Hieß das, gleich kämen Fred oder Greta heraus, um ihn zu rufen?

Sein erster Impuls war, umzudrehen und so schnell er nur konnte die Treppe hinaufzustürmen. Aber irgendetwas hielt ihn fest. Vielleicht war er auch nur vor Schreck wie gelähmt.

»Aber warum ein *Pflegekind*?«, fragte eine Frau. Es war nicht Greta, es musste also die Dame in Grün sein. »Ich meine, da sind Sie doch größter Unsicherheit ausgesetzt! Marius kann Ihnen jederzeit wieder weggenommen werden!«

»Nun, mir wäre es tatsächlich lieber gewesen ...«, setzte Greta an, aber sie wurde von Fred unterbrochen.

»Meine Frau wollte unbedingt ein Kind. Und da schien uns diese Variante die vernünftigste Lösung zu sein.«

»Aber Sie hätten doch ein Kind adoptieren können«, beharrte die grüne Dame, »da wären Sie auf der sicheren Seite gewesen. Ein adoptiertes Kind ist wie ein leibliches Kind. Es trägt Ihren Namen, gehört untrennbar zu Ihrer Familie. Niemand kann es Ihnen wegnehmen.«

»Man hat doch keine Ahnung, was man da bekommt«, sagte Fred.

Jetzt mischte sich der andere Mann ein.

»Das wissen Sie im Grunde bei den leiblichen Kindern auch nicht. Unser Sohn hat uns verlassen, als er achtzehn wurde. Angeblich sind wir spießig und kleinkariert, und man kann mit uns nicht auskommen. Inzwischen ist er fünfundzwanzig, und das Letzte, was wir gehört haben, ist, dass er in einer Art Hippiekommune in Spanien lebt, keiner geregelten Arbeit nachgeht und sich als Lyriker versucht, den aber niemand lesen will. Was glauben Sie, wie enttäuscht wir sind!«

»Richard, bitte«, sagte seine Frau leise, »das gehört doch nicht hierher!«

»Ihr Sohn hat Sie verlassen und kümmert sich nicht mehr um Sie. Wenn Sie aber einstmals ... nun, das Zeitliche segnen, dürfen Sie ihm alles vererben, was Sie mühevoll aufgebaut haben in Ihrem Leben«, sagte Fred. »Stört Sie das nicht?«

»Den Pflichtteil«, sagte Richard. »Mehr müssen wir ihm nicht hinterlassen.«

»In Ihrem Fall ist der Pflichtteil auch noch ganz beachtlich.«

»Aber seine Kinder betrachtet man doch nicht nur unter dem Gesichtspunkt des Vererbens«, meinte Greta. Für ihre Verhältnisse, dachte Marius draußen, widersprach sie ihrem Mann schon auf eine geradezu aufständische Weise.

»Nun«, sagte Fred, »ich wollte jedenfalls genau dieses Problem umgehen. Wenn mich jemand enttäuscht, soll er auch keinen Pfennig von mir bekommen. Ein Adoptivkind ist genauso erbberechtigt wie ein leibliches Kind. Also wenigstens Pflichtteil. Aber das wäre mir zu viel. Wenn ich mir vorstelle«, seine Stimme wurde lauter, »wenn ich mir vorstelle, wir hätten jemanden wie diesen Marius *adoptiert*, dann kämen wir nie wieder aus diesem Umstand heraus! Nie! Wir müssten ihm seine Ausbildung finanzieren, und er hätte sogar noch das Recht auf eine zweite Ausbildung, falls er plötzlich feststellt, dass sich seine Lebenspläne geändert haben! Und er wäre automatisch unser Erbe! Eine Vorstellung, bei der ich vermutlich dereinst noch in meinem Grab rotieren würde!«

Er hatte sehr heftig gesprochen, und am Tisch herrschte für ein paar Minuten ein etwas betroffenes Schweigen.

»Aber«, fragte die fremde Dame schließlich etwas schüchtern, »haben Sie ihn denn überhaupt nicht gern? Ich meine, er ist ein zwölfjähriger Junge. Ein Kind noch. Und Sie reden ... entschuldigen Sie, wenn ich das sage ... Sie reden fast hasserfüllt über ihn. Kann man einen zwölfjährigen Jungen *hassen*?«

»Nellie!«, sagte diesmal Richard etwas pikiert. »Das geht uns doch nichts an!«

Draußen bohrte Marius die Fingernägel in seine Handflächen. Was würde Fred antworten?

Warum interessiert mich seine Antwort überhaupt?

»Hass?«, fragte Fred.«Nun, mit dem Hass ist es wie mit der Liebe, nicht wahr? Beides lässt sich nicht befehlen, nicht steuern. Weder kann man diese Gefühle herbeizitieren, wenn sie nicht da sind, noch kann man sich ihrer entledigen, wenn sie sich in einem festgesetzt haben. Aber es ist nicht so, dass ich Marius hasse. Nein.«

Niemand in der Runde erwiderte etwas. Fred fuhr fort: »Ich verachte Marius, ja. Das kann ich nicht leugnen. Ich sehe dieses dünne, blasse Gesicht, diesen fast rachitisch anmutenden Körper, und ich sehe seine ganze verdammte Herkunft darin. Er stammt aus einer absolut *asozialen* Familie. Beide Eltern Alkoholiker, beide nicht in der Lage, eine Arbeitsstelle länger als eine Woche zu behalten. Völlig verkommenes Pack. Sie sind abgehauen und haben ihr damals sechs-

jähriges Kind allein in der Wohnung zurückgelassen. Festge-
kettet im Bad. Ohne Wasser, ohne Nahrung. Er war halb tot,
als ihn die Polizei fand. Glücklicherweise wurde die Familie
sozialdienstlich betreut, und die verantwortliche Sozialarbeiterin hat Alarm geschlagen. Die Klassenlehrerin auch. Wären
diese beiden Frauen nicht gewesen, hätte wahrscheinlich niemand mehr sein Leben retten können. Der Vater tauchte erst
nach vier Wochen wieder auf, die Mutter noch später.«

»Der arme Junge«, sagte Nellie, »so jung, und er hat
schon so Schlimmes mitmachen müssen!«

»Das ist die eine Seite«, sagte Fred, »die andere ist die,
dass dieses unschuldige Kind, das Sie offenbar in ihm sehen,
natürlich die Gene seiner Eltern in sich trägt. Die ganze Halt-
losigkeit, die ganze Verderbtheit dieser Leute steckt in ihm.
Und das ist es, was ich immer vor Augen habe!«

»Aber gerade über diese Frage wird in der Wissenschaft
doch zunehmend intensiv diskutiert«, mischte sich Richard
ein, »und bislang ohne abschließendes Ergebnis. Es ist keineswegs klar, wie weit die genetische Veranlagung unseren
Charakter beeinflusst. Es gibt Stimmen, die sagen, dass unser genetisches Erbe in außerordentlich geringem Maße nur
für unsere mentale und psychische Entwicklung verantwortlich ist. Weitaus bedeutsamer soll unsere jeweilige Sozialisa-
tion sein, also die Art, wie wir aufwachsen und dabei von
unserer Umgebung geprägt werden.«

»Wie auch immer«, sagte Fred. Er klang ungeduldig. Marius, für dessen Unversehrtheit es an jedem einzelnen Tag von
größter Bedeutung war, Freds Stimmungen so weit wie möglich im Vorfeld seismographisch zu erfassen und sein Verhalten darauf abzustellen, kannte diesen Unterton, der aufkeimenden Ärger verriet, nur zu gut. Die anderen mochten davon womöglich noch nichts mitbekommen. Außer Greta
vielleicht.

»Ich möchte mich nicht über Theorien streiten«, fuhr Fred fort, »und wahrscheinlich wäre dies auch ein viel zu weites Feld. Im Übrigen, wie ich erwähnte, war der Junge sechs Jahre alt, als er zu uns kam. Entscheidende sechs Jahre lang hat er also unter dem verkommensten Gesindel gelebt, das man sich denken kann. Und ist von ihm geprägt worden.«

»Mit sechs Jahren sind sie noch so klein«, sagte Nellie. »Ich denke, mit viel Liebe und Zuwendung kann man da noch ganz viel bewirken.«

»Und ich bin eher dafür, ihn hart anzufassen«, sagte Fred, »damit lässt sich auch ganz viel bewirken. Ich lasse ihm nichts durchgehen. Nichts! Und ich muss sagen, bis auf wenige Ausnahmen folgt er wie eine Eins!«

»Sie müssen es wissen«, sagte Richard nach einer kurzen Pause. »Sie werden schon das Richtige tun.«

»Aber ich finde«, setzte Nellie noch einmal an, doch ihr Mann unterbrach sie: »Nellie, da können wir nicht mitreden. Die Menschen, die die Verantwortung für ein solches Kind übernommen haben, müssen ganz allein entscheiden, was sie für das Beste halten. Schließlich sind sie es auch, die mit den Konsequenzen leben müssen.«

Marius bohrte draußen seine Fingernägel noch tiefer in die Handflächen, ohne den geringsten Schmerz zu spüren. Sie mussten doch etwas unternehmen! Fred hatte sich verraten. Sie hatten seinen Hass erkannt. Er hatte gesagt, dass er seinen Pflegesohn verachte. Er hatte gesagt, dass er ihn hart anpacke. Nellie und Richard, wer auch immer sie waren, mussten doch jetzt etwas unternehmen!

»Fred, unsere Gäste haben keinen Wein mehr«, mahnte Greta.

Offenbar wurde sogleich nachgeschenkt, denn Richard sagte: »Vielen Dank. Ein herrlicher Wein übrigens.«

Und Nellie fügte hinzu: »Und auch das Essen ist großartig! Ich bewundere gute Köche!«

Man wandte sich anderen Themen zu.

Er starrte Rebecca an. Er war hin und her gegangen, während er erzählte. Ihm lief der Schweiß in Strömen über den Körper. Sein Gesicht war nass. Es konnte sein, ihm waren ein paar Tränen über die Wangen gelaufen, er wusste es nicht genau.

»Verstehst du? Schon wieder wurde eine Hoffnung zerschlagen. Fred hatte sich immer und überall, beim Jugendamt und sonstwo, als der perfekte Ersatzvater aufgespielt. Liebevoll, verständnisvoll, engagiert. Es war zum Wahnsinnigwerden, wenn man seine Show miterleben musste. Er war erstklassig darin. Er konnte sogar seiner Stimme Wärme geben und Besorgnis und Anteilnahme und was weiß ich noch ausdrücken! Er war eine einzigartige Verkörperung von Dr. Jekyll und Mr. Hyde. Ein Mann mit zwei Gesichtern. Der nie die Kontrolle über die Rolle verlor, die gerade angesagt war. Außer an jenem Abend. In all den Jahren war es das einzige Mal – das einzige Mal jedenfalls, das ich miterlebte, aber ich vermute, es gab tatsächlich darüber hinaus keinen anderen Moment mehr –, dass er für zehn oder fünfzehn Minuten die Maske absetzte. Er verriet seinen Hass und seine Verachtung, und er verriet sogar, auf welche Weise er mit mir umsprang. Es konnte für seine Gäste keinen Zweifel mehr geben, dass hier etwas ganz und gar nicht stimmte!« Wieder der hektische Griff in seine Haare. Sie waren mittlerweile so nass, als habe er eine Dusche genommen. »Verstehst du?«

Er fragte immer wieder *Verstehst du?* Es war ihm so wichtig, dass sie verstand.

»Sie bekamen mich nicht zu Gesicht an jenem Abend! Sie erschienen um sieben Uhr. Und ich, ein zwölfjähriger Junge, war bereits auf mein Zimmer verbannt. Man hörte und sah mich nicht. Ist so etwas nicht seltsam?«

Er wartete. Als sie nicht sofort antwortete, schrie er: »Hättest du das nicht seltsam gefunden?«

Rebecca atmete tief. »Natürlich«, sagte sie, »aber wir wissen nicht, welche Erklärung Fred Lenowsky für diesen Umstand abgegeben hat. Schließlich haben Sie ja nicht alles mitbekommen. Vielleicht hat er gesagt, dass Sie krank sind. Eine schwere Grippe haben oder Windpocken oder die Masern. Dann wäre es niemandem seltsam vorgekommen, dass Sie nicht auftauchten, und niemand hätte sich darum gerissen, Sie zu sehen. Fred muss nur irgendetwas richtig Ansteckendes genannt haben.«

Auf diese Möglichkeit war er noch nicht gekommen. Klar, das hätte dem Teufel Lenowsky ähnlich gesehen. Verlogener, erfindungsreicher Dreckskerl, der er gewesen war!

»Okay«, sagte er, »okay, aber später ... sie haben etwas gemerkt. Ich habe es ja gehört. Nellie und Richard haben gespürt, dass etwas nicht stimmte. Sie waren betroffen. Sie fanden schrecklich, was er sagte. Das habe ich an ihren Kommentaren gehört. Verstehst du? Ich habe mich nicht getäuscht. *Ich habe es gehört*!«

Sie nickte. Ihre dunklen Augen verrieten Mitgefühl. Er hoffte, dass sie es nicht nur heuchelte.

»Und das hat Hoffnung in Ihnen erzeugt. Das verstehe ich gut. Aber Sie sind nicht der Erste, der ein Opfer der Gleichgültigkeit, oder sagen wir besser: der mangelnden Zivilcourage der Leute wird. Man mischt sich nicht ein. Nachher hat man sonst nichts als Ärger am Hals. Man zieht sich auf den Standpunkt zurück, dass einen das Leben der anderen Menschen nichts angeht, und dass jeder vor seiner eigenen Tür kehren muss. Sie sagten, Sie wissen nicht, wer die Gäste an jenem Abend waren. Vielleicht gab es berufliche Verquickungen oder sogar Abhängigkeiten zwischen diesem Richard und Fred Lenowsky. Eine Karriere, die man in Gefahr gebracht hätte. Geld, das dann nicht mehr geflossen wäre. Das sind Gründe, die – leider – ausreichen, um wegzusehen. Sie können sich nicht vorstellen, wie oft ich das bei meiner Arbeit erlebt habe.«

Er setzte sich wieder. Gott, wie seine Beine zitterten. Die Aufregung? Er hoffte, dass es nicht Hunger und Schlafmangel waren, die für seinen immer deutlicher werdenden körperlichen Abbau verantwortlich waren. Okay, dem Hunger konnte er begegnen. Aber Schlafen ... Er traute den beiden Weibern nicht. Rebecca gab sich interessiert an seiner Geschichte, redete mit ihm, hörte aufmerksam zu. Aber noch vermochte er nicht zu entscheiden, ob das echt war. Oder ob sie einfach nur Angst hatte und daher versuchte, ihn bei Laune zu halten. Wenn er schliefe, würde sie vielleicht auch versuchen, sich aus ihren Fesseln zu befreien und zu fliehen, so wie Inga.

Inga! Er durfte nicht vergessen, ihre Fesseln zu überprüfen!

»Ich habe es nie wieder erlebt, dass Richard und Nellie zu Besuch kamen«, sagte er, »die Geschichte mit mir war ihnen wohl unheimlich. Sie mochten in nichts verwickelt werden. Sie verständigten niemanden. Denn niemand erschien. Niemand hakte nach. Fred Lenowsky hatte in Gegenwart von Dritten verkünden können, dass er mich verachtet, dass er Angst vor meinen Genen hat und dass er mich *hart anfasst*, wie er es nannte. Und nichts passierte. Niemanden kümmerte es. Niemand wollte die Hölle sehen, in der ich lebte.«

»Es ist schrecklich«, sagte Rebecca leise, »wirklich, Marius, es ist einfach schrecklich, was Ihnen passiert ist.«

Er trommelte mit den Fingern auf die Kommode, die neben ihm stand. »Das fällt dir spät auf. Verdammt spät.«

Sie seufzte leise.

»An meinem zehnten Geburtstag bekam ich einen Hund geschenkt«, sagte er unvermittelt. »Es war der einzige glückliche Moment in meiner ganzen beschissenen Kindheit. Einen Golden Retriever, jung und verspielt und natürlich bildschön. Bei den Lenowskys diente alles als Statussymbol, auch der Hund.«

»Sie hatten sich diesen Hund gewünscht?«

»Ja. Fast jedes Kind wünscht sich einen Hund, oder? Ich hatte natürlich keinen Moment lang damit gerechnet, ihn zu bekommen. Meine Wünsche wurden nie erfüllt. Zu meinen Geburtstagen bekam ich immer nur praktische Dinge, die sowieso hätten gekauft werden müssen. Socken und Unterwäsche und Handschuhe. Solches Zeug eben. Aber an meinem zehnten Geburtstag ... da stand ein Hundekörbchen vor meiner Tür. Darin lag Clarence. Ich konnte es nicht fassen.«

»Warum, glauben Sie, hat Fred Lenowsky Ihnen plötzlich einen doch so bedeutsamen Wunsch erfüllt?«

Marius lächelte. Es war ein Lächeln voller Verbitterung und Enttäuschung. »Du meinst, es hätte sich vielleicht etwas geändert? In seiner Haltung mir gegenüber? Ja, das habe ich im ersten Moment auch geglaubt. Ich war voller Glückseligkeit. Dieser Hund erschien mir wie der Anfang zu einem neuen Leben.«

Sie wusste natürlich, dass es so nicht gewesen war. »Aber Sie hatten sich geirrt.«

»Richtig. Gründlich geirrt. Warum er den Hund gekauft hat? Bestimmt nicht, um mir eine Freude zu bereiten. Ich glaube, es machte sich einfach gut. Vor allem gegenüber dem Jugendamt. *Wir haben Marius einen Hund geschenkt. Ein Tier ist so wichtig für ein Kind. Marius wird Verantwortungsgefühl entwickeln. Und er hat jetzt einen Freund ganz für sich!*« Marius stand wieder auf, begann hin und her zu gehen. »Das ganze Blablabla«, sagte er, »darin war Lenowsky gut. Er wusste immer ganz genau, was man zu welchem Menschen sagen muss. Er hatte einen eigenen Stil mit der Sozialtante vom Jugendamt, mit dem Vorstandsvorsitzenden einer Bank, mit der Stewardess im Flugzeug. Er war jedes Mal ein anderer. Und lag immer genau richtig. Immer so, dass er für sich das Beste herausholte.« Er blieb stehen, fuhr sich wieder einmal mit der Hand über das Gesicht und durch die Haare. Er wurde immer zittriger. Zum Teufel, er würde nicht mehr allzu lange um die Notwendigkeit herumkommen, ein paar Stunden zu schlafen.

»Der arme Hund. Der hatte auch unter Fred Lenowskys kranker Art zu leiden. Lenowsky geilte sich unheimlich an dem Gedanken auf, innerhalb der Familie eine Art Rudel zu bilden, mit einer genau festgelegten Rangordnung. Er selbst war natürlich das Leittier. Ich stehe an der Spitze, sagte er immer. Er sagte es manchmal hundertmal am Tag.«

Sie sah ihm direkt in die Augen. »Sie haben völlig Recht«, sagte sie, »er ist verrückt. Er ist krank.«

»Als Nächstes kam Greta, dann ich, dann der Hund. Stell dir vor, dem Hund wurde beigebracht, dass er immer als Letzter durch die Tür zu gehen hatte. Anders wird er es nicht lernen, sich unterzuordnen, sagte Fred. Und Unterordnung war so immens wichtig für ihn. Ich hatte von einem Hund geträumt, der vor uns her aus dem Haus tollte, voller Lebensfreude und Kraft. Fred machte aus Clarence ein unterwürfiges Tier, das ängstlich darauf achtete, den ihm beigebrachten Status als letztes Glied in der Kette nicht zu verletzen. Der Hund durfte so wenig leben wie ich. Weißt du, worauf Fred ebenfalls bestand? Clarence durfte immer nur als Letzter sein Essen bekommen. Und wenn Fred abends weg war, bei den vielen Veranstaltungen, an denen er beruflich teilnahm, dann musste Clarence bis nach Mitternacht warten. Hungrig und voller Unruhe. Fred fand es klasse, heimzukommen, noch ein Stück Brot zu essen und genüsslich zu beobachten, wie Clarence vor Hunger und Gier halb verrückt war. Er kostete seine billige Macht von Herzen aus. Irgendwann schob er ihm dann großmütig die Futterschüssel zu. Und Clarence leckte ihm hinterher fast die Füße vor Dankbarkeit.«

Rebecca schluckte. »Sie sind an einen Psychopathen geraten, Marius«, sagte sie, »und ich kann Ihnen nicht sagen, wie Leid es mir tut. Für Sie und für Clarence. Lenowsky ist einer der Psychopathen von der schlimmsten Sorte. Einer, der im Alltag nicht auffällt und dem deshalb nie das Handwerk gelegt wird. Der als erfolgreicher und hoch angesehener Mensch seinen sicheren Platz innerhalb der Gesellschaft behauptet. Dem Anerkennung und Respekt gezollt werden. An seinem Grab werden dereinst die Honoratioren der Stadt stehen und ergriffene Worte finden, die seine herausragenden Leistungen würdigen. Es ist so ungerecht. So furchtbar. Aber es passiert ständig und überall.«

Sie verstand ihn. Sie war hundertprozentig auf ihn konzentriert. Ihr Mitgefühl war echt, da war er fast sicher. Er hatte sie erreicht mit seinen Worten.

»Warum nur?«, fragte er. »Warum hat er mich in sein Haus geholt? Mit all seinem Hass und seiner Verachtung – warum hat er das getan?«

Rebecca lächelte ein bisschen, aber es war, wie er nach einem Anflug von Argwohn erkannte, kein verächtliches Lächeln. Es war traurig. »Die Antwort gibt Ihnen doch Clarence«, sagte sie. »Es ging um Macht. Bei Menschen wie Lenowsky geht es immer um Macht. Das ist das Kranke an ihnen. Wie einfach ist es, einen Hund zu unterwerfen. Wie einfach ist es, ein Kind gefügig zu machen. Lenowsky brauchte das. Ich vermute, er war fast süchtig danach. Zu sehen, dass jemand Angst vor ihm hat. Dass jemand um seine Gunst bettelt. Dass jemand völlig abhängig ist von seinen Launen und Stimmungen. Das war sein Kick im Alltag. Und ein Pflegekind kam da wie gerufen für ihn. Sie haben ihn ja belauscht im Gespräch mit seinen Freunden. Lenowsky brauchte jemanden, den er schikanieren konnte, aber er hatte nicht die geringste Lust, sich auf eine Verbindlichkeit einzulassen. Es ging ihm nie um ein Kind. Um dessen Leben und Zukunft. Die Vorstellung, ein Kind könnte ihn irgendwann beerben, hat ihn ja verrückt gemacht. Denn dann hätte dieses Kind ja zuletzt, nämlich an Lenowskys Grab, in seinen Augen noch einen Sieg errungen, und das wäre ein fürchterlicher Gedanke für ihn gewesen. Deshalb kam eine Adoption für ihn nicht in Frage. Aber ein Pflegekind ... das war genau das Richtige für ihn. Verbunden übrigens auch noch mit jeder Menge gesellschaftlicher Anerkennung für sein großherziges Tun. Es müssen gute Jahre für ihn gewesen sein.«

Der Schmerz war so stark, dass er ihn fast nicht aushalten konnte. Und das Bedürfnis, in Tränen auszubrechen. Sich von Rebecca in die Arme nehmen und trösten zu lassen.

Ich darf nicht vergessen, dass sie meine Feindin ist. Sie hat mich verraten. Sie hat auf der Seite der anderen gestanden. Auch wenn sie jetzt versucht, verständnisvoll zu erscheinen.

Gespielt gleichmütig – denn in seinem Inneren tobte die Verzweiflung so unvermindert heftig, als sei kein Tag vergangen seit jener Zeit – sagte er: »Fred änderte übrigens die Rangordnung schließlich. Clarence war nicht mehr der Letzte. Das war ich dann.«

»Oh, Marius ...«

Er atmete schwer. »*Du bist der Letzte!* Das sagte er nun fast ebenso oft am Tag, wie er sagte: *Ich stehe an der Spitze!* Ich durfte erst essen, wenn der Hund gegessen hatte. Ich lag elend vor Hunger im Bett. Er holte mich mitten in der Nacht in die Küche. Clarence und ich mussten zusehen, wie er sich

Spiegeleier briet und sie genüsslich verzehrte. Wir waren so schrecklich hungrig. Dann wurde Clarence seine Schüssel hingestellt. Und erst wenn er sie bis zum letzten Krümel ausgeleckt hatte, bekam ich mein Brot. Ohne Spiegeleier. Wenn ich Glück hatte, mit etwas Butter. Ich war der Letzte. Ich war der Letzte. *Ich war der Letzte!*«

Er schrie diese Worte. Und dann, ohne eine Chance, es zu verhindern, brach er in Tränen aus.

Er krümmte sich vor Schmerzen.

»Ich hätte sie lieben können! Rebecca, wenn sie nur ein bisschen anders gewesen wären, ich hätte sie geliebt. Ich hätte sie geliebt wie meine Eltern. Ich war ein Kind. Ich habe mich so sehr nach Liebe gesehnt. Ich habe mich so danach gesehnt, selbst zu lieben. Ich hätte Fred und Greta alles gegeben. Alles! Meine Liebe, mein Vertrauen, meine Zärtlichkeit. Ich wollte es so sehr! Ich wollte!«

Er schluchzte so heftig, dass er zitterte.

Er sehnte sich nach Rebeccas Umarmung.

Aber sie konnte nicht. Sie war an Händen und Füßen gefesselt und konnte seinen Schmerz nur hilflos beobachten.

2

Die Lawine war losgebrochen. Jetzt würde nichts und niemand sie mehr aufhalten. Die Frage war, was alles sie am Ende zerstört haben würde.

Wahrscheinlich mein Leben, dachte Clara, das wird es sein. Mein Leben wird in Trümmern liegen.

Sie hatte nach dem Gespräch mit Agneta wie paralysiert auf den Ausbruch des Sturms gewartet, auf das Hereinbrechen der Katastrophe. Dann war der Anruf eines Kriminalkommissars namens Kronborg erfolgt, der mit ihr einen persönlichen Termin für den nächsten Tag vereinbart hatte. Und damit hatte sich das Rad zu drehen begonnen.

Auf eine ganz absurde und unsinnige Weise hatte sie gehofft, sie werde das alles irgendwie an Bert vorbeischleusen können, ohne dass er etwas mitbekam, aber dann erlebte er schon Kronborgs Anruf mit, weil er ausnahmsweise einmal früher als sonst von der Arbeit nach Hause gekommen war.

»Wer war denn das?«, fragte er arglos, und sie hatte sich einen Ruck gegeben und geantwortet: »Ein Kommissar von der Kripo. Er wird mich morgen früh besuchen und ein paar Fragen stellen.«

»Wieso das denn? Was hast du mit der Kripo zu tun?«

Sie hatte ihn nicht angesehen, während sie hastig und ziemlich verworren von Agnetas und Sabrina Baldinis Verdacht, von dem kleinen Marius, der undurchsichtigen Geschichte um seine Pflegestelle berichtete. Von der Rolle, die sie selbst dabei gespielt hatte.

Bert hatte mit wachsender Fassungslosigkeit zugehört.

»Kindesmisshandlung? Habe ich das richtig verstanden? Du hast damals geholfen, eine Kindesmisshandlung zu decken?«

Sie hatte versucht, ihm zu erklären, dass dies heute so klar zu beurteilen war, dass es aber damals für sie viel schwieriger gewesen war, die Situation richtig einzuschätzen und zu überblicken. Er bemühte sich, das zu verstehen, aber seine Reaktion hatte ihr einen Vorgeschmack darauf gegeben, wie auch andere Leute über sie denken würden. *Sie hat geholfen, eine Kindesmisshandlung zu decken.* Und wer ihr nicht nahe stand, würde gar kein Interesse daran haben, ihre Fassung der Geschichte überhaupt anzuhören. Man würde den Stab über sie brechen, und sie würde als ein Monster dastehen, das sich eines unsäglichen Verbrechens schuldig gemacht hatte.

»Dann müssen wir wirklich aufpassen«, hatte Bert schließlich gesagt. »Die müssen dir Polizeischutz geben! Hinter diesen verrückten Briefen steckt ja dann wirklich ein gestörter Typ, der dir richtig gefährlich werden kann!«

Er hatte sich immer lustig über sie gemacht, wenn sie wegen der Briefe jammerte und klagte. Nun musste er einräumen, dass ihre Angst begründet gewesen war. Aber Clara vermochte darüber nicht den geringsten Triumph zu empfinden.

Kronborg erschien am nächsten Morgen pünktlich um neun Uhr, der größte Mann, den sie je gesehen hatte. Zum Glück war er nicht unfreundlich zu ihr. Sie hatte geglaubt, auch sein Urteil über sie stehe bereits fest, und sie würde gar keine Gelegenheit haben, ihn davon zu überzeugen, dass sie damals in etwas hineingerutscht war, was sie in seiner wahren Dimension nicht erkannt hatte.

Im Gegenteil: Kronborg war eher der Typ Mensch, der dazu einlud, sich ihm anzuvertrauen.

Mehr Beichtvater als Polizist, dachte Clara. Sie musste vorsichtig sein. Sie durfte sich von seinem netten Lächeln nicht einlullen lassen.

Er hatte lange mit Sabrina Baldini gesprochen.

»Ihr Anruf bei uns war ungemein wichtig«, sagte er, »denn es hätte wohl sonst sehr lange gedauert, bis wir herausgefunden hätten, dass es diesen Pflegesohn gab. Marius Hagenau. Student der Rechtswissenschaften im vierten Semester.«

»Hagenau …«, wiederholte Clara. Der Name sagte ihr überhaupt nichts. Eine Sekunde lang keimte Hoffnung in ihr. Konnte es sich doch um eine Verwechslung handeln?

Kronborg zerstörte ihre Hoffnung jedoch sofort.

»Er ist seit fast zwei Jahren verheiratet und trägt den Namen seiner Frau. Früher hieß er Peters. Marius Peters.«

Sie sank in sich zusammen. »Ja. Ja, so hieß er ...«

»Sie haben von dem Mord an dem Ehepaar Lenowsky gehört? Den Pflegeeltern von Marius? Marius wäre keineswegs automatisch unter Tatverdacht geraten, aber nachdem wir nun von den Problemen gehört haben, die es seinerzeit um seine Vermittlung zu den Lenowskys gab ... Noch dazu wissen wir von den Drohbriefen, die an Sie, Sabrina Baldini und eine weitere Dame gesandt wurden. Alle hatten in irgendeiner Weise mit dem Pflegekind Marius Peters zu tun. Es überrascht Sie sicher nicht, zu hören, dass Marius Hagenau an die Spitze der Tatverdächtigen aufgerückt ist.«

»Spitze?«, fragte Clara. »Gibt es denn noch weitere Tatverdächtige?«

Kronborg musste einräumen, dass es sich eher um eine allgemein übliche Formulierung gehandelt hatte, als um die Wiedergabe eines tatsächlichen Sachverhalts. Es gab keine weiteren Verdächtigen.

»Dennoch dürfen wir uns zu diesem Zeitpunkt der Ermittlungen keinesfalls einseitig fokussieren«, sagte er, »es ist alles möglich.«

Aber nicht sehr wahrscheinlich, dachte Clara verzagt.

»Sie hatten das Kind Marius Peters an das Ehepaar Lenowsky vermittelt?«, fragte Kronborg sachlich.

Sie nickte. »Ja. Und nein. Irgendwie lief das alles etwas anders als sonst üblich.«

»Sie waren als Sozialarbeiterin beim Jugendamt angestellt?«

»In der Abteilung Erziehungshilfe, ja. Die Abteilungsleiterin erschien eines Tages bei mir und berichtete von einem Kindesentzug. Marius Peters, damals sechs Jahre alt. Man hatte ihn angekettet, verlassen und dem Hungertod nahe in der elterlichen Wohnung aufgefunden. Die Familie stand seit langem unter sozialer Betreuung. Die Eltern waren zu diesem Zeitpunkt nicht auffindbar. Es war klar, dass sie für einige Zeit das Sorgerecht verlieren würden. Kein Gericht würde sich dem entsprechenden Antrag widersetzen. Das Gutachten der Betreuerin wies die beiden als schwere Alkoholiker aus. Ohne Klinik und Entzug und massive therapeutische Maßnahmen würden sie das Kind nicht wiederbekommen.«

»Bis dahin ein normaler Fall also.«

»Ja.« Clara schluckte. »Aber er verlor schnell seine Normalität. Es hätte jetzt eigentlich eine Fallbesprechung der ganzen Abteilung geben müssen, an der auch die Kollegin vom Sozialdienst, die ja die Familie und auch das Kind am besten kannte, hätte teilnehmen sollen.«

»Sie nahm nicht teil?« Kronborg sah in seine Unterlagen. Er hatte sich über die Namen der Beteiligten informiert. »Frau Stella Wiegand, richtig?«

»Sie nahm nicht teil. Stella Wiegand war zu diesem Zeitpunkt bereits sehr krank. Krebs. Sie hatte sogar für eine gewisse Zeit aufhören müssen zu arbeiten. In der Zeit lag die Betreuung der Familie Peters bei meiner Kollegin Agneta. Das ist die andere Frau, die …«

»Ich weiß. Die auch Drohbriefe erhalten hat.«

»Jedenfalls hatte Stella noch den Kindesentzug veranlasst. Aber buchstäblich einen Tag später ist sie wieder in die Klinik gegangen. Der Krebs war zurückgekommen. Sie starb dann ein Dreivierteljahr später.«

»Fand die Fallbesprechung dennoch statt?«

Clara schüttelte den Kopf. »Nein. Meine Abteilungsleiterin erklärte, sie habe bereits einen Platz bei einer Pflegefamilie für Marius. Sie gab mir den Namen und die Adresse und sagte, ich solle alles veranlassen.«

»Wunderte Sie das?«

»Ja. Das schon. Aber dadurch, dass Stella ausfiel, die für die Fallbesprechung besonders wichtig gewesen wäre, wunderte es mich auch wieder nicht so.« Sie versuchte sich an ihre Empfindungen von damals zu erinnern. Hatte sie sich genug gewundert? Hätte sie sich mehr wundern müssen?

»Durch Stellas Krankheit war der Ablauf einfach ohnehin ein wenig gestört«, sagte sie.

Kronborg nickte. »Ich verstehe. Was taten Sie als Nächstes?«

»Ich bestellte die Lenowskys ins Jugendamt. Das waren die Leute, die mir von meiner Abteilungsleiterin genannt worden waren.«

»Und?«

Sie zögerte. Bert hatte ihr, ebenso wie vorher schon Agneta, zur völligen Offenheit der Polizei gegenüber geraten. *Du schwebst in echter Gefahr. Es geht jetzt nicht mehr um deinen guten Ruf. Es geht möglicherweise um dein Leben. Wenn du genügend Dreck am Stecken hast, dass ein geisteskranker Killer eine Mordswut auf dich haben könnte, musst du das sagen. Die Polizei muss deine Situation richtig einschätzen können.*

»Die Lenowskys gefielen mir nicht«, sagte sie schließlich.

»Warum nicht?«

»Zum einen waren sie zu alt. Und zwar nicht nur von ihren Geburtsdaten her. Sie waren auch … alt in ihrer Einstellung. Verstehen Sie? Fred Lenowsky war Anfang fünfzig. Seine Frau Ende vierzig. Aber von ihrer ganzen Art waren sie … wie mindestens … Mitte sechzig.«

»Woran machten Sie das fest?«

»Sie waren so konservativ. Er der Patriarch, sie die graue Maus, die den Mund hält, wenn er spricht. Sie waren beide sehr teuer und sehr gediegen gekleidet. Ich konnte sie mir nicht vorstellen, wie sie mit einem sechsjährigen Jungen herumtollen oder zum Beispiel einen Kindergeburtstag veranstalten.«

»Und was noch? Sie sagten, zum einen waren sie zu alt. Was gefiel Ihnen außerdem nicht?«

»Es ist schwierig …« Es fiel ihr tatsächlich schwer, sich zu erinnern, obwohl sie seit Agnetas gestrigem Anruf über nichts anderes nachgedacht hatte als über die Zeit damals. Vielleicht hatte sie viel mehr verdrängt, als sie wahrhaben wollte. Aber es hing auch damit zusammen, dass es wirklich schon in jenen Tagen schwierig gewesen war. Sie hatte eine instinktive Abneigung gegen Lenowsky gehabt, sie jedoch nicht plausibel begründen können.

»Ich mochte Fred Lenowsky nicht besonders. Er war mir einfach auf den ersten Blick unsympathisch. Aber ich wusste nicht, warum. Er war höflich, er war freundlich … er lächelte viel. Ich war ausgebildet, Menschen in ihrer Qualität als Pflegeeltern zu beurteilen, und ich war es gewohnt, meine persönlichen Gefühle dabei auszuschalten. Es ging nicht darum, ob ich jemanden mochte oder nicht. Es ging um seine Eignung. Ich durfte mich nicht zu stark einbringen.«

»Und wie sah es mit der Eignung der Lenowskys aus?«

»Ich hielt die beiden nicht für geeignet.«

»Weshalb?« Er blieb stur. Er wollte, dass sie auf den Kern der Sache kam.

»Bei meiner Abteilungsleiterin sagte ich, sie seien in meinen Augen zu alt. Aber in Wahrheit … Ich hatte schon manchmal Bewerber unsympathisch gefunden. Ihnen dennoch guten Gewissens ein Kind zugewiesen, weil ich wusste, sie würden mit Kindern gut umgehen. Ich konnte durchaus von meinen persönlichen Gefühlen abstrahieren. Diesmal … ich weiß auch nicht …« Sie sah Kronborg fast verzweifelt an. »Lenowsky war mir mehr als unsympathisch. Ich konnte ein ungutes Gefühl einfach nicht ausblenden. Es gelang mir nicht.«

»Verstehe. Kann man es so ausdrücken: Ihr Instinkt sagte *Nein*?«

»Ja.« Er hatte es getroffen. »Mein Instinkt sagte geradezu inbrünstig *Nein*.«

»Aber ...«

»Normalerweise legte meine Chefin sehr viel Wert auf meine Meinung. Diesmal nörgelte sie an mir herum. Ich hätte überhaupt keine Argumente, ich würde völlig unprofessionell agieren ... und schließlich fragte ich mich selbst, ob sie nicht vielleicht Recht hatte.«

»Sie waren wie alt?«

»Dreiundzwanzig.«

»Sehr jung.«

»Ja. Ich war eigentlich eine recht selbstbewusste Person, aber mir kamen immer mehr Zweifel. Und schließlich rückte meine Chefin auch mit der Wahrheit heraus: dass die Lenowskys Wunschkandidaten auf höchster Ebene waren. Dass sie gewissermaßen vom Sozialdezernenten persönlich den klaren Auftrag hatte, das nächste Kind – und das war der kleine Marius – an Fred und Greta Lenowsky als Pflegekind zu vermitteln. Der Sozialdezernent hatte durchklingen lassen, in dieser Sache Anweisung vom Büro des Oberbürgermeisters direkt bekommen zu haben.«

Kronborg pfiff leise durch die Zähne. »Sah ja wohl nach einem erstklassigen Gemauschel unter Freunden aus, oder?«

»Natürlich. Das kapierte ich auch gleich. Andererseits ... ließ dieser Umstand allein die Lenowskys ja nicht zu einer schlechten Wahl werden. Außerdem ...«

»Ja?«, fragte Kronborg, als sie stockte.

»Es ist nicht so, dass solche Pflegestellen reich gesät wären«, erklärte Clara. »Es gibt nicht viele Menschen, die sich auf das Leben mit einem möglicherweise schwer geschädigten Kind aus schwierigstem Milieu einlassen. Noch dazu stets unter dem Vorzeichen, das Kind jeden Augenblick wieder hergeben zu müssen, weil sich in der Herkunftsfamilie das Blatt zum Besseren gewendet hat. Was ich sagen will, ist: Die Lenowskys abzulehnen hätte damals bedeutet, dass es zunächst einmal für Marius überhaupt keinen Platz bei einer Familie gegeben hätte. Er hätte auf unabsehbare Zeit im Heim bleiben müssen.«

Kronborg beugte sich ein Stück vor. Er blickte Clara aus freundlichen Augen an. Sie merkte, dass sie unter seinem Blick ruhiger zu werden begann.

»Sie müssen sich nicht so heftig und so nervös verteidigen, Clara.« Er nannte sie einfach beim Vornamen, aber auch das tat ihr gut. »Ich kann mir die Problematik Ihrer damaligen Situation sehr gut vorstellen. Ich kann die Schwierigkeit des Abwägens nachvollziehen. Ich kann Ihr Handeln – nämlich das sechsjährige Kind schließlich den Lenowskys zu überantworten – verstehen. Wirklich. Bis zu diesem Punkt könnte ich mir denken, als Dreiundzwanzigjähriger in Ihrer damaligen Lage ganz genauso gehandelt zu haben.«

Bis zu diesem Punkt …

»Ich schrieb einen positiven Eignungsbericht«, sagte Clara leise, »aber mir war bewusst, dass er mir sozusagen diktiert worden war.«

»Marius kam dann zu der Pflegefamilie. Womit jedoch Ihr Part nicht endete?«

»Nein. Ich war ja nun die Betreuerin. Ich blieb mit den Lenowskys in Kontakt, machte viele Hausbesuche dort. Das eigenartige Gefühl dabei war nur … ich weiß nicht, wie ich das erklären soll: Es war nie so direkt ausgesprochen worden, aber es war irgendwie von vornherein klar, dass ich bitteschön kein Haar in der Suppe finden möge. Lenowsky war ein guter Freund des Oberbürgermeisters. Er wurde geschützt. Das war spürbar.«

»Hätten Sie denn sonst ein Haar in der Suppe gefunden?«, fragte Kronborg.

Wieder zögerte Clara. Es war ihr alles so unklar und verschwommen erschienen.

»Eigentlich nicht. Es schien alles in Ordnung. Die Lenowskys hatten ein schönes Haus in einer guten Gegend. Marius hatte ein eigenes Zimmer. Er war gut gekleidet. Lenowsky nahm ihn im Sommer immer zum Segeln mit, und offenbar fand Marius an diesem Sport großen Gefallen. Oft traf ich auch Freunde bei ihm an. Er schrieb sehr gute Noten ... ja, daran hielt ich mich am meisten fest.« Es war ihr gerade wieder eingefallen, es hatte damals ungeheure Bedeutung für sie gehabt. »Kinder, denen es schlecht geht, die verstört sind und unglücklich, sacken fast immer in der Schule ab. Marius war aber durchgehend ein guter Schüler. Seine Lehrer bestätigten, dass er ohne besondere Probleme dem Unterricht folgte. Es hatte nicht den Anschein, als werde ein besonderer Lernzwang auf ihn ausgeübt.«

»Sie machten sich dennoch Gedanken?«

»Ich hatte ein dummes Gefühl. Aber ich redete mir ein, das komme eben daher, dass ich in der ganzen Sache von Anfang an ... genötigt worden war. Meine Urteilskraft, so meinte ich, war dadurch getrübt.«

»Marius selbst erschien Ihnen als glückliches Kind?«

Jetzt lachte Clara, aber es war ein zynisches, kein fröhliches Lachen. »Ich bitte Sie! Nein. Glücklich erschien er mir überhaupt nicht. Aber damit war er absolut kein Ausnahmefall. Kinder mit seinem Schicksal – also jahrelange Vernachlässigung in der Familie, häufig genug schwere Misshandlung, schließlich die Wegnahme, die, bei allem Leid, das diese Kinder in ihrer Herkunftsfamilie erlebt haben, als traumatisierend empfunden wird – sind nicht glücklich. Jahrelang nicht. Sie können depressiv sein, essgestört, gewalttätig, suizidgefährdet oder alles auf einmal. Manche klauen wie die Raben, andere passen sich bis zur Selbstaufgabe an die neue

Umgebung an und werden geradezu unsichtbar. Viele sind Bettnässer bis in die späte Pubertät hinein. Manche schneiden sich immer wieder mit einem Messer die Arme und Beine auf. Und manche …«

Sie verstummte. Kronborg nickte aufmunternd. »Ja?«

»Manche denken sich die verrücktesten Geschichten aus. Über Misshandlungen, die ihnen in der Pflegefamilie zugefügt werden. Über sexuellen Missbrauch. Über Anstiftung zu Straftaten durch die Pflegeeltern. Sie würden es nicht glauben, was ich da schon alles gehört habe.«

»Ich verstehe. Erzählte auch Marius … solche Geschichten?«

»Nein. Zunächst jedenfalls nicht.«

»Wie stuften Sie ihn ein?«

»Als depressiv. Was mich aber nicht im Mindesten wunderte. Man hatte ihn an die Toilette gefesselt und …« Das hatte sie schon gesagt. Sie verstummte.

»Ich weiß«, sagte Kronborg.

»Er erschien mir überangepasst und ängstlich. Er wollte immer alles richtig machen. Aber, wie gesagt, auch das hatte ich schon oft bei anderen Kindern erlebt.«

»Dennoch blieb in diesem Fall ein dummes Gefühl.«

»Das ich aber mir allein zuschrieb. Ich konnte Lenowsky immer noch nicht leiden, aber wenn er über Marius sprach, dann klang das intelligent, besorgt und … irgendwie aufrichtig. Ich erinnere mich, dass er sich große Gedanken wegen Marius' Essstörungen machte. Tatsächlich war das Kind erschreckend dünn. Er lehnte wohl die meiste Nahrung ab, zu jedem Bissen musste er überredet werden. Fred Lenowsky schilderte oft, mit wie viel Sorgfalt und Mühe seine Frau kochte, dass sie aber selten bei Marius damit ankam.«

»Und Sie sagten sich, dass alles in Ordnung sei? Den Umständen entsprechend, meine ich.«

»Ich sagte es mir hundertmal am Tag«, sagte Clara.

»Hundertmal am Tag«, wiederholte Kronborg sinnierend. »Ihre Alarmglocke schrillte leise vor sich hin, und Sie versuchten sie zu übertönen. Kann man das so sagen?«

»Ja«, antwortete Clara fast flüsternd.

Einen Moment lang herschte Schweigen zwischen ihnen.

Dann sagte Kronborg unvermittelt: »Marius erzählte keine Geschichten über Misshandlungen. Noch nicht, wie Sie gerade sagten. Das heißt, es änderte sich. Er fing an zu reden?«

Sie starrte ihn an. Plötzlich wandte sie sich ab, aber es konnte Kronborg nicht entgehen, dass ihr die Tränen in die Augen schossen.

»Er bat mich um Hilfe, Herr Kommissar«, sagte sie mit erstickter Stimme, »er bat mich um Hilfe, und ich *wusste, dass er nicht lügt.* Ich wusste es einfach. Aber ich habe ihn im Stich gelassen. Und jetzt werde ich dafür bestraft werden. Mein ganzes Leben wird kaputtgehen. Ich habe ein wehrloses Kind im Stich gelassen, und wissen Sie, was mir vorhin plötzlich klar wurde?« Sie sah ihn jetzt an. Ihre Augen waren rot.

»Mir wurde klar, dass ich immer gewusst habe, es würde mich einholen«, sagte sie.

3

Ein endlos scheinender, langer und heißer Tag neigte sich seinem Ende zu. Inga, noch immer gefesselt im Wohnzimmer sitzend, hatte die Zeiger der Uhr Stunde um Stunde beobachtet, ihr langsames Vorankriechen, ihr unerträgliches Schleichen. Noch nie vorher in ihrem Leben, so schien es ihr, hatte sie so inbrünstig das Ende eines Tages herbeigesehnt. Marius hatte die Markise auf der Veranda nicht heruntergelassen, und auch die Fensterläden waren offen geblieben.

Ihr war übel gewesen vor Durst und Hunger, und in all ihren Gliedern brannte und kribbelte es. Ihre Beine schmerzten entsetzlich, die Füße waren dick angeschwollen, das konnte sie sowohl fühlen als auch sehen. Furchtbare Gedanken gingen ihr durch den Kopf: Sie konnte eine Thrombose bekommen, ihr Kreislauf konnte zusammenbrechen. Wenn sie nicht endlich Wasser bekäme, würde sie dehydrieren.

»Marius«, hatte sie gefleht, als er am Morgen bei ihr aufgetaucht war, »ich muss mich ein bisschen bewegen. Schau dir mal meine Füße an ... meine Fesseln sind zu eng. Ich glaube, mir sterben alle Glieder ab. Und ich brauche unbedingt Wasser. Bitte.«

Er war in Gedanken versunken gewesen, hatte ausgesehen wie ein Gespenst. Hohlwangig, unnatürlich bleich. Der Bart bedeckte inzwischen in dichten, dunklen Stoppeln seine untere Gesichtshälfte. Unter den Armen verliefen riesige Schweißringe auf seinem T-Shirt. Er roch, dass einem schlecht werden konnte. Aber das Schlimmste waren seine Augen: dunkel und leer.

Sie fragte sich, ob sie ihn mit ihren Worten überhaupt erreichte.

Unverständliche Dinge murmelnd, war er von Fenster zu Fenster gegangen, hatte hinausgesehen, hatte die geröteten Augen vor der Helligkeit des Tages zusammengekniffen. Inga ahnte, in welch einen Brutkasten sich das Zimmer verwandeln würde, je weiter der Tag voranschritt.

»Marius, kannst du nicht die Läden schließen? Oder die Fenster öffnen? Einen Spalt wenigstens? Ich ersticke sonst hier drin.«

Er warf ihr einen listigen Blick zu. »Ich lasse die Fenster bestimmt nicht offen. Du willst um Hilfe schreien!«

Auf diese Idee konnte nur ein Verrückter kommen. Wer hätte sie denn hören sollen?

»Ich schreie bestimmt nicht. Aber wenn du Angst hast, dann schließe wenigstens die Läden. Bitte!«

»Ich komme in ein paar Stunden runter«, versprach er.

Sie hätte darauf gewettet, dass er das vergessen würde.

Er hatte ihre Fesseln überprüft. Da sie das geahnt hatte, hatte sie in der Nacht keine weiteren Versuche zu ihrer Lockerung unternommen. Ihre Chance war der Tag. Gestern hatte er sich über viele Stunden nicht blicken lassen, sie hatte ihn oben brabbeln und Ewigkeiten auf und ab gehen hören, er hatte manchmal geschrien und einmal geweint. Einmal nur war er bei ihr aufgetaucht und hatte sie endlich zur Toilette gebracht. Sie hatte gehofft, er werde vor der Tür warten, aber natürlich riskierte er es nicht, sie durch das von ihm eingeschlagene Fenster entkommen zu lassen.

»Ich kann nicht, wenn du daneben stehst«, hatte sie gesagt.

»Hab dich nicht so. Wir sind schließlich verheiratet.«

Was hat das denn damit zu tun?, hätte sie gern gefragt, aber sie unterließ es, um seine einigermaßen ausgeglichene Stimmung nicht zu gefährden. Natürlich klappte es dann doch. Sie hatte viel zu lange warten müssen, als dass sie sich jetzt aus Schamhaftigkeit noch hätte zurückhalten können.

Als sie sich die Hände wusch, blickte sie ihr Spiegelbild an. Sie sah entsetzlich aus. Ihr rechtes Auge war halb zugeschwollen und dunkelviolett verfärbt, überhaupt schien ihr die ganze rechte Gesichtshälfte verschwollen und deformiert. Ihre Unterlippe war aufgeplatzt und viel dicker als die Oberlippe.

Ich sehe aus wie nach einer missglückten Schönheitsoperation, hatte sie gedacht.

Wieder im Zimmer, hatte er sie erneut gefesselt, sie aber auch dafür gelobt, dass sie zuvor nicht wieder versucht hatte, sich zu befreien.

»Braves Mädchen«, hatte er gesagt. Sie hoffte, dass er anfing, sich in Sicherheit zu wiegen.

Auch in der Nacht war er hin und her gegangen, hatte offenbar geredet und geredet. Er schien sich überhaupt keinen Schlaf zu gönnen. Darin mochte eine Chance liegen: Irgendwann musste er einfach zusammenklappen.

Ihr blieb nichts übrig, als darauf zu bauen, dass er auch an diesem Tag das Kontrollieren vergessen würde. Er schien Rebecca endlose Vorträge zu halten, gelegentlich auch zu debattieren, und ganz offenbar hinderte ihn dies daran, regelmäßig zu ihr herunterzukommen. Wenn es ihr gelang, sich bis zum Abend zu befreien, konnte sie vielleicht im Schutz der Dunkelheit entwischen.

Er hatte ihr am Morgen schließlich doch noch ein Glas Wasser gebracht, und sie hatte es gierig leer getrunken.

Zu diesem Zweck befreite er ihre Hände, schließlich auch ihre Füße, weil sie wieder zur Toilette musste.

»Meine Güte«, sagte er, »dabei trinkst du doch gar nicht viel.«

Sie musste sich an ihm festhalten, während sie den Flur überquerte. Ihre Beine schmerzten so, dass sie hätte heulen mögen. Was geschah mit ihrem Körper? Sollte es ihr irgendwann gelingen, sich zu befreien, würde sie dann überhaupt noch in der Lage sein zu laufen?

Das Schlimmste war, dass sie ständig das Gefühl hatte, einen Fremden vor sich zu haben. Es war, als kenne sie diesen Mann überhaupt nicht. Sie forschte nach Vertrautem in seinen Zügen. Da waren seine Nase, sein Mund. Die Form seines Kopfes. Alles bekannt, und doch so sehr verändert. Vielleicht lag es an den Augen. Sie waren so erschreckend leer.

Blicklos. Diese Augen mochten ausreichen, ihn wie einen völlig anderen Mann wirken zu lassen.

Er fesselte sie trotz ihres flehentlichen Protestes so gnadenlos wie immer. Sie musste plötzlich daran denken, wie sie ein halbes Jahr nach der Hochzeit so schwer an Grippe erkrankt gewesen war. Mehr als zwei Wochen hatte sie im Bett gelegen, gefiebert und sich so elend gefühlt, dass sie dachte, sie müsste sterben. Marius war ständig um sie gewesen. Er hatte alle Vorlesungen geschwänzt, um sich ganz und gar um sie kümmern zu können. Er hatte ihr kalte Wickel um die Waden gemacht und regelmäßig das Fieber gemessen, er hatte ihr seine kühle Hand auf die Stirn gelegt, hatte ohne das geringste Murren immer wieder ihre durchgeschwitzte Bettwäsche gewechselt. Er hatte ihr Orangen ausgepresst und sie mit Fleischbrühe gefüttert, Löffel für Löffel und ganz langsam, weil sie eigentlich zu schwach war, selbst zu essen. Die ganze Zeit über hatte er sie voller Liebe und Sorge betrachtet und sich ständig Dinge einfallen lassen, mit denen er ihr die Krankheit erleichtern konnte.

Manchmal hatte sie so gefiebert, dass sie sein Gesicht wie durch einen Schleier sah. In klareren Momenten hatte sie gedacht: Mit diesem Mann an meiner Seite kann mir nie etwas passieren. Niemals!

Und nun schlang derselbe Mann eine Wäscheleine um ihre Arme und Beine und zerrte sie so grausam fest, dass sie aufschrie.

»Du tust mir weh, Marius!«

Er betrachtete sie. War da ein Anflug von Mitleid in seinem Blick? Wenn ja, so verschwand er doch gleich wieder.

»Du bist nicht auf meiner Seite«, sagte er, »leider. Es bleibt mir nichts anderes übrig, als so mit dir zu verfahren.«

Dann hatte er das Zimmer verlassen. Sie hatte seine Schritte auf der Treppe nach oben gehört.

Einige Stunden lang hatte sie nicht gewagt, etwas zu unternehmen. Am Ende machte er doch sein Versprechen wahr, kam nach unten und schloss die Läden. Aber schließlich brannte die Sonne, heizte das Zimmer zur Backofentemperatur auf, und nichts geschah. Sie konnte nur oben seine unermüdlichen Schritte hören.

Sie rief nach ihm. Sie würde verglühen.

Sie erreichte ihn nicht.

Sie fluchte, weil sie wertvolle Stunden verloren hatte, und sie weinte, weil sie nicht mehr sicher war, ob sie das Ende des Tages erleben würde. Man konnte sterben an der Hitze. Man konnte sterben an Durst. Und dann dachte sie auch wieder an eine Thrombose und an einen Kreislaufkollaps. Sie war dicht davor, durchzudrehen.

Ruhig, befahl sie sich, ganz ruhig. Du machst sonst alles nur schlimmer.

Ihr rechtes Ohr war inzwischen vollständig taub. Das geschwollene Auge pochte.

Ich muss hier weg. Der lässt mich verrecken!

Sie begann wieder damit, ihre Muskeln anzuspannen, um die Wäscheleine zu dehnen. Es kostete sie viel mehr Kraft als beim ersten Mal, sie musste viel öfter zwischendurch eine Pause einlegen, weil die Erschöpfung sie lähmte. Ihre geschwollene Lippe spannte. Ihr Durst war mörderisch. Die Hitze trieb sie in die Verzweiflung. Aber sie durfte jetzt nicht mehr nach Marius rufen und ihn um Hilfe bitten. Im Gegenteil, von jetzt an musste sie hoffen, dass er sich nicht mehr blicken ließ.

Ihre Gedanken irrten herum, in diesen langen, langen Stunden. Sie schufen absurde Pläne und verwarfen sie wieder. Wenn es ihr nicht gelang zu fliehen – wie sah dann das Ende aus? Würde Marius es dabei bewenden lassen, ihr und Rebecca endlose Vorträge über sein Leben zu halten, reichte es ihm, all das, was ihn bedrückte, loszuwerden? Oder trieb ihn Rache? Was würde er am Schluss mit Rebecca tun? Und was mit ihr, Inga? Er sah sie als Komplizin. Es schien ihr nicht zu gelingen, ihm das auszureden.

Und ich weiß nicht einmal, in welcher Sache ich eigentlich Komplizin bin! Es ist alles so verrückt.

Immer wieder fiel ihr Maximilian ein. Eigentlich war er ihre einzige, letzte Hoffnung – und auch nur eine schwache Hoffnung. Ein Blinder hätte gesehen, dass er sich für Rebecca interessierte und dass sein Interesse über das eines fürsorglichen Freundes, der die Witwe eines von ihm geschätzten und bewunderten Mannes nicht im Stich lassen wollte, hinausging. Inga wusste nicht genau, was zwischen ihm und Rebecca vorgefallen war; Rebecca hatte sich nur auf äußerst vage Andeutungen eingelassen. Auf irgendeine Weise hatte sie ihn vertrieben, hatte ihn so verletzt, dass er Hals über Kopf abgereist war. In den letzten Tagen war sie ein wenig aufgetaut. Aber ganz zu Anfang … Inga erinnerte sich nur zu gut an ihr Verhalten. Abweisend, schroff, nur darum bemüht, dass niemand die Wand durchdrang, die sie zwischen sich und dem Rest der Welt errichtet hatte. Sie wunderte sich nicht, dass Maximilian schließlich abgerauscht war. Die Frage war, ob er sich nicht doch noch einmal melden würde. Anrufen vielleicht, sich dann wundern, dass niemand an den Apparat ging, und sofort angereist kommen. Oder war das nur ein schöner, aber völlig unrealistischer Wunschtraum von ihr? Rebecca hatte sich so erfolgreich vor der Welt zurückgezogen, dass sie wahrscheinlich ein Jahr tot sein konnte, ohne dass jemand etwas merkte.

Außer Maximilian.

Aber der mochte so gekränkt sein, dass er Wochen verstreichen ließ, ehe er sich rührte. Falls er es überhaupt noch tat.

Maximilian! Wenn du wüsstest! Wir brauchen dich. Rebecca braucht dich! Ruf an! Ruf doch bitte an!

Aber vielleicht brachte es auch gar nichts, wenn er anrief. Würde es ihn bei einer Frau wie Rebecca überhaupt wundern, wenn sie nicht ans Telefon ging? Sie mochte depressiv auf der Terrasse sitzen und über das Meer starren und auf nichts reagieren. Ob Maximilian sofort ein Unglück vermuten und eine Reise von über tausend Kilometern antreten würde?

Ihr kamen schon wieder die Tränen, weil sie begriff, wie klein die Hoffnung war, dass Maximilian als Retter in der Not herbeieilen würde. Und das hieß, dass es praktisch überhaupt keine Hoffnung mehr gab.

Es gibt nur mich. Ich bin meine einzige Hoffnung. Wenn ich mich befreien und flüchten kann, haben wir eine Chance.

Sie fuhr fort, ihre Fesseln zu dehnen. Obwohl ihr der Schweiß in Strömen über das Gesicht lief und ihre Kleider nass waren, ließ sie in ihren Anstrengungen nicht nach. Sie hatte einen Rhythmus gefunden, in dem sie ihre Glieder dehnte. Sie bemühte sich, völlig auf diesen Rhythmus konzentriert zu bleiben. Das half ihr, die quälenden Gedanken um das Ende dieses Dramas ab und zu in den Hintergrund zu schieben.

Und jetzt wurde es Abend, die Sonne stand so tief, dass sie direkt zum Fenster hereinschien. Es war so heiß, so heiß, dass man glaubte zu sterben. Aber es konnte nicht mehr lange dauern. Inga kannte inzwischen die Abläufe. Noch etwa zwanzig Minuten, und die Sonne würde nicht mehr das Fenster treffen. Das würde ein winziges bisschen Erleichterung bringen. Sie sehnte sich nach dem kühleren, salzig schmeckenden Wind, der abends vom Meer heranstrich. Er würde sie heute nicht erreichen. Die Fenster waren hermetisch verschlossen, und inzwischen konnte sie auch nur noch beten, dass es Marius auf gar keinen Fall in den Sinn käme, nach ihr zu schauen.

Denn ihre Fesseln hatten sich deutlich gelockert. An den Füßen, wie auch an den Armen. Sie schätzte, dass es noch zwei Stunden dauern mochte, dann könnte es ihr gelingen, sich zu befreien.

Ihr Herz ging wie rasend. Sie wusste, dass sie alles auf eine Karte setzte. Wenn Marius entdeckte, was sie den ganzen Tag über getrieben hatte, würde er außer sich geraten. Für ihn war sie ohnehin schon eine Verräterin; einen zweiten Versuch, ihn zu hintergehen, würde er nicht verzeihen. Beim ersten Mal hatte er sie fast bewusstlos geschlagen.

Sie war überzeugt, diesmal würde er sie töten.

Lass es gelingen, lieber Gott. Bitte!

Die Sonne hatte gerade den Baum erreicht, der das Haus gegen sie abschirmte, und Inga atmete auf, weil wenigstens die Strahlen sie nicht mehr trafen, wenn auch das Zimmer noch immer ein Backofen war, da klingelte das Telefon. Leise und gedämpft.

Sie erstarrte, blickte voller Entsetzen und Verwirrung auf den Apparat und stellte im selben Moment fest, dass *er* es nicht war, der läutete. Sie war so dumm! Den ganzen Tag hatte sie gewünscht, Maximilian würde anrufen, dabei konnte er es gar nicht. Die Telefonschnur war schließlich durchschnitten. Niemand würde zu ihnen durchdringen.

Es musste ein Handy sein, das klingelte, und es schien sich draußen im Gang zu befinden.

Inga leckte sich über die rissigen Lippen, die mit einem Schlag noch trockener schienen als zuvor. Rebecca besaß ihres Wissens gar kein Handy. Sie selbst hatte ihres oben im Zimmer. Es musste das von Marius sein. Sie erkannte nun auch den Klingelton.

Das Handy von Marius.

Es war auf dem Schiff gewesen, auf der *Libelle*. Unten in der Kajüte, in der Ablage. Sie hatte es dort liegen gelassen an jenem schrecklichen Tag, als der Mistral getobt hatte und Marius durchdrehte und schließlich über Bord ging. Er musste es sich nachher vom Schiff geholt und mit hierher gebracht haben. Vielleicht hatte er auch die eine oder andere Nacht auf dem Schiff geschlafen. Und dort zumindest noch Wasserflaschen gefunden. Wenn er schon nichts zu essen gehabt hatte, so hatte er doch trinken können.

Wer, um Himmels willen, rief Marius an?

Aber im Grunde war das auch gleichgültig. Das Schlimme war, dass ihn das Läuten möglicherweise nach unten locken würde.

Sie lauschte angstvoll nach oben. Die ganze Zeit über hatte sie seine Schritte gehört. Jetzt schien er stehen geblieben zu sein.

Auch das Handy war verstummt. Aber eine halbe Minute später fing es erneut an zu klingeln.

Sie hörte, wie Marius die Treppe herunterkam. Sie hielt den Atem an.

»Hallo?«, sagte er. Dann wiederholte er zweimal: »Hallo? Hallo?« Er sagte nichts weiter, offenbar hatte der unbekannte Anrufer aufgelegt, ohne sich zu melden.

Bitte, komm jetzt nicht hier herein. Bitte geh wieder nach oben!

Marius murmelte irgendetwas vor sich hin. Schien unschlüssig auf dem Gang herumzustehen. Aber dann hörte Inga seine Schritte auf der Treppe. Er verschwand wieder nach oben.

Sie hatte die ganze Zeit über nicht geatmet. Das merkte sie erst jetzt. Sie holte tief Luft.

Und in diesem Moment hörte sie, wie er umkehrte.

Er lief die Treppe herunter. Ihm schien noch etwas eingefallen zu sein.

Das ist das Ende, dachte sie.

4

»Und die wollen überhaupt nichts Konkretes zu deinem
Schutz unternehmen?«, fragte Bert ungläubig.

Er war gerade von der Arbeit gekommen, hatte sich umgezogen und saß nun in Shorts und kurzärmeligem Hemd auf
der Veranda. Es war halb acht am Abend, aber immer noch
sehr heiß. Das Thermometer neben der Haustür berührte
knapp die Dreißig-Grad-Marke.

»Was sollen sie schon unternehmen?«, fragte Clara zurück. Sie hatte Marie ins Bett gebracht und kam mit zwei
Bierflaschen und zwei Gläsern hinaus.

Bert seufzte genussvoll. »Das ist genau das Richtige. Gott,
ist das ein heißer Sommer!«

»Wenn ein Sommer verregnet ist, gefällt's dir auch nicht«,
sagte Clara.

»Ich habe mich ja gar nicht beschwert. Aber hör mal, hast
du diesem Kronberger ...«

»Kronborg.«

»Kronborg. Hast du ihm nicht gesagt, du willst Polizeischutz?«

»Aber, Bert, so viele Leute haben die gar nicht. Das weiß
ich noch von meiner Arbeit her. Ich hatte so oft mit Menschen zu tun, die Schutz gebraucht hätten, aber dafür fehlen
die Mittel.«

»Und wofür zahlen wir unsere Steuern?«

Er sah sie empört an. Er war ein netter Mann, fand Clara,

aber manchmal nervte sie sein Gerede. Stammtischniveau, wie sie hin und wieder dachte. Ihre Mutter hatte vor der Hochzeit gesagt, Bert sei zu einfach gestrickt für sie. Aber Mama hatte gut reden. Clara war nicht mehr jung gewesen, und ob sich ein anderer gefunden hätte …

»Es sind ja seit einiger Zeit keine Briefe mehr gekommen«, sagte sie schwach.

»Aber Kronborg hält dich für gefährdet?«

»Ja.«

»Ich möchte wirklich einmal wissen, worin eigentlich dein Fehler damals bestanden hat!«, ereiferte sich Bert. »Du hast dich nach deiner Vorgesetzten gerichtet. Was hättest du anderes tun sollen? Wenn jemand verantwortlich ist, dann sie!«

»Sag das dem Killer«, gab Clara zurück. Sie merkte, dass sie Kopfweh bekam. Wie so oft wollte Bert die Welt nach seinen persönlichen Vorstellungen geordnet und geregelt wissen. Wie so oft scherte sich die Welt nicht darum.

Kronborg war bis zum Schluss verständnisvoll geblieben. Er hatte sie nicht angegriffen. Aber zeitweise hatte Clara das Gefühl gehabt, dass in seinem Schweigen mehr Verurteilung lag, als wenn er das, was er dachte, in Worte gefasst hätte.

»Was hatte Marius Ihnen erzählt?«, hatte er gefragt.

Sie hatte eine Weile gebraucht, um ihm antworten zu können, weil die Tränen sie zu überwältigen drohten. Nie würde sie den noch sehr kalten Vorfrühlingstag vergessen, an dem sie wieder einmal die Familie Lenowsky aufgesucht hatte. Die ersten Schneeglöckchen sprossen, aber sonst war noch alles winterlich kahl und trostlos. Lenowsky war freundlich und zuvorkommend gewesen, hatte viel geredet und schöne Worte zu setzen gewusst, aber Clara hatte das Gefühl gehabt, nicht wirklich etwas zu erfahren. Marius war noch in der Schule gewesen. Nachmittäglicher Sportunterricht. Lenowsky hatte ihr das Halbjahreszeugnis des Jungen gezeigt.

Wie immer war es ausgezeichnet. Wie immer hatte sie versucht, sich damit zu beruhigen.

Marius war ihr begegnet, als sie das Grundstück der Lenowskys bereits verlassen hatte. Die Straße war bei ihrer Ankunft ziemlich zugeparkt gewesen, und sie hatte ein Stück zu ihrem Auto laufen müssen. Marius kam von der Bushaltestelle. Ihr fielen sein müder, schleppender Schritt auf und die leicht vornübergebeugte Haltung. Er zog die Schultern zusammen. Vielleicht fror er. Immerhin war er dünn wie ein Spargel. Zu dünn, selbst für einen erst zehnjährigen Jungen. Und entsetzlich blass.

Aber wir sind alle sehr blass zu dieser Jahreszeit, dachte sie.

»Hallo, Marius«, sagte sie betont munter, »du hattest noch Sportunterricht, habe ich gehört. Es war wohl recht anstrengend, oder? Du bewegst dich ein bisschen mühsam.«

Er sah sie an. Er hatte auffallend schöne, grüne Augen. Sehr traurige Augen.

»Mein Fuß ist verletzt«, sagte er.

»Das tut mir Leid. Ist es schlimm?«

Er zuckte mit den Schultern.

»Ich habe dein Zeugnis gesehen«, fuhr Clara fort. Sie hatte den Eindruck, ein paar Worte mit ihm wechseln zu müssen, obwohl sie viel lieber weitergegangen wäre. Es hatte sie eigentlich erleichtert, ihn nicht bei seinen Pflegeeltern anzutreffen. Er verursachte ihr stets ein unbehagliches Gefühl. »Du hast ja wirklich fantastische Noten! Gratuliere!«

»Danke«, murmelte er. Er sah sich um, wirkte gehetzt. Das Haus der Lenowskys lag hinter der Straßenecke. Man konnte es nicht sehen. Clara hatte den Eindruck, er wolle sich vergewissern, dass man vor allem *sie beide* nicht sehen konnte.

»Sie müssen mir helfen«, sagte er, »ich kann dort nicht bleiben.«

Sie war entsetzlich erschrocken. Nicht so sehr wegen seiner Worte an sich, die sie im Grunde nicht überraschten. Sondern deshalb, *weil* er sie sagte. Er überschritt die Grenze. Noch einen Schritt weiter, und sie würde nichts mehr verdrängen oder beschönigen können.

»Aber, Marius«, sagte sie und wunderte sich selbst, wie unbeteiligt fröhlich sie sein konnte. »Was redest du denn da? Dir geht es doch so gut bei den Lenowskys. Sie haben dich wirklich gern und tun alles für dich.«

»Ich habe immer solchen Hunger«, sagte er.

»Weil du ein ganz schlechter Esser bist. Fred Lenowsky macht sich deshalb größte Sorgen. Das meiste, was sie dir anbieten, rührst du nicht an!«

»Sie geben mir nichts. Manchmal kriege ich von Freitagmittag bis Montagfrüh nichts zu essen.«

Sie hatte derlei Aussagen so oft gehört. *Ich bekomme nichts zu essen. Ich werde geschlagen. Mein Pflegevater fasst mich ganz komisch an. Ich werde immer in den Keller gesperrt.*

Sie war es gewohnt, damit umzugehen.

In diesem Fall bekam sie plötzlich fast keine Luft mehr.

»Aber, Marius! Ist es nicht eher so, dass du manchmal von Freitag bis Montag keine Lust hast, etwas zu essen? Dass du zu allem *Nein* sagst?«

Er schüttelte den Kopf.

Sie hakte nach. »Weißt du, ich habe schon den Eindruck, dass du es deinen Pflegeeltern nicht immer ganz leicht machst. Natürlich, du hast es schwer gehabt. Sicher vermisst du deine richtigen Eltern. Ist es so?«

Er nickte. Er presste die Lippen ganz fest aufeinander wie jemand, der nicht weinen will.

»Kann es sein, du bereitest deinen Pflegeeltern ganz gern ein paar Probleme? Weil du meinst, du würdest sonst deinen richtigen Eltern untreu? Du hungerst, um ihnen zu zeigen, dass du sie nicht akzeptierst. Du machst ihnen und dir selbst damit deutlich, auf wessen Seite du stehst: nämlich auf der von Mama und Papa.«

Jetzt schüttelte er wieder den Kopf, ungleich heftiger als zuvor.

»Meine Mama und mein Papa haben mir wehgetan!«, rief er plötzlich. »Aber Fred und Greta tun mir auch weh! Er hat mich gegen den Fuß getreten, weil ich das Hundefutter nicht essen wollte. Und dann hat er mich mit dem Gesicht hineingetaucht!«

Ihr Hals zog sich immer enger zusammen.

»Aber, Marius ...«, stammelte sie.

Der Blick, mit dem er sie bedachte, war nun fast verächtlich. »Meinen Eltern habt ihr mich weggenommen. Aber bei den Lenowskys muss ich bleiben. Nur weil er ein Anwalt ist und alle Angst vor ihm haben!«

»Das ist doch nicht wahr. Aber ...«

»Ich hasse Sie! Sie tun so, als würde es Ihnen um mich gehen. Aber in Wirklichkeit bin ich Ihnen scheißegal. Ich bin euch allen scheißegal!« Schon rannte er los. Sein Hinken fiel stärker auf als vorher.

»Marius!«, rief sie. »Bleib doch stehen! Lauf nicht weg!«

Aber schon war er um die Ecke verschwunden. Sie stand allein auf der Straße im eisigen Wind des letzten Februartages.

»Und dann?«, hatte Kronborg in seiner ruhigen Art gefragt. »Was taten Sie?«

Sie hatte sich die Nase geputzt. Sie hatte nicht geweint während ihrer Schilderung, aber sie merkte, dass sie schniefte. »Ich tat, wozu ich verpflichtet war. Ich meldete den Vorfall meiner Abteilungsleiterin.«

»Und?«

Sie erinnerte sich, wie nervös und verstört ihre Chefin reagiert hatte. Mit einem Blick, der sagte: Mussten Sie jetzt mit so etwas ankommen?

»Sie versuchte es herunterzuspielen«, berichtete sie Kronborg. »Nach dem Motto: Solche Aussagen von den Pflegekindern kennen wir doch! Sie schien ungehalten, weil ich auf Marius' Schilderung so beunruhigt reagierte. Sie deutete an, dies als ziemlich unprofessionell zu empfinden.«

»Und das traf Sie?«

Sie hatte ihn erstaunt angesehen. »Würde es Sie nicht treffen, wenn man Sie als unprofessionell bezeichnete?«

»Doch, sicher«, räumte Kronborg ein. Er hatte einen Moment überlegt. »Im Übrigen ist das auch mir schon passiert. Ich hatte manchmal von einem Fall entschieden andere Vorstellungen als mein Vorgesetzter. Allerdings bin ich schwer von einem einmal eingeschlagenen Weg abzubringen, wenn ich von dessen Richtigkeit überzeugt bin. Ich entwickle dann eher Trotz als Unsicherheit.«

Clara hatte an ihm vorbei zur Wand gesehen. »Ich habe, jedenfalls damals, leider eine erhebliche Unsicherheit entwickelt. Meine Chefin sagte, sie werde sich kümmern. Ich fragte, was sie tun wolle. Sie meinte, sie werde mit dem Sozialdezernenten sprechen.«

»Tat sie das?«

»Ich glaube schon. Ich … es dauerte eine Weile, bis ich sie wieder auf den Fall ansprach. Sie erklärte, es sei alles in Ordnung. Man habe die Familie noch einmal überprüft, und es bestehe nicht der geringste Anhaltspunkt dafür, dass an Marius' Aussagen etwas dran sei.«

»Wer war *man*?«

»Wie bitte?«

»Es hieß, *man* habe die Familie noch einmal überprüft. Wer war *man*?«

»Das habe ich nicht gefragt«, sagte Clara.

»Weshalb nicht?«

»Ich … ich hatte irgendwie begriffen, dass ich ruhig sein sollte. Meine Einmischung war nicht erwünscht. Das Ganze wurde auf einer höheren Ebene geregelt.«

»Sagte man Ihnen das so?«

»Nein. Es stand eher – bildlich ausgedrückt – zwischen den Zeilen. Im Übrigen wurde mir der Fall dann auch entzogen.«

Kronborg hatte die Augenbrauen gehoben. »Mit welcher Begründung?«

»Meine Chefin persönlich übernahm die Lenowskys. Sie meinte, ich hätte ein gestörtes Verhältnis zu der Familie, und sie glaube nicht, dass daraus noch eine konstruktive Zusammenarbeit werden könnte. Es gab genug anderes für mich zu tun. Ich war froh …« Sie hatte gestockt.

Kronborgs freundliche Augen schienen auf den Grund ihrer Seele zu dringen. »Sie waren froh, aus dieser anstrengenden Nummer heraus zu sein, um es salopp zu formulieren. Sie waren froh, all Ihre unangenehmen Gefühle nach und nach verdrängen zu können. Sie waren froh, bei niemandem anecken zu müssen. Sie waren froh, mit heiler Haut durchgekommen zu sein.«

Seine Worte waren wie Giftpfeile; durch den unverändert verständnisvollen Blick, mit dem er sie begleitete, verschärfte sich nur noch ihre Wirkung.

»Ja«, hatte sie leise erwidert, »Sie haben Recht. Ich war einfach froh, es hinter mir zu haben. Die Verantwortung abgeben zu können. Aber …«

Er sah sie aufmerksam an.

»Seine Augen«, sagte sie, »dieser Blick, mit dem er mich an jenem Tag angesehen hat … der hat mich noch sehr lange verfolgt. Es ist mir irgendwann gelungen, nicht mehr über all das nachzudenken, aber letztlich … letztlich war diese Geschichte der Grund, weshalb ich meinen Beruf aufgegeben habe. Jedenfalls glaube ich das inzwischen. Ich habe versagt. Ich habe große Schuld auf mich geladen. Und deshalb konnte ich irgendwann nicht mehr weitermachen.«

»Ich dachte immer, du hast zu arbeiten aufgehört wegen uns«, sagte Bert. Er klang gekränkt. »Um dich ganz mir und unserem Kind zu widmen.«

»Ich hätte halbtags weiterarbeiten können. Nach Ablauf des Mutterschutzes. Verstehst du, ich habe dich und Marie als Grund vorgeschoben, für immer aufzuhören.« Sie atmete tief. »Aber so oder so – es war seit damals nichts mehr in Ordnung. Ich meine … ich habe nicht dauernd darüber nachgedacht. Ich habe es eher sogar verdrängt. Es ist mir gelungen, die ganze Geschichte in den tiefsten Tiefen meines Gedächtnisses zu vergraben. Aber ich war in meinem Beruf nicht mehr glücklich. Ich fühlte mich ständig müde und angeschlagen. Ich war … erleichtert, als ich dort für immer aufhören konnte.«

»Meine Güte«, sagte Bert, »und du hast nie etwas erzählt. Aber ich finde, du solltest dich nicht verrückt machen. Ich meine, was hättest du schon tun sollen? Du hast dich absolut korrekt verhalten. Du hast die Angelegenheit deiner Chefin gemeldet, und die hat daraufhin den Fall übernommen. Du warst draußen. Von dem Moment an ging es dich nichts mehr an, und du hattest auch keine Einflussmöglichkeiten mehr. Niemand kann dir etwas vorwerfen.«

»Mag sein, dass ich mich korrekt verhalten habe. Aber darum geht es doch nicht. Bert, da war ein verzweifeltes Kind, das Hilfe brauchte. Und das mich um diese Hilfe gebeten hatte. Das ist keine Situation, in der es ausreicht, korrekt zu sein. Ich hätte alle Hebel in Bewegung setzen müssen, diesem Klüngel das Handwerk zu legen. Die Presse hätte sich mit Begeisterung auf so etwas gestürzt. Ich hätte einen riesigen Skandal entfachen können. An dessen Ende hätte man Marius von den Lenowskys weggeholt. Ganz sicher.«

Bert sah seine Frau an. »Aber so bist du nicht. Du bist nicht der Mensch, der eine solche Lawine lostritt. Das ist … das ist einfach eine Nummer zu groß für dich.«

Er hatte Recht, das wusste sie. Aber sie wusste auch, dass sie dies nicht freisprach von Schuld.

Beide schwiegen sie eine Weile. Tranken ihr Bier, sahen zu, wie sich die Dämmerung über den Garten senkte.

Unsere Idylle, dachte Clara, unsere völlig verlogene Idylle.

»Ich finde, eigentlich müsste deine Chefin von damals das Ziel dieses Irren sein«, brach Bert das Schweigen. »Sie hat die Angelegenheit vertuscht. Sie hat dich unter Druck gesetzt. Weshalb bedroht er nicht *sie*?«

Sie fragte sich, weshalb er beharrlich glaubte, sie könnte diese Fragen beantworten.

»Offenbar fühlte er sich eben von mir im Stich gelassen. Zu mir hatte er ein gewisses Vertrauen gefasst. Es ist für ein misshandeltes Kind ein gewaltiges Risiko, sich gegenüber einem Außenstehenden zu öffnen. Denn wird ihm nicht geholfen, hat es allein die Folgen zu tragen. Was weiß ich, was Lenowsky mit Marius angestellt hat, als er erfuhr, dass ihn der Junge ›verraten‹ hat? Ich wundere mich nicht, dass Marius mich hasst.«

»Aber deine Kollegin Agneta …«

»Kronborg meint, die hatte eine Stellvertreterfunktion und ist vielleicht am wenigsten von uns allen gefährdet. Marius' Hass richtet sich wahrscheinlich auf die verstorbene Stella, die ihn damals seinen Eltern weggenommen hat. Da Stella aber nicht mehr greifbar ist, bekommt Agneta eben ihr Fett weg.«

»Und diese Dritte ….«

»Sabrina Baldini. Sie war damals bei *Kinderruf*. Eine private Initiative, die sich um misshandelte oder missbrauchte Kinder kümmerte. Ich kannte die Geschäftsführerin recht gut. Rebecca Brandt. Eine sehr kompetente Person. Wir vom Jugendamt arbeiteten gern mit ihrer Organisation zusammen.«

»Und dahin hatte sich dieser Marius auch gewandt?«

»Sabrina betreute das so genannte Sorgentelefon von *Kinderruf*. Kinder konnten dort, auch anonym, um Hilfe und Rat bitten. Da die Nummer immer wieder in Schulen oder Jugendclubs ausgelegt wurde, ist anzunehmen, dass sie Marius dort irgendwo in die Hände gefallen ist. Es war einige Zeit nach seinem Gespräch mit mir. Sein zweiter Versuch. Er rief dort an. Nannte seinen Namen und bat um Hilfe. Er berichtete schreckliche Dinge. Immer wieder sprach er von seinem Hunger. Aber auch davon, dass sie ihn zwangen, Hundefutter zu essen, wenn er nach Nahrung jammerte. Phasenweise wurde er nachts im Bett festgebunden, weil er an seinen Fingernägeln kaute. Ganze Wochenenden verbrachte er im dunklen Heizungskeller eingesperrt, weil er sich ein Stück Brot genommen hatte. Für die kleinsten Vergehen wurde er mit Essensentzug, Wasserentzug oder stundenlangem Stehen nackt im kalten Wasser der Badewanne bestraft. Lenowsky schlug ihn auch, aber insgesamt neigte er eher zu subtilen Quälereien und Demütigungen. Es durften ja keine Spuren zu sehen sein. Der angeschlagene Fuß damals war eher eine Ausnahme. Da hatte sich Lenowsky zu sehr gehen lassen. Aber wenn ein Kind *einmal* humpelt … das fällt natürlich niemandem auf.«

»Und? Was tat Sabrina?«

»Die wandte sich ans Jugendamt. Also wieder an uns.«

Bert pfiff leise durch die Zähne. »Das hat Kronborg dir erzählt?«

»Ja, aber ich erinnere mich auch selbst noch daran. Das ging bei uns natürlich herum. Aber es war nicht mehr mein Fall. Die Geschichte landete dann gleich bei der Chefin.«

»Und …?«

»Kronborg hat mit Sabrina Baldini ausführlich gesprochen. Die sagt, sie wurde beruhigt, dass hier bereits einmal Untersuchungen angestellt worden wären, die zu dem Ergebnis geführt hätten, dass das Kind wilde Schauermärchen erfinde. Man werde aber dranbleiben. Sabrina hatte ein gutes Gefühl, weil sich immerhin die Abteilungsleiterin selbst kümmerte. Und sie kannte Lenowsky nicht. Diese Aversion, die ich hatte, konnte sie gar nicht entwickeln.«

»Sie ließ Marius also auch im Stich.«

»Er rief später noch einmal an. Aber es passierte wieder das Gleiche. Meldung beim Jugendamt. Beschwichtigung.« Clara sah Bert nicht an. »Sabrina trifft nicht halb so viel Schuld wie mich. Sie konnte ja im Grunde auf eigene Faust überhaupt nichts machen. Sie brauchte das Jugendamt, und da dort die große Vertuschung stattfand … Und sie kannte niemanden von den Beteiligten. Im Unterschied zu mir konnte sie weder erkennen, dass mit Lenowsky etwas nicht stimmte, noch konnte sie mitbekommen, dass hier ein Kind irgendwelchen Männerfreundschaften und daraus erwachsenden politischen und finanziellen Verstrickungen geopfert wurde.«

»Jetzt hör aber auf, dich als die Alleinschuldige zu sehen«, sagte Bert, »du warst einfach auch überfordert. Ich meine, wenn jemand schuldig ist, dann doch vor allem die Drahtzieher im Hintergrund. Und natürlich vor allem die Lenowskys selbst. Aber die haben ja ihre Quittung auch bekommen.«

»Aber sie waren möglicherweise nur der Anfang.«

»Der Typ ist ja echt durchgeknallt«, sagte Bert, »so wie der kann man doch seine Probleme auch nicht einfach regeln.«

»In der Tat nicht«, stimmte Clara zu, bezweifelte jedoch, dass er die Ironie in ihrer Stimme wahrnahm.

»Und was gedenkt die Polizei nun zu tun?«

»Sie fahnden nach ihm. Er ist natürlich der Hauptverdächtige. Seine Wohnung steht leer. Nachbarn haben ihn und seine Frau seit über einer Woche nicht gesehen. Ihrer Aussage nach ist er aber wohl ganz einfach verreist. Seine Frau und er wurden gesehen, wie sie am Dienstag letzter Woche gegen Abend mit Rucksäcken davonzogen.«

»Hm. Und wohin? Das sagt man den Nachbarn doch manchmal?«

»In diesem Fall bestand wohl wenig Kontakt. Niemand weiß etwas. Kronborgs Leute versuchen jetzt, etwas über die Verwandtschaft von Marius' Frau in Erfahrung zu bringen. Die Adresse ihrer Eltern haben sie, aber die Eltern sind auch verreist.«

»Ich möchte mal wissen, woher die Leute alle so viel Geld haben«, murrte Bert. »Wir können uns das Verreisen nicht so einfach leisten!«

»Im Moment haben wir aber ganz andere Probleme.«

»Stimmt. So wie Sabrina und Agneta.«

»Und Rebecca Brandt. Kronborg hat mir erzählt, dass sie in den Briefen an Sabrina Baldini ebenfalls heftigst attackiert wird. Der Schreiber droht alles Mögliche an, was er mit ihr machen will. Sie war die Leiterin von *Kinderruf*. In ihren Broschüren wandte sie sich direkt an die Kinder, versprach Hilfe und Einsatz für ihre Probleme. Möglich, dass Marius sich von ihr besonders verraten fühlt. Dabei hat sie von der ganzen Geschichte überhaupt nichts mitbekommen. Sie war die Geschäftsführerin, und nicht jeder Fall vom Sorgentelefon landete bei ihr. Sabrina hatte das in Eigenregie gemanagt, zumal es eben ganz klar in den Einflussbereich des Jugendamts gehörte. Rebecca Brandt war nicht involviert.«

»Was der Irre natürlich nicht weiß.«

»Offensichtlich nicht. Er konnte sich nur nicht direkt an sie wenden. Rebecca ist seit einem Jahr nicht mehr bei der Organisation, genau genommen weiß ich gar nicht, ob es *Kinderruf* überhaupt noch gibt. Rebecca lebt nicht einmal mehr in Deutschland. Kronborg sagt, dass Sabrina seit etwa eineinhalb Jahren praktisch keinen Kontakt mehr zu Rebecca hatte. Aber sie hatte gehört, dass Rebeccas Mann im letzten Jahr tödlich verunglückt ist, und war auch bei der Beerdigung. Danach hat sich Rebecca irgendwo verkrochen. Sie ist völlig untergetaucht.«

»Wahrscheinlich sucht der Irre sie.«

»Das kann sein.« Clara sagte das ganz ruhig, aber innerlich war sie starr und kalt vor Angst. »Aber wenn das so ist, dann verfolgt er wirklich den Plan, mit allen an seinem Fall Beteiligten so zu verfahren wie mit den Lenowskys. Dann läuft er jetzt Amok.«

»Scheiße«, meinte Bert aus tiefster Seele.

»Ich werde bald auch dran sein«, sagte Clara.

5

Ein Schweißausbruch hatte Ingas ganzen Körper mit Nässe überschwemmt. Sie zitterte, obwohl fast eine Stunde vergangen war, seitdem sie seine Schritte auf der Treppe gehört hatte. Seitdem sie hatte befürchten müssen, dass er jeden Moment im Zimmer stehen und ihre gelockerten Fesseln entdecken würde. Sie spürte förmlich, wie seine Faust erneut in ihr Gesicht krachte. Sie war fast wahnsinnig geworden vor Angst.

Er wird mich töten. Er ist verrückt. Wenn ihm klar wird, dass ich nicht auf seiner Seite stehe, tötet er mich!

Sie hatte es fast nicht glauben können, als sie ihn abermals hatte die Treppe hinaufgehen hören. Was immer er noch einmal unten im Flur zu tun gehabt hatte, es war ihm nicht eingefallen, ins Zimmer hereinzuschauen. Vielleicht hatte er sein Handy an sich genommen, vielleicht es auch einfach nur ausgeschaltet. Vielleicht war er so verstrickt in sein Gespräch mit Rebecca, dass er sie, Inga, für einige Stunden vergessen hatte.

Es dauerte lange, ehe sich ihr Körper von dem Stress erholt hatte, in den er unversehens gestürzt worden war. Als Inga wieder klar denken konnte und nicht mehr länger nur ein keuchendes, schwitzendes, würgendes Bündel Angst war, stellte sie voller Erstaunen fest, dass sie trotz des Panikanfalls die ganze Zeit über nicht aufgehört hatte, in den Bewegungen fortzufahren, mit denen sie ihre Fesseln zu lockern versuchte. Offenbar tat sie das schon reflexhaft. Vielleicht würde sie noch monatelang nachts im Schlaf gegen Fesseln kämpfen. Falls sie dies hier überlebte.

Es war ihr völlig klar, dass sie in einer tödlichen Falle saß und dass Flucht ihre einzige Chance darstellte.

Alles das, was ihr an Marius schon immer seltsam und erschreckend vorgekommen war, hatte sich potenziert. Seine netten und liebenswerten Seiten, die sie sich immer vor Augen gehalten hatte, um in der Lage zu sein, das Befremdliche zu verdrängen, waren plötzlich völlig verschwunden. Zurück blieb ein Mensch, den sie nicht kannte. Und den sie zutiefst fürchtete.

Der Mann, mit dem sie verheiratet war.

Der Mann, der ein Fremder war.

Sie merkte, dass sie schon wieder dabei war, in Gedanken über ihn zu versinken, und sie befahl sich energisch, sofort damit aufzuhören. Über ihn, ihre Ehe, über die Tragödie, die sich so plötzlich in ihrem Leben ereignet hatte, konnte sie später nachdenken. Sie durfte jetzt keinerlei Energie verschwenden. Sie musste sich ausschließlich auf ihr Überleben konzentrieren.

Sie kämpfte weiter, während draußen das letzte Abendlicht am Himmel erlosch und Dunkelheit sich über den Garten senkte. Auch im Zimmer war es jetzt ganz dunkel, jedoch kaum kühler. Durch die geschlossenen Fenster konnte keine frische Luft hereingelangen, und so herrschte noch immer drückende, schweißtreibende Schwüle.

Als Inga plötzlich ihre Handgelenke aus der Verschnürung ziehen konnte, wollte sie es im ersten Moment nicht glauben.

Im schwachen, leicht silbrigen Mondlicht, das ins Zimmer floss, betrachtete sie ihre geschwollenen Hände voller Verwunderung. In ihren Armen und Schultern wütete der Schmerz, denn ihre Muskeln hatten sich durch die stundenlange Anspannung völlig verkrampft. Sie versuchte, sich ein wenig zu lockern, aber es tat zu weh, und im Grunde hatte sie dazu auch nicht die Zeit.

Sie neigte sich nach vorn, was ihr wiederum Schmerzen einbrachte, diesmal im Rücken, und zerrte an den Fußfesseln. Ihre Finger waren entsetzlich unbeweglich, und sie fluchte lautlos und verzweifelt vor sich hin. Auf einmal meinte sie, Marius könne jede Sekunde bei ihr auftauchen. Eine ganze Weile lang hatte sie seine Schritte nicht mehr gehört. Das beunruhigte sie. Solange sie wusste, dass er über ihr auf und ab ging, hatte sie ihn gewissermaßen unter Kontrolle, insofern jedenfalls, als sie wusste, wo er sich aufhielt. Hörte sie ihn nicht, dann konnte er überall sein. Vielleicht sogar direkt vor ihrer Tür.

Es schien ihr eine Ewigkeit gedauert zu haben, bis sie endlich ihre Füße befreien konnte. Auch ihre Knöchel waren dick geschwollen, und als sie aufstand und zögernd den ersten Schritt tun wollte, konnte sie in letzter Sekunde nur einen

Schmerzensschrei unterdrücken. Ihr ganzer Körper tat ihr weh. Sie hatte an die zwölf Stunden auf dem Stuhl gekauert, zusammengeschnürt wie ein Paket. Ihr Blutfluss war durch die extreme Fesselung behindert gewesen. Es gab keine Stelle mehr, die nicht schmerzte.

Ihre Beine wollten sie nicht tragen, dennoch rang sie sich ein paar humpelnde Bewegungen im Kreis herum ab. Keine Zeit für Wehleidigkeit. Und wenn sie auf allen vieren kriechen würde – sie musste jetzt so schnell wie möglich dieses Haus verlassen.

Wieder lauschte sie in die Stille hinein. Von oben drang nicht der geringste Laut. Aber dann hörte sie plötzlich ein lautes Klappern und Scheppern, das sie zusammenfahren ließ. In der darauf folgenden Stille hörte sie ihr eigenes Herz hämmern. Dann vernahm sie das Geräusch einer Schublade, die geschlossen wurde, und dann das einer Tür, die auf und zu ging – und die sie endlich einzuordnen wusste: Es war die Kühlschranktür.

Marius war in der Küche.

Ihr eben noch jagendes Herz schien für Sekunden auszusetzen, ehe es weitertobte. Er war in ihrer Nähe. Er war unten. Sie hatte seine Schritte auf der Treppe nicht gehört, vermutlich war sie in dem Moment zu intensiv mit ihren Fesseln beschäftigt gewesen.

Er war nur noch durch den schmalen Flur jenseits der geschlossenen Wohnzimmertür von ihr getrennt.

Wahrscheinlich kochte er. Vom eigenen Hunger überwältigt oder auch endlich zu der Erkenntnis gelangt, dass er seine beiden Opfer nicht einfach verhungern lassen konnte, hatte er sich endlich und ausgerechnet jetzt herunter in die Küche begeben, um eine Mahlzeit zuzubereiten. Was bedeutete, dass er über kurz oder lang hier im Zimmer aufkreuzen würde, um auch ihr etwas zu essen zu bringen. Oder schon zwischendurch, während das Essen kochte, um mit ihr zu sprechen. Er hatte Stunde um Stunde mit Rebecca geredet, er hatte aber angekündigt, dass auch sie, Inga, seine Geschichte kennen sollte. Schon bald würde er wieder irgendwelche wirren Fragmente bei ihr loswerden wollen.

Bis dahin sollte sie verschwunden sein.

Sie humpelte zur Verandatür, drehte lautlos den Schlüssel um, zog die Tür ganz langsam und vorsichtig auf. Sie konnte sich nicht mehr erinnern, ob die Scharniere quietschten, aber sie hatte Glück: Ohne das geringste Geräusch von sich zu geben, ging die Tür auf.

Sie huschte hinaus, atmete tief die warme Nachtluft, die ihr nach der stickigen Atmosphäre drinnen im Zimmer kühl und prickelnd erschien. Ein ganz leichter Wind ließ die Blätter in den Bäumen rascheln. Inga war noch immer voller Angst, aber es tat ihr unendlich gut, sich wieder bewegen zu können.

Eigentlich hatte sie um das Haus herum nach vorne auf die Straße laufen wollen, aber da Marius sich nun in der Küche aufhielt, deren Fenster nach vorne ging, kam dieser Weg natürlich nicht mehr in Frage. Trotz der Büsche und Bäume vor dem Haus gab es zu große Lücken, in denen sie keine Deckung hatte und sich – im Mondlicht deutlich sichtbar – offen bewegen musste. Wenn Marius sie dabei entdeckte, hätte sie keine Chance, ihm zu entkommen. Ihre Beine waren weich wie Pudding und schmerzten höllisch bei jeder Bewegung. Sie konnte froh sein, wenn sie überhaupt irgendwie vorankam.

Es blieb ihr nichts anderes übrig, als den hinteren Garten zu durchqueren und die Treppe hinunter zu nehmen. War sie erst dort unten, wollte sie die andere Treppe, die zum Grundstück der Nachbarn führte, wieder hinauflaufen. Wenn sie ganz großes Glück hatte, waren die Leute da, dann konnte sie von dort aus die Polizei informieren. Allerdings glaubte sie nicht recht daran. Sie hatte während der Tage mit Rebecca nie eine Bewegung nebenan wahrgenommen, und auch an jenem Nachmittag, den sie am Wasser verbracht hatte, war niemand von dort aufgetaucht. So fürchtete sie, dass das Haus leer stand. Das machte ihre Situation komplizierter, aber nicht aussichtslos. Sie konnte über das Nachbargrundstück nach vorn auf die Straße gelangen und dann den Weg nach Le Brusc einschlagen. Sie musste allerdings an Rebeccas Haus vorbei, und wer wusste, ob Marius nicht ihren Plan durchschaute und ihr dort irgendwo in der Dunkelheit auflauerte? Sie gab sich keiner Illusion darüber hin, dass er vermutlich innerhalb der nächsten Viertelstunde ihre Flucht entdecken würde. Vielleicht konnte sie im Schutz der verlassenen Gärten auf der anderen Straßenseite an ihm vorbeigelangen.

Steh nicht hier und grüble, befahl sie sich, du musst weg!

Ihre Schmerzen mit zusammengebissenen Zähnen ignorierend, bewegte sie sich schwerfällig wie ein angeschossenes Tier durch den nächtlichen Garten. Wie spät war es eigentlich? Egal, völlig egal. Zwei- oder dreimal sah sie sich um und blickte zum Haus zurück. Ständig erwartete sie, die Lichter im Wohnzimmer aufflammen zu sehen und Marius' wütendes Gebrüll zu vernehmen. Sowie er das Terrassenlicht einschaltete, würde er den Garten zu einem großen Teil erleuchten. Allerdings musste sie ihrem Gefühl nach über die kritische Grenze bereits hinaus sein. Der Lichtschein dürfte sie nicht mehr erreichen. Wenn nur der Mond nicht so hell wäre! Sie bemühte sich, am Rand der Wiese zu bleiben, wo es immer wieder Bäume gab. Dennoch hatte sie den Eindruck, sich wie ein großer, gut sichtbarer Schatten über das Grundstück zu bewegen. Sie konnte nur hoffen, dass es ihr gelang, zwischen den Felsen abzutauchen, ehe Marius ihre

Flucht bemerkte, und dass er dann glauben würde, sie wäre gleich um das Haus herum nach vorn gelaufen. Er würde sie hoffentlich nicht für so verrückt halten, den weiten und höchst anstrengenden Umweg über die Klippen zu nehmen.

Nichts war geschehen, und ihre Füße traten bereits auf felsiges Gestein. Noch ein paar Schritte ... sie bewegte sich deutlich besser, die Schmerzen wurden weniger. Ihr Blut zirkulierte wieder, ihre Muskeln entkrampften sich.

Ich schaffe das, dachte sie, ich schaffe das wirklich.

Sie erreichte die Treppe. Sie nahm die ersten Stufen. Schwarz und rauschend lag unter ihr das Meer.

Sie wusste, dass man sie jetzt vom Haus aus nicht mehr sehen konnte.

6

Kronborg hatte nicht damit gerechnet, Inga Hagenaus Eltern zu erreichen. Ein Mitarbeiter hatte es den ganzen Tag über versucht, aber es war stets nur der Anrufbeantworter mit einem neutralen Text angesprungen.

»Die sind verreist«, hatte er zu Kronborg gesagt. »Juli! Was willst du da schon erwarten?«

Es war halb zehn am Abend, und Kronborg hatte beschlossen, endlich nach Hause zu gehen. Da er seit drei Jahren geschieden war – seine Frau war mit einem anderen Mann verschwunden, mit dem sie ihn, Kronborg, wie sich herausstellte, schon seit Jahren betrogen hatte –, zog es ihn nach Dienstschluss nicht wirklich zurück in die leere Wohnung. Und was hieß schon Dienstschluss! Arbeit hatte er, weiß Gott, immer genug. Fertig wurde er sowieso nie.

Aber nun meldete sich doch sein Magen und sagte ihm mit

einem sehr nachdrücklichen Hungergefühl, dass er seit dem Käsebrötchen am Mittag nichts mehr zu sich genommen hatte, und dass es nicht zu früh wäre, sich daheim wenigstens noch eine Konserve zu öffnen. Oder eine Tiefkühlpizza in die Mikrowelle zu schieben. Kronborg ernährte sich auf eine Art, die ihm selbst manchmal Angst einflößte, denn er überging so ziemlich alles, wozu Ernährungsexperten rieten, und er tat alles, wovor sie warnten. Aber wenigstens rauchte er nicht, und sein Alkoholkonsum hielt sich in vertretbaren Grenzen. Und darauf zumindest war er dann doch stolz.

Den Zettel mit der Telefonnummer von Inga Hagenaus Eltern hatte ihm der Kollege wieder auf den Schreibtisch gelegt, und Kronborg war schon aufgestanden und hatte nach seinem Jackett gegriffen – das er natürlich an diesem sehr warmen Abend nicht anziehen würde –, da nahm er, einer plötzlichen Eingebung folgend, den Telefonhörer und wählte die Nummer aus Norddeutschland.

Das Gefühl von Bedrohung, das über ihm lag, seitdem er von der Existenz Marius Peters' wusste, war in den letzten vierundzwanzig Stunden immer stärker geworden. Alles schien für den jungen Mann als Täter zu sprechen. Er kannte sich aus bei den Lenowskys, und auch wenn ihm von den einstigen Pflegeeltern möglicherweise kein Hausschlüssel ausgehändigt worden war, so hätten sie ihm wohl doch arglos geöffnet, wenn er geklingelt hätte. Auch die Zeitabläufe schienen zu stimmen: Am vorletzten Wochenende musste der Täter das alte Ehepaar überfallen haben. Am darauf folgenden Dienstagmittag war die Pizza bestellt worden. Laut Obduktionsbericht waren Greta Lenowsky die Messerstiche, an denen sie etwa zwei Tage später starb, irgendwann am Dienstagnachmittag beigebracht worden. Am frühen Dienstagabend hatten Marius und Inga Hagenau, wie Nachbarn ausgesagt hatten, ihre Wohnung verlassen und waren in die Ferien aufgebrochen. Marius Hagenau hätte also durchaus die Möglichkeit gehabt, seine Pflegemutter tödlich zu verletzen, dann nach Hause zu fahren, die vermutlich schon am Vortag gepackte Campingausrüstung zu schultern und mit seiner Frau loszuziehen.

Greta Lenowsky war über fast sechzig Stunden hin verblutet. Keiner der Stiche hatte sie so verletzt, dass sie rasch daran gestorben wäre. Das passte in das Bild: Sowohl sie als auch ihr Mann hatten langsam und qualvoll verenden sollen. Allerdings hatte Marius Glück gehabt, was die Erfüllung dieses abartigen Wunsches anging; er hätte seine Pflegemutter leicht auch so treffen können, dass sie sofort tot gewesen wäre.

Oder war es andersherum gewesen? Hätte sie auf der Stelle sterben sollen, und war Marius mit der Art der Messerstiche etwas schief gegangen? Denn immerhin hätte es Greta auch gelingen können, Hilfe herbeizutelefonieren und eine Aussage zu machen. Hatte Marius nur insofern Glück gehabt, als Greta schließlich nichts mehr hatte sagen können?

Fragen über Fragen. Wer weiß schon, was im Gehirn eines solchen Typen vor sich geht, dachte Kronborg.

Er erschrak fast, als sich plötzlich eine Frauenstimme meldete, etwas hektisch und atemlos. »Ja?«

Er war so perplex, dass es ein paar Sekunden dauerte, ehe er sich gefangen hatte.

»Wer ist denn da?«, wiederholte die Stimme ärgerlich.

Er war wütend auf sich selbst. Jetzt hatte er eine ohnehin heikle Frage zu stellen, die Ingas Familie erheblich in Schrecken versetzen würde, und der Umstand, dass er zu einer völlig unmöglichen Uhrzeit anrief, machte die Angelegenheit noch dramatischer und beunruhigender.

»Kronborg. Spreche ich mit Frau Hagenau?«

»Ja.«

»Verzeihen Sie, dass ich so spät noch störe. Kriminalkommissar Kronborg. Wir haben eine Frage, Ihre Tochter Inga betreffend.«

Jetzt war seine Gesprächspartnerin natürlich alarmiert. »Um Gottes willen! Ist etwas passiert?«

»Machen Sie sich keine Gedanken. Wir suchen den Ehemann Ihrer Tochter. Es hat einen Unglücksfall in seiner Familie gegeben, und wir müssen deshalb dringend Kontakt mit ihm aufnehmen.«

»Aber meiner Tochter ist nichts passiert?«

»Nein. Wirklich, regen Sie sich nicht auf.«

»Aber wieso sucht die Kriminalpolizei nach meinem Schwiegersohn? Da stimmt doch etwas nicht!«

»Frau Hagenau, es besteht für Sie wirklich kein Grund zur Unruhe. In der Verwandtschaft Ihres Schwiegersohns hat sich ein Verbrechen ereignet. Wir müssen ihn verständigen, und wir hoffen darüber hinaus, dass er einige unserer Fragen beantworten kann.«

»Steht er in einem Zusammenhang mit dem Verbrechen?«

Kronborg hakte sogleich ein. »Warum fragen Sie das?«

»Weil … ich weiß auch nicht. Um Gottes willen, besteht eine Gefahr für meine Tochter?«

»Nein.« Es hatte keinen Sinn, dieser aufgeregten Mutter zu diesem Zeitpunkt bereits zu erklären, dass ihre Tochter möglicherweise mit einem geistesgestörten Killer verheiratet war. »Wirklich, machen Sie sich keine Sorgen. Es ist nur so, dass Ihr Schwiegersohn im Augenblick der einzige Verwandte der Opfer ist, den wir kennen, und deshalb brauchen wir ihn dringend für ein Gespräch.«

»Um diese Zeit würden Sie bei mir nicht anrufen, wenn nicht etwas Dramatisches geschehen wäre!«

Er beschloss, in diesem Punkt einfach mit offenen Karten zu spielen. »Ein Kollege von mir hat es den Tag über ein paarmal bei Ihnen versucht, jedoch niemanden erreicht. Ich mache heute wieder mal ein paar Überstunden, wollte gerade nach Hause gehen und dachte, ich versuche es vorher noch einmal bei Ihnen. Offen gestanden war ich ziemlich sicher, dass sowieso niemand da ist, sonst hätte ich mich nicht zu dieser unmöglichen Zeit gemeldet.«

Sie schien ein klein wenig ruhiger zu werden. »Wir waren acht Tage in Dänemark. Mein Mann und ich. Wir sind heute Abend erst zurückgekehrt.«

»Wir dachten uns schon, dass Sie Ferien machen. Sagen Sie, haben Sie vorher noch mit Ihrer Tochter gesprochen? Hat sie Ihnen gesagt, wohin sie zusammen mit ihrem Mann verreisen wollte?«

»Ja, wir haben telefoniert.« Ingas Mutter hatte sich so weit gefasst, dass sie normal sprechen konnte, aber Kronborg spürte, wie erregt sie war.

»Wie üblich war das Ziel ihrer Reise etwas unklar. Marius – mein Schwiegersohn – hatte es sich in den Kopf gesetzt, mit Zelt und Rucksack irgendwohin in den Süden zu trampen. Inga war nicht besonders begeistert. Sie sah sich schon an den Autobahnrändern stehen und verzweifelt auf Mitfahrgelegenheiten hoffen, und auf überfüllte Campingplätze am Mittelmeer hatte sie auch keine Lust. Aber – in dieser Ehe geschah, was Marius wollte.«

Bei dem letzten Satz klang Verbitterung in ihrer Stimme. Kronborg begriff, dass Marius Peters keineswegs ein willkommener Schwiegersohn in der Familie Hagenau gewesen war.

»Sie hat das Ziel *Süden* nicht näher definiert?«, fragte er. In seinem Gehirn hatte eine Glocke angeschlagen. Sabrina Baldini hatte ausgesagt, Rebecca Brandt habe sich nach dem Tod ihres Mannes nach Südfrankreich zurückgezogen.

Sie hatten dort ein Ferienhaus. Wo genau, das weiß ich

auch nicht. Jedenfalls direkt am Meer. Irgendjemand hat er-
zählt, dass sie jetzt wohl dort wohnt. Aber sie hat ja den
Kontakt zu allen Menschen abgebrochen, und deshalb weiß
niemand, ob sie dort wirklich immer noch ist.

»Nein«, antwortete Ingas Mutter auf seine Frage, »näher
konnte sie den Ort nicht definieren. Sie hätte das sicher gern
getan. Inga ist überhaupt nicht der Typ für derart spontane,
unausgegorene Unternehmungen. Sie plant die Dinge gern
und will wissen, was auf sie zukommt. Aber Marius meinte,
nichts gehe über eine Fahrt ins Blaue. Heute hier, morgen
dort, und nie weiß man, was der nächste Tag bringt.« Sie
sprach voller Ironie. »Menschen wie er meinen, durch derartige Verhaltensweisen profilierten sie sich als besonders un-
bürgerlich und unangepasst.«

Kronborg beschloss, ihre Offenheit zu nutzen, sein Bild,
das er von Marius hatte und das noch äußerst unvollständig
war, ein wenig zu präzisieren.

»Sie sind nicht direkt angetan von Ihrem Schwiegersohn?«, fragte er.

Sie seufzte. »Nein. Nein, wirklich nicht. Ich verstehe bis
heute nicht, warum ...«

»Ja?«

»Warum meine Tochter diesen Mann heiraten musste. Sie
war gerade vierundzwanzig, er war zweiundzwanzig. Ich
frage Sie, muss man sich in diesem Alter schon fest binden?
Aber er hat ziemlichen Druck deswegen gemacht. Inga war
wohl auch ein wenig geschmeichelt. Er umwarb sie derart
heftig ... manchmal wurde es ihr richtig zu viel. Aber er gab
ihr auch das Gefühl, eine einmalig begehrenswerte Frau zu
sein. Inga ist eine hübsche, intelligente junge Frau, aber sie ist
nicht gerade ein Vamp. Sie kannte das nicht, dass ein Mann
so hinter ihr her ist. Das hat sie sicher auch ein Stück weit in
seine Arme getrieben. Allerdings ...«

Wieder stockte sie, schien unsicher, ob sie ihre Tochter verriet mit ihren offenen Reden gegenüber einem wildfremden Polizeibeamten. Kronborg hielt den Atem an. Er hatte sich ihr gegenüber nicht ausgewiesen, war für sie lediglich eine Stimme am Telefon, die behauptet hatte, zu einem Kriminalkommissar zu gehören. Wäre Ingas Mutter nicht so aufgeregt und durcheinander, sie hätte sich sicher geweigert, auf dieser Grundlage Auskünfte zu geben. Sobald sie begriff, was sie tat, würde ihr Redefluss wahrscheinlich versiegen.

»Allerdings war es furchtbar schwierig für sie, ihm etwas abzuschlagen«, fuhr sie schließlich doch fort, »und das ist es bis heute. Ob es ums Heiraten ging, oder ob es sich so wie jetzt um die Ferienreise handelte – er hat seine eigene Methode, seine Wünsche durchzusetzen.«

»Welche Methode?«, fragte Kronborg.

»Er ... wissen Sie, immer wenn Inga nicht so will wie er, fängt er an, ihr vorzuwerfen, dass sie ihn verachtet, dass sie sich ihm überlegen fühlt, dass sie ihm suggerieren will, er sei der Letzte. Ja, das ist ein Lieblingsausdruck von ihm. *Der Letzte*. Er veranstaltet ein riesiges Theater um das Problem, man wolle ihn erniedrigen und demütigen, und am Ende bekommt er seinen Willen, weil der andere diese Vorwürfe nicht mehr aushält und nur noch diesen einen Weg sieht, sie zu entkräften.«

»Für eine Partnerschaft scheint mir dieses Verhalten ausgesprochen unzuträglich.«

»Das ist es. Aber es gelingt ihm jedes Mal, Inga derart in die Enge zu treiben, dass ... Sie schlug damals vor zwei Jahren vor, man könne doch eine Weile erst einfach zusammenleben und später heiraten. Marius reagierte darauf mit Depressionen. Er hörte auf zu essen, lag tagelang im Bett und erklärte immer wieder, er könne es nicht verkraften, von Inga zurückgewiesen zu werden. Sie wolle ihm damit klar machen, dass er nicht gut genug für sie sei. *In deinen Augen bin ich der Letzte,* sagte er immer wieder, *der Allerletzte.* Das Ganze spitzte sich so zu, dass sich Inga unversehens eines Tages vor dem Standesamt wiederfand und eine Ehe einging, zu der sie eigentlich noch gar nicht bereit war.«

Kronborg seufzte unhörbar. Was er da über Marius Hagenau hörte, unterstrich das ausgesprochen ungute Gefühl, das der junge Mann, seitdem er von ihm gehört hatte, in ihm auslöste. Es war durchaus denkbar, dass sie es mit einem Psychopathen zu tun hatten. Er hoffte, dass sich Inga nicht in Gefahr befand. Sie gehörte nicht zum Kreis derer, die Marius als schuldig an dem Desaster seiner Kindheit befinden mochte, aber solange sie sich in seiner Nähe aufhielt, konnte sie unversehens in höchst kritische Situationen geraten. Er musste morgen mit den südfranzösischen Polizeibehörden Kontakt aufnehmen. Auch wenn Marius seiner Frau gegenüber das Reiseziel offen gelassen hatte, konnte er insgeheim sehr genaue Vorstellungen davon gehabt haben, wohin der Weg führen sollte. Über die Meldebehörde musste so rasch wie möglich die Adresse von Rebecca Brandt ausfindig gemacht werden. Es war dringend notwendig, die einstige Chefin von *Kinderruf* zu warnen. Dabei gelang es vielleicht auch, Marius und Inga Hagenau aufzustöbern.

Ihm fiel noch etwas ein. »Was wissen Sie selbst eigentlich über Ihren Schwiegersohn? Über seine Familie, seine Jugend? Seine Vorgeschichte?«

Er konnte förmlich spüren, dass Ingas Mutter in diesem Moment resigniert den Kopf schüttelte. »Ich weiß praktisch gar nichts. Inga auch nicht. Alles um meinen Schwiegersohn herum ist so verworren ... ach, ich wünschte wirklich, Inga hätte ihn niemals getroffen. Keiner von uns kennt seine Eltern! Er hat lediglich erwähnt, sein Vater habe ihm während seiner Kindheit das Leben zur Hölle gemacht. Keine Ahnung, was er damit genau meint. Ich weiß auch nicht, was sein Vater beruflich macht. Wo genau er lebt. Ich habe einmal, als ich bei Inga zu Besuch war, im Telefonbuch unter *Peters* nachgeschaut – aber da waren so viele … Richtig nachgeforscht habe ich dann aber auch nicht, ich glaube, ich wollte gar nicht zu viel wissen. Inga auch nicht. Marius bestand jedenfalls darauf, bei der Hochzeit Ingas Namen anzunehmen. Um einen klaren Schlussstrich unter seine Vergangenheit zu ziehen, wie er sagte.«

»Hm«, sagte Kronborg, und dann wagte er einen weiteren Vorstoß. Ingas Eltern waren in Dänemark gewesen und hatten wahrscheinlich keine deutschen Zeitungen gelesen. Vom Doppelmord an den alten Lenowskys wussten sie nichts. Aber es konnte jetzt sehr rasch geschehen, dass die Presse Wind von der Existenz des einstigen Pflegesohns bekam, und dann würde Marius Hagenau in den Blättern auftauchen. Besser, wenn Ingas Familie vorher Bescheid wusste.

»Ihnen war nicht bekannt, dass Marius Peters im Alter von sechs Jahren seinen leiblichen Eltern weggenommen wurde?«, fragte er. »Wegen schlimmster Vernachlässigung?«

Am anderen Ende der Leitung enstand ein kurzes, fassungsloses Schweigen, dann wurde hörbar geatmet.

»Nein«, sagte Ingas Mutter, »nein. Das war mir nicht bekannt. Und meiner Tochter mit ziemlicher Sicherheit auch nicht.«

»Marius Peters ist bei Pflegeeltern groß geworden. Fred und Greta Lenowsky. Ein Rechtsanwalt und seine Frau.«

Die deutschen Nachrichten waren wohl wirklich noch nicht zu ihr vorgedrungen. Auf die Erwähnung des Namens Lenowsky reagierte sie nicht.

»Ach?«, sagte sie nur. Und dann schien sie Unheil zu wittern, schien zu begreifen, dass die Fragen des Kommissars zu ihrem Schwiegersohn allzu bedeutungsvoll und intensiv waren, dass hinter alldem mehr steckte, als Kronborg zuzugeben bereit gewesen war.

Ihr Atem ging schneller. »Was … was ist mit meinem Schwiegersohn, Herr Kommissar? Was hat er mit dem Verbrechen zu tun, das Sie erwähnt haben? Was ist mit seinen Pflegeeltern?«

»Sie wurden ermordet«, sagte Kronborg, »aber es gibt keinen gesicherten Anhaltspunkt dafür, dass Marius Hagenau etwas damit zu tun hat. Er ist nur der einzige Fast-Verwandte der alten Leute. Er weiß vielleicht mehr über ihre Lebensumstände und kann uns Hinweise auf den Täter geben.«

Sie glaubte ihm nicht.

Sie rief nach ihrem Mann, und während sie rief, brach ihre Stimme und ging in entsetztes, fassungsloses Schluchzen über.

7

Inga keuchte, als sie die letzten Stufen nach oben erklomm. Der Anstieg zum Nachbarhaus war steiler als der zu Rebeccas Grundstück, zudem war sie geschwächt, litt an Hunger und Durst. Aber die Todesangst mobilisierte Kräfte, von deren Vorhandensein sie nichts geahnt hatte.

Sie war die ganze Zeit über nicht einmal stehen geblieben. Sie war zwischen den Felsen hinuntergehuscht wie ein Wiesel, hatte dabei kaum nach unten geschaut. Zwar schien der Mond hell, aber nur allzu leicht hätte sie stolpern oder falsch auftreten können, und ein verknackster Knöchel wäre das Ende gewesen. Sie musste einen guten Schutzengel haben. Sie langte ohne Katastrophe unten an, stolperte durch den Sand, schaute einmal kurz zurück und erwartete voller Angst, Marius als riesigen, schwarzen Schatten hoch über sich auf den Klippen zu sehen. Aber dort war niemand. Entweder hatte er ihre Flucht noch nicht entdeckt. Oder aber ihm kam keinen Moment lang der Gedanke, sie könnte den absurden Weg über den Strand gewählt haben.

Der Aufstieg war hart, und da sie diese Treppe noch nie gegangen war und sie kein Stück weit kannte, kam sie viel langsamer voran. Zum Teil waren die Stufen so hoch, dass sie sie nur auf allen vieren nehmen konnte.

Gott gebe, dass ich bis ins Dorf hinunter durchhalte, dachte sie.

Sollte Marius ihren Weg doch durchschaut haben, hätte es ihm ähnlich gesehen, sie hier oben mit einem kalten Lächeln zu erwarten, und so begann ihr Herz wie rasend zu schlagen, als sie sich zwischen den letzten beiden Felsen hindurch auf die Anhöhe schwang. Wenn er hier stand, war sie verloren. Zumal wohl niemand ihre Schreie hören würde. Die Wahrscheinlichkeit, dass die Besitzer des Ferienhauses daheim waren, war zu gering.

Aber niemand erwartete sie. Niemand tauchte aus der Dunkelheit auf, niemand packte mit hartem Griff ihren Arm. Keine Schritte waren zu hören. Unter ihr rauschte das Meer, und irgendwo schrie eine Möwe. Sonst blieb alles still.

Sie bewegte sich gebückt, denn noch immer hätte man sie von den Felsen auf der anderen Seite sehen können. Sie verfluchte die Helligkeit des Mondes, wusste aber, dass sie ohne ihn den Ab- und Aufstieg über die Klippen nur viel langsamer und schwieriger bewältigt hätte. Von jetzt an aber war er ihr Feind. Wenn Marius versuchte, ihr den Weg zum Dorf abzuschneiden, würde es für sie bei dieser Beleuchtung äußerst schwer werden.

Ein Stück weiter stellte sie durch einen Blick über die Schulter fest, dass man sie nun von Rebeccas Seite aus nicht mehr sehen konnte, und so riskierte sie es endlich wieder, sich aufrecht zu bewegen. Sie hatte Seitenstechen, und ihre Lungen schmerzten. Das lange, verkrümmte, verschnürte Sitzen auf dem Wohnzimmerstuhl belastete noch ihren Körper.

Wenn ich nur einen Schluck Wasser hätte, dachte sie, ich hätte sofort doppelt soviel Kraft.

Obwohl es auf dem riesigen Grundstück einen Umweg für sie bedeutete, schlug sie den Bogen zum Haus in der winzigen Hoffnung, es könne doch jemand dort sein. Auch dabei war sie auf der Hut; sie bewegte sich nicht quer über das Hochplateau, sondern blieb am Rand, suchte den Schatten vereinzelter Bäume. *Er* konnte überall sein. Er konnte von allen Seiten her urplötzlich auftauchen.

Das Haus war größer als das von Rebecca, und es sah ziemlich kitschig aus, hatte hier einen Erker, dort ein Türmchen, und um die zahlreichen kleinen Terrassen herum verliefen weiße Mauern mit Zinnen darauf. Man hatte versucht, eine Art spanisch-maurischen Stil herzustellen, wie er sich vielfach in der Carmargue fand, der jedoch hier in der Provence deplatziert wirkte. Vor allem aber wurde das Haus ganz sicher nicht bewohnt. Die braunen Fensterläden waren fest verschlossen, und in ihren Scharnieren wuchsen Spinnweben. Nirgendwo sickerte ein Lichtstrahl nach draußen. Auf dem kiesbestreuten Vorplatz parkte kein Auto. Die zahlreichen Blumenkübel entlang der Treppe zur Haustür hinauf waren leer. Keine Sommergäste in diesem Jahr. Vielleicht kamen sie erst im September.

Zu spät für mich jedenfalls.

Sie hielt kurz inne, versuchte ihren Atem zu beruhigen. Jetzt kam der gefährlichste Teil des Weges, wenn sie wieder zurück und an Rebeccas Haus vorbei das Dorf zu erreichen versuchen musste. Sie durfte nicht laut keuchend durch die

Büsche robben; jedes Geräusch konnte sie verraten. Einen Moment lang war sie in Versuchung, ihren Plan umzuwerfen und die schmale Straße in die andere Richtung zu nehmen. Sie befanden sich hier schon recht weit draußen, und Inga kannte sich nicht aus, meinte jedoch, dass es weiter oben immer wieder das eine oder andere Haus gab. Es bestand die Hoffnung, dass dort Menschen waren, aber genauso gut konnte es passieren, dass sie endlos lief und niemanden fand. Sie würde ihre letzten Kräfte verschleißen und sich am Ende noch in den Wäldern des Cap Sicié verlaufen, in die hinein die Straße mündete.

Also doch Richtung Le Brusc.

An Marius vorbei.

Sie konnte sich nicht vorstellen, dass er noch nichts bemerkt haben sollte, und voller Angst fragte sie sich auch, was dieser Umstand für Rebecca bedeuten würde. Traf sie jetzt seine unberechenbare Wut? Musste sie Ingas Flucht ausbaden, und wenn ja – auf welche Weise? Schon Rebeccas wegen war es wichtig, dass sie jetzt so schnell wie möglich Hilfe holte. Die Entscheidung für Le Brusc war damit endgültig gefallen.

Die Wildnis gegenüber von Rebeccas Haus erwies sich nun als Ingas wichtigster Verbündeter. Hier wucherte das Gras hoch, wuchsen Büsche, Hecken und Bäume in wildem Durcheinander. Inga hielt sich so tief im Gestrüpp, wie sie nur konnte. Das Vorankommen war extrem schwierig, oft versperrten ihr dornige Zweige den Weg, und sie musste sich umständlich und unter hohem Zeitverlust in weiten Bögen daran vorbeiquälen. Dabei durfte sie keinesfalls die Richtung verlieren. Kilometerweit erstreckten sich hier Wiesen und Wälder. Wenn sie zu weit von der Straße abkam, konnte es ihr passieren, dass sie den Ort nie erreichte oder am Ende sogar noch im Kreis lief. Immer wieder musste sie versuchen, das mondbeschienene graue Asphaltband in den Blick zu bekommen, sich dabei aber nicht allzu nah heranzubegeben. Vielleicht stand *er* gerade ganz dicht am Rand der Wildnis. Vielleicht vermutete er sie zwischen den Büschen.

Ruhig atmen. Nicht keuchen. Ganz ruhig atmen.

Sie tauchte an einer Brombeerhecke vorbei, hatte aber nicht genug aufgepasst, und ein langer, dorniger Zweig riss ihr einen tiefen, schmerzhaften Streifen über das ganze rechte Bein. Sie war immer noch im Nachthemd, und sie hätte im Moment ein Vermögen für eine Jeans gegeben, die ihre Haut geschützt hätte.

Denk darüber nicht nach. Das ist jetzt unwichtig. Es geht um dein Leben. Es geht um Rebeccas Leben.

Es gelang ihr, trotz des Schmerzes nicht aufzuschreien. Aber die Tränen schossen ihr in die Augen, und sie musste die Zähne zusammenbeißen. Sie spürte, wie ihr das Blut über die Knöchel lief. Rigoros drängte sie die Panik zurück, die sich ihrer plötzlich bemächtigen wollte. Sie würde das nicht schaffen. Sie würde in diesem verdammten Gestrüpp hängen bleiben. Sie würde den Ort nicht finden. Marius würde irgendetwas Furchtbares mit Rebecca anstellen, ehe es ihr gelang, Hilfe zu holen ...

Stopp! Du wolltest nicht denken. Das kannst du später tun. Jetzt geht es nur darum, vorwärts zu kommen!

Sie erkannte die Straße wieder und schloss für eine Sekunde die Augen vor Erleichterung. Sie hatte sich viel weiter im Abseits gewähnt. Noch immer befand sie sich auf dem richtigen Weg.

Angestrengt spähte sie hinüber. Nach ihrer Berechnung musste sie an Rebeccas Haus knapp vorbei sein. Wenn sie nicht alles täuschte, befand sie sich genau gegenüber von dem verwilderten Garten, in dem sie und Marius ihr Zelt aufgebaut hatten. Das, so schien es ihr in diesem Moment, war in einer anderen Zeit gewesen. In einem anderen Leben.

Ihre Vorsicht durfte sie noch keinesfalls aufgeben, aber sie fragte sich, ob man das, was sie tat, überhaupt als *vorsichtig* bezeichnen konnte. Für ihr Gefühl bewegte sie sich mit ungeheurer Lautstärke. Hier an der Straße war das Rauschen des Meeres nicht mehr zu hören, und umso deutlicher klangen das Rascheln der Zweige und ihr keuchender, angsterfüllter Atem.

Weiter, weiter. Instinktiv zog sie sich ein Stück tiefer in die Wildnis zurück. Es war gut zu wissen, wo die Straße verlief, aber keinesfalls durfte sie zu sehr in deren Nähe geraten. Und sie musste aufpassen, dass ihre Bewegungen nicht zu hastig ausfielen. Ein Beobachter – Marius – sollte nichts anderes als einen Vogel oder Hasen hinter dem Schwanken der hohen Gräser vermuten.

Sie kroch, robbte, schob sich weiter. Über sich verschränkte Zweige, dahinter der Nachthimmel. Einmal stob mit schrillen Schreien ein großer Vogel aus dem Dickicht und hob sich in die Luft. Sie hielt den Atem an, ließ Minuten verstreichen, ehe sie sich wieder bewegte. Wie viel Zeit war vergangen? Konnte sie es inzwischen riskieren, die Straße zu benutzen?

Wenn sie so weitermachte wie jetzt, wäre sie nicht vor Ablauf von zwei oder drei Stunden in Le Brusc – unerheblich, was sie selbst betraf, aber eine Tragödie möglicherweise für Rebecca. Nach ihrer vagen Vorstellung musste sie sich einen knappen Kilometer vom Haus ihrer Gastgeberin entfernt befinden. Das dürfte reichen. Wenn Marius bislang nicht aufgetaucht war, würde er es jetzt wohl auch nicht mehr tun. Es ging ihm um Rebecca; vielleicht würde er es nicht riskieren, sie allein und unbewacht zurückzulassen.

Oder er hat meine Flucht tatsächlich noch nicht bemerkt.

Er ist so verstrickt in sein Gespräch mit Rebecca, dass er mich glatt vergisst. In seinem Wahn ist ihm das zuzutrauen.

Sie bewegte sich in Richtung Straße. Es war eine mühsame Etappe, denn nun hatte der Wald begonnen, und dichtes Unterholz sowie wild wuchernde Brombeerranken machten das Vorwärtskommen fast unmöglich. Mehr als einmal hörte Inga, wie der Stoff ihres Nachthemdes riss, und auch sie selbst trug zahlreiche Verletzungen davon. Wenn sie bei der Polizei aufkreuzte, würde man sofort glauben, sie sei Opfer eines Gewaltverbrechens geworden.

Und in gewisser Weise stimmte das ja auch.

Da lag wieder die Straße, dunkler als vorher, da die Bäume rechts und links das Mondlicht auffingen. Inga war tatsächlich ein gutes Stück vorangekommen. Sie holte tief Luft und setzte alles auf eine Karte: Sie verließ das schützende Dickicht und bewegte sich nun aufrecht entlang der Straße – ganz dicht am Rand zwar, aber natürlich sichtbar für jeden, der des Wegs kommen würde.

Nichts geschah. Keine Spur von Marius weit und breit. Keine scharfe Stimme, die ihren Namen rief. Keine Hände, die sie packten und festhielten. Keine Faust, die ihr Gesicht traf.

Keine Gestalt, die plötzlich aus dem Schatten trat.

Inga drängte die aufkeimende Hoffnung sofort zurück. Bis sie im Polizeirevier stand, wollte sie nicht glauben, es geschafft zu haben. Alles, was sie verleiten könnte, unvorsichtig zu werden, musste sie vermeiden. Aber sie erhöhte ihre Geschwindigkeit, obwohl ihre Beinmuskeln nach dem langen Kriechen fast unerträglich schmerzten. Kleine Steinchen auf dem Asphalt bohrten sich bösartig in ihre Füße. Weshalb trug sie eigentlich keine Schuhe? Sie hatte ihre Badeschuhe angezogen, als sie in der vorletzten Nacht ihr Zimmer verließ, aber irgendwo im Haus hatte sie sie abgestreift.

Egal. Weshalb beschäftigte sie sich überhaupt mit derlei Unwesentlichkeiten? Vielleicht, um nicht den Verstand zu verlieren. Es war erträglicher, über Schuhe nachzudenken als darüber, was Marius womöglich gerade mit Rebecca anstellte.

Laufen, laufen, laufen. Schmerzen ignorieren. Nicht zurückschauen. Nicht im Tempo nachlassen. Du hast später alle Zeit der Welt, auszuruhen. Aber nicht jetzt. Nicht jetzt.

Sie fand ihren Rhythmus. Sie lief, und sie atmete. Schritt um Schritt, Atemzug um Atemzug. Sie hatte noch ein gutes Stück vor sich. Aber sie hatte auch eine beachtliche Strecke zurückgelegt. Daran musste sie denken, um den Mut nicht zu verlieren. Das war wie bei der Geschichte mit dem Glas. Die klassische Einteilung in Optimisten und Pessimisten. Halb voll sah es der eine, halb leer der andere. Wie war das eigentlich bei ihr? Halb voll, entschied sie, im Großen und Ganzen bin ich der Typ für halb voll. Also sehe ich jetzt, was ich geschafft habe. Nicht das, was ich noch *nicht* geschafft habe.

Sie hörte den Motor eines Autos, noch ehe sie die Lichter sah.

Sie blieb abrupt stehen, dachte, sie habe sich getäuscht. Aber sofort wurde ihr klar, dass das Brummen, das sie vernahm, tatsächlich das Motorengeräusch eines sich langsam nähernden Autos war. Und nun bemerkte sie auch den Lichtschein, der durch die Bäume fiel.

Mitten in der Nacht, auf dieser einsamen Landstraße, traf sie auf ein Auto! Ein Anwohner vielleicht, der spät nach Hause zurückkehrte. Jemand, der ihr helfen konnte. Der sie mitnahm, der die Polizei verständigte. Vor Erleichterung schossen ihr die Tränen in die Augen. Und vor Erschöpfung, die sie sich jetzt eingestand und die sie sofort zu überwältigen drohte. Sie konnte nicht mehr! Sie war halb verdurstet. Sie war schwach vor Hunger. Ihre Beine würden jeden Moment einknicken. Alles tat ihr weh. Sie blutete an vielen Stellen ihres Körpers. Sie war am Ende.

Mit letzter Kraft schleppte sie sich zur Mitte der Straße. Hob die Arme und winkte.

Die Scheinwerfer kamen jetzt direkt auf sie zu. Sie blendeten so, dass sie das Auto dahinter nicht erkennen konnte.

Aber der Fahrer musste sie sehen, ihm blieb gar nichts anderes übrig.

Das Auto wurde noch langsamer. Unsicherheit vielleicht.

Der Fahrer empfindet mich bestimmt auch als Bedrohung, dachte sie, aber er ist auch vorher schon sehr langsam gefahren. Weshalb kriecht einer hier so zögernd entlang?

Und im selben Moment traf sie die Erkenntnis, die Antwort auf ihre Frage, und ihr wurde übel vor Entsetzen.

Wie hatte sie so dumm sein können? So leichtsinnig und so idiotisch? Wer kroch hier wohl um diese Zeit mit einem Auto entlang? Jemand, der sorgfältig nach rechts und links in den Wald hineinspähte, der nichts übersehen wollte, der nach etwas suchte und es unter allen Umständen finden wollte. Jemand, der einen Flüchtenden verfolgte und nicht so blöd gewesen war, die Jagd zu Fuß aufzunehmen.

Er hatte sich Rebeccas Auto geschnappt. Er war die Straße bis zum Ende gefahren, und nun fuhr er sie langsam zurück, weil er wusste, dass ihm sein Opfer dabei in die Arme laufen musste, es war nur eine Frage der Zeit. Und seiner scharfen Augen und seiner Geduld und des Radius seiner Scheinwerfer.

Aber sie hatte es ihm besonders leicht gemacht. Stellte sich mitten auf die Straße und winkte.

Alles zu Ende. Verloren. Es ist vorbei.

Der Brechreiz überwältigte sie fast. In einem instinktiven, nutzlosen Fluchtversuch wankte sie zur Seite, mühte sich ab, wieder in das Dickicht einzutauchen, wie ein Tier, das sich urplötzlich seinem schlimmsten Feind gegenübersieht. Die Brombeerranken schlugen ihre scharfen Dornen in ihre Arme und in ihr Gesicht, sie weinte vor Schmerz und vor Angst und schaffte es nicht, eine Stelle zu finden, an der sich ihr ein Durchkommen ermöglicht hätte. Die Bäume wären ihre letzte und winzig kleine Chance gewesen, aber der Wald war hier wie eine Mauer, und sie war zu schwach, zu entkräftet. Ihre Beine knickten ein, sie fiel auf die Erde, das Gesicht auf einem weichen Bett aus Moos, und sie wusste, gleich würde sie gepackt werden, hochgerissen, und dann würde er sie töten.

Sie hörte die Autotür. Es war das Ende.

Unerwartet sanfte Hände fassten ihre Schultern. Sehr behutsam wurde sie umgedreht. Sie hielt die Augen geschlossen, hob den Arm schützend vor ihr Gesicht.

»Inga!«, sagte eine Männerstimme tief erstaunt. Es war nicht die Stimme ihres Mannes.

Sie öffnete die Augen. Die Scheinwerfer des Autos gaben genug Licht. Sie erkannte Maximilians Gesicht.

Voller Verwunderung und Besorgnis starrte er sie an.

»Inga«, wiederholte er, »um Gottes willen!«

Sie wollte etwas sagen. Aber ihre Stimme versagte ihr den Dienst, und alles, was sie herausbrachte, war ein undeutliches Krächzen.

8

Es roch durchdringend nach etwas Angebranntem. Das ganze Haus war davon erfüllt. Rebecca hoffte, dass sich nichts Entzündliches in der Nähe der offenbar glühenden Herdplatte befand. Es war fraglich, ob Marius auf ein in Flammen stehendes Haus überhaupt reagieren würde.

Er saß ihr gegenüber auf dem Fußboden des Schlafzimmers, zu einem Häufchen Elend zusammengesunken. Seine verschwitzten Haare standen in alle Himmelsrichtungen vom Kopf ab. Er starrte vor sich hin.

»Sie hat mich verlassen. Sie hat mich nie geliebt. Sie sieht den letzten Dreck in mir. Ich bin ein Nichts in ihren Augen.«

Rebecca wusste, dass sie alles, was sie jetzt sagte, sehr vorsichtig abwägen musste. Im Augenblick war Marius schwach und elend wie ein angeschossenes Tier, aber jeden Moment konnte sich seine Schwäche in Aggressivität wandeln.

Rebeccas Lage hatte sich verschärft. Und das gerade zu dem Zeitpunkt, da es ihr gelungen war, Marius ein klein wenig zu entspannen.

Er hatte ihr schreckliche Dinge erzählt. Erniedrigungen und Demütigungen, die ihm von Fred Lenowsky angetan worden waren. Er hatte von seinem Hunger geredet, von seiner Angst. Davon, wie sich Fred an der Furcht des kleinen Jungen geweidet hatte. Wie Greta schweigend zugesehen hatte, wenn er ihn quälte. Und er hatte von seinem Gespräch mit Sabrina Baldini berichtet.

»Ich habe ihr das alles erzählt. *Alles,* hörst du, *alles,* was ich auch dir erzählt habe. *Kinderruf* – dass ich nicht lache! Eure tollen Broschüren, man soll sich an euch wenden, wenn man Probleme hat, ihr habt ein offenes Ohr, ihr wollt helfen, wo ihr könnt ... das war doch nur Show! Eine einzige grandiose Show! Wenn es hart auf hart kam, habt ihr ein Kind hängen lassen. Fred Lenowsky hatte Einfluss, und er war ein angesehener Bürger. Mit so einem legt man sich nicht an. Da hält man schön den Mund. Da hört man einfach nicht hin, was so ein kleiner Rotzjunge aus asozialen Verhältnissen erzählt!«

Rebecca hatte begonnen, ihn zu verstehen. Seinen Hass,

seine Verbitterung. Und das Seltsamste für sie war: Sie glaubte ihm jedes Wort. Alles, was er über seinen Pflegevater erzählte, löste in ihr Mitleid, Wut und tiefes Erschrecken aus – aber keinen Zweifel. Etwas in seinem Gesicht, in seiner Stimme verriet ihr, dass ihr nichts vorgemacht wurde. Marius mochte krank sein, er mochte ein Psychopath sein, was angesichts der Geschehnisse in seiner Jugend nicht verwunderte, aber er log nicht. Nicht in dieser Angelegenheit. Sie fühlte den echten Schmerz, den die Erinnerungen in ihm wachriefen.

Er log nicht, aber leider machte ihn das nicht weniger gefährlich. Im Gegenteil.

Ihr Vorteil war, das wusste sie, dass sie ihm wirklich glaubte. In ihrer Situation hätte sie auch andernfalls so getan, als nehme sie ihm seine Geschichte ab, aber er war – gerade in seinem Wahn – äußerst sensibel. Er hätte es gemerkt, wenn sie gespielt hätte. Ebenso wie er nach einer Weile merkte, dass sie aufrichtig mit ihm war. Sie konnte das in seinen Zügen lesen. Seine ganze Haltung war weniger feindselig geworden.

Was, da hatte sie keinerlei Illusionen, jederzeit umschlagen konnte.

Sie hatte ihm erklärt, von seinem Anruf beim Sorgentelefon nichts gewusst zu haben, und da war er für einige Momente sehr zornig geworden.

»Du versuchst, deine Haut zu retten«, erklärte er verächtlich, »du weißt, dass du in der Falle sitzt, und jetzt geht es dir nur noch darum, deinen Kopf aus der Schlinge zu ziehen. Du bist ein jämmerliches Stück Dreck, hat dir das noch niemand gesagt?«

»Ich würde es zugeben, wenn ich es gewusst hätte. Aber ich hatte mit dem Sorgentelefon nichts zu tun. Nur wenig von dem, was dort gesprochen wurde, ist überhaupt je zu mir gelangt. Verstehen Sie, ich war die Geschäftsführerin des Vereins. Ich hatte im Wesentlichen mit der Verwaltung zu tun. Mit den Geldern, die wir bekamen, mit der Bezahlung meiner Mitarbeiterinnen. Solche Dinge. Wenn ich richtig zurückrechne, war ich in der Zeit, in der Ihre Anrufe stattgefunden haben müssen, intensiv damit beschäftigt, unsere Gruppenstunden für allein erziehende Mütter zu organisieren. Wir versuchten, ihnen die Möglichkeit zum Austausch mit anderen Frauen in der gleichen Situation zu verschaffen, ihnen Spielstunden, Ausflüge und gesellige Zusammentreffen anzubieten. Solche Geschichten eben …« Sie hatte ihm angesehen, dass ihn das nicht im Mindesten interessierte. »Ich will nur sagen«, schloss sie, »dass ich vollkommen überfordert gewesen wäre, hätte ich mich mit jedem Fall aus dem Sorgentelefon selbst beschäftigen müssen.«

Sie konnte sehen, dass ihm ihre Ausführungen einzuleuchten begannen, auch wenn er sich noch dagegen sträubte.

Vorsichtig hatte sie versucht, auch für Sabrina Baldini um Verständnis zu werben. »Ihr Fall fiel in die Zuständigkeit des Jugendamts. Sabrina Baldini konnte nichts anderes tun, als dort Rücksprache zu nehmen. Ich vermute, man hat ihr dort versichert, man werde der Angelegenheit nachgehen. Damit endeten ihre Kompetenzen.«

»Ich habe noch einmal angerufen.«

»Und dann wird es genauso abgelaufen sein. Marius, wir konnten nicht einfach über das Jugendamt hinweg eigenmächtige Schritte unternehmen. Das müssen Sie bitte verstehen.«

»Wenn du und die Schlampe vom Sorgentelefon euch nur ein bisschen engagiert hättet, wärt ihr ganz schnell dahinter gekommen, dass mein Pflegevater von einflussreichen Stellen geschützt wurde. Dass mit mir eine Riesensauerei stattfand. Und dann hättet ihr sehr wohl etwas machen können. Die Presse hätte sich auf den Fall gestürzt, und es hätte einen gigantischen Skandal gegeben.«

Sie hatte ihn angesehen und gehofft, dass er die Aufrichtigkeit und den Ernst ihrer Worte spürte. »Marius, es ist schwierig für mich, die Dinge, die damals geschehen sind, zu beurteilen. Ich schwöre Ihnen, ich habe wirklich nichts davon mitbekommen. Aber wenn Sie mir die Möglichkeit geben, werde ich versuchen, mein Versäumnis von damals, das Versäumnis meines Vereins, wieder gutzumachen. Ich kann alte Kontakte reaktivieren und umfangreiche Recherchen anstellen. Ich werde die Sache aufrollen, und vielleicht gelingt es mir zu erreichen, dass die Verantwortlichen von damals zur Rechenschaft gezogen werden. Allen voran Fred Lenowsky. Aber auch andere. Die ganze Seilschaft. Ich weiß, das ändert nichts mehr an den langen Jahren des Leidens, die Sie durchstehen mussten, aber vielleicht nimmt es Ihnen einen Teil Ihres Gefühls, auf ewig das Opfer zu sein, wenn die Täter nicht ganz ungeschoren davonkommen.«

Sie hatte ihn erreicht, das konnte sie spüren, und von da an war es bergauf gegangen. An dem Gedanken, alle seine Peiniger auf einer Anklagebank vorzufinden, konnte er sich geradezu festhalten. Er lief auf und ab, wie befreit plötzlich von der tiefen Müdigkeit, die ihm in den Stunden zuvor so sehr zu schaffen gemacht hatte, redete, gestikulierte, warf mit Namen um sich und mit Vorwürfen, sprach von Beweisen, die er beschaffen konnte, und von Strategien, die man anwenden würde, alle Schuldigen zu erreichen. Teilweise sprang er so rasch und verworren von einer Person zur anderen, dass ihm Rebecca nicht folgen konnte, aber sie versuchte ihn zu verstehen, so weit das ging. Etwas Wichtiges war ihr gelungen: Sie hatte sich zu seiner Verbündeten gemacht. Solange er in ihr die Komplizin sah und nicht die Feindin, hing ihr Leben nicht mehr ausschließlich an einem seidenen Faden. Es würde jedoch ein Balanceakt werden, in ihm das Gefühl wach zu halten, dass sie auf seiner Seite stand. Er war krank, er war schwer gestört. Und dadurch blieb er letztlich für sie unberechenbar.

Irgendwann hatte er verkündet, er werde etwas zu essen kochen. Sie hatte dies als ausgesprochen gutes Zeichen gewertet. Als einen winzigen Schritt zurück zur Normalität.

Sie hatte ihn in der Küche mit allerhand Geschirr klappern hören, Schränke und Schubladen gingen auf und zu, einmal pfiff er sogar leise vor sich hin. Sie hatte ihm eine Perspektive angeboten, an der er immer größeren Gefallen fand.

Lieber Gott, betete sie im Stillen, lass ihm nur keine Zweifel kommen.

Die kleinsten Zweifel konnten ihn kippen lassen. Er mochte ein außerordentlich begabter und erfolgreicher Student sein, aber zweifellos war er völlig irrational, wenn es um sein Thema ging. Die kleinste Kleinigkeit mochte sein Vertrauen in Rebecca erschüttern, und es war fraglich, ob ein Appell an seine Vernunft dann noch etwas ändern konnte. Auch hoffte sie, dass ihm die Problematik seines Überfalls auf die beiden Frauen nicht irgendwann bewusst wurde. Er war in das Haus eingedrungen, hielt sie und Inga nunmehr seit zwei Tagen und fast zwei Nächten gefangen. Er hatte sich strafbar gemacht. Es konnte schwierig werden, wenn er begriff, dass auch er auf einer Anklagebank landen konnte.

Und dann war es zu der Katastrophe gekommen.

Sie hatte ihn von unten her plötzlich brüllen hören: »Das kann nicht wahr sein! Das gibt's doch gar nicht! Diese Scheißnutte! Verdammte Scheißnutte!«

Türen schlugen, Fensterscheiben klirrten. Dann erklangen hastige Schritte auf der Treppe. Marius erschien in der Tür. Er war kalkweiß im Gesicht. »Sie ist weg. Inga ist getürmt! Die verdammte Verräterin ist abgehauen!«

Er wartete keine Antwort ab, sondern rannte wieder nach

unten. Rebecca hörte ihn im Garten nach seiner Frau rufen. »Inga! Inga, verdammt, wo bist du? Inga, komm sofort zurück! Wenn du nicht sofort da bist, wirst du mich kennen lernen!«

Jetzt dreht er durch, dachte Rebecca. Ihre Chancen, Marius zu beruhigen und die ganze Geschichte zu einem guten Ausgang zu führen, waren erheblich gesunken, wenn sie sich nicht völlig verflüchtigt hatten. Ingas Flucht war zu einem denkbar schlechten Zeitpunkt geglückt – oder Marius hatte sie zumindest zu einem denkbar schlechten Zeitpunkt entdeckt. Vielleicht war die junge Frau ja schon seit dem Morgen auf und davon.

Nein, dachte Rebecca, das kann nicht sein. Dann wäre längst die Polizei da.

Inga konnte nur vor nicht allzu langer Zeit geflüchtet sein. Hoffentlich irrte sie nicht noch auf dem Grundstück herum. Hoffentlich gelang es ihr zu entkommen. Nachdem Marius nun glaubte, verraten und hintergangen worden zu sein, war die Polizei die einzige Chance, die Rebecca hatte.

Irgendwann war Marius wieder heraufgekommen. Schweißnass im Gesicht, fahl, mit grauen Lippen und zitternden Händen.

»Ich verstehe das nicht. Ich verstehe das nicht. Ich verstehe das nicht!«

Unglücklicherweise hatte er wohl, noch ehe er Ingas Flucht entdeckte, irgendeine Mahlzeit auf den Herd gestellt. Daher nun der intensive Geruch nach Verbranntem, den Marius überhaupt nicht zu bemerken schien.

»Was hat sie mir nicht immer alles erzählt! Dass sie mich liebt, dass sie für immer mit mir zusammen sein will. Dass ich ihre große Liebe bin, und blablabla … Du hättest sie hören müssen! Und jetzt das! Jetzt tut sie so etwas! Dieses widerliche, heimtückische Stück Scheiße!«

»Es ist doch nicht so, dass sie Sie nicht mehr liebt, Marius. Aber sie hatte Angst. Versuchen Sie doch einmal, sich in ihre Lage zu versetzen. Sie haben sie gefesselt. Bedroht. Sie hatte keine Ahnung, warum. Sie musste doch denken, sie ist in einem Albtraum gelandet. Irgendwann wollte sie sich wahrscheinlich nur noch in Sicherheit bringen.«

Er wischte sich hektisch mit dem Unterarm über das vor Nässe glänzende Gesicht. »Du hast das auch nicht getan! Du hast angefangen, mich zu verstehen!«

»Weil Sie mir die Gelegenheit dazu gegeben haben. Wir sitzen hier seit endlosen Stunden. Ich kenne inzwischen alle möglichen Einzelheiten Ihrer Geschichte. Ich habe es leicht, Sie zu verstehen. Aber Inga? Haben Sie ihr überhaupt irgendetwas erzählt?«

Für einen Moment schien er fähig, Schmerz und Wut beiseite zu schieben und nachzudenken. »Ich habe ihr etwas angedeutet ...«

»Was, Marius? Was weiß Inga?«

Sie konnte sehen, wie sehr ihn allein das Nachdenken über diese Frage erschöpfte. Seit Ewigkeiten keinen Schlaf. Seit Ewigkeiten nichts gegessen. Kaum etwas getrunken. Dazu der extreme Stress, den die Wiedergabe seiner Lebensgeschichte in ihm auslöste.

Nicht mehr lange, dachte sie, und er klappt zusammen.

»Ich habe ihr von meinen Eltern erzählt. Von meinen richtigen Eltern. Dass es ... dass es da Probleme gab. Sie weiß von der Sozialtante, die unser Leben zerstört hat. Ich glaube ...« Vor Anstrengung, sich zu erinnern, fing er für Momente an zu schielen. »Ich glaube«, sagte er verunsichert, »mehr weiß sie nicht.«

Rebecca sprang sofort darauf an. »Sehen Sie! Wenn sie von den Lenowskys gar nichts weiß, dann kann sie Sie nicht verstehen! Wie sollte sie denn? Dann muss ihr doch Ihr Verhalten ganz unverständlich erscheinen, und ganz sicher hatte sie inzwischen nur noch schreckliche Angst. Deshalb ist sie davongelaufen.«

»Ich bin der letzte Dreck in ihren Augen.« Marius' kurzes Verweilen in einem Zustand, der ihn der Vernunft zugänglich sein ließ, war schon wieder vorüber. Er schaukelte sich wieder in die gefährliche und ausweglose Spirale von Minderwertigkeitsgefühlen, Angst und tiefster Verletztheit hinein. »Das war immer so. Habe ich dir erzählt, dass sie mich zuerst gar nicht heiraten wollte? Ständig hat sie Ausflüchte ersonnen. *Wir sind zu jung, wir kennen uns noch nicht richtig, gib uns Zeit ...* In Wahrheit war ich ihr einfach nicht gut genug. Sie hat gehofft, es kommt etwas Besseres!«

»Das glaube ich nicht«, sagte Rebecca, »denn sie hat Sie ja schließlich geheiratet. Marius, Sie neigen sehr dazu, alles auf sich zu beziehen, und immer in einer Weise, bei der Sie sich zum Verlierer machen. Können Sie sich nicht vorstellen, dass es Menschen gibt, von denen Sie aufrichtig geliebt und geachtet werden? Inga hat bei mir zum Beispiel immer voller Respekt und Bewunderung von Ihren offenbar überragenden Leistungen im Studium gesprochen. Verstehen Sie, eine Frau kann zutiefst fasziniert sein von Ihnen und dennoch für den sehr gewichtigen Schritt in eine Ehe länger brauchen als Sie. Das hat etwas mit der Frau zu tun und mit ihrer Persönlichkeitsstruktur, nicht automatisch mit Ihnen.«

Er starrte sie an, feindselig jetzt und unzugänglich.

»Ach, halt's Maul mit dem Therapeutenquatsch«, sagte er, »das sind doch alles nur dumme Sprüche!«

»Marius, ich ...«

»Ich hab gesagt, du sollst dein Maul halten!«, brüllte er. Er sprang auf. Seine Gesichtsfarbe war von solcher Fahlheit, dass Rebecca meinte, er müsste jeden Moment ohnmächtig werden. Stattdessen machte er wieder ein paar große Schritte hin und her. Seine Bewegungen waren unbeherrscht und aggressiv.

»Was tut sie jetzt, die Schlampe? Was, glaubst du, macht sie als Nächstes?«

»Inga?«

»Nein, die Jungfrau Maria«, blaffte er. »Natürlich Inga, Frau Kinderschützerin, von wem spreche ich denn wohl die ganze Zeit?«

»Ich weiß es nicht. Ich weiß nicht, was sie tut.«

Er blieb dicht vor ihr stehen. Er stank so intensiv nach Schweiß, dass es Rebecca fast schlecht wurde. Sie versuchte, nur durch den Mund zu atmen.

»Natürlich weißt du es, du kleines Miststück. Kannst du mir mal sagen, für wie blöd du mich hältst? In deinen Augen bin ich ein Stück Dreck, stimmt's? Einer, der von ganz unten kommt. Mit dem man machen kann, was man will!«

Nicht schon wieder, dachte sie, und ehe ihre Vernunft einschreiten und ihr gebieten konnte, vorsichtig zu sein und sich zu beherrschen, platzte sie heraus: »Jetzt hören Sie doch endlich mal mit dieser ewigen Leier auf!«

Er starrte sie entgeistert an. Und sie dachte entsetzt: Du bist wahnsinnig. Provozierst ihn auch noch! Lieber Gott, wie konnte ich das sagen?

Zu ihrer Überraschung geschah nichts. Im Gegenteil, Marius schien sich sogar ein klein wenig zu beruhigen.

»Okay«, sagte er, »okay. Ich muss überlegen.«

Wieder ein paar große Schritte auf und ab. Wieder fing er an zu schielen. Im Haus begann es immer stärker nach Qualm zu riechen. Rebecca hatte den Eindruck, dass erste Schwaden bereits ins Zimmer drangen.

»Sie geht zur Polizei«, sagte er, »glaub mir, ich kenne Inga. Sie ist durch und durch schlecht. Sie hatte großes Glück, dass ich sie geheiratet habe, weißt du. Einen anderen hätte sie nie gefunden. Sie war bekannt dafür, dass sie mehr oder weniger ganz Norddeutschland gebumst hat. Eine wie sie schreckt auch nicht davor zurück, den eigenen Ehemann bei der Polizei anzuzeigen.«

Rebecca erwiderte nichts. Was hätte sie auch sagen sollen? Höchstwahrscheinlich hatte er Recht. Inga würde zur Polizei gehen.

Beeil dich, Inga, flehte sie im Stillen, bitte, beeil dich!

»Das heißt«, sagte Marius, »bis die Bullen hier aufkreuzen, müssen wir weg sein.«

Sie erschrak zutiefst. Eine Flucht mit dem geisteskranken Marius durch die Nacht würde die Situation dramatisch verschärfen und am Ende eskalieren lassen. Sie sah sich bereits am Rande steil zum Meer hin abfallender Klippen entlangstolpern, vorwärts getrieben von einem Mann, dem das eigene Leben nichts mehr wert war, und über ihnen kreisten Polizeihubschrauber …

»Das nutzt doch nichts, Marius. Wohin sollten wir fliehen? Sie finden uns doch, und …«

»Sei still«, schnauzte er, »ich habe einen Plan. Wir nehmen das Schiff.«

»Das Schiff?«

»Damit segeln wir rüber nach Afrika.«

Er war völlig verrückt.

»Weißt du, wie viele Menschen auf dem umgekehrten Weg ertrinken? Das schaffen wir nicht. Ich habe nie einen Segelschein gemacht, ich würde dir nicht helfen können!«

Sie duzte ihn zum ersten Mal. Es geschah unwillkürlich, vielleicht war es ein unbewusster Versuch, die Nähe wiederherzustellen, die schon einmal zwischen ihnen geherrscht hatte. Marius verwahrte sich nicht dagegen. Entweder er bemerkte es gar nicht, oder es war einfach in Ordnung für ihn.

Er musterte sie jedoch mit einiger Verachtung. »Ich brauche deine Hilfe nicht. Ich bin ein sehr guter Segler. Fred Lenowsky hat es mir beigebracht.«

Die Erwähnung dieses Namens ließ Rebecca einen letzten Versuch wagen. »Marius, wir hatten uns doch überlegt, dass wir versuchen wollen, Fred Lenowsky und die Menschen, die für all das verantwortlich sind, was er dir angetan hat, zur Rechenschaft zu ziehen. Ich habe versprochen, dir zu helfen, und es ist mir wirklich sehr ernst damit. Ich sehe gute Chancen für uns. Aber nicht, wenn wir nach Afrika flüchten. Das nutzt doch niemandem etwas. Selbst wenn wir es schaffen, was ich für mehr als unwahrscheinlich halte, findest du doch auf diesem Weg niemals deinen Frieden. Und du ... du machst dich strafbar. Das ist Entführung, was du tust. Wenn du erst selber straffällig geworden bist, verlierst du an Glaubwürdigkeit und Überzeugungskraft. Und du willst doch gewinnen, oder? Du willst es ihnen doch zeigen! Bitte, Marius, dann tu doch nichts, was dich angreifbar werden lässt!«

Einen Moment lang konnte sie etwas wie Klarheit in seinem Blick sehen und schöpfte ganz kurz die Hoffnung, sie habe ihn erreicht und an seine Vernunft appellieren können. Doch dann war dieses Aufflackern, das auch einzig in ihrer Einbildung vorhanden gewesen sein konnte, schon wieder verschwunden. Seine Augen waren leer und dunkel.

»Wir hauen ab«, befahl er.

»Marius, ich habe Todesangst. Bitte, vertrau mir doch.«

»Ich habe nichts mehr zu verlieren.«

Sie fragte sich, was er damit meinte, und brach in Tränen aus, während er anfing, ihre Fesseln zu lösen.

9

Maximilian half Inga vorsichtig auf die Beine. Sie realisierte, dass sie am ganzen Körper zitterte. Vielleicht tat sie das schon die ganze Zeit, aber erst in diesem Moment fiel es ihr auf.

»Langsam«, sagte er beruhigend, »langsam. Es ist alles in Ordnung, Inga. Beruhigen Sie sich.«

Er hatte keine Ahnung. Nichts war in Ordnung. Sie versuchte, Worte zu formen, brachte aber keinen Laut hervor.

»Sie werden mir gleich alles erzählen«, sagte er. Offenbar bemerkte er ihre vergeblichen Anstrengungen. »Aber erst einmal atmen Sie ganz tief durch. Kommen Sie. Setzen Sie sich in mein Auto.«

Auf seinen Arm gestützt, humpelte sie zum Wagen. Wie schwach ihre Beine waren! Wie hatte sie überhaupt so weit laufen können? Sie sank auf den weichen Beifahrersitz, und es war ein sich auf eigenartige Weise wiederholendes Gefühl: wie damals – es schien Ewigkeiten her zu sein und lag doch nur acht Tage zurück –, als sie am Straßenrand in jenem gottverlassenen Dorf gekauert hatte, an einem glühend heißen Tag; sie war erschöpft und entkräftet gewesen und hatte auf ihren zerschundenen Füßen keinen Schritt weitergehen können. Maximilian war wie aus dem Nichts erschienen, und ebenso dankbar und erleichtert wie jetzt hatte sie sich in sein Auto gesetzt. Er hatte ein Talent, aufzutauchen, wenn nichts mehr ging.

Aber du darfst dich jetzt nicht fallen lassen. Rebecca ist in höchster Gefahr!

Er setzte sich neben sie, schaltete den Motor aus und knipste das kleine Lämpchen über dem Rückspiegel an. Sie konnte sehen, wie er bei ihrem Anblick, den er jetzt zum ersten Mal richtig wahrnahm, erschrak.

»Mein Gott«, sagte er, »Ihr Gesicht ... wer war das?«

Sie erinnerte sich an ihr geschwollenes Auge. Es spannte und brannte, und wenn es nur halb so furchtbar aussah, wie es sich anfühlte ... Dazu kamen ihr zerrissenes Nachthemd und die vielen blutigen Kratzer auf ihren Beinen. Als wäre sie unter die Räuber gefallen.

Eigentlich hatte sie sofort von Marius erzählen wollen, davon, dass Rebecca dringend Hilfe brauchte, aber als es ihr endlich gelang, ein Wort hervorzubringen, drückte es nur ihr elementarstes und dringlichstes Bedürfnis des Augenblicks aus.

»Wasser ...«

»Entschuldigung, darauf hätte ich gleich kommen können«, sagte Maximilian. Er angelte auf dem Rücksitz herum und zog eine halb volle Flasche Mineralwasser hervor.

»Es ist nicht mehr ganz kalt, aber besser als nichts.«

Sie setzte die Flasche an den Mund und trank. Trank in langen, durstigen Zügen, trank und trank, als wolle sie nie mehr aufhören. Sie setzte die Flasche erst ab, als sie leer war. Es war nicht so, dass sie sich schlagartig gekräftigt gefühlt hätte. Aber es ging ihr ein wenig besser. Sie fühlte sich den Lebenden näher als den Toten, und das war zuvor genau andersherum gewesen.

»Marius«, sagte sie, »wir müssen ... er ist gefährlich ...«

In Maximilians Augen trat ein angespannter Ausdruck. »Hat Marius Sie so zugerichtet?«

Sie nickte. »Er ... ist verrückt, Maximilian. Völlig verrückt.«

»Wo ist er?«

»Bei Rebecca. Ich ... ich konnte fliehen, aber sie befindet sich noch mit ihm im Haus.«

»In ihrem Haus?«

Inga nickte. Maximilian schaltete das Licht aus und ließ

den Motor an. Die Scheinwerfer beleuchteten die Straßenränder und die Bäume, machten den Wald zu einem unheimlichen, gespenstischen Ort.

»Wir müssen zur Polizei«, sagte Inga.

Maximilian schüttelte den Kopf. »Das dauert zu lang. Oder wissen Sie, wo sich in Le Brusc die Polizeiwache befindet? Falls der kleine Ort überhaupt eine hat. Nein, wir fahren jetzt direkt zu Rebecca.«

»Wenn wir anrufen …«

Er sah sie nicht an, starrte auf die Straße. »Der Akku meines Handys ist leer. Und Sie haben wohl keines dabei.« Das war eine Feststellung, keine Frage.

»Er ist wirklich gefährlich, Maximilian! Unterschätzen Sie ihn nicht. Vielleicht können wir nichts gegen ihn ausrichten. Er ist vollkommen durchgedreht.«

»Ich weiß«, sagte Maximilian. Er fuhr schnell und konzentriert. Sein Gesicht war sehr angespannt.

»Sie wissen das?«

»Was glauben Sie, warum ich hier mitten in der Nacht aufkreuze?« Er sah sie kurz an, blickte dann wieder nach vorn. »Sie haben hier wohl keine deutsche Zeitung gelesen, oder? In Deutschland sind die Gazetten voll mit Berichten von einem scheußlichen Doppelmord. Ein altes Ehepaar ist ermordet worden – oder besser gesagt: Sie wurden drei Tage lang im eigenen Haus festgehalten und zu Tode gequält. Wie die Polizei herausgefunden hat, hatten die alten Leute einen Pflegesohn. Marius.«

Inga versuchte zu begreifen, was er da sagte. In ihrem Kopf begann sich alles zu drehen.

»Marius?«, wiederholte sie.

»Ich weiß nur, was in den Zeitungen steht«, sagte Maximilian, »und da erscheint mir vieles recht spekulativ. Tatsache ist, dass die deutsche Polizei intensiv nach Marius fahndet. Es wird wohl nicht direkt ausgesprochen, aber es ist die Rede von einem sehr schlechten Verhältnis zwischen ihm und seinen Pflegeeltern. Kann sein, er gilt als Verdächtiger. Offiziell will man nur Kontakt mit ihm aufnehmen, weil er der einzige Fast-Verwandte der beiden alten Leute ist.«

Inga wurde das schwindlige Gefühl nicht los. »Er hat mir erzählt, dass er seinen leiblichen Eltern weggenommen wurde«, sagte sie. Ihre Stimme war beinahe tonlos. »Er ist misshandelt worden. Gestern hat er es mir gesagt. Vorher hatte ich keine Ahnung.«

»Ich habe gestern Abend sein Bild in der Zeitung gesehen. Und dann habe ich es nicht mehr ausgehalten. Ich bin in aller Herrgottsfrühe heute los. Die Straßen sind einfach überfüllt. Ich konnte nicht eher ...« Er sprach nicht weiter, schlug mit der Faust auf das Lenkrad. Inga sah ihn von der Seite an. Seine Lippen waren weiß und fest aufeinander gepresst.

Er liebt Rebecca, dachte sie, er ist krank vor Sorge um sie.

Als wüsste er, was sie gedacht hatte, sagte er: »Ich wollte sie nicht mehr sehen. Ich bin von hier abgereist, weil sie mir deutlich zu verstehen gegeben hat, dass sie mich nicht haben möchte in ihrem Leben. Und ich dachte ... ich wollte nicht ihrem Untergang zusehen. Ihrer Selbstzerstörung. Ich wollte nur noch weg und sie mir aus dem Kopf schlagen. Aber dann sah ich das Bild von Marius, und letztlich war ich ja auch noch derjenige, der ihn Rebecca sozusagen vor die Haustür gesetzt hat. Ich hatte auf einmal ein ganz schreckliches Gefühl – und es hat mich ja wohl nicht getrogen.« Er warf einen viel sagenden Blick auf Ingas grün und blau geschlagenes Gesicht.

»Glauben Sie, er hat seine Pflegeeltern umgebracht?«, fragte Inga. Sie kannte die Antwort.

»Ja«, antwortete Maximilian knapp. Er bremste und

schaltete die Scheinwerfer seines Wagens ab. Inga sah von ihm jetzt nur noch die Umrisse.

»Wie sagten Sie eben noch, Inga? Er ist verrückt. Völlig verrückt.« Er öffnete die Wagentür. »Die letzten Meter gehe ich zu Fuß. Die sollen mich nicht kommen hören.«

»Ich begleite Sie«, sagte Inga und wollte aussteigen. Nicht grob, aber sehr energisch drückte er sie in den Sitz zurück. »Sie sind völlig fertig. Sie können mir im Moment überhaupt nicht helfen. Sie warten hier.«

»Maximilian, ich ...«

»Es ist besser so, glauben Sie mir. Sagen Sie mir nur noch, wo im Haus sich die beiden befinden.«

»Rebecca ist oben in ihrem Schlafzimmer. Gefesselt. Marius war zuletzt unten in der Küche. Aber inzwischen ... ist er entweder wieder bei ihr, oder er sucht mich.« Sie musste heftig schlucken, weil die Angst sie einen Moment lang zu überwältigen drohte. »Maximilian, wenn er hier plötzlich aufkreuzt ...«

»Ganz ruhig. Wenn ich jetzt draußen bin, betätigen Sie die Zentralverriegelung. So schnell kommt dann keiner hier herein. Und sollte er wirklich auftauchen, dann hupen Sie anhaltend. Ich höre Sie und komme sofort. In Ordnung?«

Er lächelte sie an, dann verließ er das Auto. Im Mondlicht konnte ihn Inga noch eine Weile sehen, dann war er um die nächste Biegung verschwunden.

Sie vergrub ihr Gesicht in den Händen. Sie hatte Angst, und es erschien ihr fast unerträglich, warten zu müssen und nicht zu wissen, was geschah.

Es war klar, dass Maximilian recht getan hatte, sie nicht mitzunehmen. Ihre körperliche Schwäche wurde ihr von Minute zu Minute stärker bewusst. Während ihrer Flucht, als ihr nichts anderes übrig geblieben war, als durchzuhalten, hatte sie auf Reserven zurückgegriffen, von deren Vorhandensein sie nichts gewusst hatte, und jetzt war sie schlaff und schlapp wie ein ausgewrungener Scheuerlappen. Ihr Gesicht schmerzte verstärkt, besonders in den Kieferknochen, ihr verschwollenes Auge brannte, und Nadelstiche schienen durch ihr verletztes Ohr hindurchzuschießen. Sie hatte seit Ewigkeiten nichts gegessen und war schwach vor Hunger. Im Grunde konnte sie sich nicht vorstellen, auch nur einen einzigen Schritt zu tun. Als sie zu Maximilian gesagt hatte, sie wolle ihn begleiten, hatte sie sich völlig überschätzt. Offenbar hatte er hingegen ihre augenblickliche Konstitution richtig beurteilt.

Jedoch empfand sie es zunehmend als Folter, hier zu sitzen. Wie viel Zeit war eigentlich verstrichen? Zwanzig Minuten? Eine halbe Stunde? Die Uhr im Wagen zeigte auf fast halb zwölf, aber das brachte Inga nicht viel weiter, weil sie versäumt hatte, die Zeit zu kontrollieren, als Maximilian sie verlassen hatte. Es schien ihr eine Ewigkeit her zu sein. Aber vielleicht täuschte sie sich.

Sie saß in diesem hermetisch verriegelten Auto, spähte immer wieder angstvoll nach draußen, weil sie jeden Moment erwartete, ihren wahnsinnigen Ehemann zwischen den Bäumen auftauchen zu sehen. Und überlegte verzweifelt, welche Szenen sich jetzt wohl in Rebeccas Haus abspielen mochten. Ein richtiger Zweikampf, Mann gegen Mann? Maximilian, der Marius niederschlug, ihm die Faust in den Bauch rammte, wieder und wieder? Er war losgezogen mit der Entschlossenheit eines Mannes, der die Frau, die er liebt, aus den Klauen eines Feuer speienden Drachen befreien will – eine Entschlossenheit, die den Kräften Flügel verlieh.

Wie verrückt von Rebecca, seine Liebe nicht zu erkennen, dachte Inga, sich hier in Trauer zu vergraben, statt mit Maximilian ein neues Glück zu wagen.

Sollte sich die Gelegenheit ergeben, sie würde Rebecca dies sagen. Auf die Gefahr hin, brüsk zurückgewiesen zu werden. Aber wenigstens einmal sollte Rebecca hören, dass sie dabei war, eine große Chance zu verspielen.

Sollte sich die Gelegenheit ergeben ...

Es waren auch andere Bilder, die vor Ingas Augen auftauchten. Wenn es Maximilian nicht geglückt war, Marius zu überraschen, dann mochten die Szenen, die jetzt im Haus stattfanden, ganz anders aussehen. Wer sagte ihr, dass Maximilian der Stärkere war? Marius war zwanzig Jahre jünger, von der Kraft seines Irrsinns, seiner jahrelang gestauten Qualen getragen. Er mochte als Sieger aus einem Kampf hervorgehen, und das wäre das Ende. Für Rebecca. Vielleicht auch für sie, Inga.

Maximilian hatte den Autoschlüssel nicht stecken lassen. Warum eigentlich nicht? Gewohnheit vielleicht. Auf jeden Fall kam sie hier nicht weg. Nur zu Fuß, und dazu fehlte ihr die Kraft.

Marius ist völlig übermüdet. Er hat seit Ewigkeiten nicht geschlafen. Nicht gegessen. Wahrscheinlich auch kaum etwas getrunken. Trotz der langen Autofahrt ist Maximilian viel ausgeruhter. Und damit stärker. Er wird ihn überwältigen.

Sie versuchte sich diese Gedanken immer wieder zu suggerieren. Was aber an ihren Ängsten und Befürchtungen kaum etwas änderte. Und hätte Maximilian nicht längst zurück sein müssen, wenn es ihm gelungen wäre, Rebecca zu befreien?

Es war jetzt zwanzig vor zwölf. Das alles dauerte zu lang.

Wirklich? Schließlich hatte sie nicht den geringsten Maßstab für Fälle dieser Art. Wie lange dauerte es im Allgemeinen, einen rasenden Psychopathen – denn vielleicht war ihr Mann das: ein Psychopath – unschädlich zu machen und einen Menschen aus seiner Gewalt zu befreien?

Es konnte nicht lange dauern. Es funktionierte entweder, oder es funktionierte nicht. Das musste sich bereits nach wenigen Sekunden entscheiden.

Aber was, wenn Maximilian Marius gar nicht antraf? Wenn dieser auf der Suche nach seiner entflohenen Frau irgendwo in der Nacht herumirrte?

Aber dann könnte er Rebecca ohne Schwierigkeiten befreien. Mit ihr zum Auto laufen, und sie könnten sich endlich auf und davon machen, die Polizei verständigen, den Albtraum beenden ...

Warum kamen sie nicht? Es war bald Mitternacht. Irgendetwas stimmte da nicht. Wenn ich nur das Auto starten könnte, dachte Inga, dann könnte ich wenigstens Hilfe holen.

Es würde ihr nichts übrig bleiben, als auszusteigen und selbst noch einmal zum Haus zu laufen. Nachzusehen, ob Maximilian in Bedrängnis war. Zwar hielt sie es für mehr als unwahrscheinlich, dass ausgerechnet sie ihm würde helfen können, und abgesehen davon wurde ihr geradezu schlecht vor Angst bei der Vorstellung, ihrem Peiniger Marius noch einmal gegenüberzustehen, aber die Alternative war, weiterhin untätig in diesem Auto herumzusitzen, und sie fürchtete, dass sie dies innerhalb der nächsten Viertelstunde in einen Nervenzusammenbruch treiben würde.

Ich muss jetzt wissen, was geschieht.

Fraglich blieb natürlich auch, ob sie es in ihrem geschwächten Zustand schaffen würde, Rebeccas Haus zu erreichen. Sie griff noch einmal nach der Wasserflasche, die Maximilian ihr vorhin gegeben hatte, aber sie hatte sie tatsächlich vollständig leer getrunken. Immer noch war sie entsetzlich durstig. Im Dunkeln tastete sie auf dem Rücksitz herum. Vielleicht hatte er noch etwas zu trinken dort. Oder sogar etwas Essbares. Ihre Hand fand einen kleinen, harten Gegenstand. Ein Handy.

Sie holte es nach vorne und starrte überrascht auf das Display, dessen Beleuchtung sie mit ihrer Berührung angeschaltet hatte. Das Handy hatte vollen Empfang und war vollständig geladen. Wieso hatte Maximilian vorhin behauptet, das Gerät sei leer und man könne nicht telefonieren? Vielleicht hatte er sich einfach geirrt. Oder …

Oder er wollte nicht, dass die Polizei kommt, dachte Inga, er will Rebecca befreien, er allein. Er will der Ritter sein, der den Drachen tötet. Vielleicht sieht er darin seine Chance, ihr Herz zu gewinnen. Und missachtet das Risiko. Männer können sich so schrecklich idiotisch aufführen.

Es half ihr nicht viel, über ein Telefon zu verfügen, da sie die Notrufnummer der französischen Polizei nicht kannte. Kurz überlegte sie, ob es Sinn machte, die deutsche Polizei anzurufen. Sie würde wohl bei irgendeiner Zentrale landen, dann erklären, dass sie sich im Wald unweit des Cap Sicié in Südfrankreich befand, dass sich der in Deutschland gesuchte Marius Hagenau in einem Haus einige hundert Meter vor ihr aufhielt, eine Frau in seiner Gewalt hatte, aber vielleicht schon von einem soeben aufgetauchten deutschen Arzt überwältigt worden war. Der sich aber wiederum plötzlich nicht mehr blicken ließ, weshalb sie fürchtete …

Es würde endlos dauern, bis sich auf diese Weise etwas in Bewegung setzte. Entschlossen löste sie die Zentralverriegelung und stieß die Autotür auf. Das Handy steckte sie unter ihr Nachthemd in den Gummibund ihrer Unterhose; vielleicht konnte sie es noch brauchen.

Die ersten Schritte tat sie auf Beinen, die sich wie Wackelpudding anfühlten. Für einen Moment wurde es Inga sogar schwarz vor den Augen, als ihr Kreislauf gegen das hastige Aufstehen rebellierte. Sie blieb stehen und atmete tief durch. Es wurde besser. Sie konnte wieder sehen, und auch ihre Beine wurden langsam stabiler.

Das Auto war wie eine Schutzhülle gewesen, ein winziges Stück Sicherheit inmitten von Chaos und Gewalt und unfassbaren Dingen, die sich in den vergangenen achtundvierzig Stunden ereignet hatten. Die Angst brach nun fast unkontrolliert über sie herein, sie musste noch einmal stehen bleiben, noch einmal tief durchatmen. Schweiß brach ihr aus allen Poren. Sie war versucht, sich in das Auto zurückzuflüchten, sich einzuigeln, auf den Morgen zu warten, darauf, dass andere Menschen vorbeikamen … Aber dann konnte es zu spät sein. Für Rebecca. Vielleicht auch für Maximilian.

Sie biss die Zähne zusammen und ging weiter.

Freitag, 30. Juli

I

Das Haus lag so dunkel und schweigend, als sei es verlassen. Schwarze Fenster, nirgends ein Lichtschein. Nichts bewegte sich. Nur die Bäume entlang des Zauns im Vorgarten raschelten leise im Nachtwind.

Inga näherte sich von der Vorderseite. Der umständliche Weg über Klippen und Strand hätte ihre Lage auch nicht verbessert, er hätte sie nur Zeit gekostet und ihr Kräfte abverlangt, über die sie nicht mehr verfügte.

Es ist ja auch gleich, von welcher Richtung aus ich in mein Verderben laufe, dachte sie. Sie hätte gern nach Maximilian oder Rebecca gerufen, wagte es aber nicht, solange sie keine Ahnung hatte, was geschehen war. Sie nutzte den Schutz der Bäume, um das Haus zu erreichen. Als sie mit den Händen die dicken, steinernen Mauern berührte, merkte sie erst, dass sie auf den Metern durch den Garten nicht geatmet hatte.

Direkt über ihr befand sich das eingeschlagene Fenster der Toilette. Marius hatte es wieder geschlossen, aber es sollte kein Problem sein, hineinzugreifen und es zu öffnen. Dennoch wollte sie es zuerst bei der Haustür versuchen, die ein paar Schritte weiter lag; sollte sie unverschlossen sein, bot sie jedenfalls die Möglichkeit zu einem leiseren Eintreten.

Die Klinke ließ sich hinunterdrücken, aber die Tür gab nicht nach. Sollte das bedeuten, dass Marius ihr Verschwinden noch immer nicht bemerkt hatte? Denn sonst wäre er doch sicher hier vorn herausgestürmt und hätte bei seiner Rückkehr nicht wieder sorgfältig abgeschlossen. Möglich, aber es konnte sich auch ganz anders verhalten haben. Er war gleich durch die Terrassentür hinausgelaufen, hatte nach ihr gesucht, und war dann dort auch wieder hineingegangen.

Müßig, darüber nachzudenken. Sie hatte einfach keine Ahnung. Es brachte sie nicht weiter, sich ständig Szenarien auszudenken, um sich innerlich auf irgendetwas einzustellen. Denn sie stocherte im Nebel, und jedes Bild, das sie entwarf, musste sie sogleich wieder beiseite legen.

Da sie eine instinktive Angst davor hatte, das Wohnzimmer zu betreten – was wusste sie schon, wer sich dort vielleicht aufhielt –, entschied sie sich nun doch für den Weg durch das Toilettenfenster. Es bereitete ihr keine Probleme, das hoch gelegene Fenster zu öffnen, sie war zum Glück groß genug. Als wesentlich schwieriger erwies es sich, die Kraft zu finden, um sich mit einem Klimmzug auf das Fensterbrett hochzustemmen. Sie sah sich um, ob irgendetwas herumstand, das sie als Tritt benutzen konnte, aber da war nichts, und es wäre zu gefährlich gewesen, lange herumzusuchen. Also musste es so gehen. Wäre da nur nicht das Gefühl gewesen, dass sich alle ihre Muskeln in geschmolzene Butter aufgelöst hätten.

Beim vierten Anlauf war sie oben und schaffte es, ihr rechtes Bein nach innen zu schwingen, so dass sie nun rittlings im Fensterrahmen saß. Ihr Herz raste von der Anstrengung, sie war schon wieder klatschnass, und ihre Beine zitterten so, dass sie zehn Minuten verharren musste, ehe sie an den Abstieg denken konnte. Jedenfalls glaubte sie, es seien zehn Minuten gewesen. Im Grunde hatte sie jegliches Zeitgefühl verloren und meinte nur, dass alles, was sie tat, atemberaubend langsam geschah.

Endlich rutschte sie auf der Innenseite hinunter, kam mit den Füßen auf der Toilette zu stehen und stieg von dort auf den Fußboden. Zu spät fiel ihr ein, dass dort noch alles voller Glasscherben lag. Erst ein scharfer Schmerz in ihrem rechten Fuß brachte ihr diesen Umstand ins Gedächtnis. Sie jammerte leise auf und fühlte warmes Blut zwischen ihren Zehen hindurchquellen. Als ob ihre Lage nicht auch so schon schlimm genug gewesen wäre, hatte sie sich nun auch noch eine erhebliche Verletzung zugezogen.

Sie sank auf die Toilette und wickelte sich aus dem Toilettenpapier einen dicken Verband um den Fuß, wozu sie fast die ganze Rolle verbrauchte. Vermutlich würde dieses Provisorium nicht lange halten, aber für den Moment blieb ihr keine andere Möglichkeit.

Sie humpelte hinaus in den Flur. Auch hier brannte kein Licht, aber durch die Küche fiel Mondschein herein, und sie konnte in Umrissen die Möbel sehen und die Treppe, die nach oben führte. Es herrschte völlige Stille.

»Maximilian?«, wisperte sie, und dann: »Rebecca?«

Aber natürlich antwortete niemand; sie hatte die Namen beinahe lautlos gehaucht, und selbst jemand, der sich in der Nähe aufgehalten hätte, hätte sie nicht hören können.

So leise sie konnte, schlich sie die Treppe hinauf, wobei sie den schneidenden Schmerz in ihrem Fuß zu ignorieren versuchte. Ebenso den Umstand, dass sich der dürftige Verband aus Klopapier schon nass und klebrig anfühlte und offenbar bereits restlos durchweicht war. Vielleicht würde sie in dieser Nacht hier in diesem Haus verbluten, aber sie dachte, dass das wohl keinerlei Rolle mehr spielte.

Auch oben brannte nirgends Licht, und sie fragte sich, wer es wohl überall im Haus gelöscht hatte. Marius? Maximilian? Und warum?

Sie spähte ins Badezimmer, dann in das kleine Arbeitszimmer. Weiß glänzte der Computer im Mondlicht.

»Maximilian?«, flüsterte sie erneut.

Am Ende des Ganges lag Rebeccas Schlafzimmer, gleich neben der Treppe, die zum Gästezimmer unter dem Dach führte. In ihrem Schlafzimmer war Rebecca zwei Nächte zuvor von Marius überwältigt worden. Hier hatten sich die Hauptstücke des Dramas abgespielt. Hier konnte absolut Entsetzliches auf sie warten.

Inga schob langsam und voller Angst die Tür auf.

Auf dem Fußboden mitten im Zimmer lag eine Gestalt. Sie hörte ein leises, keuchendes Atmen; es klang, als ringe jemand um jeden Atemzug.

»Rebecca?«

Es kam keine Antwort. Nichts war zu hören als das stoßweise Kämpfen um Atem.

Sie huschte ins Zimmer, kauerte neben der Gestalt nieder. Im Schein des Mondes erkannte sie Marius' kalkweißes Gesicht, das von Schweiß überströmt war. Sein ungewaschenes, stinkendes T-Shirt war nass und roch durchdringend nach Blut. Marius lag hier im Zimmer, schwer verletzt, und verblutete. Sein Atem hörte sich an, als ringe er mit dem Tod.

»Marius«, flüsterte sie. Sie hob seinen Kopf ein wenig an, suchte nach einer Regung in seinem Gesicht. Aber er war wohl bewusstlos, er reagierte nicht auf sie. Sehr vorsichtig legte sie seinen Kopf wieder auf den Boden, nahm seinen Arm hoch und fühlte seinen Puls. Er war schwach und langsam.

Trotz allem, was er getan hatte: Er war ihr Mann, sie hatte ihn geliebt, hatte mit ihm gelebt. Sie konnte ihn nicht hier liegen und sterben lassen.

Wo, zum Teufel, waren Maximilian und Rebecca? Offenbar war Maximilians Vorhaben geglückt, er hatte Marius außer Gefecht gesetzt. Auf welche Weise eigentlich? Hatte er ein Messer gehabt? Eine so stark blutende Wunde konnte man nur mit Hilfe einer Waffe herbeiführen. Oder einer Pistole? Aber dann hätte sie einen Schuss hören müssen. Außerdem hätte er es ihr sicher gesagt, wenn er bewaffnet gewesen wäre. Oder auch nicht. Entnervt und ausgelaugt, wie sie gewesen war, hätte er vielleicht vorsichtshalber überhaupt nichts gesagt.

Draußen im Gang schaltete sie das Licht ein. Sofort sah alles um sie herum normaler, vertrauenerweckender aus. Der weiße hölzerne Schrank, der gewebte Läufer, das Bild an der Wand, das ein Lavendelfeld zeigte ... alles war vertraut und friedlich. Und doch lag dort hinten in dem Zimmer ihr Mann, schwer verletzt, um Atem ringend, und er hatte möglicherweise zwei alte Leute, seine Pflegeeltern, auf grausame Weise umgebracht. Es war unvorstellbar. Inga konnte spüren, dass sie über dieser Information in eine Art Schock geraten war, dass das ungeheuerliche Ausmaß dieser Nachricht noch gar nicht wirklich von ihr begriffen wurde. Irgendwann würde sie über all dem, was in den letzten zwei Tagen geschehen war, zusammenbrechen. Dann, wenn der Albtraum endlich vorüber wäre.

Aber war er das nicht schon? Marius stellte keine Gefahr mehr dar. Rebecca war frei. Warum wurde sie, Inga, das Gefühl einer Bedrohung nicht los?

Sie humpelte die Treppe hinunter. Sie konnte sehen, dass ihr Verband am Fuß blutgetränkt war. Wahrscheinlich hinterließ sie rote Abdrücke auf ihrem Weg nach unten. Oben schwamm Marius in seinem Blut. Am Schluss würde dieses Haus einem Schlachthof ähneln.

Sie schaltete auch im unteren Flur das Licht an. Jetzt erst fiel ihr auf, wie durchdringend es hier nach Angebranntem roch. Sie warf einen Blick in die Küche. Auf dem Herd, den irgendjemand inzwischen ausgeschaltet hatte, stand ein Kochtopf mit einer undefinierbaren, schwarz verkohlten Masse darin. Sie erinnerte sich, dass Marius gerade zu kochen begonnen hatte, als sie geflüchtet war.

»Rebecca!«, rief sie. »Ich bin es, Inga! Maximilian! Wo seid ihr?«

Sie hatte das Wohnzimmer erreicht, öffnete die Tür.

Ihre Augen mussten sich an das Dämmerlicht gewöhnen. Die Fensterläden waren geschlossen, kein Mondlicht sickerte ein, aber es brannten ein paar Kerzen. Auf dem Stuhl, auf dem Inga so viele Stunden gefesselt, elend und gequält gesessen hatte, saß nun Rebecca. Sie war nicht gefesselt, aber sie sah entsetzlich aus, was sogar in der seltsam schummrigen Beleuchtung zu erkennen war. Strähnige, wirre Haare, kreidebleich, tiefe Ringe unter den Augen. Ihr gegenüber, auf einem anderen Stuhl, saß Maximilian.

Das Bild drang langsam und schwerfällig in Ingas Bewusstsein, und sie dachte: Wie seltsam. Wieso sitzen die hier bei Kerzenlicht herum?

Im selben Moment, da sie dies dachte, öffnete Rebecca den Mund. Sie schrie so plötzlich, dass Inga entsetzt zusammenfuhr: »Verschwinde, Inga! Lauf weg! Lauf, so schnell du kannst! Er ist wahnsinnig! Lauf doch weg!«

Sie begriff nicht. Marius konnte keiner Fliege mehr etwas zuleide tun. Wusste Rebecca das noch nicht?

Sie wollte ihr antworten, wollte ihr erklären, dass sie keine Angst mehr zu haben brauchte. Da fiel ihr Blick auf Maximilian. Er hatte eine Pistole in der Hand, und er grinste sie an – krank und gemein.

2

»Wie heißt der Ort?«, fragte Kronborg. »Können Sie mir das bitte buchstabieren?«

Er war eigentlich noch gar nicht richtig wach. Es war kurz

nach sieben am Morgen, und er befand sich schon wieder in seinem Büro. Außer ihm war noch kein Mensch in der Abteilung. Es roch nach den Desinfektionsmitteln der Putzkolonne vom Vorabend, und natürlich gab es noch kein Zimmer, in dem jemand Kaffee durch seine Maschine laufen ließ. Kronborg, der nicht gefrühstückt hatte, weil er die Einsamkeit am Frühstückstisch noch weniger ertrug als die beim Abendessen, wusste, dass er dringend einen Kaffee brauchte, um klar denken zu können.

Aber egal. Er hatte die aufgeregte Sabrina Baldini am Telefon und musste einfach auf irgendeine Weise funktionieren.

»Le Brusc«, wiederholte er, »Gemeinde Six Fours. Da sind Sie sicher?«

Sabrina klang hektisch. »Ganz sicher. Ich wusste genau, dass noch irgendwo ein Brief sein musste, den mir Rebecca vor ein paar Jahren aus dem Urlaub geschrieben hatte. Da stand auch der Absender. Ich habe die halbe Nacht gesucht ... Rebecca wird so heftig bedroht in den Briefen, und Sie hatten ja auch gefragt .... Ich meine, man muss sie warnen, nicht wahr? Ich bin jetzt richtig erleichtert, dass ich die Adresse gefunden habe. Und dass ich Sie so früh erreichen konnte! Um diese Uhrzeit hatte ich gar nicht damit gerechnet!«

»Ich bin ein Frühaufsteher«, behauptete Kronborg. In gewisser Weise stimmte es auch, aber früher war das anders gewesen, und die Gründe für seine veränderten Lebensgewohnheiten waren alles andere als schön. »Also dort, in Le Brusc, hatte sie ihr Ferienhaus?«

»Ja. Zusammen mit ihrem Mann. Ich meine, die Wahrscheinlichkeit, dass sie sich dorthin zurückgezogen hat, ist recht groß, weil ihr Mann den Ort so geliebt hat. Natürlich kann man es nicht genau wissen, aber ...«

»Aber wir können versuchen, sie dort aufzustöbern«, sagte Kronborg. »Das war ein sehr wichtiger Hinweis, Frau Baldini.«

»Ich bin froh, wenn ich irgendetwas tun kann«, sagte Sabrina, »denn ich mache mir die heftigsten Vorwürfe. Schließlich habe ich damals nicht richtig gehandelt, als der kleine Marius anrief. Rebecca wusste überhaupt nichts davon, und nun gerät sie am Ende noch in Gefahr deswegen.«

»Aber vielleicht können wir die Gefahr rechtzeitig abwenden. Dank Ihrer Hilfe.«

»Ja … hoffentlich«, meinte Sabrina zaghaft. Kronborg hatte feine Antennen, er nahm Schwingungen wahr, die andere gar nicht bemerkten. Diese Fähigkeit war unerlässlich in seinem Beruf. Er spürte, dass Sabrina Baldini noch irgendetwas loswerden wollte, sich aber nicht durchringen konnte, den Anfang zu machen.

»Haben Sie noch etwas auf dem Herzen?«, fragte er. »Etwas, wovon Sie meinen, es könnte wichtig sein?«

»Ich möchte Ihre Zeit nicht stehlen«, sagte Sabrina.

»Es ist kurz nach sieben, ich bin ganz allein, niemand will im Moment etwas von mir. Ich habe Zeit für Sie«, sagte Kronborg. Er musste mit den Kollegen in Six Fours telefonieren, aber vielleicht hatte Sabrina etwas Entscheidendes zu sagen, und wenn er sie auf später vertröstete, fand sie überhaupt nicht mehr den Mut.

»Ich … es hat wahrscheinlich mit all dem gar nichts zu tun, aber … ich muss da immer an etwas denken …«

»Sagen Sie es einfach. Manchmal haben Dinge durchaus etwas miteinander zu tun, auch wenn wir die Verbindungen erst gar nicht sehen«, sagte Kronborg geduldig.

»Nun, Sie wissen ja vielleicht, dass ich von meinem Mann getrennt lebe?«

»Sie erwähnten das, ja.«

»Der Grund für unsere Trennung … also der Grund, weshalb mein Mann mich verlassen hat, war ...« Es war Sabrina sichtlich peinlich, mit der Sprache herauszurücken. »Ich hatte vor einem Jahr eine Affäre. Genauer gesagt, vom Dezember des vorletzten Jahres bis zum November letzten Jahres.«

Kronborg begann sich nun ebenfalls zu fragen, wo der Zusammenhang liegen mochte. Vielleicht war sein Tonfall Sabrina gegenüber zu väterlich gewesen. Sie brauchte jemanden, bei dem sie ihr Herz ausschütten und ihr Gewissen erleichtern konnte, nachdem sie elf Monate lang ihren wahrscheinlich völlig ahnungslosen Gatten nach Strich und Faden betrogen hatte.

Frauen können so skrupellos sein, dachte er, aber natürlich wusste er genau, dass ihnen die Männer darin in nichts nachstanden.

»Frau Baldini«, setzte er an, mit einer ersten leisen Ungeduld in der Stimme, die ihr zeigen sollte, dass es nicht seine Aufgabe war, anderen Menschen eine Generalbeichte abzunehmen und ihnen am Ende noch die Absolution zu erteilen. Untreuen Ehefrauen schon gar nicht, da war er viel zu sehr gebranntes Kind.

»Mich beschäftigt der Gedanke, dass ich ... diesem Mann von der Sache erzählt habe«, sagte Sabrina hastig. »Von der Sache mit Marius Peters. Das muss natürlich gar nichts bedeuten, aber ...«

Kronborg war jetzt wieder ganz wach und hellhörig. »Sie haben Ihrem ... Liebhaber von Marius Peters erzählt? Weshalb? Ich meine, so wie ich Sie verstanden habe, war Ihnen die Bedeutung dieses Falles bis jetzt doch gar nicht wirklich bewusst?«

Oder es war dir sehr wohl bewusst, dachte er, und du hast aus Bequemlichkeit geschwiegen? Das würde bedeuten, dass dieser arme kleine Junge damals wirklich von allen und jedem verraten wurde.

»Es war mir auch nicht so bewusst. Aber er … also, mein Freund, er wollte immerzu über Rebecca Brandt sprechen. Am Anfang nicht so sehr, aber es wurde dann immer intensiver. Das war schließlich auch der Grund, weshalb ich die Geschichte beendet habe. Weil ich das Gefühl bekam, dass es ihm überhaupt nicht um mich ging. Sondern nur um Rebecca.«

»Kannte er sie denn? Rebecca Brandt, meine ich?«

»Ja«, sagte Sabrina, »ich habe ihn ja in ihrem Haus kennen gelernt. Bei einer Weihnachtsfeier, die sie und ihr Mann veranstaltet haben. Ich war ohne meinen Mann dort, unsere Ehe lief schon nicht mehr besonders gut … Jedenfalls fing die Geschichte zwischen uns da an. Ich dachte, wir hätten eine Zukunft zusammen, aber … wie gesagt, für mich interessierte er sich irgendwann gar nicht mehr.«

»Das müssen Sie mir jetzt alles ganz genau erzählen«, sagte Kronborg. Seine Müdigkeit und seine Verdrossenheit waren wie weggeblasen. Sein Instinkt sagte ihm, dass hier etwas sein konnte. »Wie heißt der Mann?«

»Maximilian. Maximilian Kemper.«

3

Warum hatte sie nicht gleich gemerkt, dass etwas nicht stimmte? Warum waren ihr nicht die Ungereimtheiten ins Auge gesprungen? Oder war es einfach so, dass man überhaupt nichts mehr realisierte, wenn man, geschwächt und dem Verdursten nahe, nachts durch einen Wald rannte, auf der Flucht vor einem unberechenbaren und gefährlichen Feind?

Inga wusste nur, dass sie einen furchtbaren Fehler gemacht hatte. Maximilian war ihr Retter in der Not gewesen, und nichts von dem, was er sagte, hatte sie stutzig werden lassen. Er hatte Marius' Bild in der Zeitung entdeckt, hatte die Geschichte dazu gelesen und erfahren, dass die deutsche Polizei fieberhaft nach ihm fahndete. Wäre es da nicht normal gewesen, bei der Polizei anzurufen und zu sagen, was man wusste? Anstatt sich ins Auto zu setzen und auf eigene Faust nach Südfrankreich zu fahren, was eine Verzögerung von zwölf Stunden bedeutete. Zwölf Stunden, in denen viel geschehen konnte.

Aber natürlich war es das richtige Verhalten, wenn man nie vorgehabt hatte, sich an die Polizei zu wenden.

Und dann sein Handy. Spätestens da hätten alle Alarmglocken bei ihr schrillen müssen. Wie konnte er behaupten, der Akku sei leer, wenn er voll geladen war? Darüber konnte es kein Missverständnis geben. Und wie war es überhaupt möglich, dass der Akku des Geräts nach zwölf Stunden Fahrt, in denen es offenbar weder im Auto angeschlossen noch ausgeschaltet gewesen war, nichts an Ladung verloren hatte? Dieser Umstand ließ darauf schließen, dass Maximilian keineswegs eine so weite Reise hinter sich hatte. Vielleicht war er nie fort gewesen. Vielleicht hatte er sich die ganze Zeit über in der Gegend aufgehalten.

Das Handy war im Moment Ingas einziger kleiner Strohhalm. Es klemmte noch immer unter ihrem Nachthemd, das Metall auf ihrer nackten Haut war inzwischen ganz warm geworden. Solange Maximilian keine Ausbuchtung bemerkte oder das Gerät auf den Boden rutschte – oder im schlimmsten Fall zu klingeln begann –, wusste er nicht, dass sie es hatte. Und damit möglicherweise über einen Kontakt zur Außenwelt verfügen konnte. Es war eine minimale Chance, aber sie hielt sich innerlich daran fest, um nicht in Panik zu geraten.

Allerdings zeichnete sich für den Moment keine Gelegenheit ab, irgendjemanden anrufen zu können. Sie und Rebecca saßen seit Stunden in dem abgedunkelten Zimmer, in dem nur der Kerzenschein ein unheimlich flackerndes Licht verbreitete, in Schach gehalten von Maximilians Pistole, mit der dieser in aufreizend lässiger Weise herumspielte. Rebecca kauerte auf demselben Stuhl wie zuvor. Inga war von Maximilian zu einem Ohrensessel in der Ecke des Zimmers dirigiert worden. Sie saß dort sehr verkrampft, bemüht, sich nicht zu bewegen, um das Handy nicht verrutschen zu lassen. Maximilian, der auf und ab ging, sich gelegentlich setzte, dann wieder aufstand, war in der Hauptsache auf Rebecca konzentriert; es hatte den Anschein, als interessiere ihn Inga nicht wirklich. Allerdings musste sie auf der Hut bleiben. Unvermittelt richtete er zwischendurch auch das Wort an sie, und er schaute auch immer wieder zu ihr herüber. Es war ausgeschlossen, dass sie irgendetwas hätte tun können, was er nicht bemerkte.

Er hatte ihr fast beiläufig erklärt, er habe auf Marius geschossen – ein Kissen hatte verhindert, dass man in der Umgebung etwas hatte hören können –, und wahrscheinlich sei er schon tot.

»Oder auf dem besten Weg dorthin.« Er schaute Inga an. »Sorry. Musste sein.«

Sie hatte versucht zu verstehen, was sich hinter alldem verbarg. »Marius ... ist Marius überhaupt gefährlich?«

Maximilian hatte gelacht. Ein kaltes und böses Lachen. »Marius? Der ist ein harmloses kleines Stück Hundescheiße. Ziemlich neurotisch, weil er eine recht hässliche Vergangenheit hat. Aber ansonsten ... der tut keiner Fliege etwas zuleide!« Dann hatte er wieder gelacht. »Obwohl mich dein blaues Auge schon beeindruckt. Hätte ich ihm gar nicht zugetraut.«

Sie dachte an Marius auf dem Schiff. Als er sie grob in die Kajüte geschubst hatte. Später, hier im Wohnzimmer, als er sie ohrfeigte. Unschön, furchtbar. Aber wahrscheinlich das Äußerste, wozu er unter einer bestimmten nervlichen Anspannung fähig war. Er war kein Killer. Er hätte weder ihr noch Rebecca jemals ernsthaft etwas zuleide getan. Er hätte sie vor Maximilian beschützt. Nun lag er dort oben in Rebeccas Schlafzimmer auf dem Fußboden und verlor literweise Blut, und wenn nicht sehr bald Hilfe käme, wäre er tot, ehe der Morgen anbrach.

Und wir auch, dachte sie voller Gewissheit, wir sind auch tot, ehe es wieder Abend wird.

4

Kronborg gewann ein Bild. Noch war vieles unklar, manche Konturen verwischt. Dennoch war es, als setze sich langsam ein Puzzle zusammen. Es konnte den Anschein, den die Situation hatte, verändern. Es konnte aber auch unbedeutend sein. Das hätte er nicht so genau zu sagen gewusst. Sicher war nur, dass ein Nerv bei ihm zu vibrieren begonnen hatte, und aus Erfahrung wusste er, dass das selten ohne Grund geschah.

Maximilian Kemper war ein Freund des verstorbenen Felix Brandt gewesen, der beste Freund vielleicht, jedenfalls hatte er sich Sabrina Baldini gegenüber dahingehend geäußert. Er war im Hause Brandt aus und ein gegangen, ganz besonders nach seiner Scheidung, die inzwischen sieben Jahre zurücklag.

»Er hat immer erzählt, dass es eine furchtbare Scheidung war«, hatte Sabrina berichtet, »schmutzig und unversöhnlich. Seine Frau muss ihn finanziell sehr ausgesaugt haben.«

Maximilian war bei der besagten Weihnachtsfeier natürlich allein gewesen, ebenso wie Sabrina Baldini, und als die beiden einzigen Singles waren sie irgendwann fast zwangsläufig miteinander ins Gespräch gekommen. Er flirtete heftig mit Sabrina, gab ihr das Gefühl, sie sei begehrenswert und einzigartig, und Sabrina, in ihrer Ehe schon lange einsam und frustriert, ließ sich mit Haut und Haaren auf ihn ein.

»Ich hätte mich ja gleich von meinem Mann getrennt. Diese ganze Heimlichtuerei lag mir überhaupt nicht. Im Gegenteil, es laugte mich psychisch aus. Ich wurde immer dünner und hatte ständig Magenschmerzen. Aber Maximilian wollte nicht, dass wir unsere Beziehung öffentlich machten. Er hatte dafür immer wieder tausend Gründe und Erklärungen parat. Ich war süchtig nach ihm, ich ließ mir alles einreden. Heute denke ich, er wollte tatsächlich nie etwas von mir. Wäre ich plötzlich frei gewesen, wäre ich ihm viel zu anstrengend geworden.«

Sie hatten sich in Hotels getroffen, in einsamen Gasthöfen, auf abseits gelegenen Parkplätzen. Maximilian war in der Anfangsphase ein aufmerksamer, besorgter und feinfühliger Liebhaber. Er nahm großen Anteil an Sabrinas Leben, wollte immer genau wissen, was sie tat, was sie fühlte. Es fiel Sabrina zunächst nicht auf, dass er sich dabei besonders für ihre Freundschaft mit Rebecca interessierte.

»Freundschaft ist da sowieso zu viel gesagt. Ich hatte einige Jahre in ihrer Kinderschutzinitiative mitgearbeitet. Wir waren Kolleginnen, die sich ganz gut verstanden, aber wir erzählten einander im Grunde keine privaten Dinge. Inzwischen war ich ja auch längst bei *Kinderruf* ausgeschieden. Wenn sie Partys veranstaltete, wie diese Weihnachtsfeier, lud sie mich noch mit ein, aber das bedeutete letztlich auch nur, dass wir uns vielleicht ein- oder zweimal im Jahr sahen. Ich wusste und weiß wenig über sie.«

Verliebt und vernarrt, wie sie in Maximilian war, hatte sie sich dennoch immer bemüht, seine Neugier, was Rebecca anging, zu befriedigen. Irgendwann war Maximilian unverblümter geworden, hatte immer direkter gefragt. Natürlich hatte sich Sabrina gewundert, hatte wissen wollen, was ihn denn so an Rebecca interessiere.

»Ich dachte, er müsste sie doch viel besser kennen als ich. Schließlich war er so gut mit ihrem Mann befreundet und hielt sich so oft im Haus der beiden auf. Er erklärte, er sei ein so großer Bewunderer von Rebeccas Arbeit, und leider sei sie in diesem Punkt überhaupt nicht gesprächig. Mich wunderte das ein bisschen, denn ich hatte Rebecca immer als einen Menschen erlebt, der sich sehr mit seiner Arbeit identifiziert und gern darüber redet. Ohne dass sie die Namen betroffener Personen genannt hätte natürlich. Sie war immer sehr korrekt.« Sabrina hatte einen Moment geschwiegen. Sie und Kronborg hatten zu diesem Zeitpunkt schon nicht mehr am Telefon miteinander gesprochen. Er war zu ihr gefahren, sie wohnte glücklicherweise nicht weit entfernt vom Präsidium. In einer ruhigen Nebenstraße, im Erdgeschoss eines Mehrfamilienhauses. Zu ihrer Wohnung gehörten eine schöne, große Terrasse und ein sonniger Garten.

»Seit ich die Drohbriefe bekomme, habe ich nach fünf Uhr nachmittags den ganzen Sommer über nicht mehr draußen gesessen«, hatte Sabrina erzählt. Auch jetzt saßen sie einander im Wohnzimmer gegenüber. Sabrina hatte einen starken, sehr guten Kaffee gemacht und ein paar gebutterte Toastscheiben auf den Tisch gestellt. Es war halb acht gewesen.

Endlich Kaffee, hatte Kronborg voller Dankbarkeit gedacht, und sogar etwas zu essen.

Er wusste, dass es richtig gewesen war, Sabrina persönlich aufzusuchen. Für viele Menschen war es viel schwieriger, am Telefon zu sprechen als von Angesicht zu Angesicht. Er würde mehr erfahren, wenn sie ihm in die Augen schauen konnte.

»Ich wollte ihn um keinen Preis verlieren. Ich dachte damals, ich könnte nicht leben ohne ihn.« Zu Geständnissen dieser Art hätte sie sich am Telefon wahrscheinlich nicht hinreißen lassen. »Also kramte ich in meinem Gedächtnis herum nach Details aus meiner Zeit bei *Kinderruf*. Details über Rebecca natürlich. Über Projekte, die sie inszeniert hatte, Veranstaltungen. Über ihre Erfolge und ihre Fehlschläge. Es … es war viel mehr, als ich hätte sagen dürfen.« Sie hatte ihn ganz verzweifelt angesehen. »Und ich schäme mich heute so dafür.«

Kronborg fragte sich, welch eine Art Mann dieser Maximilian war. Er musste eine starke Faszination auf Frauen ausüben. Denn Sabrina war keineswegs der klassische Opfertyp, der sich verkauft für ein winziges bisschen Zuneigung und Wärme. Sie war attraktiv und selbstbewusst, wenn auch im Moment vom Gang der Ereignisse eingeschüchtert. Die Einrichtung der Wohnung und auch ihre eigene Aufmachung verrieten, dass sie wohlhabend war. Auf den ersten Blick wäre nie ersichtlich geworden, dass sie sich von einem Mann ausnutzen und hinhalten ließ. Kronborg hatte allerdings schon allzu oft erlebt, dass auf diesem Gebiet der äußere Eindruck häufig trog.

»Ich wollte, dass er zufrieden mit mir ist. Aber er forderte nur mehr und mehr …«

»Haben Sie mit Rebecca Brandt darüber gesprochen?«

»Nein! Nein, mit niemandem. Ich war … ich bin ja noch verheiratet. Keine Menschenseele hat erfahren, dass ich ein … ein Verhältnis hatte.«

Kronborg formulierte seine nächste Frage sehr vorsichtig. »Kam Ihnen jemals der Gedanke, dass … nun, dass Maximilian Kempers Interesse an Rebecca über die normale Faszination eines mit ihrem Mann gut befreundeten Fast-Familienmitglieds hinausging? Dass es vielleicht gar nicht so sehr ihr Engagement für Kinder war, was ihn derart reizte? Sondern dass es ... die *Frau* Rebecca war?«

Er hatte natürlich ins Schwarze getroffen. Sabrinas Augen verdunkelten sich.

»Mehr als einmal«, sagte sie heftig, »wirklich, mehr als einmal kam mir dieser Gedanke. Wir redeten ja nur noch über sie! Wir redeten überhaupt nicht mehr über uns. Geschweige denn über eine gemeinsame Zukunft oder darüber, wann wir uns endlich öffentlich zu unseren Gefühlen bekennen wollten. Aber wenn ich etwas davon andeutete, er könne ... verliebt sein in Rebecca, wurde Maximilian richtig wütend. Ich bekam dann fast Angst vor ihm. Außerdem fing er an zu drohen, er könne mich jeden Moment verlassen. Das war damals für mich eine entsetzliche Vorstellung.«

Er nickte. Er konnte ihr ansehen, was sie mitgemacht hatte. Sabrina Baldini hatte sehr traurige Augen, und sie strahlte eine tiefe Erschöpfung aus, die in Kronborg auf eine unerklärliche Weise die Gewissheit auslöste, dass sie sie nie mehr loswerden würde.

»Wie kamen Sie darauf, ihm von Marius Peters zu erzählen?«, fragte er.

Sie biss die Lippen aufeinander. Sie sah auf einmal sehr verletzlich und jung aus.

»Er ... er drängte wieder nach Informationen. Er meinte, wenn jemand so viele Jahre einer gemeinnützigen Tätigkeit nachgeht wie Rebecca, dann müsste es doch auch einmal einen Skandal gegeben haben. Ich sagte natürlich, da sei keiner gewesen, außerdem hätte er den ja wohl selbst mitbekommen – als enger Freund der Familie sowieso, aber auch, weil eine Skandalgeschichte ja sicherlich in der Zeitung gestanden hätte. Er wurde wieder einmal ziemlich aggressiv. In den Jahren seiner Ehe, ließ er mich wissen, habe er sehr wenig Kontakt mit den Brandts gehabt, denn Rebecca habe seine geschiedene Frau nicht besonders gemocht. Und die Zeitung ... nicht jeder Skandal stehe schließlich in der Zeitung. Es gebe ja auch vertuschte Skandale. Veruntreuung von Geldern beispielsweise, was ja sicherlich von einem Verein wie *Kinderruf* tief unter den Teppich gekehrt würde, um nicht die Anerkennung der Gemeinnützigkeit zu verlieren.« Sie atmete tief. Ihre Augen waren jetzt leicht gerötet. »Aber ich konnte ihm nicht helfen. Rebecca Brandt hatte sich nie etwas zuschulden kommen lassen. Jedenfalls nicht, dass ich es bemerkt hätte. Aber sowieso kann ich mir das bei ihr nicht vorstellen. Sie ist eine durch und durch integre Person.«

Kronborg nickte langsam. Er ahnte, was kam.

»Maximilian Kemper ließ Sie nicht in Ruhe, nicht wahr?«

Sabrina schüttelte den Kopf. Sie war sehr blass; die Auseinandersetzung mit jener dunklen Phase ihres Lebens fiel ihr schwerer, als sie wahrscheinlich erwartet hatte.

Andererseits, dachte Kronborg, muss sie es irgendwann einmal loswerden. Die Last erdrückt sie ja fast.

»Er war ... wie ein Terrier, der sich festgebissen hat. Unnachgiebig. Böse, gehässig und aggressiv, wenn er nicht bekam, was er wollte. Ich begann seine Ausbrüche zu fürchten. Trotzdem konnte ich die Zeit von einem Treffen zum anderen mit ihm kaum aushalten. Er quälte mich. Rief tagelang nicht an. Ließ mich von seiner Sekretärin abwimmeln, wenn ich in seiner Klinik anrief. Zu Hause ging er nicht an den Apparat. Wie oft ich damals weinend auf seinem Anrufbeantworter landete ... ich weiß es nicht. Manchmal sah ich ihn zwei Wochen lang nicht und fürchtete, alles sei zu Ende. Von meinem Mann lebte ich längst in tiefer innerer Distanz. Ich war verzweifelt. Krank vor Einsamkeit und Sehnsucht. Dann plötzlich verabredete er sich wieder mit mir. Nahm mich in die Arme, flüsterte all die zärtlichen Worte, die ich so gut kannte. Und brauchte. Aber unweigerlich …«

»… kam er wieder auf sein Lieblingsthema«, vollendete Kronborg, als Sabrina stockte, »eine Verfehlung in der Vergangenheit Rebecca Brandts.«

»Ja. Und ich wusste ja inzwischen, womit ich zu rechnen hatte, wenn ich nicht funktionierte: mit wochenlangem Liebesentzug. Ich hatte Angst. Wie eine Verrückte begann ich in meinem Gedächtnis zu kramen. Ich wusste, dass es nichts gab, was man Rebecca wirklich hätte anlasten können, aber ich überlegte, ob man nicht irgendetwas hindrehen konnte … Ich weiß, dass ich damit einen Verrat an ihr beging, dass ich bereit war, ihren guten Ruf, ihr Ansehen meiner kranken, verkorksten Beziehung zu Maximilian Kemper zu opfern … aber ich konnte nicht anders. Ich hasste mich, aber …« Sie sprach nicht weiter, hob nur hilflos die Schultern.

Irgendwann war ihr Marius Peters eingefallen. Er war nicht im Mindesten ein dunkler Fleck auf Rebecca Brandts weißer Weste, aber er war in der Geschichte von *Kinderruf* ein *ungutes Vorkommnis*, wie es Sabrina nannte.

Ein ungutes Vorkommnis.

Der Begriff, einmal ausgesprochen, schwebte im Zimmer wie ein hässlicher Geruch, der sich nicht verflüchtigen will.

Ein ungutes Vorkommnis.

Sabrina schaute Kronborg an. Ihre Augen waren noch dunkler geworden. Ihre Hände hätten vielleicht gezittert, hätte sie sie nicht ineinander verkrampft in ihren Schoß gedrückt. Die Knöchel an ihren Fingern traten weiß hervor.

Kronborg wusste, dass sie nun an den Kern ihrer Verzweiflung gelangten. An das, was die Ursache für Sabrina Baldinis lebenslange Erschöpfung war. Was vielleicht auch die Ursache für ihre Verstrickung in die Geschichte mit Kemper gewesen war und für das Scheitern ihrer Ehe.

Der Fall Marius Peters.

Er musste sie konfrontieren, ihm blieb nichts anderes übrig. Er konnte ihr ansehen, dass sie ohnehin wusste, dass *er* es wusste.

»Sabrina«, sagte er vorsichtig, »wenn Ihnen auf das Drängen Kempers hin schließlich Marius Peters als ein *ungutes Vorkommnis* einfiel, dann heißt das, dass Sie sich nach den Telefonaten mit dem damals kleinen Jungen nicht ganz so entspannt und in der sicheren Gewissheit, alles getan zu haben, zurücklehnten. Dann heißt das, Sie wussten, dass Handeln angebracht gewesen wäre, dass dies aber aus irgendwelchen Gründen Schwierigkeiten gemacht hätte. Dann heißt das, dass auch Sie bewusst weggesehen haben.«

Sie erwiderte nichts, stand abrupt auf, wurde noch bleicher, als sie es ohnehin schon war, und ehe Kronborg reagieren konnte, fiel sie lautlos in sich zusammen und lag gekrümmt in der anrührenden Haltung eines Embryos auf dem Wohnzimmerteppich. Noch bevor Kronborg zu Wiederbelebungsmaßnahmen ansetzte, dachte er, dass diese schöne, müde Frau selbst ohnmächtig nur mit größter Anmut wurde.

5

Er hatte sie geliebt. Er hatte sie wie verrückt geliebt. Wenn sie jetzt behauptete, dies nicht begriffen, nicht bemerkt zu haben, dann log sie. Genau genommen stritt sie nicht völlig ab, etwas von seinen Gefühlen mitbekommen zu haben. Nur deren Intensität, dieses *Sie-haben-können-oder-Sterben,* das sich in ihm abgespielt hatte, wollte sie nicht realisiert haben. Aber natürlich, ihr ging es darum, ihren Kopf zu retten. Sie passte jetzt genau auf, was sie zugab und was nicht.

Sie waren beide so jung noch gewesen, Studenten, unbeschwert, das Leben vor sich. Sie saß im Hörsaal vor ihm, er sah immer ihre langen schwarzen Haare, die sie wie ein Mantel einhüllten. Aber es war nicht allein ihr Aussehen gewesen, was ihn anzog. Sie war attraktiv, aber er kannte Mädchen, die waren schöner, fröhlicher, strahlender. Rebecca war kein Trauerkloß, aber sie war ernsthafter als die anderen, oft ein wenig in sich gekehrt. Man konnte mit ihr über das Elend in der Welt diskutieren, und manchmal kam sie mit Listen an, auf denen sie Unterschriften gegen irgendeinen Missstand oder für irgendein wohltätiges Projekt sammelte. Er hatte das entzückend gefunden. Er selbst glaubte nicht daran, dass sich die Welt auch nur in Ansatzpunkten verändern ließ; wer es dennoch probierte, kämpfte gegen Windmühlen und verschliss sinnlos Kräfte, und für gewöhnlich fand er Menschen dumm und irrational, die so etwas taten. Seltsamerweise nicht bei Rebecca. Irgendetwas in ihr ließ ihn anders fühlen und denken als sonst. Es war eine Kraft in ihr, die er rückhaltlos bewunderte. Manchmal dachte er, es sei auch diese Kraft, weshalb er so unbedingt ein Teil von Rebecca werden wollte. Um etwas abzubekommen von dieser Stärke, dieser Unbeirrbarkeit. Er sah die Geliebte in ihr, die Frau, die Mutter. Vielleicht war das zu viel. Vielleicht hatte ihn das sprachlos werden lassen.

Denn er war sonst nie auf den Mund gefallen. Als gut aussehender, intelligenter junger Mann, der er war, hatte er nie Probleme mit Mädchen gehabt. Er fing nicht an zu stottern oder wurde rot, wenn er mit ihnen sprach, oder fand keine Worte. Bei keiner war ihm das je passiert – nur bei Rebecca. Ihre Gegenwart lähmte ihn, verunsicherte ihn. Wenn sie ihn ansprach, wurde ihm heiß, und er gab ihr völlig idiotische Antworten, für die er sich hinterher hätte ohrfeigen können. Er redete dummes Zeug in ihrer Gegenwart, und hinterher analysierte er sein Verhalten und fand, dass er ein Versager war. Sie konnte nichts an ihm finden. Ein schwitzender Jüngling mit feuchten Handflächen, der ziemlichen Unsinn von sich gab. Was hätte sie an ihm reizen sollen?

Es hatte sie ja auch nichts gereizt. Sie hatte sich in seinen Freund Felix verliebt, und wenn man anfangs noch hatte hoffen können, dass sich diese Liaison als vorübergehende Verirrung herausstellen würde, so war recht bald klar, dass es sich um die ganz große Liebe handelte. Felix hatte von zwei Seelen gesprochen, die sich gefunden hatten. Lieber Gott, er hatte zuvor nicht gewusst, dass Felix derart theatralisch sein konnte. Zwei Seelen, die durch die Welten irrten und schließlich in irgendeinem verdammten Hörsaal der Universität München aufeinander trafen. Schwachsinn. Schrott. Sätze wie die kamen aber natürlich gut an bei den Frauen. Klar, dass Rebecca darauf abfuhr. Mehr, als auf das nervöse Gestammel des jungen Mannes, der hinter ihr saß und abwechselnd rot und blass wurde, wenn sie sich nur umdrehte.

Ich habe von deinen Gefühlen nichts gewusst. Damals nicht.

Er hatte eine Waffe, er hatte sie in seiner Gewalt, und diese überflüssige Inga auch, derer er sich ebenfalls würde entledigen müssen. Inga, das hatte ihn amüsiert, hatte von seinem Spiel tatsächlich nicht die geringste Ahnung gehabt. Was bewies, dass Marius wirklich selbst seiner Frau gegenüber dichtgehalten hatte. Wie vereinbart. Braver Junge.

Später hatte Rebecca dann schon etwas gemerkt. Das hatte sie ja selbst zugegeben, vor einigen Tagen in ihrer Küche, als er mit ihr sprach. Nach seiner Scheidung, als er zu einem Dauergast im Hause Brandt geworden war, da hatte sie zu spüren begonnen, dass sie mehr für ihn war als die Frau seines besten Freundes. Er nahm an, dass sie mit Felix darüber gesprochen hatte, und die Tatsache, dass beide weiterhin einen normalen Umgang mit ihm gepflegt hatten, ließ ihn manchmal fast rasend werden vor Wut. Denn das hieß nichts anderes, als dass sie ihn kein bisschen ernst genommen hatten. Er verzehrte sich bis fast zur Besinnungslosigkeit nach der Frau seines Freundes, und den juckte das nicht im Geringsten, weil er ihn für vollkommen ungefährlich hielt. Vielleicht hatte er mit Rebecca zusammen sogar über ihn gelacht. Wenn er daran dachte, hätte er der Schlampe am liebsten sofort eine Kugel durch den Kopf gejagt. Wie sie dort saß und ihn ängstlich anstarrte! Er hätte auch Angst gehabt an ihrer Stelle. Sie musste sterben, das war klar, aber sie sollte auch wissen, warum. Sie sollte wissen, dass sie sein Leben zerstört hatte, und sie sollte wissen, welch genialen Plan er geschmiedet hatte, sich dafür zu rächen. Leider war er den Wunsch, ihr zu gefallen, noch immer nicht ganz losgeworden. Sie sollte, ehe sie starb, kapieren, wie schlau und gerissen er war.

Aber es war klar, er musste sich beeilen. Denn draußen war es hell, der Tag hatte begonnen, und er stand hier und redete und hatte gar nicht bemerkt, wie die Stunden verrannen. Das Problem war, dass sein ganzes Vorhaben darauf fußte, dass Marius am Ende für den Täter gehalten wurde, aber Marius lag da oben in Rebeccas Schlafzimmer und verreckte oder war schon tot, und wenn Inga und Rebecca allzu lange Zeit danach über den Jordan gingen, würde ein Gerichtsmediziner herausfinden, dass Marius dafür nicht mehr hatte verantwortlich sein können.

Er hatte so lange auf diesen Moment gewartet. Vor ihr zu stehen, und sie war ihm ausgeliefert und musste ihm zuhören. Musste sich konfrontieren mit allem, was sie ihm angetan hatte. Da war der Schmerz, der ihm fast das Herz zerrissen hatte, als er für Felix bei der Hochzeit den Trauzeugen spielen musste. Dann seine eigene, eilig geschlossene Ehe, mit der er sich von seinen Gefühlen hatte ablenken wollen, und deren Scheitern ihm schon im Moment des Jawortes völlig klar gewesen war. Die Alte hatte ihn dann später auch noch gründlich abgezockt, so dass er jede Menge Geld verloren hatte und sein Anwesen draußen am Starnberger See hatte verkaufen müssen.

Seine Wochenenden mit den Brandts, die so qualvoll waren, weil er ständig dem Geknutsche und Händchenhalten der beiden Dauerverliebten zusehen musste. Und die Nächte in dem Gästezimmer, in denen er Stunde um Stunde wach lag, von der Eifersucht fast bis zum Wahnsinn gequält, weil er sich vorstellen musste, was die beiden jetzt in ihrem Schlafzimmer taten, weil er sie ständig in leidenschaftlichen Umarmungen vor sich sah.

Scheiße, ihm trat noch jetzt der Schweiß auf die Stirn, wenn er daran dachte. Wahrscheinlich hatten die beiden nicht halb so viel gevögelt, wie er sich das ausgemalt hatte, aber das war im Grunde jetzt auch egal, schon ein einziges Mal wäre zu viel gewesen, denn Rebecca hätte seine Frau sein müssen, seine ganz allein. Natürlich hatte er manchmal gedacht, es sei besser, das Haus der beiden nicht mehr zu betreten, sich all die Schmerzen nicht mehr anzutun. Aber er hatte es nie ausgehalten. Auf Rebeccas Nähe zu verzichten war noch schlimmer gewesen, er war sich wie ein Junkie auf Entzug vorgekommen, unfähig zu arbeiten, unfähig sich zu konzentrieren, krank vor Sehnsucht und Verlangen. Er war wieder und wieder rückfällig geworden, war ihr nachgelaufen wie ein Hund, um wenigstens ein Lächeln, ein Wort, einen Blick zu bekommen. Ob sie sich vorstellen konnte, wie gedemütigt er sich gefühlt hatte?

Ja, das konnte sie. Die Angst in ihren Augen sagte es ihm. Sie begriff, was er durchgemacht hatte, und konnte ermessen, wie groß sein Hass sein musste.

Allein die Notwendigkeit, die Freundschaft zu Felix aufrechtzuerhalten! Keinen Menschen auf der Welt wünschte er so innig zum Teufel wie ihn, aber mit ihm zu brechen hätte ihn aus Rebeccas Umfeld katapultiert, also musste er weiter auf *gute, alte, bewährte Männerfreundschaft* machen. Manchmal hatte er geglaubt, kotzen zu müssen.

Rebecca sprach nicht viel, aber als er von seinem Wunsch redete, Felix auf den Mond zu schießen, hatten sich ihre Augen plötzlich geweitet.

»Hattest du etwas mit seinem Unfall zu tun?«

Lässig ließ er die Pistole am gekrümmten Zeigefinger herumschwingen. Gern hätte er Felix' Unfall auf seine Kappe genommen und ihr gezeigt, dass er in der Lage gewesen war, im Kampf um sie Gott zu spielen. Aber was Felix anging ... da hatte er tatsächlich seine Hände nicht im Spiel gehabt. Felix war netterweise ganz von allein frontal mit einem durchgedrehten Geisterfahrer zusammengekracht, der in Selbstmordabsicht an jenem nebligen Oktobermorgen vor beinahe einem Jahr über die Autobahn gejagt war.

Die Beerdigung. Viele hatten Felix das letzte Geleit gegeben, der Friedhof war schwarz von Menschen gewesen. Patienten, Kollegen, Freunde. Felix war beliebt gewesen, sein plötzlicher, viel zu früher Tod hatte größte Bestürzung und Trauer ausgelöst. Ganz vorn am Grab die Witwe, *seine* Rebecca, ganz in Schwarz natürlich, gestützt von irgendeiner Freundin, einer ehrenamtlichen Mitarbeiterin aus ihrem blöden Kinderrettungsverein. *Er* hatte angeboten, an diesem Tag an ihrer Seite zu sein, und so hätte es sich auch gehört, denn er war Felix' bester Freund gewesen, und diese Rolle über Jahre durchzuhalten war ihn hart genug angekommen. Aber sie hatte abgelehnt.

Viele hatten ihm gesagt, er sehe sehr blass und elend aus,

und natürlich hatte man das auf die Erschütterung wegen des Todes seines Freundes geschoben. In Wahrheit war alles viel schlimmer gewesen: Die Nachricht vom Tod Felix' war ihm im ersten Moment wie die Antwort auf alle seine Gebete erschienen, aber schon wenig später hatte er begriffen, dass sich seine Situation nur verschlechtert hatte. Rebecca würde in endloser Trauer versinken und sich nie im Leben auf eine Beziehung mit einem anderen Mann, schon gar nicht mit ihm, einlassen, und von nun an würde er auch in ihrem Haus nicht mehr ein- und ausgehen können, denn das hätte sie als anstößig und ungehörig empfunden. Der Kontakt würde sich auf ein Minimum beschränken, eine Karte zu Weihnachten und zum Geburtstag, und vielleicht würde sie sich irgendwann überreden lassen, mit ihm einen Kaffee trinken zu gehen, obwohl ihm selbst das, wenn er sie so anschaute, angesichts ihres Schmerzes unwahrscheinlich und zumindest in absehbarer Zeit völlig ausgeschlossen schien.

Er würde sie verlieren. Sie hatte ihn alles gekostet: seine Ehe, sein Haus. Die Chefarztstelle. Für nichts. Für gar nichts.

Die Chefarztstelle. Er war so dicht dran gewesen. Er war ein Könner, er hatte gute Beziehungen, er hatte Charisma. Er hatte einfach alles, was ihn zum Chefarzt prädestinierte. Leider hatte er auch ein kleines Alkoholproblem. Weil er das Alleinsein manchmal nicht ertrug, weil er es nicht ertrug, Rebecca und Felix zu sehen, weil er nicht damit klarkam, dass er sein wunderschönes Haus hatte verkaufen müssen, um die Schlampe auszubezahlen, die er irrsinnigerweise geheiratet hatte ... Er war keineswegs ständig betrunken, er lallte nicht, er roch nicht nach billigem Fusel, lief nicht unrasiert durch die Gegend – Herrgott, er war kein verdammter Penner! Es hatte nur einmal die Sache mit dem Führerschein gegeben, da hatten sie ihn gestoppt, als er abends in der Gegend herumfuhr, unfähig, die Leere und Stille seiner Wohnung zu ertragen, und zerrissen von seiner Sehnsucht nach Rebecca. Er hatte einen ziemlich hohen Promillewert gehabt, was ihm seltsam vorkam, er musste mehr getrunken haben, als ihm bewusst gewesen war. Aber wie auch immer, er war für ein Dreivierteljahr den Führerschein losgewesen. Er dachte, er hätte das ziemlich gut getarnt, aber es mussten sich Gerüchte gebildet haben, und wahrscheinlich war dann auch alles aufgebauscht worden ... Jedenfalls hatte er Nachforschungen angestellt, nachdem die Chefarztstelle an einen anderen vergeben worden war, und er hatte herausgefunden, dass von ihm behauptet wurde, er sei *nicht ganz unanfällig für Alkohol*. Einen erstklassigeren Karrierekiller als diese Charakterisierung konnte sich ein Mann, der Chefarzt werden wollte, gar nicht wünschen. Fantastisch. Diese Sache war gelaufen, und Rebecca konnte sich nun auch noch seine geplatzten Berufswünsche ans Revers heften.

Wenn er es sich richtig überlegte, war es auf der Beerdigung gewesen, dass erstmals in ihm der Gedanke erwacht war, Rebecca müsse sterben, damit er eine Chance hätte, ins Leben zurückzufinden.

Vielleicht war er auch deshalb so blass gewesen. Er hatte diesen Entschluss ja keineswegs leichten Herzens gefasst. Zu erkennen, dass man die Frau töten musste, die man liebte, konnte einem schon alle Farbe aus den Wangen treiben. Schließlich war er kein Verbrecher. Im Gegenteil. Als Arzt hatte er sich der Aufgabe verschrieben, Menschenleben zu retten, Menschen zu heilen. Aber es wurde ihm mit jeder Minute, die der Tag voranschritt, klarer, dass es auf dieser Welt nur Platz gab für ihn *oder* Rebecca, und nachdem es Rebecca gewesen war, die ihn rücksichtslos und verächtlich behandelt hatte, stand für ihn fest, wer von ihnen beiden gehen musste. Und er würde es geschickt anfangen. Raffiniert. Er würde sich Zeit nehmen. Er war kein versoffener, liebeskranker Trottel! Sie sollte schon wissen am Ende, wen sie verschmäht hatte. Wessen Leben sie fast zerstört hätte.

Fast. Denn wäre sie erst tot, das fühlte er voll herrlicher Gewissheit, dann konnte sein Leben neu beginnen. Dann wäre er frei. Er würde sich seiner unerträglichen Einsamkeit entledigen und endlich wieder eine Beziehung mit einer anderen Frau eingehen. Er würde keinen Tropfen Alkohol mehr trinken und noch einmal nach einem Chefarztposten streben. Er würde ein schönes Haus kaufen mit einem großen Garten, und er war nicht zu alt, dann auch noch Vater zu werden. Kinder, die fröhlich im Garten tobten. Ein Hund, der zwischen ihnen spielte. Eine Frau, die ihn in die Arme schloss, wenn er abends nach Hause kam.

Leben. Einfach leben.

Die Bilder, die vor ihm abliefen, waren so schön, so warm, dass er hätte weinen mögen.

Dann hatte er in der Menge plötzlich Sabrina Baldini entdeckt. Sie war mit ihrem Mann gekommen und sichtlich darum bemüht, ihrem Liebhaber nicht zu begegnen. Unangenehme Situation für sie. Sie sah schlecht aus, aber *er* hatte sich ja auch seit mindestens zwei Wochen nicht mehr bei ihr gemeldet. Und in Anwesenheit ihres Mannes konnte sie ihm deswegen nicht eine ihrer tränenreichen Szenen machen. Armes, frustriertes Wesen. Wenn sie wüsste, wie satt er sie hatte. Dennoch war sie von unschätzbarem Wert gewesen. Er hatte alles aus ihr herausgefragt, was es an Wissenswertem über Rebecca gab. Zunächst in der unbestimmten Absicht, etwas gegen sie in der Hand zu haben für den Fall, dass ihn dies zu irgendeinem Zeitpunkt der Erfüllung seiner sie betreffenden Wünsche näher bringen könnte. Doch nun hatte er einen Plan, einen wundervollen Einfall, und plötzlich war es ganz klar für ihn, wie es weitergehen würde. Gedanken blitzten in ihm auf und füllten sich mit immer neuen Ideen und genialen Schachzügen, und er musste richtig aufpassen, dass ihn seine Gesichtszüge nicht verrieten, denn sicher begannen seine Augen zu leuchten, und man konnte ihm ansehen, wie schnell und freudig es hinter seiner Stirn arbeitete.

Schnell und freudig, schnell und freudig, schnell und freudig …

Hatte er diese Worte gerade stakkatoartig wiederholt? Oder nur gedacht? Er wischte sich mit der Hand über die Stirn. Diese hellen Streifen hinter den Scharnieren der geschlossenen Fensterläden – der Tag schritt voran.

Er musste sich beeilen. Er sah Rebecca an, sie hatte wirre Haare, wirkte bleich, übernächtigt, hatte aufgesprungene Lippen, aber war so schön, so überirdisch schön. Er musste ihr von Marius erzählen, ehe er sie tötete. Er musste ihr erzählen, was er mit Marius' Pflegeeltern getan hatte. Er musste ihr einfach alles erzählen. Es war wichtig. Aber ihm blieb nicht mehr viel Zeit. Und die wollte er mit ihr allein verbringen. Nur er und sie.

Wie es immer, von Anfang an, hätte sein sollen.

Er starrte Inga an. Sie störte. Sie störte ganz entschieden. Warum war die dumme Person nicht im Auto geblieben?

»Lästig«, sagte er, »du bist so lästig.«

Er stand auf. Inga starrte ihn aus schreckgeweiteten Augen an.

6

Inga wusste, dass sie sterben mussten, sie und Rebecca, am Ende dieses Schauspiels. Maximilian hatte es oft genug erwähnt, während seiner langen wirren Reden, die von seiner unerfüllten Liebe handelten und von den Fehlschlägen in seinem Leben, für die er in vollem Umfang und ausschließlich Rebecca verantwortlich machte. Die Zeit, die ihnen blieb, war die Zeit, die er brauchte, seine kranke Seele vor ihnen auszubreiten. Danach kam das Ende. Und als er sie plötzlich fixierte mit diesen kalten, starren Augen, war sie überzeugt, dass es für sie jetzt so weit war.

»Ich will mit Rebecca allein sein«, sagte er, »dich geht das alles eigentlich überhaupt nichts an.«

Weshalb er sie nicht sofort abknallte, wusste sie nicht. Weshalb er sich die Mühe machte, Rebecca mit der Wäscheleine, aus der sich Inga Stunden vorher befreit hatte, zu fesseln, und dann grob Ingas Arm zu greifen, sie auf die Füße zu ziehen und aus dem Zimmer zu bugsieren, konnte sie sich nicht erklären. Sie dachte zuerst, er werde sie in den Garten zerren und dort erschießen, aber er hastete mit ihr die Treppe hinauf, zog sie hinter sich her den Gang entlang zu Rebeccas Schlafzimmer, in dem der schwer verletzte Marius auf dem Fußboden lag. Die ganze Zeit über dachte sie nur: Lieber Gott, lass ihn das Handy nicht entdecken! Lass es nicht runterfallen. Wenn er mich nicht gleich tötet, ist es unsere einzige Chance.

In der Zimmertür gab er ihr einen kräftigen Stoß, und sie torkelte gegen Rebeccas Frisierkommode, stieß schmerzhaft mit dem Oberschenkel an die Kante und schrie auf. Zum Glück klemmte das Handy an ihrer anderen Hüfte. Sie konnte gerade noch die Hand darauf pressen, sonst wäre es zu Boden gefallen.

»Um euch beide«, sagte Maximilian, »kümmere ich mich später.«

Er knallte die Tür zu und drehte den Schlüssel zweimal herum.

Inga brauchte ein paar Sekunden, ehe sie sich bewegen konnte. Sie lebte noch immer, was sie als ein Wunder empfand, und er hatte das kostbare Handy nicht entdeckt, was vielleicht das noch größere Wunder war. Es kostete sie einige Überwindung, an sich herab auf den verletzten Fuß zu schauen. Auf dem Weg nach oben hatte sie ihren blutdurchtränkten, notdürftigen Verband irgendwo verloren, aber offenbar hatte die Wunde wenigstens endlich zu bluten aufgehört. Daran zumindest würde sie nicht sterben.

Sie zog das Handy unter ihrem Nachthemd hervor, schob es ein Stück weit unter die Kommode. Falls Maximilian plötzlich hereinkam, sollte er es nicht sehen. Dann wandte sie sich Marius zu.

Er atmete noch, und es schien ihr sogar, als habe sich sein Zustand ein wenig verbessert. Puls und Herzschlag waren stabiler, sein Atem ging gleichmäßiger.

Er kann es schaffen, dachte sie in jäher Erleichterung, wenn jetzt schnell Hilfe kommt, kann er es schaffen.

Sie robbte zu der Kommode zurück, fischte das Handy hervor, kroch wieder zu ihrem schwer verletzten Mann. »Marius«, wisperte sie, »ich hole Hilfe.«

Er öffnete die Augen. Seine Lider flatterten, sein Blick war im ersten Moment verschwommen, wurde dann aber klarer.

»Inga«, sagte er voller Staunen.

Er erkannte sie. Ihr schossen die Tränen in die Augen, voller Erleichterung und Rührung.

»Marius«, fragte sie eindringlich, »weißt du die Notrufnummer der französischen Polizei?«

Er schien angestrengt zu überlegen. »Ich ... ich glaube nicht«, murmelte er schließlich. Er versuchte sich aufzurichten, aber sein Kopf fiel sogleich wieder auf den Boden zurück. »Was ist passiert? Wo ... ist Maximilian?«

»Er hat auf dich geschossen, Marius. Jetzt ist er unten im Haus, mit Rebecca. Marius, er wird uns alle töten. Wir müssen um Hilfe telefonieren. Ich habe sein Handy. Maximilians Handy!«

Wieder trat der angestrengte Blick in seine Augen. »Ich ...
ich weiß diese Nummer einfach nicht. Ich weiß gar nichts
mehr. Ich ... wollte mit Rebecca von hier fortlaufen. Da kam
er plötzlich. Maximilian. Ich ... er schoss. Ja, er schoss auf
mich, ehe ich ... irgendetwas sagen ... oder tun konnte ...«

»Ich weiß. Er ist verrückt. Er wird Rebecca töten, weil er
glaubt, dass sie sein Leben zerstört hat, und uns, weil wir davon wissen.«

Und wir haben nur noch so verdammt wenig Zeit, dachte
sie verzweifelt.

Sie hatte keine Ahnung, bei welcher deutschen Polizei-
dienststelle sie landen würde, wenn sie den Notruf aus dem
Ausland anwählen würde. Würde man ihrer wirren Geschichte Glauben schenken und die Hebel in Le Brusc in Bewegung setzen?

»Ich rufe Mama an«, sagte sie entschlossen, »die soll die
Polizei verständigen.«

Warum war ihr dieser Einfall nur nicht eher gekommen?
Vorhin im Auto etwa? In Windeseile tippte sie die Nummer
ihrer Eltern ein. Sie musste den Vorgang zweimal wiederholen, weil ihre Hände so heftig zitterten, und sie immer wieder auf falschen Zahlen landete. Bitte seid zu Hause, betete
sie stumm.

Ihre Mutter nahm beim ersten Klingeln ab, so als habe sie
neben dem Apparat gesessen. »Ja?«, fragte sie. Ihre Stimme
klang rau und verweint.

»Mama?«

»Inga? Inga, um Gottes willen, bist du es? Wie geht es dir?
Wo bist du? Inga, hör zu, du musst ...«

Sie fiel ihrer Mutter hastig ins Wort. »Mama, ich brauche
Hilfe. Du musst die Polizei verständigen. Marius und ich
sind ...«

»Du musst dich vor Marius in Acht nehmen! Inga, die Po-

454

lizei in Deutschland sucht ihn. Ein Kommissar hat mit mir gesprochen. Marius hat zwei Menschen umgebracht. Er ist gefährlich. Er ist ...«

»Mama, das ist ein Irrtum, aber das ist jetzt egal. Wir haben nicht viel Zeit. Wir werden hier festgehalten und sind in Lebensgefahr. Bitte rufe diesen Kommissar an, der mit dir gesprochen hat. Er soll sofort die französische Polizei verständigen. Er wird wissen, was zu tun ist. Aber es muss jetzt alles ganz schnell gehen.«

»Wo seid ihr?«

Sie nannte Rebeccas Adresse. Sie konnte hören, dass ihre Mutter hastig kritzelnd die Worte notierte.

»Inga ... bitte pass auf dich auf!«

»Mama, bitte beeil dich!«

Ihr blieb nur zu warten. Wie schnell würden die Dinge in Bewegung gesetzt werden? Ihre Mutter würde in rasender Eile agieren, das war klar, und sie würde den gesamten europäischen Polizeiapparat auf die Füße scheuchen, wenn es sein musste. Zum Glück hatte sie bereits gewusst, dass ihre Tochter in Gefahr war, und offenbar war auch die Polizei längst auf Marius' Fährte. Zu Unrecht zwar, aber das würde sich später klären lassen. Für den Augenblick war nur wichtig, dass niemand lange fragte oder an der Dringlichkeit des Hilferufs zweifelte. Jetzt sollten alle so schnell sie konnten funktionieren.

Das Warten quälte. Inga hatte, kaum dass sie das Gespräch mit ihrer Mutter beendet hatte, aus dem Fenster geschaut und die Möglichkeiten einer Flucht auf diesem Weg abgeschätzt, aber es war ihr sofort klar geworden, dass sie diesen Gedanken nicht weiter verfolgen musste. Für einen Sprung befanden sie sich in viel zu großer Höhe, und es gab hier nichts, woran man sich hätte hinablassen können, keine

Regenrinne, kein Spalier, nichts. Kurz erwog sie, Bettlaken aneinander zu knoten und so ein Seil herzustellen, aber sie hatte wenig Vertrauen in die Haltbarkeit einer solchen Konstruktion. Außerdem hätte dies alles bedeutet, Marius zurückzulassen, und letztlich erschien ihr dies undenkbar.

»Die Polizei wird kommen«, flüsterte sie ihm zu, »und dann sind wir in Sicherheit.«

Er versuchte zu lächeln. »Klar. Das sind wir dann.«

»Warum hast du mir nie etwas erzählt, Marius?« Noch während sie fragte, überlegte sie, ob es wohl wichtig war, dies jetzt zu klären. Ob es in dieser Situation überhaupt wichtig war, irgendetwas zu klären. Aber die Alternative war, zu schweigen und auf das Hämmern des eigenen Herzens zu lauschen. Das mochte schwerer sein.

»Erzählt?«

»Von deiner Kindheit. Von deinen Eltern. Dass du bei Pflegeeltern warst. Warum habe ich nichts erfahren?«

Er antwortete nicht.

Bin ich eigentlich sicher, dass er es nicht doch war, der die beiden alten Leute umgebracht hat? Er braucht Hilfe, so viel steht nach alldem fest. Aber ist er ein Gewaltverbrecher? Wie hängt das alles zusammen? Wann werde ich wissen, wer er ist?

Sie glaubte schon, er sei eingeschlafen, da öffnete er die Augen. »Maximilian«, sagte er.

Sie nickte. »Er ist krank. Ich kann nur beten, dass die Polizei hier ist, ehe er völlig durchdreht.«

»Er wollte meinen Albtraum beenden.«

»Maximilian? Was wollte er?«

Das Sprechen fiel Marius schwer. Es klang ungeduldig, als er antwortete: »Er wusste … davon. Er hat mich verstanden. Die … ganze Qual … hat er verstanden …«

»Du meinst die Qual deiner Kindheit?«

456

»Sie ... hörte nicht auf. Nie.«

»Ich verstehe. Und Maximilian wollte dir helfen?«

Ein schwaches Nicken. »Ja.«

»Es war geplant, dass wir hier landen, nicht? Bei Rebecca.«

»Er ... meinte, ich soll mit ihr reden. Ihr erzählen, wie ich im Stich gelassen wurde. Er sagte, nur so könnte ich damit fertig werden. Indem ... ich mich an die Leute wende, die ... die damals verantwortlich waren.« Er hustete. Das Sprechen fiel ihm sehr schwer. »Ich ... mir leuchtete das ein. Ich dachte, es könnte wirklich die Rettung werden. Zwar ... war mir mehr an der Frau vom Jugendamt gelegen. Aber Maximilian sagte, die ... die eigentlich Schuldige sei Rebecca. Die Frau vom Jugendamt habe Angst um ihren Job gehabt. Aber für ... für Rebecca gebe es keine Entschuldigung.«

Inga, die bislang nur Teile der Geschichte kannte, konnte nur mutmaßen, was Marius meinte. »Du hattest sie um Hilfe gebeten? Als Kind? Aber sie kennt deinen Namen überhaupt nicht.«

Wieder nickte er mühsam. »Sie ... wusste von nichts. Maximilian hatte ... hatte behauptet, sie hätte es gewusst. Sie hätte es ... ihm gesagt. Aber in Wahrheit ... ich ... hatte mit einer Mitarbeiterin geredet. Die Sache ist ... nie an Rebecca weitergeleitet worden.«

Das Puzzle vervollständigte sich. »Es war kein Zufall«, sagte Inga, »dass uns Maximilian in jenem Dorf auflas?«

»Nein. Ich ... hatte ihn angerufen und ihm gesagt, wo wir sind. Das war verabredet. Er sollte uns auf dem letzten Stück mitnehmen und auf dem Grundstück neben Rebecca absetzen. Von ihm hatte ich übrigens auch die Campingausrüstung.«

»Aha. Aber das Auto, von dem du am Anfang sprachst ... das uns ein Freund leihen wollte ...?«

Er lächelte schwach. »Sorry. Das … hatte ich erfunden. Um … dich für den Plan … zu gewinnen …«

»Und dann wolltest du das Gespräch mit Rebecca suchen. Aber weshalb hast du dann versucht, mit dem Schiff abzuhauen?«

»Ich bekam Angst.«

»Angst? Wovor?«

»Vor … mir. Vor allem. Davor, die Sache wieder aufzurollen. Ich wollte nur noch weg. Ich … fühlte mich … diesem Vorhaben nicht gewachsen. Zu viele Bilder … verstehst du? Zu vieles, das wieder … auftauchte …« Seine Sprechweise wurde immer schleppender. Inga brannten tausend Fragen auf den Lippen, aber sie begriff, dass sie ihn zu sehr anstrengte. Vielleicht würden sie beide dieses Drama überstehen, dann bliebe endlose Zeit, über alles zu sprechen. Aber nicht jetzt. Marius war schwer verletzt. Er brauchte seine ganze Kraft, um am Leben zu bleiben.

»Versuch zu schlafen«, bat sie, »du erklärst mir alles später.«

»Ich … bin sehr müde.«

»Ich weiß. Schließ einfach die Augen. Es ist jetzt nur wichtig, dass du gesund wirst.« Es ist mir wirklich wichtig, dachte sie fast erstaunt, trotz allem, was war. Ich will eine zweite Chance für ihn.

Sie betrachtete sein Gesicht. Er hatte die Augen geschlossen, seine Lider zuckten. Sie kannte jede Linie in seinen Zügen, und die Vertrautheit erfüllte sie mit Wärme. Der Ausdruck dieses Gesichts hatte sie zu Anfang fasziniert, später irritiert und irgendwann mit Furcht erfüllt: Es war die jungenhafte, fröhliche Unbekümmertheit, die man auf den ersten Blick wahrnahm, um dann zu erkennen, dass darunter sehr alter Schmerz, tiefe Verletzungen ihre Spuren hinterlassen hatten. Marius war ein Maskenträger. Er hatte zu viel durchlitten, um anders als im Zustand einer andauernden Tarnung überleben zu können.

Zärtlich streichelte sie den eigenwilligen Haarbüschel über seiner Stirn. Marius öffnete die Augen, sah sie an. Sehr mühsam hob er den Arm, berührte vorsichtig mit der Hand die geschwollene Haut um Ingas Auge. Sie zuckte vor Schmerz unter dieser Berührung.

»Es tut mir Leid«, sagte er leise, »das hier tut mir sehr Leid.«

»Mach dir keine Sorgen deswegen. Schlaf jetzt.« Sie lächelte. Er erwiderte ihr Lächeln.

Und in genau diesem Moment hörten sie, wie der Schuss fiel. Er durchbrach die Stille des heißen, provenzalischen Vormittags laut und brutal.

Beide, Marius und Inga, fuhren entsetzt zusammen. Marius versuchte sich aufzusetzen, sank aber sogleich wieder auf den Boden zurück.

»Scheiße«, flüsterte er heiser, »er hat Rebecca abgeknallt!«

Inga zitterte am ganzen Körper. »Und gleich kommt er zu uns.« Sie schluckte. Ein großer, heißer Ballen Watte schien ihren Mund auszufüllen.

Zu spät. Wann immer die Polizei kommt, es wird zu spät sein. Es wird zu spät sein.

Sie starrte auf die Tür und wartete auf die Schritte, die jeden Moment auf der Treppe erklingen mussten.

Sie wartete darauf, ihrem Mörder gegenüberzustehen.

Aber alles blieb still, und nichts regte sich im Haus.

Montag, 2. August

Ein warmer Wind strich vom Meer herauf zu den Felsen, die noch heiß waren von der Sonne des Tages. Ein rotes Licht erhellte den westlichen Horizont, aber die Dunkelheit des Augustabends senkte sich schon über das Land, und die Wellen, die tief unten in die Bucht rauschten, waren schwarz und geheimnisvoll. Stimmen wisperten in den Bäumen und Gräsern. Nicht mehr lange, und die ersten Sternschnuppen würden über den nächtlichen Himmel jagen und ins Meer fallen.

Rebecca saß auf einem flachen Stein, und es hatte den Anschein, als sei sie völlig in Gedanken vertieft, aber sie hatte die leisen Schritte gehört, die sich näherten, und sah auf. Inga kam herangehinkt, sie zog den verletzten, dick verbundenen Fuß etwas nach. Ihr Auge war noch immer verschwollen, aber sie hatte sich geschminkt, und es war ihr gelungen, wenigstens die schillernde blaugrüne Farbe der Haut einigermaßen abzudecken. Sie sah wieder menschlich aus, nicht mehr wie das ausgemergelte Schreckgespenst, das sie noch zwei Tage zuvor gewesen war.

Aber ich, dachte Rebecca, war ja auch mehr tot als lebendig.

»Setz dich zu mir«, sagte sie. »Wie geht es Marius?«

»Besser. Ich habe mit dem Arzt gesprochen, er meint, dass Marius Ende der Woche nach Hause kann. Die Kugel hat keine wichtigen Organe getroffen, aber er hat sehr viel Blut verloren und ist äußerst schwach. Er war ja schon vorher in einem schlechten körperlichen Zustand.«

»Aber er wird es überleben. Das ist das Wichtigste.«

»Ja. Sein Überleben steht außer Zweifel«, bestätigte Inga. Sie setzte sich neben Rebecca auf den Felsen, atmete tief die salzige Luft. »Welch ein wunderbarer Abend. Und welch ein Wunder, dass wir ihn erleben.«

»Ja. Das ist es.« Rebecca berührte mit der flachen Hand den warmen Stein. Alles, auch solch eine Berührung, trug seit jenen Nächten einen besonderen Zauber in sich. Das Gefühl würde sich irgendwann verlieren, aber für den Moment war nichts mehr selbstverständlich. Das ganze Leben nicht.

»Was wird mit Marius geschehen?«, fragte sie.

Inga zögerte. »Das hängt wohl auch ein Stück weit von uns ab. Ob wir Strafantrag stellen. Er ist in dein Haus eingebrochen, er hat uns gegen unseren Willen festgehalten, er wollte dich verschleppen ... es kommt einiges zusammen.«

Wie wenig mich das beschäftigt, dachte Rebecca, kein Hass, keine Wut, gar nichts. Eigentlich nur Mitleid mit einem Menschen, der sehr viel mitgemacht hat, und dessen Hilfeschreie nie gehört wurden.

»Was mich betrifft«, sagte sie, »bin ich an einer Strafverfolgung überhaupt nicht interessiert. Marius braucht Hilfe. Nicht eine Verurteilung durch die Justiz. Er ist kein Verbrecher.«

Inga sah sie von der Seite an. »Danke«, sagte sie.

»Es ist genau das, was ich empfinde«, meinte Rebecca.

Beide schwiegen sie eine Weile. Der rote Streifen am Himmel wurde schmaler, bald würde er ganz verlöschen, und es würde Nacht sein. Hinter ihnen, am anderen Ende des Gartens, leuchteten warm die Lichter aus dem Haus. Das Haus, von dem Rebecca nicht wusste, ob sie es je wieder als einen Ort der Geborgenheit und Sicherheit empfinden konnte. Nie würde sie das Bild vergessen, das sich ihr bot, als Maximilian seine Waffe hob, den Lauf in seinen Mund nahm und den

Schuss auslöste. Sein Gesicht zerbarst, er fiel mit einem schweren Laut zu Boden und blieb in einer verdrehten, verkrampften Haltung auf dem Teppich liegen.

Rebecca hatte geschrien, einen langen, entsetzten, qualvollen Schrei, zumindest hatte sie das geglaubt. Aber Inga hatte ihr später gesagt, es sei nur der Schuss zu hören gewesen und danach lautlose Stille, und so konnte der Schrei nur in ihrem Kopf gewesen sein, und er war nicht über ihre Lippen gedrungen. Nach all den endlosen Reden und Hasstiraden musste Maximilian in einem Moment der Klarheit seine völlig verfahrene Situation, die Ausweglosigkeit seiner Lage, das Ausmaß der Fehler und Irrtümer seines Lebens erkannt haben. Er hatte nur noch eine Möglichkeit gesehen, sich zu befreien: Er hatte sich in einer letzten dramatischen Geste vor den Augen der Frau, die er fanatisch geliebt und gehasst hatte, selbst gerichtet.

Nicht viel später war die Polizei erschienen, von der Rebecca dann erfuhr, dass es Inga gewesen war, die um Hilfe telefoniert hatte. Lauter fremde Menschen waren im Haus herumgelaufen, ein Krankenwagen hatte Marius abtransportiert, ein Arzt hatte sich um Inga und Rebecca gekümmert, Maximilians Leiche wurde fortgebracht. Die beiden Frauen waren von verschiedenen Männern immer wieder zum Hergang der Geschichte befragt worden, und Inga hatte auf praktisch jede Frage immer nur eine einzige Antwort gegeben: dass Marius nichts getan hatte. Dass Marius unschuldig war. Dass alles ganz anders war, als es den Anschein hatte.

»Seltsam«, sagte Rebecca nun, »ich hatte nie ein wirklich gutes Gefühl, was Maximilian anging. Er war Felix' bester Freund, und deswegen habe ich mir nie eingestehen wollen, dass ich mich unwohl fühlte in seiner Gegenwart. Felix und ich haben einmal darüber gesprochen, dass er ein wenig verliebt sei in mich, aber Felix nahm das nicht tragisch, und ich wäre mir irgendwie albern vorgekommen, nun meinerseits ein großes Theater darum zu machen. Aber ich *spürte*, dass da etwas war, das über ein wenig Verliebtheit hinausging. Ich konnte es nicht benennen und war oft nicht sicher, ob ich mir das alles nicht nur einbildete, aber nun weiß ich, dass ich Recht hatte mit meinem Instinkt. Meine Warnleuchten brannten, und ich hätte sie unbedingt ernst nehmen sollen. Ich hatte es mit einem geistesgestörten Gewaltverbrecher zu tun und schwebte in immer größerer Gefahr.«

»Marius sagt, Maximilian habe ihn eines Tages aufgesucht und ihm erklärt, er habe von einer ehemaligen Mitarbeiterin von *Kinderruf* erfahren, was damals geschehen war. Als man den Hilferuf des kleinen Jungen ignorierte. Natürlich stellte er es so dar, als seist du die Hauptschuldige, als habest du mit ganzem Einsatz auf Seiten derer agiert, die alles daransetzten, den möglichen Skandal zu vertuschen. Dann meinte er, er könnte euch zusammenbringen. Es sei wichtig, dass Marius über alles rede, sich seiner Vergangenheit stelle, die Schuldigen mit ihren Taten konfrontiere ... und so weiter. Marius, der ja tatsächlich noch immer unendlich unter seiner Vergangenheit litt, willigte ein.«

»Maximilian hat einiges riskiert«, meinte Rebecca, »denn Marius hätte sich dir anvertrauen können.«

»Ich denke, ihm war rasch klar, dass dies eher unwahrscheinlich war. Denn schließlich hatte Marius, wie er es Maximilian auch berichtete, bis zu diesem Zeitpunkt nicht den Mut und nicht die Kraft gefunden, mir überhaupt irgendetwas von früher zu erzählen. Warum sollte er nun plötzlich dazu in der Lage sein? Abgesehen davon ... Maximilians Plan ging dahin, dich zu töten und dies Marius in die Schuhe zu schieben. Das hätte sogar dann noch gelingen können, wenn ich gewusst hätte, wie euer beider Zusammentreffen eingefädelt worden ist. Maximilian, der schließlich ein angesehener Arzt ist, hätte immer beteuern können, er habe nur das Beste im Sinn gehabt und Marius wirklich helfen wollen. Dass Marius schließlich durchdrehte … wie hätte er das ahnen sollen?«

»Er hat furchtbare Dinge getan, um den Verdacht auf Marius zu lenken«, sagte Rebecca schaudernd. »Er hat mir alles erzählt, als wir allein waren. Er war so stolz auf sich. Er hielt sich für so wahnsinnig schlau und raffiniert. Er hat Marius' Pflegeeltern ermordet. Er hat mitten in der Nacht bei ihnen geklingelt, hat sich als Marius ausgegeben und sie überwältigt, nachdem ihm die Tür geöffnet worden war. Er hat sie nicht einfach rasch getötet, was schlimm genug gewesen wäre, sondern er hat sie auf bestialische Weise sterben lassen. Um die Tat als einen Racheakt hinzustellen, für den einzig Marius ein Motiv gehabt hätte. Er hat Drohbriefe an die Leute geschrieben, die damals beteiligt waren, als man die Hilferufe des kleinen Jungen ignorierte, und der Inhalt muss so gewesen sein, dass auch da rasch der Verdacht auf Marius fallen musste. Niemand hätte wohl später daran gezweifelt, dass Marius auf seinem wahnsinnigen Rachefeldzug auch mich getötet hat. Maximilian ist kaltblütig und sorgfältig in der Vorbereitung seines Planes vorgegangen. Es hätte gelingen können. Es hätte sein können, dass nicht der Schatten eines Verdachts auf ihn gefallen wäre. Es war entsetzlich, ihn da stehen zu sehen und prahlen zu hören. Die ganze Zeit hatte ich den Eindruck, dass er noch geradezu auf ein Lob oder einen Ausdruck der Bewunderung von mir wartete.«

»Dass ich nicht gleich gemerkt habe, dass etwas mit ihm nicht stimmt!«, sagte Inga. »Seine Weigerung, sofort zur Polizei zu gehen. Das leere Handy. Selbst als ich es in der Hand hielt und feststellte, dass es voll geladen war, bin ich noch nicht misstrauisch geworden. Und ich weiß jetzt auch, dass er mich belogen hat, als er sagte, er habe in der Zeitung gelesen, es werde nach Marius gefahndet: Zu diesem Zeitpunkt wurde Marius noch in keiner Zeitung erwähnt.«

»Aber das konntest du wirklich nicht wissen.«

»Nein«, räumte Inga ein, »das nicht.« Obwohl es so warm war, zog sie fröstelnd die Schultern hoch. »Ihm wäre nichts anderes übrig geblieben, als mich und Marius ebenfalls umzubringen«, sagte sie übergangslos. »Uns leben zu lassen hätte ihm Schwierigkeiten ohne Ende bereitet.«

»Natürlich wollte er euch töten. Deine Ermordung wäre wiederum Marius angekreidet worden, und Marius' Tod hätte er als Selbstmord darstellen müssen. An diesem Punkt ist ihm einiges schief gegangen. Er hat viel zu früh auf Marius geschossen. Damit stimmten die zeitlichen Verhältnisse nicht mehr, und ein Gerichtsmediziner hätte sicher sehr schnell herausgefunden, dass sich Marius seine Schussverletzung nicht selbst zugefügt haben konnte. Aber Maximilian hatte sich wohl ausgerechnet, ihn hier im Haus zu überraschen. Stattdessen kamen wir ihm entgegen, weil Marius sich ja entschlossen hatte, mit mir zusammen zu fliehen. Maximilian stand vor uns, als wir gerade oben aus dem Zimmer kamen. Er drängte uns zurück, schnappte sich ein Kissen, hielt es vor den Lauf seiner Waffe und schoss. Voller Überlegung auf der einen Seite, aber zugleich auch nicht in der Lage, wirklich kaltblütig mit einer unerwarteten Situation umzugehen. Im Grunde hat er die Nerven verloren. Das sollte so nicht ablaufen.«

»Vielleicht ist ihm das plötzlich klar geworden«, meinte Inga, »ich meine, dass die Dinge anfingen, ihm aus dem Ruder zu laufen. Vielleicht hat er sich deshalb …«

»… erschossen«, vollendete Rebecca, »ja, das kann sein. Aber vielleicht war es auch …« Sie stockte.

Inga sah sie an. »Was?«

»Ich hatte den Eindruck, ihm ging auf, dass er es nicht schaffen würde, mich zu töten. Er liebte mich seit mehr als zwanzig Jahren. Unerfüllt, eifersüchtig, schmerzhaft. Der Hass, den er am Ende gegen mich hegte, war mit seiner Liebe noch zu eng verwandt. Ich ... ich glaube, er tötete sich, um mich nicht zu töten.«

Sie war überzeugt, dass es so gewesen war. Sie hatte es in seinen Augen gelesen, kurz bevor er starb. Auf eine kranke und wahnsinnige Art liebte er sie in diesem Moment um nichts weniger als an dem Tag, an dem er sie das erste Mal gesehen hatte, und er hatte im Bruchteil von Sekunden die Entscheidung getroffen, dass unter diesen Umständen er es sein würde, der die Welt verließ, und nicht sie.

Die beiden Frauen schwiegen eine Weile, lauschten auf das Rauschen der Wellen tief unter ihnen. Es war jetzt ganz dunkel geworden, aber die Nacht war sehr warm, die Luft weich und streichelnd.

»Er war die ganze Zeit hier«, sagte Inga schließlich, »immer. Er war immer um uns.«

»Er hat mir hier eine Szene gemacht und ist abgerauscht, und ich habe keinen Moment lang daran gezweifelt, dass er nach Deutschland zurückgefahren ist. Stattdessen hat er sich unter falschem Namen in einer Pension ganz in der Nähe eingemietet. Aber nun ging zum ersten Mal etwas schief: Marius kehrte nicht von eurem Segelausflug zurück. Du kamst allein, und alles deutete darauf hin, dass Marius in dem Unwetter ertrunken war. Maximilian war im Hafen, er bekam alles mit. Es muss ihn in ziemliche Verzweiflung gestürzt haben. Einem verschollenen Marius einen Mord in die Schuhe zu schieben hätte eine Menge Probleme nach sich ziehen können. Zudem konnte er ja nicht sicher sein, dass Marius wirklich tot war. Er konnte wieder aufkreuzen, und falls er in der Zeit seiner Abwesenheit beispielsweise in einem Krankenhaus gewesen oder von Fischern geborgen worden wäre, dann hätte es sogar noch Zeugen dafür gegeben, dass er nicht gleichzeitig in Le Brusc hätte sein können. Maximilian musste warten und hoffen, dass Marius doch noch auftauchte.«

»Er wusste, dass Marius ein hervorragender Wassersportler ist. Erfahren genug, um niemals ohne Schwimmweste zu segeln. Es gab wohl durchaus Hoffnung, dass er noch am Leben war.«

»Ich denke aber, die Sache mit dem Schiff war der Einstieg dafür, dass Maximilians Nerven nachließen und ihm dann auch später der Fehler unterlief, völlig unbedacht auf Marius zu schießen«, sagte Rebecca, »und übrigens auch der Fehler, sein eingeschaltetes Handy bei dir im Auto liegen zu lassen. Er saß hier eine Woche lang fest und konnte seinen Plan nicht vollenden. Und das nach all der Mühe, die er auf sich genommen hatte. Er hatte sich durch das Verhältnis mit meiner einstigen Mitarbeiterin gequält, um an brauchbare Informationen über mich zu kommen. Es dürfte danach nicht einfach gewesen sein, Marius, der seit eurer Heirat einen anderen Namen trug, aufzuspüren. Er musste sein Vertrauen gewinnen, ihm das Treffen mit mir schmackhaft machen, die Geschichte mit dem Autostopp einfädeln. Er schrieb Dutzende von Drohbriefen, ermordete das alte Ehepaar in Deutschland. Er hatte endlose Vorarbeit geleistet, emsig und geduldig, und nun hing er in diesem südfranzösischen Ferienort fest und konnte nicht tun, was sein eigentliches Ziel von Anfang an gewesen war: Er konnte mich nicht töten. Er hatte keine Ahnung, ob Marius je wieder auftauchen würde. Ich kann mir vorstellen, er muss in seinem Pensionszimmer manchmal wie ein Tiger in Gefangenschaft auf und ab gelaufen sein. Ganz sicher ist er mit jedem Tag dünnhäutiger und entnervter geworden.«

»Weißt du, ob er schließlich mitbekommen hatte, dass Marius wieder da war?«, fragte Inga. »Oder ob er zufällig in jener Nacht auf dem Weg zu dir war?«

Rebecca zuckte die Schultern. »Keine Ahnung. Davon hat er nichts gesagt. Vielleicht hat er es einfach nicht mehr ausgehalten, wollte die Sache jetzt so oder so zu Ende bringen. Am Abend hatte ja Marius' Handy geklingelt. Marius sagte, niemand habe sich gemeldet. Ein Kontrollanruf von Maximilian? Der ein Lebenszeichen von Marius brauchte? Er machte sich auf den Weg hierher, und dann bist du ihm über den Weg gelaufen. Oder er hatte Marius vorher schon beobachtet. Marius schwirrte ja schließlich auch schon eine ganze Weile unbemerkt um uns herum. Vielleicht hat Maximilian ihn gesehen. Ein eigenartiges Gefühl, findest du nicht? Tagelang werden wir von zwei Männern belauert, aber wir merken überhaupt nichts.«

»Wir waren sehr aufeinander konzentriert«, sagte Inga.

»Ja«, erwiderte Rebecca leise, »das waren wir wohl.«

Die Tage nach ihrem geplanten Selbstmord. Würde sie Inga je davon erzählen? Später vielleicht, viel später. Es war eine Ironie, dass ausgerechnet Maximilian sie an der Ausführung ihres Vorhabens gehindert hatte. Ein Zufall – oder ein völlig verrückter Schachzug des Schicksals? Ohne Maximilian, ohne den Mann, der seit über einem Jahr ihre Ermordung geplant und auf perfideste Art eingefädelt hatte, wäre sie längst tot.

Sie stand auf. »Ich gehe schlafen«, sagte sie übergangslos, »ich bin entsetzlich müde. Immer noch. Ich habe das Gefühl, ich könnte Jahre schlafen und fände immer noch keine Kraft.«

»Ich bleibe noch eine Weile hier draußen«, sagte Inga. Seit den schrecklichen Ereignissen hielt sie sich in Rebeccas Haus nicht mehr gern auf. Sie hatte Albträume, wenn sie schlief, und Beklemmungsgefühle in den vier Wänden. Sie sehnte sich nach Hause, aber sie musste warten, bis Marius das Krankenhaus verlassen durfte. Sie wäre gern in ein Hotel gezogen, aber sie mochte Rebecca nicht allein lassen.

»Wirst du hier wohnen bleiben?«, fragte sie. »Nach allem, was war?«

Rebecca zögerte. »Ich weiß es nicht.« Sie wandte sich zum Gehen. »Wirst du bei Marius bleiben?«, fragte sie dann. »Nach allem, was war?«

»Ich weiß es nicht«, sagte Inga.

Freitag, 6. August

»Also, du bleibst dabei?«, fragte Wolf schon zum dritten Mal an diesem Morgen. »Du willst wirklich nicht mitkommen?«

Sie standen in der Abflughalle des Flughafens. Das Gepäck war aufgegeben, Wolf hielt die Bordkarten in der Hand. Die Kinder jagten einander um einen Zeitungsstand herum. Sie hatten auf die Nachricht, ihre Mutter werde sie nicht in die Türkei begleiten, gelassen reagiert. Ihre ganze Sorge war gewesen, auch der Vater könne noch einen Rückzieher machen und damit die Badeferien am Mittelmeer platzen lassen. Aber nachdem sie sich nun am hoffnungslos überfüllten, chaotischen Flughafen befanden, auf dem es von reisefreudigen deutschen Urlaubern nur so wimmelte, waren sie ihre Sorge los und bester Laune.

Hoffentlich kann ich verhindern, dass sie irgendwann genauso gefühlskalt werden wie ihr Vater, dachte Karen.

Sie hielt ihren Parkschein so fest umklammert wie Wolf seine Bordkarten. Das Ticket stellte ihren Zugriff auf ihr Auto sicher, ihre Chance, so rasch wie möglich dem grauenhaften Menschenandrang auf dem Flughafen zu entkommen. In diesen Minuten war es das Symbol ihrer Abgrenzung von Wolf.

»Ich habe doch jetzt auch gar keinen Koffer dabei, Wolf«, sagte sie etwas genervt. Weshalb fragte er immer wieder? »Und Kenzo wartet zu Hause. Niemand ist bestellt, sich um Haus und Garten zu kümmern ...«

»Ich weiß«, sagte Wolf.

»Warum fragst du dann?«

»Weil …« Er zögerte. »Ich weiß nicht«, sagte er schließlich, »vielleicht, weil ich es einfach nicht richtig finde, was du tust. Dass du dich plötzlich von uns abkoppelst. In ein eigenes Zimmer ziehst, uns allein in die Ferien fliegen lässt … Es ist nicht gerade familiär, wie du dich verhältst.«

Die Frage, dachte Karen, ist immer, was Gespräche bringen. Früher war ich überzeugt, dass sie der Schlüssel sind. Zu einer guten Partnerschaft, einer funktionierenden Beziehung. Dass sie helfen, Missverständnisse zu vermeiden, Gefühle zu klären, Klarheit in scheinbar verfahrene Situationen zu bringen. Vielleicht stimmt das auch. Aber irgendwann nutzen sie nichts mehr. Und dann muss man sich von ihnen verabschieden.

Noch vor wenigen Wochen hätte sie ihm geantwortet: »Ist es denn familiär, wie du dich verhältst?« Und dann hätte der Schlagabtausch begonnen, Wolf hätte sich in redliche Entrüstung hineingeredet, und sie wäre in Tränen ausgebrochen, und am Ende hätte sie sich elend und klein gefühlt, und er sich groß und stark. So, wie es immer gewesen war.

Jetzt aber ging sie auf seine Feststellung nicht weiter ein.

»Es wird Zeit«, sagte sie. »Ihr müsst an euer Gate. Und ich will nach Hause.«

Wolf schien noch etwas sagen zu wollen, aber er verschluckte die Bemerkung. Aus Stolz vielleicht, oder weil ihm klar war, dass es nicht der Ort und nicht der Moment war, etwas zu klären.

»Na ja, also dann«, sagte er unbeholfen, »in zwei Wochen sind wir ja wieder da.«

»Ich hole euch ab«, versprach Karen. Sie wich seinem zögernd vorgebrachten Ansinnen einer Umarmung aus und ging auf den Zeitungsstand zu, um sich von ihren Kindern zu verabschieden.

Daheim tat Kenzo wie immer so, als sei sie mindestens ein Jahr lang fort gewesen.

Warum können Männer nicht so sein, dachte sie, während sie ihn streichelte, oder können sie so sein, und ich habe nur das falsche Exemplar erwischt?

Sie öffnete die Gartentür, um Kenzo hinauszulassen. Sie versuchte, den Anblick des leer stehenden Nachbarhauses zu ignorieren, aber natürlich gelang es ihr nicht. Wie magisch angezogen glitten ihre Blicke zu dem Balkon, und sie sah sich und Pit wieder dort die Leiter hinaufsteigen, und sie erinnerte sich, wie sie den kommenden Schrecken vorausgefühlt hatte, wie sie gespürt hatte, dass etwas Furchtbares auf sie wartete. Jetzt lagen keine Toten mehr in dem Haus, aber es schien Düsternis und Schrecken zu verströmen. Ob sich wohl je wieder Menschen fanden, die dort leben mochten?

Sie wollte sich rasch wieder abwenden und im Haus verschwinden, als sie hörte, wie ihr Name gerufen wurde. Es war die alte Nachbarin auf der anderen Seite. Sie stand am Zaun und winkte herüber.

»Neuigkeiten«, sagte sie, als Karen etwas widerwillig näher trat, »die Polizei war bei mir.«

Karen, die von all dem genug hatte, dachte erleichtert, wie gut es sich gefügt hatte, dass sie ihre Familie zum Flughafen gebracht hatte und deshalb nicht zu Hause gewesen war. Sonst hätte sie womöglich auch ein langes Gespräch über sich ergehen lassen müssen.

»So?«, sagte sie.

Die Alte neigte sich vor und senkte die Stimme. »Es scheint, dass der Täter doch nicht der Pflegesohn gewesen ist!«

»Nein?«

»Nein! Der Beamte hat mir ein Foto von einem Mann gezeigt und wollte wissen, ob ich den irgendwann in den letzten Wochen hier gesehen hätte. Hatte ich aber nicht. Schien mir zu alt, um der Pflegesohn von den Lenowskys gewesen zu sein, und das sagte ich auch. Da meinte dann der Beamte, der Pflegesohn sei außer Verdacht. Na, das hat mich dann aber schon gewundert. Nach allem, was in der Zeitung stand ... das schlechte Verhältnis und so ... und es war ja auch komisch, dass die Lenowskys den Pflegesohn nie erwähnten. Kein Mensch hier hatte eine Ahnung, dass es ihn gab. Ich meine, da ziehen zwei Menschen ein Kind groß, und nachher tun sie so, als gebe es dieses Kind gar nicht. Da läuten doch alle Alarmglocken! Da wird doch jedem klar, dass in dem Verhältnis etwas nicht stimmt!«

Sie holte Luft. Karen nutzte die Gelegenheit, um auch etwas zu sagen. »Aber offenbar bedeutet das immer noch nicht, dass aus dem einstigen Pflegekind ein Krimineller wird.«

Die Alte sah sie missgelaunt an. Aus irgendeinem Grund hatte ihr die Pflegekind-Version besser gefallen. »Tja, die Welt ist so oder so schlecht«, meinte sie. Ein Allgemeinplatz war ihrer Ansicht nach wohl nie verkehrt.

»Ja«, sagte Karen.

»Komisch, dass niemand den Kerl hier hat herumlungern sehen«, fuhr ihr Gegenüber fort. »Er hatte die Lenowskys nämlich wohl in der Nacht von Sonntag auf Montag überfallen. Hing dann bei ihnen im Haus herum und verwüstete es gründlich. Ließ die beiden alten Leute gefesselt zurück und ging – man stelle sich das einmal vor! – am Montag ganz normal in das Krankenhaus, in dem er arbeitete! Als wäre nichts geschehen! Er ist nämlich Arzt! Arzt! So einer operiert andere Menschen!«

Karen verzichtete auf eine Antwort. Wie sie die Alte kannte, wollte die auch gar keine hören.

»Am Dienstag ist er dann noch mal zu ihnen ins Haus gekommen! Da hat er sich sogar eine Pizza bestellt. Beim Pizzaservice. Er wollte, dass man denkt, der Pflegesohn sei der Täter, und na ja … oft bestellen sich die jungen Leute Pizza, nicht? Dann hat er die arme Frau Lenowsky mit Messerstichen verletzt. So platziert, dass sie ganz schön lange daran gestorben ist. Als Arzt wusste er natürlich, wie's geht. Ganz schön kaltblütig, oder? Die hätte ja auch noch Hilfe holen können. Er ist dann nämlich abgehauen nach Südfrankreich. Keine Ahnung, warum!«

Wie furchtbar, dachte Karen. Die armen Menschen. Über Stunden allein, in der Hoffnung, sich vielleicht noch irgendwie befreien zu können. Aber dann kommt er wieder. Hat sich natürlich einen Schlüssel mitgenommen und längst die Alarmanlage ausgeschaltet. Geht aus dem Haus und kommt wieder ins Haus wie ein Gast. Nur dass sie ihn nie eingeladen hatten. Diesen fremden Gast, der sich einnistete und sie tötete.

»Dunkelblauer BMW. Den hat er gefahren. Habe ich aber auch nirgends hier in der Straße gesehen. Na ja, so blöd wird er nicht gewesen sein, vor dem Haus der Lenowskys zu parken. Wahrscheinlich wenigstens fünf Straßen weiter und jedes Mal an einer anderen Stelle. Wer so etwas tut, der ist raffiniert. Der macht keine Fehler.«

»Offensichtlich doch«, sagte Karen, »denn sonst wüsste die Polizei jetzt ja nicht, dass er es war.«

»Kommt eben immer alles irgendwann ans Tageslicht«, meinte die Alte vage und fragte dann übergangslos: »Wollten Sie nicht heute in Urlaub fahren? Hatten wir nicht mal irgendwann wegen Ihrer Blumen und der Post miteinander geredet?«

»Das hat sich erledigt«, sagte Karen. »Trotzdem – es war ein nettes Angebot von Ihnen.« Sie wandte sich zum Gehen. Sie hatte wenig Lust, weitere Fragen zu diesem Thema zu beantworten.

»Ich habe noch ein wichtiges Telefongespräch zu führen«, sagte sie. »Einen schönen Tag wünsche ich Ihnen.« Sie wandte sich ab und machte sich mit raschen Schritten auf den Rückweg zum Haus. Wieder blickte sie dabei unwillkürlich zum Nachbarhaus. Die Polizei hatte alle Rollläden geschlossen, auch den vor dem Fenster, durch das sie und Pit eingestiegen waren. Sie stellte sich die Dunkelheit vor, die in allen Räumen herrschte, den muffigen Geruch. Sofort richteten sich wieder die Härchen an ihren Armen auf, und sie musste tief durchatmen. Sie beobachtete Kenzo, der friedlich an den Blumen schnupperte, die dicht am Zaun wuchsen. Er war völlig ruhig. Keine Gefahr mehr.

Dennoch, so schrecklich die Ereignisse waren, die hinter ihr lagen: Mit dem Haus hatte alles angefangen. Der Umstand, dass sie die Lenowskys nicht ansprechen konnte, hatte die schon lange schwelende Krise zwischen ihr und Wolf eskalieren lassen. Ihren Instinkt, der ihr mit jedem Tag eindringlicher zugerufen hatte, dass etwas nicht stimmte, hatte er als Hysterie abgetan. Und doch hatte sie Recht gehabt, hatte erkannt, dass sie sich auf ihre Gefühle verlassen konnte. Sie hatte sich, zum ersten Mal in all den Jahren ihrer Ehe, über Wolf hinweggesetzt und war eigenmächtig vorgegangen. Es hatte ihrem Selbstbewusstsein gut getan. Zugleich hatte die Verächtlichkeit, mit der er sie behandelte, den Höhepunkt ihrer Leidensfähigkeit überschritten. Zusammen mit einem zaghaft erwachenden Glauben an sich selbst würde sie die Kraft finden, die Schritte zu tun, von denen ihr klar war, dass sie sie tun musste.

Kenzo hob sein Bein an einem saphirblauen Rittersporn, den er in der letzten Zeit öfter zu diesem Zweck benutzte und der schon etwas jämmerlich aussah, und plötzlich fiel Karen etwas ein. Es war ein Bild, das sich ihr jäh ins Gedächtnis schob, die Erinnerung an einen frühen Morgen, der bald drei Wochen zurück lag. Die Straßen der Siedlung im ersten Tageslicht, sie und Kenzo unterwegs, der Boxer frohen Mutes, sie, Karen, hingegen mal wieder auf der Flucht vor Schlaflosigkeit und Depressionen.

Mindestens fünf Straßen weiter, hatte die Nachbarin gerade gesagt. Wie viele auch immer, es war ein ganzes Stück weit entfernt von ihrer Straße gewesen, als Kenzo sein Bein an dem Hinterreifen des parkenden Autos gehoben hatte. Ein dunkelblauer BMW. Sie erinnerte sich, wie erschrocken sie gewesen war, als plötzlich die Fahrertür aufging, weil sie morgens um fünf Uhr nicht erwartet hatte, dass jemand in dem Auto saß. Der große, gut aussehende Mann, der so schrecklich wütend wurde, der sie beschimpfte, so dass sie schließlich in Tränen ausbrach, sich noch elender und gedemütigter fühlte.

War er es gewesen? Hatte sie dem Mörder der Lenowskys gegenübergestanden? War er der furchtbare Gast gewesen, den das alte Ehepaar unfreiwillig hatte beherbergen müssen?

Manches sprach dafür. Sie solle versuchen, sich an jedes noch so unbedeutend erscheinende Vorkommnis zu erinnern, hatte Kommissar Kronborg sie gebeten. Diese Episode war ihr nicht eingefallen. Sie hatte sie nicht im Mindesten in einen Zusammenhang mit dem Verbrechen im Nachbarhaus gebracht. Das Ereignis hatte in ihre ganz persönliche, private Sammlung von Niederlagen und Erniedrigungen gehört. *Mit mir macht man so etwas. Ich werde angebrüllt und kann nicht einmal etwas erwidern. Ich heule los wie ein Schulmädchen. Ich bin unfähig, mich zu wehren. Ich fordere die Menschen heraus, mich zu quälen.*

Wie gefangen war sie gewesen in ihrer persönlichen Problematik. Jede andere Frau wäre genauso angeschrien worden, wenn ihr Hund gegen ein fremdes Auto gepinkelt hätte. Sie hätte irgendetwas erwidert, sich vielleicht entschuldigt, aber sie hätte nicht geweint und wäre nicht für den Rest des Tages völlig verstört gewesen. Am Ende hätte sie dies sogar befähigt, sich im Zusammenhang mit Kronborgs Bitte Wochen später zu erinnern. Denn es war merkwürdig, dass ein Mann zu so früher Stunde in einem geparkten Auto saß, während die ganze Stadt noch schlief. Merkwürdig zumindest, wenn einige Straßen weiter ein so ungeheuerliches Verbrechen stattfand.

Egal. So oder so, sie hatten den Kerl. Sie würde Kronborg trotzdem noch anrufen und ihm von ihrer Beobachtung erzählen. Aber erst später. Zuvor musste sie noch ein anderes Gespräch führen.

Sie ging ins Wohnzimmer zum Telefon, nahm den Hörer ab und wählte die Nummer der Anwaltskanzlei, die sie sich vor zwei Tagen schon aus dem Telefonbuch gesucht hatte. Es war fast Mittag, trotzdem hatte sie Glück: Am anderen Ende meldete sich jemand. Eine Sekretärin.

Sie bat um einen Termin in der nächsten Woche.

»Worum geht es denn?«, fragte die Sekretärin.

Karen antwortete feierlich: »Ich möchte die Scheidung von meinem Mann einreichen.«

Ihr war ein bisschen schwindlig bei diesen Worten.

Aber es waren die richtigen Worte. Daran hatte sie nicht den mindesten Zweifel.

Brief von Sabrina Baldini an Clara Weyler

München, im September

»*Liebe Clara,*
nur ein kurzer Brief, damit Sie wissen, wie es mir weiter er-
gangen ist. Ich hoffe, Sie sind wohlauf und haben all die
schrecklichen Ereignisse einigermaßen verarbeitet.

Mir geht es recht gut, jedenfalls komme ich langsam wie-
der ein bisschen zur Ruhe. Ich finde es sehr angenehm zu
wissen, dass nun keine Drohbriefe mehr eintreffen werden
und dass dort draußen niemand herumläuft, der mir nach
dem Leben trachtet. Vor allem bin ich froh zu wissen, dass
Marius das abscheuliche Verbrechen an seinen Pflegeeltern
nicht begangen hat. Er hat wohl einiges getan, was nicht in
Ordnung war, aber er hat niemanden umgebracht, und er
hatte nie vor, es zu tun. Es mindert nicht unsere Schuld, was
die Versäumnisse ihm gegenüber angeht, aber es erleichtert
mich zu wissen, dass wir mit unserer Ignoranz, unserer Be-
quemlichkeit wenigstens keinen Verbrecher auf die Welt los-
gelassen haben. Diese Kette an Schrecken geht nicht kom-
plett auf unser Konto, und darüber bin ich, trotz allem, froh.

Ich schaue wieder nach vorn, und ich hoffe, das tun Sie
auch, Clara. In meinem Leben hat sich eine überraschende
Wende ergeben. Raten Sie, wer mich angerufen hat: Rebec-
ca Brandt. Sie verlässt Südfrankreich und kehrt nach

Deutschland zurück. Sie will Kinderruf wieder aufleben lassen, und sie hat mich gefragt, ob ich mitmachen möchte. Ich konnte es gar nicht fassen, denn sie hätte jeden Grund, für immer böse mit mir zu sein. Stattdessen hat sie Verständnis für alles und meint, die beste Art, unsere Fehler wieder gutzumachen sei die, uns verstärkt um Kinder und ihren Schutz zu kümmern. Natürlich habe ich ihr Angebot voller Freude angenommen. Endlich wieder eine Aufgabe, noch dazu eine, die sinnvoll ist und mich wirklich befriedigt. Nichts ist schlimmer, als den ganzen Tag über allein in einer leeren, stillen Wohnung zu sitzen und über die Fehler nachzugrübeln, die man begangen hat. Nächste Woche ist übrigens mein Scheidungstermin. Da wir beide die Scheidung unbedingt wollen, haben wir angegeben, bereits seit einem Jahr getrennt zu leben – was in gewisser Weise ja auch stimmt. Dadurch geht es nun so schnell. Ich habe Angst vor diesem Tag, aber ich denke auch, ich werde erleichtert sein danach. Es ist dann endlich vorbei. Manchmal kann man erst nach einem ganz dicken Schlussstrich den Neuanfang in Angriff nehmen.

Rebecca erzählte übrigens, dass Marius in eine Therapie-Einrichtung gehen wird, und dass er hofft, seine Probleme dort aufzuarbeiten und besser damit leben zu können. Seine Frau wird nicht bei ihm bleiben, aber das war nach allem, was geschehen ist, wohl auch nicht zu erwarten. Es muss viel Unschönes zwischen den beiden vorgefallen sein, das Vertrauen ist natürlich vollkommen beschädigt, und die Ehe war wohl auch vorher nicht mehr – oder noch nie – wirklich in Ordnung. Marius hatte seiner Frau absolut nichts über seine Jugend erzählt. Entsprechend hilflos stand sie wahrscheinlich oft vor seinen neurotischen Verhaltensweisen. Inga – so heißt sie – will die Zelte hier in München abbrechen. Sie geht nach Hamburg, bringt dort ihr Studium zu

Ende. Sie stammt aus dem Norden. Sie will dort versuchen, ein neues Leben zu beginnen.

Ich bete darum, dass die Trennung Marius nun nicht völlig aus den Gleisen wirft, dass auch er die Chance erkennt, ganz neue Wege für sich zu suchen. Vielleicht bringe ich irgendwann einmal den Mut auf, ihn zu besuchen. Falls er einverstanden ist. Ich möchte mich entschuldigen und ihm etwas über meine damalige Situation erklären. Rebecca meint auch, das könnte ihm nützen.

Das war es eigentlich schon von meiner Seite. Es wäre schön, könnten wir beide uns irgendwann einmal sehen! Sicher wäre vieles zu bereden und auszutauschen.

Ich umarme Sie, Clara. Denken Sie nicht zu viel an das, was war. Schauen Sie nach vorn.

Ihre Sabrina.«